कोशिका एवं अनुवांशिकी

CYTOGENETICS

कोशिका एवं अनुवांशिकी
CYTOGENETICS

लेखक
डॉ. डी. के. ठाकुर
एम. एससी., पीएच.डी.

डिस्कवरी पब्लिशिंग हाऊस प्राईवेट लिमिटेड
नई दिल्ली–110 002

प्रकाशक:

तिलक वासन

डिस्कवरी पब्लिशिंग हाउस प्राइवेट लिमिटेड

4383/4B, अन्सारी रोड, दरियागंज

नई दिल्ली - 110 002

दूरभाष–23279245, 43596064-65

फैक्स–91-11-23253475

E-mail : discoverypublishinghouse@gmail.com
sales@discoverypublishinggroup.com
parul.wasan@gmail.com

web : www.discoverypublishinggroup.com

प्रथम संस्करण: 2014

ISBN: 978-93-5056-525-4

कोशिका एवं अनुवांशिकी

Printed at:
Dynamic Printers
Delhi

प्रस्तावना

अरस्तु (384-322 B.C.) के समय ही यह धारणा व्यक्त की गई कि सभी जन्तु व पौधे किन्हीं इकाई सरचनाओं के बने हैं। किन्तु धारणा तब तक धारणा ही रहती है जब तक कि उसको प्रायोगिक स्वरूप न दिया जा सके अथवा उसकी सत्यता को जाँचा -परखा न गया हो। अनेक विचारकों, विशेषज्ञों तथा वैज्ञानिकों ने उपर्युक्त धारणा को बाद में सत्य सिद्ध करने का प्रयत्न किया है। वर्तमान में हम जानते है कि सामान्यत: कोशिका (cell= cellula = a small compartment) जीव की संरचनात्मक (structural) तथा कार्यात्मक (functional) इकाई है। अर्थात् प्रत्येक सभी छोटे और बड़े जीवधारी का शरीर सामान्यत: इन इकाईयों से बना होता है। इनकी संख्या एक या अनेक हो सकती है। सबसे पहले इन संरचनाओं को **'Cellula'** कहा गया है। यह कार्क की एक पतली काट में देखे गये कोष्ठ थे। इनको वर्ष 1665 में रॉबर्ट हुक ने देखा और यह नाम दिया। बाद में यही नाम बदलकर कोशिका (Cell) हो गया। माइक्रोस्कोप के आविष्कार के पश्चात हुये अध्ययनों द्वारा कोशिका के बारे में अनेक नयी बातों का पता चला है। इसी के फलस्वरूप **कोशिका विज्ञान** अथवा **साइटोलोजी** (Cytology) एक महत्वपूर्ण शाखा बन गयी है। कुछ समय पूर्व तक कोशिका का अध्ययन, कोशिका विज्ञान के अन्तर्गत किया जाता रहा तथा कोशिका तथा उसके घटकों का केवल वर्णन मात्र ही इस शाखा की सीमा मानी जातीहै। परन्तु आजकल जैवरसायन (biochemistry), जैव भौतिकी (biophysics), शरीर-क्रिया विज्ञान (physiology) आनुवंशिकाता (genetics), अणुजैविकी (molecular biology)इत्यादि शाखाओं की तकनीकों का उपयोग करते हुए कोशिका तथा उसके विभिन्न अंगों का अध्ययन कोशिका जीव विज्ञान (Cell biology) के अन्तर्गत किया गया है।

केन्द्रक, पारदर्शक अर्धघन कणिकामय तथा कुछ अम्लरागी पदार्थ से भरा होता है। इस पदार्थ को केन्द्रक रस या केन्द्रक द्रव्य कहते हैं। केन्द्रकद्रव्य में केन्द्रिक और क्रोमैटिन तन्तु के अतिरिक्त न्यूक्लीइक अम्ल (pewens RNA or DNA) प्रोटीन (जैसे न्यूक्लियोप्रोटामिन, न्यूक्लियोहिस्टोन, इत्यादि), एन्जाइम (जैसे DNAपॉलिमैरेज, RNA पॉलिमैरेज, एल्डोलेस, इनोलेस, इत्यादि), लिपिड तथा खनिज पदार्थ (फॉस्फोरस,

पोटैशियम, सोडियम, इत्यादि) भी पाये जाते हैं। न्यूक्लीइक अम्ल (pewens RNA or DNA) प्रोटीन (जैसे न्यूक्लियोप्रोटामिन, न्यूक्लियोहिस्टोन, इत्यादि), एन्जाइम (जैसे DNAपॉलिमैरेज, RNA पॉलिमैरेज, एल्डोलेस, इनोलेस, इत्यादि), लिपिड तथा खनिज पदार्थ (फॉस्फोरस, पोटैशियम, सोडियम, इत्यादि) भी पाये जाते हैं।

प्रस्तुत पुस्तक में प्रोकरियोटिक एवं यूकरियोटिक कोशिका की संरचना, केन्द्रकजालक एवं गुणसूत्रों की संरचना, कोशिका का निर्माण एवं कोशिका विभाजन, मेंडल- मेंडल के नियम अनुवांशिक लगाव को विस्तार से समझाया गया है जिससे यह पुस्तक विद्यार्थियों के साथ-साथ जन मानस के लिए भी उपयोगी हो गई है।

- लेखक

अनुक्रमणिका

इकाई 1

कोशिका जीवन की इकाई के रूप में

अरस्तु (384-322 B.C.) के समय ही यह धारणा व्यक्त की गई कि सभी जन्तु व पौधे किन्हीं इकाई सरचनाओं के बने हैं। किन्तु धारणा तब तक धारणा ही रहती है जब तक कि उसको प्रायोगिक स्वरूप न दिया जा सके अथवा उसकी सत्यता को जाँचा -परखा न गया हो। अनेक विचारकों, विशेषज्ञों तथा वैज्ञानिकों ने उपर्युक्त धारणा को बाद में सत्य सिद्ध करने का प्रयत्न किया है। वर्तमान में हम जानते है कि सामान्यत: कोशिका (cell= cellula = a small compartment) जीव की संरचनात्मक (structural) तथा कार्यात्मक (functional) इकाई है। अर्थात् प्रत्येक सभी छोटे और बड़े जीवधारी का शरीर सामान्यत: इन इकाईयों से बना होता है। इनकी संख्या एक या अनेक हो सकती है। सबसे पहले इन संरचनाओं को **'Cellula'** कहा गया है। यह कार्क की एक पतली काट में देखे गये कोष्ठ थे। इनको वर्ष 1665 में रॉबर्ट हुक ने देखा और यह नाम दिया। बाद में यही नाम बदलकर कोशिका (Cell) हो गया। माइक्रोस्कोप के आविष्कार के पश्चात हुये अध्ययनों द्वारा कोशिका के बारे में अनेक नयी बातों का पता चला है। इसी के फलस्वरूप **कोशिका विज्ञान** अथवा **साइटोलोजी** (Cytology) एक महत्वपूर्ण

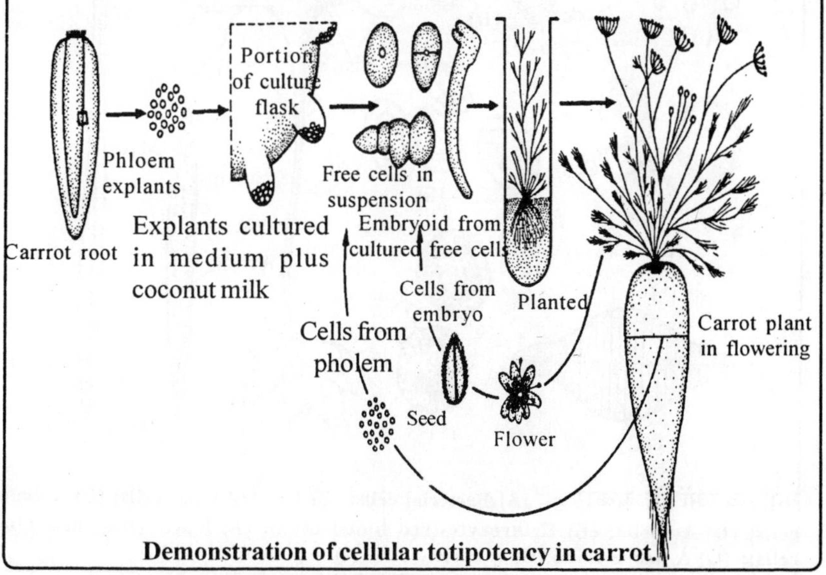

Demonstration of cellular totipotency in carrot.

शाखा बन गयी है। कुछ समय पूर्व तक कोशिका का अध्ययन, कोशिका विज्ञान के अन्तर्गत किया जाता रहा तथा कोशिका तथा उसके घटकों का केवल वर्णन मात्र ही इस शाखा की सीमा मानी जातीहै। परन्तु आजकल जैवरसायन (biochemistry), जैव भौतिकी (biophysics), शरीर-क्रिया विज्ञान (physiology) आनुवंशिकाता (genetics), अणुजैविकी (molecular biology)इत्यादि शाखाओं की तकनीकों का उपयोग करते हुए कोशिका तथा उसके विभिन्न अंगों का अध्ययन कोशिका जीव विज्ञान (Cell biology) के अन्तर्गत किया गया है।

इतिहास (History)

कोशिका का वास्तविक अध्ययन **गैलिलिओ** के सरल माइक्रोस्कोप के आविष्कार के साथ प्रारम्भ हुआ। **रॉबर्ट हुक** द्वारा 1665 में बनाया संयुक्त माइक्रोस्कोप इस दृष्टि से अत्यंत उपयोगी रहा। इस माइक्रोस्कोप द्वारा उन्होंने कॉर्क के सेक्शन को देखा उन्हें निर्जीव बक्स जैसे खाली स्थान दिखाई दिए जिन्हें कोशिका नाम दिया गया। इस प्रकार रॉबर्ट हुक कोशिका को देखने वाले प्रथम व्यक्ति थे, हालांकि उन्होंने वस्तुतः मृत कोशिकाओं की केवल कोशिका भित्ति ही देखी थी। उन्होंनें माइक्रोस्कोप द्वारा देखी गयी इन कॉर्क कोशिकाओं के चित्र तथा कुछ अन्य अवलोकन अपनी पुस्तक **माइक्रोग्राफिया** में प्रकाशित किए।

कोशिका वाद (Cell Theory)

फ्रेंच वैज्ञानिक **एच.ओ. डयूटोशेट** ने 1824 में बताया कि सभी प्राणी और पौधों के शरीर

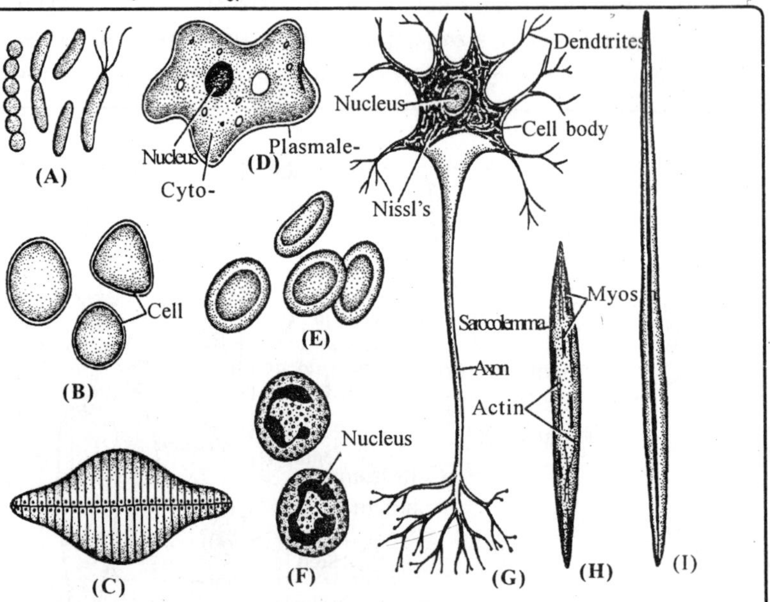

कोशिकाओं के प्रकार : (A) Bacterial cells; (B) Isolated plant cells; (C) A diatom cells; (D) Amoeba; (E) Erthrocytes(red blood cells); (F) leucocytes(white blood cells); (G) A nerve cells, (H) a muscle cell, (I) a plant fibre cell.

कोशिकाओं बने होते हैं। इस आधार पर कोशिका वाद प्रस्तुत किया गया। यह वाद जर्मन वनस्पतिज्ञ एम.आई.शिलडेन ने 1838 तथा जर्मन वनस्पतिज्ञ विज्ञान शास्त्री टी. श्वान ने 1839 में प्रतिपादित किया। कोशिकावाद के अनुसार–

(1) प्राणी तथा पौधों के शरीर कोशिकाओं से मिलकर बने होते हैं। कोशिका, संरचना तथा क्रिया की इकाई है।

(2) उच्च प्रकार के जीवधारियों में प्रत्येक कोशिका स्वतंत्र रूप से कार्य करती है।

(3) नवीन कोशिकाओं का निर्माण क्रिस्टल बनने की भाँति ही होता है।

इस वाद की पहली दो बातों को सभी वैज्ञानिक सही मानते हैं परन्तु तीसरी को गलत बताते है क्योंकि **विरकौव** ने 1858 में बताया था कि कोशिकाओं का निर्माण पहिले से उपस्थित कोशिकाओं से ही हो सकता है। उनके अनुसार क्रिस्टल और कोशिका बनने की विधियाँ अलग-अलग होती है। इस कमी को बताने के पश्चात् अन्य अनेक त्रुटियाँ सामने आयीं जिन्हें विभिन्न वैज्ञानिक जैसे- रेमाक, परकिंजे, वॉन मोल, नैजली इत्यादि ने ठीक किया। इस प्रकार कोशिकवाद की वर्तमान स्थिति निम्न प्रकार से बतायी जाती है–

(1) प्रत्येक कोशिका जीवन का उद्गम स्वभाव तथा सांतत्य दिखाती है।

(2) सभी जीवधारी, कोशिका और उस के उत्पाद से बने होते हैं।

(3) जीवधारियों का सांतत्य एक पीढ़ी से दूसरी पीढ़ी तक जीवित कोशिका द्वारा होता है।

(4) कोशिका वृद्धि तथा कोशिका विकास, वृद्धि की एक अवस्था है।

वास्तविक कोशिका वह है जिसमें जीवद्रव्य को जीवद्रव्य कला और केन्द्रक को केन्द्रक कला घेरे हुए होती है। वाइरस इसके मुख्य अपवाद हैं क्योंकि इनमें जीवद्रव्य नहीं होता तथा केन्द्रक के स्थान पर डीएनए अथवा आरएनए जैसे आनुं शिक पदार्थ मात्र होते हैं। बैक्टीरिया

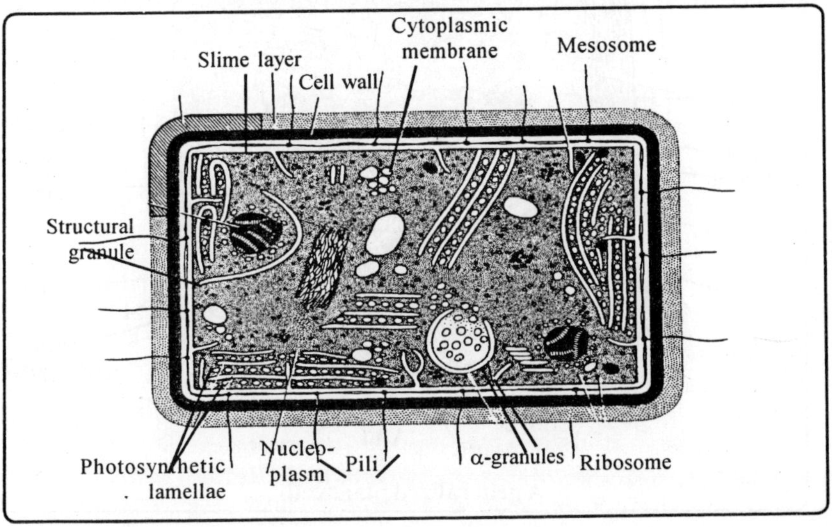

और नीले-हरे शैवाल में केन्द्रकीय पदार्थ झिल्ली द्वारा घिरे हुए नहीं होते। कुछ शैवाल जैसे वौकेरिया, कवक जैसे राइजोपस इत्यादि में जीवद्रव्य भित्ति से घिरा होता है। इनमें पूरा थैलस एक बहुकेन्द्रीय तन्तु का बना होता है और उसमें पट न होने के कारण सम्पूर्ण थैलस एक कोशिकीय होता है।

कोशिका का आमाप, आकार तथा संख्या (Cell size, Shape and Number)

कोशिका सामान्यतः 0.5 मामी (micron) से 20.0 मामी (micron) व्यास की होती है। सबसे छोटी कोशिका Mycoplasma laidlawii (Pleuro pneumonia like Organsms; प्रोकैरियोटिक कोशिका) की है जिसका व्यास 0.1 से 0.3 मामी (micron) होता है। प्रोकैरियोटिक कोशिकाओं में **डाइलिस्टर न्यूमोसिन्टीस** नाम के बैक्टीरिया की लम्बाई (0.15 से 0.3 मामी(micron)) न्यूनतम है तथा **स्पाइरिलम वोलुटैन्स** की लम्बाई (13 से 15 मामी(micron)) अधिकतम है। यूकैरियोटिक कोशिकाओं में शुतुरमुर्ग का अण्डा सबसे बड़ी (170×155 मामी(micron)) कोशिका मानी जाती है। तन्त्रिका कोशिकायें प्राणी कोशिकाओं मानी जाती है। तन्त्रिका कोशिकायें प्राणी कोशिकाओं में सबसे अधिक लम्बी (3 से 3.5 फीट) होती है। पौधों की कोशिकाओं में रैमी (ramie; Baehmeria nivea) के रेशों की लम्बाई सबसे अधिक (55 सेमी) होती है। अनेक पौधे जैसे **एसीटेबुलेरिया, वौकेरिया** इत्यादि शैवाल बहुकेन्द्रकी परन्तु एककोशिकीय होते हैं। इनकी लम्बाई 90 सेमी तक होती है। कोशिकायें मुख्यतः गोलाकार

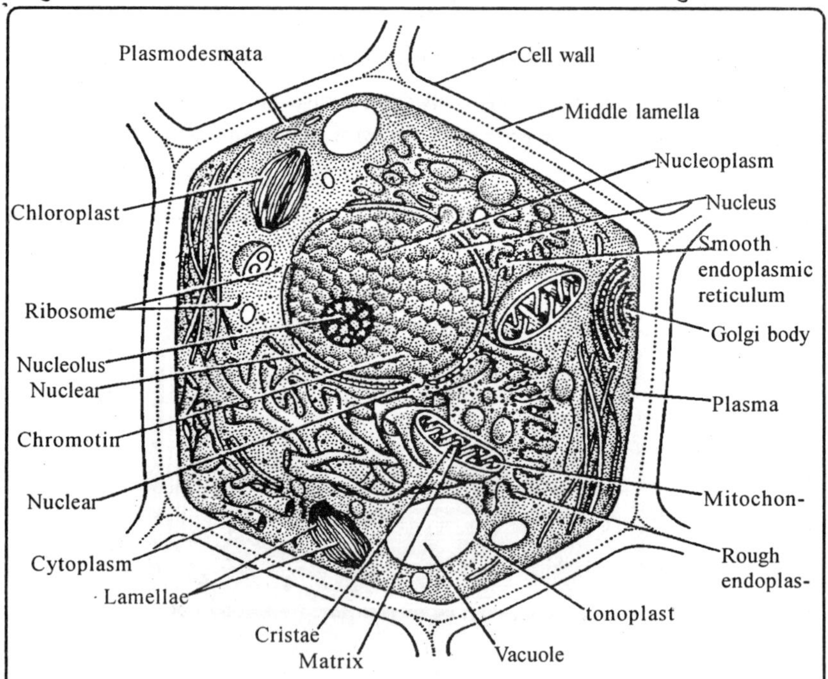

A generalized plant cell

होती है। परन्तु कार्य के अनुसार अन्य आकार की भी होती ही। बहुकोशिकीय जीवधारियों में कोशिका का आकार आस-पास की अन्य कोशिकाओं के दबाव के कारण निश्चित होता है।

कोशिकाओं के प्रकार

केन्द्रक की उपस्थिति और अनुपस्थिति के आधार पर कोशिकाएँ मुख्यतः दो प्रकार की होती हैं- **प्रौकैरियोटिक** कोशिका और **यूकैरियोटिक** कोशिका। **प्रौकैरियोटिक** कोशिका (pro = primtive; karyon = nucleus) रचना में आद्य होती है क्योंकि इनके केन्द्रकों में केन्द्रक कला नहीं होती तथा केन्द्रक के पदार्थ कोशिका द्रव्य के सम्पर्क में रहते हैं। कोशिका में अन्य कोशिकांग जैसे-माइट्रोकान्ड्रिया, अन्तःप्रद्रव्यी जालिका गॉल्जीकाय, लवक आदि भी विकसित नहीं होते हैं। इनमें एक ही घेरेदार क्रोमोसोम होता है तथा इसमें भी हिस्टोन प्रोटीन का अभाव होता है। इन कोशिकाओं में सूत्री विभाजन के लिए भी आवश्यक उपकरण नहीं होते। इसी प्रकार, केन्द्रिक का भी अभाव होता है। इस प्रकार, केन्द्रक के स्थान पर कार्य करने वाली संरचनाओं को न्यूक्लिऑइड कहना उचित है। इस प्रकार की कोशिकायें जीवाणुओं, नील-हरे

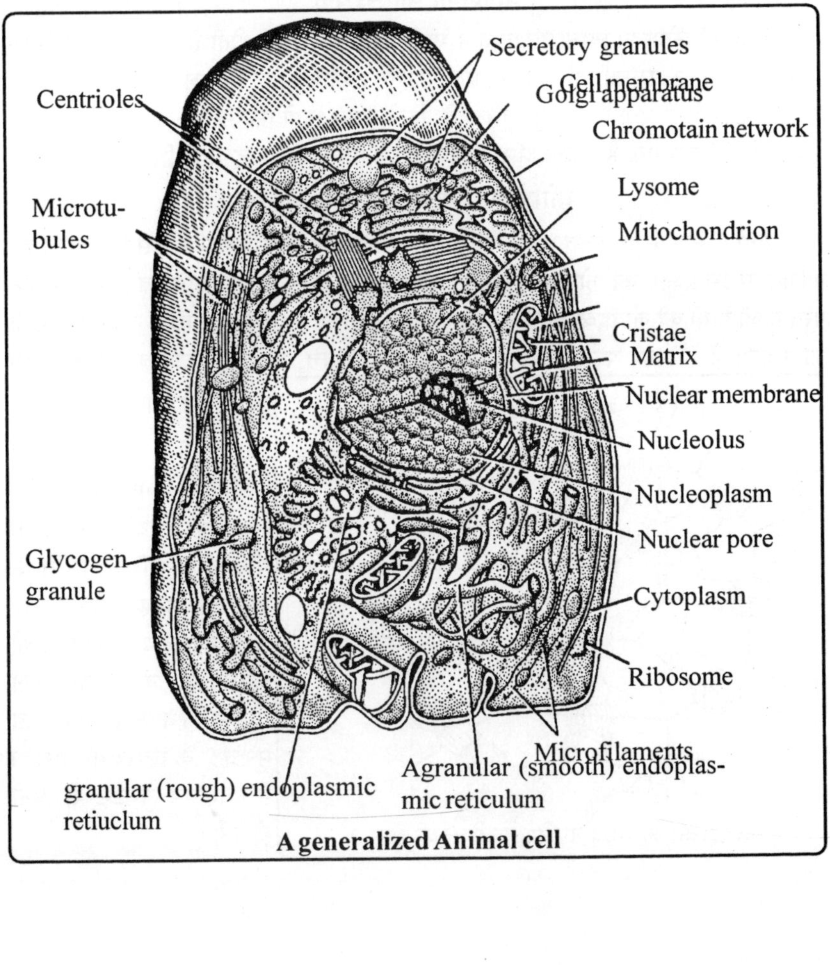

A generalized Animal cell

शैवालों इत्यादि में पायी जाती है। विषाणु, जीवाणुभोजी, माइक्रोप्लाज्मा तथा अन्य PPLO (Pleuropneumonia like organisms), रिकेटसिया आदि भी प्रोकैरियोटिक प्रकार के जीव है। जीवधारी एक अथवा असंख्य कोशिकाओं से मिलकर बने होते हैं। **यूकैरियोटिक** कोशिका (eu= good or well, karyon = nucleus) रचना में अच्छी तरह विकसित केन्द्रक वाली होती है। इनके केन्द्रक पर केन्द्रक कला स्पष्ट होती है। क्रोमोसोम्स में हिस्टोन प्रोटीन पायी जाती है।

कोशिका के अन्दर अन्य अनेक कोशिकांग भी विकसित होते हैं। जैसे-गॉल्जी काय, अन्तःप्रदव्यी जालिका, माइटोकॉण्ड्रिया, लवक आदि। इनमें विभाजन के समय स्पिन्डल बनता है तथा गुणसूत्र स्पष्ट होते हैं। इनमें केन्दक के अन्दर एक या केन्द्रिक होते हैं। इस प्रकार की कोशिकायें शेष प्रकार के पादपों तथा जन्तुओं में पाई जाती हैं। सामान्यतः बहुकोशिकीय जीवधारियों में कोशिकाओं की संख्या निश्चित नहीं होती। परन्तु कुछ जीवों में कोशिकाओं की संख्या निश्चित होती है। उदाहरणार्थ पैन्डोरिना नाम के हरे शैवाल में केवल 8 से 32 कोशिकायें पाई जाती हैं।

कोशिका की संरचना

पौधों की कोशिका निम्नलिखित तीन भागों से मिलकर बनी होती है- 1. कोशिका भित्ति (Cell wall), 2. रसधानियाँ और 3. प्रोटोप्लाज्म । कोशिका के विभिन्न भागों का वर्गीकरण तालिका 2 में दिया गया है। परन्तु सुविधा के लिये मुख्य भागों का अलग-अलग वर्णन अगले कुछ पृष्ठों में किया गया है। पौधों और प्राणियों की कोशिकायें एक दूसरे से भिन्न होती हैं ।

कोशिका भित्ति (Cell wall)

पौधों (बैक्टीरिया सहित) की कोशिकायें एक निश्चित कोशिका भित्ति से घिरी होती हैं। प्राणियों में इस प्रकार की कोशिका भित्ति का अभाव होता है। कोशिका भित्ति दृढ़ तथा रक्षात्मक परत है जो पौधों की जीवद्रव्य कला के बाहर स्थित होती है। कोशिका भित्ति में चार परतें पायी जा सकती हैं - मध्य पट्लिका प्राथमिक कोशिका भित्ति, द्वितीयक कोशिका भित्ति तथा तृतीयक कोशिका भित्ति।

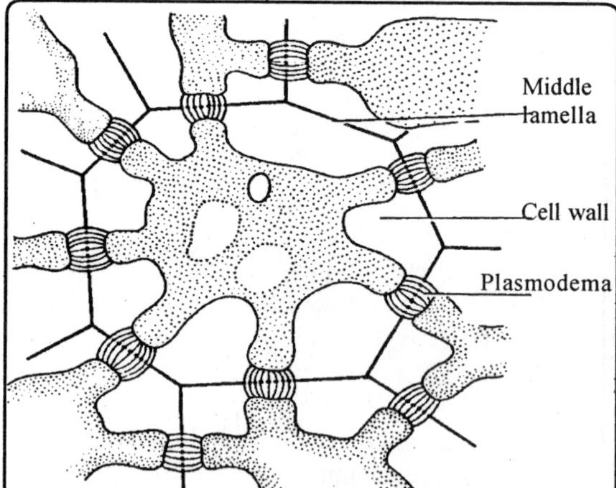

कोशिका के मध्य उपस्थित जीवद्रव्य तन्तु ।

1. मध्य पट्लिका (Middle Lamella)-

यह दो कोशिकाओं के बीच तथा कोशिका भित्ति के बाहर की ओर होती है। वास्तव में मध्य पट्लिका सभी पास की कोशिकाओं को जोड़ने वाले सीमेन्ट का कार्य करती है। यह मुख्तः कैल्सियम अथवा मैग्नीशियम पेक्टेट से बनी होती है।

2. प्राथमिक कोशिका भित्ति (Primary cell wall) –

कोशिका में मध्य पट्लिका से लगी हुई तथा सबसे बाहर की परत, प्राथमिक कोशिका भित्ति होती है। यह परत पतली तथा प्रत्यास्थ होती है। इस परत में साधारण रूप से सेलुलोस, हेमीसेलुलोस, पेक्टिक पदार्थ, लिपिड, प्रोटीन, खनिज पदार्थ तथा जल पाया जाता है। सेलुलोज

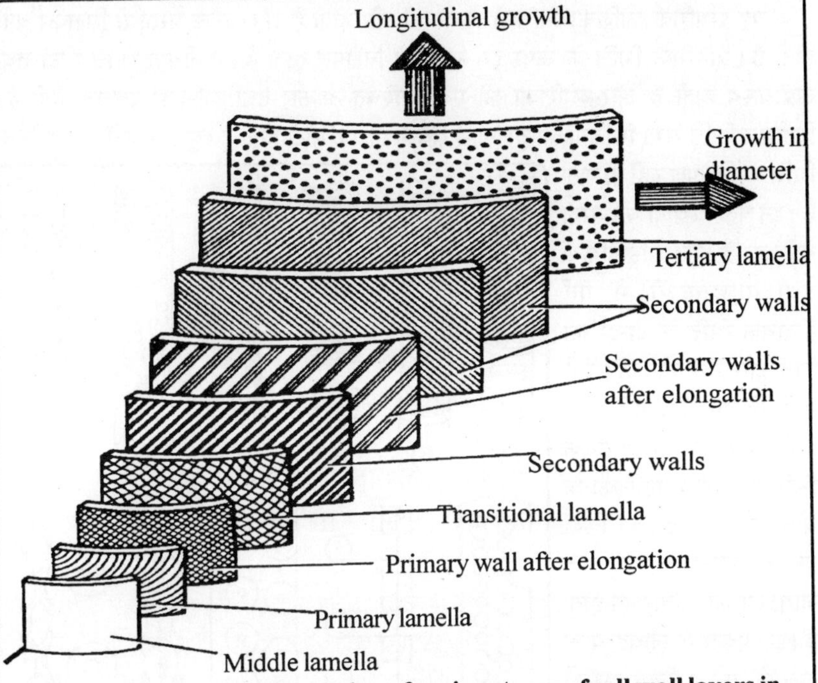

:Time sequence of the formation of various types of cell wall layers in atracheid

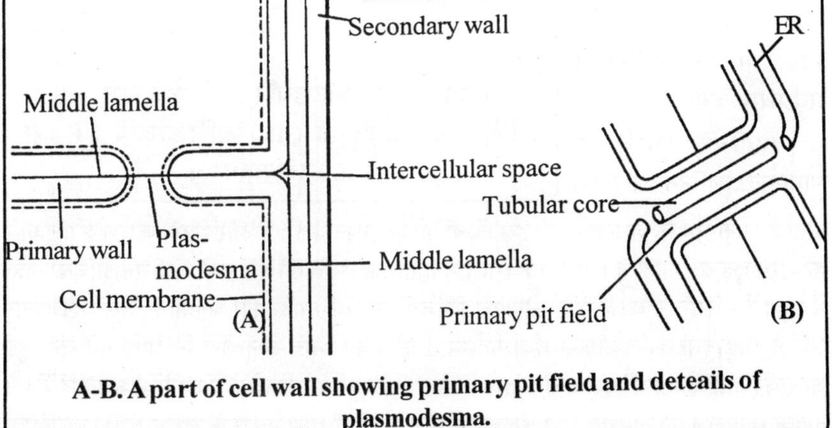

A-B. A part of cell wall showing primary pit field and deteails of plasmodesma.

में ग्लूकोज़, हेमीसेलुलोस में अराबिनोस जायलोस, मैनोस तथा गैलेक्टोस, पेक्टिक पदार्थों में ग्लूकूरोनिक अम्ल तथा गैलेक्टोरोनिक अम्ल, लिपिड में वसा अम्ल तथा खनिज पदार्थों में कैल्सियम और मैग्नेशियम के कार्बोनेट और सिलिकेट मुख्य होते हैं।

3. द्वितीयक कोशिका भित्ति (Secondary cell wall)-

यह प्राथमिक कोशिका भित्ति से अन्दर की ओर होती है और अनेक परतों से मिलकर बनी होती है। प्राथमिक भित्ति के ऊपर इस परत का निक्षेपण होता है। द्वितीयक भित्ति मोटी तथा अप्रत्यास्थ होती है और कोशिका को एक निश्चित आकार तथा यान्त्रिक प्रबलता देती है। द्वितीयक भित्ति सभी भित्तियों की तुलना में सबसे अधिक मोटी होती है। कुछ स्थानों पर द्वितीयक भित्ति पर निक्षेपण नहीं हो पाता है। इन पतले स्थानों को सरल गर्त कहते हैं। मृत वाहिनिकियों तथा वाहिकिओं में गर्त द्वितीयक भित्ति के अन्दर की परत द्वारा घिरे होते हैं। ऐसे गर्तों को परिवेशन गर्त कहते हैं। कुछ स्थानों पर प्राथमिक भित्ति तथा मध्य पट्लिका के बीच छिद्र होते हैं। इन छिद्रों द्वारा दो कोशिकाओं के बीच जीवद्रव्य का आवागमन होता है। इस प्रकार के जीवद्रव्य के तन्तुओं को प्लैज्मोडेस्मैटा अथवा जीवद्रव्यतन्तु कहते हैं। **प्लैज्मोडेस्मैटा** शब्द का प्रयोग 1901 में **स्ट्रासबर्गर ने सर्वप्रथम** किया।

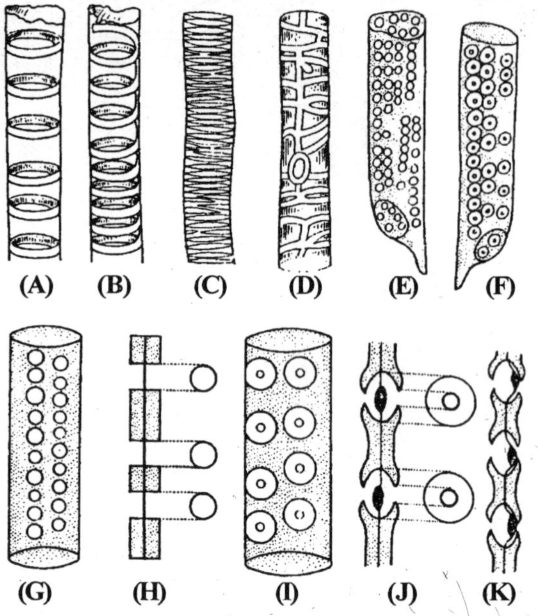

विभिन्न प्रकार की मोटाइयाँ (A) वलयाकार (B) सर्पिल (C) सीढ़ीनुमा (D) जालिकारूपि (E) से (K) तक गर्तमय।

द्वितीयक भित्ति पर सामान्यत: लिग्निन का जमाव होता है। लिग्निन के जमा होने की इस क्रिया को काष्ठाभन कहते हैं और इसके कारण कोशिकायें काष्ठाभ दृढ़ बन जाती है। प्राथमिक भित्ति में द्वितीयक भित्ति की तुलना में लिग्निन अधिक मात्रा में होता है। लिग्निन का जमाव कोशिका भित्तियों पर विभिन्न आकार बनाता है जैसे वलयाकार सर्पिल सीढ़ीनुमा जालिकारूपी तथा गर्तमय । कोशिका भित्ति सेलुलोज के धागों की बनी हुई जालिका होती है। प्रारम्भिक तन्तुक तथा मिसेल भित्ति की सबसे छोटी संरचनात्मक इकाई हैं। ये तन्तुक सेलुलोज की लगभग 100 श्रृंखलाओं से बने होते हैं। इस प्रकार के लगभग 200 प्रारम्भिक

तन्तु मिलकर एक सूक्ष्म तन्तुक बनाते हैं। सूक्ष्म तन्तुओं को कोशिका भित्ति की आधारात्मक संरचना इकाई मानते हैं। लगभग 250 सूक्ष्म तन्तुओं का समूह एक तन्तुक बनाता है। यह तन्तुक प्राथमिक भित्ति में कोशिका में अक्ष के अनुप्रस्थ दिशा में स्थित होते हैं, परन्तु द्वितीयक भित्ति में यह अनुदैर्ध्य दिशा में पाये जाते हैं । यह तन्तुक आधात्री में फैले होते हैं। कोशिका भित्ति में निम्नलिखित पदार्थ निक्षेपित होते हैं-

(a) **लिग्निन** - यह जटिल रासायनिक पदार्थ है। काष्ठीय तथा कठोर ऊतकों में यह पाया जाता है। सामान्य रूप से कोष्ठीय ऊतक लिग्निन के जमाव के कारण मृत हो जाते हैं। लिग्निन कठोर होने पर भी पारगम्य होता है। अधिकतर वनस्पति तन्तु लिग्निनमय होते हैं। लिग्निन का जमाव पौधों को यान्त्रिक दृढ़ता देता है।

(b) **क्यूटिन** - यह पतली या मोटी उपत्वचा के रूप में पाया जाता है। इसकी मोटी परत पत्ती और तने पर पायी जाती है। उपत्वचा जल के लिये अपारगम्य है।

(c) **सुबेरिन** - यह वसीय पदार्थ है जो कॉर्क की कोशिका भित्ति में पाया जाता है।

(d) **श्लेष्मक** - यह अवपंकित पदार्थ है। श्लेष्मक, जल को अवशोषित करके उसे एकत्रित करता है। सूखा श्लेष्मक कठोर तथा गीला विस्कारित होता है।

(E) खनिज पदार्थ - कोशिका भित्ति में सिलिका कैल्सियम ऑक्सेलेट तथा कैल्सियम कार्बोनेट के क्रिस्टल उपस्थित होते हैं।

4. तृतीयक कोशिका भित्ति (Tertiary cell wall)-

यह केवल कुछ कोशिकाओं में कभी-कभी पायी जाती है। यह परत सूखे हुये प्रोटोप्लाज्म से बनी होती है। इसमें सेलुलोस के अतिरिक्त जायलेन भी पाया जाता है।

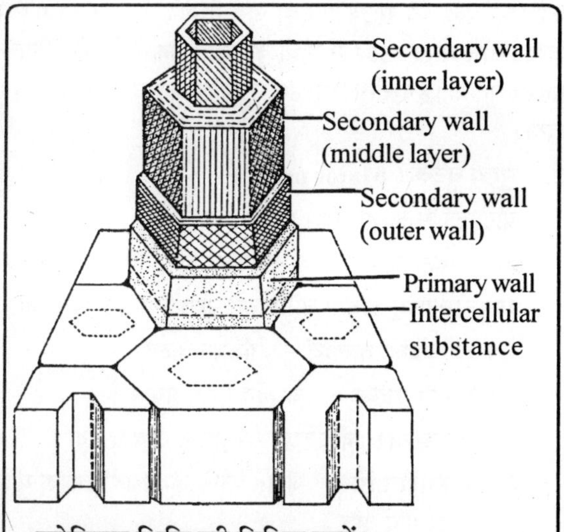

कोशिका भित्ति की विभिन्न परतें।

रसधानियाँ (Vacuoles)

पौधों की परिपक्व कोशिकाओं का अधिकतर भाग रसधानी से घिरा होता है परन्तु प्राणी कोशिकाओं इस प्रकार की बड़ी रसधानी नहीं पाई जाती है। इसमें अनेक छोटी-छोटी रसधानियाँ साइटोप्लाज्मा में बिखरी पायी जाती है। युवा अवस्था में सम्पूर्ण रसधानी कोशिका रस से भरी होती है। वृद्धि के साथ-साथ कोशिका में अनेक छोटी-छोटी रसधानियाँ बनती रहती है जो बाद में एक-दूसरे से जुड़कर केवल एक बड़ी रसधानी बनाती है। इस रसधानी के बनने से साइटोप्लाज्म अनेक तन्तुओं के रूप में बाहरी क्षेत्र से केन्द्रक

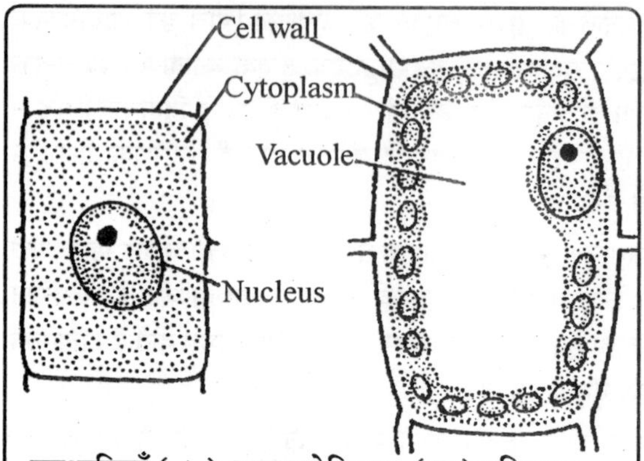

रसधानियाँ (A) युवा कोशिका, (B) परिपक्व कोशिका।

तक जालिका के रूप में फैला होता है। रसधानी के बाहर पायी जाने वाली कला अथवा झिल्ली को **रसधानी झिल्ली** अथवा **टोनोप्लास्ट** कहते हैं। यह अर्धपारगम्य होती है। रसधानी में कोशिका रस भरा होता है। यह एक तरल द्रव्य है जिसमें अनेक खनिज लवण, खाद्य पदार्थ, अम्ल, इत्यादि घुले होते हैं। कोशिका रस में ऐन्थोसाइएनिन के कारण फल, पुष्प तथा पत्तियों का रंग लाल, बैंगनी इत्यादि होता है।

प्रोटोप्लाज्म अथवा जीवद्रव्य (Protoplasm)

1. इतिहास (History) -

हक्सले के अनुसार जीवद्रव्य जीव का भौतिक आधार है। **डूजार्डिन** ने साइटोप्लाज्म अथवा कोशिका द्रव्य को साइकोप्लाज्म नाम दिया। प्रोटोप्लाज्म नाम सर्वप्रथम **परकिंजे** ने 1840 में दिया। **वॉन मोल** 1864 में पौधों की कोशिकाओं के प्रोटोप्लाज्म का वर्णन किया और उसका महत्त्व बताया। **हैनस्टीन** ने 1880 में कोशिका में पाये जाने वाले संगठित पदार्थ को जीवद्रव्य नाम दिया।

2. मुख्य घटक (Major parts)-

प्रोटोप्लाज्म के दो मुख्य घटक होते हैं-

(अ) साटोप्लाज्म अथवा कोशिका द्रव्य और (ब) केन्द्रक ।

साइटोप्लाज्म अथवा **कोशिका द्रव्य** निम्नलिखित भागों से मिलकर बनता हैं-

(1)जीवद्रव्य कलायें - कोशिका कला।

(2) मध्य प्रद्रव्य– के तीन मुख्य प्रकार है-

(अ) काचाभ जीवद्रव्य - रंगहीन, अथवा पदार्थ

(ब) कोशिकांगे– जैसे- प्लैस्टिड अथवा लवक माइटोकॉन्ड्रिया अथवा सूत्रकणिका इत्यादि और

(स) उपापचय के निष्क्रिय पदार्थ– जैसे संचयी पदार्थ, अत्सर्जन पदार्थ, स्रावी, पदार्थ इत्यादि। केन्द्रक निम्नलिखित चार भागों से मिलकर बनता है-

(1) केन्द्रक कला (2) केन्द्रक द्रव्य

(3) केन्द्रिक (4) क्रोमोसोम अथवा गुण सूत्र

3. भौतिक लक्षण (Physical characters) -

प्रोटोप्लाज्म जेली के समान श्लेषी तथा रंगहीन पदार्थ है यह कणिकामय विस्कासी तथा लचीला होता है। इस जलीय विलयन में रसधानियाँ और अनेक कोशिकांग बिखरे होते हैं। उत्तेजनशीलता प्रोटोप्लाज्म का प्रमुख लक्षण है। यह बाह्य उद्दीपनों जैसे- तापमान, प्रकाश, रासायनिक पदार्थ, इत्यादि के प्रति अनुक्रिया दिखाता है। प्रोटोप्लाज्म अर्धपारगम्य होता है।

4. प्रोटोप्लाज्म की गतियाँ - यह दो प्रकार की होती हैं-

(1) वे गतियाँ जो अनावृत प्रोटोप्लाज्म दिखाता है- इसके मुख्य उदाहरण पक्ष्माभी तथा अमीबीय गतियाँ है।

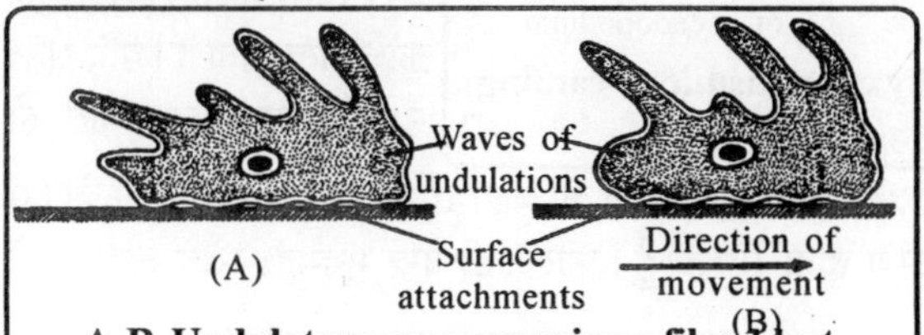

A-B. Undulatory waves moving a fibroblast

(अ) पक्ष्माभी गति - यह स्वतंत्र, सूक्ष्म, जीवद्रव्यीय अंगों की वह गति है जो पक्ष्माभ के कारण होती है उदाहरणार्थ, शैवालों तथा कवकों के चल-बीजाणु माँस तथा फर्न के नर युग्मक इत्यादि।

(ब) अमीबीय गति - यह अनावृत प्रोटोप्लाज्म की गति है। प्रोटोप्लाज्म अपने अंग के एक या अनेक भागों से पादाभ निकालता रहता है उदाहरणार्थ अवपंक कवक, कुछ अलैंगिक चल-बीजाणु इत्यादि।

(2) वे गतियाँ जो कोशिका भित्ति से घिरा प्रोटोप्लाज्म दिखाता है। ऐसी गति को जीवद्रव्य भ्रमण कहते हैं यह दो प्रकार की होती हैं-

(अ) घूर्णन केन्द्रीय रसधानी के बाहर कोशिका भित्ति के साथ प्रोटोप्लाज्म एक दिशा में अर्थात् दक्षिणावर्त या वामावर्त घूमता है। यह वैलिसनेरिया हायड्रिया इत्यादि की पत्तियों में और कारा में देखा जा सकता है।

(ब) परिसंचारण - प्रोटोप्लाज्म छोटी-छोटी रसधानियों के चारों ओर विभिन्न दशाओं में घूमता है । उदाहरणार्थ ट्राडेस्केंशिया के पुंकेसरी रोम कुकुरबिट कुल के अथवा पौधों के भूमिगत तनों के युवा रोम, इत्यादि।

5. जीवद्रव्य - एक कोलाइडी तन्त्र -

प्रोटोप्लाज्म एक बहुकलीय कोलॉइडी तन्त्र है। यह शुद्ध विलयन और निलंबन के बीच का प्रकार है। कोलॉइडी घोल के अणु समूहों के रूप में होते हैं। यह अणु स्थायी होते हैं तथा इतने बड़े नहीं होते कि घोल के तले पर एकत्रित हो सकें। यह घोल दो कलाओं का बना होता है-

(1) संतत कला यापरिक्षेपण प्रावस्था - उदाहरणार्थ विलायक और (2) असंतत कला या परिक्षिप्त प्रावस्था जैसे विलेय कोलॉइडी तन्त्र दो अवस्थाओं में पाया जाता है-

(अ) सॉल तथा (ब) जेल । (अ) सॉल में विलायक (जैसे पानी) की मात्रा विलेय (जैसे प्रोटीन)से अधिक होती है। इसी कारणवश सॉल अवस्था तरलता दिखाती है। जेल अवस्था में

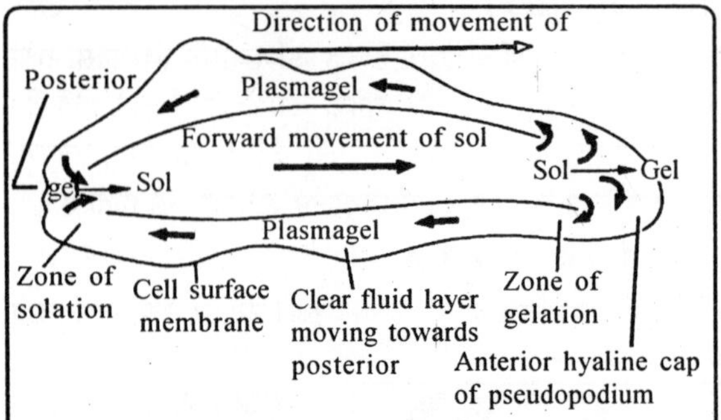

Movement in Amoeba by cytoplasmic streaming and psedopodium

विलेय की मात्रा अधिक होने के कारण यह अर्धघन रूप में होता है। सॉल या तो द्रवस्नेही अथवा द्रव विरोधी होते हैं। द्रवस्नेही सॉल में परिक्षेपण माध्यम और विलेय के बीच बन्धुता होती है इसके विपरीत द्रव विरोधी सॉल में इस बन्धुता का अभाव होता है। यदि सॉल में परिक्षेपण माध्यम जल हो तब द्रवस्नेही सॉल को जलरागी तथा द्रव विरोधी सॉल को जलविरागी कहते हैं। सॉल का जेल में बारबार बदलना अथवा रूपान्तरण होना सम्भव है। कोलॉइडी तन्त्र मुख्यत: सॉल अवस्था में पाया जाता है।

$$\text{Sol} \rightleftharpoons \text{Gel}$$

6. प्रोटोप्लाज्म के कुछ अन्य लक्षण –

प्रोटोप्लाज्म में सामान्य रूप से पाये जाने वाले कुछ प्रमुख लक्षण निम्न प्रकार से हैं–

(अ) प्रत्यास्थता – यह खींचने पर फैलता है तथा छोड़ने पर अपने स्थान पर वापस आ जाता है।

(ब) विस्कासिता – तरल पदार्थ के प्रवाह को रोकने की प्रवृति को विस्कासिता कहते हैं।

(स) ब्राऊनी गति – रॉबर्ट ब्राऊन ने 1829 में इस गति का वर्णन किया था जिस कारण इसे ब्राउनी गति कहा जाता है। यह गति कोलॉइडी तन्त्र के अणुओं के आपस में टकराने अथवा बमबारी के कारण होती है। इसके अन्तर्गत अणु टेढ़ी–मेढ़ी गति दिखाते हैं।

(द) टिन्डन परिघटना – प्रकाश की किरणों के कोलॉइडी कणों द्वारा विवर्तन या प्रकीर्णन को टिन्डल परिघटना कहते हैं।

(य) संसंजकता – अणु और कणों के एक दूसरे के साथ रहकर समूह बना लेना, कोलॉइडी कणों के संसंजकता का प्रमाण है।

(र) वैद्युत लक्षण – कोलॉइडी तन्त्र वैद्युत उदासीन होता है।

7. प्रोटोप्लाज्म का स्वभाव –

प्रोटोप्लाज्म की प्रकृति के सम्बन्ध में अनेक सिद्धान्त दिये गये हैं। इनमें से कुछ का वर्णन नीचे किया गया है–

(अ) कूपिका सिद्धान्त – बूशेली के अनुसार प्रोटोप्लाज्म एक पायस है जिसमें सूक्ष्म बूँदे अथवा कूपिकायें वितरित होती हैं।

(ब) दानेदार सिद्धान्त – आल्टमन के अनुसार प्रोटोप्लाज्म अनेक सूक्ष्म कणों से बना होता है।

(स) जालिकासिद्धान्त – हैनस्टीन रिन्के कारनॉय इत्यादि जीववैज्ञानिकों के अनुसार प्रोटोप्लाज्म जालिकामय होता है।

(द) तन्तुमय सिद्धान्त – फ्लेमिंग के अनुसार प्रोटोप्लाज्म आव्यूह में फैले हुये तन्तुओं का बना होता है।

8. प्रोटोप्लाज्म का रासायनिक विश्लेषण –

प्रोटोप्लाज्म में निम्नलिखित पदार्थ उपस्थित होते हैं–प्रोटोप्लाज्म का रासायनिक विश्लेषण–

पदार्थ	मात्रा
1. जल	75 प्रतिशत
2. प्रोटीन	10–12 प्रतिशत
3. लिपिड	2–3 प्रतिशत
4. कार्बोहाइड्रेट	1 प्रतिशत
5. अकार्बनिक पदार्थ	1 प्रतिशत
6. डी.एन.ए. (डीएनए)	0.4 प्रतिशत
7. आर.एन.ए. (आरएनए)	0.7 प्रतिशत

(अ) जल – प्रोटोप्लाज्म में सबसे अधिक मात्रा में जल होता है। जलीय पौधों में यह 95 तक तथा सूखे बीज, इत्यादि में यह केवल 10 प्रतिशत से भी कम होता है।

(ब) प्रोटीन – यह पदार्थों के शुष्क भार का मुख्य लगभग 60 प्रतिशतसे 65 प्रतिशत तथा महत्त्वपूर्ण भाग है। यह कार्बन, हाइड्रोजन, ऑक्सीजन तथा नाइट्रोजन से बना होता है। इसके अतिरिक्त कुछ प्रोटीनों में सल्फर तथा फॉस्फोरस भी पाये जाते हैं। प्रोटीन अनेक ऐमिनो अम्लों से मिलकर बने होते हैं। इस प्रकार ऐमिनो अम्ल प्रोटीन की मूल इकाई होती है। जीवधारियों में मिलने वाले 20 ऐमिनो अम्लों में से प्रत्येक में एक या अधिक क्षारक ऐमिनो अम्लों के जुड़ते समय, एक ऐमिनो अम्ल का कार्बोक्सिल समूह दूसरे ऐमिनो अम्ल से जुड़ जाता है। इस रासायनिक बन्ध पेप्टाइड बन्ध कहते हैं। पौधे का सरल प्रोटीन लगभग 100 ऐमिनो अम्कों के अणुओं से मिलकर बनता है तथा प्रोटीन के अणु में ऐमिनो अम्लों के औसतन 300–1000 अणु होते हैं। इन्सुलिन रक्त में ग्लूकोज की मात्रा का नियंत्रण करने वाला हॉर्मोन है, 51 एमिनो अम्लों से मिलाकर बना प्रोटीन है। इसी प्रकार हीमोग्लोबीन रक्त में मिलने वाला प्रोटीन है। यह 574 ऐमिनो अम्लों से मिलकर बना होता है।

(स) लिपिड – ये यौगिक कार्बन, हाइड्रोजन तथा ऑक्सीजन से बनते हैं। कुछ उनमें नाइट्रोजन तथा फॉस्फोरस भी पाये जाते हैं तथा ऑक्सीजन की मात्रा भी कम होती है। ये जल में प्रायः अघुलनशील होते हैं। लिपिड निम्नलिखित तीन प्रकार के होते हैं– निम्नलिखित तीन प्रकार के होते हैं–

(1) शुद्ध वसा जो ग्लिसरॉल तथा वसा अम्लों से बनी होती है।

(2) मोम जो वसा अम्लों की लम्बी श्रृंखला लगभग 24 से 36 कार्बन परमाणुओं से बनी होती है, के ऐल्कोहॉल से जुड़ने पर बनता है, उदाहरण सुबेरिन और क्यूटिन।

(3) फॉस्फोलिपिड जो ग्लिसरॉल वसा अम्ल तथा फॉस्फोरस और नाइट्रोजन के परमाणुओं से बना होता है।

(द) कार्बोहाइड्रट - ये कार्बन हाइड्रोजन तथा ऑक्सीजन से मिलकर बने होते हैं। हाइड्रोजन और ऑक्सीजन से मिलकर बने होते हैं। हाइड्रोजन और ऑक्सीजन के परमाणु 2:1 के अनुपात में होते हैं। कार्बोहाइड्रेट का आण्विक सूत्र है $(CH_2O)_n$। मोनोसैकेराइड में कार्बन के 3 से 7 परमाणु होते हैं जैसे ग्लूकोज, फ्रुक्टोज इत्यादि। मोनोसैकेराइड के दो अणु जुड़कर डाइसैकेराइड बनाते हैं। उदाहरण, माल्टोज अनेक मोनोसैकेराइड्स के जुड़ने से बनते हैं, उदाहरण मण्ड सैलुलोस इत्यादि।

(य) अकार्बनिक पदार्थ - जीवद्रव्य में पाये जाने वाले आवश्यक खनिज पदार्थ विलयन में आयनिक अवस्था में होते हैं। कैल्शियम, मैग्नीशियम, पोटैशियम तथा आयरन मुख्य धनायन हैं, जबकि नाइट्रेट सल्फेट, फास्फेट, क्लोराइड तथा बाइकार्बोनेट मुख्य ऋणायन हैं। खनिज पदार्थ pH को बदलने के अतिरिक्त कोशिका में होने वाली अनेक रासायनिक क्रियाओं को भी प्रभावित करते हैं।

(र) न्यूक्लीइक अम्ल - ये बहुत बड़े कार्बनिक अणु है तथा कार्बन, हाइड्रोजन, ऑक्सीजन, नाइट्रोजन और फॉस्फोरस से मिलकर बने होते हैं। न्यूक्लीइक अम्ल दो प्रकार के होते हैं- (1) राइबोन्यूक्लीइक अम्ल (RNA) और (2) डिऑक्सीराइबोन्यूक्लीइक अम्ल (DNA)। न्यूक्लीइक अम्ल अनेक न्यूक्लीओटाइडों से मिलकर बना होता है। प्रत्येक न्यूक्लीओटाइड के तीन घटक होते हैं- (1) नाइट्रोजनी क्षारक प्यूरीन या पाइरिमीडीन, (2) पेन्टोस शर्करा तथा (3) फॉस्फोरिक अम्ल।

(ल) अन्य पदार्थ - प्रोटोप्लाज्म में पाये जाने वाले कुछ अन्य रासायनिक पदार्थों में वर्णक हॉर्मोन एन्जाइम अथवा प्रकिण्व ऐल्केलॉइड लैटेक्स इत्यादि प्रमुख होते हैं।

कोशिका कला (Cell membrane)

1. **इतिहास** -प्रत्येक कोशिका एक कोशिका कला से घिरी होती है। यह कोशिका की जीवित सीमा है। पौधों में इसके अतिरिक्त बाहर की ओर कोशिका भित्ति भी होती है। सी.नैजेली और सी. क्रेमर ने 1855 में इस झिल्ली कोशिका कला नाम दिया। जे.क्यू.प्लोव ने 1931 में इसे जीवद्रव्य कला कहा।

2. **संरचना** - कोशिका कला को इलेक्ट्रॉन माइक्रोस्कोप द्वारा देखा जा सकता है। यह 75 Å से लेकर 215 Å तक मोटी होती है। कोशिका कला दो प्रकार की होती है-

(1)कोशिका द्रव्य कला जो कोशिका के अन्दर के तन्त्र को घर कर रखती है और (2) आंतर जीवद्रव्य झिल्ली जो कोशिकांगों (प्लैस्टिड, माइटोकॉन्ड्रिया इत्यादि) के बाहर पायी जाती है। कोशिका कला की संरचना के संबंध में कुछ मुख्य विचार निम्न प्रकार हैं-

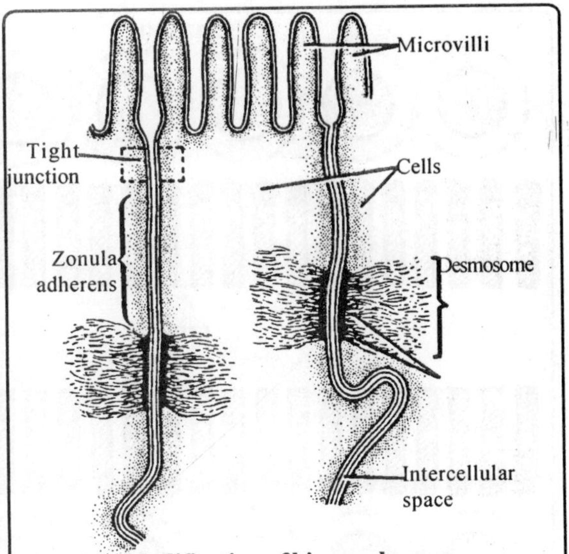

Modification of biomembranes

(1) **डैनियली** तथा **डौसन** 1935 के अनुसार कोशिका कलायें निम्न परतों की बनीहोती है। मध्य परत फॉस्फोलिपिड के दो अणुओं के स्तर से बनी होती है जिनके दोनों ओर प्रोटीन की एक-एक परत होती है।

(2) **राबर्टसन** ने 1959 में एकक-झिल्ली की कल्पना प्रस्तुत की। इसके अनुसार कोशिका में पायी जाने वाली प्रत्येक कला तीन परतों की बनी होती है। तीनों परतों की मोटाई 75 Å से 90 Å होती है जिसमें फॉस्फोलिपिड के द्विआण्विक स्तर लगभग 35 Å और प्रत्येक प्रोटीन परत 20 Å मोटी होती है। कोशिका द्रव्य कला और आंतर जीवद्रव्य झिल्ली दोनों इसी प्रकार की ईकाइयों की बनी होती है।

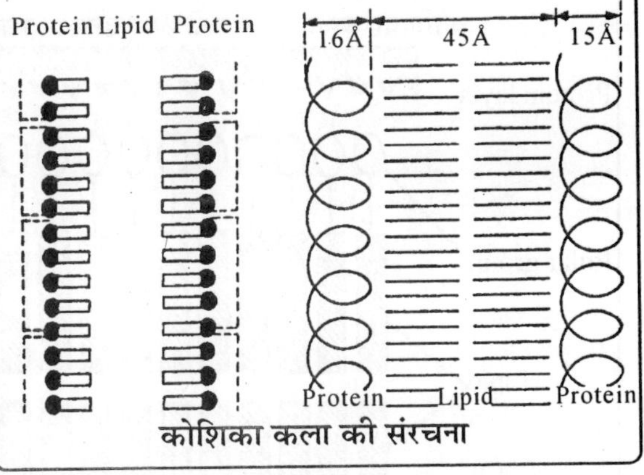

कोशिका कला की संरचना

(3) **सिंगर और निकोलसन** द्वारा 1974 में कोशिका कला का **तरल-मोजेक मॉडेल** का वर्णन किया गया। इसके अनुसार प्रोटीन का लिपिड के द्विआण्विक स्तर के बाहर ही उपस्थित होना आवश्यक नहीं है। ये प्रोटीन दो प्रकार के होते हैं-समाकल अथवा बाह्य । समाकल प्रोटीन लिपिड की परतों में धँसे होते हैं और/सरलता से अलग नहीं किए जा सकते । बाह्य अथवा परिधीय प्रोटीन के बाहर होते हैं और सरलता से अलग किये जा सकते हैं। लिपिड तथा समाकल प्रोटीन, लिपिड की परत में बिखरे होते हैं और मोजेक अवस्था दिखाते हैं। एकक-झिल्ली को अर्ध-तरल कहते हैं क्योंकि समाकल प्रोटीन, लिपिड के द्विआण्विक परत है अन्दर समयानुसार स्थान बदलते रहते हैं। कोशिका कला आवश्यकतानुसार कुछ नये रूप दिखाती है यह रूपान्तरित कोशिका कला केवल विशिष्ट कार्य ही करती है इनमें से दो प्रकार नीचे दिये गये हैं-

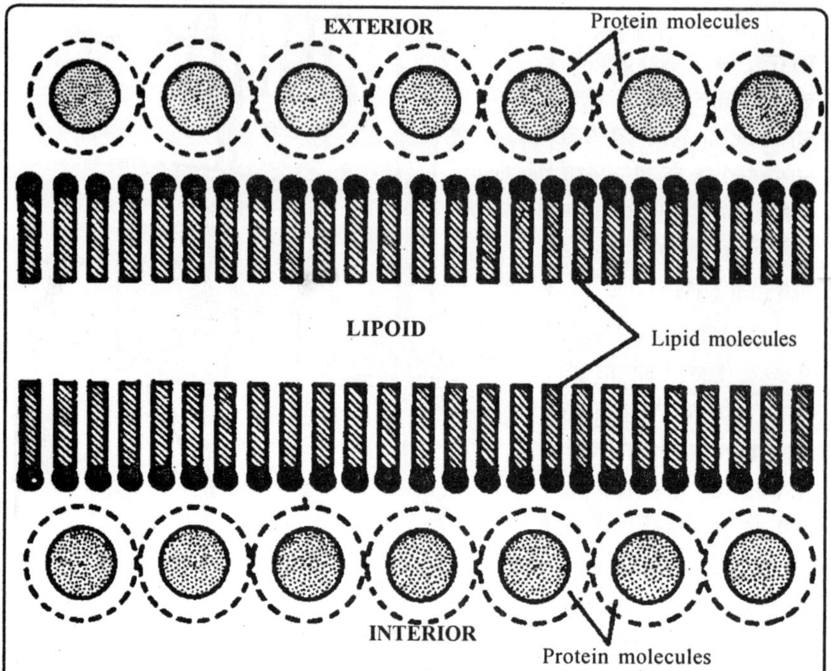

कोशिका कलाः डैनियली और डौसन द्वारा दी गई संकल्पना

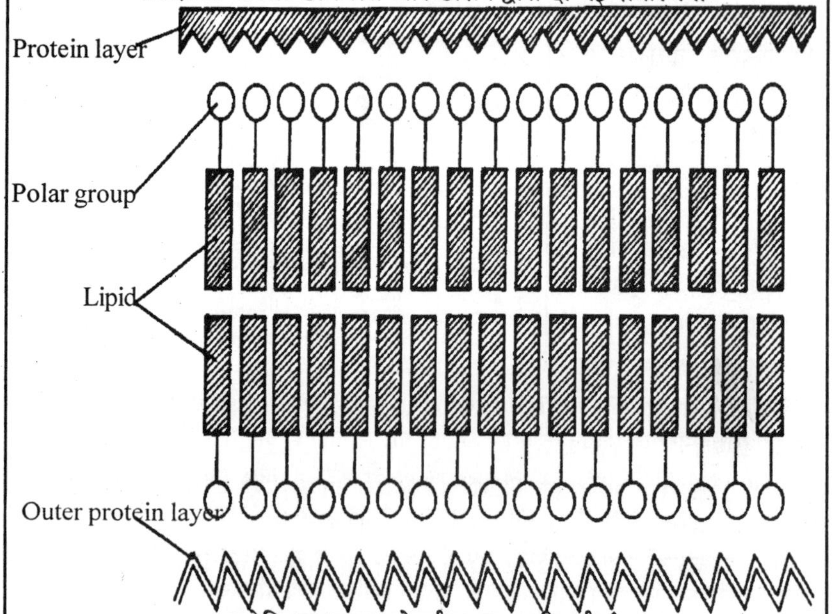

कोशिका कलाः रोबर्टसन द्वारा दी गई संकल्पना

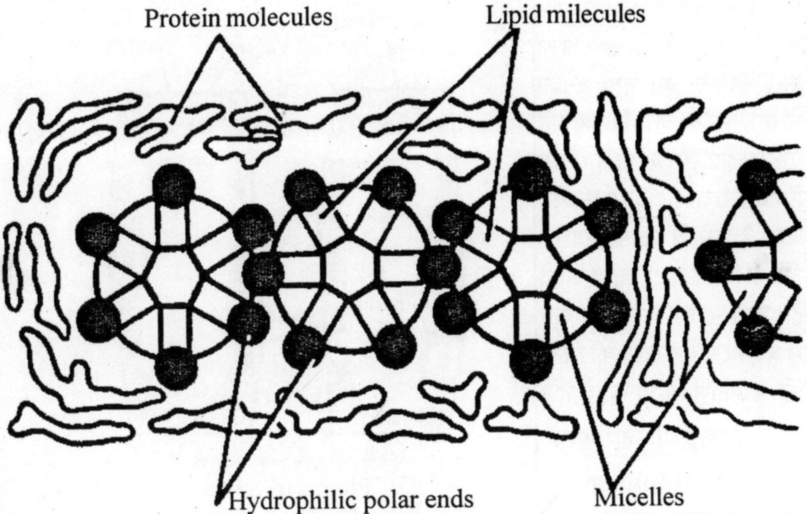

Micellar interpretation of plasma membrane as proposed by Hilleir and Hoffman (1953)

(क) डेस्मोसोम – ये एपिथीलियमी कोशिकाओं में पाये जाते हैं। इनका निर्माण एक-दूसरे के निकट स्थित दो कोशिका कलायें मिलकर करती है। इस प्रकार के लगभग 0.5 व्यास के गोलाकार स्थानों से अनेक पतले तन्तुक फैले हुये होते हैं। इन तन्तुकों को टोनोफिलामेन्ट अथवा टोनोफाइब्रिल कहते हैं। इन मोटे स्थानों को डेस्मोसोम कहा जाता है। इनका मुख्य कार्य आंतरकोशिक यांत्रिक सहायता प्रदान करना है। ये कोशिकाओं को एक दूसरे से जुड़े रहने में सहायक होते हैं।

(ख) माइक्रोविली – ये संरचना आंत्र एपीथीलियम कोशिकाओं में पायी जाती है। इन कोशिकाओं के खुले हुए बाहरी भागों की कोशिका कला अंगुलियों के आकार की अत्यंत सूक्ष्म संरचनाएँ बनाती है जिन्हें माइक्रोविली कहते हैं। ये अवशोषण करने के लिये अधिक सतह प्रदान करती हैं।

3. कार्य –

कोशिका कला के कुछ प्रमुख कार्य निम्न प्रकार है–

(क) परागम्यता – यह विभिन्न पदार्थों के आयन तथा अणुओं के बाहर आने जाने पर नियन्त्रण रखती है।

(ख) निष्क्रिय अभिगमन – विभिन्न प्रकार के आयन अपने अधिक सान्द्रता के क्षेत्र से कम सान्द्रता के क्षेत्र की ओर कोशिका कला द्वारा जाते हैं।

(स) सक्रिय अभिगमन – इस क्रिया में अणु, परासरण के नियमों के विपरीत अपने कम सान्द्रता के क्षेत्र से अधिक सान्द्रता के क्षेत्र की ओर जाते हैं। इस अवधि में रासायनिक ऊर्जा का उपयोग होता है।

(द) ऐन्डोसाइटोसिस - बाहरी पदार्थ को कोशिका कला द्वारा घेर लेने की तथा उनका पाचन करने की क्रिया को ऐन्डोसाइटोसिस कहते हैं। जिस क्रिया द्वारा तरल पदार्थों को घेरा जाता है उसे पिनेकोसाइटोसिस अथवा पिनोसाइटी क्रिया कहते हैं। ठोस पदार्थों को इस प्रकार से घेर कर पाचन करने की क्रिया को भक्षक़ाणु क्रिया कहते हैं।

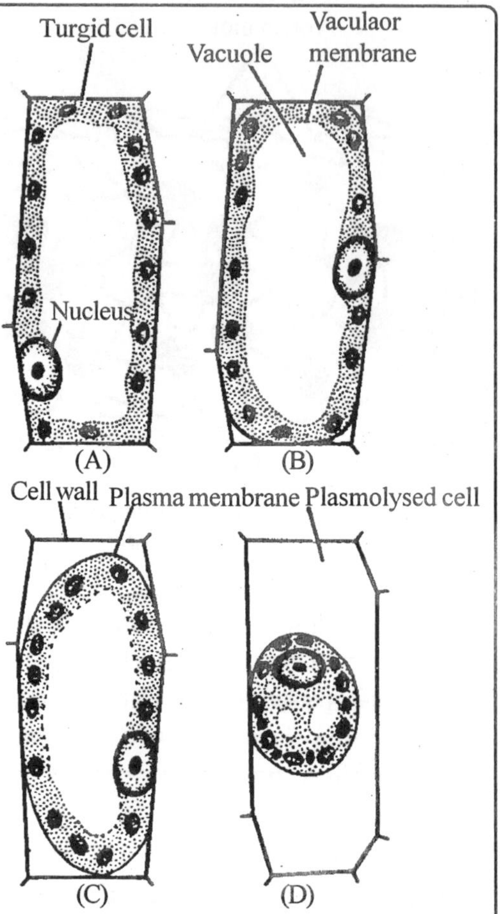

A-D. Plasmolysis: B-D, Cell after immersion in a hypertonic solution showing the successive stages in the shrinkage of the protoplasm from the cell wall caused by the withdrawal of water from the vacuole.

अन्तर्द्रव्यी जालिका (Endoplasmic Reticulum of ER)

1. **इतिहास** -

साइटोप्लाज्म में फैली हुई झिल्लियों के जाल को अन्तर्द्रव्यी जाल कहते हैं। इसका आविष्कार पोर्टर ने किया। यह एक सतत तन्त्र बनाता है जिसका एक सिरा केन्द्रक कला से और दूसरा कोशिका कला से जुड़ा होता है।

2. **वितरण** -अन्तर्द्रव्यी जाल सामान्यत: अण्डे तथा भ्रूणीय कोशिकाओं में अनुपस्थित होता है परन्तु विभेदित अथवा पूर्ण रूप से विकसित कोशिकाओं में पाया जाता है। कोशिका के अनुसार अन्तर्द्रव्यी जालिका का आकार तथा आमाप बदलता रहता है। यह जालिका उन कोशिकाओं में पूर्ण रूप से विकसित होती है जिनमें प्रोटीन तथा हॉर्मोन बनते हैं।

3. **संरचना** -

अन्तर्द्रव्यी जालिका में निम्न तीन विभिन्न संरचनायें पायी जाती हैं।

(क) सिस्टर्नी - ये लगभग 30-50 mμ व्यास वाली, लम्बी, चपटी तथा शाखाविहीन

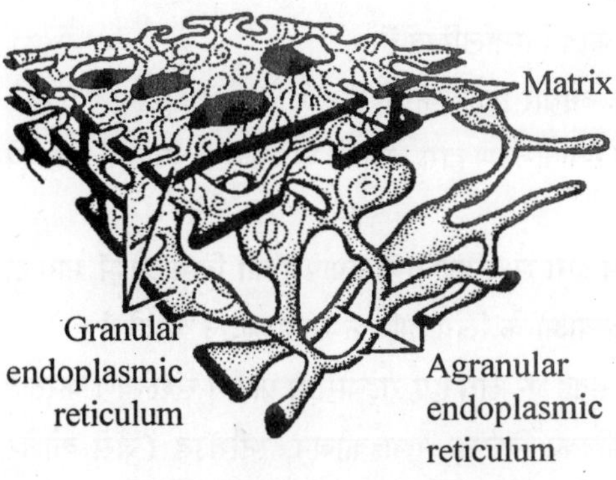

अन्तर्द्रव्यी जालिका की अधर काट

नलिकायें होती हैं। सभी नलिकायें समान्तर क्रम से व्यवस्थित रहती हैं।

(ख) पुटिकायें - ये लगभग 25-500 mμ व्यासवाली गोलाकार थैलियाँ होती है।

(ग) नलिकायें - ये लगभग 50-100 mμ व्यासवाली शाखित नलिकायें होती हैं।

अन्तर्द्रव्यी जालिका एकक-झिल्ली पुटिकाओं तथा नलिकाओं से मिलकर बना एक जटिल तन्त्र है। इन एकक झिल्लियों की मोटाई लगभग 50 Å से 60 Å होती है। विभेदक अपकेन्द्रण करने पर अन्तर्दव्यी जालिका टूटकर, छोटे-छोटे टुकड़ों में बंटकर एक नयी संरचना बनाते हैं। इसे माइक्रोसोम कहते हैं।

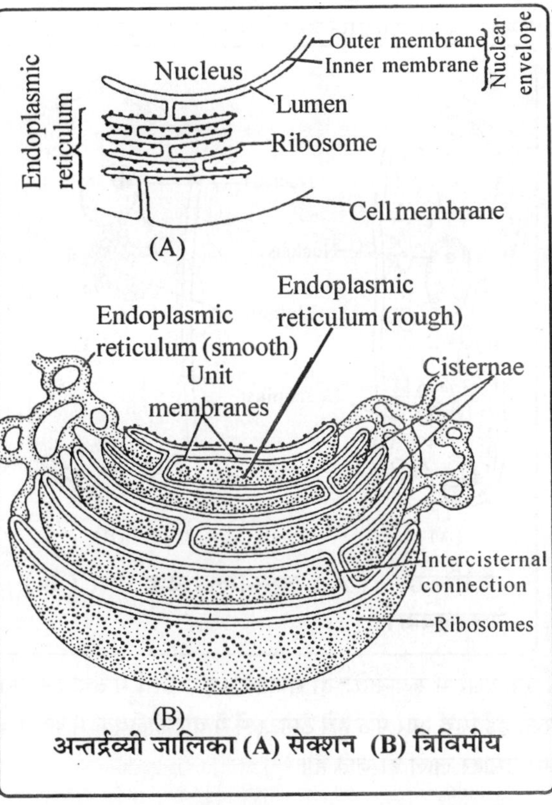

अन्तर्द्रव्यी जालिका (A) सेक्शन (B) त्रिविमीय

4. प्रकार -

अन्र्द्व्यी जालिका निम्नलिखित दो प्रकार की होती हैं।

(क) रूक्ष अन्तर्द्रव्यी जालिका - इस अन्तर्द्रव्यी जालिका की सतह पर राइबोसोम लगे हुए होते हैं। यह प्रोटीन संश्लेषण तथा स्त्रवण करने वाली कोशिकाओं में पायी जाती हैं।

(ख) चिकनी अन्तर्द्रव्यी जालिका - इस जालिका की सतह पर राइबोसोम नहीं पाये जाते हैं। यह अकणिकामय जालिका स्टीरॉइड स्त्रवण करने वाली कोशिकाओं में पायी जाती है।

5. कार्य

अन्तर्द्रव्यी जालिका के मुख्य कार्य निम्नलिखित हैं–

(1) यह कोशिका के लिये यांत्रिक आधार प्रदान करती है।

(2) परासरण विसरण तथा सक्रिय स्थानान्तरण द्वारा अणुओं के आदान–प्रदान में सहायक होती है।

(3) कोशिका में उपस्थित एन्जाइम द्वारा संश्लेषण तथा उपापच की क्रियाओं में भाग लेती है।

(4) कोशिका को उपापचय की क्रियाओं के लिये अधिक सतह प्रदान करती है।

(5) रूक्ष अन्तर्द्रव्यी जालिका की सतह पर लगे हुए राइबोसोम प्रोटीन संश्लेषण करते हैं।

(6) अकणिकामय अन्तर्द्रव्यी जालिका लिपिड़, ग्लाइकोजन, स्टीरॉइड (जैसे कोलेस्टेरॉल, ग्लिसरॉइड्स, हार्मोन, टेस्टोस्टीरोन, प्रोजेस्टीरोन) इत्यादि के संश्लेषण के काम आती है।

प्लैस्टिड अथवा लवक (Plastids)

1. इतिहास –

प्लैस्टिड शब्द ग्रीक भाषा के शब्द से लिया गया है। इस शब्द का सर्वप्रथम प्रयोग 1885 में ए.एफ. डब्ल्यू शिंपर ने किया। इसके पूर्व वर्णकीलवक शब्द से क्लोरोप्लास्ट अथवा हरितलवक को संबोधित किया जाता रहा। परन्तु रंगहीन, पीले तथा नारंगी रंग के लवणों के आविष्कार के पश्चात यह शब्द बदले गये।

2. प्रकार–

प्लैस्टिड को नीचे दिये गये तीन वर्गों में रखा गया है–

(1) क्लोरोप्लास्ट अथवा हरितलवक हरे रंग के लवक,

(2) वर्णकीलवक रंगीन लवक तथा

(3) ल्यूकोप्लास्टिड रंगहीन लवक।

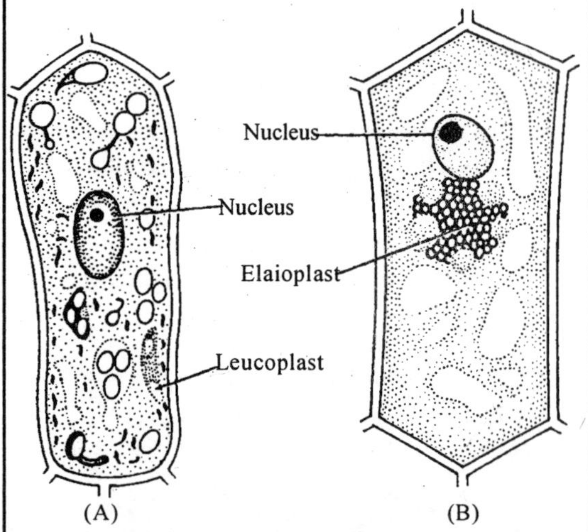

प्लैस्टिड – (A) ल्यूकोप्लास्टिड तथा (B) तेलदलवक।

विभिन्न प्रकार के लवक एक दूसरे में रूपान्तरित हो सकते हैं। हरी मिर्च में तथा हरे टमाटर में क्लोरोप्लास्ट होते हैं और पकी हुई मिर्च और पके हुये टमाटर में ये वर्णकीलवक में बदल जाते हैं। इसी कारण पकी मिर्च और टमाटर लाल हो जाते हैं।

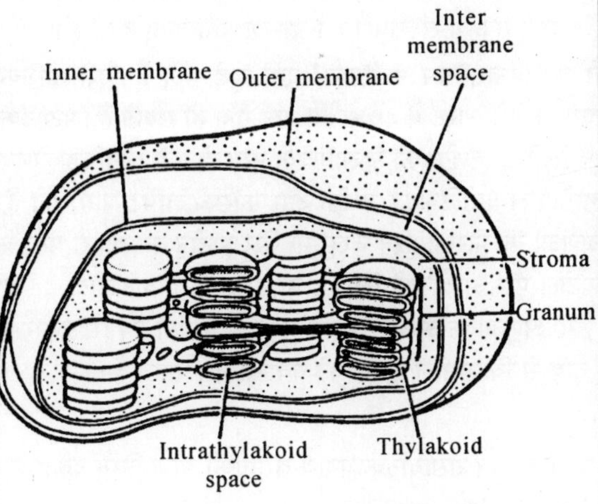

Structure of chloroplast as seen in profile

(3) क्लोरोप्लास्ट अथवा हरितलवक - क्लोरोप्लास्ट और वर्णकीलवकों की संरचना एक सी होती है। इस कारणवश केवल क्लोरोप्लास्ट का वर्णन नीचे दिया गया है।

(क) वितरण -

क्लोरोप्लास्ट, कवकों को छोड़कर लगभग सभी पौधों की कोशिकाओं में पाये जाते हैं। कुछ बैक्टीरिया और नीले-हरे शैवाल जैसी प्रोकैरियोटिक कोशिकाओं में क्लोरोप्लास्ट संगठित नहीं होते। इनमें कोशिकाओं को परिबद्ध करने वाली एकक झिल्ली का अभाव होने के कारण क्लोरोप्लास्ट की अन्दर की पटलिकायें संपूर्ण कोशिका में फैली हुई पाई जाती हैं।

(ख) आकार, आमाप तथा संख्या-

क्लोरोप्लास्ट का आकार, आमाप तथा संख्या स्पीशीज के अनुसार अलग-अलग होती है। ये पट्टीदार जालिकामय, प्यालेनुमा, कुण्डलाकार, तारानुमा परतदार अथवा चक्रिकाभ होते हैं। इनका व्यास तक 4μ से 8μ तथा मोटाई लगभग 2μ की होती है। अधिकतर शैवालों की कोशिकाओं में एक क्लोरोप्लास्ट होता है। फूलवाले पौधें की कोशिका में इनकी संख्या 20 से 40 तक हो सकती है।

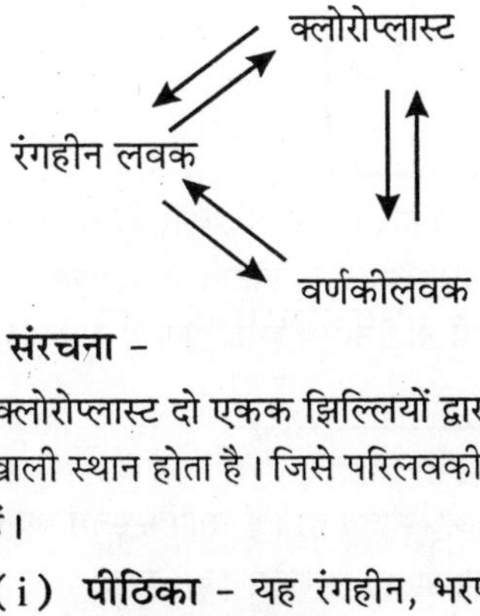

(स) संरचना -

क्लोरोप्लास्ट दो एकक झिल्लियों द्वारा घिरा होता है। इन दोनों के बीच 100 Å से 300 Å तक खाली स्थान होता है। जिसे परिलवकीय स्थान कहते हैं। झिल्लियों के अन्दर दो मुख्य भाग होते हैं।

(i) **पीठिका -** यह रंगहीन, भरण पदार्थ है जहाँ प्रकाश संश्लेषण की अप्रकाशिक प्रतिक्रिया होती है।

(ii) **ग्रैना** – यह थाइलेकॉयड पटलिकाओं की सिक्कों की गड्डी जैसी संरचना होती है जिसे ग्रैनम कहते हैं। इनमें प्रकाश संश्लेषण की प्रकाश प्रतिक्रिया होती है।

पास के दो ग्रैन एक दूसरे से 'अन्तराग्रैनम पटलिका' द्वारा जुड़े होते हैं। इसे पीठिका पटलिका या फ्रैट भी कहते हैं। एक क्लोरोप्लास्ट में 40 से 60 तक ग्रैना हो सकते हैं। पटलिका में प्रत्येक दो प्रोटीन परतों के बीच लिपिड-वर्णक की द्विआण्विक परत होती है। लिपिड-वर्णक की परत में पर्णहरित अथवा क्लोरोफिल कैरोटिनॉइड वर्णक और फॉस्फोलिपिड पाये जाते हैं। प्रत्येक परत में क्लोरोफिल के अणुओं का पोरफायरिन जलरागी सिर प्रोटीन की बाहरी परत के पास होता है और वसारागी फायटोल पूँछ अन्दर की लिपिड की परत के निकट होती है। इन परतों में क्लोरोफिल के लगभग 230 अणुओं के अलग-अलग समूह पाये जाते हैं। इस प्रकार के सूक्ष्म तथा प्रकाश संश्लेषण की दृष्टि से क्रियाशील समूह को क्वान्टासोम कहते हैं।

(द) रासायनिक विश्लेषण –

क्लोरोप्लास्ट में पाये जाने वाले विभिन्न रासायनिक पदार्थ व उनकी मात्रा निम्न प्रकार है–

क्लोरोप्लास्ट का रासायनिक विश्लेषण

	पदार्थ	मात्रा
1.	प्रोटीन	40–50 प्रतिशत
2.	फॉस्फोलिपिड	23–25 प्रतिशत
3.	क्लोरोफिल	3 – 10 प्रतिशत
4.	कैरोटिनॉइड	1–2 प्रतिशत
5.	राइबोन्यूक्लीइफ अम्ल (आरएनए)	5 प्रतिशत
6.	डिऑक्सीराईबोन्यूक्लीइफ अम्ल (डीएनए)	कुछ अंश
7.	एन्जाइम	कुछ अंश
8.	विभिन्न खनिज तत्व (Cu, Fe, Mg, Mn, Zn)	कुछ अंश

क्लोरोप्लास्ट में डी.एन.ए. और आर.एन.ए. के अतिरिक्त 70 S प्रकार के राइबोसोम भी पाये जाते हैं। शैवाल तथा कुछ अन्य पौधों के क्लोरोप्लास्ट में प्रोटीन तथा मण्ड का बना पाइरीनॉइड पाया जाता है। पाइरीनॉइड के मध्य भाग में प्रोटीन उपस्थित होता है और यह मण्ड के कणों से घिरा हुआ होता है।

(य) आनुवंशिक स्वतंत्रता –

क्लोरोप्लास्ट आनुवंशिक रूप से स्वतंत्र अथवा अर्थस्वतंत्र होते हैं क्योंकि इनमें बर्तुलाकार डीएनए, डीएनए पॉलिमरोज, आरएनए पॉलिमरेज तथा प्रोटीन संश्लेषण की व्यवस्था पाई जाती है। क्लोरोप्लास्ट में बैथ्टीरिया की कोशिका के समान 70 S प्रकार के राइबोसोम भी पाये जाते हैं।

इनकी उपस्थिति इस बात का स्पष्ट संकेत है। कि क्लोरोप्लास्ट में पाया जाने वाला आनुवंशिक पदार्थ अथवा डीएनए स्वप्रतिकरण कर सकता है। इसका कारणवश क्लोरोप्लास्ट को यूकैरियोटिक कोशिका के अन्दर दूसरी कोशिका (प्रोकैरियोटिक) मानते हैं तथा इसे कोशिका का जीवित अंग भी कहा जाता है।

(र) कार्य -

क्लोरोप्लास्ट के मुख्य कार्य नीचे दिये गये हैं

(1) प्रकार की ऊर्जा का अवशोषण करना।

(2) हित प्रतिक्रिया द्वारा बनाना तथा ऑक्सीजन का विमोचन करना।

(3) हवा से प्राप्त कार्बन डाइऑक्साइड द्वारा मण्ड का निर्माण करना।

माइटोकॉन्ड्रिया अथवा सूत्रकणिका (Mitochondria)

1. इतिहास -

कोलीकार ने 1880 में माइटोकॉन्ड्रिया को कीटकों की पेशियों से अलग किया। फ्लेमिंग ने इन संरचनाओं को फायला नाम दिया तथा अल्टमैन ने इन्हें बायोब्लास्ट की संज्ञा दी। बेन्डाने 1897 में इन कोशिकांगों को माइटोकॉन्ड्रिया नाम दिया। यह नाम आज भी प्रचलित है। एफ. मीवज़ ने 1904 में पौधों में माटोकॉन्ड्रिया को सर्वप्रथम देखा।

2. वितरण -

बैक्टीरिया और नीले-हरे शैवाल की कोशिकाओं को छोड़कर पौधे तथा प्राणियों की लगभग सभी जीवित कोशिकाओं में माइटोकॉन्ड्रिया पाये जाते है। स्तनधारी प्राणियों की लाल रूधिर कणिकाओं (आरबीएस)में पाये जाने वाले माइटोकॉन्ड्रिया बाद में नष्ट हो जाते हैं।

3. आकार, आमाप तथा संख्या -

माइटोकॉन्ड्रिया को जैनस ग्रीन बी नाम के अम्लीय रंज से अभिरंजित करते हैं। ये तन्तुमय अथवा कणिकामय होते हैं तथा आकार बदल सकते हैं। इनका आमाप 0.5 μ से 2.0 μ तक होता है। माइक्रोस्टेरीआज नाम के शैवाल में प्रत्येक कोशिका में केवल एक माटोकॉन्ड्रिया होता है। **अमीबा** तथा **चेओस - चेओस** की कोशिका में लगभग 50,000 माइटोकॉन्ड्रिया पाये जाते हैं। समुद्री अर्चिन के अण्डों में 1,40,000 से 1,50,000 तक तथा अंडकों में 3,00,000 तक माइटोकॉन्ड्रिया होते हैं।

4. संरचना -

माइटोकॉन्ड्रिया दो झिल्लियों से घिरा होता है। दोनों झिल्लियों के बीच 60 Å से 100 Å तक का रिक्त स्थान होता है। इसे 'परिसूत्रकाणिकीय स्पेस' कहते हैं। दो झिल्लियां में से केवल अन्दर की झिल्ली वलयित होती है। माइटोकॉन्ड्रिया के आधात्री में लिपिड, प्रोटीन, डी.एन.ए., 70 S राबोसोम, इत्यादि पाये जाते हैं।

माइटोकॉन्ड्रिया की अन्दर की झिल्ली की दो सतह होती हैं- बाहरी अथवा परिसूत्रकणिकीय स्पेस की ओर की सतह, जिसे **साइटोसोल** अथवा C-Face कहते है और अन्दर की आधात्री

की ओर की सतह जिसे **मैट्रिक्स फेस** अथवा M-Face कहते हैं। अन्दर की झिल्ली अनेक स्थानों पर मुड़ कर क्रिस्टी बनाती है। क्रिस्टी की सतह पर टेनिस के रैकेट जैसे 70 Å से 100 Åव्यास के सूक्ष्म कण पाये जाते हैं। ये एक दूसरे 100 Åकी दूरी पर स्थित होते हैं। ये कण अन्दर की झिल्ली से 35 Å से 50 Åलम्बे के वृन्त द्वारा जुड़े रहते हैं। वृन्त पर लग हुये कणों को **F_1 कण** आन्तरिक झिल्ली उप-इकाइयाँ प्रारम्भिक कण अथवा ऑक्सीसोम भी कहा जाता है। **पारसन्स** ने इन्हें इलेक्ट्रॉन अभिगमन कण नाम दिया। यह समझा जाता है कि आन्तरिक झिल्ली में इलेक्ट्रॉन अभिगमन के लिए आवश्यक सभी एन्जाइम होते हैं। **रैकर** के अनुसार F_1 कणों में एटीपी ऐज या एटीपी सिन्थेटेज एन्जाइम होता है जो ऑक्सीजन तथा फॉस्फेटीकरण में भाग लेता है।

5. रासायनिक विश्लेषण –

माइटोकॉन्ड्रिया में पाये जाने वाले विभिन्न रासायनिक पदार्थ तालिका 6 में दिये गये हैं।

माइटोकान्ड्रिया का रासायनिक विश्लेषण

	पदार्थ	मात्रा
1.	प्रोटीन	60–70 प्रतिशत
2.	लिपिड	25–35 प्रतिशत
3.	राइबोन्यूक्लीइक अम्ल	5–7 प्रतिशत
4.	डीऑक्सीराइबोन्यूक्लीइक अम्ल	कुछ अंश

माइटोकान्ड्रिया में लगभग 60 से अधिक प्रकिण्व पाये जाते हैं। ये मुख्यतः **अपचयी** होते हैं।

6. आनुवंशिक स्वतंत्रता –

माइटोकॉन्ड्रिया में क्लोरोप्लास्ट की भांति 70 S राइबोसोम पाये जाते हैं। इन्हें माइटोराइबोसोम कहा जाता है। ये प्रोटीन संश्लेषण करते हैं। इसके अतिरिक्त इनमें द्विरज्जुकीय परन्त वर्तुलाकार और ऐंठा हुआ डी.एन.ए. भी पाया जाता है। यह बैक्टीरिया के डी.एन.ए. के समान होता है और स्वप्रतिकरण भी करता है। इस कारणवश माइटोकॉन्ड्रिया भी क्लोरोप्लास्ट के समान आनुवंशिक स्वतंत्रता दिखाता है तथा इनमें कोशिका का जीवित अंग अथवा अर्थस्वतंत्र भी कहा जा सकता है।

7. कार्य –

माइटोकॉन्ड्रिया के मुख्य कार्य निम्न है।

अ. इनमें श्वसन से सम्बन्धित ऑक्सीकरण, अपचयन तथा फॉस्फेटीकरण की क्रियाएँ होती हैं। जिन कोशिकाओं मं अवायु श्वसन होता है उनमें माइटोकॉन्ड्रिया नहीं मिलते ।

ब. वायु श्वसन में क्रैब चक्र की सभी क्रियाएँ माटोकॉन्ड्रिया में होती है।

स. माइटोकॉन्ड्रिया में इलेक्ट्रॉन अभिगमन अथवा श्वसन श्रृंखला द्वारा कोशिका के लिए आवश्यक ऊर्जा बनती है और यह ऊर्जा माइटोकॉन्ड्रिया में ही एकत्रित की जाती है। इस कारण माइटोकॉन्ड्रिया को कोशिका का ऊर्जा घर भी कहा जाता है।

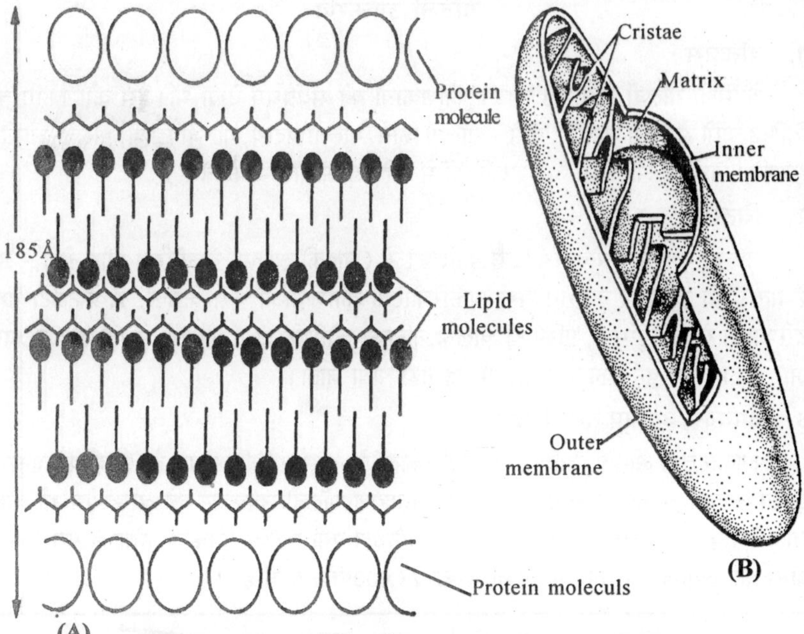

माइटोकॉन्ड्रिया – (A) त्रिविम संरचना तथा (B) सेक्शन।

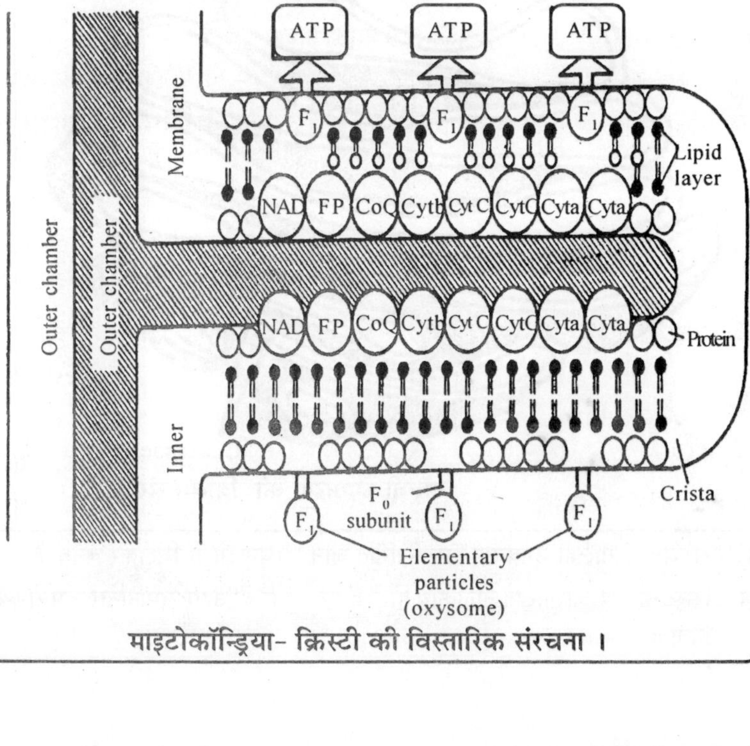

माइटोकॉन्ड्रिया– क्रिस्टी की विस्तारिक संरचना ।

गॉल्जी उपकरण

1. इतिहास :

केमिलो गॉल्जी ने 1898 में इन कोशिकांगों को सर्वप्रथम देखा था। इस कोशिकांग को विभिन्न नामों से जाना जाता है, जैसे – गॉल्जी काय, गॉल्जी पदार्थ, गॉल्जी झिल्ली, गॉल्जी ओसोम इत्याति। पौधों में और निम्न अकशेरूकियों में इन्हे डिक्टियोसोम कहते है।

2. वितरण –

गॉल्जी उपकरण प्रोकेरियोटिक कोशिकाओं (माइकोप्लाज्मा, बैक्टीरिया और नीले – हरे शैवाल) को छोड़कर लगभग सभी यूकेरियोटिक कोशिकाओं जैसे कवक, ब्रायोफाइटा तथा टेरीफाइटा के नर युग्मक, परिपक्व चालनी नलिका कोशिका तथा प्राणियों में परिपक्व शुक्राणु और लाल रुधिर कणिका इत्यसादि में यह नही पाया जाता।

3. आकार, आमाप तथा संख्या –

आकार तथा आमाप, जातियों तथा कोशिकाओं के अनुसार विभिन्न होता है। आवश्यकतानुसार इनका आकार बदलता रहता है तथा इस कारणवश गॉल्जी उपकरण को बहुरूपीय भी कहा जाता है। कुछ शैवालों में प्रत्येक कोशिका में केवल एक गॉल्जी उपकरण होता है परन्तु अन्य पौधों की सामान्य कोशिका में इनकी संख्या 25,000 तक होती है।

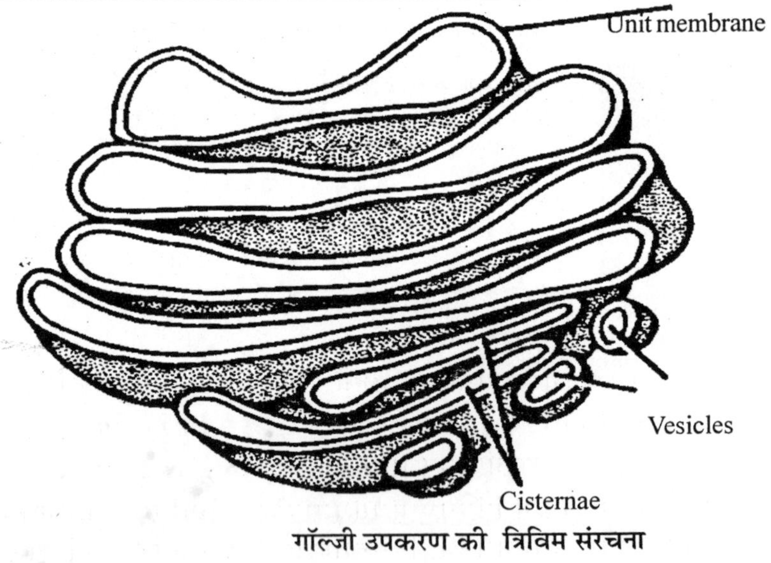

गॉल्जी उपकरण की त्रिविम संरचना

4. संरचना : गॉल्जी उपकरण निम्नलिखित जीन संरचनाओं से मिलकर बनता है–

अ. सिस्टर्नी : ये आशाखित नलिकायें होती हैं एक दूसरे के ऊपर समानान्तर रूप से व्यवस्थित होती है।

ब. पुटिकायें : ये 400 Å से 800 Å तक आमाप की छोटी-छोटी थैलियाँ होती है और समूहों में पायी जाती है।

स. रिक्तिकायें : ये थैली जैसी संरचनायें सिस्टर्नी के किनारों पर होती है। पौधे में उपस्थित गॉल्जी उपकरण की लम्बाई लगभग 1-3 μ तथा ऊँचाई लगभग 0.5μ होती है। इसका मध्य भाग अनेक सिस्टर्नी का बना होता है, जबकि बाहरी खेत्र में नलिकाओं की जाली होती है। जिसमें कुछ थैलियां भी पायी जाती है। सिस्टर्नी की गुहिका तरल पदार्थो से भरी होती है। प्रत्येक सिस्टर्नी तीन स्तरीय एकक - कला द्वारा घिरी रहती है। प्रत्येक उपकरण ऐसी प्राय: 3 से 12 (30 तक) समानान्तर स्थित सिस्टर्निओ का समूह होता है। दो सिस्टर्नियों के बीच लगभग 103Å-150Å का रिक्त स्थान होता है। सम्पूर्ण गॉल्जी उपकरण वक्रित होता है। सिस्टर्नी की उत्तल सतह को निर्माण सतह अथवा सिस सतह कहते जबकि सिस्टर्नी की अवतल सतह को पक्वता सतह अथवा ट्रान्स सतह कहा जाता है। उत्तल सतह अथवा F face साधारणत: केन्द्रक की ओर, और अवतल सतह अथवा M face कोशिका कला या बाहर की ओर को होती है। यह कोशिकांग प्रोटोप्लाज्म के किसी भी भाग में स्थित हो सकता है। गॉल्जी उपकरण अन्य कोशिकांगों जैसे जीव द्रव्य कला, अन्तर्द्रव्यी जालिका, लयनकाय तथा केन्द्रकी झिल्ली के साथ मिलकर एक झिल्ली तन्त्र बनाता है। इस उपकरण में फॉस्फोलिपिड, प्रोटीन अनेक एन्जाइम, कैरोटिनॉइड, वसा अम्ल तथा विटामिन सी पाये जाते है।

5. कार्य -

गॉल्जी उपकरण अनेक महत्त्वपूर्ण कार्य करता है-

1. कार्बोहाइड्रेट को प्रोटीन से जोड़कर **ग्लाइकोप्रोटीन का निर्माण** करता है।
2. **कोशिका भित्ति के निर्माण** के लिये आवश्यक पेक्टिन तथा कुछ कार्बोहाइड्रेट का निर्माण करता है।
3. **स्त्रवण** पुटिकायें लाइसोसोम, इत्यादि का निर्माण करता है।
4. एक प्रकार की झिल्ली का दूसरी प्रकार की झिल्लियों में रूपान्तरण करता है।
5. यह श्लेष्मक और गोन्द का स्त्रवण करता है।
6. शुक्रजनन अथवा युग्मक बनते समय गॉल्जी उपकरण अग्रपिण्डक अथवा ऐक्रोसोम का काम करता है।

राइबोसोम (Ribosome)

1. इतिहास : क्लॉड ने 1943 में प्रोटोप्लाज्म में ऐसे कणों को देखा जिनमें न्यूक्लिक अम्लों की मात्रा बहुत अधिक थी और क्षारकरागी थे। रॉबिन्सन तथा ब्राऊन ने 1953 में इन कणों को सेम की जड़ की कोशिकाओं में इलेक्ट्रोन सूक्ष्मदर्शी द्वारा देखा। पालाड़े ने 1955 में इन्हें अलग किया व इन कणों में (राइबोन्यूक्लीइक अम्ल) की अत्यधिक मात्रा पायी। इस काम के लिये उन्हे 1974 में नोबेल पुरस्कार दिया गया। राइबोन्यूक्लीइक अम्ल से भरपूर होने के कारण इन्हें राइबोसोम कहा जाने लगा।

2. वितरण :

यूकैरियोटिक कोशिका में राइबोसोम कोशिका द्रव्य में स्वतन्त्र और अन्तर्द्रव्यी जालिका की सतह पर लगे होते है। इसके अतिरिक्त ये माइटोकॉन्ड्रिया ओर क्लोरोप्लास्ट में भी पाये जाते हैं। प्रोकैरियोटिक कोशिकाओं में पाये जाने वाले राइबोसोम साइटोप्लाज्म में स्वतंत्र रूप से बिखरे रहते है।

3. संरचना :

राइबोसोम 150Å से 250 Å व्यास के सूक्ष्म, घने तथा गोलाकार कण हैं। ये इतने छोटे होते है कि इन्हे केवल इलेक्ट्रॉन माइक्रोस्कोप द्वारा देखा जा सकता है। राइबोसोम के बाहर कोई भी झिल्ली नही होती। ये मुख्यत: आरएनए और प्रोटीन से मिलकर बने होते है। इनमें पाये जाने वाला आरएनए पूर्ण कोशिका में उपस्थित आरएनए का लगभग 80 प्रतिशत भाग होता है। राइबोसोम दो उप इकाइयों से मिलकर बना होता है।

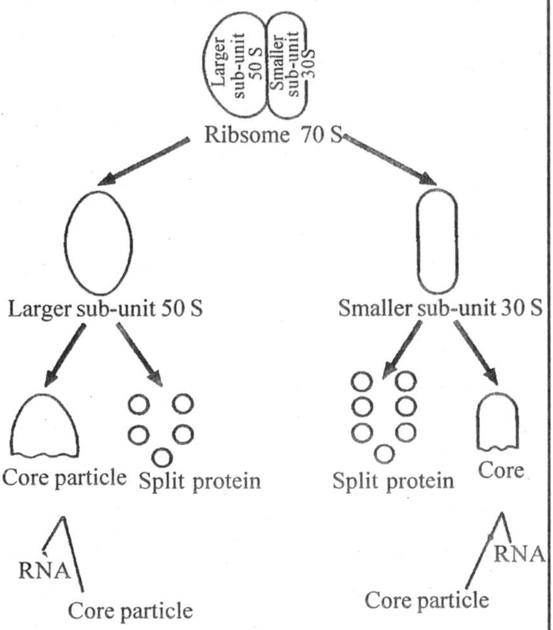

70 S प्रकार का राइबोसोम की संयुक्त संरचना

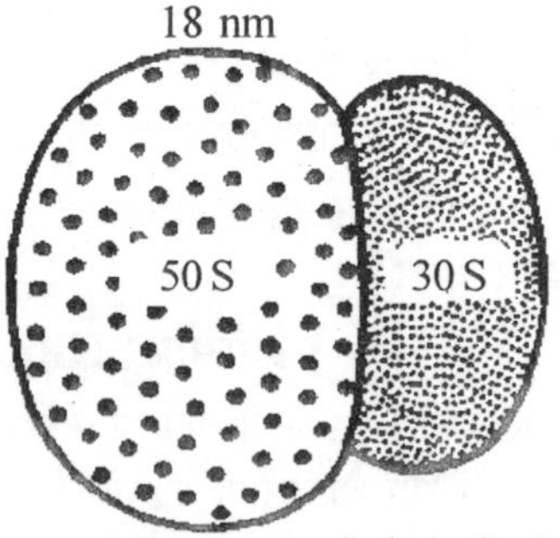

70 S प्रकार का राइबोसोम की संरचना

अ. 70S राइबोसोम : यह आकार में छोटा होता है तथा इसका अवसादन गुणांक 70 होता है। इनका आण्विक भार 2.7×10^6 डाल्टन है। यह सभी प्रोकैरियोटिक कोशिकाओं में (जैसे बैक्टीरिया, नीले हरे शैवाल) और यूकैरियोटिक कोशिकाओं के क्लोरोप्लास्ट और माइटोकॉन्ड्रिया में स्वतंत्र रूप से बिखरे हुए होते है। 70S राइबोसोम दो उप इकाइयों – 50S ओर 30S का बना होता है। 50S उप–इकाई आकार में बड़ी होती है ओर उसके ऊपर छोटी 30S उप–इकाई, उप–इकाई, टोपी के समान जुड़ी होती है।

ब. 80S राइबोसोम : इनका अवसादन गुणांक 80S तथा आण्विक भार 4.5×10^6 डाल्टन है। ये पौधे तथा प्राणियों की यूकैरियोटिक कोशिकाओं में पाये जाते है। 80S राइबोसोम, बड़ी 60S ओर छोटी 40S उपइकाइयों से मिलकर बना होता है। 60S उप इकाई, अन्तर्द्रव्यी जालिका से विशेष प्रोटीन, राइबोफोरीन I और II की सहायता से जुड़ी होती है।

राइबोसोम की दोनों उपइकाइयाँ सामान्य: अलग-अलग रहती हैं परन्तु Mg^{++} की 0.001M सान्द्रता पर ये दोनों साथ आकर संपूर्ण राइबोसोम बना देती है। --- Mg^{++} की अत्यन्त अधिक सान्द्रता पर दो राइबोसोम जुड़कर द्विलीय बनाते हैं। प्रोटीन संश्लेषण के समय अनेक राबोसोम दूत - आर.एन.ए. (m-RNA) के साथ लगकर एक श्रृंखला बना लेते हैं जिसे पॉलिराइबोसोम अथवा बहुसूत्र कहते है।

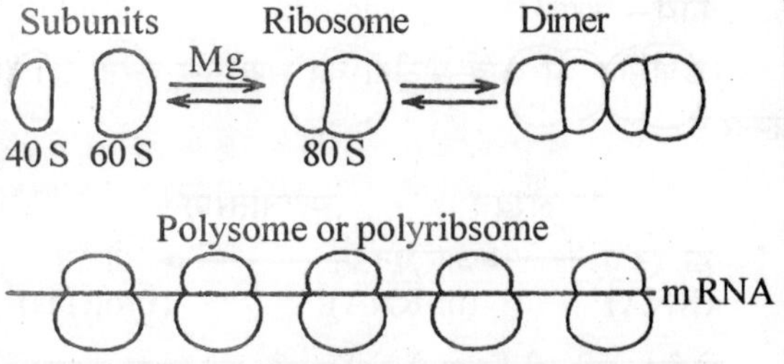

चित्र-34 : राइबोसोम उपघटक और उनका संघटन

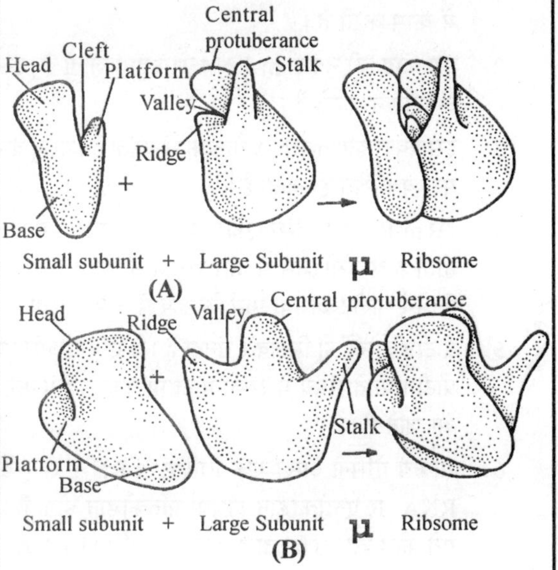

A-B Ribsome : Three dimensional model of E.coli ribsome shown in two different orientations

5. रासायनिक विश्लेषण :

राइबोसोम के विभिन्न रासायनिक घटक निम्न प्रकार है -

राइबोसोम का रासायनिक विश्लेषण

	70S राइबोसोम	80S राइबोसोम
1. r-RNA	60-40 %	40-44 %
2. प्रोटीन	36-67 %	56-60%

6. कार्य–

राइबोसोम का कार्य प्रोटीनों का संश्लेषण करना है। इस क्रिया के मुख्य चरण निम्न प्रकार है –

	अनुलेखन		स्थानांतरण	
डी.एन.ए.	⟶	आर.एन.ए.	⟶	प्रोटीन
(RNA)		(m-RNA)		(Proteins)

प्रोटीन बनने की क्रिया में होने वाली कुछ मुख्य घटनाओं का वर्णन नीचे किया गया है।

1. क्रोमोसोम में पाये जाने वाले DNA के न्यूक्लिओटाइड प्रोटीन बनाने के कोड के रूप में काम करते है।
2. इस कोड की नकल m-RNAपर उतारी जाती है। इस क्रिया को ट्रान्सक्रिप्शन अथवा अनुलेखन कहते है।
3. इस प्रकार का m-RNA केन्द्रक में बनता है। परन्तु केन्द्रक बाहर निकलकर राइबोसोम पर व्यवस्थित हो जाता है।
4. इस m-RNA पर स्थित कोड के अनुसार प्रोटीन में जिन ऐमिनो अम्लों की आवश्यकता होती है वे उसी क्रम में और संख्या में जुड़ते चले जाते हैं। इस प्रकार यह प्रोटीन के लिये टेम्पलेट अथवा फर्मे के रूप में काम करता है।
5. प्रोटीन अम्लों से मिलकर बनता है। ये एमिनो अम्ल कोशिका द्रव्य में बिखरे होते हैं। प्रोटीन बनते समय ये अम्ल ए टी पी का उपयोग करे हैं और स्वयं सक्रिय अवस्था में आ जाते है।
6. सक्रिय ऐमिनो अम्ल एक विशिष्ट t-RNA से जुड़ जाते है। इस प्रकार प्रत्येक t-RNA पर एन्टीकोडान अथवा प्रतिकोडान होता है। यह m-RNA पर नकल किये गये कोड़ को पहचानता है और यह विशिष्ट t-RNA उससे लगे हुये ऐमिनों अम्ल को छोड़ देता है।
7. इसी प्रकार m-RNA के दूसरे, ओर अगले सभी कोड से विशिष्ट प्रकार के t-RNA आते जाते है और एमिनो अम्लों को छोड़ते चले जाते हैं। ये ऐमिनों अम्ल एक दूसरे से पेप्टाइड बंध से जुड़कर प्रोटीन बना देते है। इस प्रकार m-RNA पर प्रोटीन बनने की क्रिया को ट्रांसलेशन कहते है।

लाइसोसोम अथवा लयनकाय (Lysome)

1. इतिहास :

सर्वप्रथम **सी.डी.डूवे** ने 1964 में लयनकाय की उपस्थिति बतायी तथा लाइसोसोम शब्द का उपयोग भी उन्होंने ही किया। इस काम के लिये उन्हें 1974 में नोबेल पुरस्कार दिया गया। पी.माटिले ने 1964 में न्यूरोस्पोरा नाम के कवक में लाइसोसोम उपस्थित पाये। लाइसोसोम सामान्यत: प्राणियों की कोशिकाओं में पाये जाते हैं परन्तु पौधों की कोशिकाओं में भी उनकी

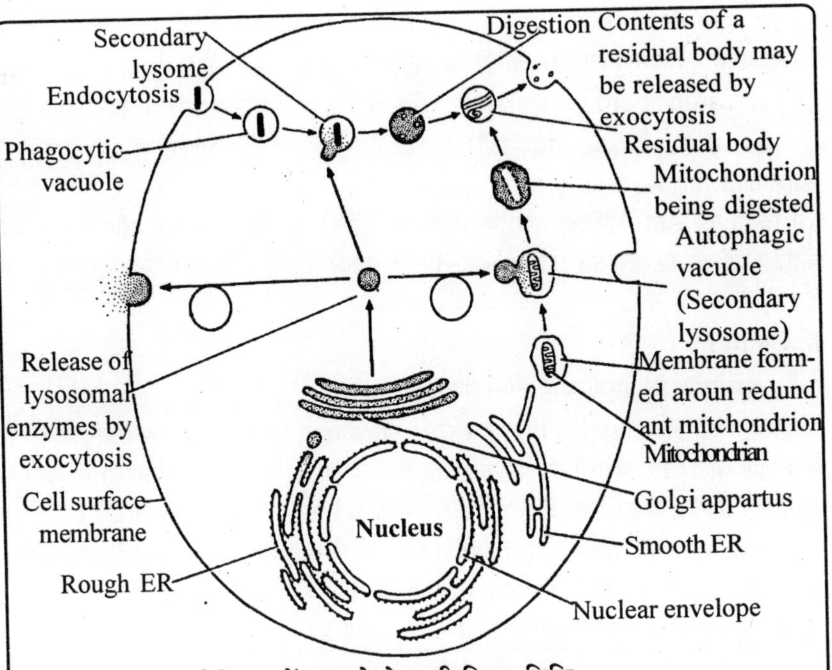

कोशिका में लाइसोसोम की क्रिया विधि

उपस्थिति असामान्य नहीं है। यह स्त्रवण कार्य करने वाली कोशिकायें जैसे बृहत भक्षकाणु, अग्नाशय कोशिकाओं पौधे की विभज्योतकी कोशिकाओं इत्यादि में पाये जाते हैं।

2. आकार और आमाप :

लाइसोसोम का आमाप 0.23μ से 0.50 μ होता है, परन्तु उनके आकार, आमाप तथा घनत्व में अत्यन्त विभिन्नता पायी जाती है।

3. संरचना :

लाइसोसोम एकक – झिल्ली द्वारा घिरा होता है। इसके अन्दर घनी पीठिका तथा एक बड़ी रसधानी होती है इस रसधानी में लगभग 50 विभिन्न **जल – अपघटनीय एन्जाइम** पाये जाते है, इनमें अम्ल फॉस्फेटेज, अम्ल राइबो – न्यूक्लीयेज, अम्ल डीआक्सी– राइबोन्यूक्लीयेज, कैथेप्सीन, ग्लाइकोसिडेसेज इत्यादि प्रमुख हैं। ये इन्जाइम अम्लीय pH (acid pH) पर काम करते है और कोशिका में उपस्थित लगभग सभी पदार्थों का पाचन करते है।

4. प्रकार :

लाइसोसोम निम्नलिखित चार प्रकार के होते है

अ. प्राथमिक लाइसोसोम : प्राथमिक अथवा पूर्व लाइसोसोम सूक्ष्म थैली जैसे होते है। यह कणिकीय अन्तर्द्रव्यी जाल अथवा गॉल्जी उपकरण के सिस्टर्नी से बने हुए होते है।

ब. द्वितीयक लाइसोसोम : इन्हें हेटेरोफेगोसोम अथवा पाचक रसधानियाँ भी कहते

है। इस प्रकार के प्राथमिक लाइसोसोम, पिनोसोमऔर फैगोसोम के साथ संगलित हो जाने के कारण बनते है। कारणवश इनमें फॉस्फेटेज एन्जाइम भी पाया जाता है।

स. अवशिष्ट अंग : ये द्वितीयक लाइसोसोम बचा हुआ अपचित खाद्य पदार्थ होता है।

द. स्वतः भोजिक रसधानियाँ : ये रसधानियाँ अपनी ही कोशिका में पाये जाने वाले कोशिकांगों, जैसे माइटोकॉन्ड्रिया और अन्तर्द्रव्यी जाल का उपयोग भोजन के रूप में करती है। इस क्रिया को स्वतः भोजिता कहा जाता है। इस क्रिया के दौरान निष्क्रिय और अनावश्यक कोशिकांगों को नष्ट कर के हटा दिया जाता है। यह यूकैरियोटिक कोशिकाओं का सामान्य लक्षण है।

5. कार्य :

लाइसोसोम के प्रमुख कार्य निम्न प्रकार है –

अ. कोशिका बाह्य कणों का पाचन : लाइसोसोम, फेगोसोम और पिनोसोम के अन्दर पाये जाने वाले खाद्य पदार्थों का पाचन करता है। श्वेताणु के लाइसोसोम कोशिका में बाहर से आनेवाले प्रोटीन, बैकटीरिया और वाइरस का भी पाचन कर के उन्हें नष्ट कर देते है।

ब. आन्तरकोशिका पदार्थों का पाचन : लाइसोसोम संचयित पदार्थों जैसे प्रोटीन, वसा, और ग्लाइकोजन का पाचन करके भूखी कोशिकाओं को ऊर्जा देते हैं। पौधे की कोशिकाओं में पाये जाने वाले लाइसोसोम बीजों में संचयित पदार्थों का जल अपघटन करते है।

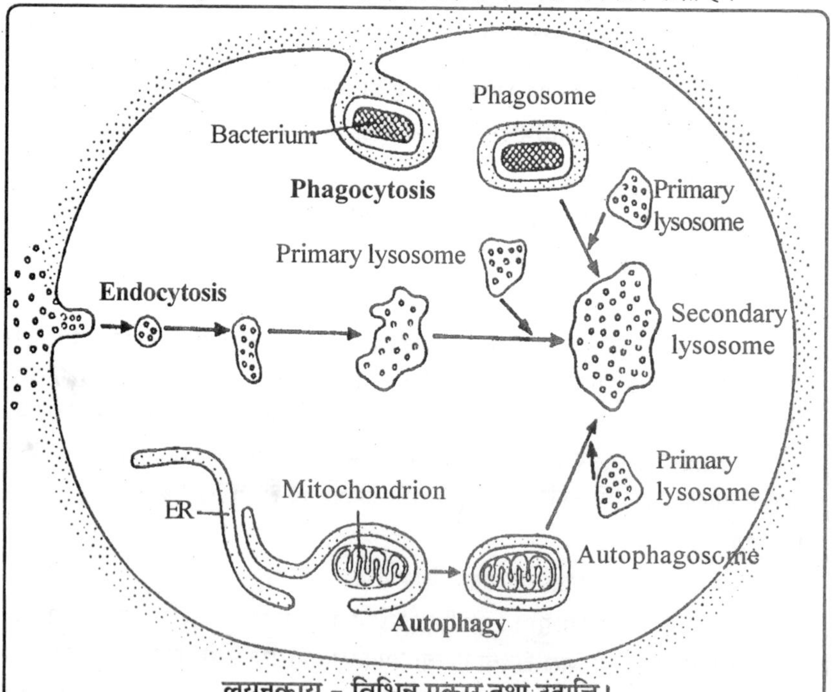

लयनकाय – विभिन्न प्रकार तथा उत्पत्ति।

स. स्वलयन : सामान्यतः लाइसोसोम अपनी ही कोशिका में स्थित व्यर्थ माइटोकॉन्ड्रिया और अन्तर्द्रव्यी जाल का पाचन करते है। परन्तु इसके साथ-साथ कुछ वैकृत स्थितियों में काम करते और आवश्यक कोशिकांगों का भी पाचन होने लगता है कारणवश अन्त में यह कोश्कि मर जाती है। अतः इस प्रकार काम करने वाले लाइसोसोम को आत्महत्या की थैली नाम भी दिया गया है।

द. कोशिकाबाह्य पाचनः निषेचन के समय शुक्राणु में उपस्थित लाइसोसोम एन्जाइम को बाहर निकालते हैं। ये अण्ड की झिल्ली की पाचन करते हैं जिससे शुक्राणु का प्रवेश सरलता से हो सके।

य. सूत्रीविभाजन का आरंभः ऐसा संकेत है कि सूत्री विभाजन का प्रारम्भ भी लाइसोसोम द्वारा होता है।

परॉक्सिसोम (Peroxisome)

ये अनेक पौधों और प्राणियों की कोशिकाओं में पाये जाते है। परॉक्सिसोम मुख्यतः विकसित पौधों की प्रकाश संश्लेषण करने वाली सभी कोशिकाओं में, परिपक्व नाशपाती के फल में, शैवाल, कवक, लिवरवर्ट, मांस तथा फर्न की कोशिकाओं में पाये जाते हैं। परॉक्सिसोम नाम ब्यूफे और बर्थर ने दिया। अनुप्रस्थ सेक्शन में ये गोलाकार होते है तथा इनका व्यास 0.2μ से 1.5 μ होता है। परॉक्सिसोमके बाहर एक एकक- झिल्ली होती है। यह कणिकीय आधात्री को घेरे हुई रहती है। जिसके मध्य भाग में केन्द्रकाभ स्थित होता है। परॉक्सिसोम में पराम्क्साइड का निर्माण करने वाले एन्जाइम, जैसे यूरेट आम्क्सीडेज D-ऐमिनो अम्ल ऑक्सीडेज़, B-हायड्राक्सीलिक अम्ल ऑक्सीडेज तथा उसे तोड़ने वाले कैटेलेज भी पये जाते हैं। परॉक्सिसोम का संबंध प्रकाश-श्वसन की क्रिया से है। प्रकाश श्वसन की क्रिया व तीव्र प्रकाश ऑक्सीजन की अधिक मात्रा और कार्बन डाइ ऑक्साइड की कम मात्रा में होती है। इस क्रिया में माइटोकॉन्ड्रिया, क्लोरोप्लास्ट और परॉक्सिसोम भाग लेते हैं। क्लोरोप्लास्ट में बना ग्लायकोलिक अम्ल परॉक्सिसोम के लिये सबस्ट्रेट (क्रियाधार) होता है। इसका ऑक्सीकरण होकर कार्बन डाइऑक्साइड बाहर निकलती है। यकृत कोशिकाओं में आविषाणु H_2O_2 को कैटेलेज एन्जाइम द्वारा तोड़ने तथा एकत्रित होने से रोकने का काम भी परॉक्सिसोम करते हैं। इसके अतिरिक्त प्राणि कोशिकाओं में वसा उपापचय का कार्य परॉक्सिसोम ही करते हैं।

स्फेरोसोम (Spharesome)

इनका वर्णन सर्वप्रथम **पर्नर** ने 1953 में किया था जबकि सेमाडेनी ने 1967 में इन्हें मक्के के नवोद्भिद् की कोशिकाओं से अलग किया। ये अन्तर्द्रव्यी जाल के मुकुलन द्वारा बनते हैं। ये सूक्ष्म गोलाकार पुटिकायें होती हैं। इनका आमाप 0.2 मामी (micron) से 0.8 मामी (micron) तक होता है। इन पुटिकाओं में वसा तथा तेल का संश्लेषण करने वले एन्जाइम होते हैं। ये एकक-झिल्ली से घिरे होते हैं। लाइसोसोम की भांति इनमें भी फॉस्फेटेज, इेस्टरेज, राइबोन्यूक्लीयेज और हाइड्रोलेज एन्जाइम होते हैं। परन्तु स्फेरोसोम मुख्यतः वसीय प्रकृति के होते हैं। इन सूक्ष्मांगों का मुख्य कार्य वसा को संगठित, स्थानान्तरित और संश्लेषित करना है।

ग्लॉक्सिसोम (Glyoxys-omes)

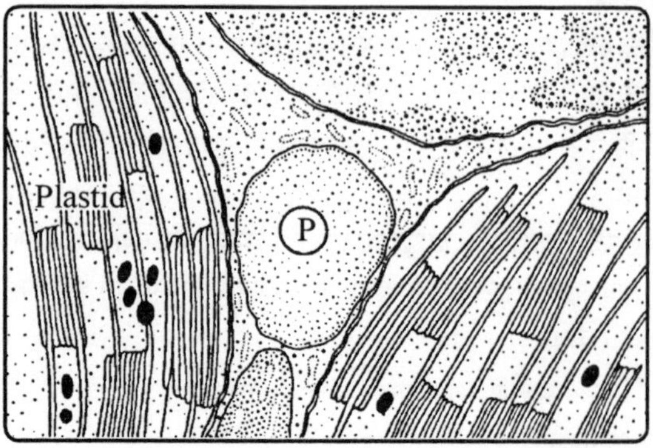

परॉक्सिसोम पत्ती में स्थित परॉक्सिसोम का इलेक्ट्रान माइक्रोस्कोप द्वारा लिया गया चित्र

इनका आविष्कार बीवर्स ने 1961 में किया था। यह यीस्ट तथा न्यूरोस्पोरा जैसे कवकों की कोशिकाओं में और पौधों के वसा से भरपूर बीजों में पाये जाते हैं। इनमें वसा अम्ल के उपापचय तथा ग्लूकोस-नवजनन से सम्बन्धित एन्जाइम पाये जाते हैं। इस क्रिया में अंकुरित बीजों के स्फेरोसोम में स्थित वसा को कार्बोहाइड्रेट में बदल दिया जाता है। ये लगभग पराक्सिसोम जैसे होते हैं परन्तु इनमें जाने वाले एन्जाइम अलग प्रकार के होते हैं।

सेन्ट्रोसोम अथवा तारककाय

1. इतिहास -

टी.बोवेरी ने 1888 में इस कोशिकांग को सेन्ट्रोसोम नाम दिया। प्रत्येक सेन्ट्रोसोम दो तारककेन्द्रों का बना होतता है। इस कारण इसे डिप्लोसोम भी कहा जाता है।

2. वितरण -

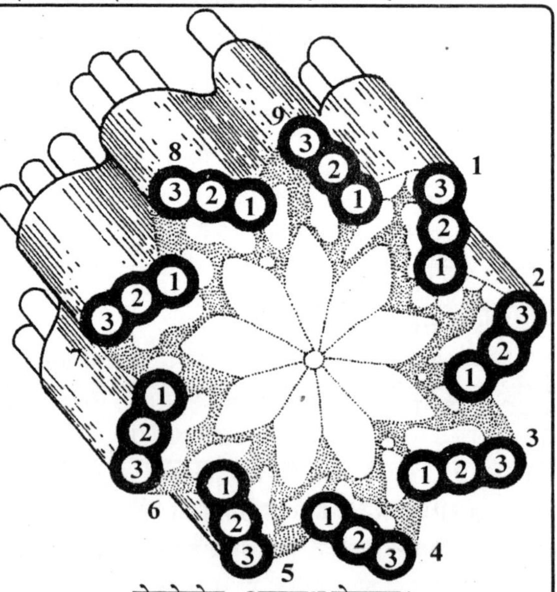

सेन्ट्रोसोम- अनुप्रस्थ सेक्शन।

ये शैवाल, कवक, ब्रायोफाइट, फर्न, अनावृतबीजी, प्रोटोजोआ तथा लगभग सभी बहुकोशिकीय प्राणियों में पाये जाते हैं। प्रोकैरियोट, डायटम, यीस्ट व शंकुवृक्ष में सेन्ट्रोसोम का अभाव होता है।

3. संरचना -

तारककेन्द्र किसी भी झिल्ली से घिरा हुआ नहीं होता है ये लगभग गोलाकार संरचनाएँ हैं तथा इनका व्यास 0.15 से 0.25 μ तथा

लम्बाई 0.4 से 0.7 μ होती है। तारककेन्द्र का बाहरी भाग सूक्ष्मनलिकाओं के नौ समूहों से मिलकर बना होता है । ये मध्य अक्ष के सभी ओर स्थित होते हैं तथा समूह में तीन सूक्ष्मनलिकायें होती हैं। प्रत्येक नलिका का व्यास लगभग 200 Å होता है। त्रिक समूह की प्रथम, सूक्ष्मनलिका, दूसरे तन्तु की तीसरी सूक्ष्मनलिका से लिकर द्वारा जुड़ी होती है। इस प्रकार के नौ त्रिक समूह आधात्री में पाये जाते हैं। तारककेन्द्र में डीएनए और आरएनए की भी उपस्थिति बताई जाती है। तारककेन्द्र पक्ष्माभ तथा कशाभिका के निर्माण से सम्बन्ध रखता है। तारककेन्द्र जब परमाभ अथवा कशाभिका से लगा होता है, तब उसे आधारी अंग कहा जाता है।

4. **कार्य** – तारककेन्द्र कोशिका विभाजन के समय तर्कु तन्तु बनाते हैं।

पक्ष्माभ तथा कशाभिका (Cilia and Flagella)

1. **वितरण** –

पक्ष्माक्ष और कशाभिका अनेक प्रकार की कोशिकाओं, युग्माणुओं तथा चल–बीजाणुओं में पाई जाती हैं। इनके मुख्य कार्य हैं–गति करना, कणों को बाहर निकालना तथा खाद्य पदार्थ और जल की धाराओं को बनाना।

2. **तुलना** – यद्यपि पक्ष्माभ और कशाभिका समान दिखाई देती हैं, परन्तु इन दोनों में अनेक अन्तर हैं।

3. **संरचना** – पक्ष्माभ तथा कशाभिका की आन्तरिक संरचना एक जैसी होती है। यह लगभग 95 Å मोटी एकक–झिल्ली द्वारा घिरी होती है जो जीवद्रव्य झिल्ली के साथ संतत होती है। झिल्ली

पक्ष्माभ तथा कशाभिका में अन्दर

कशाभिका	पक्ष्माभ
1. इनकी संख्या अत्यन्त कम होती है।	1. संख्या – ये संख्या में 3,000 से 15,000 तक होते हैं।
2. ये सामान्यत: कोशिका के एक सिरे पर होते हैं।	2. स्थान – ये कोशिका के सभी ओर पाये जाते हैं।
3. कशाभिका लम्बे होते हैं।	3. लम्बाई – पक्ष्माभ छोटे होते हैं।
4. प्रत्येक कशाभिका स्वतंत्र रूप से गति करती है।	4. गति– सभी पक्ष्माभ एक साथ समन्वयित रूप से गति करते हैं।
5. कशाभिका की गति तरंगी होती है।	5. पक्ष्माभ की गति लोलक अथवा प्रसर्पि होती है।

के अन्दर आधात्री में ग्यारह तन्तुक अनुदैर्ध्य रूप से स्थित होते हैं। इनमें से नौ तन्तुक परिधि पर तथा दो तन्तुक (9+2) मध्य अक्ष पर होते हैं। पारिधि पर स्थित तन्तुक का व्यास लगभग 360Å होता है तथा प्रत्येक दो उप–तन्तुओं से मिलकर बना होता है। प्रत्येक दो उप–तन्तुओं में से एक

उप-तन्तु में दो दक्षिणावर्त बहिर्वेशन होते हैं। दोनों उप-तन्तु एक सामान्य भित्ति से घिरे होते हैं। प्रत्येक मध्य तन्तुक केवल एक नलिका का बना होता है। ऐसे दो एकक तन्तुक, एक सामान्य आच्छद से घिरे होते हैं।

4. रासायनिक विश्लेषण -

पक्ष्माभ तथा कशाभिका में 70 प्रतिशत से 80 प्रतिशत प्रोटीन, 13 प्रतिशत से 23 प्रतिशत लिपिड़, 1 प्रतिशत से 6 प्रतिशत कार्बोहाइड्रेट तथा 0.2 प्रतिशत से 0.4 प्रतिशत न्यूक्लीयोटाइड होते हैं। इनमें मुख्य रूप से डायनिन प्रोटीन होता है और एटीपेज एन्जाइम भी पाया जाता है।

सूक्ष्मनलिका तथा सूक्ष्म तन्तु

[I] सूक्ष्मनलिका (Microtubules)

1. इतिहास - सूक्ष्मनलिकाओं को सर्वप्रथम डी.राबर्टिस और फ्रांसी ने 1953 में तन्त्रिका तन्तुओं के अक्षद्रव्य में देखा। लेडबेटर तथा पोर्टर ने 1963 में पादप कोशिकाओं की सूक्ष्मनलिकाओं का वर्णन किया।

2. वितरण -

सूक्ष्मनलिकायें पक्ष्माभ कशाभिका तारककेन्द्र, आधारी अंग तन्त्रिका, सूत्रीविभाजन-उपकरण, विभज्योतकी वल्कुट, इत्यादि में पायी जाती है।

3. संरचना -

सूक्ष्मनलिका, अशाखित खोखली नली होती है। इसका व्यास लगभग 200 Å से 250 Å अनुदैर्ध्य तन्तुओं से बनी होती है । प्रत्येक तन्तु प्रोटीन उप-इकाइयों का बना होता है जिसमें ट्यूब्यूलिन मुख्यत है। इन उप-इकाइयों को अलग कर के सूक्ष्मनलिकाओं को तोड़ने के लिये विनब्लास्टीन नाम का ऐल्केलॉईड, जो विन्का नाम के पौधे से मिलता है, उपयोग में लाया जाता है। इसी प्रकार कोल्चिकम नाम के पौधे से मिलने वाला ऐल्केलॉईड कोल्चिसीन भी सूक्ष्म-तन्तुओं को एकत्रित होने से रोकता है जिसके कारण सूत्रीविभाजन का तुर्कु नहीं बन पाता।

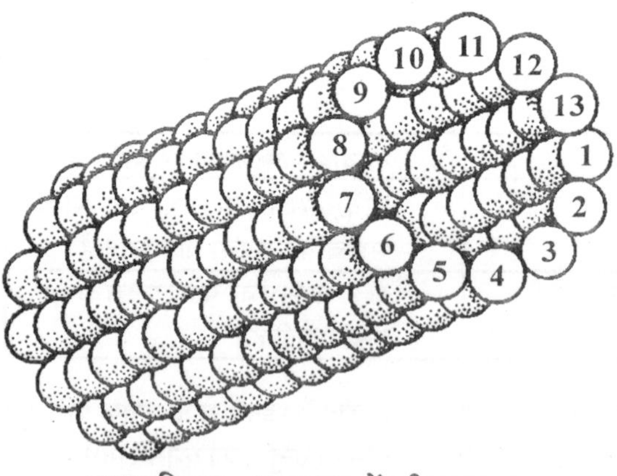

सूक्ष्मनलिका - उपइकाइयों की व्यवस्था।

4. कार्य - (a) सूक्ष्मनलिकायें साइटोपंजर बनाती हैं और कोशिका के आमाप और आकार को नियन्त्रित करती हैं।

(b) सूक्ष्मनलिका पक्ष्माभ तथा कशाभिका की गति से सम्बन्ध रखती है।

(c) कोशिका विभाजन के समय तर्कु-तन्तु बनकर काइनेटोकोर से जुड़ना सूक्ष्मनलिका का काम है। ये सूत्रीविभाजन का तुर्कु बनाती है और संकुचित होकर क्रोमोसोम को अलग-अलग ध्रुवों पर ले जाती हैं।

(d) कोशिका विभाजन में कोशिकाद्रव्य विभाजन के समय सूक्ष्म नलिकायें कोशिका के मध्य भाग में एकत्रित हो जाती हैं। बाद में इसी स्थान पर कोशिका भित्ति का निर्माण होता है। इस प्रकार कोशिका भित्ति बनने का स्थान सूक्ष्म नलिकायें निश्चित करती है।

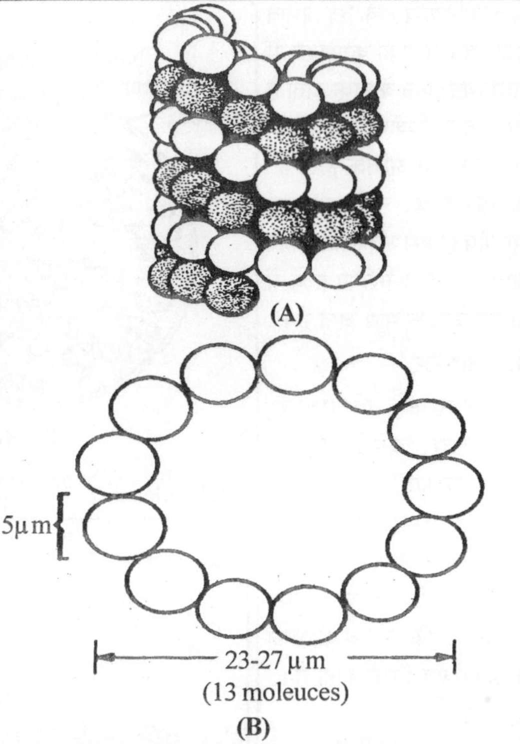

A-B Structure of microtubule; (A) intact tubule showing helical arrangement of tubulin subunits from intestinal epithelium; (B) Transverse section

[II] सूक्ष्म तन्तु (Microfilament)-ये सूक्ष्मनलिका की अपेक्षा संकीर्ण होते हैं। कोशिकाद्रव्य की गति होते समय ये गुच्छों में दिखाई देते हैं। पेशी तन्तुओं में सूक्ष्म-तन्तु संकुचन का काम करते हैं।

केन्द्रक (Nucleus)

1. **इतिहास** -

केन्द्रक की खोज श्रेय **रॉबर्ट ब्राउन (1831)** को है। यह कोशिका तथा जीवधारियों के आनुवंशिक लक्षणों का नियन्त्रण करता है। अतः इसे कोशिका का नियन्त्रण कक्ष भी माना जाता है।

2. **वितरण** -

केन्द्रक सभी यूकेरियोटिक कोशिकाओं में पाया जाता है कुछ कोशिकाओं में केन्द्रक युवा अवस्था में तो उपस्थित होता है परन्तु परिपक्व कोशिकाओं में नष्ट हो जाता है। जैसे, स्तनधारियों की लाल रूधिर कणिका पौधों की परिपक्व चालनी नलिका इत्यादि। प्रोकैरियोटिक कोशिकाओं

में वास्तविक केन्द्रक का अभाव होता है। प्रत्येक कोशिका में सामान्यत: एक केन्द्रक होता है परन्तु कुछ विशेष कोशिकाओं में यह संख्या अधिक होती है। उदाहरणार्थ, नारियल का भ्रूणपोष (जिसे संकोशिका कहा जाता है) के कोशिका द्रव्य में अनेक केन्द्रक पाये जाते हैं।

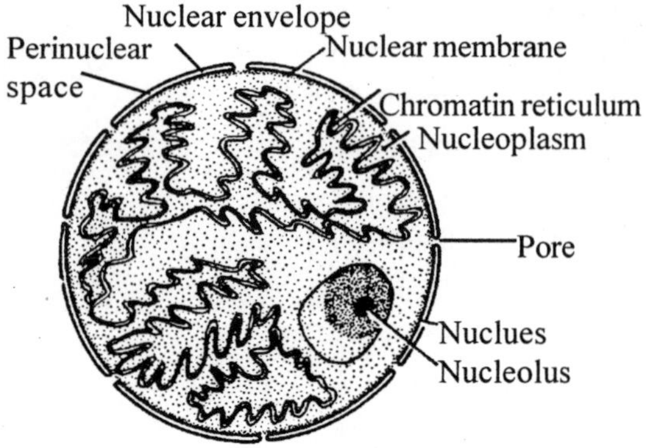

केन्द्रक की रचना

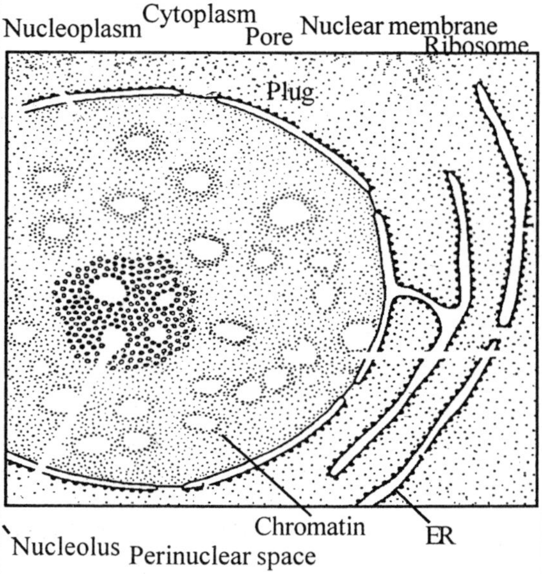

केन्द्रक इलेक्ट्रॉन माइक्रोस्पोपी चित्र

3. आकार –

केन्द्रक, गोलाकार, अण्डाकार, चपटे, इत्यादि विभिन्न आकारों के होते हैं। कुछ कीटों, लाल-रूधिर कणिका, इत्यादि में केन्द्रक का आधार अनियमित होता है। केन्द्रक का आमाप, उसके कार्य व कोशिका के प्रकार पर निर्भर होता है।

4. भाग–

केन्द्रक के निम्न चार मुख्य भाग होते हैं।

1. केन्द्रक कला
2. केन्द्रक द्रव्य
3. न्यूक्लिओलस
4. क्रोमेटिन पदार्थ।

इनमें से क्रोमेटिन पदार्थ और उससे बनने वाले क्रोमोसोम का वर्णन अलग शीर्षकों के अन्तर्गत किया गया है।

(1) केन्द्रक कला –

केन्द्रक कला अथवा **कैरियोथीका** केन्द्रक को घेरकर रखने वाली झिल्ली होती है। यह सभी यूकैरियोटिक कोशिकाओं में पायी जाती है। कोशिका विभाजन के समय यह साइटोप्लाज्म में एन्डोप्लाज्मिक रेटिकुलम के रूप में लुप्त हो जाती है। प्रोकैरियोटिक कोशिकाओं में केन्द्रक

कला का सदैव अभाव होता है। केन्द्रक कला दो इकाई–झिल्लियों बनी होती है। प्रत्येक इकाई – झिल्ली का व्यास लगभग 75 Å होता है। दो इकाई–झिल्लियों के बीच 150 Å स्थान होता है। जिसे परिकेन्द्रकी अवकाश कहते हैं। बाहर की इकाई झिल्ली अन्तर्द्रव्यी जाल के साथ जुड़ी होती है। तथा इसके साथ राइबोसोम भी लगे पाये जाते हैं। केन्द्रक कला में अनेक स्थानों पर 300Å–1000Å व्यास वाले छिद्र होते हैं। **ये छिद्र, केन्द्रक तथा कोशिका द्रव्य के बीच सम्पर्क बनाये रखते हैं।** केन्द्रक कला के छिद्रों द्वारा आयन मुक्त रूप आते–जाते हैं। छिद्रों द्वारा m-RNA केन्द्रक से बाहर निकलता है और कोशिका द्रव्य में होने वाले प्रोटीन संश्लेषण के काम आता है। इकाई झिल्लियाँ बाहर की ओर मुड़कर नये प्लैस्टिड और माइटोकॉन्ड्रिया भी बनाती है।

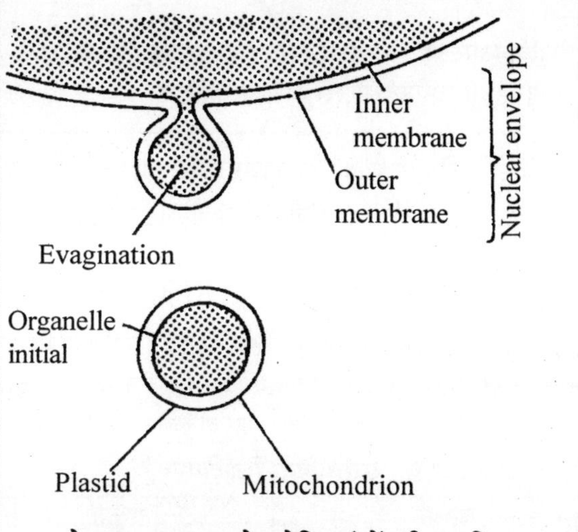

केन्द्रक आवरण से कोशिकांगों की उत्पत्ति।

(2) न्यूक्लिओलम अथवा केन्द्रिक–

फोन्टेना ने 1781 में न्यूक्लिओलस का पता लगाया। बैगनर ने इसे सर्वप्रथम देखा और बोमन ने इसे सर्वप्रथम देखा और बौमन ने 1840 में इसे न्यूक्लिओलस नाम दिया । न्यूक्लिओलस, केन्द्रक में उपस्थित गोलाकार, कोलॉइडी, घना तथा अम्लरागी अंग है। प्रत्येक न्यूक्लिओलस एक विशेष गुणसूत्र–केन्द्रिक संघटक क्रोमोसोम के विशिष्ट स्थान पर लगा होता है जिसे केन्द्रिक संघटक क्षेत्र कहते हैं। माइटोसिस अथवा सूत्री तथा अर्धसूत्री विभाजन की प्रोफेज या पूर्वावस्था में न्यूक्लिओलस लुप्त हो जाता है परन्तु यह टेलोफेज या अत्यावस्था में पुनः केन्द्रिक संघटक क्रोमोसोम के निश्चित स्थान पर दिखने लगता है। केन्द्रिक के तीन मुख्य भाग होते हैं–

(1) कणिका यह राइबोन्यूक्लिओप्रोटीन के 150Å से 200Å व्यास के कण होते हैं।

(2) तंतुक से बने क्षेत्र को न्यूक्लिओनिमा भी कहते हैं। ये तन्तुक लगभग 50Å से 80Å लम्बे होते हैं।

(3) रवाहीन आधात्री जिस का इलेक्ट्रॉन घनत्व कम होता है और जिसे पार्स एर्मोफा कहा जाता है।

न्यूक्लिओलस में आरएनडी, डीएनए तथा अनेक एन्जाइम जैसे फॉस्फेटेज, न्यूक्लिओसाइड फॉस्फोरिलेज, आरएनए मेथिलेज, इत्यादि पाये जाते हैं। न्यूक्लिओलस का मुख्य कार्य, आरएनए का संश्लेष्णण करना तथा राइबोसोम बनाना होता है।

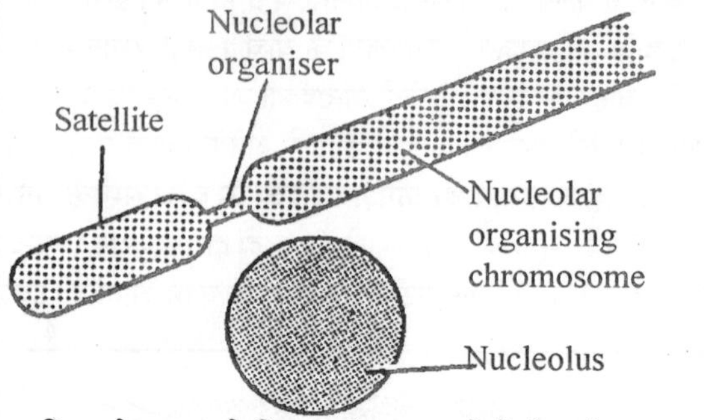

न्यूक्लिओलस : केन्द्रिक संघटक क्रोमोसोम के साथ लगा हुआ न्यूक्लिओलस अथवा केन्द्रिक

(3)केन्द्रक द्रव्य -

केन्द्रक, पारदर्शक अर्धघन कणिकामय तथा कुछ अम्लरागी पदार्थ से भरा होता है। इस पदार्थ को केन्द्रक रस या केन्द्रक द्रव्य कहते हैं। केन्द्रकद्रव्य में केन्द्रिक और क्रोमैटिन तन्तु के अतिरिक्त न्यूक्लीइक अम्ल (pewens RNA or DNA) प्रोटीन (जैसे न्यूक्लियोप्रोटामिन, न्यूक्लियोहिस्टोन, इत्यादि), एन्जाइम (जैसे DNAपॉलिमैरेज, RNA पॉलिमैरेज, एल्डोलेस, इनोलेस, इत्यादि), लिपिड तथा खनिज पदार्थ (फॉस्फोरस, पोटैशियम, सोडियम, इत्यादि) भी पाये जाते हैं।

क्रोमेटिन

यह केन्द्रक का मुख्य आनुवंशिक भाग है। कोशिका विभाजन के समय यह, क्रोमोसोम का रूप ले लेता है। क्रोमेटिन, डी.एन.ए. और हिस्टोन से बना एक जटिल पदार्थ है। इसमें पाये जाने वाले रासायनिक पदार्थ व उनकी मात्रा तालिका 9 में दी गई है।

क्रोमेटिन का रासायनिक विश्लेषण *

घटक	यकृत	मटर का भ्रूण
1. DNA	31	31
2. RNA	5	17.5
3. Histone	36	33
4. Non-histone (Proteins)	28	18

*शुष्क भार का प्रतिशत (% of dry weight) इस प्रकार क्रोमेटिन मुख्यतः न्यूक्लीइक अम्ल DNA और RNA तथा प्रोटीनों से मिलकर बना होता है।

[I] न्यूक्लीइक अम्ल (Nucleic Acid)

स्वीडन के जैव-रसायन वैज्ञानिक, **फ्रेडरिक मिशर** ने जिस पदार्थ को न्यूक्लीन नाम दिया वे वास्तविकता में न्यूक्लीइन अम्ल थे। न्यूक्लीइक अम्ल, अनेक न्यूक्लिओटाइडों से मिलकर बने होते हैं। इसीलिए न्यूक्लीइक अम्ल के अणु को न्यूक्लिओटाइडों का **बहुलक** कहते हैं।

न्यूक्लीइक अम्ल = न्यूक्लिओटाइडों के अनेक अणु

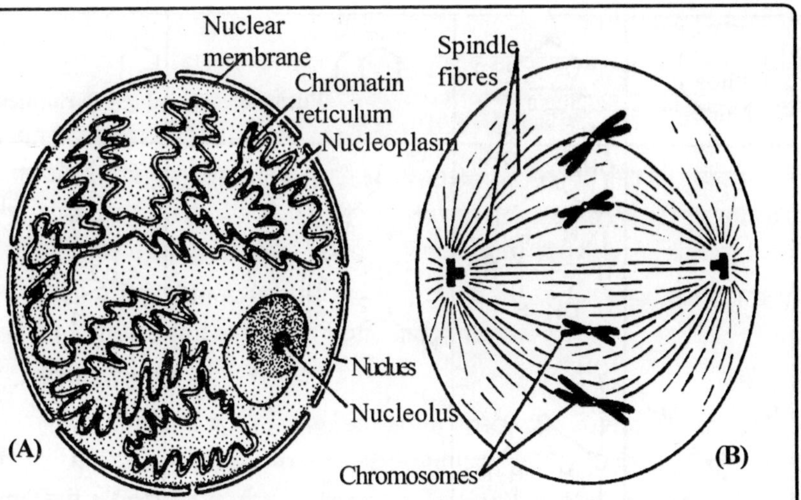

A-B. Nucleus with chromosomes; (A) At interphase showing chromoatin

न्यूक्लिओटाइड का प्रत्येक अणु न्यूक्लिओसाइड और फॉस्फोरिक अम्ल से मिलकर बना होता है।

न्यूक्लिओटाइड = न्यूक्लिओसाइड + फॉस्फोरिक अम्ल

न्यूक्लिओटाइड दो घटकों से मिलकर बना हेाता है।

न्यूक्लिओटाइड = शर्करा + नाइट्रोजनी क्षारक

इस प्रकार न्यूक्लीइक अम्ल में तीन पदार्थ पाये जाते हैं 1. शर्करा 2.नाट्रोजनी क्षारक और 3.फॉस्फोरिक अम्ल ।

न्यूक्लीइक अम्ल = शर्करा + नाइट्रोजनी + फॉस्फोरिक अम्ल

न्यूक्लिओसाइड

न्यूक्लिओटाइड

न्यूक्लीक अम्ल के विभिन्न घटक, न्यूक्लिओसाइड, न्यूक्लिओटाइड और उनके संबंधों का वितरण चित्र 48 व तालिका 9 में दिया गया है।

1. शर्करा –

इस शर्करा में पांच कार्बन होते हैं अत: इसे पेन्टोस शर्करा कहते हैं। पेन्टोस शर्करा के प्रकार के अनुसार दो न्यूक्लीइक अम्ल होते हैं– (1) जिनमें राइबोस शर्करा होती है उन्हें राइबोस न्यूक्लीक अम्ल (आरएनए) और (2) जिनमें डिऑक्सीराइबोस शर्करा होती है उन्हें डिऑक्सीराइबोस न्यूक्लीइक अम्ल कहा जाता है।

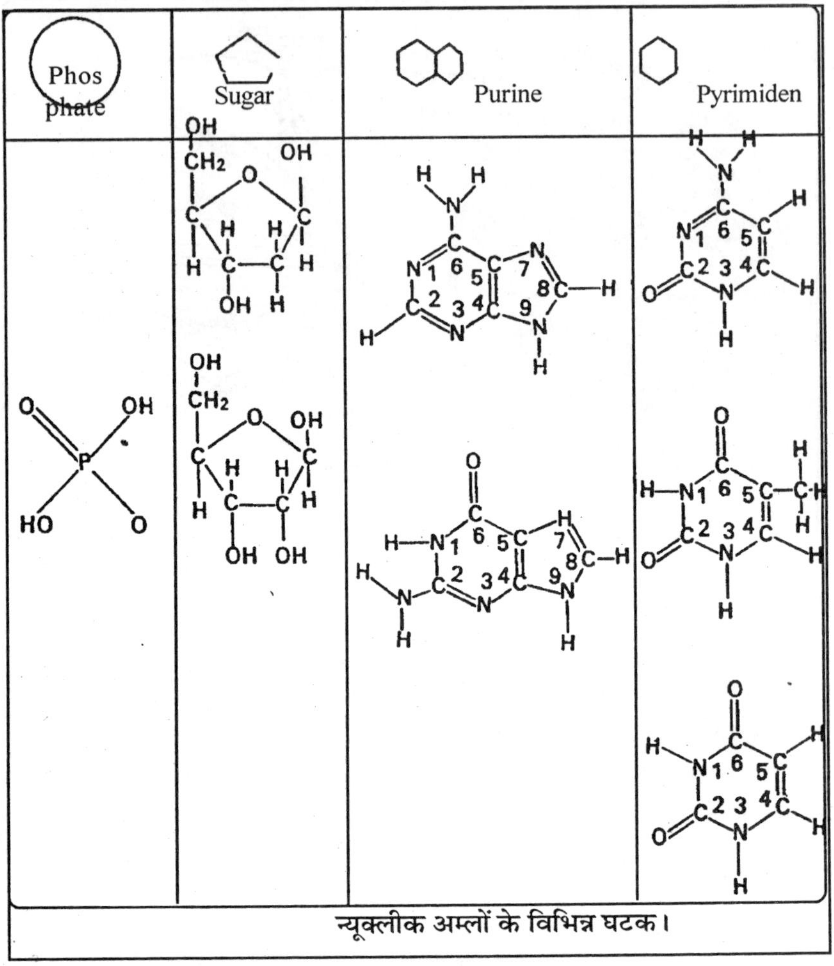

न्यूक्लीक अम्लों के विभिन्न घटक।

2. नाट्रोजनी क्षारक -

प्रत्येक न्यूक्लीइक अम्ल में चार भिन्न क्षारक- दो प्यूरिन और दो पायरिमिडीन होते हैं।

(1) प्यूरिन क्षारक - एडीनीन और गुआनीन हैं और

(2) पायरिमिडीन क्षारक - थायमीन सायटोसीन और यूरेसिल हैं। RNA में थायमीन के स्थान पर यूरेमिल पाया जाता है।

3. फॉस्फोरिक अम्ल -

इस अम्ल की उपस्थिति के कारण न्यूक्लीइक अम्ल, अम्लीय होता है। शर्करा, क्षारक और फॉस्फोरिक अम्ल मिलकर न्यूक्लिओटाइड बनाते हैं। इस क्रिया में संघनन द्वारा पानी बाहर निकलता है। न्यूक्लिओटइड का निर्माण न्यूक्लिओसाइड और फॉस्फोरिक अंम्ल के संघनन से बने फॉस्फेइस्टर बंध न्यूक्लिओसाइड का फॉस्फोरिक ईस्टर कहते हैं।

पॉलिन्यूक्लिओटाइड - उपर नीचे के दो न्यूक्लिओटाइड फॉस्फोडायइस्टर बंध से जुड़े रहते हैं। ये बंध बार-बार बनकर असंख्य न्यूक्लिओटाइड को श्रृंखला में बांध देते हैं। इस प्रकार से बनी न्यूक्लिओटाइड श्रृंखला को पॉलिन्यूक्लिओटाइड कहते हैं। यह दो प्रकार के न्यूक्लीक

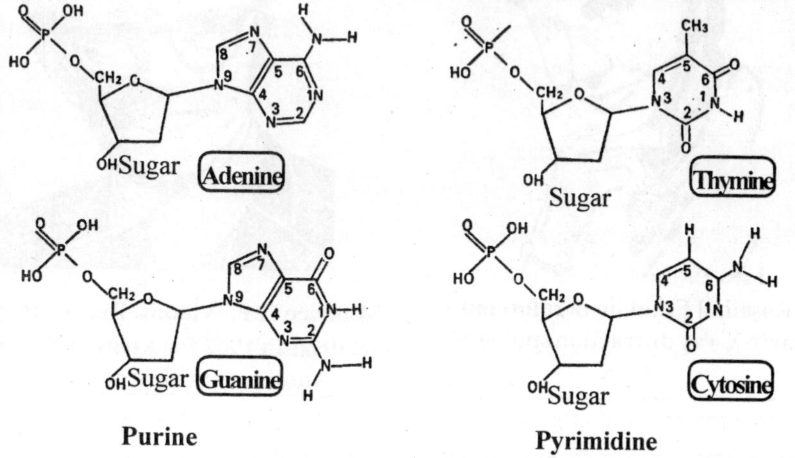

चार विभिन्न प्रकार के यूक्लिओटाइड।

अम्लों का निर्माण कर सकती है- डी एन ए और आर एन ए ।

[II] डी एन ए की संरचना

डी एन ए के न्यूक्लिओटाइड, डिऑक्सीराइबोस शर्करा, फॉस्फेट और प्यूरिन, (एडीनीन, और गुआनीन) तथा पायरिमिडीन (थायमीन और सायटोसीन) से मिलकर बने होते हैं। डी एन ए की संरचना एक विषय रही है। वाटसन और क्रिक ने 1953 में डीएनए की संरचना का एक मॉडल प्रस्तुत किया जो मुख्यत: विलकिन्स द्वारा किये गये ऐक्स-किरण विवर्तन पर आधारित था। उन्होंने चारगाफ के अवलोकनों का भी उपयोग किया। इस के संबंध में मॉडल कुछ प्रमुख टिप्पणियाँ नीचे दी गयी हैं।

(a) डी एन ए पॉलिन्यूक्लिओटाइडों की श्रृंखला है- रोजेलिन्ड फ्रैन्कलिन और एम.एच.एफ. विलकिन्स ने एक्स-किरण विवर्तन द्वारा डी एन ए का अध्ययन किया। उन्होंने यह बताया कि डी एन ए संभवत: पॉलिन्यूक्लिओटाइडों की दो श्रृंखलाओं से मिलकर बना होता है। ये दोनों श्रृंखलाएं एक दूसरे के ऊपर कुंडलित रूप से लिपटी हुयी होती है।

(b) चारगाफ का तुल्यता नियम - इरविन चारगाफ ने डी.एन.ए. के अणुओं का जल अपघटन करने पर पाया कि एडीनीन की कुल मात्रा सदैव थायमीन की कुल मात्रा के बराबर होती है (A=T)। इसी प्रकार गुआनीन और सायटोसीन की मात्रा भी एक दूसरे के बराबर होती है (G=C)। चारगाफ के **तुल्यता नियम** के अनुसार प्राकृतिक डी एन ए में A/T क्षारकों का

Rosalind Franklin peroforemd early X-ray diffraction studies of DNA

Maurice H.F. Wilkins. Recipient of Nobel Prize in 1962 for X-ray diffraction studies of nucleic acids.

अनुपात लगभग एक होता है और उसी प्रकार G/C का अनुपात भी लगभग एक होता है। इस नियम से यह पता चला कि डी एन ए की द्विकुंडलित संरचना में दो श्रृंखलायें होती है। यदि एक श्रृंखला में एडीनीन होता है तो दूसरी श्रृंखला में इसके सामने थायमीन होता है। इसी प्रकार यदि एक श्रृंखला में गुआनीन होता है तो दूसरी श्रृंखला में उसके सामने सायटोसीन की मात्रा एक दूसरे के बराबर होती है तथा गुआनीन की मात्रा सायटोबीन के बराबर होती है। यह इस बात का भी प्रमाण है कि डी एन ए में क्षारक दो जोड़ियों के रूप में होते हैं–

(1) एडीनीन (A) और थायमीन (T)

(2) गुआनीन (G) और सायटोसीन (C)

इन दोनों जोड़ियों को पूरक क्षारक जोडियाँ कहा जाता है।

(c) वाटसन और क्रिक द्वारा दिया गया डी एन ए का द्विकुंडलित मॉडल– वाटसन, क्रिक और विलकिन्स को डी.एन.ए. के अणु की संरचना के बताने के लिये 1962 में नोबेल पुरस्कार से सम्मानित किया गया। डी.एन.ए. के द्विकुंडलित अणु की संरचना निम्न प्रकार है–

(1) प्रत्येक न्यूक्लिओटाइड, शर्करा, फॉस्फेट और नाइट्रोजनी क्षारक से मिलकर बना होता है। इस प्रकार के अनेक न्यूक्लिओटाइड एक दूसरे से जुड़कर पॉलिन्यूक्लिओटाइड श्रृंखला बनाते हैं।

(2) प्रत्येक पॉलिन्यूक्लिओटाइड श्रृंखला में एक न्यूक्लिओटाइड दूसरे से शर्करा के 5N कार्बन और 3N कार्बन से लगे हुए फॉस्फोडायइस्टर बंध से जुड़े होते हैं।

(3) शर्करा के 1 कार्बन से नाइट्रोजनी क्षारक लगे होते हैं। इस कार्बन से प्यूरीन (एडीनीन और गुआनीन) अपने 9N स्थान से तथा पायरिमिडीन (सायटोसीन और थायमीन) अपने 3N स्थान से जुड़ते हैं।

(4) इस प्रकार शर्करा और फॉस्फेट, श्रृंखला का अनुदैर्ध्य अक्ष बनाते हैं तथा क्षारक इस अक्ष से समकोण पर होते हैं।

(5) पॉलिन्यूक्लिओटाइड की इस प्रकार की दो श्रृंखलायें, एक सामान्य अक्ष पर दाहिने हाथ की

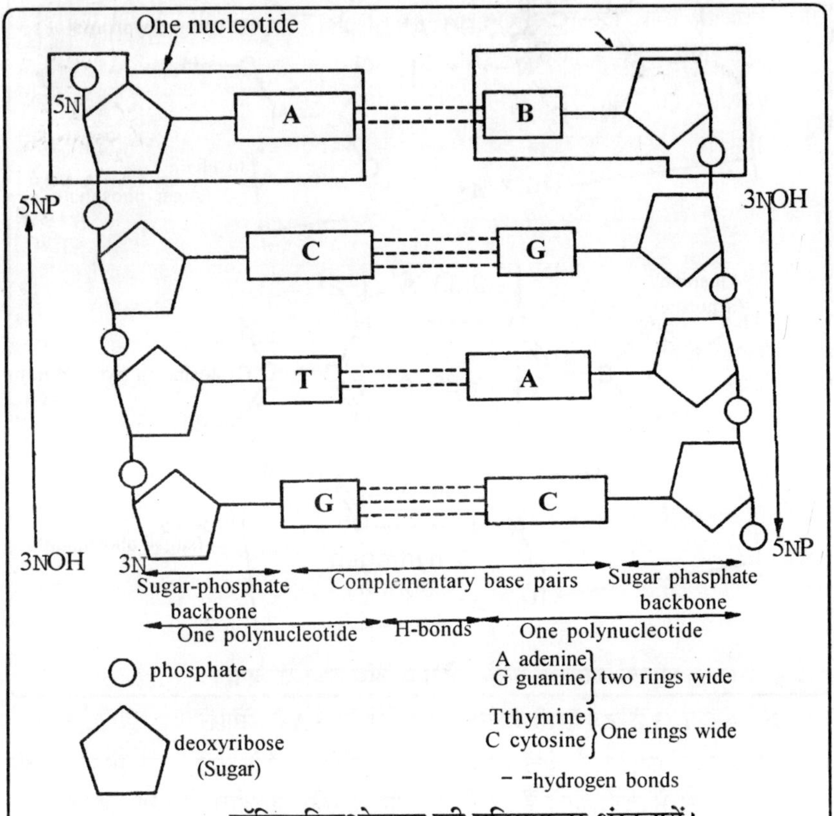

पॉलिन्यूक्लिओटाइड की प्रतिसमान्तर श्रृंखलायें।

ओर कुंडलित होती हैं और डी एन ए का अणु बनाती है। इस प्रकार के अणु को बी-डीएनए कहा जाता है।

(6) ये दो श्रृंखलाओं विपरीत दिशाओं में स्थित होती है। एक श्रृंखला में शर्करा के कार्बन 3N-5N दिशा में तथा दूसरी श्रृंखला में कार्बन 5N-3N दिशा में पाये जाते हैं। इस कारण श्रृंखलाओं को प्रतिसमानांर कहते हैं।

(7) यह दो श्रृंखलाएँ पूरक होती है। एक श्रृंखला में यदि एडीनीन क्षारक होता है तो दूसरी में उसके सामने दूसरी श्रृंखला में थायमीन होता है। इसी प्रकार गुआनीन और सायटोसीन दो श्रृंखलाओं में एक दूसरे के सामने स्थित होते हैं। इस प्रकार यदि एक श्रृंखला, में क्षारकों का

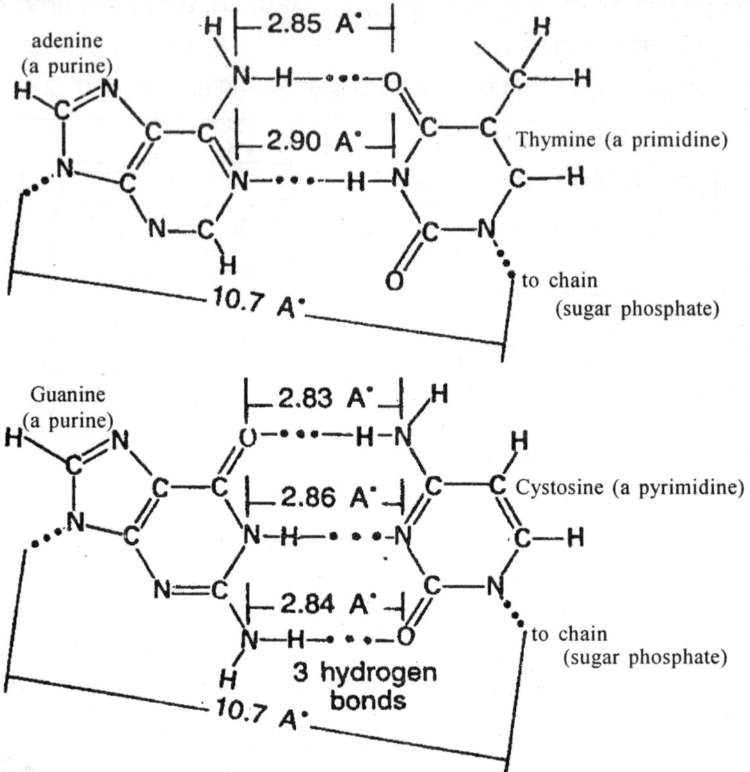

क्षारक जोडियाँ उनके बीच के बंध तथा संरचना।

क्रम A C T G है, तब दूसरी श्रृंखला में यह क्रम T G A C होगा।

(8) पॉलिन्यूक्लिओटाइड की दोनों श्रृंखलायें, नाइट्रोजनी क्षारकों के बीच स्थित हाइड्रोजन बंध द्वारा आपस में जुड़ी होती हैं। एडीनीन और थायमीन के बीच दो तथा गुहानीन और सायटोसीन के बीच तीन हाइड्रोजन बंध पाये जाते हैं।

(9) द्विरज्जुकीय कुंडलित डी एन ए अणु का व्यास 20 Å होता है अर्थात दो पॉलिन्यूक्लिओटाइड श्रृंखलायें एक दूसरे से 20 Å की दूरी पर स्थित होती हैं।

(10) कुंडली का एक चक्कर 34 Å में पूरा होता है। प्रत्येक चक्कर में 10 Å न्यूक्लिओटाइड (अथवा क्षारक जोड़ियाँ) होती हैं। इनमें से प्रत्येक जोड़ी 3.4 Å की दूरी पर स्थित होती है।

एक अणु न्यूक्लिओसोम से बाहर निकलने वाले डी एन ए को दूसरे न्यूक्लिओसोम प्रवेश करने वाले डी एन ए से जोड़ता है। इस प्रकार न्यूक्लिओसोम चार हिस्टोनों का आर्क्टमर है जो डी एन ए के साथ मिलकर जटिल बनाता है।

न्यूक्लिओसोम = प्रोटीन क्रोड (H_2A, H_2B, H_3, H_4) इन हिस्टोन प्रोटीन के प्रत्येक के दो-दो अणु

Francis H.C. Crick.

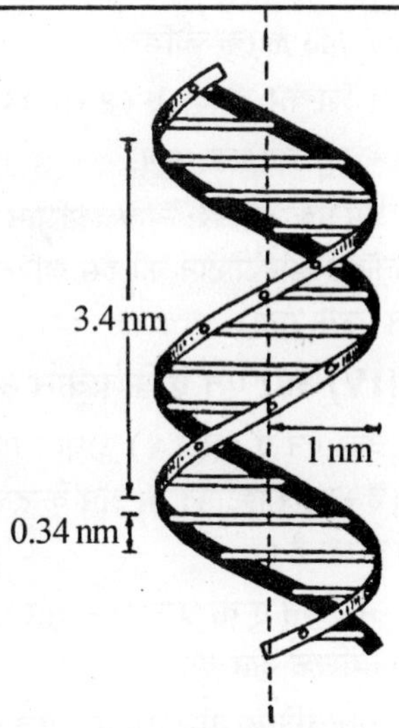

Features of the DNA molecle as revealed by X-ray diffraction

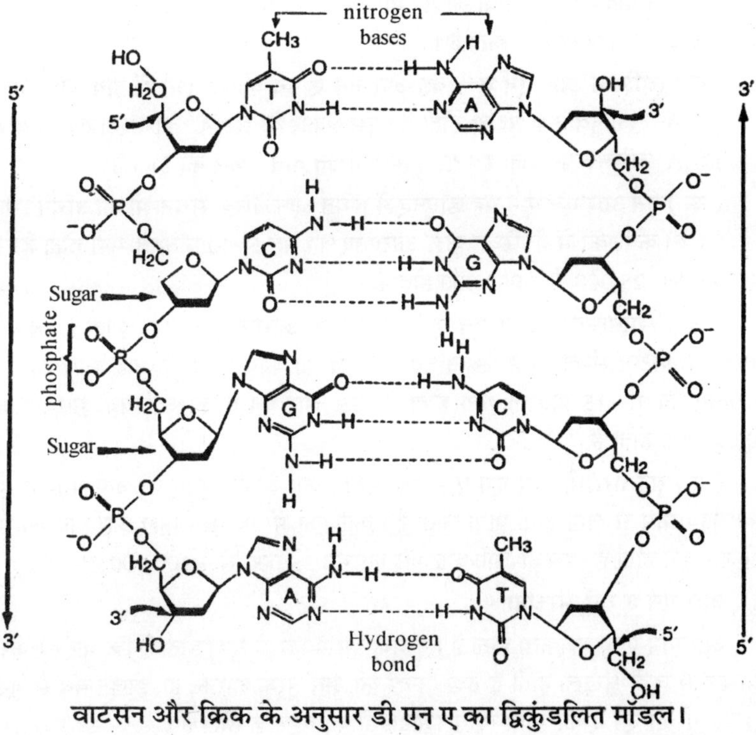

वाटसन और क्रिक के अनुसार डी एन ए का द्विकुंडलित मॉडल।

+ 146 क्षारक जोडियाँ

+ लिन्कर डी एन ए (8 से 114 क्षारक जोडियाँ)

+ H_1 का एक अणु

इस प्रकार के छः न्यूक्लिओसाम पुनः कुंडलित होकर पास-पास आ जाते हैं। इस इकाई को सोलेनॉइड और प्रोटीन की इस जटिल संरचना के अध्ययन के लिये 1982 में नोबेल पुरस्कार प्रदान किया गया।

[IV] आर एन ए के प्रकार और संरचना (Types and Structure of RNA)-

आर एन ए (RNA) अथवा राइबोस न्यूक्लीक अम्ल सभी जीवित कोशिकाओं में पाया जाता है। यह साइटोप्लाज्म और केन्द्रक दोनों में पाया जाता है। RNA मुख्यतः प्रोटीन संश्लेषण कार्य करता है।

आर एन ए के प्रकारः - आर एन ए दो प्रकार का होता है- आनुवंशिक आर एन ए और अआनुवंशिक आर एन ए।

1. **आनुवंशिक आर एन ए** - एच फ्रैन्केल-कोन्राट में यह बताया कि तम्बाकू मोजेक वायरस में पाया जाने वाला आर एन ए उसका आनुवंशिक पदार्थ होता है। इस प्रकार का आर एन ए अनेक पादप वायरस तथा जीवाणुभोजियों में भी पाया जाता है। आनुवंशिक आर एन ए एक अथवा द्विरज्जुकीय होता है।

2. **अआनुवंशिक आर एन ए** - यह आर एन ए उन कोशिकाओं में पाया जाता है जिनमें DNA अआनुवंशिक पदार्थ होता है। इस प्रकार के RNA का संश्लेषण मुख्य रूप से DNA टेम्पलेट पर होता है। यह निम्नलिखित तीन प्रकार का होता है-

(क) दूत आर एन ए - यह डीएनए में स्थित आनुवंशिक सूचनाओं को उचित स्थानों पर पहुंचाता है। कोशिका में उपस्थित कुल आरएनए का यह 5-10 प्रतिशत भाग होता है। इसका आण्विक भार 25,000 से 1,000,000 होता है।

(ख) स्थानान्तरण आर एन ए - इसे विलेय आरएनए भी कहा जाता है। यह ऐमिनो अम्लों को प्रोटीन संश्लेषण के स्थान तक ले जाने का कार्य करता है। यह कोशिका में स्थित आरएनए का 10-15 प्रतिशत भाग होता है। इस आर एन ए का आण्विक भार 23,000 से 30,000 तक होता है।

(ग) राइबोसोमी आर एन ए - यह अन्य प्रकार के आरएनए की अपेक्षा स्थिर होता है तथा राइबोसोम से लगा हुआ पाया जाता है। कोशिका में उपस्थित कुल आरएनए का यह 80 प्रतिशत भाग होता है। इसका आण्विक भार लगभग 35,000 से 1,100,000 होता है।

2. **आर एन ए की संरचना** -

आरएनए एक रज्जुकीय होता है। रज्जुक इस प्रकार से मुड़ा होता है कि बाहर शर्करा और फॉस्फेट से जुड़ी श्रृंखला होती है तथा अन्दर की ओर पूरक क्षारक, हाइड्रोजन बँध से जुड़े होते हैं। यह भी डी एन ए की भांति न्यूक्लिओटाइडों का बहुलक होता है।

B- डी एन ए और Z- डी एन ए की संरचनाओं की तुलना

लक्षण	बी–डी एन ए	Z- डीएनए
	समानाताएँ	
1. संरचना	1. द्विकुंडलित	1. द्विगुंडलित
2. श्रृंखलाओं की दिशा	2. प्रतिसमानान्तर	2. प्रतिसमानान्तर
1. चक्कर की दिशा	1. दाहिने हाथ की ओर	1. बायें हाथ की ओर
2. कुंडली की संरचना	2. नियमित	2. आगे–पीछे
	असमानताएँ	
3. आसपासवाली शर्करा के अणु की दिशा	3. एकसमान	3. विपरीत
4. इकाइयाँ	4. एक न्यूक्लिओटाइड	4. दो न्यूक्लिओटाइड
5. प्रत्येक चक्कर में स्थित	5. दस	5. बाहर 6 द्विलक
6. कुंडली का व्यास	6. 34 Å	6. 45 Å
7. दो पास की क्षारक जोड़ियों के बीच की दूरी	7. 3.4 Å	7. 3.7 Å
8. व्यास	8. 20 Å	8. 18 Å

होली ने 1968 में यीस्ट के ऐलेनिल की संरचना बतायी जिसके लिए उन्हें नोबेल पुरस्कार दिया गया। टी आरएनए की संरचना क्लोवर अथवा तिपतिया की पत्ती के समान होती है और इसमें लगभग 80 क्षारक पाये जाते हैं। मध्य भाग क्लोवर की पत्ती के समान संरचना बनाता है और इसमें तीन या अधिक लूप होते हैं। सिरे की विपरीत दिशा में स्थित लूप में होते हैं। इन में एक ऐमिनो एसिल सिन्थेटेज और दूसरा राइबोसोम को बाँधने का काम करता है।

(7) t-RNA के कुछ विशिष्ट लक्षण निम्न प्रकार हैं–

(1) लगभग सभी t-RNA में कुछ असामान्य न्यूक्लिओसाइड पाये जाते हैं। जैसे स्यूडोयूरीडीन इनोसीन, डाईहाइड्रोरीडीन इत्यादि।

(2) G : C जोड़ियों की संख्या A : U जोड़ियों की तुलना में अधिक होती है।

(3)सभी t-RNA के सिरे पर 5N स्थान पर गुआनीन होता है तथा 3N स्थान पर बिना जोड़ी बनाये CCA क्षारक पाये जाते हैं।

एस.एच.किम ने 1973 में t-RNA त्रिविम संरचना का वर्णन किया संकल्पना के अनुसार t-RNA का आकार L जैसा और लगभग 20 Å बताया गया।

[V] क्रोमोसोम अथवा गुणसूत्र-

क्रोमोसोम, क्रोमेटिन पदार्थ का बना होता है। यह DNA, RNA और हिस्टोन प्रोटीन से मिलकर बना होता है। कोशिका विभाजन के मेटाफेज अवस्था में क्रोमोसोम धागों के रूप दिखाई देता हैं।

1. **इतिहास** – **इ. स्ट्रासबर्गर** (1875) ने कोशिका विभाजन के समय पायी जाने वाली धागे जैसी संरचनाओं का वर्णन किया। **डब्ल्यू. फ्लेमिंग** (1879) ने क्रोमोसोम के टूटने अथवा अलग होने की प्रक्रिया का वर्णन किया तथा अभिरंजित पदार्थ को क्रोमेटिन नाम दिया। क्रोमोसोम सूत्र देने का श्रेय **डब्ल्यू. वाल्डैयर** (1888) को दिया जाता है। **सटन** और **बोवेरी** (1902) के अनुसार **क्रोमोसोम भौतिक संरचना है और ये आनुवंशिक लक्षणों को एक स्थान से दूसरे स्थान तक पहुँचाते हैं।**

2. **संख्या** –

बेनेडेन और **बोवेरी** ने बताया कि क्रोमोसोम की संख्या प्रत्येक जाति में निश्चित होती है परन्तु भिन्न-भिन्न जातियों में यह संख्या अलग होती है। युग्मक (gametes) अथवा युग्मकोद्भिद् की कोशिकाओं में क्रोमोसोम की जो संख्या होती है उसे युग्मकी (gametic) **लघुकृत** अथवा **अगुणित** संख्या कहते हैं। अगुणित संख्या को **जीनोम** कहा जाता है। कायिक कोशिकाओं में अथवा बीजाणुद्भिद् की कोशिकाओं में क्रोमोसोम की संख्या(diploid = 2n) द्विगुणित होती है।

3. **आमाप** –

क्रोमोसोम के आमाप का अध्ययन सूत्री विभाजन अथवा माइटोसिस की मेटाफेज व्यवस्था में किया जा सकता है। क्रोमोसोम की लम्बाई 0.25 मामी (micron) (कवकों में) से 30 मामी(micron) (ट्रिलियम) तक हो सकती है। पौधों के क्रोमोसोम प्राणियों की अपेक्षा बड़े होते हैं। एकबीजपत्रियों के क्रोमोसोम द्विबीजपत्रियों की तुलना में बड़े होते हैं।

4. **आकार** –

क्रोमोसोम का आकार अवस्थाओं के अनुसार बदलता रहता है। क्रोमोसोम का आकार सामान्यतः पश्चावस्था में देखा जाता है। स्थिति पर निर्भर करता है। क्रोमोसोम निम्न प्रकार के आकार दिखाते हैं–

(a) **अन्तकेन्द्री** – जब सेन्ट्रोमियर, क्रोमोसोम के एक सिरे पर होता है। इस प्रकार के क्रोमोसोम छड़ी के समान दिखते हैं।

(b) **अग्रबिन्दुक** – जब सेन्ट्रोमियर, क्रोमोसोम के सिरे से थोड़ा हटकर होता है वह अग्रबिन्दुक कहलाता है। इसके कारण क्रोमोसोम दो असमान लम्बाई वाले भागों में बंट जाता है इनमें से एक भाग बहुत बड़ा व दूसरा बहुत छोटा होता है।

(c) **मध्यकेन्द्री** – इसमें सेन्ट्रोमियर, क्रोमोसोम के मध्य भाग में होता है और उसे दो समान लम्बाई वाले भागों में अलग करता है। ये क्रोमोसोम V आकार के होते हैं

(d) **उपमध्यकेन्द्री** – इसमें सेन्ट्रोमियर, मध्य भाग से थोड़ा हटकर होता है और क्रोमोसोम के दो असमान टुकड़े कर देता है। इनमें से एक टुकड़ा दूसरे से थोड़ा सा बड़ा होता है। ये क्रोमोसोम जे या एल आकार के होते हैं।

यदि क्रोमोसोम में सेन्ट्रोमियर का अभाव होता है तब उसे अकेन्द्री दो सेन्ट्रोमियर हों तो द्विकेन्द्री और जब अनेक सेन्ट्रोमियर हों तब उसे बहुकेन्द्री कहते हैं।

5. संरचना –

क्रोमोसोम की संरचना का अध्ययन माइटोसिस की मेटाफेज अवस्था में किया जाता है। इस अवस्था में क्रोमोसोम लम्बे होने के कारण अनेक लक्षण स्पष्ट दिखाई देते लगते हैं। क्रोमोसोम में पाई जाने वाली विभिन्न संरचनाओं का विवरण नीचे दिया गया है–

(अ) क्रोमेटिड अथवा अर्धगुणसूत्र – मेटाफेज की अवस्था में प्रत्येक क्रोमोसोम दो क्रोमेटिक अथवा अर्धगुणसूत्रों का बना होता है। प्रत्येक क्रोमेटिड में डी एन ए पाया जाता है। दोनों क्रोमेटिड, एक दूसरे से सेन्ट्रोमियर द्वारा जुड़े रहते हैं। ऐनाफेज के दौरान दोनों क्रोमेटिड अलग हो जाते हैं और विपरीत ध्रुवों पर खींच लिये जाते हैं। इस प्रकार ऐनाफेज के क्रोमोसोम में केवल एक क्रोमेटिड होता है जबकि मेटाफेज के क्रोमोसोम में दो क्रोमेटिड होते हैं।

(ब) क्रोमोनीमा अथवा वर्णसूत्र– प्रोफेज और कभी–कभी अन्तरावस्था में क्रोमेटिड अनेक पतले तन्तुओं से बने दिखाई देते हैं। इन उप–क्रोमेटिड संरचनाओं को क्रोमोनीमा कहा जाता है। प्रत्येक क्रोमेटिड 2 से 32 या अधिक क्रोमोनीमा से मिलकर बना होता है।

(स) क्रोमोमियर अथवा वर्णकणिका – क्रोमोनीमा पर पाये जाने वाली, क्रोमेटिन पदार्थ की दानों जैसी संरचनाएँ हैं, जिनके कारण क्रोमोनीमा दानों की माला जैसी दिखाई देती है। इन दानों को जीन के स्थान माना जाता है। इलेक्ट्रोन माइक्रोस्कोप द्वारा पता चला है कि इन स्थानों पर क्रोमोनीमा की कुंडलियाँ घनी होती हैं।

(द)सेन्ट्रोमियर अथवा गुणसूत्रबिन्दु – इस क्षेत्र द्वारा क्रोमोसोम माइटोसिस के तर्कु साथ जुड़ा रहता है । इस पतले क्षेत्र को प्राथमिक संकीर्णन कहाजाता है।

(य) द्वितीयक संकीर्णन – क्रोमोसोम में सेन्ट्रोमियर अथवा प्राथमिक संकीर्णन के अतिरिक्त पाया जाने वाला यह दूसरा संकीर्णन होता है। अतः द्वितीयक संकीर्णन के कारण किसी विशिष्ट क्रोमोसोम को पहिचाना जा सकता है।

(र) न्यूक्लिओलर ऑर्गेनाइजर – यह कुछ विशिष्ट द्वितीयक संकीर्णन हैं जिनमं 18एस

विभिन्न जीवधारियों में क्रोमोसोम (2n) की संख्या

सामान्य नाम	वैज्ञानिक नाम	गुणसूत्रों की संख्या
	1. प्राणी	
1. राउण्ड वर्म	ऐस्कैरिस मेगालोसेफाइला यूनिवैलेन्स	2
2. फ्रुट फ्लाय	ड्रोसोफिला मैलेनोगास्टर	8
3. मनुष्य	होमो सैपियन्स	46
4. तितली	लाइसैन्ड्रा एटलान्टिका	466
5. रेडिओलेरियन	ऑलेकैन्था	1600
	2. पौधे	
1. डबल रोटी की फफूंदी	म्यूकर हिमेलीज	2
	हैप्लोपैपस ग्रेसीलिस	4
2.	एलियम सीता	16
3. प्याज	ट्राडेस्कैन्शिया= रोईओ	24
4.	सैकेरम ओफिसिनेरम	80
5. गन्ना	आफिओग्लोसम रेटिकुलेटम	1260
6. एडर्स टन्ग फर्न		बहुगुणित =Polyploid)

और 28एस राइबोसोमी आर एन ए के विकोडन की ओर केन्द्रिक का निर्माण करने वली जीन पाई जाती है। जिन क्रोमोसोम में न्यूक्लिओलर ऑर्गेनाइजर पाया जाता है उन्हें केन्द्रिक संघटक क्रोमोसोम कहते हैं।

(ल) सैटेलाइट – यह क्रोमोसाम के सिरे पर स्थित लगभग गोलाकार संरचना होती है। यह क्रोमोसोम के अन्य भागों से, द्वितीयक संकीर्णन द्वारा अलग होती है। जिन क्रोमोसोम में सैटेलाइट पाया जाता है।, उन्हें सैट–क्रोमोसोम कहते हैं। सैटेलाइट का स्थान और आकार निश्चित होने के कारण यह भी क्रोमोसोम का विशिष्ट लक्षण माना जाता है।

(व) टीलोमियर – क्रोमोसोम के सिरों अथवा छोरों को टीलोमियर कहते हैं।

(स) हेटेरोक्रोमेटिन –क्रोमोसोम को एसिटोकारमीन अथवा फाल्गेन (क्षारीय फूक्सीन स्टेन करने से, क्रोमोसोम में गहरे और हल्के रंग की पट्टियाँ दिखाई देने लगती हैं। गहरे स्टेनवाली पट्टियों को हेटेरोक्रोमोटिन कहते हैं। यह शब्द ईमिल हिट्ज ने दिया था। हेटेरोक्रोमेटिन क्षेत्र में पाई जाने वाली जीन निकिष्क्रिय होती हैं।

(ष)यूक्रोमेटिन – फाल्गेन विधि से स्टेन करने के पश्चात् क्रोमोसोम के हल्के रंग के भाग को यूक्रोटिन कहते हैं। यह फैला हुआ अथवा कम कुंडलित क्रोमेटिन पदार्थ हैं। क्रोमोसोम के पूरे सेट को पहचानने के लिये उपयोगी बाहरी लक्षणों को कैरियोटाईप कहते हैं। ये लक्षण जब

हेटेरोक्रोमेटिन और यूक्रोमेटिन की तुलना

	लक्षण	हेटेरोक्रोमेटिक	यूक्रोमेटिन
1.	अभिरंजन	प्रोफेज में गहरे रंग का होता है।	प्रोफेज में हल्के रंग का होता है।
2.	बनावट	260 Å धागों का बना होता है।	30–80 Å धागों का बना होता है।
3.	पाये जाने वाला भाग	क्रोमोसोम के घने भाग में पाया जाता है।	क्रोमोसोम में कम घने भाग में पाया जाता है।
4.	गुणसूत्रों की स्थिति	क्रोमोसोम के इस क्षेत्र में पाये जाने वाले धागे बहुत अधिक लिपटे होते हैं।	इस क्षेत्र में स्थित धागे कम लिपटे होते हैं।
5.	डी एन ए की मात्रा	अपेक्षाकृत अधिक।	अपेक्षाकृत कम।
6.	विनिमय	कम होता है।	अधिक होता है।
7.	आनुवंशिक सक्रियता	निष्क्रिय, इसमें अनुलेखन की क्षमता नहीं होती।	सक्रिय, यह क्षेत्र अनुलेखन की क्रिया सक्रियता से करता है।

आरेख के रूप में दिखाये जाते हैं तब उस चित्र को ईडियोग्राम कहते हैं।

8. रासायनिक विश्लेषण –

क्रोमोसोम में पाये जाने वाले पदार्थ और उनकी मात्रा को तालिका 14 में दर्शाया गया है।

क्रोमोसोम का रासायनिक विश्लेषण–

1. डी एन ए	40 प्रतिशत
2. आर एन ए	1.5 प्रतिशत
3. हिस्टोन प्रोटीन	5.0 प्रतिशत
4. अम्लीय प्रोटीन	8.5 प्रतिशत

6. विशेष प्रकार के क्रोमोसोम –

ऊपर वर्णन किये गये सामान्य क्रोमोसोम के अतिरिक्त कुछ और प्रकार के भी क्रोमोसोम मिलते हैं। इनमें से दो मुख्य प्रकारों का वर्णन नीचे दिया गया है–

(अ) पॉलीटीन क्रोमोसोम अथवा लार ग्रन्थि क्रोमोसोम – बाल्बियानी ने काइरोनोमस नाम के द्विपखी प्राणी की लार ग्रन्थि की कोशिकाओं में बहुत बड़े क्रोमोसोम देखे। इसी कारण इन्हें सैलिवरी ग्लैन्ड क्रोमोसोम अथवा लार ग्रन्थि क्रोमोसाम कहा जाता है। पॉलीटीन क्रोमोसोम, सामान्य क्रोमोस्रोम की अपेक्षा 200 गुना तक बड़ा हो सकता है। कोशिका में लगभग 10 बार

गुणन होने के कारण इन क्रोमोसोमों में 1000 क्रोमोसोम तक पाये जाते हैं। पॉलीटीन क्रोमोसोम सदैव अन्तरावस्था में ही बने रहते हैं। इस अवस्था में समजात क्रोमोसाम अत्यंत पास–पास होते हैं। इसे कायिक युग्मक कहा जाता है। पॉलीटीन में गहरे रंग की पट्टियाँ पायी जाती है। दो गहरे रंग की पट्टियों के बीच की पट्टी को इण्टरबैन्ड कहा जाता है। ड्रॉसोफिला के पॉलीटीन क्रोमोसोम में लगभग 5,000 पट्टियाँ पायी जाती है। गहरी पट्टियों में डी एन ए की मात्रा हल्के रंग की पट्टियों की तुलना में अधिक होती है। कुछ स्थानों पर पट्टियाँ फूल जाती है। इन फूले हुये क्षेत्रों को क्रोमोसोम के पफ या बाल्बियानी वलय कहते हैं। इस क्षेत्र में आर एन ए का संश्लेषण अत्यंत सक्रियता से होता है जिससे डी एन ए खुल जाता है। इस कारण यहां पर डी एन ए के अनेक फन्दे अथवा लूप बन जाते हैं।

(ब) लैम्पब्रुश क्रोमोसोम – यह क्रोमोसोम भी अत्यंत बड़े तथा लम्बे धागों के बने होते हैं। इन्हें फ्लेमिंग ने सबसे पहले देखा था। क्योंकि ये क्रोमोसोम मिट्टी के तेल के लैम्प की चिमनियों को साफ करने वाले ब्रुश के समान दिखलायी देते हैं। इसीलिए इन्हें लैम्पब्रुश क्रोमोसोम कहा जाता है। ये क्रोमोसोम सभी प्राणियों की अण्डकोशिकाओं में पाये जाते हैं इन्हें मिओसिस अथवा अर्धसूत्री विभाजन की डिप्लोनिमा अवस्था में देखा जा सकता है। लैम्पब्रुश क्रोमोसोम में दो समजात गुणसूत्र काइज्मेटा द्वारा एक साथ पाये जाते हैं। इन क्रोमोसोम के क्रोमेटिड एक अक्ष रूप में होते हैं। इस अक्ष पर एक कतार में अनेक कण पाये जाते हैं। इन क्रोमोसोम के क्रोमेटिड एक अक्ष के रूप में होते हैं जिन्हें क्रोमोमियर कहते हैं क्रोमोमियर के दोनों ओर फंदे अथवा लूप बने होते हैं जिनमें भाग में डी एन ए से बनी अक्ष होती है और इससे समकोण बनाते हुए आर एन ए और प्रोटीन की बनी मैट्रिक्स फैली हुई होती है।

7. जीन –

केन्द्रक में पाये जाने वाले क्रोमोसोम कोशिका विभाजन के कारण जनकों से संतानों में पहुँचाते हैं। क्रोमोसोम पर एक कतार में अनेक दानेदार संरचनाएँ उपस्थित होती है। ये संरचनाएँ प्रायः जीन होती हैं। कोई भी एक विशिष्ट जीन जनक अथवा संतानों में केवल उसी एक विशेष लक्षण का नियंत्रण करती है। जीन के संबंध अनेक परिभाषाएँ उपलब्ध हैं। इनमें से कुछ नीचे दी गयी हैं–

(1) डी एन ए के कुछ भाग को अथवा न्यूक्लिओटाइडों की श्रृंखला के कुछ भाग को जिस पर एक प्रोटीन बनाने के लिये आवश्यक ऐमिनो अम्लों की सूचनायें उपस्थित होती हैं जीन कहते है।

(2) जीन, डी एन ए का वह अनुक्रम है जिसमें आर एन ए के एक विशिष्ट अणु को बनाने की सूचनाएँ मौजूद होती हैं। इस प्रकार जीन आनुवंशिक सूचनाओं की इकाई होती है।

(3) जीन एक मूलभूत भौतिक इकाई है जो जनक से सन्तान में पहुंचाई जाती है।

(4) जीन एक वंशागतिक कारक है जो एक जैवकि लक्षण को निर्धारित करता है।

जीवधारियों में पायी जाने वाली प्रत्येक जीन किसी एक विशिष्ट क्रिया का नियंत्रण करती है। यह नियंत्रण जीन द्वारा बनाये बनाये जाने वाला एन्जाइम करता है। इस तथ्य को सामने रखकर

बीडल और टैटम ने यह पता चलाया कि एक जीन- एक एन्जाइम बनाती है। परन्तु बाद में यह मालूम हुआ कि कुछ एन्जाइम एक से अधिक पॉलिपेप्टाइड श्रृंखला से मिलकर बने होते हैं और जीन मात्र केवल एक पॉलिपेप्टाइड श्रृंखला का निर्माण करती है। इसलिये अब वैज्ञानिक एक जीन-एक एन्जाइम की परिकल्पना को बदल कर एक जीन-एक पॉलिपेप्टाइड परिकल्पना को मानने लगे हैं। प्रत्येक जीन में केवल पॉलिपेप्टाइड बनाने की ही सूचनाएँ नहीं होती परन्तु राइबोसोमी आर एन ए और ट्रान्सफर आर एन ए बनाने की सूचनाएँ भी कुछ जीनों में पायी जाती हैं। इससे ऐसा लगता है कि जीन में एक से अधिक पॉलिपेप्टाइड बनाने की क्षमता होती है। अनेक वायरसों (विषाणुओं) और उच्च वर्गों के जीवधारियों में कुछ जीन पॉलिप्रोटीन का निर्माण करती है जो बाद में टूट कर प्रोटीनों में अलग हो जाता है। इस प्रकार जीन के छोटे से भाग से प्रोटीन का बनना अब संभव बताया जाता है। यूकैरियोट में जीन असंतत होती है। इसके दो मुख्य भाग होते हैं-

(1) **रिकॉन** - यह डी एनए का वह छोटे से छोटा भाग है जो विनिमय के समय अलग होकर पुन: संयोजन करता है। इसे विसंयोजन की इकाई भी कहा जाता है। यह इकाई एक अथवा दो जोड़ी न्यूक्लिओटाइड की बनी होती है।

(2) **म्यूटॉन** - यह डी एन ए का वह छोटे से छोटा भाग है जिसमें उत्परिवर्तन हो सकता है। यह टुकड़ा न्यूक्लिओटाइड की केवल एक पूरक क्षारक जोड़ी तक हो सकता है।

(3) **सिस्ट्रॉन** - इस शब्द का प्रयोग बेन्जर ने किया था। सिस्ट्रॉन को कार्य की इाकई माना गया है। वास्तविकता में यह सामान्य जीन है। सिस्ट्रॉन डी एन ए का वह भाग है जो केवल एक पॉलिपेप्टाइड की श्रृंखला बनाता है बैक्टीरिया जैसे इशरिकिया कोली बना होता है जबकि कुछ अन्य जीवधारियों के एक सिस्ट्रान में 30,000 क्षारक जोड़ियाँ तक पायी जाती हैं।

उपापचय के निष्क्रिय पदार्थ

(Metabolically Inactive Cell Inclusions)

कोशिकाओं में अनेक निष्क्रिय पदार्थ पाये जाते हैं जो मुख्त: कोशिका में होने वाली प्रक्रियाएँ करते हैं। इनमें कुछ संचयी पदार्थ व कुछ उत्सर्जी पदार्थ हैं। इसके अतिरिक्त कुछ स्त्रावी पदार्थ भी होते हैं।

[I] संचयी पदार्थ-

ये विशेष कोशिकाओं में संचयित रहते हैं। आवश्यकतानुसार उपापचय के लिये इन पदार्थों से ऊर्जा प्राप्त की जाती है।

A. कार्बोहाइड्रेट

कार्बोहाइड्रेट का सामान्य सूत्र $Cx\ (H_2O)y$ है। इन पदार्थों को कार्बन का हाइड्रेट भी कहा जाता है क्योंकि इनमें और पानी में मिलने वाले हाइड्रोजन और ऑक्सीजन का अनुपात (2: 1) एक समान होता है। सभी कार्बोहाइड्रेट ऐल्डिहाइड अथवा कीटोन होते हैं और इन सभी में हाइड्रोक्सिल समूह पाये जाते हैं। कार्बोहाइड्रेट्स को दो वर्गों में रखा जा सकता है-

(A) शर्करा -

शर्करा शब्द तकनीकी नाम नहीं है। इसमें मोनो और डायसैकेराइड दोनों ही रखे गये हैं क्योंकि यह दोनों मुख्यत: मीठी होती हैं।

(1)मोनोसैकेराइड - यह कार्बोहाइड्रेट की सबसे सरल इकाई है। इनमें ग्लूकोज तथा फ्रक्टोज सामान्य हैं। ग्लूकोज सामान्यत: मीठे फलों (जैसे अंगूर) में पाया जाता है। प्रकाश संश्लेषण का यह मुख्य उत्पाद है तथा इससे ऊर्जा प्राप्त होती है। फ्रक्टोज भी ग्लूकोज के साथ-साथ लगभग सभी फलों में उपस्थित होता है। गैलेक्टोज तथा मैनोज भी मोनोसैकेराइड हैं।

(2)डायसैकेराइड - सुक्रोज, गन्ने में पायी जाने वाली साधारण डायसैकेराइड शर्करा होती है। गन्ने में पायी जाने वाली साधारण डायसैकेराइड शर्करा होती है। गन्ने तथा चुकन्दर में सुक्रोज की मात्रा क्रमश: 10 प्रतिशत से 15 प्रतिशत तथा 10 प्रतिशत से 20 प्रतिशत होती है। माल्टोज व लैक्टोज डायसैकेराइड शर्करा के अन्य उदाहरण हैं। माल्टोज लैक्टोज इत्यादि। डायसैकैराइड शर्करा के जल अपघटन से मोनोसैकेराइड प्राप्त होती हैं। उदाहरणार्थ-

$$\underset{\text{सुक्रोज}}{C_{12}H_{22}O_{11}} + \underset{\text{जल}}{H_2O} \longrightarrow \underset{\text{ग्लूकोज}}{C_6H_{12}O_6} + \underset{\text{ग्लूकोज}}{C_6H_{12}O_6}$$

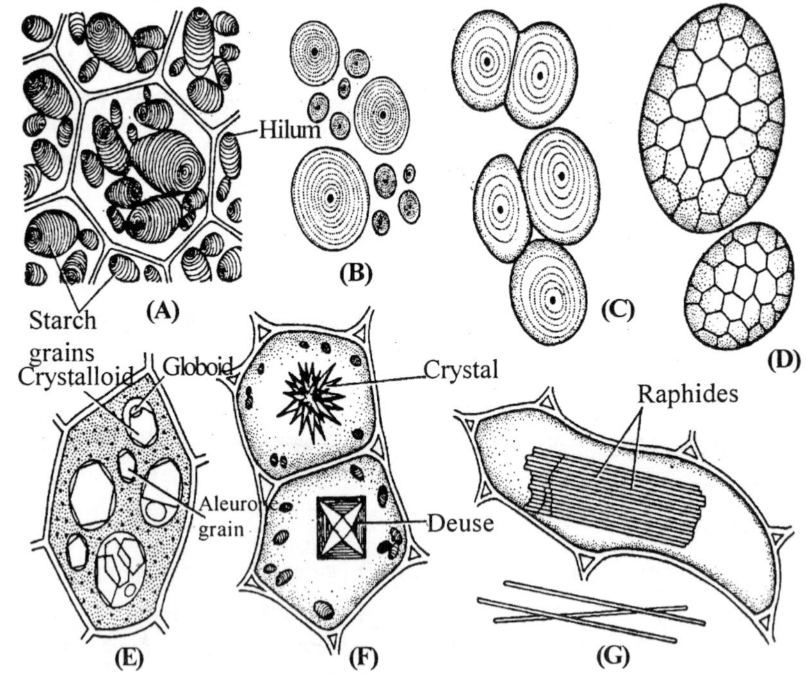

कोशिकातंरण के प्रकार

$$\underset{\text{माल्टोज}}{C_{12}H_{22}O_{11}} + \underset{\text{जल}}{H_2O} \longrightarrow \underset{\text{ग्लूकोज}}{C_6H_{12}O_6} + \underset{\text{ग्लूकोज}}{C_6H_{12}O_6}$$

(B) पॉलिसैकेराइड -

तीन अथवा तीन से अधिक मोनोसैकेराइड के निर्जलीकरण द्वारा पॉलिसैकेराइड बनते हैं। ये मुख्यत: खाद्य पदार्थ और ऊर्जा का संचय करते हैं तथा संरचनात्मक पदार्थों (जैसे सेलुलोस) की भांति काम करते हैं। कुछ मुख्य पॉलिसैकेराइड प्रकारों का वर्णन नीचे दिया गया है-

(1)इन्यूलिन - यह कोशिका रस में पाया जाने वाला घुलनशील कार्बोहाइड्रेट (पॉलिसैकेराइड)है। यह फ्रक्टोज का बहुलक होता है। इसके क्रिस्टल तारे अथवा चक्र के आकार के होते हैं। आवश्यकतानुसार यह शर्करा में बदलता रहता है। डेहलिन पाया जाता है। इसके अतिरिक्त जेरूसालम आर्टिचोक, डैन्डेलियन और गोल्डन रॉड में भी इन्यूलिन पर्याप्त मात्रा में होता है।

(2)मण्ड - यह जल में अघुलनशील कार्बोहाइड्रेट है जो कणों के रूप में कोशिकाओं में पाया जाता है। यह ऊर्जा का मुख्य स्रोत है। मण्ड, कोशिका में मण्ड-कण के रूप में एकत्रित होता है। मण्ड-कण अमाइलोस तथा अमाइलोपेक्टिन के बने होते हैं। मण्ड-कणों में, मण्ड की अनेक परतें होती हैं। प्रकाश संश्लेषण की सक्रियता के कारण दिन में बनने वाली परतें घनी तथा रात में बनने वाली परतें विरल होती हैं। प्रत्येक पौधे में मण्ड-कणों का आमाप तथा संख्या भिन्न होती है परन्तु आकृति तथा आकार इतना स्थिर होता है कि यह पौधों को पहचानने का विशिष्ट

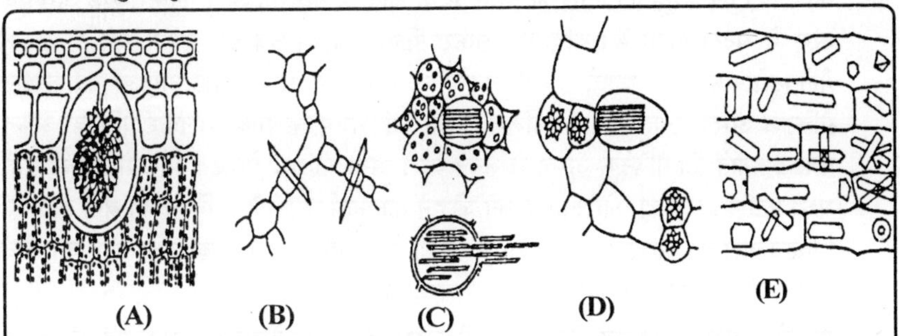

खनिज क्रिस्टल - (A) सिस्टोलिथ (B), (C), (D), (E) रैफाइड के विभिन्न प्रकार।

लक्षण माना जाता है। मण्ड-कण गोलाकार चपटे, अण्डाकार अथवा बहुभुजीय होते हैं। इनमें परतों का बनना जिस स्थान से प्रारम्भ होता है उसे **नाभिका** कहते हैं। इन परतों की संख्या और घनत्व के अनुसार मण्ड-कण निम्नप्रकार के होते हैं-

उत्केन्द्री - इनमें नाभिका एक किनारे पर होती है तथा परतें भी केवल एक ओर पायी जाती हैं। जैसे आलू के कन्द में मण्ड-कण ।

संकेन्द्री - इन कणों में नाभिका लगभग मध्य भाग में होती है तथा परतें सभी भागों में समान रूप से व्यवस्थित होती हैं, जैसे मटर के मण्ड-कण। एक नाभिका वाले मण्ड-कण को

सरल मण्ड–कण (जैसे आलू तथा मटर) तथा एक से अधिक नाभिकायुक्त मण्ड–कणों को संयुक्त मण्ड–कण (जैसे चावल, जई, इत्यादि) कहते हैं।

(3)ग्लाइकोजन – यह एक अघुलनशील पॉलिसैकेराइड है। जिसमें 12 से 18 ग्लूकोज इकाईयाँ एक श्रृंखला बनाती है यह मुख्यतः कवकों में पाया जाता है। विकसित पौधों में इसका अभाव होता है। परन्तु प्राणियों में यह सामान्य रूप से पाया जाता है। इसलिए इसे प्राणी मण्ड भी कहते हैं।

(4)सेलुलोस – यह ग्लूकोज का बहुलक है। पौधे में पाये जाने वाले कार्बन का 50 प्रतिशत भाग सेलुलोस के रूप में होता है। सेलुलोस मुख्यतः पौधों में ही मिलता है। यह कोशिका भित्ति का मुख्य घटक है। कोशिका भित्ति सेलुलोस के सूक्ष्मतन्तुओं से बनी होती है। संरचनात्मक घटक होने के अतिरिक्त सेलुलोस एक मुख्य खाद्य पदार्थ भी है। परन्तु सेलुलोस को तोड़ने वाले सेलुलेज एन्जाइम की अनुपस्थिति के कारण यह मनुष्य के काम नहीं आ पाता। केवल रूमिनैन्ट प्राणियों की आंत में रहने वाले सहजीवी बैक्टीरिया सेलुलोस का पाचन करते हैं। आर्थिक दृष्टि से भी सेलुलोस महत्त्वपूर्ण है। उदाहरणार्थ, कपास के रेशे शुद्ध सेलुलोस के बने होते हैं तथा कागज भी सेलुलोस का बना होता है।

(c) कार्बोहाइड्रेट व्युत्पन्न – कार्बोहाइड्रेट से बनने वाले कुछ अन्य पदार्थ निम्नप्रकार हैं–

1. **पेक्टिन** – यह मोनोसैकेराइड शर्करा से बनता है। उदाहरणार्थ, यदि मोनोसैकेराइड ग्लूकोज का CH_2OH समूह COOH से बदल दिया जाता है तब यह अणु ग्लुकुरोनिक अम्ल के अणु में बदल जाता है। यदि यह शर्करा गैलेक्टोज हो तब इस प्रकार बने अम्ल को गैलेक्टुरोनिक अम्ल कहते हैं। गैलेक्टुरोनिक अम्ल के 10 से 100 अणुओं की श्रृंखला पेक्टिक अम्ल बनाती हैं। मैग्निशियम तथा कैल्शियम के साथ मिलकर पेक्टिक अम्ल, पेक्टेट बनाते हैं। पेक्टिक अम्ल से बनने वाले अन्य यौगिक पेक्टिन और प्रोटोपेक्टिन हैं। मध्य पटलिका जो दो कोशिकाओं को जोड़ने का कार्य करती है, पेक्टिन की बनी होती है। पेक्टिन जल का अवशोषण सरलता से करता है। इसीलिए इसे मुरब्बे तथा खाने की जैली के रूप में प्रयोग किया जाता है जैसे अमरूद की जैली।
2. **हेमिसैलुलोस** – यह एक विषम पॉलिसैकेराइड है क्योंकि हेमिसैलुलोस में एक से अधिक प्रकार की शर्करा (हेक्सोज शर्करा जैसे मैनोज अथवा गैलेक्टोज और पेन्टोज शर्करा जैसे जायलोस अथवा ऐराबिनोस) पाई जाती है। इनके अतिरिक्त इनमें ग्लुकुरोनिक अम्ल और गैलेक्टुरोनिक अम्ल भी उपस्थित होते हैं। हेमिसेलुलोस मुख्यतः कोशिका भित्ति में पाया जाता है परन्तु कुछ बीजों (खजूर) के भ्रूणपोष में यह संचयित खाद्य पदार्थ के रूप में भी एकत्रित होता है।
3. **काइटिन**– यह नाट्रोजनयुक्त विषमसैकेराइड है। काइटिन एन–ग्लुकोसामिन का बहुलक होता है। कवकों की कोशिका भित्ति, उपत्वचा तथा कीटों का बाह्य कंकाल काइटिन का बना होता है।

B. नाइट्रोजनी पदार्थ – पौधों में पाये जाने वाले कुछ मुख्य नाइट्रोजनी पदार्थ निम्न हैं–

(अ) प्रोटीन – यह कार्बन हाइड्रोजन, ऑक्सीजन, नाइट्रोजन तथा सल्फर और कभी-कभी फॉस्फोरस से मिलकर बने होते हैं। प्रोटीन कोशिका के शुष्क भार का 50 प्रतिशत से अधिक भाग बनाते हैं। यह कोशिका में सबसे अधिक मात्रा में पाया जाने वाला कार्बनिक अणु है और केन्द्रक का (मुख्यत: न्यूक्लीयोप्रोटीन का) प्रमुख भाग है। प्रोटीन जल में अविलेय परन्तु अम्ल और क्षार में घुलनशील होते हैं। प्रोटीन ऐल्यूरोन कणों में संचयित होता है। प्रत्येक ऐल्यूरोन कण, ठोस तथा क्रिस्टल रूपी होता है। इसमें एक बड़ा क्रिस्टल जैसा क्रिस्टलाभ तथा छोटा, गोल खनिज कण–गोलाभ होता है एन्जाइम, न्यूक्लिक–अम्ल, इत्यादि प्रोटीन के अन्य रूप हैं।

(ब) ऐमिनो यौगिक – ऐमिनो अम्ल और ऐमिन विलयन के रूप में कोशिका में पाये जाते हैं। ये मुख्यत: पौधों के वृद्धि करने वाले भाग में पाये जाते हैं।

C. वसा और तेल –

लगभग सभी पौधों के जीवद्रव्य में कम अथवा अधिक मात्रा में, वसा और तेल की छोटी बूँदे पायी जाती है। इनमें कार्बन, हाइड्रोजन तथा ऑक्सीजन होते हैं और ये कार्बोहाइड्रेट से प्राप्त वसा अम्ल व ग्लिसरॉल से बनते हैं। इनसे कार्बोहाइड्रेट की अपेक्षा अधिक ऊर्जा प्राप्त होती है। ये मुख्यत: बीजों में पाये जाते हैं जैसे, नारियल, तिल, एरन्डी, मूँगफली, सरसों, बिनौले, अलसी इत्यादि।

[II] उत्सर्जी पदार्थ

इन पदार्थों को प्रोटोप्लाज्म बनाता है। यह पदार्थ पौधों की मुख्य क्रियाओं के उपोत्पाद होते हैं। पौधों में उत्सर्जी तन्त्र के अभाव के कारण यह पदार्थ प्रोटोप्लाज्म में ही एकत्रित रहते हैं तथा बाद में पुरानी पत्तियों, मृत जाइलम, छाल वल्क इत्यादि में जमा हो जाते हैं। कुछ मुख्य उत्सर्जी पदार्थ निम्न प्रकार से हैं–

1. ऐल्केलॉइड – ये मुख्यत: नाइट्रोजनी पदार्थ होते हैं जो कार्बनिक अम्लों (जैसे सिट्रिक ऐसिड, मैलिक अम्ल, सक्सिनिक अम्ल, इत्यादि) के साथ जुड़े होते हैं। ये सामान्यत: बीजों तथा जड़ों में उपस्थित होते हैं। ऐल्केलॉइड स्वाद में कड़वे और विषैले भी होते हैं। अनेक ऐल्केलॉइड दवाइयों के रूप में काम में लाये जाते हैं जैसे सिन्कोना के छाल वल्क से कुनने, तम्बाकू की पत्ती से निकोटीन खसखस के कैप्सूल (फल) से मॉर्फीन, चाय की पत्ती से थीइन, कॉफी के बीज से कैफिन, स्ट्रिक्नाम नक्सवोमिका के बीज से स्ट्रिकनिन एरिथ्रोजाइलम, कोका के बीज से कोकेन इत्यादि।

2. वाष्पशील तेल– यह तेल ग्रन्थियों में पाये जाते हैं। सामान्य तापमान पर ये वाष्प के रूप में उड़ते रहते हैं। तुलसी, नीबू लैमन घास इत्यादि की पत्तियों के फलों के छिलकों में वाष्पशील तेल ग्रन्थियाँ उपस्थित होती है। अत्तर, इस प्रकार से प्राप्त वाष्पशील तेलों से ही बनते हैं। व्यापारिक दृष्टि से लौंग, चन्दन, गुलाब, चम्पा, चमेली, मोतिया इत्यादि के तेल महत्वपूर्ण हैं।

3. गोन्द– सैलुलोस के अपघटन से जिसे गोन्दार्ति कहते हैं, गोन्द उत्पन्न होता है। यह पानी में फूल जाता है तथा आसंजन दिखाता है। व्यापारिक दृष्टि से ऐकेशिया सेनिगैल से प्राप्त गोन्द सर्वश्रेष्ठ माना जाता है।

4. ग्लूकोसाइड्स– ये ऐल्केलॉइड के समान ही होते हैं परन्तु प्रोटीन के व्युत्पन्न न होकर, कार्बोहाइड्रेट के व्युत्पन्न होते हैं। सम्भवतः ये रक्षा का कार्य करते हैं तथा कोशिका की अम्लीयता और क्षारीयता का नियन्त्रण करते हैं। इनका उपयोग दवाइयों में किया जाता है जैसे तिलपुष्पी की पत्तियों से प्राप्त डिजिटॉक्सीन हृदय रोगों में काम आती हैं।

5. लैटेक्स – यह दूध के समान सफेद अथवा रंगीन रस होता है। वास्तव में ये रेजिन, गोंद हाइड्रोकार्बन खाद्य तथा अन्य पदार्थों का मिश्रण हैं। सामान्य रूप से ये लैटेक्स वाहिकाओं में पाया जाता है। दूध के समान सफेद लैटेक्स बड़, पीपल, कटहल, मदार, पीली कनेर इत्यादि में पाया जाता है। रंगीन (पीला, लाल, नांरगी) लैटेक्स, पोस्त पीली कटेली इत्यादि में पाया जाता है। रबड़ भी एक लैटेक्स है और यह Hevea braziliensis नाम के पौधे के फ्लोएम में स्थित लैटेक्स वाहिकाओं से प्राप्त होती है। भारत में रबड़ Ficus elastica (India Rubber Plant) से निकाली जाती है।

6. कार्बनिक अम्ल – फलों तथा सब्जियों में कार्बनिक अम्ल भरपूर मात्रा में मिलते हैं ये स्वतंत्र रूप में अथवा कैल्सियम, पोटैशियम, सोडियम तथा ऐल्कोहॉल के यौगिक के रूप में पाये जाते हैं। नीबू में **साइट्रिक अम्ल** तथा इमली में **टारटरिक अम्ल** पाया जाता है।

7. राल – यह कार्बोहाइड्रेट के व्युत्पन्न माने जाते हैं। राल, संभवतः वाष्पशील तेलों के ऑक्सीकरण द्वारा बनती है। राल का स्रवण, राल वाहिनियों में होता है जो वियुक्तिजात गुहायें होती हैं। राल, पानी में अविलेय होती है परन्तु ऐल्कोहॉल और ईथर में घुल जाती है। राल जलसह परत बनाती है और इस कारणवश रंग–रोगन उद्योगों में महत्वपूर्ण है। पाइनल, साल इत्यादि से प्राप्त राल, रंग–रोगन के काम आती है। फेरूला एसेफोइटिडा की जड़ों से प्राप्त गोन्द–राल सामान्य हींग है, जिसका उपयोग दवाई तथा खाने में होता है।

8. टैनिन– टैनिन कड़वे तथा कषाय पदार्थ है। ये अनेक पौधों की छाल–वल्क पत्तियों, फलों तथा दारू में पाये जाते हैं। ये फीनॉल के यौगिक हैं तथा लक्षण में ग्लूकोसाइड के समान और प्रक्रिया में अम्लीय होते हैं। टैनिन का महत्व उनकी प्रोटीन के साथ प्रक्रिया से बनने वाली चमड़े जैसे वस्तु के निर्माण के कारण है। इसी प्रकार से लोहे के लवणों के साथ यह काला रंग बनाते हैं। अतः इनका उपयोग रंग बनाने के उद्योग में तथा रोशनाई बनाने में होता है, युवा फलों में टैनिन अधिक होते हैं। फल पकते समय टैनिन कम हो जाते हैं क्योंकि इस समय वे ग्लूकोज तथा अन्य पदार्थों में परिवर्तित हो जाते हैं चाय की पत्ती में, कत्थे के अन्तः काष्ठ में, अर्जुन के छालवल्क में, आँवले के फलों में टैनिन पाये जाते हैं।

9. खनिज क्रिस्टल – पौधों में पाये जाने वाले क्रिस्टल सामान्यतः सिलिका, कैल्सियम कार्बोनेट तथा कैल्सियम ऑक्सेलेट के बने हेते हैं।

(अ) सिलिका – सिलिका के क्रिस्टल कोशिका भित्ति पर अथवा उसके अन्दर पाये जाते हैं, ये घास (जैसे सामान्य घास, गेहूँ, जई, इत्यादि) की पत्तियों तथा इक्वीसीटम के तने की सतह पर पाये जाते हैं।

(ब) कैल्सियम कार्बोनेट – इसके क्रिस्टल बड़ तथा आसाम या इण्डिया रबर के पौधे में

पाये जाते हैं। इनकी पत्तियों में बाह्यत्वचा की कोशिका में अनेक छोटे क्रिस्टल एक वृन्त पर गुच्छे में लगे होते हैं। ये वृन्त बाह्यत्वचा की कोशिका भित्ति का अन्दर की ओर बढ़ा हुआ भाग होता है। क्रिस्टलों का समूह अंगूर के गुच्छे के समान दिखायी देता है। इसे सिस्टोलिथ कहते हैं।

(स) कैल्सियम ऑक्सेलेट – ये क्रिस्टल अनेक आकृतियों के होते हैं– अष्टफलकीय घनाकृतिक, प्रिज्मीय तथा शलाकीय, जैसे प्याज के सूखे शल्क में कुछ प्रमुख के क्रिस्टल नीचे दिये गये हैं–

1. **रैफाइड** – ये सूई के आकार के क्रिस्टल हैं जो प्राय: अकेले तथा कभी–कभी समूहों में पाये जाते हैं। रैफाइड, समुन्दरसोख, कचालू, जिमीकन्द, गुलमेहन्दी इत्यादि की कोशिकाओं में पाये जातें हैं।
2. **गोल क्रिस्टल** – यह तारे के समान क्रिस्टलों का समूह है। क्रिस्टल गोलाकार मध्य भाग से विकिरित होते हैं। इन्हें डुसेज भी कहा जाता है। कचालू और जलकुम्भी में इस प्रकार के गोल क्रिस्टल पाये जाते हैं।

[III] स्रावी पदार्थ

1. **एन्जाइम अथवा प्रकिण्व** – ये प्रोटोप्लाज्म द्वारा स्रवण होने वाले नाइट्रोजनी पदार्थ है। एन्जाइम जैव–रासायनिक व उत्प्रेरक होते हैं। ये अनेक प्रक्रियाओं को तेज करते हैं।

2. **रंगकारक पदार्थ** – पौधे क्लोरोफिल की उपस्थिति के कारण हरे होते हैं। क्लोरोफिल प्लैस्टिड की उपस्थिति के कारण हरे होते हैं। क्लोरोफिल प्लैस्टिड के अन्दर पाये जाते हैं। वर्णकी लवकों में कैरोटीनॉयड होते हैं 1. कैरोटीन नारंगी रंग का वर्णक और 2. जैन्थेफिल पीले रंग का वर्णक होता है, जो जड़ों, फूलों, बीजों तथा फलों में पाये जाते हैं, **ऐन्थोसाइएनिन** वर्णक, लाल, नीले तथा जामनी रंग का होता है। यह रसधानियों में घुला हुआ होता है। मूली, चुकन्दर, अंगूर इत्यादि के रंग ऐन्थोसाइएनिन के कारण होते हैं।

3. **मकरन्द** – कुछ फूलों में कीटों को परागण के लिए आकर्षित करने का कार्य मकरन्द करता है। रूबस, माल्व, रिसिनस, यूफोर्बीया, रैननकुलस इत्यादि पौधों के फूलों में मकरन्द का स्रवण होता है।

कोशिका निर्माण (Cell Formation)

विरको (1855) के मतानुसार नयी कोशिकाओं का निर्माण पुरानी कोशिकाओं से हो सकता है। इसका प्रमाण यह है कि प्रत्येक जीवधारी एककोशिकीय युग्मनज से ही बनता है। कोशिका में केन्द्र और कोशिका द्रव्य की स्थूलताओं से सन्तुलन बना होता है। जब यह सन्तुलन बिगड़ जाता है तब कोशिका की वृद्धि रूक जाती है। इस सन्तुलन को बिगड़ने से रोकने के लिये कोशिका में विभाजन होता है। कोशिका से बनी नयी कोशिकाओं में वे सभी आनुवंशिक लक्षण पाये जाते हैं जो जनकीय कोशिका में थे। स्थानांतरण के कारण ये संतति कोशिका में आते हैं। यह स्थानांतरण कोशिका विभाजन के दौरान होता है। इस प्रकार आनुवंशिक लक्षणों को संतति में पहुँचाने के लिये कोशिका विभाजन अत्यंत महत्त्वपूर्ण एवं आवश्यक होता है।

केन्द्रक का आनुवंशिकता में महत्व:

स्ट्रासबर्गर (1873) के अनुसार केन्द्रक केवल पूर्ववर्ती केन्द्रक से ही बनते हैं। इस प्रकार जनकीय कोशिका में स्थित आनुवंशिक सूचनायें संतति कोशिकाओं में केन्द्रकों द्वारा स्थानांतरित होती हैं। केन्द्रक इन आनुवंशिक सूचनाओं के अनुसार कोशिका की सभी महत्त्वपूर्ण क्रियाओं का नियंत्रण करता है। इसकी पुष्टि हैमरलिंग ने निम्नलिखित प्रयोग द्वारा की।

हैमरलिंग का प्रयोग – केन्द्रक का आनुवंशिकता में महत्व हैमरलिंग ने सिद्ध किया। इस संबंध में उनका एसीटेबुलेरिया नाम के हरे शैवाल पर कलम लगाने का प्रयोग प्रसिद्ध है। एसीटेबुलेरिया एककोशिकीय हरा शैवाल है। इस लगभग छः सेमी लम्बे शैवाल के तीन भाग हैं– मूलाभास , वृन्त तथा टोपी। संपूर्ण थैलस में केवल एक केन्द्रक होता है और यह मूलाभास में पाया जाता है। प्रत्येक स्पीशीज की टोपी विशिष्ट लक्षण दिखाती है। टोपी काट देने के पश्चात् उसका पुनः बनना संभव है। ए. क्रेनुलेटा की टोपी में 31 नुकीले अर होते हैं। एक अन्य स्पीसीज ए. मेडीटेरिनिया की टोपी में 81 अर होते हैं जिसके सिरे गोलाकार होते हैं। यदि टोपी को काट देने के पश्चात् एक जाति के अकेन्द्रकी वृन्त को दूसरी जाति केन्द्रकी मूलाभास के साथ कलम किया जाता है, तब टोपी का आकार केन्द्रक द्वारा निर्धारित होता है, वृन्त द्वारा नहीं।

उदाहरणार्थ – यदि **ए. क्रेनुलेटा** के केन्द्रकी मूलाभास की कलम ए. मेडीटेरेनिया के अकेन्द्रकी वृन्त के साथ की जाती है तब टोपी ए. क्रेनुलेटा प्रकार की होती है। इसी प्रकार से यदि मूलाभास का केन्द्रकी भाग ए. मेडीटेरेनिया का हो और अकेन्द्रकी वृन्त ए. क्रेनुलेटा का हो तब टोपी का आकर ए. मेडीटेरेनिया प्रकार का होगा। इन प्रयोगों द्वारा यह पूर्ण रूप से सिद्ध होता है कि केन्द्रक आनुवंशिक सूचनाओं का भण्डार तथा लक्षणों का नियन्त्रण कक्ष है।

क्रोमोसोम का महत्व :

पौधे तथा प्राणियों के मातृक तथा पैतृक केन्द्रक, निषेचन के समय संगलित होते हैं। वान बेनीडेन ने नर तथा मादा युग्मकों के केन्द्रक में जितने क्रोमोसोम देखे उससे दोगुने क्रोमोसोम निषेचित अण्ड में पाये। इस निषेचित अण्ड कोशिका से बनने वाली संतति कोशिकाओं में भी दोगुने क्रोमोसोम पाये जाते हैं। फ्लेमिंग ने 1882 में इस प्रकार के संतति कोशिकाओं में होने वाले समसूत्री विभाजन को माइटोसिस अथवा सूत्री विभाजन कहा।

माइटोसिस के कारण क्रोमोसोम की संख्या संतति तथा जनकीय कोशिकाओं में एक सी ही रहती है। युग्मक बनते समय केन्द्रक के दो उत्तरोत्तर विभाजन होते हैं। इस समय बनने वाली कोशिकाओं में क्रोमोसोम की संख्या जनकीय कोशिकाओं की तुलना में आधी होती है। फार्मर और मूरे ने इस प्रकार के न्यूनकारी विभाजन को अर्धसूत्री विभाजन कहा। इस कोशिका विभाजन के दौरान सटन और बोवेरी ने क्रोमोसोम के लक्षणों में आनुवंशिका तथा प्रजनन में समानता देखी। संगलन द्वारा युग्मकों के क्रोमोसोम, युग्मनज में एकत्रित होते हैं तथा युग्मक बनते समय पुनः अलग हो जाते हैं। इस अवलोकन के आधार पर सटन तथा बोवेरी ने यह सिद्ध किया कि क्रोमोसोम आनुवंशिक गुणों के वाहक होते हैं तथा आनुवंशिकी गुण प्रत्येक जीवधारी के लक्षणों को निर्धारित करते हैं।

डी एन ए का महत्व:

प्रत्येक क्रोमोसोम मुख्यत: डी एन ए का बना होता है। यद्यपि इसमें डीएनए के अतिरिक्त, हिस्टोन (क्षारक प्रोटीन), अम्लीय प्रोटीन तथा आरएनए कभी उपस्थित होते हैं, परन्तु इन सभी पदार्थों में से केवल डीएनए को ही आनुवंशिक पदार्थ माना जाता है। किसी भी पदार्थ को आनुवंशिक पदार्थ मानने के लिये उसमें निम्नलिखित विशेष लक्षणों का होना आवश्यक है-

1. इस पदार्थ में जीवधारियों के लिये उपयोगी सभी सूचनाएँ स्थिर रूप में होनी चाहिये।
2. आनुवंशिक पदार्थ में स्वप्रतिकरण की क्षमता होनी चाहिये और इस प्रकार से बने पदार्थ को अगली पीढ़ी में पहुँचाने की सामर्थ्य भी होनी चाहिये।
3. इस पदार्थ में उत्परिवर्तन और पुनर्योजन स्थिर और वंशागत होने चाहिये।
4. आनुवंशिक पदार्थ अपने जैसा अपने से भिन्न प्रकार के पदार्थों को बनाने के लिये सक्षम होना चाहिये। ये सभी विशेषताएँ डी एन ए में दिखायी देती हैं। इसीलिए डीएनए को आनुवंशिक पदार्थ माना जाता है। डीएनए आनुवंशिक पदार्थ होता है यह सिद्ध करने के लिये अनेक प्रयोग किये गये हैं। इनमें से कुछ प्रयोगों का वर्णन नीचे दिया गया है।

[I] ग्रिफिथ का बैक्टीरिया रूपान्तरण प्रयोग

डीएनए के आनुवंशिकता के महत्व के सम्बन्ध में **एस.एफ. ग्रिफिथ** के प्रयोगों का विशेष महत्व है। इन प्रयोगों में उन्होंने **डिप्लोकोकस न्यूमोनी** नाम के बैक्टीरिया का उपयोग किया । इस जीवाणु के दो मुख्य रूप हैं-

(i) चिकने (smooth = S) प्रकार के बैक्टीरिया जिनके बाहर पॉलिसैकेराइड का कैप्स्यूल पाया जाता है। यह संक्रामक होते हैं और न्यूमोनिया उत्पन्न करते हैं।

(ii) खुरदुरे (rough = R)प्रकार के बैक्टीरिया, जिनमें कैप्स्यूल का अभाव होता है। यह असंक्रामक होते हैं और न्यूमोनिया उत्पन्न नहीं करते। प्रयोग का वर्णन निम्नलिखित चार चरणों में किया जा सकता है-

1. S (strain S III) प्रकार के बैक्टीरिया का चूहों में इन्जेक्शन दिया गया। चूहों में न्यूमोनिया उत्पन्न किया और वे मर गये।
2. R (strain R II) प्रकार के बैक्टीरिया का जब चूहों में इन्जेक्शन दिया गया तब न तो न्यूमोनिया रोग उत्पन्न हुआ और न ही चूहों की मृत्यु हुई।
3. रोग उत्पन्न करने वाले एसप्रकार के बैक्टीरिया को उबाला गया और फिर चूहों में इनका इन्जेक्शन दिया गया। चूहों में न्यूमोनिया उत्पन्न नहीं हुआ।
4. R प्रकार के जीवित बैक्टीरिया और S प्रकार के उबाले हुए बैक्टीरिया (दोनों रोग उत्पन्न नहीं करते) को मिलकर चूहों में इन्जेक्शन दिया गया। इससे चूहों में न्यूमोनिया उत्पन्न हुआ और उनकी मृत्यु हो गयी। चूहों की जब शव परीक्षा की गयी तब उनमें S प्रकार के बैक्टीरिया भी पाये गये। क्रमांक 4 के प्रयोग के आधार पर ग्रिफिथ ने यह निष्कर्ष निकाला कि R प्रकार के असंक्रामक बैक्टीरिया एस प्रकार के संक्रामक बैक्टीरिया में रूपान्तरित हो

गये। यह संभवत: इस कारणवश हुआ कि R प्रकार के बैक्टीरिया ने, उबले हुए S प्रकार के बैक्टीरिया से रूपान्तरण पदार्थ का अवशोषण किया। इस पदार्थ ने R प्रकार के बैक्टीरिया में कैप्स्यूल का निर्माण किया। कैप्स्यूल बनने के कारण इन बैक्टीरिया ने न्यूमोनिया उत्पन्न किया तथा चूहों की मृत्यु हुयी।

[II] एवेरी और अन्य वैज्ञानिकों के प्रयोग

ओ.टी. एवेरी, सी.एम. मैकलिओड और एम. मैककार्टी ने 1944 में किये गये इन विट्रो अध्ययन द्वारा सिद्ध किया कि रूपान्तरण पदार्थ वास्तविकता में डी एन ए होता है। न्यूमोकोकस बैक्टीरिया से न्यूमोनिया तब उत्पन्न होता है, जब उनमें कैप्स्यूल उपस्थित होता है। इन प्रयोगों में आर-2 बैक्टीरिया (बिना कैप्स्यूल वाले, का संवर्धनी माध्यम) में विभाजन और गुणन होने दिया। इस माध्यम में उबाले हुए S-3 बैक्टीरिया (कैप्स्यूलवाले) के डीएनए का अंश भी डाला गया। कुछ समय पश्चात इस संवर्धनी माध्यम में R-2 बैक्टीरिया के साथ कैप्स्यूलवाले S-3 बैक्टीरिया भी दिखलायी दिये। यह तभी संभव है जब R-3 बैक्टीरिया ने S-3 बैक्टीरिया के डी एन ए को अवशोषित किया हो और कैप्स्यूल का निर्माण किया हो। जब S-3 बैक्टीरिया के डीएनए के निचोड़ में DNAse (ऐसा एन्जाइम जिसके उपयोग से डीएनए नष्ट होता है) डाला गया तो रूपान्तरण भी नहीं हो पाया। इन प्रयोगों द्वारा यह स्पष्ट हो गया कि केवल डीएनए ही आनुवंशिक पदार्थ है।

[III] हर्शे और चेज के प्रयोग

हर्शे और चेज ने अपने प्रयोगों में जीवाणुभोजियों का उपयोग किया। प्रत्येक जीवाणुभोजी प्रोटीन आवरण और डीएनए सहित बनते हैं। बैक्टीरिया कोशिका के लयन के पश्चात बाहर निकलते हैं। T_2 जीवाणुभोजी में प्रोटीन और डीएनए की मात्रा लगभग समान होती है। प्रोटीनों में फॉस्फोरस तो नहीं होता परन्तु सल्फर उपस्थित होता है, जबकि डीएनए में फॉस्फोरस होता है सल्फर नहीं। हर्शे और चेज ने इस लक्षण का उपयोग करते हुए प्रोटीन आवरणों में रेडियोऐक्टिव सल्फर और डी एन ए में रेडियोऐक्टिव फॉस्फोरस का समावेश किया । इस प्रयोग के दो मुख्य चरण निम्नप्रकार हैं-

1. जीवाणुभोजियों के प्रोटीन आवरण को रेडियोऐक्टिव सल्फर (S^{35}) युक्त बनाकर उनका उपयोग करना- प्रोटीन आवरण को रेडियोऐक्टिव सल्फर युक्त बनाने के लिये पहले **ई. कोली** बैक्टीरिया को ऐसे माध्यम में संवर्धित किया जाता है जिसमें रेडियोऐक्टिव सल्फर (S^{35}) मिलाया गया हो। ऐसा करने से बैक्टीरिया की कोशिकाओं में पाया जाने वाला सभी सल्फर अब केवल रेडियोऐक्टिव सल्फर (S^{35}) है। इन बैक्टीरिया को जीवाणुओं द्वारा संक्रमित किया जाता है। वे रेडियोऐक्टिव सल्फर (S^{35}) का उपयोग करते हैं और इस प्रकार उनके प्रोटीन आवरण में रेडियोऐक्टिव सल्फर (S^{35}) आ जाता है। इन जीवाणुओं से सामान्य बैक्टीरिया को संक्रमित किया गया। परन्तु इन बैक्टीरिया में जीवाणुभोजियों के आवरण पर उपस्थित, रेडियोऐक्टिव सल्फर (S^{35}) नहीं पाया गया। अत: यह प्रोटीन आनुवंशिका पदार्थ भी नहीं हो सकता।

2. जीवाणुभोजियों के डी एन ए को रेडियोऐक्टिव फॉस्फोरस (P^{32}) युक्त बनाकर उनका उपयोग करना- ऊपर वर्णन किये गये प्रयोग की तरह एकदूसरा प्रयोग किया गया है।

इस प्रयोग द्वारा रेडियोऐक्टिव फॉस्फोरस (P^{32}) युक्त डी एन ए वाले जीवाणुभोजियों को बनाया गया। इन जीवाणुभोजियों से सामान्य बैक्टीरिया को संक्रमित किया गया। इन बैक्टीरिया में उपस्थित जीवाणुभोजियों के डी एन ए में रेडियोऐक्टिव फास्फोरस पाया गया है। यह इस बात का प्रमाण है कि केवल डी एन ए ही परपोषी बैक्टीरिया में पहुँचता है तथा डी एन ए में स्थित आनुवंशिक सूचनाओं द्वारा परपोषी वैक्टीरिया की कोशिका में नये जीवाणुभोजियों का निर्माण कराता है। **इससे यह सिद्ध होता है कि डी एन ए एक कोशिका से दूसरी कोशिका में पहुँचता है तथा जीवाणुभोजी अथवा विषाणु का संक्रामक भाग डी एन ए है।** इस प्रकार अब यह सिद्ध हो चुका है कि डी एन ए आनुवंशिक पदार्थ है तथा यह केन्द्रक और गुणसूत्रों का एक महत्त्वपूर्ण भाग होता है। तम्बाकू मोजेक वायरस के मध्य में आर एन ए होता है। **एच फैन्केल -कोन्राट** ने 1957 में यह सिद्ध किया कि इन विषाणुओं में डी एन ए के स्थान पर आर एन ए ही आनुवंशिक पदार्थ होता है।

डीएनए का स्वप्रतिकरण

कोशिका विभाजन द्वारा जीवधारी की नयी पीढ़ी का निर्माण होता है। इस क्रिया द्वारा पीढ़ी दर पीढ़ी सांतत्य बनाये रखने के अतिरिक्त उनकी संख्या में भी वृद्धि होती है। इस प्रक्रिया का अत्यन्त परिशुद्ध होना आवश्यक है ताकि जनकीय और संतति कोशिकाओं के लक्षण एक जैसे हों। यह डी एन ए की परिशुद्ध प्रतियाँ बनने के कारण होता है।

[I] डी एन ए का स्वप्रतिकरण अर्धसंरक्षी होता है

वाटसन और **क्रिक** (1953) ने डी एन ए के अणु की संरचना का मॉडल बताते समय, उसके अर्धसंरक्षी प्रतिकरण का भी वर्णन किया। इस क्रिया में डी एन ए के दोनों रज्जुक एक दूसरे से अलग हो जाते हैं। प्रत्येक पुराना अथवा जनकीय रज्जुक टेम्पलेट अथवा फर्मे का काम करता है। इसके साथ एक नये पूरक रज्जुक का संश्लेषण होता है। इस प्रकार से बने डी एन ए के नये अणु में दो रज्जुको में से एक जनकीय तथा दूसरा नया बना हुआ होता है। इसे अर्धसंरक्षी स्वप्रतिकरण कहते हैं। मेसलसन और स्टाल ने एशरिकिया कोली नाम के बैक्टीरिया पर निम्नलिखित प्रयोग द्वारा अर्धसंरक्षी स्वप्रतिकरण को सिद्ध किया– इस प्रयोग में बैक्टीरिया को रेडियोऐक्टिव नाइट्रोजन युक्त माध्यम से संवर्धित किया गया। इससे रेडियोऐक्टिव नाइट्रोजन बैक्टीरिया के डी एन ए में पहुंच जाता है। फलस्वरूप डी एन ए के दोनों रज्जुकों में भारी अथवा रेडियाऐक्टिव नाइट्रोजन पाया जाता है। इस प्रकार के बैक्टीरिया का संवर्धन अब सामान्य नाइट्रोजन वाले माध्यम मे किया गया। पहली पीढ़ी में बनने वाले दो संतति डी एन ए में से प्रत्येक में एक रज्जुक रेडियाऐक्टिव नाट्रोजन युक्त जनकीय रज्जुक था और दूसरा रज्जुक चूंकि सामान्य नाइट्रोजन युक्त नये माध्यम में बना था अत: इसमें N^{14} नाट्रोजन पाई गई। इस प्रकार डी एन ए का नया अणु N^{15}-N^{14} रज्जुकों से मिलकर बना था। यह इस बात का प्रमाण है डी एन ए का स्वप्रतिकरण अर्धसंरक्षी है। इसके बाद पुन: स्वप्रतिकरण होने के कारण डी एन ए के चार अणु बनते हैं। इनमें से दो अणुओं में एक रज्जुक N^{15} और N^{14} का होता है तथा शेष दो डी एन ए अणुओं में दोनों रज्जुक केवल N^{14} के बने होते हैं।

[II] डी एन ए स्वप्रतिकरण की विधि

स्वप्रतिकरण के मुख्य चरण निम्न प्रकार हैं– 1. समारंभर 2. कुंडली का खुलना 3. प्राइमर रज्जुक का बनना 4. नये रज्जुक का लम्बाई में बढ़ना इत्यादि।

1. **समारंभन** – डी एन ए प्रतिकरण का आरंभ, अणु के किसी भी एक स्थान से (बैक्टीरिया और वायरस में) अथवा अनेक स्थानों से (यूकैरियोट में) हो सकता है। ईशरिकिया कोली में प्रतिकरण बहुएन्जाइम जटिल द्वारा होता है। इसे प्रतिकरण उपकरण अथवा रेप्लिओसोम कहते हैं।

2. **कुंडली का खुलना** - डी एन ए अणु के दोनों रज्जुक एक दूसरे से अलग हो जाते हैं। खुलने की क्रिया हेलिकेज नाम के एन्जाइम की सहायता से होती है। इस क्रिया में काम करने वाले सभी एन्जाइम को मिलाकर टोपोआइसोमेरेज कहते हैं। इस क्रिया में रेप प्रोटीन का भी उपयोग किया जाता है। डी एन ए के अणु के खुलने के कारण Y आकार की शाखा बन जाती है। इसे प्रतिकरण शाखा कहा जाता है। डी एन ए का खुले अथवा अलग हुए प्रत्येक रज्जुक को एस एस बी प्रोटीन की सहायता से स्थिर किया जाता है।

3. **प्राइमर रज्जुक का बनना** – डी एन ए का अलग हुआ प्रत्येक रज्जुक, टेम्पलेट का काम करता है। इसके सामने प्राइमर अथवा लम्बाई में बढ़ने वाला नया रज्जुक बनता है। प्राइमर रज्जुक आर एन ए का एक छोटा सा टुकड़ा है। यह रज्जुक आर एनए पॉलिमैरेज अथवा प्राइमेस और कुछ अन्य एन्जाइम (इन सबको मिलाकर प्राइमासोम कहा जाता है) की सहायता से बनता है।

4. **नये रज्जुक का लम्बाई में बढ़ना** – प्रत्येक नये पूरे रज्जुक का निर्माण प्राइमर रज्जुक पर होने लगता है। प्राइमर जीने की पहिली सीढ़ी की तरह काम में आता है। इसके पश्चात डी एन ए का रज्जुक बनने लगता है। डी एन ए का प्रतिकरण सदैव 5Nµ3N दिशा में होता है, अर्थात् नया न्यूक्लिओटाइड सदैव शर्करा के 3N कार्बन से लगा हुआ होता है। इस उदाहरण में डिऑक्सीएडीनोसीन ट्राइफॉस्फेट लम्बाई में बढ़ने वाले टेम्पलेट रज्जुक स्थित थाइमिन क्षारक के सामने जुड़ जाता है। यह क्रिया डी एन ए रेप्लिकेज के द्वारा होती है। डिऑक्सीएडीनोसीन ट्राइफॉस्फेट का ए फॉस्फेट शर्करा के 3N से 5N कार्बन के बीच इस न्यूक्लिओटाइड को फॉस्फोडाईइस्टर बन्ध द्वारा जोड़ देता है। इस क्रिया में बना हुआ पायरोफॉस्फेट अलग हो जाता है। डी एन ए प्रतिकरण अर्ध–असंतत और द्विदिशी होता है। अर्ध–असंतत इसलिये की बनने वाले दो पूरे रज्जुकों में से एक पूर्ण तथा दूसरा टुकड़ों में बनता है। द्विदिशी इसलिये की दोनों रज्जुकों का निर्माण विपरीत दिशाओं में होता है। जिस रज्जुक में 5–3 दिशा में होने वाला प्रतिकरण संतत होता है उसे अग्रग रज्जुक कहते हैं। यह डी एन ए पोलिमैरेज अथवा रेप्लिकेज की क्रिया द्वारा बनता है। परन्तु शेष दूसरे पूरक रज्जुक में 3–5 दिशा में होने वाला प्रतिकरण छोटे–छोटे टुकड़े में होता है इसलिए इसे असंतत कहा जाता है। इस रज्जुक को पश्चगामी रज्जुक कहते हैं। यह डी एन ए पोलिमैरेज की क्रियाशीलता के कारण बनता है। छोटे टुकड़ों को ओकाझाकी टुकड़े कहते हैं। प्रत्येक टुकड़े को डी एन ए लायगेज नाम का एन्जाइम जोड़कर

लम्बे रज्जुक बनाता है। आर्थर कोरेनबर्ग को डी एन ए का इन विट्रो संश्लेषण करने के लिये 1959 में नोबेल पुरस्कार दिया गया।

सजीवों की उर्जकता

सजीवों की समस्त कोशिकायें अस्थाई तथा उपयुक्त संगठन विहीन लक्षणों से विशिष्टीकृत होती हैं। एक कोशिका ऊर्जा के सतत उपयोग द्वारा अपनी समस्त क्रियाविधियों को नियमित बनाये रखती है। जब ऊर्जा की आपूर्ति बंद हो जाती है तो कोशिका का संगठन समाप्त हो जाता है। अत: अलग-अलग सजीवों में कोशिका यांत्रिक, विद्युतीय, रासायनिक एवं परासरणीय कार्यों को सम्पादित करने के लिये ऊर्जा को विभिन्न रुपों में रुपान्तरित करती रहती है। सभी प्राणी कार्यों को सम्पन्न करने के लिये ऊर्जा का उपयोग करना जानते हैं। पादप कोशिकाओं में प्रकाश-संश्लेषण द्वारा प्रकाशीय ऊर्जा को ट्रेप करके खाद्य पदार्थ रुपी रासायनिक ऊर्जा में रुपान्तरित कर

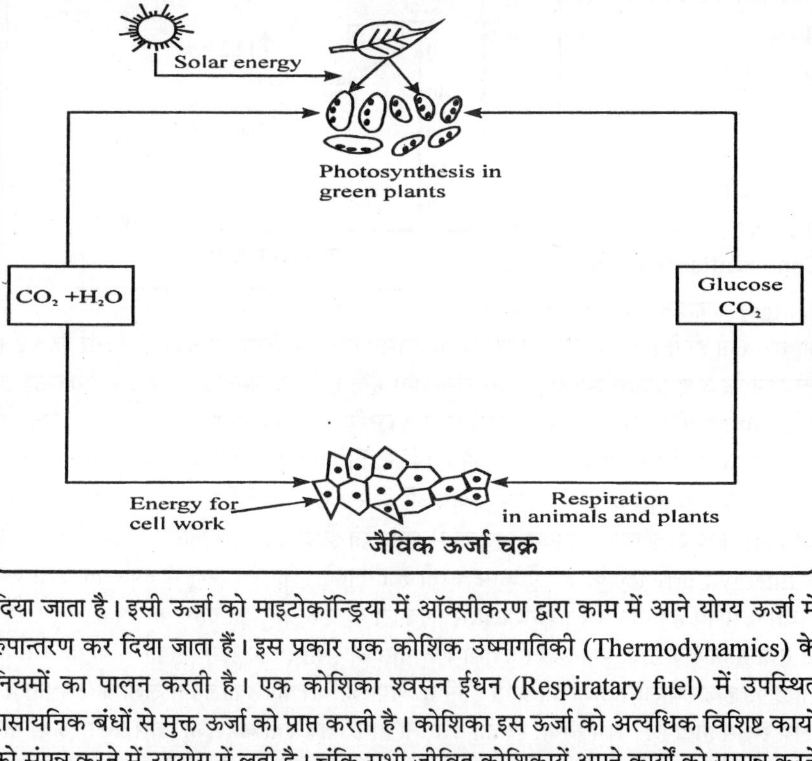

जैविक ऊर्जा चक्र

दिया जाता है। इसी ऊर्जा को माइटोकॉन्ड्रिया में ऑक्सीकरण द्वारा काम में आने योग्य ऊर्जा में रुपान्तरण कर दिया जाता हैं। इस प्रकार एक कोशिक उष्मागतिकी (Thermodynamics) के नियमों का पालन करती है। एक कोशिका श्वसन ईधन (Respiratary fuel) में उपस्थित रासायनिक बंधों से मुक्त ऊर्जा को प्राप्त करती है। कोशिका इस ऊर्जा को अत्यधिक विशिष्ट कार्यों को संपन्न करने में उपयोग में लती है। चूंकि सभी जीवित कोशिकायें अपने कार्यों को सम्पन्न करने के लिये उष्मीय ऊर्जा को काम में लेती है क्योंकि उष्मीय ऊर्जा तभी काम करती है जब इसका स्थानांन्तरण उच्च तापक्रम वाले सजीव से निम्न तापक्रम वाले सजीव में होता है। जीवित कोशिकाओं का एक महतवपूर्ण लक्षण निम्न तापक्रम पर उष्मा के दहन द्वारा उपयोग करना होता है क्योंकि कोशिका उच्च तापक्रम पर श्वसन ईधन का दहन नहीं कर सकती है। इसी प्रकार

कोयले को 9000 ताप पर दहन किया जाता है। जीवित कोशिकाओं में इसके उपयोग के लिये कोई विशिष्ट मशीन नहीं पाई जाती है लेकिन निम्न ताप पर ये ऊर्जा का सतत उपयोग करती रहती है।

पादप कोशिकायें ऊर्जा के ट्रेपर के रूप में (Plant cells As energy trappers) – पादप कोशिकायें सूर्य के प्रकाश द्वारा ऊर्जा को प्राप्त करती है। इस प्रकार की विशिष्ट कोशिकायें स्वयंपोषी (Autotrophic) होती है। सैंद्घातिक रूप से ये कोशिकायें पर्णहरित अथवा हरित लवक युक्त होती है जो प्रकाश संश्लेषण द्वारा सूर्य की ऊर्जा को खाद्य के रुप में रुपान्तरित कर देती है साथ ही प्रकाशीय ऊर्जा का उपयोग ग्लूकोस के समान कार्बनिक यौगिकों में कार्बन के समावेशन हेतु भी किया जाता है। पादप कोशिकायें, ग्लूकोस के द्वारा अन्य जटिल कार्बनिक यौगिकों का निर्माण करती है। पादपों में इन यौगिकों की कुछ मात्रा यांत्रिक कार्यों को सम्पन्न करने के लिये उपयोग में ले ली जाती है। अत: स्पष्ट है कि सभी सजीव प्रत्यक्ष या अप्रत्यक्ष रुप से प्रकाशीय ऊर्जा का ही उपयोग करते हैं।

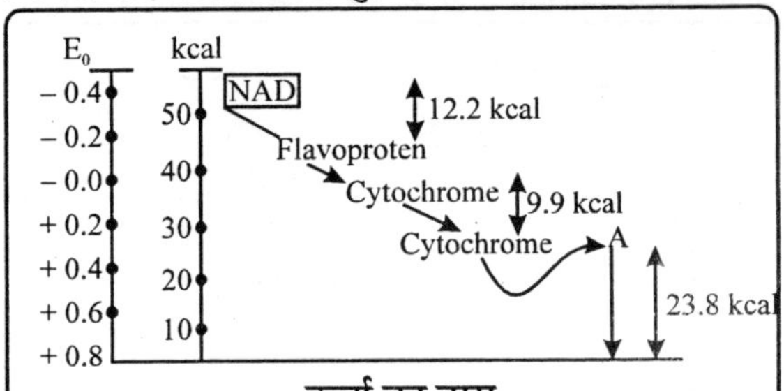

ऊर्जा का ह्रास

संजीवों में ऊर्जा संरक्षण (Energy Conservation in Living beings) – जीवन की प्रक्रियाओं को सुचारु रुप से चलाने के लिये ऊर्जा की समुचित मात्रा की आवश्यकता होती है। सभी विषमपोशी प्राणी श्वसन ईंधन के लिये ग्लूकोस पर निर्भर रहते हैं। ग्लूकोस के अणु प्रकाश संश्लेषण द्वारा संश्लेषित होते हैं जो श्वसन क्रिया के द्वारा ऑक्सीकृत होते हैं तथा इसमें निर्मुक्त ऊर्जा उच्च ऊर्जा वाले ATP के अणुओं में संग्रहित हो जाती है। ग्लूकोज में उपस्थित ऊर्जा तात्क्षणिक उपयोग वाले रुप में नहीं होती है। ऊर्जा उपापचय का पथ एंजाइमों द्वारा नियंत्रित क्रमबद्ध अथवा चक्रीय प्रक्रियाओं के रुप में होता है जिसमें निम्न ऊर्जा वाले बंध (Bond) उच्च ऊर्जा वाले ATP के अणुओं में रुपांतरित हो जाते हैं। इस कारण ATP कोशिकाओं में Energy Currency के रुप में काम करती हैं। ग्लूकोज के एक अणु में उपस्थित ऊर्जा का निर्धारण संभव है। यदि हम प्रयोगशाला में ग्लूकोज के एक अणु का दहन करें तो 6 अणु CO_2 के तथा 6 अणु जल के प्राप्त होते हैं। तथा एक ग्राम अणुभार (180 ग्राम ग्लूकोज) के दहन से 6 लाख 90 हजार कैलोरी ऊर्जा की प्राप्ति होती है। क्या जीवित कोशिका इतनी ऊर्जा के उपभोग के लिये सक्षम होती है? संभवतया: इसका उत्तर ना होगा। तब एक कोशिका किस प्रकार ऊर्जा का संग्रह करती है? इसका उत्तर श्वसन क्रिया के द्वारा ऑक्सीजन ग्लाइकोलाईसिस व क्रेब साईकिल के रुप में होता है। इस प्रकार एक कोशिका ग्लूकोज में उपस्थित मुक्त ऊर्जा का उपयोग कर लेती हैं।

ऊर्जा की क्रमिक निर्मुक्ती (Stepwise release of energy)

प्रत्येक संजीव जटिल अणुओं का एक संगठित तंत्र है। इस संगठन के प्रतिरूप को नियत

बनाये रखने के लिए तंत्र में ऊर्जा की नियमित प्रविष्टी अत्यंत आवश्यक है अन्यथा यह संगठन विखण्डित हो जाता है तथा इसके अणु पृथक् हो जाते हैं। इस प्रकार ऊर्जा का उपयोग संजीवों का एक आवश्यक लक्षण है। शरीर के अंदर ग्रहण किये गये पोषण पदार्थों का ऑक्सीजन द्वारा ऑक्सीकरण होता है तथा पोषक पदार्थों में निहित स्थितिज ऊर्जा (Potential energy) निर्मुक्त हो जाती है। शरीर में होने वाली समस्त रासायनिक क्रियाओं को सामूहिक रुप से उपापचय कहते हैं। उपापचय विभिन्न अपचय तथा उपचय क्रियाओं का संतुलन मात्र है। सभी केटाबोलिक क्रियाएँ उष्माक्षेपी (Exergonic) प्रकार की होती है। इनमें ऊर्जा के उपभोग की तुलना में ऊर्जा का उत्पादन अधिक होता है। दूसरी तरफ एनाबोलिक क्रियाएँ उष्माशोषी (Endergonic) प्रकार की होती है जिसमें ऊर्जा के उत्पादन की तुलना में ऊर्जा का उपभोग अधिक होता है। जीवित कोशिकाओं में ऊर्जा के विनियम में काम में आने वाला मुख्य अणु ATP होता है। यह केटाबोलिज्म तथा एनाबोलिज्म दोनों प्रकार की क्रियाओं के साथ युग्मित होता है। सामान्यतया केटाबोलिक क्रियाएँ कोशिका के एक कक्ष में होती है वहीं ऐनाबोलिक क्रियाएं दूसरे कक्ष में होती है। जैसे सामान्यतया केटाबोलिक क्रियाएँ माइटोकोण्ड्रिया में सम्पन्न होती है वहीं ऐनाबोलिक क्रियाएँ कोशिकाद्रव्य या अंत:प्रद्रव्यी जालिका में सम्पन्न होती है। एक अणु का संश्लेषण होने के पश्चात् इसकी जीवनावधि निश्चित होती है। कुछ अपवादों को छोड कर इनका विखण्डन हो जाता है व इसके घटक परमाणुओं का अन्य अणुओं में पुनर्चक्रण हो जाता है अथवा देह से उत्सर्जित हो जाते हैं। संजीवों में इन रासायनिक अणुओं का पुनर्चक्रण एक नियमित एवं सतत प्रक्रिया है। यह पुनर्चक्रण कुछ कोशिकाओं में तीव्रता से होता है व कुछ में मंद गति से होता है।

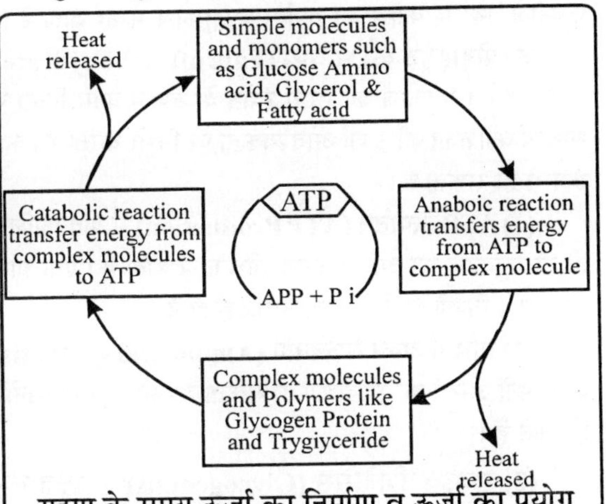

ग्रहण के समय ऊर्जा का निर्माण व ऊर्जा का प्रयोग

उपापचय का वर्गीकरण (Classification of Metabolism)

(1) अन्तर्जात एवं बहिर्जात उपापचय (Endogenous and Exogenous metabolism)- **फोलिन** (Folin) के अनुसार जब पोषक पदार्थ स्वांगीकृत होकर शरीर के निर्माण में भाग लेते हैं तो इसे अन्तर्जात उपापचय (Endogenous metabolism) कहते हैं। जब पोषक पदार्थ शरीर के निर्माण में भाग नहीं लेते है बल्कि ऑक्सीकृत होकर ऊर्जा का उत्पादन करते हैं तो इसे **बर्हिजोत उपापचय** (Exogenous metabolism) कहते हैं।

(2) केटाबोलिज्म एवं एनाबोल्जिम (Catabolism and Anabolism) – वे रासायनिक

क्रियाएँ जिनमें जटिल एवं बहुलक कार्बनिक अणुओं का विखण्डन सामान्य अणुओं में हो जाता है तो इसे केटाबोल्जिम कहते हैं। केटाबोलिज्म क्रियाओं में ATP का निर्माण होता है। जैसे **ग्लाइकोलाइसि, क्रेब चक्र** आदि।

वे रासायनिक क्रियाएँ जिनमें सामान्य एवं मोनोमर अणु संयुक्त होकर जटिल एवं बहुलक यौगिकों का निर्माण करते हैं तो इसे **एनाबोलिज्म** कहते हैं। एनाबोलिक क्रियाओं में ATP का उपयोग होता है जैसे पेप्टाइड बंध का निर्माण, प्रोटीन का निर्माण इत्यादि।

(3) सामान्य एवं विशिष्ट उपापचय (General & special metabolism) – सामान्य उपापचय में एक कोशिका में होने वाले समस्त ऊर्जा विनियम की क्रियाएँ सम्मिलित होती है जबकि विशिष्ट उपापचय में किसी विशिष्ट पदार्थ या पदार्थ के समूह में परिवर्तन होता है।

कार्बोहाइड्रेट उपापचय

कार्बोहाइड्रेट का मुख्यतया ऊर्जा के स्त्रोत के रुप में उपयोग किया जाता है। भोजन के रुप में ग्रहण की गई 60% प्रोटीन तथा 10% वसा अंत में कार्बोहाइड्रेट में रुपान्तरित हो जाती है। पाचन क्रिया के दौरान पोली सैकेराइड तथा डाईसैकेराइड का जल अपघटन होकर मोनोसेकेराइड शर्कराओं ग्लूकोज, फ्रक्टोज तथा ग्लेक्टोज में रूपांतरण हो जाता है। आंत्रीय उपकला से अवशोषण के समय कुछ फ्रक्टोज का रुपांतरण ग्लूकोज में हो जाता है। मोनोसेकेराइड अवशोषित होने के पश्चात हिपेटिक पोर्टल शिरा द्वारा यकृत में ले जाये जाते हैं। यकृत में शेष बची हुई फ्रक्टोज तथा ग्लेक्टोज का रुपांतरण ग्लुकोज में हो जाता है।

कार्बोहाइड्रेट का भविष्य (Fate ofCarbohydrate) – कोशिकाओं के द्वारा ATP के उतपादन हेतु ग्लुकोज को मुख्य स्त्रोत के रुप में काम लिया जाता है। अवशोषित ग्लुकोज का भविष्य कोशिका की ऊर्जा आवश्यकता पर निर्भर करता है। कार्बोहाइड्रेट का उपयोग निम्नाकिंत रूप से हो सकता है।

(1) ATP उत्पादन (ATP Production) – यदि कोशिका को तुरन्त उर्जा की आवश्यकता हो तो ग्लुकोज का ऑक्सीकरण शीघ्रता से होता है। एक ग्राम कार्बोहाइड्रेट के ऑक्सीजन से लगभग 4 किलो कैलोरी ऊर्जा उत्पन्न होती है।

(2) एमिनों अम्ल संश्लेषण (Amino acid synthesis)– ग्लुकोज के द्वारा विभिन्न प्रकार के एमिनों अम्लों का संश्लेषण हो सकता है। संश्लेषित एमिनों अम्ल बाद में प्रोटीन में रुपांतरित हो जाते हैं।

(3) ग्लाइकोजिनेसिस (Glycogenesis) – यकृत में आवश्यकता से अधिक ग्लुकोज का रुपांतरण ग्लाइकोजन में हो जाता है। जब रक्त में ग्लुकोज का स्तर कम हो जाता है तो हिपेटोसाइट कोशिकाएँ ग्लाइकोजन को पुन: ग्लुकोज में रुपांतरित कर देती है। कंकाली पेशियों में भी ग्लाइकोजिनोलाइसिस की घटना होती है।

(4) लिपोजिनेसिस (Lipogenesis) – यदि ग्लाइकोजन के संग्रहित स्थल प्रचुर हो जाते हैं तो हिपेटोसाइट कोशिकाएँ ग्लुकोज को ग्लीसारोल तथा वसीय अम्ल में रुपांतरित कर देती है। इनका उपयोग ट्राईग्लीसराइड के संश्लेषण हेतु किया जाता है।

(5) मूत्र में उत्सर्जन (Excretion in Urine)- जब रक्त में ग्लूकोज का स्तर अत्यधिक ऊँचा हो तो वृक्क कोशिकाओं से ग्लुकोज का अवशोषण नहीं हो पाता है एवं अधिकांश ग्लुकोज मूत्र के साथ निष्कासित हो जाता है। मधुमेह के रोगियों में भी यही स्थिति पाई जाती है।

कोशिकाओं में ग्लुकोज का गमन (Glucose movement into cell) – ग्लुकोज के ऑक्सीकरण से पहले यह प्लाज्मा झिल्ली द्वारा साइटोसोल में प्रवेश करता है। आहार नाल तथा वृक्क नलिकाओं में ग्लुकोज का अवशोषण द्वितीयक सक्रिय परिवहन (Secondary active transport) द्वारा होता है। जबकि रक्त से देह कोशिकाओं में ग्लुकोज का अवशोषण निर्विध्न विसरण (Facilitated diffusion) द्वारा होता है। इंसुलिन द्वारा निर्विध्न विसरण की दर बढ़ जाती है। यद्यपि तन्त्रिकाओं तथा हिपेटोसाइट कोशिकाओं में इंसुलिन द्वारा ग्लुकोज का अवशोषण प्रभावित नहीं होता है। कोशिकाओं में प्रवेश करने के तुंरत पश्चात् ग्लुकोज का फोस्फोरिलीकरण हो जाता है व ग्लुकोज-6 फोस्फेट का निर्माण होता है। फोस्फोरिलीकरण के कारण ग्लुकोज पुन: रक्त धारा में विसरित नहीं हो सकता है। हिपेटोसाइट, वृक्क नलिकाओं एवं आंत्रीय कोशिकाओं में फोस्फेटेज एंजाइम पाया जाता है जो फोस्फेट समूह को हटा देता है। कार्बोहाइड्रेट उपापचय के महत्वपूर्ण पथ निम्नांकित है।

(1) ग्लाइकोलाइसि (2) एसिटील CoA का निर्माण
(3) क्रेब चक्र (4) इलेक्ट्रोन ट्रांसपोर्ट सिस्टम
(5) पेन्टोस फॉस्फेट पथ (6) ग्लाइकोजिनेसिस
(7) ग्लाइकोजिनोलाइसिस (8) ग्लाइकोनियोजिनेसिस (9) कोरी चक्र

(1) ग्लाइकोलाइसिस (Glycolysis)

ग्लाइकोलाइसिस में ग्लूकोज का अवायविय रूप से विखण्डन होकर पाइरुबिक अम्ल का निर्माण होता है। यह पथ कोशिका द्रव्य में सम्पन्न होता है। ग्लाइकोलाइसिस का पथ तीन बातों में महत्वपूर्ण है।

- यह कार्बोहाइड्रेट ऑक्सीकरण का अविकल्पी पथ (Obligatory pathway) है। इसमें निर्मित पाइरुबिक अम्ल क्रेब च्रक के द्वारा ऑक्सीकृत होकर $CO_2 + H_2O$ में रुपान्तरित हो जाते हैं। यह ऑक्सीकरण, ATP का मुख्य स्त्रोत है।
- ग्लाइकोलाइसिस के मध्यवर्ती उत्पाद वसा के संश्लेषण में प्रयुक्त होते हैं।
- ग्लाइकोलाइसिस में कुछ ऊर्जा ATP के रुप में उत्पन्न होती है जिसको पेशी संकुचन एवं अन्य कार्यो हेतु उपयोग में लिया जाता है।

ग्लाइकोलाइसिस को EMP (Embden, Mayerhoff and Paranass) पथ भी कहते है। यह पथ दस पदों में सम्पन्न होता है। इसमें प्रथम, तृतीय तथा दसवां पद एकद्विशीय (Unidirectional) होते हैं जबकि शेष पद द्विदिशीय (Bidirectional) होते हैं।

(i) **I Step-Phosphorylation**- ग्लुकोज ATP के द्वारा एंजाइम ग्लुकोकाइनेज की उपस्थिति में फोस्फोरिलीकृत होता है एवं ग्लुकोज 6 फॉस्फेट का निर्माण होता है। यह एंजाइम ग्लुकोज के-OH समूह पर ATP के फॉस्फेट समूह को स्थानांतरित करता है।

(ii) II Step-Isomerisation– एंजाइम ग्लुकोज फॉस्फोआइसोमिरेज की उपस्थिति में ग्लुकोज-6 फॉस्फेट का रुपांतरण फ्रक्टोज-6 फॉस्फेट में हो जाता है। इस एंजाइम को किसी सहकारक की आवश्यकता नहीं होती है।

(iii) III Step-Phosphorylation– एंजाइम फोस्फोफ्रक्टोकाइनेज की उपस्थिति में फ्रक्ओस-6 फॉस्फेट, फॉस्फोरिलीकृत होकर फ्रक्टोज 1, 6-डाईफोस्फेट में रुपांतरित हो जाता है। इसमें Mg^{++} सहकारक का कार्य करता है।

(iv) IV-Step-Aldol cleavage– एंजाइम एल्डोलेज की उपस्थिति में फ्रक्टोज 1,6 डाईफोस्फेट विदलित होकर ग्लीसरेल्डीहाइड-3 फॉस्फेट तथा डाईहाइड्रोक्सी एसिटोन फॉस्फेट में रुपांतरित हो जाता है।

(V) V-Step-Isomerisation– एंजाइम फोस्फो ट्रायो आइसोमिरेज की उपस्थिति में का रुपांतरण PGAL में हो जाता है। इस प्रकार PGAL के दो अणु निर्मित हो जाते हैं।

(vi) VI Step-Phosphorylation with dehydrogenation– यह ऊर्जा लब्धी की क्रिया है। 3-PGAL का ऑक्सीकरण एवं साथ में ही फॉस्फोरिलीकरण होता है। परिणामत: 1, 3 डाई फोस्फो ग्लीसरिक अम्ल का निर्माण होता है। यह क्रिया एंजाइम ग्लीसरेल्डीहाइड-3 फॉस्फेट डीहाड्रोजीनेज की उपस्थिति में सम्पन्न होती है।

(vii) VII Step-Formation of ATP–1, 3 डाई फॉस्फोग्लीसरिक अम्ल में उच्च ऊर्जा वाला बंध उपस्थित होता है। एंजाइम फॉस्फोग्लीसरिक एसिड काइनेज, Mg^{++} तथा ATP की उपस्थिति में 1,3 डाई फॉस्फोग्लीसरिक अम्ल का रुपांतरण 3 फॉस्फोग्लीसरिक अम्ल में हो जाता है।

(viii) VIII Step-Intramolecular rearrangment– एंजाइम फॉस्फोग्लीसरों म्यूटेज की उपस्थिति में 3-फॉस्फोग्लीसरिक अम्ल का रंपांतरण 2-फोस्फोग्लीसरिक अम्ल में होता है।

(ix) IX Step-Dehydration– एंजाइम इनोलेज की उपस्थिति में 2-फॉस्फोइनोल पाइरुविक अम्ल का रुपांतरण फॉस्फोइनोल पाइरुविक अम्ल में हो जाता है।

(x) X Step-Formation of pyrubic acid– एंजाइम पाइरुबिक काइनेज की उपस्थिति में फोस्फोइनोल पाइरुबिक अम्ल का रुपांतरण पाइरुबिक अम्ल में हो जाता है। इस पद में ATP का निर्माण होता है।

ग्लाइकोलाइसिस में ऊर्जा लब्धी (Energy yield during Glycolysis)

$$2\ \text{NADH} \xrightarrow{\text{E.T.S.}} 6\ \text{ATP}$$
$$4\ \text{ADP} \longrightarrow 4\ \text{ATP}$$

10 ATP

2 ATP Payback – 2ATP

8 ATP

इस प्रकार एक ग्लाइकोलाइसिस में पाइरुविक अम्ल के 2 अणु तथा 8 ATPकी प्राप्ती होती है।

(2) पाइरुविक अम्ल का भविष्य (Fate of Pyrubic acid)

(i) **यदि ऑक्सीजन अनुपस्थिति हो** (If O_2 is absent)

(A) **मांसपेशियों में** (In muscles)

$$\underset{\text{Pyrubic acid}}{CH_3\text{–}CO\text{–}COOH} + NADH_2 \xrightarrow{\text{Lactate dehydrogenase}} \underset{\text{Lactic acid}}{CH_3\text{–}\underset{|}{\overset{}{C}}H(OH)\text{–}COOH} + NAD$$

(b) **सूक्ष्मजीवों में** (In Microorganism)

$$CH_3\text{–}CO\text{–}COOH \xrightarrow{\text{Decarboxylase}} CH_3\text{–}CHO + CO_2$$

$$CH_3\text{–}CHO + NADH_2 \xrightarrow{\text{Alcohal dehydrogenase}} \underset{\text{Alcohol}}{CH_3CH_2OH} + NAD$$

(ii) यदि ऑक्सीजन उपस्थित हो (If O_2 is present)– क्रेब चक्र का प्रारम्भ एसिटील CO~A से होता है। अत: सर्व प्रथम पाइरुबिक अम्ल, एसिटील CO~A में परिवर्तित हो जाता है। यह रुपातंरण एक जटिल प्रक्रिया है। इसके लिए TPP, कोएंजाइम तथा Mg^{++} सहकारक की आवश्यकता होती है।

सम्पूर्ण रुपांतरण में ऑक्सीकरण तथा विकार्बोक्सीलिकरण दोनों क्रियाएं होती है। अत: इसे **ऑक्सीकारक विकार्बोक्सीलिकरण** (Oxidative decarboxylation) कहते है। यह रुपांतरण पाइरुविक डीहाइड्रोजीनेज संकुल के द्वारा प्रेरित होता है। यह संकुल तीन एंजाइमों का समूह होता है। ये एंजाइम पाइरुवेट डीकार्बोक्रनीलेज, लिपोएट रिडक्टेज ट्रांस एसिटाइलेज, डी हाइड्रोलिपोएटडी-हाइड्रोजीनेज है।

Energy yield during oxidative decarboxylation

$$\underset{\text{acid}}{2\ \text{Pyrubic}} + 2\ NAD \longrightarrow 2\ \text{Acetyl coA} + 2\ NADH_2$$

$$2\ NADH_2 \downarrow 6\ ATP$$

(3) क्रेब चक्र (Kreb cycle/TCA cycle/Citric acid cycle)

क्रेब चक्र, प्रोटीन व वसा उपापचय द्वारा निर्मित 2 व 3 कार्बन वाले अणुओं के अन्तिम विखण्डन का सामान्य पथ है। साथ ही क्रेब चक्र में उत्पन्न मध्यवर्ती उत्पाद एमिनों अम्ल, न्यूक्लिक अम्ल, वसीय अम्लों के संश्लेषण में भाग लेते हैं। अत: क्रेब चक्र एक प्रकार का एम्फीबोलिक पथ

(Amphibolic pathway) है। यह चक्र 10 पदों में सम्पन्न होता है।

(i) I Step Condensation– एसीटिल कोएंजाइम A का एसीटिल समूह ऑक्सेलो एसीटिक एसिड को रुपांतरित हो जाता है जिससे सिट्रिक एसिड का निर्माण होता है। यह पद एंजाइम सिट्रेट सिन्थेटेज द्वारा प्रेरित होता है।

$$\text{Acetyl COA + OAA} \xrightarrow{\text{Citrate synthetase}} \text{Citric acid + CoA-Sh}$$

(ii) II Step Dehydration– एंजाइम एकोनिटेज के प्रेरण द्वारा सिट्रिक अम्ल का रूपान्तरण सिस एकोनिटिक अम्ल में हो जाता है।

$$\text{Citric acid} \xrightarrow[\searrow H_2O]{\text{Aconitase}} \text{Cis Aconitic acid}$$

(iii) III Step Hydration– एंजाइम एकोनिटोज के प्रेरण द्वारा एक अणु पानी का उपयोग करते हुये सिस एकोनिटिक अम्ल का रुपांतरण आइसोसिट्रिक अम्ल में हो जाता है।

$$\text{Cis Aconitic acid} \xrightarrow[\nearrow H_2O]{\text{Aconitase}} \text{Iso citric acid}$$

यह माना जाता है कि यह क्रिया कार्बोनियम आयन के द्वारा माध्यित होती है। यहां पर एकोनिटेज एंजाइम द्वारा सममिताकार यौगिक का रुपांतरण असममितताकार यौगिक में हो जाता है।

(iv) IV Step dehydrogenation I– एंजाइम आइसोसिट्रिक डीहाइड्रोजीनेज की उपस्थिति में आइसोसिट्रिक अम्ल का ऑक्सीकरण होता है एवं ओक्सेलो सक्सीनिक अम्ल का निर्माण होता है।

$$\text{Isocitric acid} \xrightarrow{\text{Isocitric dehydrogenase}} \text{Oxallo succinic acid}$$

(v) V Step Decarboxylation– एंजाइम डीकार्बोक्सीलेज की उपस्थिति में ओक्सेलोसक्सीनिक अम्ल का रुपांतरण α कीटो ग्लूटेरिक अम्ल में हो जाता है।

$$\text{Oxallo succinic acid} \xrightarrow[\searrow CO_2]{\text{Decarboxylase}} \alpha\text{-Ketogluteric acid}$$

(vi) VI Step Oxidative decarboxylation– एंजाइम α कीटोग्लुटेरिकडीहाइड्रोजीनेस की उपस्थिति में ऑक्सीकारक विकार्बोक्सीलिकरण द्वारा कीटो ग्लूटेरिक अम्ल का रुपांतरण सक्सीनिल में हो जाता है। यह पद पाइरुविक अम्ल के एसीटिल को CO^-A एंजाइम A के रुपांतरण के समान है।

- α-Ketogluteric acid $\xrightarrow{\text{Decarboxylase}}$ Aldehyde + CO_2
- Aldehyde + CO^-2 ⟶ Succincyl Co^-a + H_2
- Lipoc acid + H_2 ⟶ Lipoic acid H_2
- Lipoic acid H_2 + NAD^+ ⟶ Lipoic acid + $NADH^+ + H^+$

(vii) VII Step-Substrate level Phosphorylation– एंजाइम सक्सीनिलथायोकाइनेज की उपस्थिति में सक्सीनिल COA विपाटित होकर सक्सीनिक अम्ल तथा कोएंजाइम A में परिवर्तित हो जाता है। इस पद में निर्मुक्त ऊर्जा ATP में रुपांतरित हो जाती है।

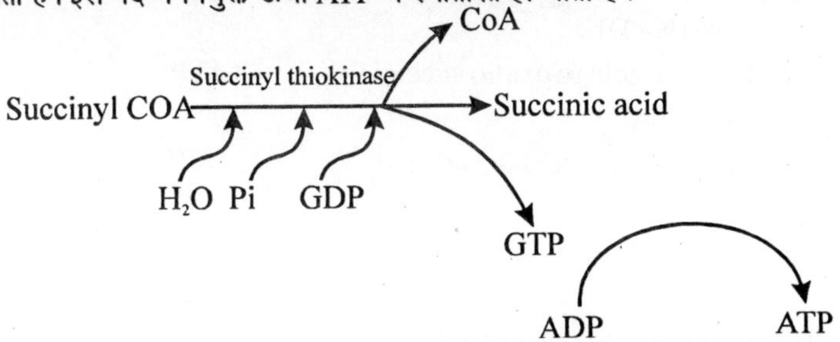

GTP + ADP ⇌ ATP + GDP

(viii) VIII Step Dehydrogenation III– एंजाइम सक्सीनेट डीहाइड्रोजीनेज की उपस्थिति में सक्सीनिक अम्ल का ऑक्सीकरण होता है जिससे फ्यूमेरिक अम्ल का निर्माण होता है।

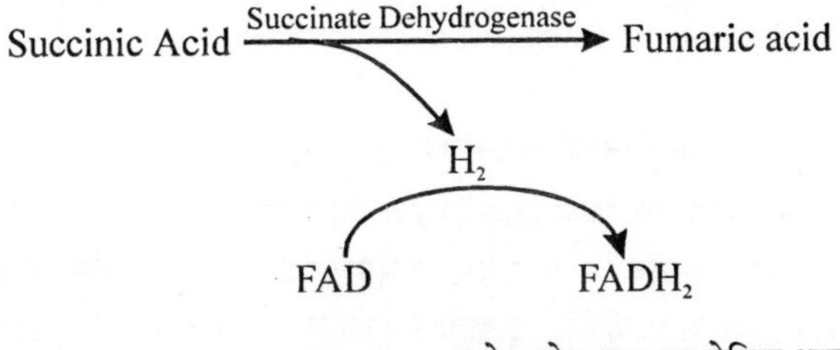

(ix) IX Step Hydration– एक जल अणु के प्रवेश द्वारा फ्यूमेरिक अम्ल का रुपांतरण मैलिक अम्ल में हो जाता है। यह पद एन्जाइम फ्यूमेरेज द्वारा प्रेरित होता है।

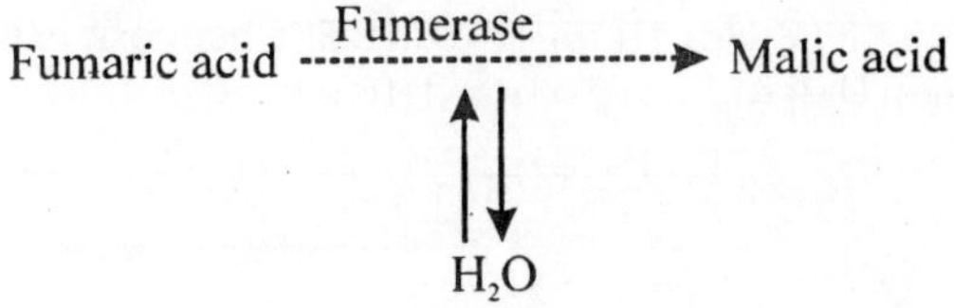

(x) X Step Dehydrogenation – एंजाइम मेलेटडीहाइड्रोजीनेज के द्वारा मैलिक अम्ल का रुपांतरण पुनः ऑक्सेलोएसीटिक अम्ल में हो जाता है।

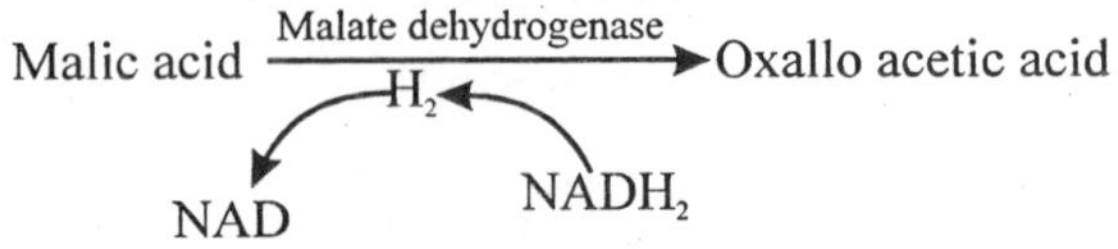

Energetics of Kreb cycel

	Reaction	**No fo ATP**
(i)	Pyrubic acid to Acetyl cova (NAD)	3 ATP
(ii)	Isocitric acid to oxallo succinic Acid (NAD)	3 ATP
(iii)	Ketogluteric acid to succinyl cvoa (NAD)	3 ATP
(iv)	Succinic acid to Fumaric acid (FAD)	2 ATP
(v)	Malic acid to OAA (NAD)	3 ATP
(vi)	Succinyl CoA to Succinic acid	1 ATP
		15 ATP
	Total ATP produced during Complete oxidation of Pyrubic acid to Co_2 and	2x15 = 30 ATP
	Water is During glycolysis	8 ATP
		38 ATP

(4) **इलेक्ट्रोन परिवहन तंत्र** (Electron transport system)

इलेक्ट्रोन परिवहन तंत्र में माइटोकोण्ड्रिया की आंतरिक झिल्ली पर इलेक्ट्रोन वाहक अणु उपस्थित होते हैं जो ऑक्सीकरण एवं उपचयन में सक्ष्म होते हैं। जब इलेक्ट्रोन ETS से परिवहित होता है तो प्रत्येक पद में ऊर्जा निर्मुक्त होती है। लेकिन ऊर्जा स्तरों का अधिकतम अंतर केवल तीन जगह पर होता है जहां पर ATP का निर्माण होता है। वायवीय कोशिकीय श्वसन में अन्तिम इलेक्ट्रोन ग्राही स्वयं ऑक्सीजन होती है। चूंकि ATP का उत्पादन रासायनिक क्रियाओं के पम्पींग प्रक्रम से सम्बन्धित होता है अतः इसे **कमिओस्मोसिस** (Chemiosmosis) कहते हैं। संक्षेप में यह क्रिया इस प्रकार होती है।

- $NADH + H^+$ से ऊर्जा इलेक्ट्रोन परिवहन श्रृंखला से गुजरकर माइटोकोण्ड्रिया की मेट्रिक्स से H^+ को बाहरी एवं आंतरिक झिल्ली के मध्य उपस्थित अवकाश में पम्प करती है।
- इन दोनों झिल्लियों के मध्य H^+ की अत्यधिक सांद्रता एकत्रित हो जाती है।
- जब ये हाईड्रोजन ट्रांसपोर्टर द्वारा मेट्रिक्स में पम्प होते है तो ATP का निर्माण होता है।

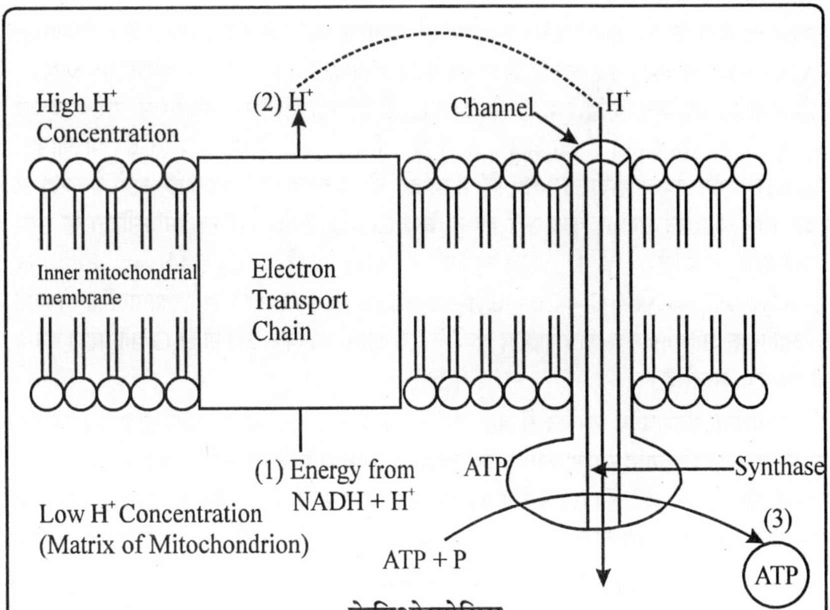

केमिओस्मोसिस

इलेक्ट्रोन वाहक (Electron carriers)- माइटोकोण्ड्रिया की आंतरिक झिल्ली में अनेक प्रकार के इलेक्ट्रोन वाहक होते है जो एकांतरित रुप से ऑक्सीकृत एवं अपचयित होते हैं। मुख्य इलेक्ट्रोन वाहक निम्नांकित है।

- **FMN** (Flavin Monomucleotide)- FAD के समान यह भी एक फ्लेवोप्रोटीन है। इसकी व्युत्पत्ति राइबोफलेविन (Vit B_2) से होती है।
- **Cyst (Cytochromes)**- ये Fe युक्त प्रोटीन है। इनमें एकांतरित रुप से आक्सीकरण तथा अपचयन होता रहता है। इलेक्ट्रोन परिवहन तंत्र में Cyt-b, Cyt-C_1, Cyte, Cyta तथा Cyta$_3$ पाये जाते है।
- **Fe-S (Iron Sulphur)**- इसमें सल्फर के एक परमाणु के साथ दो अथवा चार Fe के परमाणु संयुक्त रहते हैं। ये एक प्रोटीन में इलेक्ट्रोन ट्रांसफर केन्द्र का निर्माण करते हैं।
- **Cu (Copper atom)**- यह दो प्रोटीन को आपस में बन्धित करता है व इलेक्ट्रोन परिवहन में भाग लेता है।
- **UQ (Ubiquinone)** - यह कम अणुभार वाला अप्रोटनीय वाहक है जो फोस्फोलिपिड के स्तर में मोबाइल का कार्य करता है। इन्हें कोएंजाइम Q भी कहते हैं।

इलेक्ट्रोन परिवहन के पद (Steps in Electron Transport)- सर्वप्रथम NADH + H^+ से FMN को उच्च ऊर्जा वाला इलेक्ट्रोन स्थानांतरित होता है। गलूकोज के एक अणु से ग्लाइकोलाइसिस में 2NADH + $2H^+$, एसिटिल CoA के निर्माण के समय दो तथा क्रेब चक्र के दौरान 6 NADH + $6H^+$ का निर्माण होता है। इस परिवहन में हाइड्राइड आयन (H^-) FMN को

स्थानांतरित होता है जो बाहरी तरल माध्यम से अतिरिक्त H^+ को ग्रहण करता है। परिणामत: $NADH + H^+$ ऑक्सीकृत होकर NAD^+ परिवर्तित हो जाता है एवं FMN का रुपांतरण $FMNH_2$ में हो जाता है। परिवहन के द्वितीय पद में $FMNH_2$ से इलेक्ट्रोन विभिन्न आइरन सल्फर केन्द्र एवं COQ को परिवहित होते हैं जो बाहरी तरल से अतिरक्त H^+ को ग्रहण करते हैं। परिणामत: $GMNH_2$ ऑक्सीकृत होकर FMN में परिवर्तित हो जाता है। परिवहन के आगे के पदों में साइटोक्रोम, आहरन सल्फर केन्द्र एवं कोपर केन्द्र CO-Q, तथा आण्विक ऑक्सीजन के मध्य उपस्थिति होते हैं। इलेक्ट्रोन COQ से Cyt→b→ Fe → S,→Cyt→C_1→Cyt→C→Cu→Cyt→a→Cyt→a_3→1/2 O_2 को स्थानांतरित हो जाते हैं। आण्विक ऑक्सीजन ऋणावेशित हो जाती है एवं बाहरी माध्यम 2H से H_2O को ग्रहण करके को निर्माण करती है।

वायवीय कोशिकीय श्वसन में यही वह स्थल है जहा O_2 का उपभोग होता है। विषाक्त पदार्थ, साइनाइड इत्यादि साइटोक्रोम ओक्सिडोज के साथ बन्धित हो जाते हैं व ETS में अन्तिम पद को अवरुद्ध कर देते हैं। ETS में $FADH_2$ भी प्रवेश करते हैं। लेकिन $FADH_2$ अपेक्षाकृत कम ऊर्जा स्तर पर प्रवेश करता है अत: इनसे केलव 2 ATP का ही निर्माण होता है।

ATP उत्पादन की केमिओस्मोटिक क्रियाविधि

माइटोकोण्ड्रिया की आतंरिक झिल्ली में ETS के वाहक तीन संकुल में उपस्थित होते हैं। प्रत्येक संकुल प्रोटोन पम्प का कार्य करता है जो माइटोकोण्ड्रियल मैट्रिक्स से H^+ को धकेलता

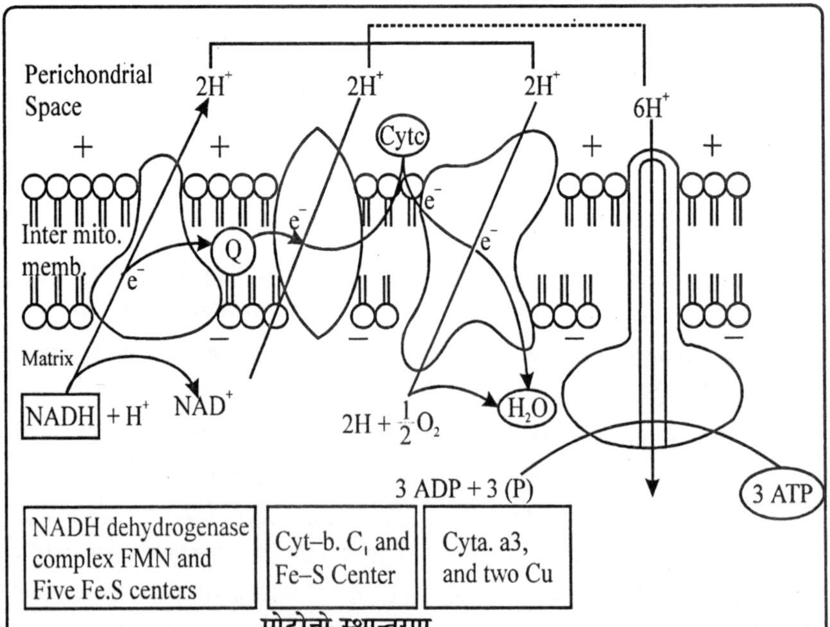

प्रोटोनो स्थान्तरण

रहता हैं जिससे हाइड्रोजन की विद्युत रासायनिक प्रवणता बनी रहती है। प्रत्येक प्रोटोन पम्प में तीन या अधिक इलेक्ट्रोन वाहक होते हैं।

- **NADH डीहाइड्रोजीनेज संकुल (NADH Dehydrogenase Complex)**– इस संकुल में FMN तथा पांच Fe-S केन्द्र उपस्थित होते हैं। यह NADH से हाइड्रोजन को हटाता है।
- **साइटोक्रोम b-c, संकुल (Cytochrome b-c, Complex)**– इस संकुल में साइटोक्रोम b तथा c एवं Fe-s केन्द्र होता है।
- **साइटोक्रोम ऑक्सीडेज संकुल (Cytochrome oxidase Complex)**– इस संकुल में साइटोक्रोम a तथा a3 एवं दो कोपर परमाणु होते हैं।

CoQ इलेक्ट्रोन को प्रथम संकुल से द्वितीय संकुल में एवं द्वितीय से तृतीय संकुल में इलेक्ट्रोन का परिवहन करते हैं। आंतरिक माइटोकोण्ड्रियल झिल्ली हाइड्रोजन के लिए अपारगम्य होती है। H^+ की पम्पिंग के कारण प्रोटोन की रासायनिक प्रवणता एवं विद्युत प्रवणता स्थापित हो जाती है। हाइड्रोजन के एक तरफ एकत्रित होने के कारण बाहरी सतह धनावेशित एवं आंतरिक सतह ऋणावेशित होती है। इस प्रोटोन प्रवणता में स्थितिज ऊर्जा होती है जिसे **प्रोटोन वाहित बल** (Proton motive force) कहते हैं। जहाँ पर विशिष्ट H^+ चैनल उपस्थित होते हैं वहां पर H^+ पुनः विसरति हो जाते है। जब H^+ पुनः भीतर की तरफ विसरित होते हैं तो ATP का निर्माण होता है क्योंकि H^+ चैनल में ATP का निर्माण होता है क्योंकि H^+ चैनल में ATP सिन्थेज एंजाइम उपस्थित होता है। यह एंजाइम ADP + P के द्वारा ATP का निर्माण करता है। कोशिकीय श्वसन के दौरान अधिकांश ATP का उत्पादन इसी विधि द्वारा होता है। ग्लाइकोलाइसिस के दौरान उत्पन्न दो NADH माइटोकोण्ड्रिया में प्रवेश नहीं कर पाते हैं। ये अपने इलेक्ट्रोन को मेलेट शटल (Malate shuttle) या ग्लीसरोल फोस्फेट शटल (Glyreol phosphate shuttle) को प्रदान करते हैं। यकृत, वृक्क एवं हृदय की कोशिकाओं में मैलेट शटल पाया जाता है जिसमें एक NADH से 3 ATP का उत्पादन होता है। कंकाली पेशियों, न्यूरोन इत्यादि में ग्लीसरोल फोस्फेट शटल उपस्थित होता है जिसमें एक NADH से 2 ATP का उत्पादन होता है।

ऊर्जा संरक्षण की क्रियाविधि (Mechanism of energy Convervation)

ग्लूकोज का ऑक्सीजन की उपस्थिति में श्वसन दहन होने के कारण अनेक मध्यवर्ती अणु निर्मित होते हैं। प्रत्येक ऑक्सीजन पद में 2H निर्मुक्त होते हैं जो विभिन्न कोएंजाइमों (NAD^+ FAD^+) को उपचयित करते हैं। सबस्ट्रेट से निर्मुक्त H^+ कोएंजाइम NAD तथा FAD द्वारा ग्रहण करती जाती है। अपचयित NAD^+ तथा FAD अंत में O_2 को अपचयित कर उपापचय जल का निर्माण करते है। NADH तथा H^+ से H^+ तथा e^- का स्थानांतरण, कोएंजाइम से O_2 को प्रत्यक्ष रुप से होता है। इस प्रकार NADH का ऑक्सीकरण 0.32 के अपयच विभवांतर (Redox potential) पर हो जाता है। जबकि O_2 का अपचयन +0.82 v विभवान्तर पर होता है। विभवांतर का +1.15 v का यह अंतराल उपरी तरफ (upper side) होता है जिससे NADH का O_2 के साथ प्रत्यक्ष संयोग नहीं हो पाता है व H_2O का निर्माण नहीं होता है। अतः इस स्थानांतरण को सुगम बनाने के लिये अनेक मध्यवर्ती रिडोक्स पोटेंशियल समेकित होकर इलेक्ट्रोन ट्रांसपोर्ट

श्रृंखला (Electron Transport Chain) का निर्माण करते हैं। इलेक्ट्रान, ETS के द्वारा ऊर्जा प्रवणता (Energy gradient) के घटते हुए स्तर में परिवहित होता है। इस परिवहन के दौरान निर्मुक्त ऊर्जा ATP के निर्माण में काम आती है। यह घटना **ऑक्सीकारक फोस्फोरिलीकरण** (Oxidative phosphosylation) कहलाती है। इलेक्ट्रान वाहक श्रृंखलायें झिल्लीयों में विशिष्ट रुप से आरोपित (Implanted) रहती है। ATP का संश्लेषण e⁻ वाहक श्रृंखलाओं के पुनः ऑक्सीकरण (Reoxidation) से संबंधित होता है। ये अणु ऊर्जा ट्रांसड्यूसर (Energy Transducer) कहलाते हैं। एवं माइटोकॉड्रिया की भीतरी सतह पर ATP सश्लेषण में महत्वपूर्ण भूमिका निभाते हैं। ऑक्सीकारक फोस्फोरिलीकरण में प्रोटीन की भूमिक को **पी.मिटचैल** (P.Mitchell) ने केमिऑस्मोटिक सिद्धांत के रुप में प्रस्तुत किया है। यह सिद्धान्त झिल्ली तंत्र (Membrane system) में इलेक्ट्रोन स्थानांतरण के दौरान ATP निर्माण की क्रियाविधि की व्याख्या करता है। झिल्ली में उपस्थित इलेक्ट्रोन वाहक, विषमदैशिक (Anisotropic) कार्यप्रणाली को निरुपित करते हैं जो प्रोटोन के ट्रांसलोकेशन एवं इनके विशिष्ट स्थलों पर निर्मुक्ति को नियंत्रित करते हैं। चूंकि झिल्ली आयनों के लिये अपारगम्य होती है अतः झिल्ली के दोनों तरफ प्रोटोन प्रवणता स्थापित हो जाती है। प्रोटोन प्रवणता (Protol gradient) के कारण PMF (Proton motive Force) स्थापित हो जाता है जिसका उपयोग ATP निर्माण में किया जाता है। इस प्रक्रिया में एंजाइम ATP as - ATP synthetase के द्वारा निष्कासित प्रोटोन को पुनः उपयोग में लिया जाता है। झिल्ली से निर्मुक्त प्रोटोन, एंजाइम संकुल में उपस्थित प्रोटोन केनाल में प्रवेश करता है व ATP के संश्लेषण स्थल की ओर अग्रेसित होता है।

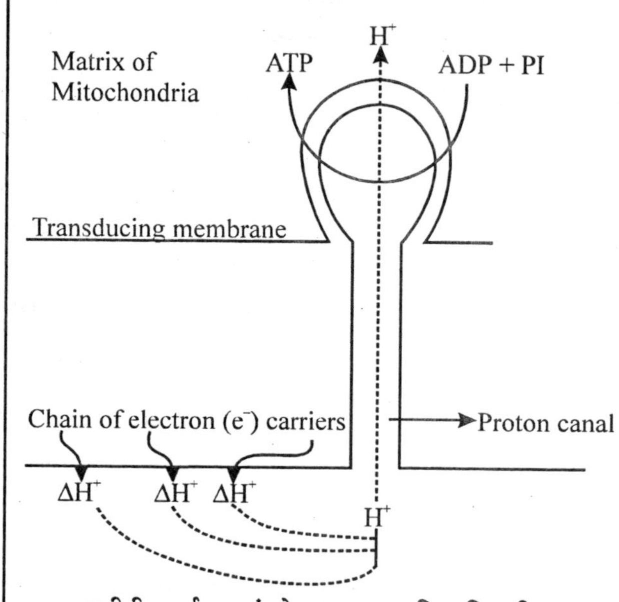

एटीपी ऊर्जा का संश्लेषण- ट्राइडयूसिस झिल्ली पर

देह के तापमान के आधार पर प्राणियों को दो समूहों में रखा गया है।

(1) गर्म रुधिरधारी (Warm blooded / Homiotherms)

इनका तापमान सदैव नियत रहता है व बाह्य वातावरण से अप्रभावित रहता है।

(ii) शीत रुधिरधारी (Cold blooded / Poikilotherms) – इनका तापमान बाह्य वातावरण से प्रभावित रहता है। मानव का सामान्य तापमान 97^0 F-99^0 F होता है । देह के कुछ भागों में जैसे Intra abdomial, Intra thoracia, Intra cranial तापमान सदैव नियत बना रहता है। यद्यपि भुजा एवं धड़ (Trunk) की सतह का तापमान विचलन (Fluctuation) को दर्शाता है।

उष्मा व्यय एवं संरक्षण

1. देह तापमान को प्रभावित करने वाले कारक (Factars affecting body temprature) – देह का तापमान दैनिक आवर्तता के साथ–साथ परिवर्तित होता रहता है। शरीर का तापमान सांयकाल के समय सर्वाधिक एवं सुबह के समय न्यूनतम होता है। यह दैनिक परिवर्तन कसरत तथा विशिष्ट गत्यात्मक क्रियाओं के साथ संबधित होता है। शरीर का ताप आयु तथा आकार पर भी निर्भर करता है। नवजात शिशुओं में ताप की नियमितता अनिश्चित होती है जबकि वृद्धावस्था देह तापमान असामान्य होता है। उष्मा की उत्पति एवं उष्मा की क्षति प्राणी के द्रव्यमान (Mass) एवं पृष्ठसतह (Surface Area) के अनुपात पर निर्भर करती है। जैसे – चूहों में उष्मा उत्पादन 452 कैलोरी/Kg/Body weight/ 24 hrs. होता है। जबकि घोड़े में यह मान 14.5 कैलोरी होता है।

2. कसरत एवं भोजन (Exercise and food) – कसरत के समय पेशीय ऊर्जा का रूपान्तरण यांत्रिक कार्य में हो जाता है। कसरत के कारण पेशी कोशिकाओं मे ऊपापचय दर बढ जाती है, शरीर का तापमान बढ़ जाता है तथा पेशीय ऊर्जा का 25% यांत्रिका कार्य में परिवतर्तित हो जाती है।

शेष मात्रा उष्मा में परिवतर्तित हो जाती है। भोजन में प्रोटीन की उपस्थिति के कारण देह का तापमान बढ़ जाता है साथ ही भोजन ग्रहण करने के तरीके से भी देह तापमान प्रभावित होता है। शरीर से उष्मा की क्षति, तापक्रम एवं आद्रता पर निर्भर करती है। नींद के समय भी शरीर का तापमान कुछ हद तक कम हो जाता है।

3. देह तापमान का नियमन (Regulation of body termperature) – शरीर से उष्मा की क्षति विभिन्न कारकों के कारण होती है। यद्यपि शरीर से उष्मा की उत्पति तथा क्षति निरंतर होती रहती है। लेकिन शरीर का तापमान लगभग स्थिर बना रहता है। शरीर में उष्मा उत्पादन की विधि (Thermogenesis) कहलाती है। देह उष्मा का व्यय,विकिर्णन एवं वाष्पीकरण से होता है। यह घटना (Thermolysis) कहलाती है जबकि देह तापमान के नियमन की विधि (Thermotaxis) कहलाती है।

उष्मा उत्पादन की क्रियाविधि (Mechanism of Heat production)

खाद्य पदार्थो का ऑक्सीकरण मूलभूत रूप से उष्मा उत्पति हेतु उत्तरदायी होता है। कार्बोहाइडेट प्रोटीन तथा वसा के दहन से उष्मा उत्पन्न होती है। भोजन में वसा की मात्रा अधिक होने के कारण अधिक उष्मा का उत्पादन होता है। कंकाली पेशीयो में उष्मा का उत्पादन अन्य ऊतकों

की तुलना में अधिक होता है। चूंकि यह देह का 1/2 भाग बनाती है। अतः शरीर के उष्मा उत्पादन की मात्रा में इनका योगदान अधिक होता है। कुछ अंगों जैसे- हृदय, यकृत से निश्चित उष्मा उत्पन्न होती रहती है। आंत में होने वाले कृमाकुंचन (Peristalsis) के कारण भी उष्मा की उत्पति होती है।

उष्मा व्यय की क्रियाविधि (Mechanism of Heat dissipation) प्राणियों में उष्मा का व्यय (Dissipation) निम्न विधियों द्वारा होता है।

1. **त्वचा द्वारा उष्मा की क्षति** (Heat lost from the skin)

प्राणी एवं इसके बाहय वातावरण में तापक्रम के अंतर के कारण उष्मा की क्षति होती है। उष्मा की क्षति विद्युत-चुंबकीय तरंगों के रूप में होती है। यह ऊष्मा वायु में जाकर अंत में ठोस संरचनाओं में जाकर समाहित हो जाती है। इस विधि द्वारा कुल उष्मा क्षति का 50% होता है। यहां पर यह कहना तर्क संगत नहीं है कि काले व्यक्ति अधिक उष्मा का अवशोषण करते हैं। जबकि वास्तविकता यह है कि काला व सफेद त्वचा वाले व्यक्ति लगभग 96% उष्मा का अवशोषण करते हैं। लगभग 20% उष्मा की क्षति संचलन (Condution) द्वारा होती है। लेकिन इस विधि द्वारा उष्मा की क्षति, बाह्य वातावरण के तापमान पर निर्भर करती है।

जब बाह्य वातावरण का तापमान अत्यधिक कम होता है तो उष्मा त्वचा से वायु में संचलित हो जाती है। वायु के अणु गर्म हो जाते हैं व त्वचा से दूर चले जाते हैं। ऊष्मा क्षति की अन्य विधि संवहन होती है। इस विधि द्वारा क्षति वायु के तापमान, आपेक्षिक घनत्व एवं वायु के वेग पर निर्भर कती है। रक्त प्रवाह एवं धमनी एवं शिराओं का विन्यास व व्यवस्था भी उष्मा की क्षति को प्रभावित करता है। त्वचीय रक्त वाहिनियों के संकीर्णन से रक्त प्रवाह मंद हो जाता है व उष्मा की क्षति कम हो जाती है जबकि रक्त वाहिनियों के विस्तारण से रक्त प्रवाह बढ़ जाता है व ऊष्मा की क्षति अधिक होती है।

(2) वाष्पीकरण (Evaporation)- वाष्पीकरण द्वारा होने वाली क्षति लगभग 25% होती है। वाष्पीकरण मुख्यतया त्वचा में गहराई में उपस्थित रक्त कोशिकाओं के द्वारा होता है। पसीने के वाष्पीकरण द्वारा भी उष्मा की क्षति होती है। यह पाया गया है कि एक ग्राम जल के वाष्पीकरण से 580 K.Cal उष्मा की क्षति होती है। वाष्पीकरण की दर वायु की आपेक्षित आद्रता (Humidity) पर निर्भर करती है।

(3) फेफड़ों से उष्मा की क्षति (Heat loss from Lunge)- इस विधि द्वारा लगभग 2.5% उष्मा की क्षति होती है।

(4) उत्सर्जन द्वारा उष्मा की क्षति (Heat Loss through Excretion)- कुछ प्राणियों में जीभ के बाहर निकालने से उष्मा की क्षति होती है। लगभग 2% उष्मा की क्षति मूत्र व विष्ठा के द्वारा होती है।

हाइपोथेलेमस एवं उष्मा नियमन (Hypothalamus and Heat regulation)

उष्मा नियंत्रण का मुख्य केन्द्र हाइपोथेलेमस होता है। हाइपोथेलेमस के अग्र भाग में किसी

प्रकार का उद्दीपन होने पर रक्त वाहिनियों में Vasodilation होता है जिससे उष्मा की क्षति होती है। हाइपोथेलेमस का पश्च भाग उष्मा उत्पादन हेतु उत्तरदायी होता है व देह को ठण्डा होने से बचाता है। बाह्य तापमान में परिवर्तन होने के कारण त्वचा में उपस्थित ग्राही सक्रिय होकर उद्दीपन को हाइपोथेलेमस में भेजते हैं। यह पाया गया है कि हाइपोथेलेमस में कुछ ताप संवेदी कोशिकाएं होती है जिन्हें थर्मोडिटेक्टर (Thermodetector) कहते हैं।

अंतःस्त्रावी ग्रंथियाँ एवं उष्मा नियमन (Endocrines and Heat regulation)- कुछ अंतःस्त्रावीं ग्रंथियाँ जैसे थायरोइड, पीयुषिका, उष्मा उत्पादन एवं उष्मा क्षति में भाग लेते हैं। अत्यधिक ठण्ड के कारण अधिक मात्रा में TSH का स्त्राव होता है जिससे थायरोइड हॉर्मोन अधिक मात्रा में निर्मुक्त होता है। अत्यधिक ठण्ड के कारण एड्रिनेलिन का स्त्राव होता है जिससे उपापचय क्रिया तीव्र होती है एवं उष्मा का उत्पादन बढ जाता है।

ठण्डे एवं उष्ण वातावरण से उद्भाषन (Exposure to hot and cold Atmosphere)

प्राणियों में उष्मा की क्षति मुख्यतया पसीने के वाष्पीकरण से होती है जब देह तथा वातावरण के तापमान में अत्यधिक अन्तर हो। अत्यधिक पसीने का स्त्राव उष्मा क्षति का संकेत है जिसमें हृदय की स्पंन्दन दर बढ जाती है एवं कार्डियक आउटपुट बढ जाता है तत्पश्चात कार्डियक आउटपुट कम हो जाता है। कम तापमान से उद्भाषन के कारण उष्मा की उत्पति बढ जाती है जो थायरोक्सिन तथा एड्रिनेलिन हॉर्मोन के द्वारा प्रेरित होती है। उष्मा की क्षति में कमी वाहिका संकीर्णन के कारण होती है जिससे पसीने का त्याग कम हो जाता है।

विकीर्णन द्वारा उष्मा क्षति (Heat loss by Radiation)- शरीर से उष्मा की क्षति अवरक्त उष्मा विकिरणों के रुप में होती है। यह एक प्रकार की विद्युत चुम्बकीय विकीरणे होती है, जिनकी तरंगदैर्ध्य 5-20 तक होती है। मानव शरीर के द्वारा सभी दिशाओं में उष्मीय विकीरणें निकलती है जो चारों ओर के वातावरण में अग्रेषित हो जाती है लगभग 50% उष्मा की क्षति इस विधि द्वारा होती है। यदि कपड़ों में सोने का पतला आवरण बना दिया जाये तो यह एक इन्सुलेटर का कार्य करता हैं। उष्मा विभिन्न अणुओं की गतिज उर्जा का ही एक रुप है जिसमें निरनतर कम्पन्न होते रहते हैं। इस कम्पन्न की ऊर्जा वायु में स्थानान्तरित हो जाती है। जब वायु त्वचा की तुलना में ठण्डी हो तब उष्मा वायु में स्थानान्तरित होती है तो इसमें उचित मात्रा में गतिज ऊर्जा उपार्जित कर ली जाती है तथा इसकी गति का वेग बढ जाता है।

उष्मा का संरक्षण (Convervation of Heat)- प्राणियों में उष्मा के सरंक्षण की निम्न युक्तियाँ पाई जाती है। शरीर से उष्मा का स्थानान्तरण त्वचा में रक्त प्रवाह द्वारा होता है। रक्त वाहिनियों के विस्तारण के कारण उष्मा की क्षति कम हो जाती है। साथ ही उपयुक्त कुचालकता होने के कारण भी विकीर्णन एवं वाष्पीकरण से उष्मा की क्षति कम हो जाती है। सुरक्षात्मक कपड़े पहनने पर भी उष्मा की क्षति कम होती है क्योंकि ये उष्मा का अच्छा चालक नहीं होता है।

अभ्यास प्रश्न

बहुचयनात्मक प्रश्नोत्तर

1. **शिलेडन और श्वान के नाम किससे सम्बन्धित है-**

   (अ) वंश परम्परा का वाद

   (ब) कल्पना की केन्द्रक कोशिका का नियंत्रण केन्द्र होता है।

   (स) कोशिका वाद (द) लुवेनहोक

2. **कोशिका वाद के लिये निम्नलिखित में से कौन से अपवाद है-**

   (अ) जीवाणु (ब) कवक

   (स) विषाणु (द) लाइकेन

3. **प्रोकैरियोट और यूकैरियोट के आनुवंशिक तंत्र-**

   (अ) एक जैसे होते हैं और केन्द्रकों में बन्द होते हैं।

   (ब) एक जैसे नहीं होते हैं और केन्द्रकों में होता है।

   (स) केवल एक लक्षण में भिन्न होते हैं-प्रोकैरियोटिक तंत्र में सदैव उपस्थित होते हैं।

   (द) अनेक लक्षणों में भिन्नता दिखाते हैं।

4. **कोशिकांग की परासंरचना का अध्ययन किसकी सहायता से किया जाता है?**

   (अ) प्रकाश सूक्ष्मदर्शी

   (ब) फेज कॉन्ट्रास्ट सूक्ष्मदर्शी

   (स) आटोरेडियोग्राफी

   (द) इलेक्ट्रॉन सूक्ष्मदर्शी

5. **जीवित और निर्जीव में मुख्य अन्तर होता है-**

   (अ) जीवद्रव्य की उपस्थित में

   (ब) वृद्धि में

   (स) गति में (द) आमाप में

6. **प्राणी और पौधे की कोशिकाओं में मुख्य अन्तर है-**

   (अ) प्राणी कोशिका में दृढ़ कोशिका भित्ति का अभाव

   (ब) पौधे की कोशिका में दृढ़ कोशिका भित्ति कां अभाव

   (स) प्राणी कोशिका में दृढ़ कोशिका भित्ति की उपस्थिति।

   (द) पौधे की कोशिका में कोशिका कला का अभाव

7. **परिभाषा के अन्तर्गत न आने वाला, तन्तुमय केन्द्रक मिलता है-**

(अ) यूकैरियोटिक कोशिका में

(ब) प्रोकैरियोटिक कोशिका में

(स) उच्चतर प्राणियों की कोशिकाओं में

(द) उच्चतर पौधों की कोशिकाओं में

8. **प्रोकैरियोटिक कोशिका में अभाव होता है-**

(अ) केन्द्रक झिल्ली का (ब) न्यूक्लिओलस का

(स) झिल्ली से घिरे कोशिकांगों का

(द) ऊपर दिये गये सभी का

9. **पौधे की लाक्षणिक कोशिका में पानी का प्रतिशत होता है-**

(अ) 10 प्रतिशत (ब) 20 प्रतिशत

(स) 50 प्रतिशत (द) 85 प्रतिशत

10. **तरल मोजेक मॉडल के अनुसार, कोशिका कला में पदार्थों का क्रम होता है-**

(अ) L-P-P-L (ब) P-L-L-P

(स) P-P-L-L (द) L-P-L-P

11. **70S प्रकार के राइबोसोम पाये जाते हैं-**

(अ) सूत्रकणिकाओं में (ब) हरितलवकों में

(स) जीवाणुओं में (द) सभी में

12. **केन्द्रक के अलावा डीएनए पाया जाता है-**

(अ) सूत्रकणिकाओं में (ब) हरितलवकों में

(स) दोनों में (द) किसी में भी नहीं

13. **डिक्टिसोम होते है-**

(अ) राइबोसोम का एक वर्ग

(ब) कशाभिका लगने का स्थान

(स) श्वसन कण

(द) गोल्जी अंग

14. **इलेक्ट्रॉन सूक्ष्मदर्शी ने उपस्थिति को दर्शाता है-**

(अ) राइबोसोम की (ब) हरितलवक की

(स) गुणसूत्र की (द) आवर्णी लवक की

15. **अधिकतर जल अपघटक प्रकिण्व सक्रिय होते है-**

(अ) अम्लीय पीएच पर (ब) क्षारीय पीएच पर

(स) उदासीन पीएच पर(द) किसी भी पीएच पर

16. निम्नलिखित संरचनाओं में से कौन सी में जलअपघनीय प्रक्रिण्व अत्यंत प्रचुर मात्रा में पाये जाते हैं-

(अ) लयनकाय (ब) माइक्रासोम

(स) गुणसूत्र (द) अन्तर्द्रव्यी जालिका

17. क्रोमोसोम शब्द दिया था-

(अ) जॉनसन ने (ब) वाल्डेयर ने

(स) वेन्डा ने (द) स्ट्रासबर्गर ने

18. डी एन ए का आविष्कार सर्वप्रथम किया था-

(अ) बीडल और टैटम ने

(ब) वाटसन और क्रिक ने

(स) फ्रेडरिक मिशर ने

(द) ए. कॉर्नबर्ग ने

19. डी एन ए भिन्न है आर एन ए से-

(अ) केवल शर्करा के प्रकार में

(ब) केवल प्यूरिन के प्रकारो में

(स) शर्करा और प्यूरिन दोनों के प्रकारों में

(द) ऊपर में से किसी में भी नहीं

20. डी एन ए के दो तन्तु-

(अ) प्रकार में समान तथा पूरक होते हैं

(ब) प्रतिसमान्तर और पूरक होते हैं

(स) मूलभूत रूप से विभिन्न प्रकार के होते है

(द) समानान्तर और पूरक होते हैं

उत्तरमाला

1.	(स)	2.	(स)	3.	(स)	4.	(द)
5.	(अ)	6.	(अ)	7.	(ब)	8.	(द)
9.	(द)	10.	(ब)	11.	(द)	12.	(स)
13.	(द)	14.	(अ)	15.	(अ)	16.	(अ)
17.	(ब)	18.	(स)	19.	(स)	20.	(ब)

अतिलघूत्तरात्मक प्रश्न

1. राइबोसोम के प्रकारों को बताइये?
2. लाइसोसोम को आत्मघाती थैली कहते हैं क्यों?
3. गॉल्जीकाय सूक्ष्म शक्तिग्रह है कैसे?
4. क्रिस्ट्री की रचना को बताइये।
5 काबोहाइड्रेट के ऑक्सीकरण की क्रिया को बताइये?
6. ऊर्जा चक्र क्या है?
7. केन्द्रक गोलाकार व अण्डाकार होता है क्यों?
8. लवकों के प्रकारों को बताइये?
9. रक्त में वर्णक को बताइये।
10. प्रोकैरियोटीक कोशिका के केन्द्रक को बताइये।
11. (a) ऑक्सी श्वसन क्या है?
    (b) श्वसन में प्रति मोल O_2 के अवकरण द्वारा कितनी ऊर्जा मुक्त होती है ?
    (c) प्रति मोल O_2 अवकृत होने पर कितने ATP परमाणु बनते हैं ?
12. श्वसन पदार्थ क्या हैं ?
13. श्वसन गुणांक क्या है?
14. ऑक्सीडेटिव फास्फोराइलेशन की व्याख्या कीजिए।
15. ATP का ADP से निर्माण के समय कितनी ऊर्जा का भण्डारण होता है ?
16. फर्मेन्टेशन की व्याख्या कीजिए ?
17. ऑक्सी तथा अनॉक्सी श्वसन कब और कहाँ होता है ?
18. ऑक्सी श्वसन में सिरे का इलेक्ट्रॉन ग्राहक यौगिक क्या है?
19. सफेद मांसपेशियों वाले धावक केवल कम समय अवधि के तीव्र गति के खेलों में क्यों बाजी मार लेते हैं ?
20. किसी जीव अथवा ऊतक का नाम बताइए जो-
    (अ)इथाइल एल्कोहल फर्मेन्टेशन।
    (ब) लेक्टिक अम्ल फर्मेन्टेशन क्रिया प्रदर्शित करता है।

लघूत्तरात्मक प्रश्न

1. इलेक्ट्रॉन सूक्ष्मदर्शी की सहायता से दिखायी पड़ने वाली माइट्रोकॉण्ड्रिया की संरचना का स्वच्छ नामांकित चित्र बनाइये।
2. वनस्पति कोशिका में निर्जीव पदार्थों और उनकी सूक्ष्म रासायनिक प्रतिक्रियाओं का संक्षिप्त एवं सचित्र विवरण दीजिए।

3. जीवद्रव्य के भौतिक तथा रासायनिक गुणों का संक्षेप में वर्णन कीजिए।
4. निम्नलिखित को समझाइये।
   (अ)कोशिका पौधों की संरचना तथा कार्य की इकाई है।
   (ब) जीवद्रव्य एक अत्यंत जटिल संरचना है।
5. हरितलवक का, जैसा कि इलेक्ट्रॉन सूक्ष्मदर्शी में दिखायी देता है, नामांकित रेखाचित्र बनाइये।
6. पादप कोशिका के केन्द्रक की संरचना का सचित्र विवरण दीजिये तथा संक्षेप में इसके कार्य का वर्णन कीजिए।
7. गुणसूत्र की संरचनाओं तथा महत्त्व का वर्णन कीजिए।
8. डी एन ए की संरचना समझाइए तथा स्पष्ट कीजिए कि डीएनए का द्विगुणन कैसे होता है?
9. कोशिका में सामान्यतया पाए जाने वाले तीन प्रकार के आरएनए का नाम लिखिए। प्रत्येक के कार्य का उल्लेख कीजिए।
10. निम्नलिखित को समझाइये-
   (अ)जीवद्रव्य जीवन का भौतिक आधार है।
   (ब) कोशिकावाद के विचार सही है।
   (स)हरितलवक अर्ध स्वतंत्र कोशिकांग है।
   (द) सूत्रकणिका कोशिका का ऊर्जा गृह है।
   (य) अन्तर्द्रव्यी जालिका,
   (र) इकाई झिल्ली (ल)प्रोकैरियोटिक कोशिका
   (व) सूत्रकणिका गुणसूत्र
   (श)प्लाज्मोडेस्मेटा।

निबन्धात्मक प्रश्न

1. एक सामान्य पादप-कोशिका की इलेक्ट्रॉन संरचना का नामांकित चित्र खींचिए। किन्हीं चार कोशिका अंगकों के कार्य लिखिए।
2. पादप कोशिका के प्रमुख भागों के नाम लिखिए। डीएनए का नामांकित चित्र बनाइए तथा डीएनए और आरएनए में कोई दो भेद लिखिए।
3. पादप कोशिका का एक नामांकित चित्र खींचिये। इसके अन्दर पाये जाने वाले किन्हीं चार प्रमुख अंगकों (कोंशिकांगों) के कार्यों का वर्णन कीजिए।
4. अन्तर्द्रव्यी जालिका की संरचना समझाइये एवं राइबोसोम का महत्त्व बताइये।
5. एण्डोप्लाज्मिक रेटीकुलम की संरचना समझाइए तथा यह स्पष्ट कीजिए कि इस पर पाये जाने वाले राइबोसोम का क्या महत्त्व है?

❑❑❑

इकाई 2

कोशिकीय अणु

सजीव पदार्थ में " **जैव-शक्ति** " उत्पन्न करने की क्षमता इसके विशेष प्रकार के स्वनियंत्रित (self regulatory) एवं स्वप्रजायी (self-propagating) जटिल रासायनिक संघठन पर ही नहीं, वरन् इसके विशिष्ट भौतिक गुणों पर भी निर्भर करती है। इसके प्रमुख भौतिक लक्षण निम्नलिखित होते हैं–

(i) भौतिक रूप से, सजीव पदार्थ रंगहीन अथवा मटमैला-सा, गन्धहीन, अर्धपारदर्शक तथा गाढ़ा व चिपचिपा, परन्तु बह जाने वाला अर्धतरल मिश्रण होता है।

(अ) (ब) (स) (द)

वभिन्न अवस्थाओं में सजीव पदार्थ के विभिन्न भौतिक रूप

(ii) साधारण सूक्ष्मदर्शी में सजीव पदार्थ **तन्तुमय** (fibrillar), **कणमय** (granular), **जालमय** (reticular) अथवा **झागदार** (alveolar) दिखाई दे सकता है, परन्तु फिशर (1894) और हार्डी (1899) के "**कोलॉएड मत**" के अनुसार, यह मूलतः एक ऐसा **असमरूपी** अर्थात् **विषमांगीय** (heterogeneous) **कणमय पदार्थ** होता है जो विभिन्न अवस्थाओं में विभिन्न प्रकार का दिखाई देता है (चित्रः 1)।

(iii)इसमें जल **घोलक** या **विलायक** (solvent) होता है तथा अन्य सभी यौगिक **विलेय** (solutes)।

(iv) कुछ विलेय (लवण, शक्कर, अमीनो अम्ल आदि) सजीव पदार्थ के जल में **समांग** अर्थात् **क्रिस्टलीय विलयन** (true or crystalline solution) बनाते हैं, कुछ **निलम्बन** (suspension) और कुछ **इमल्सन**, लेकिन अधिकांश विलेय **कोलॉएड** (colloid) कणों (0.001μ to 0.1μ) के रूप में होते हैं। इस प्रकार, सजीव पदार्थ पृथ्वी पर जटिलतम् मिश्रण होता है। इसे "मिश्रणों का मिश्रण (mixture of mixtures)" कहना गलत नहीं है।

(v)मुख्यतः कोलॉएडलीय तंत्र होने के कारण, सजीव पदार्थ दो भौतिक दशाओं में बदलता रहता है–अपेक्षाकृत तरल " **सॉल** " दशा तथा गोंद या सरेस जैसी गाढ़ी "**जेल**" दशा । **जेल**

दशा में कोलॉएड कण परस्पर चिपक-चिपकर एक जाल-सा बना लेते हैं और तरल मैट्रिक्स जालरन्ध्रों मे फँसे पृथक् पिण्ड़ों में बँट जाता है। इस दशा में सजीव पदार्थ संकुचनशील और लचीला हो जाता है। **सॉल दशा** में कोलॉएड कण परस्पर पृथक् और इकसार फैले तरल मैट्रिक्स में छितर जाते हैं। इस दशा में सजीव पदार्थ में बहाव होता है और कोलॉएड कण तीव्र गति (ब्राउनियन गति- 1828) करने लगते हैं। फलतः इस दशा में सजीव पदार्थ में अपने बाहर के वातावरण से रासायनिक लेन-देन करने की क्षमता बढ़ जाती है तथा इसमें रासायनिक प्रतिक्रियायें भी अधिक और तीव्र हो जाती है।

(vi) गर्म करने पर अथवा विद्युत या हानिकारक रासायनों के सम्पर्क में आने पर सजीव पदार्थ का **स्कंदन** हो जाता है, अर्थात् रुधिर के थक्के या अण्डे की सफेदी की भाँति जमकर यह मृत हो जाता है।

(vii) तरल होने के कारण, सजीव पदार्थ पर **धरातल तनाव** होता है। अतः इसके कुछ हल्के विलेयों (कुछ लिपिड्स और प्रोटीन्स) के अणु इसकी सतह पर व्यवस्थित होकर एक पारगम्य आवरण कला (प्लाज्मा कला- plasma membrane)बना लेते हैं।

निर्जीव और सजीव पदार्थ-तंत्रों की ऊष्मागतिकी (Thermodynamics)

किसी भी **पदार्थ-तंत्र की कुल ऊर्जा इसके रासायनिक संघठन में विविध बन्धों के रूप में होती है।** ऊष्मा के संदर्भ में इस ऊर्जा को पदार्थ **प्रकम-माप** या **एन्थाल्पी** कहते हैं। यदि कोई पदार्थ-तंत्र सक्रिय और परिवर्तनशील हो तो ऊष्मागतिकी के द्वितीय नियम के अनुसार, इसमें से, प्रत्येक ऊर्जा-रूपान्तरण के समय, कुछ ऊर्जा ऊष्मा के रूप में वायुमण्डल में चली जाती है। ऊर्जा की इस मात्रा को जिसे कि पदार्थ तंत्र गँवा देता है पदार्थ का उत्क्रम माप कहते हैं। इसे काम में नहीं लाया जा सकता। इसी ऊर्जा क्षय के कारण सक्रिय पदार्थ तंत्र का संघठन घट जाता तथा विकृत हो जाता है। यदि तंत्र में ऊर्जा रूपान्तरण निरन्तर होता रहे तो, इसी ऊर्जा-व्यय (एट्रोपी) के कारण, पदार्थ तंत्र का संघठन धीरे-धीरे कम होकर अनततः समाप्त हो जाता है। "**सजीव पदार्थ**" सबसे अधिक सक्रिय

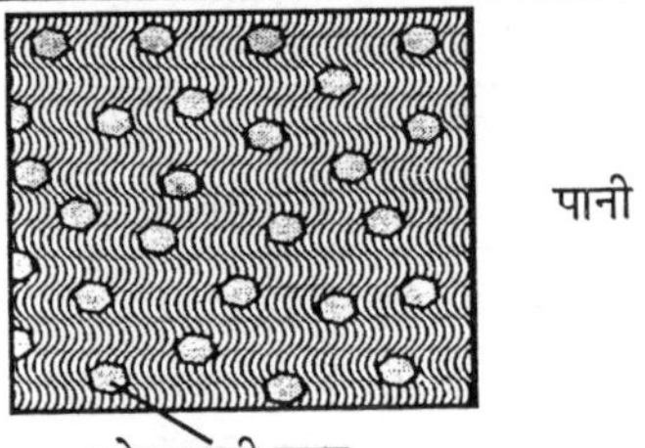

(अ)

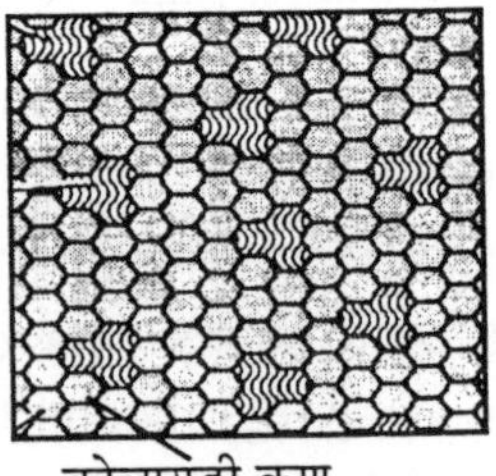

(ब)

सजीव पदार्थ की (अ) सॉल अथवा (ब) जेल दशायें

रासायनिक तंत्र होता है, इसमें निरन्तर रासायनिक प्रतिक्रियायें और इनमें ऊर्जा रूपान्तरण होता रहता है। फिर भी एंट्रोपी के कारण यह तंत्र समाप्त नहीं होता, क्योंकि यह अपने वातावरण से पदार्थ ग्रहण करके ऊर्जा रूपान्तरण के ऊर्जा व्यय की पूर्ति करता रहता है और इस प्रकार, अपने संघठन को बनाये रखता है। ऐसे पदार्थ तंत्र को "रासायनिक तंत्र" होते हैं, क्योंकि ये वातावरण से पदार्थ ग्रहण नहीं कर सकते। इसलिए, ये जलती हुई मोमबत्ती की भाँति सक्रिय हों तो, एन्ट्रोपी के कारण, अन्नतः समाप्त हो जाता है।

जीवन क्या है?

"**सजीव पदार्थ**" के रासायनिक संघठन तथा भौतिक-रासायनिक गुणों को समझ लेने के बाद प्रश्न यह उठता है कि "**जीवन क्या है?**" हम निर्जीव एवं सजीव पदार्थ तंत्रों, अर्थात् वस्तुओं और जीवधारियों को देख व छू सकते हैं, परन्तु जीवधारियों के "जीवन" को न देख सकते हैं, छू सकते हैं। वास्तव में, "जीवन" सजीव पदार्थ में उत्पन्न होने वाली एक विशेष प्रकार की ऊर्जा का शक्ति है। अतः इसकी कोई सीधी परिभाषा नहीं दी जा सकती, प्यार, घृणा, मोह, लालच, सरलता, सुशीलता, अच्छाई, बुराई आदि की भाँति यह **अमूर्त या भाववाची** है। हम केवल इतना कह सकते हैं कि "**संघठित पदार्थ (सजीव पदार्थ) या भूतद्रव्य की जैव-दशा ही जीवन है।**" वातावरण से पदार्थ ग्रहण न कर पाये तो सजीव पदार्थ तंत्र भी, ऊष्मागतिकी के द्वितीय नियम के अनुसार, अपना संघठन खोकर निर्जीव पदार्थ बन जायेगा। अतः इसकी "**जैव दशा**" या "**जीवन** " को हम ऊष्मागतिकी के इस नियम एक संघर्ष मान सकते हैं। कोई भी जीव इस संघर्ष को सदैव नहीं चला सकता। एक-न-एक दिन उसका पदार्थ तंत्र वातावरण से पदार्थ ग्रहण करके अपनी एंट्रोपी की पूर्ति करने में असमर्थ हो जाता है और तभी इसकी मृत्यु हो जाती है, हाँ मृत्यु से पहले वह अपनी संघठन शक्ति (जैव शक्ति) प्रजनन द्वारा अपनी सन्तान को दे देता है। इस प्रकार, ऊर्जिकी के पहलू से "**जीवन**" को हम **पदार्थ के संगठन की वह दशा कह सकते हैं जिसमें कि यह वातावरण की ऊर्जा का उपयोग कर सकता है।** यही जीव पदार्थ की "जैव दशा" है। इसे बनाये रखने के लिए सजीव पदार्थ में निरन्तर ऊर्जा रूपान्तरण होता रहता है। इस ऊर्जा रूपान्तरण के लिए वातावरण से पदार्थ ग्रहण करने, अपजात पदार्थों का बहिष्कार करने, अपने संघठन को अखण्ड और क्रियाशील बनाये रखने आदि से सम्बन्धित कई क्रियायें प्रत्येक जीवधारी निरन्तर करता रहता है, और यही जैव क्रियाएँ किसी जीवधारी के सजीव होने का प्रमाण देती है। इस प्रकार, "**संगठित पदार्थ या भूतद्रव्य की सदैव सक्रिय एवं परिवर्तनशील दशा को ही "जीवन" कहते हैं।**"

भोजन :-जन्तुओं का भोजन प्रायः कई प्रकार के पोषक पदार्थों तथा कुछ निरर्थक पदार्थों का जटिज मिश्रण होता है। जन्तुओं के पोषक पदार्थों को निम्नलिखित सात श्रेणियों में बाँटा जा सकता है-(1) कार्बोहाइड्रेट्स, (2) प्रोटीन्स, (3) वसाएँ, (4) न्यूक्लिक अम्ल, (5) जल, (6) खनिज तत्त्व, (7) विटामिन। इनमें से जल व खनिज तत्त्व अकार्बनिक होते हैं और शेष कार्बनिक। शरीर में कार्बोहाइड्रेट्स, वसाओं तथा प्रोटिन्स की काफी मात्रा खपती है। अतः इन्हें **गुरुपोषक** (macronutrients) कहते हैं। लवणों और विटामिनों को बहुत सूक्ष्म मात्रा की शरीर में

आवश्यकता होती है। अत: इन्हें **लघुपोषक** (micronutrients) कहते हैं। कार्यात्मक उपयोगिता के आधार पर पोषक पदार्थों को हम चार श्रेणियों में बाँट सकते हैं–

(क) ईंधन पदार्थ या ऊर्जा-उत्पादक (Fuel substances or Energy producers) :- इनके जारण या ऑक्सीकरण से जैव-क्रियाओं के लिए आवश्यक ऊर्जा प्राप्त की जाती है। ये पदार्थ होते हैं मुख्यत: कार्बोहाइड्रेट्स एवं वसाएँ।

(ख) निर्माण पदार्थ (Building substances or Body-builders) :- इनका प्रमुख उपयोग शरीर की रचना एवं मरम्मत के लिए होता है, मुख्यत: प्रोटीन्स।

(ग) उपापचयी नियंत्रक (Metabolic regulators):- जो जैव-क्रियाओं का नियंत्रण एवं नियमन करते हैं, विटामिन, ज़ल एवं खनिज तत्त्व।

(घ) आनुवंशिक पदार्थ (Hereditary substances) :- जो आनुवंशिक लक्षणों को एक पीढ़ी से अगली पीढ़ी में ले जाने का कार्य करते हैं।

(1) कार्बोहाइड्रेट्स एवं वसाएँ (Carbohydrates)

ये 1 : 2 : 1 के अनुपात में कार्बन, हाइड्रोजन और ऑक्सीजन के यौगिक $(CH_2O)_n$ होते हैं। इनमें हाइड्रोजन व ऑक्सीजन का अनुपात वही होता है जो जल (H_2O) में है। अत: रासायनिक रूप से ये जलयोजित कार्बन (hydrated carbon or carbon hydrates) यौगिक, अर्थात् ऐल्डीहाइड्स, कीटोन्स अथवा ऐल्कोहॉल (aldehydes, ketons, or alcohols) होते हैं। अधिकांश कार्बोहाइड्रेट्स की खपत ईंधन पदार्थों के रूप में ऊर्जा उत्पादन के लिये होती है। भोजन में कार्बोहाइड्रेट्स घुलनशील शर्कराओं और अघुलनशील मण्ड के रूप में होते हैं। रासायनिक संगठन (chemical organisation) के आधार पर इनकी तीन श्रेणियाँ होती हैं–

(क) मोनोसैकराइड्स :- ये सरलतम्, रंगहीन, घुलनशील तथा मीठे कार्बोहाइड्रेट्स होते हैं। इसीलिये इन्हें शर्कराएं कहते हैं। इनके अणुओं में कार्बन के तीन से सात परमाणु हो सकते है। जीवों में मुख्यत: षट् या पंच कार्बनीय शर्करायें ही होती है। षट्-कार्बनीय शर्कराएं मुख्यत: ग्लूकोज, फ्रक्टोज, एवं गैलेक्टोज होती हैं। ये मीठे फलों और शहद में अधिक होती है। इनका रासायनिक सूत्र एक ही– $C_6H_{12}O_6$— होता है, अन्तर केवल इनके अणुओं में कार्बोनिल समूह (C = O) या हाइड्रोक्सिल समूह (OH— or —HO) के विन्यास का होता है। अत: ये शर्कराएं आइसोमर्स होती है। ग्लूकोज या डेक्स्ट्रोज (चित्र : 3) सबसे अधिक पायी जाने वाली महत्त्वूपर्ण शर्करा होती है। ऊर्जा के लिए मुख्यत: इसी का जारण होता है। जीवतंत्र की पंचकार्बनीय शर्कराओं (pentoses) में राइबोस (ribose —$C_5H_{10}O_5$) एवं डीऑक्सीराइबोस (deoxyribose—$C_5H_{10}O_4$) सबसे अधिक अधिक महत्त्वपूर्ण होती है, क्योंकि ये क्रमश: आरएनए एवं डीएनए नामक आनुवंशिक पदार्थों के संयोजन में भाग लेती है।

(ख) डाइसैकराइड्स एवं ओलिगोसैकराइड्स :- समान अथवा विभिन्न मोनोसैकराइड्स के दो अणुओं अर्थात् मोनोमर्स के "**ग्लाइकोसिडिक बन्ध** (glycosidec bond —α-1,4) " द्वारा परस्पर जुड़ जाने से एक डाइसैकराइड्स शर्करा का अणु बनता है। क्योंकि इस प्रतिक्रिया में जल का एक अणु निकल जाता है, इसे संघनन संश्लेषण कहते हैं–

$C_6H_{12}O_6 + C_6H_{12}O_6 \longrightarrow C_{12}H_{22}O_{11} + H_2O$ **डाइसैकराइड शर्कराएं** भी मीठी, जल में घुलनशील और तीन प्रकार की होती हैं– पादपों की माल्टोज एवं सुक्रोज तथा जन्तुओं की लैक्टोज । माल्टोज ग्लूकोज के, सुक्रोज ग्लूकोज एवं फ्रक्टोज के तथा लैक्टोज ग्लूकोज एवं गैलेक्टोज के अणुओं से बनती है। माल्टोज अंकुरित बीजों अर्थात् माल्ट शर्करा, सुक्रोज ईख शर्करा तथा लैक्टोज दुग्ध शर्करा होती है। लैक्टोज की सर्वाधिक प्रतिशत मानव माता के दुग्ध में होती है। तीन से दस तक मोनोसैकराइड्स अणुओं के जुड़ने से बने कार्बोहाइड्रेट्स को प्रायः ओलिगोसैकराइड्स कहा जाता है। ये सभी घुलनशील होते हैं।

(ग) पॉलीसैकराइड्स :- मोनोसैकराइड्स (मुख्यतः ग्लूकोज) के कई-कई (दस-से अधिक हजारों तक) अणुओं (मोनोमर्स) के उसी प्रकार जल की क्षति के साथ (संघनन संश्लेषण) जुड़ने से लम्बी श्रृंखला वाले (long chain) अघुलनशीन, जटिल **पॉलीसैकराइड** (मण्ड) अणु अर्थात् गुरुअणु या पॉलीमर्स बनते हैं। इस प्रक्रिया को बहुलकीकरण कहते हैं। पॉलीसैकराइड अणुओं को $(C_6H_{10}O_5)_n$ द्वारा दिखाते है। n मोनोसैकराइड के अणुओं की संख्या है जिगर तथा पेशियों में, ऐनैबोलिज्म के अन्तगर्त, ग्लूकोज से ग्लाइकोजन नामक जन्तु मण्ड बनती है। आवश्यकता पड़ने पर जल अपघटन द्वारा इसका वापस ग्लूकोज में विघटन हो जाता है। इस प्रकार, यह ऊर्जा उत्पादन के लिए ''संग्रहित ईंधन'' का काम करती है। पादपों में यह काम (माँडी- चावल, गेहूँ, मक्का आदि अनाजों, आलू फलियों आदि की) तथा कन्दों और जड़ों की इन्यूलिन करती हैं। पादपों का सेलुलोज प्रकृति में सबसे अधिक पाया जाने वाला कार्बनिक पदार्थ और पॉलीसैकराइड होता है। कोशा-भित्ति के रूप में यह पादपों का कंकाल बनाता है। लकड़ी, कपास, कागज, गत्ता आदि में मुख्यतः सेलुलोज ही होता है। काइटिन नाम का नाइट्रोजन युक्त पॉलीसैकराइड कीटों तथा अन्य आर्थ्रोपोडा के बाह्य कंकाल में होता है। इस प्रकार, सेलुलोज तथा काइटिन संरचनात्मक पॉलीसैकराइड्स होते हैं। मनुष्य एवं अन्य अनेक स्तनियों के आहार में मण्ड व शर्करा, दोनों ही काफी रहती हैं। पाचन (= जल-अपघटन) द्वारा इन्हें मोनोसैकराइड्स में तोड़ा जाता है। मनुष्य एवं कई अन्य स्तनी सेलुलोज का पाचन नहीं कर सकते, परन्तु कुछ जीवाणुओं की सहायता से जुगाली करने वाले तथा अनेक अन्य शाकाहारी स्तनी, दीमक आदि कर सकते हैं।

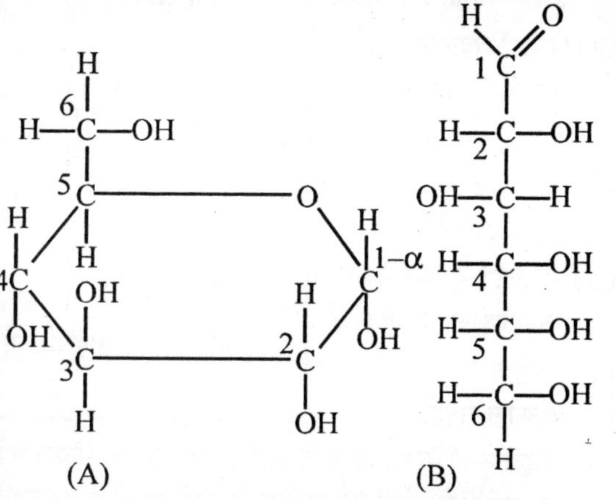

डी-ग्लूकोज अणु के दो संरचनात्मक सूत्र

कार्बोहाइड्रेट्स के कार्यः-

(1) शर्कराओं के रूप में ऊर्जा-उत्पादन के लिए ईंधन का काम करते हैं।

(2) पॉलीसैकराइड्स के रूप में कोशाकला और संयोजी ऊतकों की रचना में भाग लेते हैं।

(3) मण्ड के रूप में संचित ईंधन का काम करते हैं।

(4) वसा में बदलकर ''संचित भोजन'' का काम करते हैं।

(5) आरएनए एवं डीएनए के घटक होते हैं।

(6) सेलुलोज के रूप में पादपों की कोशा-भित्ति बनाते हैं।

(7) अनेक जन्तुओं में बाह्य कंकाल बनाते हैं।

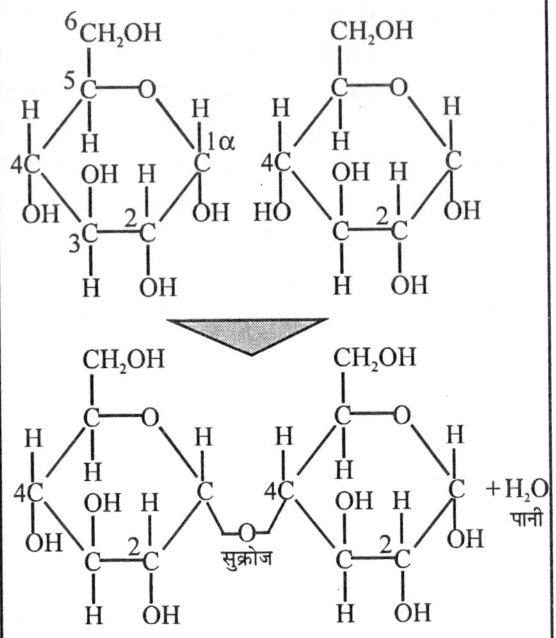

एल्फा-1, 4 ग्लाइकोसिडिक बन्ध द्वारा सुक्रोज अणु का संश्लेषण

प्रमुख ऊर्जा के स्रोत होने के कारण हम लोगों के भोजन में शर्कराओं एवं अन्य कार्बोहाइड्रेट्स की मात्रा सर्वाधिक होती है। मधुमेह के रोगी ग्लूकोज का उपयुक्त उपयोग नहीं कर पाते। भोजन में मिठास के लिए इन्हें सैकरिन का उपयोग करना पड़ता है। सैकरिन एक कृत्रिम और शर्करा से कहीं अधिक मीठा पदार्थ होता है, परन्तु शर्करा नहीं होता।

(2) वसायें तथा लिपिड्स

कार्बोहाइड्रेट्स की भाँति, लिपिड्स भी कार्बन, हाइड्रोजन एवं आक्सीजन के यौगिक होते हैं, परन्तु इनमें कार्बन तथा हाइड्रोजन की मात्रा बहुत अधिक तथा ऑक्सीजन की मात्रा बहुत कम होती है। इनमें कार्बन और हाइड्रोजन के बन्ध सहसंयोजी तथा अध्रुवीय होते हैं। इसीलिये लिपिड्स अध्रुवीय होते हैं और जल के अणुओं की ओर आकर्षित नहीं होते, अर्थात् जलान्तक और जल में अघुलनशील होते हैं। इन्हें क्लोरोफॉर्म, बेन्जीन, पेट्रोलियम, ऐसीटोन, एल्कोहॉल, ईथर, किरोसीन आदि कार्बनिक विलायकों में ही घोला जा सकता है। जीवों में कई प्रकार के लिपिड पदार्थ पाये जाते है। रासायनिक संयोजन के आधार पर इन्हें निम्नलिखित प्रमुख श्रेणियों में बाँटा जाता है-

(क) सरल लिपिड्स :- ये सरल, मध्यम या विशुद्ध वसाएं होती हैं। इनके अणु

अपेक्षाकृत बड़े-बड़े होते हैं। प्रत्येक अणु का संश्लेषण ग्लिसरॉल के एक तथा वसीय अम्लों के तीन अणुओं के "ईस्टर बन्धों" द्वारा परस्पर जुड़ने से होता है (चित्र : 5)। इसलिए इन्हें ट्राइग्लिसराइड्स भी कहते हैं। यह भी संघनन संश्लेषण होता है, क्योंकि इसमें जल के तीन अणु निकल जाते हैं। वसीय अम्ल अनेक प्रकार के होते है, जैसे- पाल्मिटिक, स्टीयरिक, ओलीक आदि। किसी वसा के संयोजन में समान या विभिन्न प्रकार के वसीय अम्लों के अणु भाग ले सकते हैं। इसीलिए, वसाएँ भी अनेक प्रकार की होती है। घी, तेल चरबी आदि इनकी सामान्य उदाहण हैं। कुछ वसीय अम्लों में दोहरे बंध होते हैं जिनके कारण इनमें हाइड्रोजन अणुओं की जितनी संख्या हो सकती है उतनी नहीं होती। इसीलिये ऐसे वसीय अम्ल और इनमें युक्त वसायें असंतृप्त (unsaturated) तथा अन्य संतृप्त (saturated) कहलाती हैं। अधिकांश पादपों वसायें जैसे कि मूंगफली, तिल, सरसों, सूरजमुखी आदि के तेल असंतृप्त होती है। ये सदा तरल अवस्था में रहती है। इनमें अलग से हाइड्रोजन मिलाकर इनसे **वेजीटेबल घी** बनाया जाता है। अधिकांश जन्तु-वसायें (घी, चर्बी, मक्खन आदि) संतृप्त होती हैं, क्योंकि इनमें दोहरे बन्ध वाले वसीय अम्ल नहीं होते। इसीलिये ये जाड़ों में ठोस या अर्धठोस हो जाती हैं। भोजन में इनकी लगातार अधिकता से रुधिर वाहिनियों की दीवार के भीतरी स्तर पर वसा का जमाव होने लगता है। इससे सामान्य रुधिर-संचरण बाधित होने लगता है। इस रोग को ऐथरोस्क्लीरोसिस कहते हैं। इसके कारण हृदय रोग हो जाता है और रोगी की मृत्यु हो सकती है। वसाओं के विखण्डन या जारण से भी ऊर्जा मुक्त होती है। इनमें

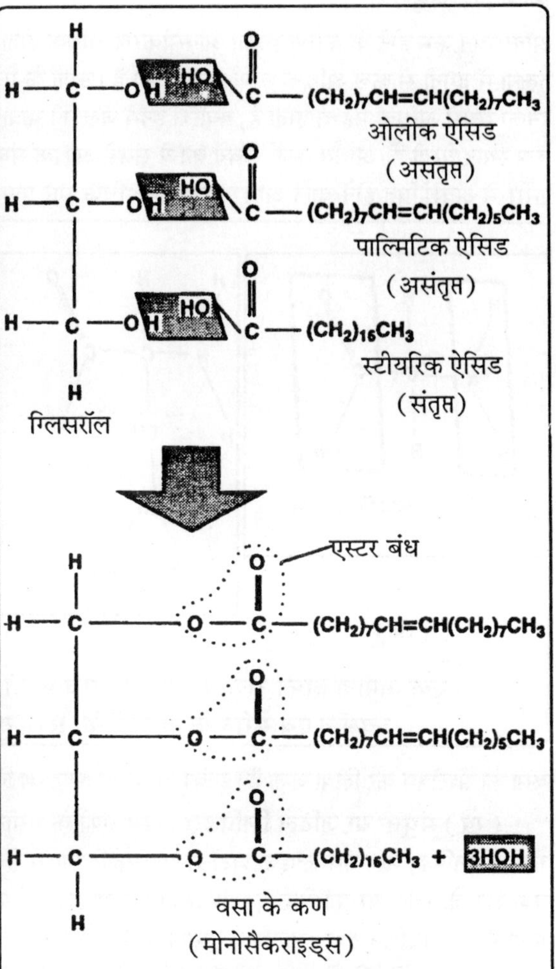

वसा के अणु का संश्लेषण

ऑक्सीजन कम होने के कारण इनका ऑक्सीकरण अधिक होता है। अत: ये कार्बोहाइड्रेट्स की तुलना में दुगुनी से कुछ अधिक ऊर्जा मुक्त करती है। ऊर्जा के लिए "संचित भोजन" के रूप में इनका सबसे अधिक महत्त्व होता है, क्योंकि इनमें जल की मात्रा कम होने के कारण संचय में ये कम स्थान घेरती हैं, अर्थात् ऊर्जा संचय का ये सबसे अधिक संघनित माध्यम होती है। इसीलिये शरीर में अवशोषित होने वाले आवश्यकता से अधिक सारे पोषक पदार्थों से भण्डारण के लिये

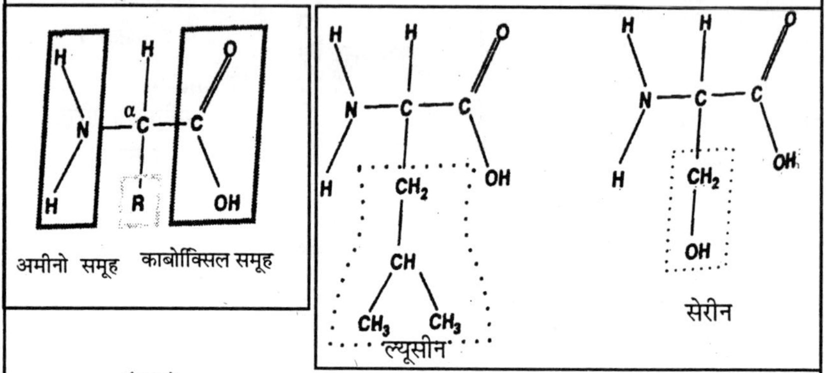

(अ) (ब)

एक अमीनों अम्ल अणु की आदर्श संरचना, दो विभिन्न अमीनों अम्लों-ल्यूसीन एवं सेरीन के अणुओं के R— गुटों की विभिन्नता

वसा का संश्लेषण कर लिया जाता है। इनका अधिकांश भण्डारण विशिष्ट वसीय ऊतकों में होता है।

(ख) संयुक्त या जटिल लिपिड्स :-इस श्रेणी के वसीय पदार्थ होते है फॉस्फोलिपिड, ग्लाइकोलिपिड, मोम तथा लाइकोप्रोटीन्स। फॉस्फोलिपिड्स में तीन वसीय अम्ल अणुओं में से एक अणु के स्थान पर फॉस्फेट गुट (फॉस्फोरिक अम्ल) एवं प्राय: एक कार्बनिक समाक्षार भी होता है। लिसाइथिन तथा सिफैलिन नामक फॉस्फोलिपिड्स तंत्रिका ऊतकों, यकृत कोशाओं, अण्डपीत, पेशियों आदि में पायी जाती हैं। ग्लाइकोलिपिड्स फॉस्फोरसविहीन, लेकिन कार्बोहाइड्रेट युक्त लिपिड्स होते हैं। ये सभी कोशाओं की कोशाकला की बाहरी सतह पर होते है। कुछ ग्लाइकोलिपिड्स तंत्रिका ऊतक की रचना में महत्त्वपूर्ण भाग लेते हैं।

मोम के एक अणु में एक वसीय अम्ल एक ऐल्कोहॉल अणु से जुड़ा होता है। यह सामान्य वसाओं में से भी अधिक जलान्तक होता है। अत: सेव, नाशपाती, आदि फलों पर, कीटों आदि अनेक जन्तुओं के शरीर पर, बालों, फर तथा ऊन आदि पर मोम का महीन, जलरोधक आवरण होता है। **लाइपोप्रोटीन्स** प्रोटीन अणुओं से जुड़ी सामान्य वसायें होती हैं। रुधिर में वसाओं का संचरण इसी रूप में होता है।

(ग) स्टीरॉइड्स :- ये वसा में घुलनशील ऐसे लिपिड पदार्थ होते हैं जिनमें वसीय अम्ल नहीं होते। इनके प्रत्येक अणु का प्रमुख भाग चतुष्वलीय होता है, अर्थात् यह चार जुड़ी हुई वलयों

का बना होता है। जन्तुओ में कोलेस्ट्रॉल नामक स्टीरॉइड व्यापक रूप से पाया जाता है। यह कोशाकला तथा अन्य कोशा-अंगकों के झिल्लीनुमा आवरण की रचना में महत्त्वपूर्ण भाग लेता है। इसके अतिरिक्त, इसी से कई अन्य स्टीरॉइड पदार्थों का संश्लेषण किया जाता है जिनमें प्रमुख पदार्थ होते हैं पित्त अम्ल, लिंग हॉरमोन्स, विटामिन ''डी '', अरगोस्ट्रॉल, अधिवृक्क ग्रंथियों के वल्कलीय भाग के हॉरमोन्स आदि। कोलेस्ट्रॉल की अधिकता से भी **ऐथरोस्क्लीरोसिस** का रोग हो जाता है। आजकल कई औषधि निर्माता नर हॉरमोन अर्थात् टेस्टोस्टीरॉन से मिलते-जुलते ऐसे कृत्रिम स्टीरॉइड पदार्थ बना रहे हैं जिनके उपयोग से पेशियों और अस्थियों के विकास, साहस, शक्ति, मनोबल आदि में अत्यधिक बढ़ोत्तरी हो जाती है। इन्हें इसीलिये उपचयी स्टीरॉइड्स कहते हैं। प्रतियोगिता में जीतने के लिए विश्व स्तर के खिलाड़ी इन स्टीरॉइड्स का प्राय: अवैध उपयोग करते हैं। अधिकांश वसाओं का, शरीर-कोशाएँ अन्य पोषक पदार्थों से स्वयं संश्लेषण कर लेती है, परन्तु कुछ केवल भोज से मिलती है और इसीलिए अनिवार्य वसाएँ कहलाती है। मनुष्य को अनिवार्य वसायें मक्खन, घी, दूध, मांस, तेल आदि से प्राप्त होती है।

वसाओं के कार्य :-

(i) ऊर्जा उत्पादन के लिए ये भी ईंधन का कार्य करती हैं।

(ii) इनका महत्त्व ''संचित भोजन'' के रूप में होता है।

(iii) वसीय ऊतकों के रूप में ताप नियंत्रण और सुरक्षा में सहायता करती हैं।

(iv) आवश्यकता पड़ने पर कार्बोहाइड्रेट्स में बदली जा सकती हैं।

(v) कुछ वसाएं कोशाकला एवं अन्य झिल्ली समान कोशा अंगकों की रचना एवं कार्यों में भाग लेती हैं।

(vi) स्टीरॉइड पदार्थ-कोशाओं के झिल्लीनुमा भागों की रचना में तथा विटामिन डी, कई हॉरमोन्स आदि के संयोजन में भाग लेते हैं।

(3) प्रोटीन्स

इन्हें यह नाम सन् 1837-1838 में बरजीलियम एवं मूल्डर ने दिया। ये सजीव शरीर का लगभग 14 प्रतिशत तथा मृत और सूखे शरीर का 75 प्रतिशत तक भाग बनाती हैं। अत: स्पष्ट है कि इनका महत्व कैटैबोलिज्म की अपेक्षा ऐनैबोलिज्म में अधिक होता है। इसके संयोजन में कार्बन, हाइड्रोजन एवं ऑक्सीजन के अतिरिक्त, लगभग 16 प्रतिशत नाइट्रोजन भी होती है। यही नहीं, इनमें गंधक, फॉस्फोरस, आयोडीन तथा लौह आदि के अंश भी प्राय: होते हैं। पूर्ण विखण्डन पर शुद्ध प्रोटीन्स के अणु सरल अमीनों अम्लों के अणुओं में टूटते हैं। अत: प्रोटीन्स अमीनो अम्लों की यौगिक होते हैं, अर्थात् अमीनों अम्ल इनकी संयोजक इकाइयाँ या मोनोमर्स होते हैं। प्रकृति में लगभग 300 प्रकार के अमीनो अम्ल पाये जाते हैं। जीवद्रव्य में भी कई प्रकार क अमीनो अम्ल होते हैं, परन्तु इनमें से केवल 20 प्रकार के अमीनो अम्ल ही प्रोटीन्स के मोनोमर्स होते हैं। प्राय: प्रोटीन का अणु बहुत बड़ा और त्रिविम गुरु अणु या पॉलीमर होता है। किन्हीं दो से लेकर बीसों प्रकार के अमीनो अम्ल इसके घटक हो सकते हैं। यदि हम अंग्रेजी वर्णमाला के 26 अक्षरों के विभिन्न संयोजनों से बने शब्दों का अनुमान लगायें तो सहज ही स्पष्ट

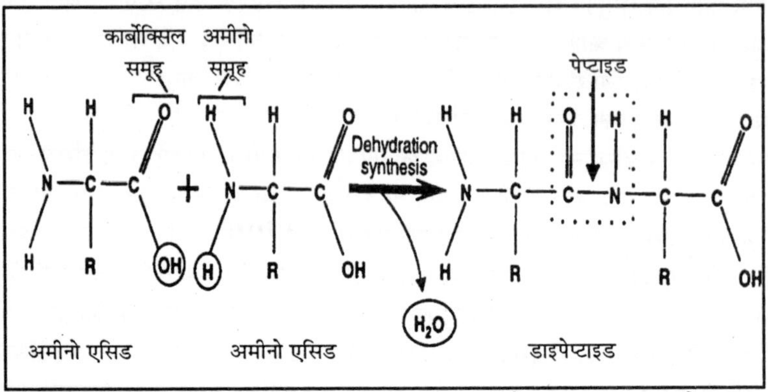

दो अमीनो अम्लों के पेप्टाइड बन्ध द्वारा जुड़कर डाइपेप्टाइड अणु बनाने का रेखाचित्र

हो जाता है कि जीव प्रोटीन्स असंख्य प्रकार की हो सकती हैं। वैज्ञानिक अब इस निष्कर्ष पर पहुँच रहे हैं क एक ही जीव शरीर की किन्हीं दो प्रकार की कोशाओं की प्रोटीन्स, किन्हीं दो जन्तु जातियों की प्रोटीन्स तथा किसी जीव-जाति के दो सदस्यों की सारी प्रोटीन्स समान नहीं होतीं। यही नहीं, इनके आधार पर जन्तु-जातियों के उद्विकास इतिहास को भी जानने का प्रयास किया जा रहा है। प्रत्येक अमीनो अम्ल अणु एक चतुष्फलकीय संरचना होती है जिसके केन्द्र में उपस्थित एक ऐल्फा कार्बन की परमाणु की सहसंयोजकता एक हाइड्रोजन परमाणु, एक धनात्मक क्षारीय अमीनो समूह ($—NH_2$), एक ऋणात्मक अम्लीय कार्बोक्सिल समूह (—COOH) तथा एक पार्श्व-शृंखला कार्बन यौगिक (side chain carbon compound —R— गुट) से होती है। विभिन्न अमीनों अम्लों में केवल R— गुट में विभिन्नता होती है

सारे अमीनो अम्ल रंगहीन तथा जल में घुलनशील होते हैं। अपने धनात्मक क्षारीय अमीनों तथा ऋणात्मक अम्लीय कार्बोक्सिल गुटों के कारण, जल में उभयधर्मी आयनों रूप में रहते हैं। जब एक अमीनो अम्ल के अणु का कार्बोक्सिल समूह दूसरे के अमीनो समूह से जुड़ता है तो जल का एक अणु निकल जाता है और एक डाइपेप्टाइड यौगिक बन जाता है । इसे पेप्टाइड बन्ध कहते हैं। ऐसे ही बन्धों द्वारा जुड़-जुड़कर विभिन्न अमीनो अम्ल ट्राइपेप्टाइड्स, ओलिगोपेप्टाइड्स (oligopeptides—कुछ अमीनो अम्ल अणुओं की छोटी शृंखलायें) एवं पॉलीपेप्टाइड्स (polypeptides—बहुत से अमीनो अम्ल अणुओं की लम्बी-लम्बी शृंखलायें) का निर्जलीकरण-संघनन संश्लेषण करते हैं। फिर ये पेप्टाइड्स जुड़-जुड़कर क्रमशः पेप्टोन्स एवं प्रोटिओजेज नामक जटिल पदार्थों का और अन्त में प्रोटीन्स का निर्माण करते हैं।

जैव प्रोटीन्स की तीन प्रमुख श्रेणियाँ और कई उपश्रेणियाँ होती हैं–

(1) सरल या शुद्ध प्रोटीन्स :- ये केवल अमीनो अम्ल मोनोमरों की बनी होती हैं। अणुओं की संरचना और आकृति के आधार पर इनके दो प्रमुख भेद होते हैं–

(अ) गोलाकार प्रोटीन्स :- ये जल, नमक, अम्लों और क्षारों के पतले घोलों में घुलनशील, परन्तु रचना में जटिल अणुओं वाली प्रोटीन्स होती हैं जो अपने घोलकों में सुगमतापूर्वक विसरणशील कोलॉएडलीय घोल बनाती हैं। इनके अणु संकुचनशील नहीं होते, वरन वलित और कुण्डलित होकर प्रायः गोल से बने रहते हैं। इनका विशेष महत्व उपापचयी प्रतिक्रियाओं में होता है। सारे एन्जाइम, कई हॉरमोन (जैसे- इन्सुलिन, थाइरॉक्सिन, ACTH आदि), हानिकारक जीवाणुओं एवं पदार्थों को नष्ट करने वाले प्रतिविष या एण्टीबॉडीज, अण्डों और रुधिर के मायोग्लोबिन, न्यूक्लिओप्रोटीन्स की हिस्टोन्स, अनाज की ग्लूटेलिन्स, प्लाज्मा की फाइब्रिनोजन, दालों की प्रोलैमीन्स आदि सब गोलाकार प्रोटीन्स होती हैं। दालों में प्रोलैमीन्स इतनी संघनित होती हैं कि शाकाहारी भारतीयों के लिए दालें ही प्रोटीन्स का प्रमुख स्रोत मानी जाती हैं।

(ब) तन्तुवत् प्रोटीन्स :- ये जल में अघुलनशील संरचनात्मक प्रोटीन्स होती हैं जो जन्तु शरीर की रचना में प्रमुख भाग लेती हैं। संयोजी ऊतकों, कण्डराओं, उपास्थियों, हड्डी आदि की कोलैजन, इलास्टिन एवं रेटिकुलिन, त्वचा सींगों, नाखूनों, पंखों, बालों आदि की किरैटिन, रेशम की फाइब्रोइन, पेशियों की ऐक्टिन एवं मायोसीन, रक्त के थक्के की फाइब्रिन आदि सब तन्तुवत प्रोटीन्स होती हैं। इनके अणु लम्बे, धागेनुमा और संकुचनशील होते हैं।

(2) अनुबद्ध प्रोटीन्स :- ये सरल प्रोटीन्स तथा किसी अन्य पदार्थ की यौगिक होती हैं। इन अन्य पदार्थों को प्रायः प्रोस्थेटिक समूह कहते हैं। इसी समूह के रासायनिक संघटन के आधार पर अनुबद्ध प्रोटीन्स की निम्नलिखित श्रेणियाँ होती हैं–

(i) फॉस्फोप्रोटीन्स :- फॉस्फोरिक अम्ल से जुड़ी प्रोटीन्स जैसे दूध की कैजीन।

(ii) न्यूक्लिओप्रोटीन्स :- न्यूक्लीक अम्लों और हिस्टोन्स की यौगिक। ये कोशाओं के केन्द्रक में क्रोमैटिन बनाती है।

(iii) ग्लाइकोप्रोटीन्स या म्यूकोप्रोटीन्स:- कार्बोहाइड्रेट्स एवं प्रोटीन्स की यौगिक। संयोजी ऊतकों, उपास्थियों, आहारनाल, लार, साइनोवियल द्रव्य आदि में पाया जाने वाला श्लेष्म, रुधिर का ग्लोबुलिन आदि।

(iv) क्रोमोप्रोटीन्स :- प्रोटीन्स एवं रंगा पदार्थों की यौगिक। रुधिर की हीमोग्लोबिन तथा हीमोसाइएनिन, माइटोकॉण्ड्रिया की साइटोक्रोम आदि।

(v) लाइपोप्रोटीन्स :- वसा एवं प्रोटीन्स की यौगिक जैसे अण्डे की जर्दी लाइपोविटेलिन तथा रुधिर में संचरित लाइपोप्रोटीन्स।

(3) व्युत्पन्न प्रोटीन्स :- ये सरल या अनुबद्ध प्रोटीन्स के अधूरे जल अपघटन से बनी छोटी पॉलीपेप्टाइड श्रृंखलायें होती है जो प्रोटीन्स के पाचन में कुछ समय के लिए बनती हैं। इन्हें प्रोटिओजेज एवं पेप्टोन्स कहते हैं (proteinsÙ proteoses Ù peptones Ù peptides Ù amino acids)।

प्रोटीन्स के कार्य :-

(1) अपेक्षाकृत सरल एवं घुलनशील प्रोटीन्स जीवद्रव्य के आधारभूत तरल (जल) में घुली रहती हैं और द्रव्य की भौतिक दशाओं (साल एवं जेल) का नियंत्रण करती है।

(2) **तन्तुवत:**– प्रोटीन्स कोशाओं के विभिन्न अंगकों तथा संयोजी ऊतकों की रचना में प्रमुख भाग लेती हैं। अत: ये वृद्धि एवं मरम्मत (ऐनैबोलिज्म) के लिए आवश्यक होती हैं। इन्हें इसीलिये सरचनात्मक प्रोटीन्स कहते हैं।

(3) अनेक जटिल प्रोटीन्स मेटाबोलिक प्रतिक्रियाओं मे उत्प्रेरकों अर्थात् एन्जाइमों का काम करती हैं।

(4) कुछ प्रोटीन्स हॉरमोन के रूप में कोशाओं की क्रियाओं का नियमन करती हैं। इन्हें नियामक प्रोटीन्स कहते है।

(5) अनाज, अण्डों, दूध आदि की पोषक प्रोटीन्स से ऐसे अमीनो अम्ल प्राप्त होते हैं जिनके डीऐमीनेशन के बाद कार्बोक्सिल अंश ऊर्जा–उत्पादक या वसा संश्लेषण में भाग लेते हैं।

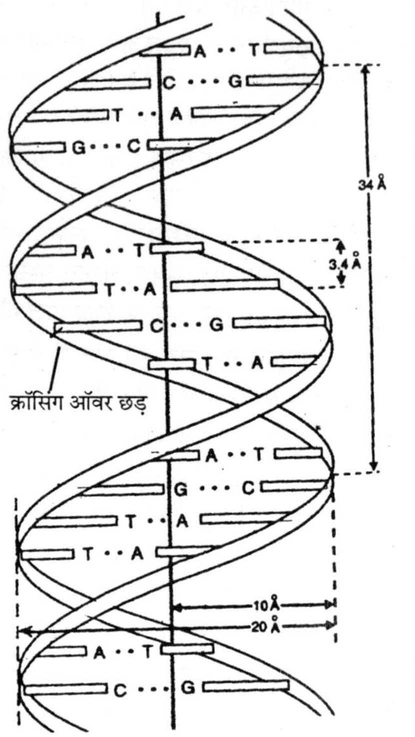

वाट्सन एवं क्रिक के अनुसार डीएनए अणु की द्विकुण्डलिनी संरचना

(6) रुधिर में संचरित कुछ परिवहन प्रोटीन्स विशिष्ट पदार्थों को शरीर के एक भाग से दूसरे भागों के बीच लाने लेजाने का कार्य करती है। उदाहरणार्थ, रुधिर की हीमोग्लोबिन ऑक्सीजन का संवहन करती है। इसी प्रकार, रुधिर प्लाज्मा की लाइपोप्रोटीन्स वसाओं का यकृत से वसीय ऊतकों तथा अन्य ऊतकों तक संवहन करती हैं। कोशाकला में उपस्थित कुछ प्रोटीन्स विशिष्ट अणुओं का कला के आर–पार संवहन करती है।

(7) एन्टीबॉडीज सुरक्षात्मक प्रोटीन्स होती हैं। ये हानिकारक पदार्थों तथा आक्रमणकारी जीवाणुओं आदि से शरीर की सुरक्षा करती है।

(8) न्यूक्लिओप्रोटीन आनुवंशिक लक्षणों के विकास एवं वंशागति का नियंत्रण करती हैं।

(9) संकुचनशील प्रोटीन्स ऐक्टिन एवं मायोसीन पेशियों सिकाड़कर शरीर एवं अंगों को गति प्रदान करती हैं।

(10) रुधिर की कुछ प्रोटीन्स फाइब्रिनोजन एवं थ्रॉम्बिन चोटी पर रुधिर का थक्का बनाकर रक्तस्राव को रोकती हैं।

(11) प्रोटीन्स स्वभावत: क्षारीय होती है और शरीर में अम्ल क्षार संतुलन बनाये रखने में महत्त्वपूर्ण सहयोग देती है।

(4) न्यूक्लीक अम्ल

जीवों में इनकी उपस्थिति की खोज 1868 में फ्रीड्रिक माइजरने की। आल्टमैन (1889) ने इन्हें यह नाम दिया। इनके अणु प्रोटीन्स के अणुओं से अधिक बड़े और जटिल गुरुअणु होते हैं। जिस प्रकार कार्बोहाइड्रेट्स मोनोसैकराइड्स के तथा प्रोटीन्स अमीनो अम्लों की पॉलीमर होती हैं, उसी प्रकार, न्यूक्लीक अम्ल न्यूक्लिओटाइड अणुओं की इकाइयों या मोनोमरों के पॉलीमर होते हैं। नौ विभिन्न प्रकार के न्यूक्लिओटाइड्स जीव-कोशाओं में पाये जाते हैं। प्रत्येक न्यूक्लिओटाइड अणु स्वयं तीन विभिन्न प्रकार के अणुओं का यौगिक होता है- एक अणु नाइट्रोजनयुक्त कार्बनिक समाक्षार का एक पंच कार्बनिक शर्करा का तथा एक फॉस्फेट समूह (फॉस्फोरिक अम्ल) का यौगिक होता है। जीवतंत्र की न्यूक्लिओटाइड्स के संयोजन में भाग लेने वाले समाक्षार पाँच होते हैं- एडीनीन, ग्वानीन, साइटोसीन, थाइमीन तथा यूरैसिल। एक वलय संरचना के आधार पर इनकी दो श्रेणियाँ होती हैं-प्यूरीन्स (एडीनीन एवं ग्वानीन) तथा पिरिमीडीन्स (साइटोसीन, थाइमीन और यूरैसिल)। न्यूक्लिओटाइड्स की पेन्टोस शर्कराएँ दो होती है-राइबोस तथा डीऑक्सीराइबोस। इन्हीं के आधार पर जीवद्रव्य के न्यूक्लिक अम्ल दो प्रकार के होते हैं- राइबोन्यूक्लीक अम्ल (आरएनए) तथा डीऑक्सीराइबोन्यूक्लीक अम्ल (डीएनए) आरएनए में शर्करा राइबोस तथा समाक्षार एडीनीन, ग्वानीन, साइटोसीन एवं यूरैसिल होते हैं। डीएनए की अणु की संरचना जटिल होती है। नोबल पुरस्कार विजेता वाटसन तथा क्रिक द्वारा प्रस्तुत नमूने के अनुसार, इस अणु की संरचना एक लम्बी, महीन (20Å = 2nm = 2 mμ = 0.000002 mm thick) एवं सर्पिल, द्विकुण्डलिनी सीढ़ी के तुल्य होती है इसकी तुलना लोहे की उन सीढ़ियों से कर सकते हैं जो कुछ घरों में पीछे बगल में ऊपर चढ़ने हेतु बनवायी जाती हैं। ऐसे एक अणु के संश्लेषण में पहले न्यूक्लिओटाइड्स के अनेक अणु फॉस्फोडाइएस्टर बंधों द्वारा एक-दूसरे से जुड़-जुड़कर लम्बी पॉलीन्यूक्लिओटाइड श्रृंखलाएँ बनाते हैं। यह भी कार्बोहाइड्रेट्स तथा प्रोटीन्स की भाँति, निर्जलीकरण-संघनन संश्लेषण होता है, क्योंकि फॉस्फोडाइएस्टर बन्धों में भी जल के अणु मुक्त होते हैं। इन बन्धों में एक न्यूक्लिओटाइड का फॉस्फेट समूह दूसरे के शर्करा अणु से जुड़ता है तथा समाक्षार अणु एक ओर

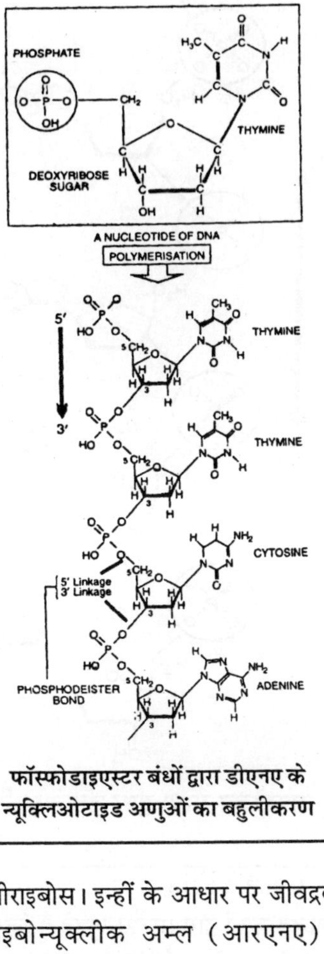

फॉस्फोडाइएस्टर बंधों द्वारा डीएनए के न्यूक्लिओटाइड अणुओं का बहुलीकरण

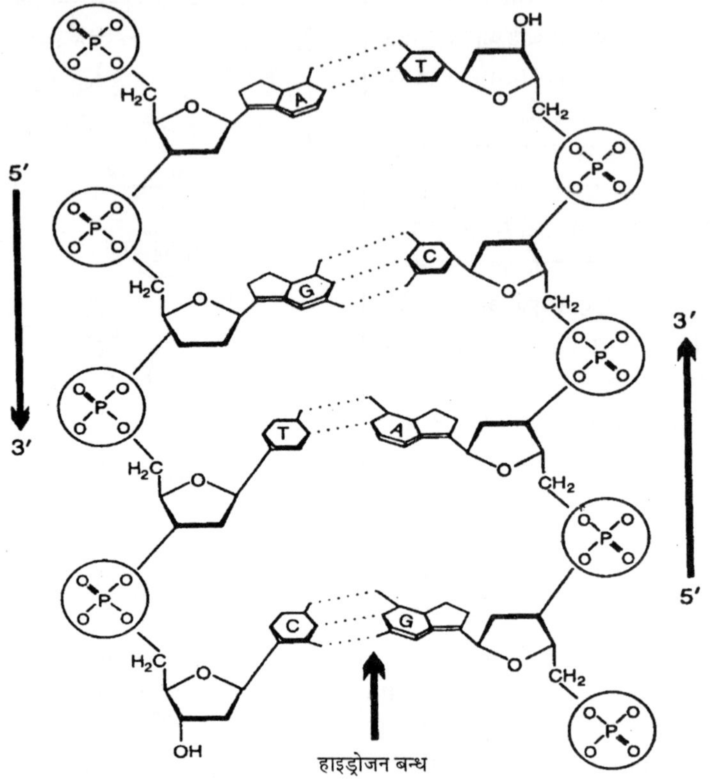

हाइड्रोजन बन्धों द्वारा डीएनए की दो पॉलीन्यूक्लिओटाइड शृंखलाओं के परस्पर जुड़ने कीविधि

बगल में रहते है। अब दो पॉलीन्यूक्लिओटाइड शृंखलाओं के आमने-सामने के समाक्षार अणु हाइड्रोजन बन्धों द्वारा परस्पर जुड़ते हैं जिससे डीएनए अणु सीढ़ीनुमा हो जाता है। स्पष्ट है कि प्रत्येक शृंखला के शर्करा एवं फॉस्फेट अणु एक इस सीढ़ी की अपनी ओर की लम्बी, परन्तु टेढ़ी-मेढ़ी दण्ड बनाते हैं और हाइड्रोजन बंधों द्वारा जोड़ियों में जुड़े, समाक्षार अणु बनाते हैं इसके पगडण्डे के निर्माण में एडीनीन का एक अणु, दो हाइड्रोजन बन्धों द्वारा, सदैव थाइमीन के तथा ग्वानीन का, तीन हाइड्रोजन बन्धों द्वारा, सदैव थाइमीन के तथा ग्वानीन का, तीन हाइड्रोजन बन्धों द्वारा, सदैव साइटोसीन के अणु से ही जुड़ता है। इससे सिद्ध होता है कि द्विकुण्डली की दो शृंखलाएँ परस्पर प्रतिसमानान्तर और एक-दूसरी की पूरक होती हैं। द्विकुण्डलिनी प्रति दस पगडण्डों पर एक कुण्डल पूरा कर लेती है। डीएनए के अणु में प्राय: दो लाख से अधिक पगडण्डे हो सकते है तथा सीढ़ी पर इनका अनुक्रम कुछ भी हो सकता है। अत: स्पष्ट है कि जैसे वर्णमाला के अक्षरों के विभिन्न संयोजनों तथा हेर-फेर से असंख्य शब्द बनते हैं वैसे ही जीवों में असंख्य प्रकार के डीएनए अणु होते हैं। आरएनए के अणुओं की संरचना कुछ सरल होती है। ये

प्रायः सीढ़ीनुमा न होकर इकहरी पॉलीन्यूक्लिओटाइड शृंखलाओं के रूप में होते हैं। इनका संश्लेषण डीएनए के अणुओं की शृंखलाओं द्वारा ही, अपनी प्रतिलिपियों के रूप में किया जाता है। डीएनए मुख्यतः कोशाओं के केन्द्रक में होता है। आरएनए केन्द्रक एवं कोशाद्रव्य दोनों में होता है, परन्तु इसका प्रमुख कार्य कोशाद्रव्य में होता है।

न्यूक्लिक अम्लों का कार्य :- डीएनए के अणु आनुवंशिक पदार्थों को पीढ़ी-दर-पीढ़ी ले जाने का कार्य करते हैं। जीव का विकास, वृद्धि, संरचना और प्रत्येक मेटाबोलिक क्रिया प्रोटीन्स पर निर्भर करती है और इन प्रोटीन्स का संश्लेषण डीएनए द्वारा नियंत्रित होता है। डीएनए के अणुओं द्वारा संश्लेषित विभिन्न आरएनए के अणु केन्द्रक से कोशाद्रव्य में पहुँचकर राइबोसोम्स पर विविध प्रोटीन्स का संश्लेषण करते हैं। अतः- जैसे डीएनए वैसे ही आरएनए, वैसी ही प्रोटीन्स तथा एन्जाइम्स और वैसी ही संरचना, मेटाबोलिक प्रतिक्रियाएँ एवं जैव-क्रियाएँ अर्थात् ''जीवन'' इस प्रकार (i)जिस मास्टर योजना के अनुरूप जन्म से मृत्यु तक किसी जीव में कोशाएँ बनतीं और कार्य करती हैं उसकी मूल रूपरेखा डीएनए के रूप में होती है। (ii)न्यूक्लीक अम्ल प्रोटीन्स से मिलकर न्यूक्लिओप्रोटीन्स बनाते हैं जो कोशाओं के केन्द्रक में गुणसूत्रों के रूप में रहती है। न्यूक्लिओप्रोटीन्स का सबसे अभूतपूर्व लक्षण यह है कि ये विभिन्न सरल पदार्थों से अपनी ही तरह के पदार्थ का संश्लेषण कर लेती हैं। (iii) न्यूक्लीक अम्ल न्यूक्लिओटाइड मोनोमपरों के जटिल बहुलक होते हैं और इन बहुलकों के छोटे-छोटे खण्ड एकाकी जीन्स का काम करते हैं। कुछ न्यूक्लिओटाइडट्स जैव ऊर्जा धारकों (उदाहरण- एटीपी) का कुछ अनय पदार्थों से मिलकर सहएन्जाइमों (को-एन्जाइम) का तथा कुछ अन्तःकोशीय संदेश वाहकों (उदाहरण-चक्रिक एएमपी)का काम करते हैं।

विटामिन्स (Vitamins)

विटामिन्स ऐसे सक्रिय कार्बनिक यौगिक होते हैं जो कि अत्यल्प मात्रा में उपस्थित होने पर भी शरीर के समस्त कार्यकलापों जैसे आन्तरिक क्रियाएँ, भरण-पोषण तथा वृद्धि के लिए अति आवश्यक है। कुछ विटामिन शरीर में संश्लेषित हो जाते हैं, परन्तु अधिकतर विटामिन भोजन द्वारा ही प्राप्त होते है। विटामिन्स की खोज सर्वप्रथम **होपकिन्स (1912)** ने की थी। **होपकिन्स** के अनुसार विटामिन्स **आवश्यक भोज्य कारक** होते हैं। ये भोजन में अति सूक्ष्म मात्रा में आवश्यक होते हैं एवं इनकी कमी अथवा अनुपस्थिति से कई प्रकार के **अभाव रोग** हो सकते हैं। भोजन में इसकी पूर्ण अनुपस्थिति को **अविटामिनोसिस** कहा जाता है। कार्बोहाइड्रेट्स एवं प्रोटीन्स की भाँति विटामिन्स रासायनिक यौगिकों का कोई विशेष वर्ग नहीं बनाते हैं। विटामिन्स का आहार नाल में पाचन नहीं होता है तथा ये सीधे ही आन्त्र की कोशिकाओं द्वारा अवशोषित कर लिये जाते हैं। विटामिन्स के मुख्य स्रोत मक्खन, घी, सम्पूर्ण अण्डा, पनीर, पालक, पत्तागोभी एवं हरी सब्जियाँ, माँस, मछली एवं फल जैसे नारंगी, नींबू, अंगूर आदि होते हैं। विटामिन्स को उनकी घुलनशीलता के आधार पर दो वर्गों में बाँटा जाता है -

(i) **पानी में विलेय** - इस वर्ग में **विटामिन 'सी'** तथा **'बी' समूह** वर्ग के सभी विटामिन्स आते हैं।

(ii) **वसा में विलेय** (Fat soluble) - **इस वर्ग में विटामिन** A , **विटामिन** C, **विटामिन** E एवं **विटामिन** K आते हैं।

विभिन्न प्रकार के विटामिनयुक्त भोज्य पदार्थों को निम्न प्रकार स्पष्ट किया गया हैं:-

(a) **विटामिन-A:**-घी, दूध, दही, मक्खन, अण्डा, टमाटर, गाजर, गोभी, हरी सब्जियाँ आदि में उपलब्ध होता हैं।

(b) **विटामिन-B:**-खमीर, मांस, अण्डा, टमाटर, सूखे मटर, दूध, मछली, ताजे फल, सब्जियाँ आदि में पाया जाता हैं।

(c) **विटामिन-B_2:**-दूध, पनीर, अण्डा, जिगर, चना, उड़द, मूँग, खमीर, सूखे मेवे आदि में पाया जाता हैं।

(d) **विटामिन-B_6:**-खमीर, छिलके सहित अनाज, मांस गुर्दे व जिगर में अधिक मात्रा में पाया जाता हैं। मैदा, फल, तरकारियों तथा दूध में अपेक्षाकृत कम मात्रा में उपस्थित रहता हैं।

(e) **विटामिन-B_{12}:**-दूध, मांस, जिगर आदि पशुजन्य पदार्थ इसकी प्राप्ति के स्त्रोत हैं।

(f) **विटामिन-C:**-यह सन्तरा, अंगूर, टमाटर,अनानास, आँवला, अंकुरित दालों, हरी सब्जियों, हरी मिर्च, शलजम, नींबू आदि पदार्थों में बहुतायत से मिलता हैं। नाशपती, बेर, केला, आदि में विटामिन C कम मात्रा में पाया जाता हैं।

(g) **विटामिन-D:**-दूध, दही, मक्खन, घी, मछली का तेल, तरकारियों आदि में मिलता हैं।

(h) **विटामिन-E:**-यह अनाज के तेल, गोश्त, अंकुरित गेहूँ, मक्खन, दूध, अण्डे एवं पत्तीदार सब्जियों मे बहुतायत से मिलता हैं।

(i) **विटामिन-K:**-विटामिन "K" विशेषकर पालक, फूल गोभी, करमकल्ला में अधिक मात्रा में पाया जाता हैं। इसका कुछ अंश आलू, गेहूँ का चोकर, दूध, मक्खन एवं अण्डे की जर्दी में भी पाया जाता हैं।

विटामिन्स के **A, B, C, D, E** एवं **K** नाम **जे.सी. ड्रमोण्ड (J.C. Drummond) ने प्रस्तुत किये थे।**

विटामिन्स के रासायनिक नाम (chemical name) **प्राप्ति के स्त्रोत** (source of availability), **कार्य** एवं **कमी से होने वाले रोगों** को उपरोक्त तालिका द्वारा प्रदर्शित किया जा सकता है।

खनिज लवण (Minerals)

ये अकार्बनिक रासायनिक तत्त्व होते हैं। ये भी भोजन में अल्प मात्रा में होते हैं परन्तु शारीरिक क्रियाओं के लिए अति आवश्यक होते हैं। खनिज लवणों की प्राप्ति के साधन भोजन एवं जल होते हैं। मुख्य खनिज लवण कैल्शियम (Ca), फॉस्फोरस (P), पोटेशियम (K), सल्फर (S), सोडियम (Na), क्लोरीन (Cl), मैग्नीशियम (Mg), लौहा (Fe) आदि हैं।

हार्मोनस

मानव शरीर एक ऐसी मशीन के समान है जिसमें अनेक यंत्रों रूपी अवयव हैं। कुछ अवयव तो अपने आप में पूर्ण हैं, किन्तु फिर भी इन्हें कार्य करने के लिए दूसरे कुछ स्रावों की आवश्यकता होती है, ऐसे स्रावों को हार्मोन्स कहते हैं। हार्मोन्स रासायनिक पदार्थ हैं, जिनका शारीरिक घटनाओं से महत्त्वपूर्ण सम्पर्क रहता है। ये ऐसे कार्बनिक यौगिक होते हैं, जिनका निर्माण रक्त में उपस्थित पदार्थों की ग्रंथियों द्वारा होता है। ये मुख्यतया प्रोटीन यौगिक हैं, लेकिन कुछ स्टॅराइड्स भी होते हैं इन्हें रक्त प्रवाह द्वारा शरीर के अन्य भागों में ले जाया जाता है, जहाँ ये अपना विशिष्ट प्रभाव पैदा करते हैं। इन हार्मोन्स नामक स्राव का निर्माण जिन ग्रंथियों द्वारा किया जाता है उन्हें **अन्तःस्रावी ग्रंथियाँ** कहते हैं।

अन्तःस्रावी ग्रंथियों अथवा वाहिका विहीन ग्रंथियों को सामूहिक रूप से एक नाम के अन्तर्गत रखा गया है क्योंकि इनमें से उत्पन्न स्राव (Hormon) ग्रंथियों से बाहर वाहिनी द्वारा न जाकर अपितु सीधे रक्त में मिलकर सम्पूर्ण शरीर में पहुँच जाते हैं। इसी कारण इन्हें **वाहिका विहीन ग्रंथियाँ** (Duct less glands) कहते हैं। अन्तः स्रावी ग्रंथियों को स्रावी तंत्र या एन्डोक्राइन ग्रंथियाँ भी कहा जाता है। बर्हिस्रावी ग्रंथियाँ वे हैं जिनका स्राव वाहिकाओं द्वारा सीधे अपने कार्य स्थल पर पहुँचता है, जबकि अन्तःस्रावी ग्रंथियों का स्राव सीधा रक्त में मिलता है। श्वेत कणिकाएँ, लार ग्रंथियाँ, आमाशयिक ग्रंथियाँ आदि ऐसी ही ग्रंथियाँ हैं, जिनका, स्राव सीधे अंग के भीतर ही निकलता है। जो किसी विशेष नलिका द्वारा विशेष अंग में पहुँचता है। 'एन्डोक्राइन' शब्द ग्रीक भाषा से लिया गया है जिसका अर्थ 'अन्तस्राव' है। हार्मोन शब्द भी ग्रीक भाषा का ही एक शब्द है जिसका अर्थ 'उत्तेजित' करना होता है। अन्तःस्राव की सर्वप्रथम खोज डॉ. बोलिस और स्टालिंग ने की थी। उन्होंने खोज करते समय देखा, कि जब आमाशय का पचित आहार ग्रहणी से होकर आंत की ओर बढ़ता है, जब अग्नाशय ग्रंथि की पाचक रस भी ग्रहणी में फैल जाता है। इससे ज्ञात हुआ कि पाचित आहार में रासायनिक द्रव पाया जाता है जो रक्त द्वारा अग्नाशय ग्रंथि में पहुँचकर रस बनाने के लिए उत्तेजित करता है। उन्होंने इसे हार्मोन का नाम दिया।

एन्जाइमस

एन्जाइम शब्द की उत्पत्ति ग्रीक भाषा से हुई है कोशिका में विभिन्न प्रकार की रसायनिक अभिक्रियायें एक निश्चित क्रम में विशेष पदार्थों या कार्बनिक उत्प्रेरकों द्वारा उत्प्रेरित होती रहती है। रसायनिक क्रियाओं को उत्प्रेरित करने वाले कार्बनिक उत्प्रेरक विकर कहलातें हैं। या सजीव कोशिकाओं में पाया जाने वाला वह उत्प्रेरक जो जैविक क्रियाओं को उत्प्रेरित करता है उसे एन्जाइम कहते हैं। या क्रिया की दर को प्रत्यक्ष अथवा अप्रत्यक्ष रूप से बढ़ाने वाला प्रोटीनयुक्त उत्प्रेरक पदार्थ एन्जाइम कहलाता है। या कार्बनिक उत्प्रेरक को एन्जाइम कहते हैं। एन्जाइम जिस रसायनिक यौगिक पर क्रिया करते हैं उन यौगिकों को आधारीय पदार्थ या क्रियाधार कहते हैं।

एन्जाइम का इतिहास –

सर्वप्रथम एन्जाइम शब्द का प्रयोग **कुहने** ने किया।

पाश्चर ने एन्जाइम की वैज्ञानिक व्याख्या दी।

नोबल पुरस्कार प्राप्तकर्त्ता **बुचनर** ने यीस्ट कोशिकाओं से विशिष्ट एन्जाइम निष्कर्षित तथा क्रिस्टलीकृत करके जाइमेज नाम दिया। नोबल पुरस्कार प्राप्तकर्त्ता **समनर** ने एन्जाइम की प्रोटीनीय प्रकृति को बताया तथा यूरिएज एन्जाइम निष्कर्षित तथा क्रिस्टलीकृत किया।

फ्रिट्ज लिप-मैन ने सह-एन्जाइम को खोजा।

एमिल फिशर ने एन्जाइम्स की क्रिया के लिए ताला-कुंजीवाद दिया।

नोर्थ्रोप तथा **कुण्ट्ज** ने पैप्सिन एवं ट्रिप्सिन एन्जाइम का क्रिस्टलीकरण किया।

पाएन तथा **परसोज** ने डाएस्टेज एन्जाइम को खोजा।

सम्बन्धित परिभाषाएं -

समविकर - ऐसा एन्जाइम जो कि असंख्य बहुविकल्पीय आण्विक स्वरूपों में पाया जाता है उसे समविकर कहते हैं। यह रसायनिक दृष्टि से एक दूसरे भिन्न होते हैं। इस प्रकार के एन्जाइम सामान्यत: एक जीव में रहकर एक आधारीय पदार्थ या क्रियाधार पर विशिष्टता दर्शाते हैं। समविकर विभिन्न जीन्स से निर्मित रहते हैं तथा सामान्यत: चतुर्तयी प्रोटीन्स होते हैं जिनमें दो या दो से अधिक पॉलीपेप्टाइड होते हैं। उदाहरण - (1) गेहूँ के भ्रूणपोष में पाये जाने वाले एल्फा - एमाइलेज में सोलह समविकर होते हैं। (2) मक्का में एल्कोहल डिहाइड्रोजिनेज चार समविकर होते हैं। (3) लैक्टेट डिहाइड्रोजिनेज में पाँच समविकर होते हैं।

बर्हिकोशिकीय एन्जाइम - ऐसे एन्जाइम जिनकी सक्रियता निर्माण करने वाली कोशिका के बाहर होती है उसे बर्हिकोशिकीय एन्जाइम या एक्सोएन्जाइम कहते हैं। यह एन्जाइम उच्च पौधों में कीटभक्षी पौधों, कवक तथा जीवाणुओं में पाये जाते हैं।

अन्त:कोशिकीय एन्जाइम - ऐसे एन्जाइम जो कोशिका में ही उत्पन्न होकर उसी कोशिका में क्रियाशील रहते हैं तो उनको एण्डोएन्जाइम या अन्त:कोशिकीय एन्जाइम कहते हैं। उदाहरण - (1) कोशिकाद्रव्य में पाये जाने वाले ग्लाइकोजिनोलिसिस, ग्लाइकोजिनेसिस तथा वसीय संश्लेषण के एन्जाइम।

(2) माइटोकॉन्ड्रिया में पाये जाने वाले ETC, क्रैब्स चक्र, β-ऑक्सीकरण, यूरिया चक्र तथा ऑक्सीय फॉस्फीकरण के एन्जाइम। (3) केन्द्रक में पाये जाने वाले NAD, RNAतथा हिस्टोन संश्लेषण के एन्जाइम।

प्रो एन्जाइम या जाइमोजन - कोशिका में निष्क्रिय अवस्था में पाये जाने वाले पूर्वगामी पदार्थों को जाइमोजन या प्रो-एन्जाइम कहते हैं।

जैसे - (1) ट्रिप्सिनोजन की सक्रियता एन्टीरोकाइनेज के माध्यम से होने पर यह जाइजोजन ट्रिप्सिन में परिवर्तित हो जाता है। (2) पैप्सिनोजन का परिवर्तन पैप्सिन में हो जाता है।

एन्जाइम्स को जैव उत्प्रेरक या कार्बनिक क्रिया के नियंत्रक भी कहा जाता है। जॉन फैफर ने एन्जाइम्स को जैव-रसायनिक मध्यस्थ नाम दिया। को-एन्जाइम को सहक्रियाधार या द्वितीय क्रियाधार कहते हैं। बर्हिकोशिकीय एन्जाइम्स को Organised ferments तथा अन्त:कोशिकीय

एन्जाइम्स को Unoorganised ferments कहा जाता है। कोशिका में पाये जाने वाले कुल एन्जाइम की मात्रा में से 70 प्रतिशत एन्जाइम्स केवल माइटोकॉन्ड्रिया में पाये जाते हैं।

एन्जाइम्स की प्रकृति – एन्जाइम मुख्य रूप से प्रोटीन के बने होते हैं जिनमें एक या एक से अधिक पॉलीपैप्टाइड श्रृंखला होती है। प्रोटीन भाग के अतिरिक्त एन्जाइम्स में कार्बनिक एवं अकार्बनिक पदार्थों के समूह या परमाणु या आयन पाये जा सकते हैं। एन्जाइम वृह्द अणु होते हैं जिनका आण्विक भार उच्च होता है। एन्जाइम्स का आण्विक भार अत्यधिक भिन्नता दर्शाता है,

जैसे- कैटालेज = 250000, यूरियेज = 4,83,000,
परऑक्सीडेज = 40,000, फैरोडॉक्सिन = 11,500,
जीवाणु फैरोडॉक्सिन = 6,000।

एन्जाइम्स के गुण

एन्जाइम्स निम्नलिखित विशिष्ट गुण प्रदर्शित करते हैं–

(1) **जैवीक उत्पत्ति**–एन्जाइम्स का निर्माण केवल सजीव कोशिकाओ में ही होता है इसलिए एन्जाइम्स जैवीय उत्पत्ति प्रदर्शित करते हैं।

(2) **प्रोटीन प्रकृति** – एन्जाइम्स मुख्य रूप से प्रोटीन के बने होते हैं इसलिए यह अमीनोअम्ल के माध्यम से क्रियाधार या आधारीय पदार्थ से दुर्बल बन्ध द्वारा जुड़े रहते हैं।

(3) **उत्प्रेरक प्रकृति** – एन्जाइम्स क्रिया को उत्प्रेरित करने के पश्चात् अपरिवर्तन रहते हैं।

$$\text{Enzyme + Substrate} \longrightarrow \text{End product + Enzyme}$$

(4) **कलिलीय प्रकृति** – एन्जाइम्स की कलिलीय प्रकृति के कारण अभिक्रियाओं के लिए विशाल सतह प्रदान की जाती है।

(5) **आण्विक भार** – एन्जाइम्स का आणविक भार उच्च होता है क्योंकि एन्जाइम्स के अणु वृह्द अणुओं के रूप में होते हैं।

(6) **उभयधर्मी स्वभाव** – एन्जाइम्स उभयधर्मी होने के कारण अम्लीय अर्थात् धनायन एवं क्षारीय अर्थात् ऋणायन दोनों प्रकार के पदार्थों से क्रिया करते हैं।

(7) **आण्विकी सक्रियता या Turn Over Number**– एन्जाइम के एक अणु द्वारा एक मिनट में जितने क्रियाधार परिवर्तित होते हैं उसे एन्जाइम की आण्विकी सक्रियता कहते हैं। उदाहरण – (i) सर्वाधिक Turn Over Number कार्बोनिक एनहाइड्रोज का 36 million/min होता है। (ii) कैटालेज का Turn Over Number, 5 million/min. होता है। (iii) सुक्रोज का Turn Over Number, 10,000 /min. होता है। (iv) फ्लेवोप्रोटीन का Turn Over Number, 50 /min. होता है। (iv) सबसे कम Turn Over Number लाइसोजाइम का 30 /min. होता है।

(8) **ताप विशिष्टता** – एन्जाइम ताप के प्रति संवदेनशील होते है। 0°C पर एन्जाइम निष्क्रिय हो जाते हैं तथा 25-30°C के बीच अनुकूलतम सक्रिय रहते हैं। 60°C से अधिक ताप पर एन्जाइम क्रियाविहीन हो जाते हैं। एन्जाइम्स के लिए सामान्य तापमान परास 25-60°C

होती है। शुष्क बीज तथा बीजाणुओं में एन्जाइम्स 120°C ताप तक भी सक्रिय रहते हैं।

(9) pH – सभी एन्जाइम्स pH द्वारा प्रभावित होते हैं। कुछ एन्जाइम अम्लीय माध्यम में तथा कुछ क्षारीय माध्यम में सक्रिय होते हैं। अधिकांश एन्जाइम की सक्रियता 5 से 7.5 या 8 pH के बीच होती है। उदाहरण पैप्सिन 1.5 pH पर तथा ट्रिप्सिन 8.0 pH पर सक्रिय रहता है। प्रत्येक एन्जाइम के pH का अनुकूलतम मान भिन्न-भिन्न होता है जिसके परिवर्तन से एन्जाइम की सक्रियता घट जाती है।

(10) क्रिया की उत्क्रमणीयता – एन्जाइम के द्वारा उत्प्रेरित होने वाली क्रियायें उत्क्रमणीय तथा तेजी से दोनों दिशाओं में हो सकती हैं।

(11) एन्जाइम्स विशिष्टता – एन्जाइम्स क्रियाओं को पूर्व निर्धारित रूप में ही उत्प्रेरित करते है। एन्जाइम्स निम्नलिखित दो प्रकार की विशिष्टता दर्शाते है।

1. पूर्ण विशिष्टता– एक एन्जाइम केवल एक अभिक्रिया को उत्प्रेरित करता है तो इसे पूर्ण विशिष्टता कहते है। जैसे – यूरियेज-यूरिया निर्माण को, माल्टेज-माल्टोज निर्माण को, कैटालेज – हाइड्रोजनपर ऑक्साइड निर्माण को तथा आर्जिनेज-आर्जिनीन निर्माण को उत्प्रेरित करता है।

2. समूह विशिष्टता – एक एन्जाइम एक से अधिक अभिक्रियाओं को उत्प्रेरित करता है तो इसे समूह विशिष्टता कहते है। इस प्रकार के एन्जाइम सामान्यतः प्रोटीनीय अभिक्रियाओं को उत्प्रेरित करते हैं, जैसे – एमाइलेज, पैप्सिन, ट्रिप्सिन तथा लाइपेज।

एन्जाइम की संरचना

एन्जाइम्स की संरचना निम्नलिखित प्रकार के घटकों से मिलकर बनती है–

सरल विकर – ऐसे एन्जाइम जो केवल प्रोटीन के बने होते हैं उनको सरल एन्जाइम कहते हैं, जैसे– ट्रिप्सिन, पैप्सिन, यूरियेज, एमाइलेज तथा लाइपेज ।

संयुग्मित एन्जाइम –एन्जाइम में जब प्रोटीनीय तथा अप्रोटीनीय भाग जुड़े रहते हैं तो ऐसे एन्जाइम को संयुग्मित एन्जाइम कहते है।

$$\text{Enzyme + Non-protien} \longrightarrow \text{Conjugated Enzyme}$$

एपोएन्जाइम – संयुग्मित एन्जाइम में पाया जाने वाला प्रोटीनीय भाग एपोएन्जाइम कहलाता है। यह भाग प्रोटीन से दृढ़ता के साथ जुड़ा रहता है।

प्रोस्थैटिक समूह - संयुग्मित एन्जाइम में पाया जाने वाला अप्रोटीनीय भाग प्रोस्थैटिक समूह कहलाता है।

होलोएन्जाइम –एपोएन्जाइम तथा प्रोस्थैटिक समूह को संयुक्त रूप से होलोएन्जाइम कहते है। यह स्वतंत्र रूप से कार्य करने में सक्षम नही होते।

$$\underset{\text{(or Co- enzyme)}}{\text{Apoenzyme + Prosthetic group}} \longrightarrow \text{Holoenzyme}$$

सह – एन्जाइम या सह-कारक – सह एन्जाइम या को-एन्जाइम की खोज लिपमैन ने की। जब प्रोस्थैटिक समूह कार्बनिक पदार्थ के रूप में होता है तो उसे सह-एन्जाइम या सह

कारक कहा जाता है। सह एन्जाइम एपोएन्जाइम से शिथिलता से जुड़े रहते है तथा विटामिन या विटामिन जैसे पदार्थ होते है। यह निम्नलिखित दो प्रकार के होते है –

1. **समूह स्थानान्तरण करने वाले सहविकर** – यह पूर्ण समूह का स्थानान्तरण करते हैं, जैसे- ATP, TPP, Co-A तथा बायोटिन।

2 **हाइड्रोजन स्थानान्तरण करने वाले सह विकर** – यह हाइड्रोजन का स्थानान्तरण करते हैं, जैसे- NAD या DPN, या Co-I, NADP या TPN या Co-II, FAD, FMNतथा Co-Q।

सक्रियकारक– जब प्रोस्थैटिक समूह अकार्बनिक पदार्थ या धातु के रूप में होता है तो उसे सक्रियकारक कहते है। यह धातु सहकारक या धातु सक्रियकारक भी कहलाते है।

रोचक विशिष्टताएं

पादप में पाये जाने वाले यूरियेज एन्जाइम की सक्रियता 60^0 से. पर होती है। एन्जाइम्स केवल क्रिया की सक्रियता बढ़ाते है तथा एन्जाइम्स के द्वारा न तो क्रिया प्रारम्भ होती और न ही एन्जाइम्स क्रिया की दिशा बदलते है। एन्जाइम्स जल अनुरागी होते है। सभी एन्जाइम्स प्रोटीनीय नहीं होते, जैसे राइबोजाइम। राइबोजाइम–यह एन्जाइम आरएनए है जिसकी खोज थॉमस सैच तथा सिडनी आल्टमैन ने टैट्राहाइमिना थर्मोफिला प्रोटोजोअन से की ।इस खोज पर इन वैज्ञानिकों को 1989 में नोबल पुरस्कार प्राप्त हुआ।

लाइसोजाइम – यह दूध में, आंसूओं में, अण्डे की सफेदी में, पाचक रसों में तथा ऊतकों में पाया जाता है जिसका अणुभार 15000 एवं Turn Over Number 30/min. होता है। यह वायु में उत्पन्न होने वाले G^+ जीवाणुओं की कोशिका भित्ति को नष्ट करता है।

सक्रिय स्थल – एन्जाइम्स के वृह्द अणुओं का वह छोटा अंश (3–12 अमीनोअम्लयुक्त) जो क्रियाधार के सम्पर्क में आता हैं, उस अंश को सक्रिय स्थल कहते है। एक एन्जाइम पर एक

तालिका–विभिन्न प्रकार के सक्रिय कारक

क्र. धातु आयन (सक्रिय कारक)	क्रियाशील एन्जाइम
1. मैग्निशियम	फास्फेट्स ATP अभिक्रिया, क्लोरोफिल।
2. जिंक	विभिन्न डिहाइड्रोजिनेजेज, पेप्टाइडजेज, कार्बोनिक एन्हाइड्रेजेज।
3. पोटेशियम	फास्फोपायरूवेट, ट्रांस्फास्फोराइलेज, फ्रक्ओकाइनेज।
4. आयरन	साइटोक्रोम, हीमोग्लोबिन, माइटोकॉन्ड्रिया का इलेक्ट्रॉन अभिगमन
5. मैगनीज	पेप्टाइडेजेज, साइट्रिक अम्ल चक्र के कुछ एन्जाइम।
6. कॉपर	ट्रायोसाइनेज, अकशेरूकीय जन्तुओं की श्वसनीय प्रोटीन।
7. कैल्शियम	एक्टोमायोसिन।
8. कोबाल्ट	पेप्टाइडेजेज B_{12} विटामिन।

या एक से अधिक सक्रिय स्थल पाये जाते हैं, जैसे – पेप्सिन में केवल टाइरोसिन अमीनो अम्ल ही सक्रिय स्थल होता है।

एन्जाइम्स की क्रिया-विधि

एन्जाइम्स क्रिया में उपयोग हुए बिना ही क्रिया की दर को बढ़ाते है तथा क्रिया के पश्चात् गुणात्मक या मात्रात्मक परिवर्तन के बिना ही पुनः निर्मित हो जाते है। अधिकांश रसायनिक अभिक्रियाएं ऊर्जा अवरोध पाये जाने के कारण स्वतः स्वतंत्र रूप से नहीं होती। क्रियाधारों में पाया जाने वाला ऊर्जा अवरोध, प्रतिकर्षण बल तथा क्रियास्थल अत्यन्त सूक्ष्म होने के कारण उत्पन्न होता है इसलिए क्रिया पूर्ण करने के लिए अत्यधिक टकराहट की आवश्यकता होती है।

क्रियाधारों के अणुओं में न्यूनतम ऊर्जा का वह मान जो क्रियाधारों के अणुओं को क्रिया में भाग लेने के लिए प्रेरित या सक्रिय करता है, उस मान को सक्रियण ऊर्जा कहते है। सक्रियण ऊर्जा अभिक्रिया की दर के व्युत्क्रमानुपाती होती है अर्थात सक्रियण ऊर्जा का मान कम होने पर एन्जाइम्स की क्रिया बढ़ जाती है। जैसे – सूक्रोज के जल अपघटन हेतु सक्रियण ऊर्जा का मान 32,000 Cal/mole होता है किन्तु इनवर्टेज एन्जाइम की उपस्थिति में यह मान 9400 Cal/mole रह जाता है।

क्रियाविधि से सम्बन्धित सिद्धान्त

एन्जाइम की क्रिया – विधि को समझाने हेतु निम्न तीन सिद्धान्त बताये गये है–

1. एन्जाइम-क्रियाधार सम्मिश्र सिद्धान्त – यह सिद्धान्त माइकेलिस तथा मेन्टन ने दिया। इस सिद्धान्त के अनुसार, एन्जाइम्स में कुछ क्रियाशील स्थल पाये जाते हैं जो क्रियाधार के अणुओं के साथ सम्मिश्र बना लेते है। इस सम्मिश्र को एन्जाइम–क्रियाधार सम्मिश्र कहते है। इस सम्मिश्र के उपरान्त अन्तिम उत्पाद बनता है तथा एन्जाइम पुनःप्राप्त हो जाता है।

$$\text{Enzyme + Substrate} \rightleftharpoons \text{Enzyme-Substrate Complex}$$

$$\text{Enzyme-Substrate Complex} \rightleftharpoons \text{Enzyme + Substrate}$$

2. ताला–कुन्जी सिद्धान्त – यह सिद्धान्त एमिल फिशर ने प्रस्तुत किया। फिल्ड्ज एवं वुड्ज ने इसका विस्तृत अध्ययन किया। इस सिद्धान्त के अनुसार एन्जाइम तथा क्रियाधार के बीच ताले तथा कुन्जी के समान सम्बन्ध होता है। अतः जिस तरह एक विशेष कुन्जी ही ताले को खोल सकती है उसी तरह एक विशेष क्रियाधार के साथ एक विशेष एन्जाइम ही कार्य करता है। प्रोटीन की सतह अनियमित ढंग से मुड़े होने के कारण अतिविशिष्ट आण्विक सक्रिय स्थल के रूप में ताला बनाती है जिसमें विशिष्ट प्रकार का एन्जाइम ही सक्रिय स्थल से जुड़ सकता है।

अनुरूप प्रेरण सिद्धान्त – यह सिद्धान्त कोशलैण्ड ने दिया इस सिद्धान्त के अनुसार एन्जाइम प्रोटीन के क्रियाशील स्थलों में सूक्ष्म ज्यामितीय परिवर्तन होते है क्योंकि एन्जाइम का क्रिया स्थल लचीला होता है। सक्रिय स्थल पर अवलम्बन समूह तथा उत्प्रेरक समूह पाये जाते है। एन्जाइम–क्रियाधार सम्मिश्र के निर्माण में अवलम्बन समूह सक्रिय रहता है। उत्पादन बनने के पश्चात् सक्रिय स्थल पुनः अपनी पूर्व स्थिति में आ जाता है तथा उत्पाद और एन्जाइम एक दूसरे से अलग हो जाने है।

एन्जाइम्स को प्रभावित करने वाले कारक

एन्जाइम की क्रिया को प्रभावित करे वाले कारक मुख्यत: निम्न है–

1. **ताप :** 25°– 30°C के बीच एन्जाइम्स की क्रिया सर्वाधिक होती अत: Q_{10} का मान 2–2.5 होता है। -60°C से अधिक एन्जाइम की तृतीयक या चतुष्क संरचना नष्ट हो जाने से एन्जाइम्स की सक्रियता समाप्त हो जाती है।
2. **क्रियाधार की सान्द्रता** – एन्जाइम की मात्रा अधिक होने पर क्रियाधार बढ़ाने से अभिक्रिया की दर बढ़ जाती है।
3. **एन्जाइम की सान्द्रता** – क्रियाधार की मात्रा अधिक होने पर एन्जाइम बढ़ाने से अभिक्रिया की दर बढ़ जाती है।
4. **pH**– एन्जाइम की क्रियाओं पर अम्लीयता तथा क्षारीयता का प्रभाव होता है। एक विशेष pH की समी पर एनजाइम कार्य करते है। pH का मान 5–7.5 या 8 से कम या अधिक होने पर एन्जाइम की सक्रियता कम हो जाती है।
5. **जलवियोजन**– अनुकूलतम बिन्दु तक आर्द्रता या जलवियोजन के बढ़ने से एन्जाइम्स की सक्रियता बढ़ जाती है। एन्जाइम की क्रिया शुष्क बीजों में बहुत कम होती है तथा शुष्क बीजों को जल में डालने पर सर्वाधिक होती है।
6. **प्रोटीन विष** – भारी धातु जैसे – सीसा, पारा, तांबा, जस्ता तथा चांदी एन्जाइम की क्रिया घटाते है।
7. **सक्रियकारक** – येह एन्जाइम तथा क्रियाधार के जुड़ने में सहायक होते हैं, इसलिए एन्जाइम सक्रियता को बढ़ाते है।
8. **अन्तिम उत्पाद का संग्रहण** – अन्तिम उत्पादों के संचय होने से एन्जाइम सक्रियता कम हो जाती है।
9. **विकिरण** – एक्स किरणें, UV-किरणे तथा गामा किरणें एन्जाइम्स की सक्रियता को कम करते है।
10. **एन्जाइम संदमक** – यह सक्रिय स्थलों को संदमित करके एन्जाइम की सक्रियता को घटाते हैं, जैसे – फॉर्मेल्डिहाइड तथा सायनाइड।

एन्जाइम्स का नामकरण

एन्जाइम का नामकरण निम्नलिखित विभिन्न विधियों द्वारा किया जाता है–

1. उत्पत्ति के आधार पर – एन्जाइम जिस पादप में उत्पन्न होते है उस पादप के वानस्पतिक नाम के आधार पर एन्जाइम्स का नामकरण किया जाता है जैसे – फाइकस से फाइसिन, पपाया से पैपेइन तथा बेसिलस सबटाइलस से सबटाइलिन।

2. डक्लक्स के अनुसार एन्जाइम का नामकरण एन्जाइम के नाम के अन्त में एज जोड़ कर किया जाता हैं, जैसे – एमाइलम का जल अपघटन करने वाला **एमाइलेज**, वसाओं का जल अपघटन करने वाला **लाइपेज**। प्रोटीन का जल अपघटन करने वाला प्रोटीएज। सुक्रोज का जल

अपघटन करने वाला **सुक्रेज**।

3. परम्परागत विधि द्वारा – एन्जाइम का नामकरण अनियमित ढंग से किया जाता है जैसे – पेप्सिन, ट्रिप्सिन, कैटालेज।

4. अभिक्रियाओं के आधार पर – अभिक्रियाओं में प्रयोग किये जाने वाले एन्जाइम का नामकरण अभिक्रियाओं के आधार पर किया जाता हैं, जैसे – ऑक्सीकरण अभिक्रियाओं के एन्जाइम **ऑक्सीडेज**। हाइड्रोजन को अलग करने वाले **डिहाइड्रोजिनेज**। समावयवी में परिवर्तन करे वाले **आइसोमेरेज**।

5. आधुनिक नामकरण पद्धति – इसके अनुसार, एन्जाइम का नाम क्रियाधार तथा क्रिया की प्रकृति दोनों के आधार पर किया जाता है, जैसे सक्सीनेट डिहाइड्रोजिनेज द्वारा सक्सिनिक अम्ल से फ्यूमेरिक अम्ल में परिवर्तन तथा फॉस्फोग्लूकोम्यूटेज द्वारा ग्लूकोज मोनोफॉस्फेट का ग्लूकोज – 6 फॉस्फेट में परिवर्तन ।

एन्जाइम्स का वर्गीकरण

एन्जाइम्स का वर्गीकरण निम्नलिखित दो पद्धतियों के अनुसार किया जाता है। 1. पुरानी पद्धति 2. आधुनिक पद्धति

1. पुरानी पद्धति – इस पद्धति के अनुसार एन्जाइम्स को दो समूहों में बांटा जाता है।

अ. जल अपघटनी एन्जाइम्स ब. डेस्मोलाइजिंग एन्जाइम

(अ) जल अपघटनी एन्जाइम्स – ऐसे एन्जाइम जो कि जल के उपयोग से जटिल कार्बनिक पदार्थो को सरल यौगिक का निर्माण क़रने वाली अभिक्रियाओं का उत्प्रेरण करते है उनको जल अपघटनी एन्जाइम कहते है। इन एन्जाइम्स को निम्नलिखित चार समूहों में बांटा जाता है।

1. कार्बोहाइड्रेजेज – यह एन्जाइम्स कार्बोहाइड्रेट्स का जल अपघटन करते हैं, जैसे –

$$\text{Sucrose} \xrightarrow{\text{Sucrase}} \text{Glucose + Fructose}$$

$$\text{Maltose} \xrightarrow{\text{Maltase}} \text{Glucose + Glucose}$$

$$\text{Reffinose} \xrightarrow{\text{Reffinase}} \text{Fructose + Mellibiose}$$

$$\text{Lactose} \xrightarrow{\text{Lactase}} \text{Glucose + Galatose}$$

$$\text{Mellibiose} \xrightarrow{\text{Mellibiase}} \text{Glucose + Galatose}$$

$$\text{Starch} \xrightarrow{\text{Amylase}} \text{Maltose}$$

$$\text{Cellulose} \xrightarrow{\text{Cellulase}} \text{Cellobiose}$$

$$\text{Inulin} \xrightarrow{\text{Inulase}} \text{Fructose}$$

2. एस्ट्रेजेज – यह एन्जाइम एस्टर बंधयुक्त पदार्थो का जल अपघटन करते हैं, जैसे– लाइपेज, फास्फेटेज, लेसिथिनेज, राइबोन्यूक्लिएज, क्लोरोफिलेज, पेक्टेज आदि।

3. प्रोटोलिटिक एन्जाइम – यह एन्जाइम प्रोटीन का जल अपघटन करते हैं, जैसे –

$$\text{Protein} \xrightarrow{\text{Pepsin}} \text{Peptones}$$

$$\text{Polypeptides} \xrightarrow{\text{Peptidase}} \text{Amino acids}$$

4. एमाइडेजेज – यह एमाइडों का जल अपघटन करते हैं जैसे –

$$\text{Urea} \xrightarrow{\text{Urease}} \text{Ammonia} + CO_2$$

(ब) डेस्मोलाइजिंग एन्जाइम – यह एन्जाइम्स C–C बन्ध को तोड़ते हैं तथा मुख्य रूप से श्वसन एवं किण्वन से सम्बन्धित होते है। जैसे – Hydrase, Dehdrogenase, Kinase, Oxidase, Carboxylase, Peroxidase, Transferase, Catalase इत्यादी।

2. आधुनिक पद्धति – अन्तर्राष्ट्रीय जैव-रसायन संगठन जेनेवा (इटली) ने एन्जाइम्स को निम्न 6 वर्गो में वर्गीकृत किया–

1. ऑक्सीडो-रिडक्टेज 2. ट्रांसफरेजेज 3. हाइड्रोलेजेज 4. लाइजेजेज 5. आइसोमरेजेज 6. लाइगेजेज या सिन्थटेजेज प्रत्येक वर्ग को 4 से 13 उपवर्गो में विभाजित किया गया है। प्रत्येक एन्जाइम का एक वर्गीकृत कोड होता हैं, जैसे –

1. E.C. 2.7.1.1

   E.C. = Enzyme Commission

   2 = वर्ग ⟶ ट्रान्सफरेज

   7 = उपवर्ग ⟶ फॉस्फेट का स्थानानतरण

   1 = उप-उपवर्ग ⟶ फॉस्फेटग्राही एल्कोहल

   1 = एन्जाइम श्रेणी की संख्या ⟶ हेक्सोकाइनेज

2. E.C. 1.6.6.1

   E.C. = Enzyme Commission

   1 = वर्ग ⟶ ऑक्सीडो-रिडक्टेज

   6 = उपवर्ग ⟶ NADP पर क्रिया करने वाले एन्जाइम

   6 = उप-उपवर्ग ⟶ नाइट्रोजन समूह को e^- का स्थानान्तरण

   1 = एन्जाइम श्रेणी की संख्या ⟶ नाइट्रेट रिडक्टेज

(1) ऑक्सीडो रिडक्टेज – इस प्रकार के एन्जाइम एक पदार्थ से O, H & e^- का स्थानान्तरण करते हैं जिनको निम्नलिखित तीन उपवर्गो में विभाजित किया गया है –

(A) आक्सीडेज – यह एन्जाइम पदार्थ की आण्विक O_2 से ऑक्सीकरण करते हैं जैसे – ऑक्जेलेट ऑक्सीडेज।

$$AH_2 + \frac{1}{2}O_2 \rightarrow A + H_2O_2$$

(B) डिहाइड्रोजिनेज – यह पदार्थ से हाइड्रोजन अलग करके ऑक्सीकरण करते हैं, जैसे – सक्सिनिक डिहाइड्रोजिनेज।

$$AH_2 \rightarrow A + 2H^+$$

(C) रिडक्टेज - यह एन्जाइम इलैक्ट्रॉन का जुड़ना या हाइड्रोजन का जुड़ना प्रेरित करते है।

$$NO_3^- + NADH_2 \rightarrow NO_2^- + NAD + H_2O$$

(2) ट्रांसफरेजेज - यह एन्जाइम्स विशिष्ट रसायनिक समूहों का स्थानानतरण करते है जैसे-

$$\text{Glucose + ATP} \xrightarrow{\text{Hexokinase}} \text{Glucose-6-p + ADP}$$

$$\text{Glumatic acid + Oxalocetic acid} \xrightarrow{\text{Transminase}} \alpha\text{-Ketoglutaric acid + Aspartic acid}$$

(3) हाइड्रोलेजेज - यह एन्जाइम जल के अणु द्वारा जटिल कार्बनिक पदार्थो का सरल यौगिक में परिवर्तन प्रेरित करते है। जैसे -

$$\text{Sucrose} \xrightarrow[= \beta\text{- fructosidase}]{\text{Sucrase = Invertase}} \text{Glucose + Fructose}$$

(4) लाइऐथेज - यह एन्जाइम C– C, C– O, C– N तथा C– S बन्धों के टूटने से समूहों का विस्थापन करते है। इनके द्वारा समूह विस्थापन से डबल बन्ध बनता है या डबल बन्ध से समूह जुड़ जाता है जैसे -

$$\text{Fructose-1,6-Diphosphate} \xrightarrow{\text{Aldolase}} \text{PGAL + DHAP}$$

(5) आइसोमरेजेज - यह एन्जाइम पदार्थ की आन्तरआण्विकी या अन्तः आण्विकी पुर्नव्यवस्था को प्रेरित करते है।

$$\text{Glucose 6- P} \xrightarrow{\text{Isomerase}} \text{Fructose 6–P}$$

(6) लाइगेजेज या सिन्थेटेजेज - यह एन्जाइम C– N, C– C, C– S, C– O बन्ध युक्त ATP/GTP विघटन वाली अभिक्रियाओं को प्रेरित करते हैं जिनमें यौगिकों की नई श्रृंखला बनती है।

$$\text{GTP + CoA + Succinic acid} \xrightarrow{\text{Thiokinase}} \text{Succinyl CoA}$$

$$\text{Aspartic Acid} + NH_3 + ATP \xrightarrow[\text{Synthetase}]{\text{Asparagine}} \text{Asparagine} + AMP + PP$$

माइकेलिस-मेन्टन नियतांक – एन्जाइम के द्वारा प्रेरित अभिक्रियाओं की प्रारम्भिक दर पर क्रियाधार की सांद्रता का प्रभाव सर्वप्रथम माइकेलिस मेन्टन ने प्रदर्शित किया जिसे माइकेलिस मेन्टन वक्र कहते हैं। माइकेलिस मेन्टन ने वक्र के आधार पर निम्नलिखित – समीकरण दिया

V_i = क्रिया की प्रारम्भिक गति

V_{max} = क्रिया की अधिकतम गति

S = क्रियाधार की सान्द्रता

K_m = माइकेलिस नियतांक

अधिकांश एन्जाइम्स के लिए K_m का मान 10^{-2} से 10^{-5} m क्रियाधार सांद्रता होता है तथा यह नियतांक एन्जाइम क्रिया व्युत्क्रमानुपाती होता है। माइकेलिस मेन्टन के अनुसार एन्जाइम्स द्वारा प्रेरित क्रियाओं का मान निम्नानुसार होता है।

1. साम्मिश्र निर्माण के लिए K+1
2. साम्मिश्र विघटन के लिए K–1
3. अन्तिम उत्पाद निर्माण के लिये K+2

$$\text{Enzyme} + \text{Substrate} \underset{K-1}{\overset{K+1}{\rightleftharpoons}} \text{E-S complex} \xrightarrow{K+2} \text{End product} + \text{Enzyme}$$

सजीव कोशिकाओं में पाया जाने वाला वह उत्प्रेरक जो जैविक क्रियाओं को उत्प्रेरित करता है उसे एन्जाइम कहते हैं। एन्जाइम जिस रसायनिक यौगिक पर क्रिया करते हैं उनको आधारीय पदार्थ या क्रियाधार कहते हैं। सर्वप्रथम एन्जाइम शब्द का प्रयोग कुहने ने किया। पाश्चर ने एन्जाइम की वैज्ञानिक व्याख्या दी। नोबल पुरस्कार प्राप्तकर्त्ता बुचनर ने यीस्ट कोशिकाओं से विशिष्ट एन्जाइम निष्कर्षित तथा क्रिस्टलीकृत करके जाइमेज नाम दिया। नोबल पुरस्कार प्राप्तकर्त्ता समनरने एन्जाइम की प्रोटीनीय प्रकृति को बताया। ऐसा एन्जाइम जो कि असंख्य बहुविकल्पीय आण्विक स्वरूपों में पाया जाता है उसे समविकर कहते हैं। ऐसे एन्जाइम जिनकी सक्रियता निर्माण करने वाली कोशिका के बाहर होती है उसे बर्हिकोशिकीय एन्जाइम या एक्सोएन्जाइम कहते हैं। ऐसे एन्जाइम जो कोशिका में ही उत्पन्न होकर उसी कोशिका में क्रियाशील रहते हैं तो उनको एण्डोएन्जाइम कहते हैं। कोशिका में निष्क्रिय अवस्था में पाये जाने वाले पूर्णगामी पदार्थों को जाइमोजन या प्रो-एन्जाइम कहते हैं। ऐसे एन्जाइम जो केवल प्रोटीन के बने होते हैं उनको सरल एन्जाइम कहते हैं, जैसे- ट्रिप्सिन, पैप्सिन, यूरियेज, एमाइलेज तथा लाइपेज। एन्जाइम में जब प्रोटीनीय तथा अप्रोटीनीय भाग जुड़े रहते हैं तो ऐसे एन्जाइम को संयुग्मित एन्जाइम कहते

हैं। संयुग्मित एन्जाइम में पाया जाने वाला प्रोटीनीय भाग एपोएन्जाइम कहलाता है। संयुग्मित एन्जाइम में पाया जाने वाला अप्रोटीनीय भाग प्रोस्थैटिक समूह कहलाता है। एपोएन्जाइम तथा प्रोस्थैटिक समूह को संयुक्त रूप से होलोएन्जाइम कहते हैं। जब प्रोस्थैटिक समूह कार्बनिक पदार्थ के रूप में होता है तो उसे सह–विकर या सह–कारक कहा जाता है। एन्जाइम – क्रियाधार सम्मिश्र सिद्धान्त माइकेलिस तथा मेन्टन ने दिया। इस सिद्धान्त के अनुसार, एन्जाइम्स में कुछ क्रियाशील स्थल पाये जाते हैं जो क्रियाधार के अणुओं के साथ सम्मिश्र बना लेते हैं। ताला-कुन्जी सिद्धान्त एमिल फिशर ने प्रस्तुत किया जिसके अनुसार, एन्जाइम तथा क्रियाधार के बीच ताले तथा कुन्जी के समान सम्बन्ध होता है। अनुरूप प्रेरण सिद्धान्त कोशलैण्ड ने दिया जिसके अनुसार, एन्जाइम प्रोटीन के क्रियाशील स्थलों में सूक्ष्म ज्यामितीय परिवर्तन होते हैं क्योंकि एन्जाइम का क्रिया स्थल लचीला होता है।

अतिरिक्त लक्षण

हिमोग्लोबिन में पाया जाने वाला हीम कार्बनिक प्रोस्थैटिक समूह होता है। NAD या Co-I या DPN को इलूमर ने निष्कर्षित किया। NADP या Co-II को TPN नाम बॉरबर्ग ने दिया। होलोएन्जाइम के गुण उनके प्रोस्थैटिक समूहों के कारण पाये जाते हैं। एन्जाइम की वह मात्रा जो 1μ mole क्रियाधार को एक मिनट में पूर्ण रूप से उत्पाद में परिवर्तित कर सकती है, उसे एन्जाइम इकाई कहते हैं। कीलेन व मॉन ने पराऑक्सीडेज का क्रियाधार की अनुपस्थिति में अवशोषण स्पेक्ट्रम खोजा जो 498.598 व 645 mu था। पेप्सिन अम्लीय वातावरण में, ट्रिप्सिन क्षारीय वातावरण में एवं डायस्टेज उदासीन वातावरण में कार्य करते हैं। एन्जाइम का एलोस्टिरिक प्रारूप जैकब तथा मोनॉड ने दिया जिनके अनुसार एन्जाइम में सक्रिय स्थल क्रियाधार के जुड़ने के लिये तथा एलोस्टिरिक स्थल अन्तिम उत्पाद के संचयन के लिए होते हैं। सायनाइड तथा फॉर्मेल्डिहाइड सक्रिय स्थलों को नष्ट या संदमित करते हैं इसलिए इनको अनुत्क्रमणीय एन्जाइम संदमक कहते हैं। ऐसे संदमक जो कि क्रियाधार से संरचना में समानता रखते हैं तथा एन्जाइम के सक्रिय स्थल के लिये प्रतिस्पर्धा करते हैं उनको प्रतियोगितात्मक उत्क्रमणीय संदमक कहते हैं जैसे–प्रतिजीवाणुवीय औषधियां तथा सक्सिनिक अम्ल एवं सक्सिनिक अम्ल डिहाइड्रोजिनेज के बीच होने वाली क्रिया में मैलिक अम्ल प्रतियोगितात्मक संदमक के रूप में कार्य करता है। कई उपापचयी क्रियाओं के अन्तिम उत्पाद स्वयं का उत्पादन नियंत्रित कर सकते हैं जिसे कि फीड बैक इनहिब्सन्स कहते हैं। ऐसे संदमक जो अभिक्रिया से सम्बन्धित एन्जाइम के अतिरिक्त अन्य एन्जाइम से संयोजन करते हैं उनको Non-competitive Inhibitors कहा जाता है।

अभ्यास प्रश्न

बहुचयनात्मक प्रश्नोत्तर

1. **न्यूक्लिक अम्लों की आधार इकाईयाँ होती है?**
(अ) न्यूक्लिओटाइड्स (ब) पंच कार्बनिक शर्करा
(स) नाइट्रोजनीय समाक्षार
(द) ग्लूकोज

2. **कौनसा पोलीसैकराइड 'आरक्षित ईंधन' का काम करता है?**
(अ) ग्लाइकोजन (ब) मण्ड
(स) डेक्सट्रॉन (द) उपर्युक्त सभी

3. **डीएनए अणु के संयोजन मं भाग लेते हैं?**
(अ) पेन्टोस शर्करा, फॉस्फोरिक अम्ल पिरिमिडीन्स
(ब) पेन्टोस शर्करा, पिरिमीडीन्स एवं प्यूरीन्स
(स) पेन्टोस शर्करा, एवं प्यूरीन्स
(द) पेन्टोस शर्करा एवं पिरिमीडीन्स

4. **वसीय अम्लों के अणुओं में जल आकर्षित समूह होता है?**
(अ) COOH तथा OH (ब) OH तथा CH_3
(स) CH_3 तथा COOH
(द) इनमें से कोई नहीं

5. **ऊर्जा के लिए मनुष्य को कार्बोहाइड्रेट्स की आवश्यकता होती है जिसे वह प्राप्त करता है?**
(अ) स्टार्च से (ब) सेलुलोज से
(स) उपर्युक्त दोनों से (द) इनमें से कोई नहीं

6. **कोशिकाओं में फॉस्फोलिपिड्स की प्रमुख भूमिका किसमें होती है?**
(अ) जीव कलाओं की मूल संरचना
(ब) उपापचयी प्रतिक्रियाओं का उत्प्रेरण
(स) कोशिका संकुचन
(द) कोशाद्रव्य में साल-जेल परिवर्तन

7. **कौनसे पदार्थ शरीर की वृद्धि और नयी कोशिकाओं के निर्माण के लिए सबसे अधिक आवश्यक होते हैं?**
(अ) प्रोटीन्स (ब) शर्कराएँ
(स) वसाएँ (द) विटामिन्स

8. **मण्ड होती है?**
(अ) कार्बोहाइड्रेट्स (ब) प्रोटीन

(स) वसा (द) हॉरमोन

9. सबसे सरल अमीनो अम्ल अणु होता है?

(अ) ऐलैनीन का (ब) ल्यूसीन का

(स) वैसीन का (द) ग्लासीन का

10. किस लक्षण में डीएनए, आरएनए से भिन्न

(अ) शर्करा और पिरिमीडीन्स की किस्म में

(ब) केवल प्यूरीन्स की किस्म में

(स) केवल शर्करा की किस्म में

(द) पिरिमीडीन्स की किस्म में

11. प्यूरीन के अन्तर्गत आते है?

(अ) एडिनिन और गुआनिन

(ब) थाइमीन और साइटोसीन

(स) थाइमीन और यूरेसील

(द) एडिनिन और साइटोसीन

12. यूरेसील क्षारक पाया जाता है?

(अ) डीएनए (ब) आरएनए

(स) अ व ब (द) उपर्युक्त में से कोई नहीं

उत्तरमाला

1.	(अ)	2.	(द)	3.	(अ)	4.	(स)
5.	(अ)	6.	(अ)	7.	(अ)	8.	(अ)
9.	(द)	10.	(ब)	11.	(अ)	12.	(ब)

अतिलघूत्तरात्मक प्रश्न

1. ऊष्मा नियमन का अभिप्राय बताइये?
2. सरल व संयुग्मित (अनुबद्ध प्रोटीन) प्रोटीन्स के उदाहरण बताइये?
3. संयुक्त व व्युत्पन्न लिपिड्स में क्या अन्तर बताइये?
4. कार्बोहाइड्रेट्स के कार्य बताइये?
5. एन्थेल्पी से क्या समझते है?
6. समान प्रकार के जीवों का वह समूह जिनमें आपस में प्रजनन क्रिया होती है, उसे क्या कहते हैं?
7. सूक्ष्ममात्रिक तत्व किसे कहते है?
8. माँ के दूध में सर्वाधिक पायी जाने वाली शर्करा का नाम लिखिये?
9. मोनोसैकेराइड्स के दो अणुओं के बीच पाये जाने वाला बंध को क्या कहते है?

10. कीटों एवं आर्थ्रोपोडा के प्राणियों के बाह्य कंकाल में पाये जाने वाले नाइट्रोजन युक्त पॉलीसैकेराइड का क्या नाम है?
11. प्रोटीन सजीव के शरीर का लगभग कितने प्रतिशत भाग बनाते है?
12. क्रोमोप्रोटीन का कोई एक उदाहरण दीजिए।
13. मोनोसैकेराइड्स शर्करा स्वाद में कैसी होती है?
14. अनुकूलन क्या है? दो उदाहरण दीजिये?
15. प्रोटीन्स के बिना जीवन सम्भव नहीं होता? स्पष्ट कीजिए?
16. डीएनए तथा आरएनए का पूरा नाम लिखो?
17. ऊर्जा प्रवाह के संदर्भ में जीवन को परिभाषित करो?
18. मृत्यु किसे कहते है?
19. समस्थितिकी किसे कहते है? कशेरुकी समूहों में तापमान नियमन पर प्रकाश डालिये?
20. खुला तंत्र से आप क्या समझते हैं? यह बन्द तंत्र से कैसे भिन्न होता है?

लघूत्तरात्मक प्रश्नोत्तर

1. अनुकूलन क्या है? दो उदाहरण दीजिये?
2. प्रोटीन्स के बिना जीवन सम्भव नहीं होता? स्पष्ट कीजिए?
3. डीएनए तथा आरएनए का पूरा नाम लिखो?
4. ऊर्जा प्रवाह के संदर्भ में जीवन को परिभाषित करो?
5. मृत्यु किसे कहते है?

निबन्धात्मक प्रश्नोत्तर

1. समस्थितिकी किसे कहते है? कशेरुकी समूहों में तापमान नियमन पर प्रकाश डालिये?
2. खुला तंत्र से आप क्या समझते हैं? यह बन्द तंत्र से कैसे भिन्न होता है?
3. कार्बोहाइड्रेट्स एवं प्रोटीन्स की जैविक महत्त्वता पर प्रकाश डालिये?
4. जीव तंत्रों में ऊर्जा प्रवाह किस प्रकार से होता है?

□□□

इकाई 3

कोशिका का निमार्ण एवं कोशिका विभाजन

प्रत्येक जीवधारी विभिन्न प्रकार की कोशिकाओं से मिलकर बना होता है। वृद्धि होते समय ये कोशिकाएँ विभाजित होती रहती हैं। फलस्वरूप जीवधारियों में कोशिकाओं की संख्या बढ़ती है। वृद्धि के अतिरिक्त अलैंगिक और लैंगिक जनन के समय भी कोशिकायें विभाजित होती हैं। कोशिका विभाजन एक अत्यन्त समन्वित प्रक्रिया है। साधारणत: यह तीन मुख्य चरणों में पूरी होती है–

1. डी एन ए तथा जीनोम का प्रतिकरण
2. केन्द्रक का विभाजन और
3. साइटोप्लाज्म का विभाजन के दो मुख्य प्रकार होते हैं–

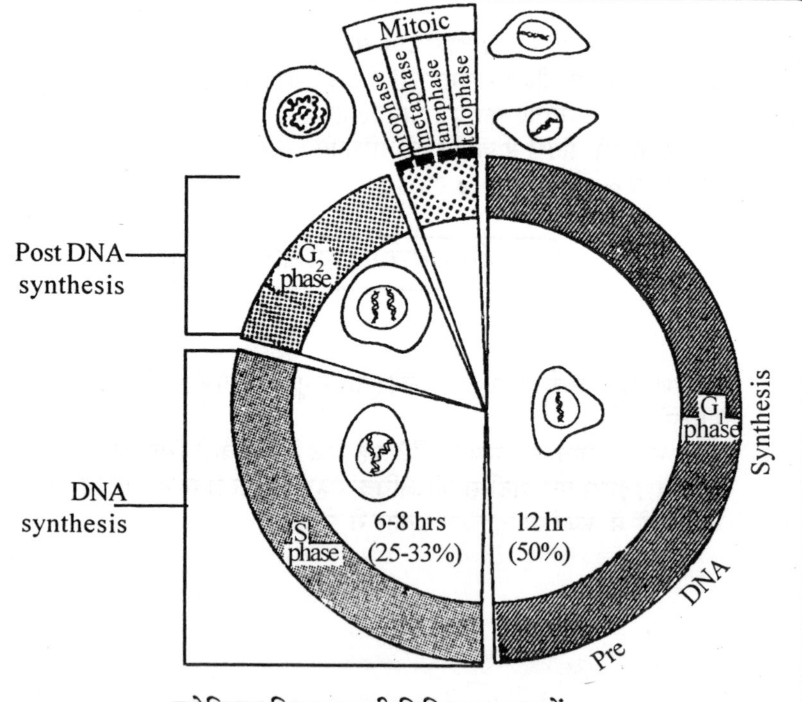

कोशिका विभाजन की विभिन्न अवस्थायें

कोशिका विभाजन के दो मुख्य प्रकार होते हैं–

1. **माइटोसिस** अथवा **सूत्री विभाजन** – जो कोशिकाओं की संख्या बढ़ने में उपयोगी होता है।
2. **मियोसिस** अथवा **अर्धसूत्री विभाजन** – जो पीढ़ी एकान्तरण में सहायक होता है। इस विभाजन के फलस्वरूप बनने वाली संतति कोशिकाओं में क्रोमोसोम की संख्या आधी रह जाती है। माइटोसिस व मियोसिस के अतिरिक्त कभी–कभी असूत्री विभाजन और मुक्त कोशिका निर्माण भी होता है।

माइटोसिस अथवा सूत्री विभाजन

डब्ल्यू. फ्लेमिंग ने माइटोसिस शब्द का उपयोग, कायिक कोशिकाओं में होने वाले विभाजन के लिये किया। इस विभाजन के अन्त में दो संतति कोशिकायें बनती हैं। प्रत्येक कोशिका में क्रोमोसोम की संख्या भी जनकीय कोशिकाओं के बराबर होती है। इस प्रकार का विभाजन विभज्योतक की कोशिकाओं में अत्यंत सामान्य है। माइटोसिस और इससे पूर्व होने वाली अन्तरावस्था को मिलाकर कोशिका चक्र कहा जाता है।

[I] कोशिका चक्र

किसी कोशिका के निर्माण से लेकर उसके पुन: विभाजन द्वारा संतति कोशिका बनने तक होने वाली प्रक्रियाओं को कोशिका चक्र कहते हैं। इसमें दो मुख्य अवस्थायें होती हैं– अन्तरावस्था तथा विभाजन से पूर्व की स्थिति है। इस अवस्था में कोशिका में होने वाली गतिविधियों का अध्ययन माइक्रोस्कोप द्वारा नहीं हो सकता। परन्तु इस अवस्था में केन्द्रक उपापचय की दृष्टि से अत्यंत सक्रिय होता है। माइटोसिस में होने वाले परिवर्तन माइक्रोस्कोप से देखे जा सकते हैं। ए. हावर्ड और एस.आर. पेल्क ने कोशिका चक्र को चार चरणों में विभाजित किया– G_1 S, G_2 और M अवस्थायें।

[II] अन्तरावस्था

इस अवस्था में डीएनए का द्विगुणन तथा कोशिका विभाजन के लिये अन्य आवश्यक पदार्थों का संश्लेषण भी होता है। इस अवस्था में तीन स्पष्ट चरण हैं। G_1 S और G_2 अवस्था–

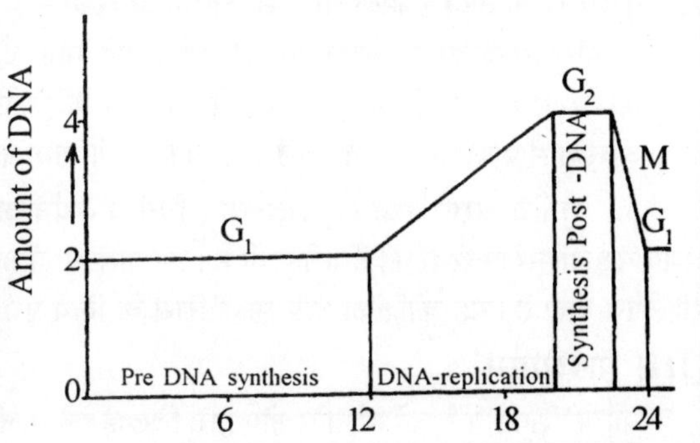

अन्तरावस्था के चरणों में डीएन ए की मात्रक।

1. **प्रथम चरण तथा G_1 अवस्था (प्रथम वर्धन काल – या अन्तराल काल)** इस चरण में केन्द्रक कोशिका विभाजन का निर्णय लेता है। इस समय आर एन

ए तथा प्रोटीन का संश्लेषण होता है। G_1 अवस्था कोशिका चक्र की सबसे लम्बी अवस्था है।

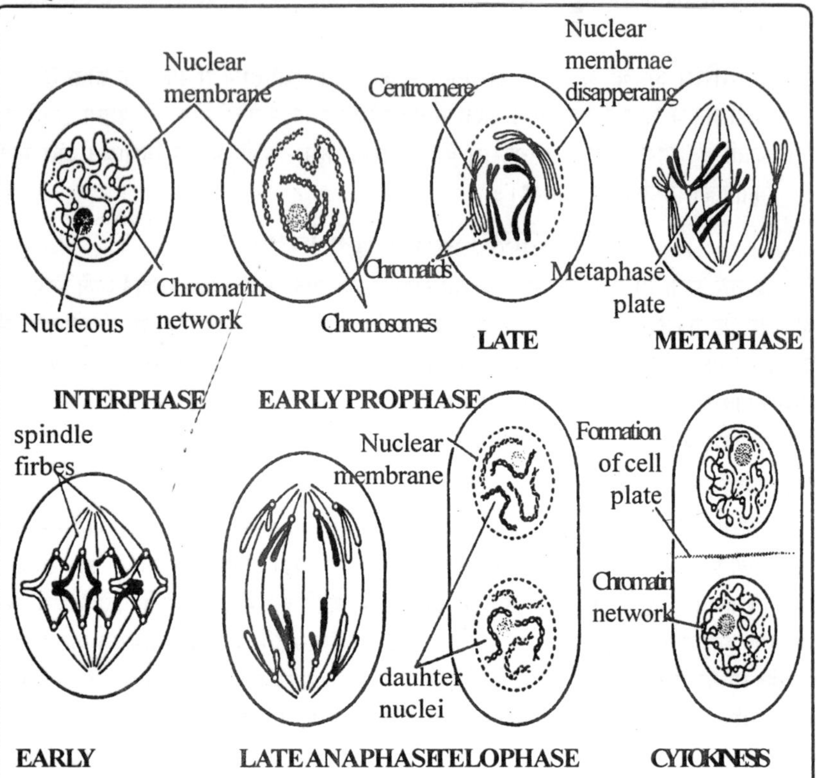

पादप में समसूत्री विभाजन

2. **दूसरा चरण तथा S अवस्था – संश्लेषण अवस्था** – इस अवस्था में डी एन ए प्रतिकरण के परिणामस्वरूप क्रोमोसोम में डी एन ए की मात्रा दोगुनी हो जाती है। अत: प्रत्येक क्रोमोसोम में अब दो अर्धगुणसूत्र पाये जाते हैं। यदि कोशिका G_1 अवस्था से गुजर कर S अवस्था में प्रवेश करती है तब कोशिका बिना किसी बाधा के माइटोसिस को पूरा कर लेती है।

3. **तृतीय चरण तथा G_2 अवस्था (द्वितीय वर्धन काल या अन्तराल काल)** – इस समय माइटोसिस अवस्था की तैयारी होती है। इस अवस्था में तर्कु के लिये आवश्यक प्रोटीनों का संश्लेषण होता है। यह कोशिका अब माइटोसिस के लिये पूरी तरह तैयार होती है।

[III] माइटोसिस

यह कोशिका चक्र की माइक्रोस्कोप द्वारा दिखाई देने वाली क्रियायें हैं अत: इन अवस्थाओं में होने वाले परिवर्तनों का अध्ययन किया जा सकता है। सुविधा के लिये माइटोसिस का अध्ययन

पौधों और प्राणियों के माइटोसिस में अन्तर

पादप कोशिका		प्राणि कोशिका
1. यह मुख्यत: विभज्योतकी कोशिकाओं में होता है।	1.	यह शरीर की सभी कोशिकाओं में होता है।
2. तारककाय अधिकतर अनुपस्थित होते हैं। फलस्वरूप एस्टर का अभाव होता है।	2.	साधारणत: तारककाय उपस्थित होते हैं और एस्टर का निर्माण करते हैं।
3. कोशिका द्रव्य विभाजन कोशिका पट्टी बनने के कारण होता है।	3.	कोशिका द्रव्य का विभाजन खाँच के कारण होता है।

प्रोफेज, मेटाफेज, ऐनाफेज, टेलोफेज और साइटोकाइनेसिस अवस्थाओं के माध्यम से किया जाता है–

1. **प्रोफेज अथवा पूर्वावस्था** – मुख्य लक्षण क्रोमेटिड का कुंडलित होना केन्द्रिक का विघटन और तर्कु का बनाना है। प्रोफेज अवस्था माइटोसिस की सबसे लम्बी अवस्था है, परन्तु फिर भी इसकी तुलना में अन्तरावस्था अधिक लम्बी होती है।

प्रोफेज के आरम्भ में क्रोमोसोम पतले, तन्तुकीय तथा जालिकामय होते हैं। इसके पश्चात् क्रोमोसोम कुण्डलित छोटे तथा स्पष्ट होने लगते हैं। इस कारण क्रोमोसोम में एक सेन्ट्रोमियर से लगे दो क्रोमेटिड स्पष्ट रूप से दिखाई देते हैं। कुछ समय पश्चात केन्द्रक कला और केन्द्रिक दिखाई देते हैं। कुछ समय पश्चात केन्द्रक कला और केन्द्रिक दिखाई देने बन्द हो जाते हैं।

2. **मध्यावस्था** – मुख्य लक्षण–क्रोमोसोम का मध्यवर्ती पट्टिका पर व्यवस्थित होना। तर्कु तन्तु सेन्ट्रोमियर से लगे हुए दिखाई देते हैं। क्रोमोसोम मध्यवर्ती पट्टिका पर आ जाते हैं। प्राणी कोशिका में सेन्ट्रोसोम अथवा तारककाय होता है जो विभाजित होकर दो तारकेन्द्रों में अलग हो जाता है। तारककेन्द्र विपरीत ध्रुवों पर पहुँचते हैं। इनसे तारकीय अरें से निकलती हैं और तर्कु तन्तु बनाती है। ये तन्तु प्रोटीन से बनी महीन नलिकायें होती हैं। इन तन्तुओं के बनने में कोशिका में उपस्थित लगभग 15 प्रतिशत प्रोटीन काम आता है। पौधों में सेन्ट्रोसोम का अभाव होता है परन्तु तन्तुओं से बना तुर्कु उपस्थित होता है सेन्ट्रोसोम और तारकीय अरें उपस्थित होने के कारण प्राणियों के माइटोसिस को तारकीय सूत्री विभाजन तथा इसके अभाव में पौधों की कोशिकाओं में होने वाले माइटोसिस को अतारकीय माइटोसिस कहा जाता है।

3. पश्चावस्था– मुख्य लक्षण–सन्तति गुणसूत्रों की विपरीत ध्रुवों पर गति।

मध्यवर्ती पट्टी पर स्थित क्रोमिसोम के सेन्ट्रोमियर इस समय टूट जाते हैं। अब प्रत्येक क्रोमेटिड अलग हो जाता है और उसके साथ एक सेन्ट्रोमियर भी पाया जाता है। इस प्रकार से अलग हुये क्रोमेटिड को जिसके साथ सेन्ट्रोमियर लगा होता है, अब क्रोमोसोम कहा जा सकता है। टूटे हुए सेन्ट्रोमियर एक दूसरे को दूर ढकेलते हैं। तर्कु तन्तुओं के संकुचन के फलस्वरूप

सेन्ट्रोमियर और साथ लगे हुए क्रोमोसोम (क्रोमेटिड) विपरीत ध्रुवों की ओर खींचे जाते हैं। सेन्ट्रोमियर के स्थान के अनुसार क्रोमोसोम वी, जे इत्यादि विभिन्न आकार के दिखाई देते हैं।

4. अन्त्यावस्था - मुख्य लक्षण- सन्तति केन्द्रकों का पुनर्निर्माण

क्रोमोसोम विपरीत ध्रुवों पर पहुँचने के पश्चात एकत्रित होकर समूह बनाते हैं केन्द्रक कला तथा अन्त में न्यूक्लिओलस भी बन जाता है। तर्कु विलोपित हो जाता है।

5. कोशिका द्रव्य विभाजन मुख्य लक्षण साइटोप्लाज्म और कोशिकांगों का संतति कोशिकाओं में बराबर बंटवारा।

कोशिका द्रव्य विभाजन दो प्रकार से होता है-

1. कोशिका खाँच विधि और
2. कोशिका पट्टी विधि।

(अ) कोशिका खाँच विधि - प्राणियों में कोशिका भित्ति के अभाव के कारण बाह्य परतें, लचीली होती हैं। ऐसी स्थिति में कोशिका के मध्य क्षेत्र में संकीर्णन बनने लगता है। यह निरंतर अन्दर की ओर बढ़कर कोशिका को दो सन्तति कोशिकाओं में विभाजित कर देता है।

(ब) कोशिका पट्टी विधि - कोशिका पट्टी केवल पौधों की कोशिकाओं में बनती है जिनमें दृढ़ कोशिका भित्ति पायी जाती है। कोशिका में जिस स्थान पर सूक्ष्मनलिकायें (तर्कु बनाने वाली) टूटकर एकत्र होती हैं उस स्थान पर कोशिका पट्टी बनती है। इस प्रकार कोशिका पट्टी बनने के स्थान को सूक्ष्मनलिकायें निश्चित करती है। इनके आस-पास गॉल्जी पुटिकायें एकत्रित होती है तथा फ्रैग्मोप्लास्ट नाम की संरचना बनाती है । यह कोशिका के बाहर की ओर बढ़ती है और कोशिका पट्टी बनाकर कोशिका को दो भागों में विभाजन कर देती हैं।

[IV] सूत्री विभाजन अथवा माइटोसिस का महत्व

सूत्री विभाजन निम्नलिखित कारणों से महत्वपूर्ण मान जाता है-

1. **आनुवंशिक स्थिरता** - माइटोसिस के अन्त में जो दो संतति कोशिकायें बनती है उनमें क्रोमोसोम की संख्या, जनकीय कोशिका में उपस्थित क्रोमोसोम संख्या के बराबर होती है। इस प्रकार संतति और जनकीय कोशिकाओं में डी एन ए की मात्रा भी एकसमान होती है। इतना ही नहीं, दोनों कोशिकाओं में डी एन ए के लक्षण भी एक जैसे होने के कारण जनक पीढ़ी और सन्तति पीढ़ी में कोई भी अन्तर नहीं पाया जाता है। इस प्रकार आनुवंशिकता की दृष्टि से अगली पीढ़ी में क्रोमोसोम की संख्या और आनुवंशिक लक्षणों में अन्तर नहीं होता।

2. **वृद्धि-** माइटोसिस द्वारा बनने वाली कोशिकायें, जीवधारियों में कोशिकाओं की संख्या बढ़ाती है और उनके आकार एवं आमाप में वृद्धि करती है।

3. **मरम्मत** - माइटोसिस का एक मुख्य कार्य पुरानी कोशिकाओं की मरम्मत, पुनर्जनन और उन्हें बदलने में सहायता करना है।

4. **अलैंगिक जनन** - माइटोसिस, प्राणि और पौधों में अलैंगिक जनन के समय होने वाला विभाजन है।

[V] पौधों और प्राणियों की कोशिकाओं में माइटोसिस -

पौधों और प्राणियों की कोशिकाओं में माइटोसिस की क्रिया यद्यपि एक जैसी ही होती है परन्तु फिर भी इनमें निम्नलिखित अन्तर पाये जाते हैं-

मियोसिस अथवा अर्धसूत्री विभाजन

माइटोसिस के परिणामस्वरूप सन्तति कोशिकाओं में क्रोमोसोम की संख्या तथा डी एन ए की मात्रा जनकीय कोशिका के बराबर होती है। अतः माइटोसिस द्वारा बनने वाली संतति कोशिकायें तथा जनकीय कोशिका के आनुवंशिक लक्षणों में अन्तर नहीं होता है। माइटोसिस केवल अलैंगिक प्रजनन के लिये उपयोगी हैं परन्तु लैंगिक प्रजनन के लिये एक अलग प्रकार के विभाजन की आवश्यकता होती है। मटर की प्रत्येक कोशिका में 14 क्रोमोसोम होते हैं और यदि अण्डे तथा पुमणु बनते समय माइटोसिस हो तो उनमें भी 14 ही क्रोमोसोम होंगे। ऐसे युग्मकों के संगलन से बनने वाले युग्मनज और फिर उससे निर्मित नये पौधे में 28 क्रोमोसोम होंगे। यदि यह प्रक्रिया पीढ़ी दर पीढ़ी होती रहेगी तो क्रोमोसोम की संख्या नयी पीढ़ी के साथ 28 से 56, 56 से 112, और इस प्रकार से बढ़ती चली जायेगी।

विनीवार्टर ने अपने अध्ययनों द्वारा यह बताया कि युग्मक में जनकीय कोशिका की तुलना में क्रोमोसोम की संख्या आधी होती है। लगभग सभी विकसित जीवधारियों में क्रोमोसोम की संख्या आधी करने वाला विभाजन युग्मक बनते समय होता है। इस प्रकार के विभाजन को फार्मर और मुरे ने मियोसिस अथवा अर्ध-सूत्री विभाजन नाम दिया। ऊपर दिये गये उदाहरण के अनुसार मटर की कोशिका में 14 क्रोमोसोम होते हैं, जबकि अर्ध-सूत्री विभाजन द्वारा अण्डों तथा पुमणुओं में आधे (7) क्रोमोसोम रह जाते हैं। इस प्रकार के मादा तथा नर युग्मकों के संगलन द्वारा बने हुये युग्मज में क्रोमोसोम की संख्या पुनः सामान्य कोशिका में पाये जाने वाले क्रोमोसोम (14) के बराबर हो जाती है। इसलिये मटर की नयी पीढ़ी के पौधे की प्रत्येक कोशिका में अब 14 क्रोमोसोम पाए जाते हैं। इस प्रकार अर्धसूत्री विभाजन प्रत्येक पीढ़ी में क्रोमोसोम की संख्या अनुरक्षित करता है।

1. **प्रथम या प्रथम अर्ध-सूत्री विभाजन या विषम विभाजन या न्यूनकारी विभाजन** - इस चरण के अन्त में संतति कोशिकाओं में क्रोमोसोम की संख्या आधी रह जाती है।

2. **द्वितीय या द्वितीय अर्ध-सूत्री विभाजन या समविभाजन या सम अर्ध-सूत्री विभाजन** - यह वास्तव में समसूत्री विभाजन है इस चरण में प्रथम अर्द्ध-सूत्री विभाजन के अन्त में क्रोमोसोम की जो संख्या पायी जाती है वही यह विभाजन से बनने वाली संतति कोशिकाओं में पायी जाती है।

अर्ध-सूत्री विभाजन का अध्ययन ट्रेडेस्केन्शिया नाम के पौधे के परागकोशों में कियाजा सकता है। अर्ध-सूत्री विभाजन से पूर्व अन्तरावस्था पायी जाती है। जिसमें माइटोसिस के समान G_1, S और G_2 अवस्थायें होती है। G_2 अवस्था या तो अनुपस्थित होती है या अत्यन्त कम समय में पूरी होती है।

[I] प्रथम अर्धसूत्री विभाजन

इस विभाजन के मुख्य चरण निम्न प्रकार हैं-

1. प्रोफेज I अथवा पूर्वावस्था
2. मेटाफेज I अथवा मध्यावस्था
3. ऐनाफेज I अथवा पश्चावस्था और
4. टेलोफेज I अथवा अन्त्यावस्था ।

(1) प्रोफेज I अथवा प्रथम पूर्वावस्था- यह अवस्था सबसे अधिक समय तक चलती है तथा अन्य सभी अवस्थाओं की अपेक्षा जटिल है। इसमें निम्नलिखित उप-अवस्थाएँ होती हैं- तनुपट्ट, युग्मपट्ट, स्थूलपट्ट, द्विपट्ट तथा पारगतिक्रम ।

1. तनुपट्ट- मुख्य लक्षण-क्रोमोसोम धागे के समान दिखाई देते हैं उनके उपर स्थित क्रोमोमियर भी स्पष्ट होते हैं।

क्रोमोसोम लम्बे और बुने हुए धागो के समान होते हैं। क्रोमोसोम पर क्रोमोमीयर दिखायी देते हैं। कुछ पौधों में क्रोमोसोम केन्द्रक के कोने पर एकत्र हो जाते हैं। इन गुच्छों को बोके और इस प्रावस्था को आपुंजन कहतेहैं।

2. युग्मपट्ट - मुख्य लक्षण-क्रोमोसोम का युग्मन और सिनैप्टिनिमल जटिल का बनना।

इस अवस्था में सिनैप्सिस होता है। द्विगणित कोशिकाओं में क्रोमोसोम के दो समूह होतेहै। जिनमें से एक पैतृक तथा दूसरा मातृक कोशिका से आता है। एक समूह के क्रोमोसोम दूसरे समूह के क्रोमोसोम के समान होते हैं। इस प्रकार से प्रत्येक क्रोमोसोम के लिए दूसरे समूह में एक समजात क्रोमोसोम होता है। सिनैप्सिस में दो समाजात क्रोमोसोम युग्मन अथवा जोड़ी बनाते हैं। इस क्रिया में बनने वाली संरचना को सिनैप्टोनिमल जटिल कहते हैं। इसमें प्रत्येक जोड़ी में चार क्रोमेटिड दिखायी जाती है।

3. स्थूलपट्ट - मुख्य लक्षण-विनिमय और क्रोमेटिड के बीच आनुवंशिक पुनर्योयन ।

इस प्रावस्था के क्रोमोसोम छोटे तथा कुण्डलित होते हैं। इस समय प्रत्येक समजात क्रोमोसोम के दो क्रोमेटिड स्पष्ट दिखाई देते हैं। समजात क्रोमोसोम की जोड़ी में इस प्रकार चार क्रोमेटिड होते हैं। इस जोड़ी को युगली कहते हैं। समजात क्रोमोसोमों के बीच इस समय कुछ समान टुकड़ों का आदान-प्रदान होता है। इसे विनिमय कहते हैं। विनिमय में केवल वे दो क्रोमेटिड जो दो अलग परन्तु समजात क्रोमोसोम के होते हैं, आपस में समान टुकड़ों का आदान-प्रदान करते हैं। केन्द्रिक संघटक क्रोमोसोम के साथ न्यूक्लिओलस लगा हुआ दिखाई देता है। इस समय क्रोमोसोम की लम्बाई माइटोसिस की मेटाफेज की तुलना में अधिक होती है। अतः क्रोमोसोम की बाह्य संरचना के अध्ययन के लिये यह प्रावस्था अत्यन्त उपयोगी होती है।

4. द्विपट्ट : मुख्य लक्षण-समजात क्रोमोसोम का अलग होना तथा काइऐज्मेटा का दिखाई देना।

इस प्रावस्था के प्रारम्भ में विनिमय समाप्त होने लगता है। परन्तु समजात क्रोमोसोम के क्रोमेटिड कुछ स्थानों बिन्दुओं को काइऐज्मेटा कहते हैं। यह बिन्दु वह स्थान है जहां पर विनिमय

हो चुका होता है। अन्त में क्रोमोसोम की लम्बाई कम होने लगती है तथा न्यूक्लिओलस लुप्त होने लगता है। केन्द्रक कला इस समय भी उपस्थित होती है।

5. पारगतिक्रम : मुख्य लक्षण-काइऐज्मेटा का कम होना तथा उपान्तीभवन।

समजात क्रोमोसोम प्रतिकर्षण के कारण एक दूसरे से दूर जाने लगते हैं। फलस्वरूप काइऐज्मेटा भी क्रोमोसोम के सिरे की ओर खिसकने लगते हैं। इस विधि को उपान्तीभवन कहते हैं। इस प्रावस्था में क्रोमोसोम निरन्तर संकुचित होने के कारण गोल आकर के दिखायी देते हैं। इस समय न्यूक्लिओलस नहीं दिखायी देता। केन्द्रक कला भी इस समय न्यूक्लिओलस नहीं दिखायी देता। केन्द्रक कला भी इस प्रावस्था के अन्त में तथा प्रथम मेटाफेज के आरम्भ में लुप्त हो जाती है।

(2)प्रथम मेटाफेज अथवा मध्यावस्था- क्रोमोसोम घने होते हैं। तर्कु उपकरण बनने लगता है, तथा युगली क्रोमोसोम के सेन्ट्रोमियर तर्कु तन्तुओं से जुड़ते हैं। युगली क्रोमोसोम मध्यवर्ती अक्ष पर स्थित होते हैं।

(3)प्रथम ऐनाफेज अथवा पश्चावस्था - क्रोमोसोम मध्यवर्ती अक्ष से विपरीत ध्रुवों की ओर गतिशील होते हैं। प्रथम अर्धसूत्री विभाजन में सम्पूर्ण क्रोमोसोम ध्रुवों पर अथवा विपरीत छोरों पर जाता है, केवल एक क्रोमेटिड नहीं। इस प्रकार से कोशिका में उपस्थित क्रोमोसोम में से आधे क्रोमोसोम एक छोर पर तथा शेष आधे दूसरे छोर पर जाते हैं। ऐनाफेज के अन्त में प्रत्येक छोर पर केवल आधे क्रोमोसोम रह जाते हैं। यह न्यूनकारी विभाजन का प्रमुख लक्षण है।

4. प्रथम टेलोफेज अथवा अन्त्यावस्था - प्रत्येक छोर पर स्थित क्रोमोसोम समूह में एकत्रित हो जाते हैं। इस समूह के चारों ओर नयी केन्द्रक कला बनती है। इस प्रकार केन्द्रक पुनः एक बार स्पष्ट दिखाई देने लगते हैं।

ये कोशिकायें अब अन्तरावस्था में प्रवेश करती हैं। कुछ प्रसंगों में प्रथम टेलोफेज और द्वितीय अर्ध-सूत्री विभाजन से पूर्व होने वाली अन्तरावस्था नहीं होती है तथा प्रथम ऐनाफेज के बाद क्रोमोसोम सीधे ही द्वितीय मेटाफेज में प्रवेश करते हैं।

कोशिका द्रव्य-विभाजन दो प्रकार का होता है-

1. **उत्तरोत्तर कोशिका द्रव्य-विभाजन** - यदि कोशिका द्रव्य-विभाजन अर्धसूत्री विभाजन 1 के बाद होकर दो कोशिकायें बनती है और इनमें से प्रत्येक कोशिका में पुनः कोशिका द्रव्य विभाजन दूसरे विभाजन के अन्त में होता है तब इसे उत्तरोत्तर कोशिका द्रव्य विभाजन कहते हैं।
2. **समकालिकत कोशिका द्रव्य-विभाजन** - यदि चारों सन्तति कोशिकाओं को अलग करने के लिए कोशिकीय पट्टियाँ केवल अर्ध सूत्री विभाजन - II के पश्चात ही बनती हों तो उसे समकालिकत कोशिका द्रव्य विभाजन कहते हैं।

[II] द्वितीय अर्धसूत्री विभाजन -

इस विभाजन के मुख्य चरण है -

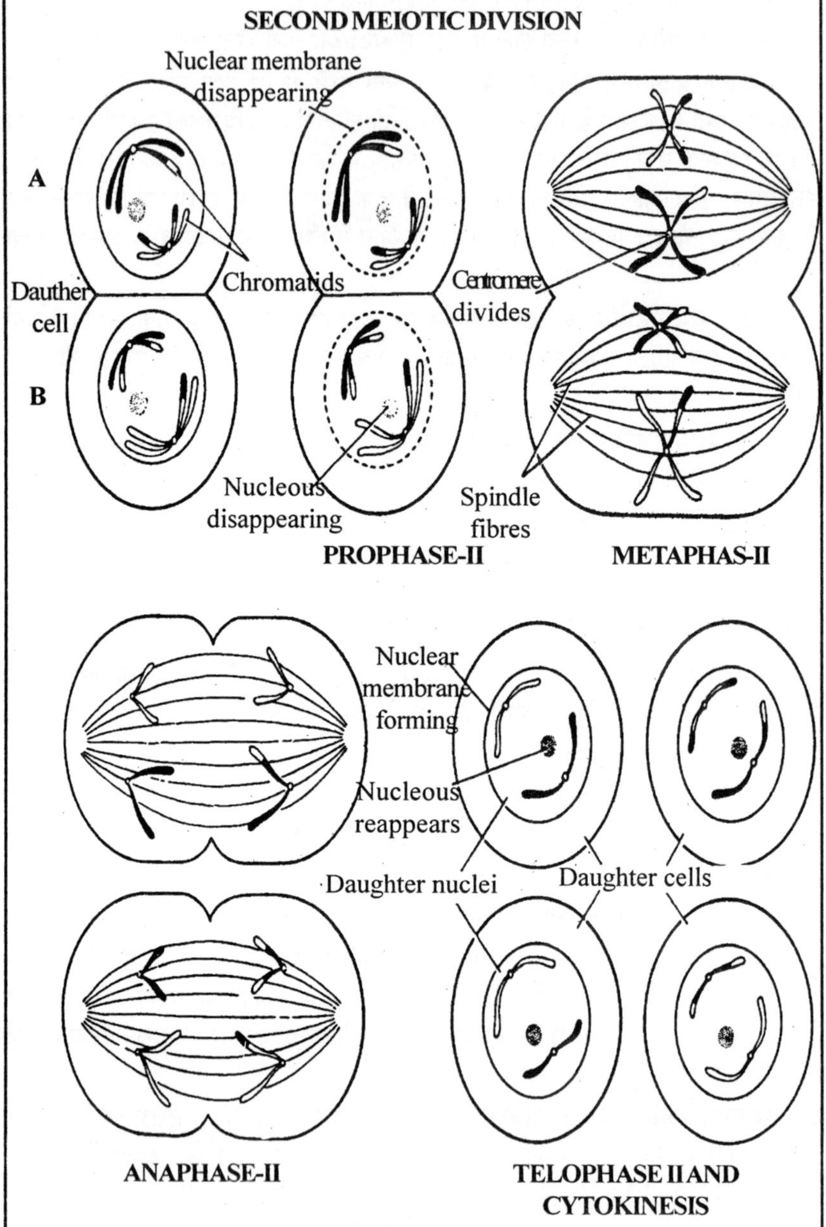

पादप में द्वितीय अर्धसूत्री विभाजन

1. प्रोफेज़ – II अथवा पूर्वावस्था – II
2. मेटाफेज – II अथवा मध्यावस्था –II
3. ऐनाफेज – II अथवा पश्चावस्था –II
4. टेलोफेज –II अथवा अन्त्यावस्था –II और
5. साइटोकाइनेसिस अथवा कोशिका – द्रव्य विभाजन

द्वितीय अर्धसूत्री विभाजन, लगभग माइटोसिस जैसे ही होता है। इन दोनो और के बीच होने वाली अन्तरावस्था में डी एन ए का प्रतिकरण नही होता। इस विभाजन के अन्त में संतति कोशिकाओं में क्रोमोसोम केवल एक क्रोमेटिड के बने होते है तथा उनमें क्रोमोसोम की संख्या भी अगुणित होती है।

1. **द्वितीय प्रोफेज अथवा पूर्वावस्था :** इस प्रावस्था में क्रोमोसोम दो क्रोमेटिड का बना हुआ दिखाई देता है। क्रोमेटिड मोटे हो जाते है तथा केन्द्रक कला और न्यूक्लिओलस लुप्त हो जाते है।
2. **द्वितीय मेटाफेज अथवा मध्यावस्था** – तर्कु का निर्माण होकर तन्तुओं के साथ क्रोमोसोम मध्यवर्ती पट्टी की ओर गति करते है प्राणी तथा पौधों की कोशिकाओं में विभाजन की विधि समान होती है। प्राणियों में कोशिका विभाजन में तारककाय तर्कु बनाने में काम आते हैं। पौधों के कोशिका विभाजन में तारककाय के अभाव के कारण तर्कु कोशिका द्रव्य के प्रोटीन से बनता है।
3. **द्वितीय ऐनाफेज अथवा पश्चावस्था** – इस प्रावस्था में प्रत्येक क्रोमोसोम में केवल एक सेन्ट्रोमियर होता है । यह अब टूटकर दो भागों में अलग हो जाता है और प्रत्येक कोमेटिड के साथ अब एक–एक सेन्ट्रोमियर लगा पाया जाता है । इस अलग हुए सेन्ट्रोमियर से लगे हुये क्रोमेटिड को ही अब संपूर्ण गुणसूत्र माना जाता है इस प्रकार अर्धसूत्री विभाजन में केवल द्वितीयक ऐनाफेज अथवा पश्चावस्था में ही क्रोमोसोम का विभाजन होता है इस अवस्था के अन्त में क्रोमेटिड (=क्रोमोसोम) तर्कु तन्तुओं के संकुचन के कारण विपरीत ध्रुवों पर खींच लिये जाते है।
4. **द्वितीय टेलोफेज अथवा अन्त्यावस्था** – क्रोमेटिड विपरीत ध्रुवों पर एकत्रित हो जाते है। केन्द्रक न्यूक्लिओलस और केन्द्रक कला का निर्माण होता है।
5. **कोशिका द्रव्य विभाजन :** इस समय प्राणि–कोशिकाओं में संकीर्णन होकर संतति कोशिकायें अलग हो जाती हैं। पौधों की कोशिकाओं के मध्य भाग में कोशिका पट्टी बनती है और यहीं से संतति कोशिकायें अलग हो जाती है।

अर्धसूत्री विभाजन अथवा मियोसिस का महत्व

1. **क्रोमोसोम की संख्या को बनाये रखना:** लैगिंक जनन के दौरान द्विगुणित (2n) कोशिकाएँ अर्धसूत्री विभाजन द्वारा अगुणित (n) युग्मकों का निर्माण करती हैं। अगुणित अथवा युग्मकों के संगलन द्वारा द्विगुणित अथवा युग्मनज बनता है। इस प्रकार युग्मनज से बनने वाली नयी पीढ़ी में क्रोमोसोम की संख्या पुनः सामान्य अथवा द्विगुणित बनी रहती है। यदि

अर्धसूत्री विभाजन नहीं होता तो जनक कोशिकायें द्विगुणित होती, उनसे बननेवाले युग्मक भी द्विगुणित होते, युग्मकों के संगलन से बना युग्मजन चतुर्गुणित और नयी पीढ़ी की कोशिकाओं में भी क्रोमोसोम की संख्या चतुर्गुणित होती । इस प्रकार क्रोमोसोम की संख्या प्रत्येक पीढ़ी के साथ बढ़ती चली जाती है। अर्धसूत्री विभाजन इस संख्या को बढ़ने से रोकता है तथा जनक कोशिकाओं में जितने क्रोमोसोम होते हैं उनकी संख्या को बनाये रखता है।

2. **पुनर्योजन :** अर्धसूत्री विभाजन में जीन का आदान–प्रदान होता है। जीन अथवा क्रोमोसोम के टुकड़ों के इस आदान प्रदान को विनिमय कहते है। इनके द्वारा बने हुये युग्मकों में जीन के नये संयोजन बनते है। फलस्वरूप युग्मकों के संगलन द्वारा बनी हुई नयी पीढ़ी पिछली पीढ़ी से भिन्न होती है।

3. **विकास में अर्धसूत्री विभाजन का महत्व :** जीवधारियों में पीढ़ी दर पीढ़ी विनियम के कारण पुनर्योजन होते रहते है। इस कारण प्रत्येक पीढ़ी अपने जनकों से भिन्न होती है। इन भिन्नताओं के फलस्वरूप विकास की प्रक्रिया को सहायता मिलती है।

मुक्त कोशिका निर्माण

इस प्रकार विभाजन में केन्द्रक सामान्य रूप से विभाजित होता है। परन्तु कोशिका भित्ति न बनने के कारण नये केन्द्रक साइटोप्लाज्म में मुक्त रूप से बिखरे हुये होते है। केन्द्रकों का विभाजन बार–बार होता रहता है और असंख्य केन्द्रक बन जाते है विभाजन रूक जाने के कुछ समय बाद कोशिका भित्तियाँ बाहर से अन्दर की ओर बनने लगती है। इस प्रकार अन्त में कोशिकाये बन जाती है। मुक्त कोशिका निर्माण, भ्रूणपोष का सामान्य लक्षण है।

असूत्री विभाजन

यह प्रत्यक्ष विभाजन है। इस प्रकार के विभाजन में केवल केन्द्रक का विभाजन होता है तथा इसके पश्चात कोशिका भित्ति का बनना आवश्यक नही है। इस विभाजन के समय क्रोमोसोम स्पष्ट नहीं होते।

विभाजन के प्रारम्भ में केन्द्रक आकार में लम्बा हो जाता है। इस दीर्घीकरण के कारण केन्द्रक किसी मध्यवर्ती स्थान पर संकुचित होने लगता है। यह संकुचन अन्त में केन्द्रक को दो भागों में अलग कर देता है। यह विभाजन निम्न कोटि के शैवाल, कवक, और विकसित पौधों की कोशिकाओं में सामान्य है।

अभ्यास प्रश्न

बहुचयनात्मक प्रश्नोत्तर

1. **ऐवेरी द्वारा न्यूमोकोकस जीवाणुओं पर किया गया प्रयोग दर्शाता है कि -**
   अ. आनुवंशिक कारक डी एन ए में उपस्थित होते है।
   ब. जीवाणुओं के किसी भी निचोड़ में आनुवंशिक कारक पाए जाते है।
   स. आनुवंशिक कारक केवल चिकनी भित्ति वाले जीवाणुओं के निचोड़ में पाए जाते हैं
   द. डी एन ए नये आनुवंशिक कारक बनाता है।
2. **डी एन ए आनुवंशिक पदार्थ है इसका सुस्पष्ट प्रमाण मिलता है।**
   अ. इस तथ्य से गुणसूत्र डी एन ए के बने होते हैं
   ब. जीवाणु कोशिकाओं के रूपान्तरण के अध्ययन द्वारा
   स. इस ज्ञान द्वारा कि केन्द्रक में डी एन ए होता है
   द. कि डी एन ए में द्विगुणन की क्षमता होती है
3. **कोशिका विभाजन -**
   अ. में विभिन्न कोशिकांगों के बीच समन्वय नहीं होता
   ब. कभी भी हो सकता है
   स. अत्यन्त समन्वित क्रिया है।
   द. अत्यन्त शुद्ध क्रिया नहीं है।
4. **गुणसूत्रों की गति होती है-**
   अ. तर्क तन्तुओं से स्वतन्त्र
   ब. निर्भर होती है तर्कु तन्तु और गुणसूत्र बिन्दुओं के सहवास पर
   स. कोशिकाद्रव्य भ्रमण के कारण
   द. सूत्रकणिका में ए टी पी के अत्यधिक निर्माण के कारण
5. **डी एन ए का स्वप्रतिकरण होता है**
   अ. G_1 चरण में ब. G_2 चरण मे
   स. S चरण में
   द. ऊपर दिये गये सभी चरणों में
6. **कोशिका विभाजन का निर्णय लिया जाता है-**
   अ. S चरण पर ब. G_2 चरण मे
   स. G_1 चरण में द. प्रारम्भ के पूर्व
7. **कोशिका सामान्यतः बिना रुकावट के सूत्री विभाजन दिखाती है -**
   अ. जब यह S चरण में प्रवेश करती है
   ब. जब यह G_2 चरण में प्रवेश करती है

स. कोशिका विभाजन की गतिविधियों के समय में कभी भी

द. किसी भी चरण में

8. निम्नलिखित में से किस अवस्था में डी एन ए की मात्रा द्विगणित होती है?

अ. अन्तरावस्था ब. पूर्वावस्था

स. मध्यावस्था द. पश्चावस्था

9. यदि डी एन ए के अणु को, जिसके दोनों रज्जुकों में थायमिडीन हो, अरेडियोधर्मी थायमिडीन के वातावरण में द्विगुणित होने दिया जाये, तब तीन द्विगुणित होने दिया जाये, तब तीन द्विगुणनों के पश्चात् डी एन ए के ऐसे कितने अणु होंगे, जिनमें कुछ रेडियोधर्मी थायमिडीन पाया जाता हो?

अ. इस प्रकार के चार अणु होंगे

ब. सभी आठ अणु इसी प्रकार के होंगे

स. इस प्रकार का केवल एक अणु होगा

द. इस प्रकार के केवल दो रज्जुक होंगे।

10. यदि हम इस प्रकार का T_2 जीवाणुभोजी चाहते हों, जिसके प्रोटीन आवरण में S^{35} हो, तब सबसे सुलभ विधि होगी –

अ. T_2 जीवाणुभोजी को ऐसे माध्यम में वृद्धि करायी जाये जिसमें उपस्थित ऐमिनो अम्ल S^{35} से चिन्हित हों।

ब. T_2 जीवाणुभोजी इ. कोली में प्रवेश कराये जाये जिसमें उपस्थित प्रोटीन S^{35} से चिन्हित हों।

स. S_{35} से चिन्हित प्रोटीन से युक्त T_2 जीवाणुभोजी बनाया जाये और फिर इ. कोली में उसे विभाजन करने दिया जाये।

द. ऊपर में से कोई भी नही

11. कोशिका चक्र का अनुक्रम है –

अ. S, G_1, G_2, M ब. S, M, G_1, G_2

स. G_1, S, G_2, M द. M, G_1, G_2, S

12. मूलाग्र की कोशिका में 128 कोशिकाये बनने के लिए कितने सूत्री विभाजन होंगे?

अ. 128 विभाजन ब. 127 विभाजन

स. 64 विभाजन द. 7 विभाजन

13. सूत्री विभाजन बना होता है

अ. केन्द्रक विभाजन की श्रृंखला का

ब. कोशिका द्रव्य का विदलन

स. केन्द्रक विभाजन और इसके पश्चात् कोशिका द्रव्य विभाजन

द. संतति केन्द्रकों का निर्माण

14. सूत्री विभाजन में आनुवंशिक सांतत्य निश्चित करने की क्रियाविधि है–

अ. दो संतति कोशिकाओं में आधे गुणसूत्रों का पाया जाना

ब. दो संतति कोशिकाओं का निर्माण जिनमें समान डी एन ए हो ।

स. मातृक और पैतृक लक्षणों का पृथक होना

द. विनिमय

15. विभाजक कोशिका में कोशिका भित्ति का स्थान निर्धारित करता है।

अ. सूक्ष्मतन्तु

ब. सूक्ष्म नलिकायें

स. अन्तर्दव्यी जालिका

द. गॉल्जी उपकरण

16. अर्धसूत्री विभाजन के अन्तर्गत गुणसूत्रों के मातृक और पैतृक अर्धगुणसूत्रों के टुकडों का आदान-प्रदान कहलाया जाता है।

अ. सहलग्नता ब. विनिमय

स. अन्त्यावस्था द. प्रभावित

17. अर्धसूत्री विभाजन के अन्तर्गत

अ. केन्द्रक का एक विभाजन और गुणसूत्रों का एक विभाजन

ब. केन्द्रक का एक विभाजन और गुणसूत्रों का दो विभाजन

स. केन्द्रक के दो विभाजन और गुणसूत्रों के दो विभाजन

द. केन्द्रक के दो विभाजन और गुणसूत्रों का एक विभाजन

18. अर्धसूत्री विभाजन में विनिमय होता है, दौरान में -

अ. तनुपट्ट के ब. युग्मपट्ट के

स. स्थूलपट्ट के द. द्विपट्ट के

19. अर्धसूत्री विभाजन इसलिये महत्वपूर्ण है क्योंकि -

अ. यह समान कोशिकाओं का निर्माण करता है

ब. यह गुणसूत्रों की मूल संख्या को पुनः स्थापित करता है

स. इसमें कोशिका की डी एन ए की मात्रा का द्विगुणन होता है

द. यह केवल कार्यिक कोशिकाओं में होता है

20. सिनैप्टोनिमल कम्प्लेक्स संरचना है

अ. कोशिका द्रव्य विभाजन की ब. काइऐज्मेटा के उपान्तीभवन की

स. गुण सूत्र वियोजन की द. गुणसूत्र संयुग्मन की

उत्तरमाला

1.	अ	2.	ब	3.	स	4.	ब
5.	स	6.	स	7.	अ	8.	अ
9.	द	10.	ब	11.	स	12.	ब
13.	स	14.	ब	15.	ब	16.	ब
17.	द	18.	स	19.	ब	20.	द

अतिलघूत्तरात्मक प्रश्नोत्तर

1. मानव तथा यीस्ट में अनॉक्सी श्वसन कब और कहाँ होता है ?
2. श्वसन इलेक्ट्रॉन संचार प्रणाली कोशिका में कहाँ होती है?
3. माइटोकान्ड्रिया के अन्दर ग्लाइकोलिटिक NADH($+H^+$) ऑक्सीकरण के समय कितने ATP परमाणु संश्लेषित होते हैं ?
4. उन दो विधियों का क्या नाम है जिनके द्वारा ऑक्सीकारी फास्फोराइलेशन के लिए ग्लाइकोलिटिक NADH($+H^+$) माइटोकान्ड्रिया में प्रवेश करती है ?
5. व्याख्या कीजिए–
   (अ) श्वसन [*N. C. E. R. T.*]
   (ब) बाह्य श्वसन (स) आन्तरिक श्वसन
6. ग्लाइकोलाइसिस में NADH($+H^+$) बनते समय कौन माध्यमिक ऑक्सीकृत होता है ?
7. क्रेब्स चक्र में कितने चरणों में डीकार्बोक्साइलेशन होता है ? प्रक्रिया का नाम बताइए।
8. क्रेब्स चक्र के एक घुमाव में कितने परमाणु NADH ($+H^+$) बनते हैं ?

लघूत्तरात्मक प्रश्नोत्तर

1. निम्नलिखित पर संक्षिप्त टिप्पणी लिखिए–
   (i) DNA का स्वप्रतिकरण,
   (ii) माइटोसिस,
   (iii) सूत्रयुग्मन,
   (iv) समजात क्रोमोसोम,
   (v) व्यवत्यासिका,
   (vi) विनिमय,
   (vii) सेन्ट्रोमीयर
   (viii) कोशिका द्रव्य विभाजन,
   (ix) असूत्री विभाजन
   (x) मुक्त कोशिका निर्माण
   (xi) अर्द्धसूत्री विभाजन का महत्त्व
2. निम्नलिखित के स्पष्ट रेखांकित चित्र बनाइये–
   (i) माइटोसिस की मेटाफेज,
   (ii) माइटोसिस की टेलीफेज,

(iii) अर्द्धसूत्री विभाजन की द्वितीय मेटाफेज

(iv) पादप कोशिका में अर्द्धसूत्री विभाजन

3. सूत्री विभाजन के प्रोफेज तथा अर्द्धसूत्री विभाजन के प्रथम प्रोफेज में अन्तर बताइये।

निबन्धात्मक प्रश्नोत्तर

1. पौधों के जीवन में सूत्री विभाजन का महत्त्व बताइये।
2. नामांकित चित्रों की सहायता से सूत्री विभाजन का सम्बन्ध स्पष्ट कीजिये?
3. पौधों के जीवन-चक्र से अर्द्धसूत्री विभाजन का सम्बन्ध स्पष्ट कीजिए।
4. अर्द्धसूत्री विभाजन के प्रमुख परिणाम क्या हैं? अर्द्धसूत्री विभाजन द्वारा पौधे किस प्रकार लाभाविन्त होते हैं?
5. केवल नामांकित चित्रों द्वारा अर्द्धसूत्री विभाजन के समय गुणसूत्रों में होने वाले परिवर्तनों की विभिन्न अवस्थाओं को दर्शाइये।
6. सूत्री तथा अर्द्धसूत्री विभाजन की तुलना कीजिए।
7. सूत्री और अर्द्धसूत्री के प्रकम में कौन-से विशेष चार अन्तर है?

□□□

इकाई 4 अनुवांशिक पदार्थ का संगठन

केन्द्रक

1. इतिहास –

केन्द्रक की खोज श्रेय **रॉबर्ट ब्राउन (1831)** को है। यह कोशिका तथा जीवधारियों के आनुवंशिक लक्षणों का नियन्त्रण करता है। अतः इसे कोशिका का नियन्त्रण कक्ष भी माना जाता है।

2. वितरण –

केन्द्रक सभी यूकेरियोटिक कोशिकाओं में पाया जाता है कुछ कोशिकाओं में केन्द्रक युवा अवस्था में तो उपस्थित होता है परन्तु परिपक्व कोशिकाओं में नष्ट हो जाता है। जैसे, स्तनधारियों की लाल रूधिर कणिका पौधों की परिपक्व चालनी नलिका इत्यादि। प्रोकैरियोटिक कोशिकाओं में वास्तविक केन्द्रक का अभाव होता है। प्रत्येक कोशिका में सामान्यतः एक केन्द्रक होता है परन्तु कुछ विशेष कोशिकाओं में यह संख्या अधिक होती है। उदाहरणार्थ, नारियल का भ्रूणपोष (जिसे संकोशिका कहा जाता है) के कोशिका द्रव्य में अनेक केन्द्रक पाये जाते हैं।

3. आकार –

केन्द्रक, गोलाकार, अण्डाकार, चपटे, इत्यादि विभिन्न आकारों के होते हैं। कुछ कीटों, लाल-रूधिर कणिका, इत्यादि में केन्द्रक का आधार अनियमित होता है। केन्द्रक का आमाप, उसके कार्य व कोशिका के प्रकार पर निर्भर होता है।

4. भाग–

केन्द्रक के निम्न चार मुख्य भाग होते हैं।

1. केन्द्रक कला 2. केन्द्रक द्रव्य

3. न्यूक्लिओलस 4. क्रोमेटिन पदार्थ।

इनमें से क्रोमेटिन पदार्थ और उससे बनने वाले क्रोमोसोम का वर्णन अलग शीर्षकों के अन्तर्गत किया गया है।

(1) केन्द्रक कला –

केन्द्रक कला अथवा कैरियोथीका केन्द्रक को घेरकर रखने वाली झिल्ली होती है। यह सभी यूकैरियोटिक कोशिकाओं में पायी जाती है। कोशिका विभाजन के समय यह साइटोप्लाज्म में एन्डोप्लाज्मिक रेटिकुलम के रूप में लुप्त हो जाती है। प्रोकैरियोटिक कोशिकाओं में केन्द्रक

कला का सदैव अभाव होता है। केन्द्रक कला दो इकाई-झिल्लियों की बनी होती है। प्रत्येक इकाई-झिल्ली का व्यास लगभग 75 Å होता है। दो इकाई-झिल्लियों के बीच 150 Å स्थान होता है। जिसे परिकेन्द्रकी अवकाश कहते हैं। बाहर की इकाई झिल्ली अन्तर्द्रव्यी जाल के साथ जुड़ी होती है। तथा इसके साथ राइबोसोम भी लगे पाये जाते हैं। केन्द्रक कला में अनेक स्थानों पर 300Å-1000Å व्यास वाले छिद्र होते हैं। ये छिद्र, केन्द्रक तथा कोशिका द्रव्य के बीच सम्पर्क बनाये रखते हैं। केन्द्रक कला के छिद्रों द्वारा आयन मुक्त रूप से आते-जाते हैं। छिद्रों द्वारा m-RNA केन्द्रक से बाहर निकलता है और कोशिका द्रव्य में होने वाले प्रोटीन संश्लेषण के काम आता है। इकाई झिल्लियाँ बाहर की ओर मुड़कर नये प्लैस्टिड और माइटोकॉन्ड्रिया भी बनातीहै।

(2) न्यूक्लिओलम अथवा केन्द्रिक-

फोन्टेना ने 1781 में न्यूक्लिओलस का पता लगाया। बैगनर ने इसे सर्वप्रथम देखा और बौमन ने 1840 में इसे न्यूक्लिओलस नाम दिया । न्यूक्लिओलस, केन्द्रक में उपस्थित गोलाकार, कोलॉइडी, घना तथा अम्लरागी अंग है। प्रत्येक न्यूक्लिओलस एक विशेष गुणसूत्र-केन्द्रिक संघटक क्रोमोसोम के विशिष्ट स्थान पर लगा होता है जिसे केन्द्रिक संघटक क्षेत्र कहते हैं। समसूत्री तथा अर्धसूत्री विभाजन की प्रोफेज या पूर्वावस्था में न्यूक्लिओलस लुप्त हो जाता है परन्तु यह टेलोफेज या अत्यावस्था में पुनः केन्द्रिक संघटक क्रोमोसोम के निश्चित स्थान पर दिखने लगता है। केन्द्रिक के तीन मुख्य भाग होते हैं-

(1) **कणिका** - यह राइबोन्यूक्लिओप्रोटीन के 150Å से 200Å व्यास के कण होते हैं।

(2) तंतुक से बने क्षेत्र को न्यूक्लिओनिमा भी कहते हैं। ये तन्तुक लगभग 50Å से 80Å लम्बे होते हैं।

(3) रवाहीन आधात्री जिस का इलेक्ट्रॉन घनत्व कम होता है और जिसे पार्स एर्मोफा कहा जाता है। न्यूक्लिओलस में आरएनडी, डीएनए तथा अनेक एन्जाइम जैसे फॉस्फेटेज, न्यूक्लिओसाइड फॉस्फोरिलेज, आरएनए मेथिलेज, इत्यादि पाये जाते हैं। न्यूक्लिओलस का मुख्य कार्य, आरएनए का संश्लेष्ज्ञण करना तथा राइबोसोम बनाना होता है।

(3)केन्द्रक द्रव्य -

केन्द्रक, पारदर्शक अर्धतरल कणिकामय तथा कुछ अम्लरागी पदार्थ से भरा होता है। इस पदार्थ को केन्द्रक रस या केन्द्रक द्रव्य कहते हैं। केन्द्रकद्रव्य में केन्द्रिक और क्रोमैटिन तन्तु के अतिरिक्त न्यूक्लीइक अम्ल (pewens RNA or DNA) प्रोटीन (जैसे न्यूक्लियोप्रोटामिन, न्यूक्लियोहिस्टोन, इत्यादि), एन्जाइम (जैसे DNAपॉलिमैरेज, RNA पॉलिमैरेज, एल्डोलेस, इनोलेस, इत्यादि), लिपिड तथा खनिज पदार्थ (फॉस्फोरस, पोटैशियम, सोडियम, इत्यादि) भी पाये जाते हैं।

क्रोमेटिन

यह केन्द्रक का मुख्य आनुवंशिक भाग है। कोशिका विभाजन के समय यह क्रोमोसोम का रूप ले लेता है। क्रोमेटिन, डी.एन.ए. और हिस्टोन से बना एक जटिल पदार्थ है। इसमें पाये जाने वाले रासायनिक पदार्थ व उनकी मात्रा दी गई है।

क्रोमेटिन का रासायनिक विश्लेषण *

	घटक	यकृत	मटर का भ्रूण
1.	DNA	31	31
2.	RNA	5	17.5
3.	Histone	36	33
4.	Non-histone (Proteins)	28	18

*शुष्क भार का प्रतिशत (% of dry weight)

इस प्रकार क्रोमेटिन मुख्यतः न्यूक्लीइक अम्ल DNA और RNA तथा प्रोटीनों से मिलकर बना होता है।

[I] न्यूक्लीक अम्ल (Nucleic Acid)

स्वीडन के जैव-रसायन वैज्ञानिक, **फ्रेडरिक मिशर** ने जिस पदार्थ को न्यूक्लीक नाम दिया वे वास्तविकता में न्यूक्लीक अम्ल थे। न्यूक्लीक अम्ल, अनेक न्यूक्लिओटाइडों से मिलकर बने होते हैं। इसीलिए न्यूक्लीक अम्ल के अणु को न्यूक्लिओटाइडों का बहुलक कहते हैं। न्यूक्लीक अम्ल = न्यूक्लिओटाइडों के अनेक अणु न्यूक्लिओटाइड का प्रत्येक अणु न्यूक्लिओसाइड और फॉस्फोरिक अम्ल से मिलकर बना होता है।

न्यूक्लिओसाइड = न्यूक्लिओसाइड + फॉस्फोरिक अम्ल

न्यूक्लिओसाइड दो घटकों से मिलकर बना हेाता है।

न्यूक्लिओसाइड = शर्करा + नाइट्रोजनी क्षारक

इस प्रकार न्यूक्लीक अम्ल में तीन पदार्थ पाये जाते हैं

1. शर्करा 2. नाट्रोजनी क्षारक और
3. फॉस्फोरिक अम्ल ।

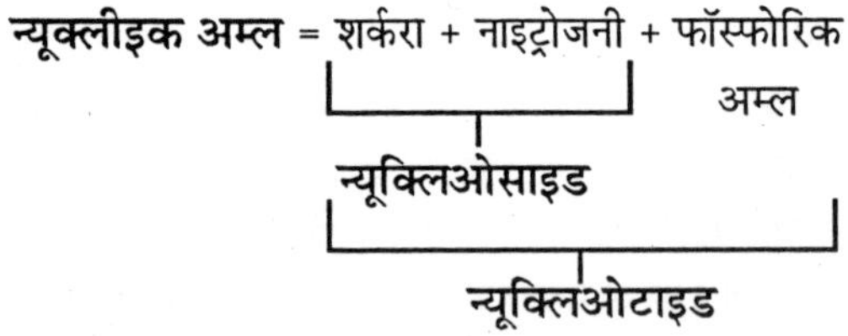

1. शर्करा –

इस शर्करा में पांच कार्बन होते हैं अतः इसे पेन्टोस शर्करा कहते हैं। पेन्टोस शर्करा के प्रकार के अनुसार दो न्यूक्लीइक अम्ल होते हैं– (1) जिनमें राइबोस शर्करा होती है उन्हें राइबोस न्यूक्लीक अम्ल (RNA) और (2) जिनमें डिऑक्सीराइबोस शर्करा होती है उन्हें डिऑक्सीराइबोस न्यूक्लीइक अम्ल (DNA) कहा जाता है।

2. नाट्रोजनी क्षारक –

प्रत्येक न्यूक्लीइक अम्ल में चार भिन्न क्षारक– दो प्यूरिन और दो पायरिमिडीन होते हैं।

(1) प्यूरिन क्षारक – एडीनीन और गुआनीन हैं और

(2) पायरिमिडीन क्षारक – थायमीन सायटोसीन और यूरेसिल हैं। RNA में थायमीन के स्थान पर यूरेसिल पाया जाता है।

3. फॉस्फोरिक अम्ल –

इस अम्ल की उपस्थिति के कारण न्यूक्लीक अम्ल, अम्लीय होता है। शर्करा, क्षारक और फॉस्फोरिक अम्ल मिलकर न्यूक्लिओटाइड बनाते हैं। इस क्रिया में संघनन द्वारा पानी बाहर निकलता है।

पॉलिन्यूक्लिओटाइड – उपर नीचे के दो न्यूक्लिओटाइड फॉस्फोडायइस्टर बंध से जुड़े रहते हैं। ये बंध बार–बार बनकर असंख्य न्यूक्लिओटाइड को श्रृंखला में बांध देते हैं। इस प्रकार से बनी न्यूक्लिओटाइड श्रृंखला को पॉलिन्यूक्लिओटाइड कहते हैं। यह दो प्रकार के न्यूक्लीक अम्लों का निर्माण कर सकती है– डी एन ए और आर एन ए ।

डी एन ए की संरचना

डी एन ए के न्यूक्लिओटाइड, डिऑक्सीराइबोस शर्करा, फॉस्फेट और प्यूरिन, (एडीनीन, और गुआनीन) तथा पायरिमिडीन (थायमीन और सायटोसीन) से मिलकर बने होते हैं। वाटसन

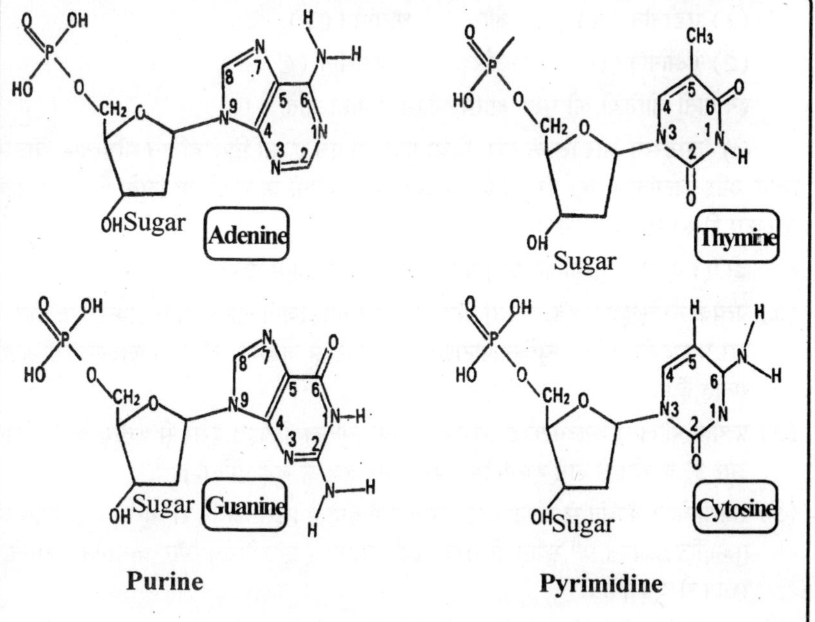

चार विभिन्न प्रकार के यूक्लिओटाइड।

और क्रिक ने 1953 में डीएनए की संरचना का एक मॉडल प्रस्तुत किया जो मुख्यत: विलकिन्स द्वारा किये गये ऐक्स-किरण विवर्तन पर आधारित था। उन्होंने चारगाफ के अवलोकनों का भी उपयोग किया। मॉडल के सम्बंध में कुछ प्रमुख टिप्पणियाँ नीचे दी गयी हैं।

(a) डी एन ए पॉलिन्यूक्लिओटाइडों की श्रृंखला है- रोजेलिन्ड फ्रैन्कलिन और एम.एच.एफ. विलकिन्स ने एक्स-किरण विवर्तन द्वारा डी एन ए का अध्ययन किया। उन्होंने यह बताया कि डी एन ए संभवत: पॉलिन्यूक्लिओटाइडों की दो श्रृंखलाओं से मिलकर बना होता है। ये दोनों श्रृंखलाएं एक दूसरे के ऊपर विपरित कुंडलित रूप से लिपटी हुयी होती है।

(b) चारगाफ का तुल्यता नियम - इरविन चारगाफ ने डी.एन.ए. के अणुओं का जल अपघटन करने पर पाया कि एडीनीन की कुल मात्रा सदैव थायमीन की कुल मात्रा के बराबर होती है (A=T)। इसी प्रकार गुआनीन और सायटोसीन की मात्रा भी एक दूसरे के बराबर होती है (G=C)। चारगाफ के तुल्यता नियम के अनुसार प्राकृतिक डी एन ए में A/T क्षारकों का अनुपात लगभग एक होता है और उसी प्रकार G/C का अनुपात भी लगभग एक होता है। इस नियम से यह पता चला कि डी एन ए की द्विकुंडलित संरचना में दो श्रृंखलायें होती है। यदि एक श्रृंखला में एडीनीन होता है तो दूसरी श्रृंखला में इसके सामने थायमीन होता है। इसी प्रकार यदि एक श्रृंखला में गुआनीन होता है तो दूसरी श्रृंखला में उसके सामने सायटोसीन तथा गुआनीन की मात्रा सायटोसीन के बराबर होती है। यह इस बात का भी प्रमाण है कि डी एन ए में क्षारक दो जोड़ियों के रूप में होते हैं-

(1) एडीनीन (A) और थायमीन (T)

(2) गुआनीन (G) और सायटोसीन (C)

इन दोनों जोड़ियों को पूरक क्षारक जोडियाँ कहा जाता है।

(c) वाटसन और क्रिक द्वारा दिया गया डी एन ए का द्विकुंडलित मॉडल– वाटसन, क्रिक और विलकिन्स को डी.एन.ए. के अणु की संरचना के बताने के लिये 1962 में नोबेल पुरस्कार से सम्मानित किया गया।

डी.एन.ए. के द्विकुंडलित अणु की संरचना निम्न प्रकार है-

(1) प्रत्येक न्यूक्लिओटाइड, शर्करा, फॉस्फेट और नाइट्रोजनी क्षारक से मिलकर बना होता है। इस प्रकार के अनेक न्यूक्लिओटाइड एक दूसरे से जुड़कर पॉलिन्यूक्लिओटाइड श्रृंखला बनाते हैं।

(2) प्रत्येक पॉलिन्यूक्लिओटाइड श्रृंखला में एक न्यूक्लिओटाइड दूसरे से शर्करा के 5^1 कार्बन और 3^1 कार्बन से लगे हुए फॉस्फोडायइस्टर बंध से जुड़े होते हैं।

(3) शर्करा के 1 कार्बन से नाइट्रोजनी क्षारक लगे होते हैं। इस कार्बन से प्यूरीन (एडीनीन और गुआनीन) अपने 9^1 स्थान से तथा पायरिमिडीन (सायटोसीन और थायमीन) अपने 3^1 स्थान से जुड़ते हैं।

(4) इस प्रकार शर्करा और फॉस्फेट, श्रृंखला का अनुदैर्ध्य अक्ष बनाते हैं तथा क्षारक इस अक्ष से समकोण पर होते हैं।

(5) पॉलिन्यूक्लिओटाइड की इस प्रकार की दो श्रृंखलायें, एक सामान्य अक्ष पर दाहिने हाथ की ओर कुंडलित होती हैं और डी एन ए का अणु बनाती है। इस प्रकार के अणु को बी-डीएनए कहा जाता है।

(6) ये दो श्रृंखलाओं विपरीत दिशाओं में स्थित होती है। एक श्रृंखला में शर्करा के कार्बन 3^1–5^1 दिशा में तथा दूसरी श्रृंखला में कार्बन 5^1–3^1 दिशा में पाये जाते हैं। इस कारण श्रृंखलाओं को प्रतिसमान्तर कहते हैं।

(7) ये दो श्रृंखलाएँ पूरक होती है। एक श्रृंखला में यदि एडीनीन क्षारक होता है तो उसके सामने दूसरी श्रृंखला में थायमीन होता है। इसी प्रकार गुआनीन और सायटोसीन दो श्रृंखलाओं में एक दूसरे के सामने स्थित होते हैं। इस प्रकार यदि एक श्रृंखला, में क्षारकों का क्रम A C T G है, तब दूसरी श्रृंखला में यह क्रम T G A C होगा।

(8) पॉलिन्यूक्लिओटाइड की दोनों श्रृंखलायें, नाइट्रोजनी क्षारकों के बीच स्थित हाइड्रोजन बंध द्वारा आपस में जुड़ी होती हैं। एडीनीन और थायमीन के बीच दो तथा गुआनीन और सायटोसीन के बीच तीन हाइड्रोजन बंध पाये जाते हैं।

(9) द्विरज्जुकीय कुंडलित डी एन ए अणु का व्यास 20 Å होता है अर्थात दो पॉलिन्यूक्लिओटाइड श्रृंखलायें एक दूसरे से 20 Å की दूरी पर स्थित होती हैं।

(10) कुंडली का एक चक्कर 34 Å में पूरा होता है। प्रत्येक चक्कर में 10 Å न्यूक्लिओटाइड (अथवा क्षारक जोडियाँ) होती हैं। इनमें से प्रत्येक जोड़ी 3.4 Å की दूरी पर स्थित होती है।

4. डी एन ए के अन्य प्रकार - डी एन ए के इस प्रकार को B-डी एन ए कहा जाता है। इसके आविष्कार के पश्चात A-डी एन ए, C-डी एन ए और Z डी एन ए का पता चला है। डी एन ए के इन प्रकारों को मुख्यतः निम्नलिखित दो लक्षणों के आधार पर अलग किया गया है-

(1) प्रत्येक चक्कर में क्षारक जोड़ियों की संख्या और

(2) कुंडलित अक्ष पर क्षारक जोड़ियों के बीच की दूरी।

न्यूक्लिओसोम

क्रोमोसोम के पदार्थ को क्रोमेटिन कहते हैं। यह एक न्यक्लिओप्रोटीन है जो न्यूक्लिक अम्ल (डी एन ए) और हिस्टोन प्रोटीन से मिलकर बना होता है।

न्यूक्लिओप्रोटीन = न्यूक्लिक अम्ल (डी एन ए)+ हिस्टोन प्रोटीन

वुडकॉक (1973) ने इलेक्ट्रॉन माइक्रोस्कोप द्वारा क्रोमेटिन का अध्ययन किया और बताया कि क्रोमोटिन दानेदार माला के समान होता है। माला के इन दानों को ऑडेट और उनके साथियों ने न्यूक्लिओसोम नाम दिया। यह क्रोमेटिन (अथवा क्रोमोसोम) पर निश्चित दूरी पर स्थित बारंबार मिलने वाली इकाइयाँ हैं।

ब्रैडबरी (1981) और उनके साथियों ने न्यूक्लिओसोम की संरचना का वर्णन किया है। इसकी कुछ मुख्य संरचनात्मक विशेषताएँ निम्नप्रकार हैं-

(1) प्रत्येक न्यूक्लिओसोम तश्तरी के आकार का कण होता है।

(2) इसका व्यास 110 Å तथा ऊँचाई 60 Å होती है।

(3) इसका मध्य भाग प्रोटीन के क्रोड का बना होता है जिसके ऊपर कुंडलित डी एन ए लिपटा हुआ होता है।

(4) क्रोड, हिस्टोन प्रोटीन के आठ अणुओं से मिलकर बना होता है। इस क्रोड में चार हिस्टोन प्रोटीन H_2A, H_2B, H_3 और H_4 होते हैं। इनमें से प्रत्येक प्रोटीन के दो-दो अणु होते हैं। इस प्रकार न्यूक्लिओसोम का क्रोड चार हिस्टोनों से बना ऑक्टैमर होता है।

(5) हिस्टोन के इस क्रोड पर द्विरज्जुकीय डी एन ए कुंडलियाँ बनाकर लिपटा होता है। इस डी एन ए में केवल 146 क्षारक जोडियाँ होती हैं। ऐसा डी एन ए क्रोड पर दो कुंडलियों के स्थान पर $1\frac{3}{4}$ कुंडलियाँ ही बना सकता है।

(6) इसके अतिरिक्त दो हिस्टोन क्रोड के बीच में भी डी एन ए उपस्थित होता है। इसे लिन्कर डी एन ए कहते हैं। डी एन ए के इस भाग में 8 क्षारक जोड़ियों से लेकर 114 क्षारक जोडियाँ पायी जाती हैं।

(7) H_1 नाम का एक पांचवां हिस्टोन प्रोटीन भी यूक्लिओसोम से संबंधित होता है। H_1 का एक अणु न्यूक्लिओसोम से बाहर निकलने वाले डी एन ए को दूसरे न्यूक्लिओसोम में प्रवेश करने वाले डी एन ए से जोड़ता है। इस प्रकार न्यूक्लिओसोम चार हिस्टोनों का ऑक्टैमर है जो डी एन ए के साथ मिलकर जटिल बनाता है।

न्यूक्लिओसोम = प्रोटीन क्रोड (H_2A, H_2B, H_3, H_4) इन हिस्टोन प्रोटीन के प्रत्येक के दो-दो अणु

\+ 146 क्षारक जोडियाँ

\+ लिन्कर डी एन ए (8 से 114 क्षारक जोडियाँ)

\+ H_1 का एक अणु

इस प्रकार के छः न्यूक्लिओसाम पुनः कुंडलित होकर पास-पास आ जाते हैं। इस इकाई को सोलेनॉइड कहते हैं। इस जटिल संरचना के अध्ययन के लिये फिन्च व क्लग को 1982 में नोबेल पुरस्कार प्रदान किया गया।

आर एन ए के प्रकार और संरचना

आर एन ए (RNA) अथवा राइबोस न्यूक्लीक अम्ल सभी जीवित कोशिकाओं में पाया जाता है। यह साइटोप्लाज्म और केन्द्रक दोनों में पाया जाता है। RNA मुख्यतः प्रोटीन संश्लेषण कार्य करता है।

आर. एन. ए. के प्रकारः - आर एन ए दो प्रकार का होता है- आनुवंशिक आर एन ए और अनानुवांशिक आर एन ए।

1. **आनुवंशिक आर. एन. ए.** - एच फ्रैन्केल-कोन्राट ने यह बताया कि तम्बाकू मोजेक वायरस में पाया जाने वाला आर एन ए उसका आनुवंशिक पदार्थ होता है। इस प्रकार का

आर एन ए अनेक पादप वायरस तथा जीवाणुभोजियों में भी पाया जाता है। आनुवंशिक आर एन ए एक अथवा द्विरज्जुकीय होता है।

2. **अनानुवांशिक आर. एन. ए.** – यह आर एन ए उन कोशिकाओं में पाया जाता है जिनमें DNA अआनुवंशिक पदार्थ होता है। इस प्रकार के RNA का संश्लेषण मुख्य रूप से DNA टेम्पलेट पर होता है। यह निम्नलिखित तीन प्रकार का होता है–

(क) दूत आर. एन. ए. (m - RNA) – यह डीएनए में स्थित आनुवंशिक सूचनाओं को उचित स्थानों पर पहुंचाता है। कोशिका में उपस्थित कुल आरएनए का यह 5–10 प्रतिशत भाग होता है। इसका आण्विक भार 25,000 से 1,000,000 होता है।

(ख) स्थानान्तरण आर एन ए (t - RNA) – इसे विलेय आरएनए भी कहा जाता है। यह ऐमिनो अम्लों को प्रोटीन संश्लेषण के स्थान तक ले जाने का कार्य करता है। यह कोशिका में स्थित आरएनए का 10–15 प्रतिशत भाग होता है। इस आर एन ए का आण्विक भार 23,000 से 30,000 तक होता है।

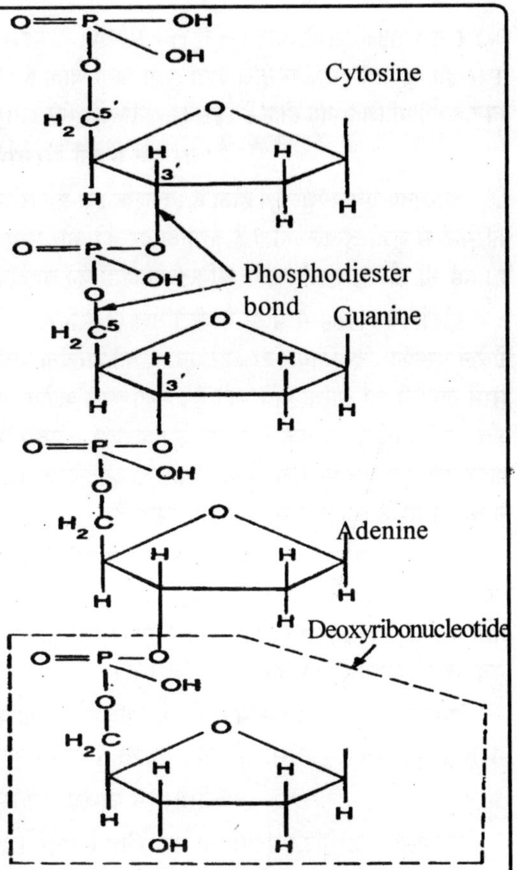

A polynucleotide of DNA

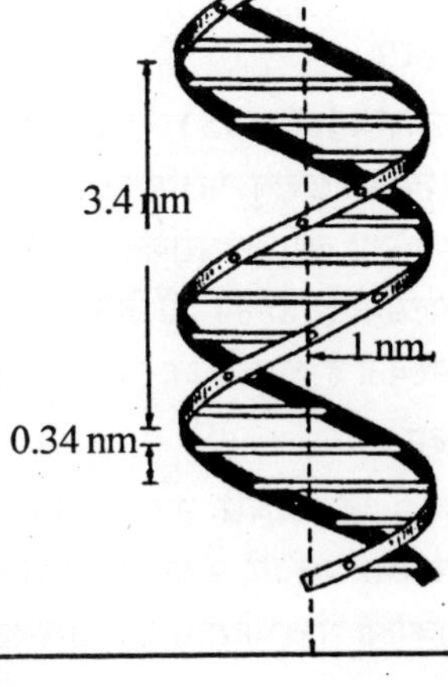

(ग) राइबोसोमी आर एन ए (r - RNA) – यह अन्य प्रकार के आरएनए की अपेक्षा स्थिर होता है तथा राइबोसोम से लगा हुआ पाया जाता है। कोशिका में उपस्थित कुल आरएनए का यह 80 प्रतिशत भाग होता है। इसका आण्विक भार लगभग 35,000 से 1,100,000 होता है।

आर एन ए की संरचना

आरएनए एक रज्जुकीय होता है। रज्जुक इस प्रकार से मुड़ा होता है कि बाहर शर्करा और फॉस्फेट से जुड़ी श्रृंखला होती है तथा अन्दर की ओर पूरक क्षारक, हाइड्रोजन बँध से जुड़े होते हैं। यह भी डी एन ए की भांति न्यूक्लिओटाइडों का बहुलक होता है।

होली ने 1968 में यीस्ट के ऐलेनिल (t-RNA) की संरचना बतायी जिसके लिए उन्हें नोबेल पुरस्कार दिया गया। टी आर.एन.ए. की संरचना क्लोवर की पत्ती के समान होती है और इसमें लगभग 80 क्षारक पाये जाते हैं। मध्य भाग क्लोवर की पत्ती के समान संरचना बनाता है और इसमें तीन या अधिक लूप होते हैं। क्लोवर लीफ मॉडल के अनुसार t-RNA ग्राहीभुजा, डाइहाइड्रो यूरीडिन भुजा, एन्टी कोडोन भुजा अतिरिक्त भुजा तथा T^5 C भुजा होती हैं। t-RNA के कुछ विशिष्ट लक्षण निम्न लिखित प्रकार हैं–

(1) लगभग सभी t-RNA में कुछ असामान्य न्यूक्लिओसाइड पाये जाते हैं। जैसे स्यूडोयूरीडीन इनोसीन, डाईहाइड्रोरीडीन इत्यादि। (2) G : C जोड़ियों की संख्या A : U जोड़ियों की तुलना में अधिक होती है। (3)सभी t-RNA के सिरे पर 5^1 स्थान पर गुआनीन होता है तथा 3N स्थान पर बिना जोड़ी बनाये CCA क्षारक पाये जाते हैं।

एस.एच.किम ने 1973 में t-RNA त्रिविम संरचना का वर्णन किया संकल्पना के अनुसार t-RNA का आकार L जैसा और लगभग 20 Å बताया गया।

क्रोमोसोम अथवा गुणसूत्र

क्रोमोसोम, क्रोमेटिन पदार्थ का बना होता है। यह DNA, RNA और हिस्टोन प्रोटीन से मिलकर बना होता है। कोशिका विभाजन के मेटाफेज अवस्था में क्रोमोसोम धागों के रूप दिखाई देता हैं।

1. इतिहास

इ. स्ट्रासबर्गर (1875) ने कोशिका विभाजन के समय पायी जाने वाली धागे जैसी संरचनाओं का वर्णन किया। डब्ल्यू. फ्लेमिंग (1879) ने क्रोमोसोम के टूटने अथवा अलग होने की प्रक्रिया का वर्णन किया तथा अभिरंजित पदार्थ को क्रोमेटिन नाम दिया। क्रोमोसोम नाम देने का श्रेय डब्ल्यू. वाल्डैयर (1888) को दिया जाता है। सटन और बोवेरी (1902) के अनुसार क्रोमोसोम भौतिक संरचना है और ये आनुवंशिक लक्षणों को एक स्थान से दूसरे स्थान तक पहुँचाते हैं।

2. संख्या

बेनेडेन और **बोवेरी** ने बताया कि क्रोमोसोम की संख्या प्रत्येक जाति में निश्चित होती है परन्तु भिन्न-भिन्न जातियों में यह संख्या अलग होती है। युग्मक (gametes) अथवा युग्मकोद्भिद् की कोशिकाओं में क्रोमोसोम की जो संख्या होती है उसे युग्मकी (gametic) लघुकृत अथवा

अगुणित संख्या कहते हैं। अगुणित संख्या को जीनोम कहा जाता है। कायिक कोशिकाओं में अथवा बीजाणुद्भिद् की कोशिकाओं में क्रोमोसोम की संख्या(diploid = 2n) द्विगुणित होती है।

3. आमाप

क्रोमोसोम के आमाप का अध्ययन समसूत्री विभाजन अथवा माइटोसिस की मेटाफेज व्यवस्था में किया जा सकता है। क्रोमोसोम की लम्बाई 0.25 **मामी** (micron) (कवकों में) से 30 **मामी**(micron) (ट्रिलियम) तक हो सकती है। पौधों के क्रोमोसोम प्राणियों की अपेक्षा बड़े होते हैं। एकबीजपत्रियों के क्रोमोसोम द्विबीजपत्रियों की तुलना में बड़े होते हैं।

4. आकृति

क्रोमोसोम का आकृति अवस्थाओं के अनुसार बदलती रहती है। क्रोमोसोम का आकृति सामान्यतः पश्चावस्था में देखा जाता है। स्थिति पर निर्भर करता है। सेन्ट्रोमीयर की स्थिति के आधार पर क्रोमोसोम निम्न प्रकार के आकार दिखाते हैं–

(a) **अन्तकेन्द्री** – जब सेन्ट्रोमियर, क्रोमोसोम के एक सिरे पर होता है। इस प्रकार के क्रोमोसोम छड़ी के समान दिखते हैं।

(b) **अग्रबिन्दुक** – जब सेन्ट्रोमियर, क्रोमोसोम के सिरे से थोड़ा हटकर होता है वह अग्रबिन्दुक कहलाता है। इसके कारण क्रोमोसोम दो असमान लम्बाई वाले भागों में बंट जाता है इनमें से एक भाग बहुत बड़ा व दूसरा बहुत छोटा होता है।

(c) **मध्यकेन्द्री** – इसमें सेन्ट्रोमियर, क्रोमोसोम के मध्य भाग में होता है और उसे दो समान लम्बाई वाले भागों में विभेदित करता है। ये क्रोमोसोम V आकार के होते हैं

(d) **उपमध्यकेन्द्री** – इसमें सेन्ट्रोमियर, मध्य भाग से थोड़ा हटकर होता है और क्रोमोसोम दो असमान भागों में विभंदित होता हैं। इनमें से एक भाग दूसरे से थोड़ा सा बड़ा होता है। ये क्रोमोसोम जे या एल आकार के होते हैं।

यदि क्रोमोसोम में सेन्ट्रोमियर का अभाव होता है तब उसे अकेन्द्री, दो सेन्ट्रोमियर हों तो द्विकेन्द्री और जब अनेक सेन्ट्रोमियर हों तब उसे बहुकेन्द्री कहते हैं।

5. संरचना –

क्रोमोसोम की संरचना का अध्ययन माइटोसिस की मेटाफेज अवस्था में किया जाता है। इस अवस्था में क्रोमोसोम लम्बे होने के कारण अनेक लक्षण स्पष्ट दिखाई देते लगते हैं। क्रोमोसोम में पाई जाने वाली विभिन्न संरचनाओं का विवरण नीचे दिया गया है–

(अ) क्रोमेटिड अथवा अर्धगुणसूत्र – मेटाफेज अवस्था में प्रत्येक क्रोमेटिड दो क्रोमेटिक अथवा अर्धगुणसूत्रों का बना होता है। प्रत्येक क्रोमेटिड में डी एन ए पाया जाता है। दोनों क्रोमेटिड, एक दूसरे से सेन्ट्रोमियर द्वारा जुड़े रहते हैं। ऐनाफेज के दौरान दोनों क्रोमेटिड अलग हो जाते हैं और विपरीत ध्रुवों पर खींच लिये जाते हैं। इस प्रकार ऐनाफेज के क्रोमोसोम में केवल एक क्रोमेटिड होता है जबकि मेटाफेज के क्रोमोसोम में दो क्रोमेटिड होते हैं।

(ब) क्रोमोनीमा अथवा वर्णसूत्र- प्रोफेज और कभी-कभी अन्तरावस्था में क्रोमेटिड अनेक पतले तन्तुओं से बने दिखाई देते हैं। इन उप-क्रोमेटिड संरचनाओं को क्रोमोनीमा कहा जाता है। प्रत्येक क्रोमेटिड 2 से 32 या अधिक क्रोमोनीमा से मिलकर बना होता है।

(स) क्रोमोमियर अथवा वर्णकणिका - क्रोमोनीमा पर पाये जाने वाली, क्रोमेटिन पदार्थ की दानों जैसी संरचनाएँ हैं, जिनके कारण क्रोमोनीमा दानों की माला जैसी दिखाई देती है। इन दानों को जीन के स्थान माना जाता है। इलेक्ट्रोन माइक्रोस्कोप द्वारा पता चला है कि इन स्थानों पर क्रोमोनीमा की कुंडलियाँ घनी होती हैं।

(द) सेन्ट्रोमियर अथवा गुणसूत्रबिन्दु - इस क्षेत्र द्वारा क्रोमोसोम तर्कु के साथ जुड़ा रहता है । इस पतले क्षेत्र को प्राथमिक संकीर्णन कहाजाता है।

(य) द्वितीयक संकीर्णन - क्रोमोसोम में सेन्ट्रोमियर अथवा प्राथमिक संकीर्णन के अतिरिक्त पाया जाने वाला यह दूसरा संकीर्णन होता है। अत: द्वितीयक संकीर्णन के कारण किसी विशिष्ट क्रोमोसोम को पहिचाना जा सकता है।

(र) न्यूक्लिओलर ऑर्गेनाइजर - यह कुछ विशिष्ट द्वितीयक संकीर्णन हैं जिनमं 18एस और 28एस राइबोसोमी आर. एन.ए. के विकोडन की ओर केन्द्रिक का निर्माण करने वली जीन पाई जाती है। जिन क्रोमोसोम में न्यूक्लिओलर ऑर्गेनाइजर पाया जाता है उन्हें केन्द्रिक संघटक क्रोमोसोम कहते हैं।

(ल) सैटेलाइट - यह क्रोमोसाम के सिरे पर स्थित लगभग गोलाकार संरचना होती है। यह क्रोमोसोम के अन्य भागों से, द्वितीयक संकीर्णन द्वारा अलग होती है। जिन क्रोमोसोम में सैटेलाइट पाया जाता है। उन्हें सैट-क्रोमोसोम कहते हैं। सैटेलाइट का स्थान और आकार निश्चित होने के कारण भी यह क्रोमोसोम का विशिष्ट लक्षण माना जाता है।

(व) टीलोमियर - क्रोमोसोम के सिरों अथवा छोरों को टीलोमियर कहते हैं।

(स) हेटेरोक्रोमेटिन -क्रोमोसोम को एसिटोकारमीन अथवा फाल्गेन स्टेन करने से, क्रोमोसोम में गहरे और हल्के रंग की पट्टियाँ दिखाई देने लगती हैं। गहरे स्टेनवाली पट्टियों को हेटरोक्रोमेटिन कहते हैं। यह शब्द ईमिल हिट्ज ने दिया था। हेटेरोक्रोमेटिन क्षेत्र में पाई जाने वाली जीन निष्क्रिय होती हैं।

(ष) यूक्रोमेटिन - फाल्गेन विधि से स्टेन करने के पश्चात् क्रोमोसोम के हल्के रंग के भाग को यूक्रोटिन कहते हैं। यह फैला हुआ अथवा कम कुंडलित क्रोमेटिन पदार्थ हैं। क्रोमोसोम के पूरे सेट को पहचानने के लिये उपयोगी बाहरी लक्षणों को कैरियोटाईप कहते हैं। ये लक्षण जब आरेख के रूप में दिखाये जाते हैं तब उस चित्र को ईडियोग्राम कहते हैं।

8. रासायनिक विश्लेषण -

क्रोमोसोम में पाये जाने वाले पदार्थ और उनकी मात्रा को दर्शाया गया है।

क्रोमोसोम का रासायनिक विश्लेषण-

1.	डी एन ए	40 प्रतिशत

3. हिस्टोन प्रोटीन 5.0 प्रतिशत

2. आर एन ए 1.5 प्रतिशत

4. अम्लीय प्रोटीन 8.5 प्रतिशत

6. विशेष प्रकार के क्रोमोसोम –

ऊपर वर्णन किये गये सामान्य क्रोमोसोम के अतिरिक्त कुछ और प्रकार के भी क्रोमोसोम मिलते हैं। इनमें से दो मुख्य प्रकारों का वर्णन नीचे दिया गया है–

(अ) पॉलीटीन क्रोमोसोम अथवा लार ग्रन्थि क्रोमोसोम – बाल्बियानी ने काइरोनोमस नाम के द्विपखी प्राणी की लार ग्रन्थि की कोशिकाओं में बहुत बड़े क्रोमोसोम देखे। इसी कारण इन्हें लार ग्रन्थि क्रोमोसाम कहा जाता है। पॉलीटीन क्रोमोसोम, सामान्य क्रोमोसोम की अपेक्षा 200 गुना तक बड़ा हो सकता है। कोशिका में लगभग 10 बार गुणन होने के कारण इन क्रोमोसोमों में 1000 क्रोमोनियमंटा (अर्ध–गुणसूत्र) तक पाये जाते हैं। पॉलीटीन क्रोमोसोम सदैव अन्तरावस्था में ही बने रहते हैं। इस अवस्था में समजात क्रोमोसाम अत्यंत पास–पास होते हैं। इसे कायिक युग्मक कहा जाता है।

पॉलीटीन में गहरे व हल्के रंग की पट्टियाँ पायी जाती है। दो गहरे रंग की पट्टियों के बीच हल्के रंग की पट्टी को इण्टरबैन्ड कहा जाता है। ड्रॉसोफिला के पॉलीटीन क्रोमोसोम में लगभग 5,000 पट्टियाँ पायी जाती है। गहरी पट्टियों में डी एन ए की मात्रा हल्के रंग की पट्टियों की तुलना में अधिक होती है। कुछ स्थानों पर पट्टियाँ फूल जाती है। इन फूले हुये क्षेत्रों को क्रोमोसोम के पफ या बाल्बियानी वलय कहते हैं।

इस क्षेत्र में आर एन ए का संश्लेषण अत्यंत सक्रियता से होता है जिससे डी.एन.ए. खुल जाता है। इस कारण यहां पर डी.एन.ए. के अनेक फन्दे अथवा लूप बन जाते हैं।

(ब) लैम्पब्रुश क्रोमोसोम – यह क्रोमोसोम भी अत्यंत बड़े तथा लम्बे धागों के बने होते हैं। इन्हें फ्लेमिंग ने सबसे पहले देखा था। क्योंकि ये क्रोमोसोम मिट्टी के तेल के लैम्प की चिमनियों को साफ करने वाले ब्रुश के समान दिखाई देते हैं। इसीलिए इन्हें लैम्पब्रुश क्रोमोसोम कहा जाता है। ये क्रोमोसोम कई पृष्ठवंशियों की अण्डकोशिकाओं में पाये जाते हैं इन्हें मिओसिस अथवा अर्धसूत्री विभाजन की डिप्लीटीन अवस्था में देखा जा सकता है।

लैम्पब्रुश क्रोमोसोम में दो समजात गुणसूत्र काइज्मेटा द्वारा एक साथ पाये जाते हैं। इन क्रोमोसोम के क्रोमेटिड एक अक्ष रूप में होते हैं। इस अक्ष पर एक कतार में अनेक कण पाये जाते हैं, जिन्हें क्रोमोमियर कहते हैं। क्रोमोमियर के दोनों ओर फंदे अथवा लूप बने होते हैं जिनमें डी एन ए से बनी अक्ष होती है और इससे समकोण बनाते हुए आर एन ए और प्रोटीन की बनी मैट्रिक्स फैली हुई होती है।

मेंण्डल के अनुवांशिकता के नियम

परिभाषाएँ:

वंशागत लक्षण : प्रत्येक जीवधारी लैगिंक प्रजनन द्वारा अपने ही जैसी सन्तान उत्पन्न

करता है। इसी आधार पर कहा गया है, "Like begets like" अर्थात् सन्तान सदा अपने माता-पिता की जाति की होती है। सन्तान में अपने माता-पिता से आये पैतृक गुणों का समावेश होता है। कुछ लक्षण माता-पिता से सन्तान में पीढ़ी दर पीढ़ी चलते रहते हैं, इन्हें आनुवंशिक या वंशानुगत लक्षण कहते है।

वंशागति

जीव विज्ञान की वह शाखा जिसमें वंशागत लक्षणों के एक पीढ़ी से दूसरी पीढ़ी में पहुँचने की रीतियों का अध्ययन किया जाता है। वंशागति या आनुवंशिकता कहलाती है। यह बात सहज ही देखी जाती है। कि वंशागत लक्षणों के माता-पिता से सन्तान में पहुँचने पर ही सन्तान अपने माता-पिता की बिल्कुल हू-बहू काफी नहीं होती और न ही माता-पिता की सभी सन्तानें एकदम समान होती हैं। प्रत्येक सन्तान में कुछ विभिन्नताएँ अवश्य पायी जाती हैं जिनके कारण सन्तान का अलग व्यक्तित्व बन जाता है। वंशगति में इन विभिन्नताओं का भी महत्व होता है। जैसा कि अध्याय 5 में बताया जा चुका हैं, विभिन्नताएँ दो प्रकार की होती है-

(i) **कायिक विभिन्नताएँ :** ये जीवधारी में वातावरण की परिस्थितियों के कारण होती है। ये आनुवंशिक नहीं होतीं ।

(ii) **जननिक विभिन्नताएँ :** ये जनन कोशिकाओं में होने के कारण एक पीढ़ी से दूसरी पीढ़ी में वंशागत रूप से पहुँचती है।

आनुवंशिकी

विज्ञान की वह शाखा जिसमें वंशागत लक्षणों के माता-पिता से सन्तान में पहुँचने की विधि तथा वंशागत विभिन्नताओं का अध्ययन किया जाता है। **आनुवंशिकी** अथवा **आनुवंशिक - विज्ञान** कहलाती है। **जैनेटिक्स** शब्द का प्रयोग सर्वप्रथम **विलियम बेटसन** ने 1905 में किया था।

ग्रीगर जॉन मेण्डल

[I] जीवन रेखाचित्र (Life sketch)

मेण्डल का जन्म 22 जुलाई 1822 में ऑस्ट्रिया के हीनजेनडॉर्फ में हुआ। इनका बाल्यकाल काफी गरीबी तथा कठिनाइयों में बीता। 1840 में जिमनेजियम से स्नातक डिग्री पास की 1843 में ब्रून में ईसाई धर्म के पादरी का कार्यभार सौंपा गया। यहाँ इनको धार्मिक पादरी का खिताब **ग्रीगर** दिया गया, बाद में ये इसी नाम से जाने गए। 1851 में जब ये पादरी ही थे इन्हें वियना विश्वविद्यालय में प्राकृतिक विज्ञान पढ़ने के लिए भेजा गया। इन्होंने गणित, भौतिकतथा प्राकृतिक विज्ञान का अध्ययन किया जिससे बाद में इन्हें अपने प्रयोगों के फलों की गणना में विशेष सहायता मिली। 1854 में उन्होंने ब्रून ऑस्ट्रिया में, जो आजकल चेकोस्लोवाकिया में है, एक हायर सैकेन्ड्री स्कूल में अध्यापक का कार्यभार संभाला तथा 14 वर्षों तक भौतिकी

ग्रीगर जॉन मेन्डल (1822-

तथा प्राकृतिक विज्ञान पढ़ाया। इसी समय इन्होंने पौधों के लक्षणों का अध्ययन किया तथा उन पर प्रयोग किये। 1857 में मेण्डल ने अपने बहुचर्चित एवं ऐतिहासिक **प्रसंकरण प्रयोग** आरम्भ किये। अपने प्रयोगों के परिणामों के लिए इन्होंने बगीचे की मटर का पौधा चुना। 1866 में मेण्डल ने प्रयोगों के परिणाम को प्रकाशित करवाया जिनमें मेण्डल के **वंशागति के नियम** भी छपे। यद्यपि मेण्डल के परिणाम 1866 में छप चुके थे किन्तु 1884 में इनकी मृत्यु के समय तक इनके कार्य को विशेष महत्व नहीं दिया गया। 1900 में तीन वैज्ञानिकों ने अलग-अलग देशों में स्वतंत्र रूप से ऐसे ही प्रयोग करके मेण्डल के नियमों को सही पाया। ये वैज्ञानिक थे हालैंड के **ह्यूगो डी व्रीज,** जर्मनी के **कॉरेन्स** तथा आस्ट्रिया के **वॉन शेरमाक**। इसलिए इन तीनों वैज्ञानिकों को मेण्डल का पुनखोंजकर्ता कहा जाता है। इसके बाद से मेण्डल के नियमों को अभूतपूर्व मान्यता प्राप्त हुई तथा इसी आधार पर मेण्डल को **आनुवंशिकी का जनक** (Father of Genetics) कहा गया।

मेण्डल की सफलता के कारण

मेण्डल के प्रयोगों की सफलता के निम्न कारण थे-

1. पौधों का चयन (Reasons for Mendel's success) - मेण्डल ने अपने प्रयोग के लिए मटर का पौधा निम्न कारणों से चुना-

(i) यह एक वर्षीय पौधा है।

(ii) इस पौधे में कई विरोधी या विकल्पी लक्षण पाए जाते है जिनमें से मेण्डल ने सात लक्षणों का अध्ययन किया।

(iii) मटर के पौधे में संकर पौधे भी जनक्षम होते है।

(iv) इस पौधे की पुष्प रचना इस प्रकार की है कि दूसरे पुष्पों का कोई पदार्थ इसे प्रभावित नही कर सकता।

(v) मेण्डल द्वारा छाँटे गए सात लक्षण इस पौधे में अलग-अलग 7 जोड़ी क्रोमोसोम पर पाए जाते है।

2. प्रयोग की कार्य प्रणाली (Methodology of experiment)

(i) मेण्डल ने एक समय में केवल एक लक्षण की वंशागति का अध्ययन किया।

(ii) मेण्डल ने अपने प्रयोगों का F_1 पीढ़ी तक ही अध्ययन किया बल्कि F_2 तथा F_1 पीढ़ी तक भी प्रयोग किये।

मेण्डल के वंशागति के नियम

वंशागति के नियमों से आप भली-भाँति परिचित है। आपको याद दिलाने हेतु यहाँ एक संक्षिप्त विवरण दिया गया है।

मेण्डल का पृथक्करण या विसंयोजन का नियम

युग्मकों की शुद्धता का नियम : मेण्डल ने मटर में एक जोड़ी विरोधी लक्षण वाले दो पौधों में पर-परागण किया। उदाहरण के लिए एक पौधा लम्बे तने (TT) का तथा दूसरा बौने

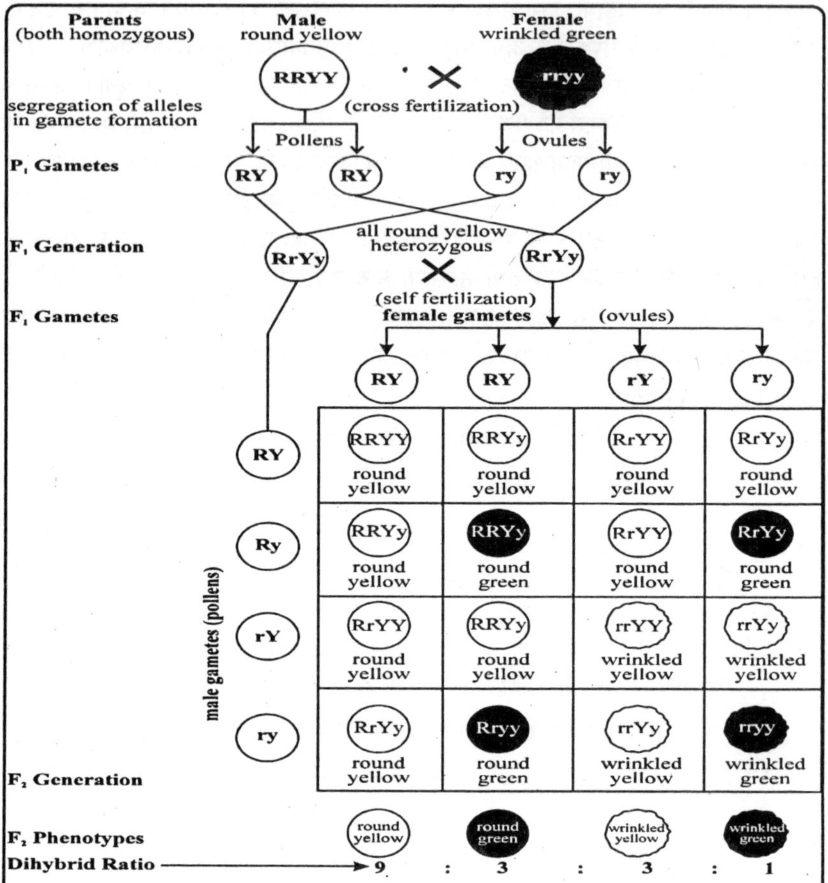

स्वतंत्र अपव्यूहन दशाने के लिए मेंडल द्वारा गोल-पीले बीज तथा झुर्रीदार-हरे बीज वाले मटर के पौधो में द्विसंकर क्रॉस

तने (tt) वाला था। इसको **एकसंकर क्रॉस** (monohybrid) कहा गया। इस परागण से बने बीजों को उगाने पर सभी पौधों में केवल लम्बे तने थे। इसे प्रथम पीढ़ी (F_1 generation)कहा गया। इस पीढ़ी के पौधों मं स्व-परागण कराने पर बने बीजों को उगाने पर लम्बे तथा बौने तने वाले दोनों ही प्रकार के पौधें बने। इसे द्वितीय पीढ़ी कहा। लम्बे तथा बौने तने के पौधों में 3 : 1 अनुपात था। इसे **एकसंकर F_2 फीनीटिपिक अनुपात** (monohybrid F_2 phenotypic ratio) कहा गया। F_2 पीढ़ी के इन पौधों में स्वपरागण के फलस्वरूप तृतीय पीढ़ी (F_3 generation) प्राप्त करने पर पाया गया कि तीन लम्बे तने के पौधों में केवल एक लम्बे तने का शुद्ध तथा दो लम्बे तने के संकर पौधे है। जबकि बौने तने वाले पौधों में यह लक्षण वंश-परम्परागत होता है। लम्बे व बौने तने का अनुपात वास्तव में 1: 2: 1 है। इसे **जीनोटिपिक अनुपात** कहा गया

है। दो विरोधी या विकल्पी वंशागत लक्षणों को **ऐलील** कहा गया। इसमें लम्बा तना **प्रभावी लक्षण** तथा बौना तना **अप्रभावी लक्षण** कहा गया। इस प्रयोग के आधार पर मेण्डल का पहला नियम बना - दो विरोधी या विकल्पी लक्षणों के शुद्ध पौधों में पर-परागण के फलस्वरूप F_1 पीढ़ी में केवल प्रभावी लक्षण प्रदर्शित होता है तथा अप्रभावी लक्षण छिपा रह जाता है। F_1 पीढ़ी के प्रभावी लक्षण वाले ऐसे पौधें को वर्ण संकर कहा गया। F_2 पीढ़ी में लक्षणों का पृथक्करण हो गया। इस प्रकार दो विपरीत विकल्पी आनुवंशिक लक्षणों का **पृथक्करण या विसंयोजन का नियम** कहा जाता है।

फेक्टर या कारक हाइपोथीसिस : वंशागत लक्षणों को कुछ रचनाओं द्वारा एक पीढ़ी से दूसरी पीढ़ी में जनन कोशिकायें या युग्मक पहुँचती है। इन रचनाओं को मेण्डल ने कारक या फेक्टर कहा वर्णसंकर संतान में अप्रभावी लक्षण यद्यपि प्रदर्शित नही होता किन्तु अपरिवर्तित रूप से छिपा हुआ रहता है। अगली पीढ़ी बनते समय अप्रभावी तथा प्रभावी लक्षण पृथक्-पृथक् युग्मकों द्वारा सन्तान में पहुँच जाते हैं। इसे **कारक या फेक्टर हाइपोथीसिस** कहते है। F_1 पीढ़ी के युग्मकों में क्योंकि पृथक होकर या तो प्रभावी लक्षण ही होता है या फिर अप्रभावी लक्षण, दोनों लक्षण नहीं होते, इसी कारण इस पृथक्करण के नियम को **युग्मकों** की **पवित्रता का नियम** भी कहा जाता है।*

[II] मेण्डल का स्वतंत्र विन्यास या अपव्यूहन का नियम

उपरोक्त प्रयोगों के बाद मेण्डल ने दो जोड़ी विरोधी या विकल्पी लक्षणों के पौधों में प्रयोग किये। उदाहरण के लिए एक पौधे का बीज गोल और पीला था, दूसरे का झुर्रीदार तथा हरा। इन पौधों में पर-परागण के फलस्वरूप बने बीजों को उगाने पर F_1 पीढ़ी के सभी पौधे गोल व पीले बीजों वाले थे। इसे द्विसंकर क्रॉस कहते हैं। इस प्रकार पीला रंग हरे रंग पर तथा गोलपन झुर्रीपन पर प्रकल या प्रभावी लक्षण रहे। इस प्रयोग में F_1 पीढ़ी के पौधों में स्व-परागण के फलस्वरूप बने बीजों को उगाने पर F_2 पीढ़ी में गोल व पीले तथा झुर्रीदार व हरे बीज तो बने ही, साथ में दो नए प्रकार के बीज भी बने, पीले झुर्रीदार तथा हरे गोल। इस प्रकार प्रारम्भ के दो प्रकार के बीज वाले पौधों से F_2 पीढ़ी में चार प्रकार के बीज वाले पौधे बन गए। पीले-गोल, पीले - झुर्रीदार, हरे-गोल तथा हरे झुर्रीदार बीजों का अनुपात क्रमशः 9 : 3 : 3 : 1 का था। पीले गोल तथा पीले - झुर्रीदार बीजों में 3 : 1 का अनुपात था। हरे - गोल और हरे झुर्रीदार बीज भी 3 : 1 के अनुपात में बने। मेण्डल की कारक हाइपोथीसिस के अनुसार एक पौधे में उपस्थित सभी लक्षणों के कारकों से मिल सकते हैं। वंशागत कारकों का इस प्रकार स्वतंत्र व्यवहार या इनका विन्यास या अपव्यूहन मेण्डल का दूसरा नियम है जिसे **स्वतन्त्र विन्यास या अपव्यूहन का नियम** कहते है।

अपूर्ण प्रभावित : कभी-कभी ऐसे भी उदाहरण देखने में आते है जब प्रभावी लक्षण का प्रदर्शन पूर्णरूप से नहीं होता तथा बीच की अवस्था बन जाती है। काले रंग की एन्डेलूसियन मुर्गी तथा सफेद चित्तीदार मुर्गे के मेल से काले चूजों की जगह नीले चूजे पैदा होते हैं। इसे **अपूर्ण प्रभावित** कहते हैं। मेण्डल की मृत्यु के बाद में पता चला कि आनुवंशिक लक्षणों को युग्मकों के केन्द्रक में गुणसूत्र पहुँचाते हैं जो सीढ़ीनूमा डीऑक्सीरीबोन्यूक्लिक अम्ल के अणुओं के बने

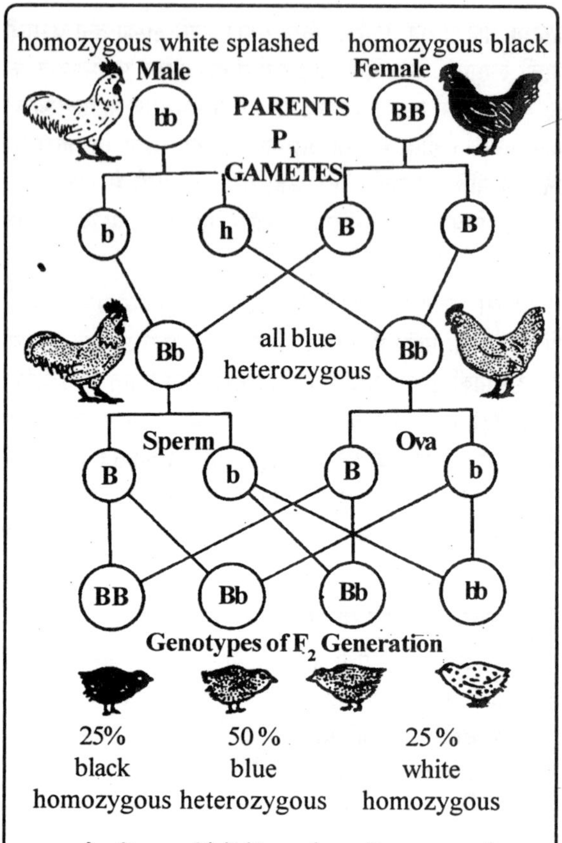

एन्डेलूसियन मुर्गियों में अपूर्ण प्रभाविता का प्रदर्शन

होते हैं तथा इन्हीं अणुओं की बनी आनुवंशिक इकाइयाँ जीन्स कहलाती है।

मानव में आनुवंशिक विशेषक

आनुवंशिकी के नियम मनुष्य पर भी उसी प्रकार प्रभावशाली हैं जैसे कि पौधों तथा अन्य जन्तुओं पर होते है। मनुष्य में वंशागत लक्षणों या विशेषकों का अध्ययन प्रयोगों द्वारा इतना सरल नहीं होता क्योंकि मनुष्य के शरीर की कोशिकाओं में गुणसूत्रों की संख्या बहुत अधिक (46) होती है। मानव की सन्तानोत्पत्ति की दर भी कम होती है तथा इस प्रक्रिया के संभावित प्रयोग करना भी सम्भव नहीं होता। **सर फ्रांसिस गॉल्टन** (1868) ने मानव के आनुवंशिक विशेषकों का अध्ययन करने के दो साधन बताये – 1. जुड़वा बच्चों का ज्ञान, तथा 2. वंश इतिहास का अध्ययन । इसी सम्बन्ध में **हार्डी-वीनबर्ग नियम** (1908) के अनुसार सारे जनसमुदायों में आनुवंशिक कारकों का निर्धारण करने की बात कही गई है। इन अध्ययनों से ऐसे कई लक्षणों का पता चलता है। जो मनुष्य में वंशागत होते हैं, इनकी वंशगति विशेष जीन्स पर निर्भर होती है। ऐसे लक्षणों को आनुवंशिक विशेषक कहते है। मैंक क्यूसिक ने ऐसे आनुवंशिक विशेषकों की फहरिश्त बनाई है जिनमें लगभग 200 विशेषकों का भली प्रकार अध्ययन किया जा चुका है। आनुवंशिक विशेषक चार श्रेणियों में रखे गए।

मनुष्य में कुछ आनुवंशिक लक्षणों की सूची

मनुष्य में लगभग 200 आनुवंशिक लक्षणों का अध्ययन किया जा चुका है। शरीर के विभिन्न भागों में पाये जाने वाले ये लक्षण निम्न वर्गों में बाँटे गये है–

[I] शरीरिक या रचनात्मक विशेषक – यह शरीर के निम्नलिखित अंगों को प्रभावित करते है।

1. त्वचा

1. काली त्वचा : रंजक त्वचा
2. रंजकहीनता : त्वचा, बाल, नेत्र की रेटिना रंजकहीन होकर सफेद होते है।
3. पीबाल्ड त्वचा : त्वचा पर सफद धब्बे होते है।
4. ऐपीडर्मोलाइसिस बुलोसा : त्वचा पर चकते पड़ जाते है।
5. इक्थायोसिस : अधिक किरैटिनाइजेशन से शल्कीय त्वचा होना

2. बाल

1. बालों का रंग : काला, भूरा या लाल।
2. मनकेदार बाल : बालों की मोटाई भिन्न होना।
3. हाइपोट्राइकोसिस : बालों का अभाव साथ ही दाँतों का अभाव
4. पैटर्न गंजापन : सिर पर विशेष भाग से बालों का अभाव
5. बालों का आकार : सीधे या घुँघराले ।

3. नेत्र

1. नेत्र का रंग : काला भूरा, हल्का भूरा या नीला
2. आनुवंशिक मोतिया : लैस का धुँधला होना।
3. ग्लॉकोमा : नेत्र गोलक में सूजन ।
4. कोलोबोमा : आइरिस खुली होना।
5. रतौंधी या रात्रि आंधता : कम प्रकाश में देख नपाना
6. वर्णान्धिता : हरे तथा लाल रंग ममें पहचान न कर पाना।

4. कर्ण

1. ऑटोस्किलरोसिस : कर्णपटह का मोटा होना ।
2. कर्ण पल्लव : निचला सिरा ज़ुड़ा होना या स्वतन्त्र
3. सुनने की सामर्थ्य : सामान्य या बहरापन

5. कंकाल

1. पॉलीडेक्टाइली : अँगुलियाँ 5 से अधिक होना।
2. सिनडेक्टाइली : अँगुलियाँ जुड़ी होना।
3. ब्रेकीडेक्टाइली : अँगुलियाँ में एक जोड़ न होना।
4. सिफेलेन्जी : दृढ़ अँगुलियाँ–अँगुलियों के जोड़ आपस में जुड़े होना।
5. इकोस्टोसिस : छोर के पास उपस्थित अस्थियों की अधिक वृद्धि होना।

6. दाँत

ओपेलेसेंट दाँत : दाँतो का इनेमिल तथा डेन्टाइन रोगग्रस्त होना।

7. पेशियाँ

गॉवर रोग : पेशियों का अपक्षय होना।

8. शरीर का आकार

1. लम्बाई : लम्बा या छोटा होना।
2. क्रेटिनिज्म : थॉइराइड की कमी से होने वाला बौनापन।
3. ऐटिलिओसिस : वास्तविक बौनापन।

9. तन्त्रिकाएँ

1. न्यूराइटिस ऑप्टिका : ऑप्टिक तान्त्रिका का नष्ट होना।
2. फ्रेडेरिक रोग : सुषुम्ना का ऊपरी भाग तथा सेरिबेलम कम विकसित होना।
3. मल्टिपिल स्क्लीरॉसिस : तान्त्रिका तन्त्र का असंगठित नष्ट होना।
4. न्यूरोफाइब्रोम्यूटोसिस : तन्त्रिकाओं को बाहरी सतह पर गाँठे होना।

[1I] क्रियात्मक विशेषक

1. रूधिर

1. रूधिर वर्ग : रूधिर वर्ग ए,बी,एबी तथा ओ।
2. आरएच तत्व : आरएच धनात्मक या आरएच ऋणात्मक होना।
3. हीमोफीलिया : रूधिर स्राव होते रहना।]
4. हीमोलिटिक पीलिया : त्वचा में पीला पित्तरस वर्णक का अत्यधिक संचय।

2. उत्सर्जन

1. डाएबेटिज इन्सिपीडस : अतिमूत्रता एवं अधिक प्यास लगना।
2. डाएबेटीज मेलिटस : मूत्र में शर्करा।
3. ऐल्केप्टोन्यूरिया : हवा के सम्पर्क में आने पर मूत्र काला होना।
4. हाइपोस्पोडियास : यूरेथ्रा का छिद्र अनियमित।

3. पाचन

1. पाइलोरिक स्टिनोसिस : पाइलोरिक स्फिंक्टर अधिक विकसित होने से उल्टियां आना।

4. नेत्र-रेटिनो ब्लास्टोमा : आँख में केन्सर।

[III] मानसिक विशेषक

1. न्यूरोफाइब्रोम्यूटोसिस : शरीर पर त्वचा पर न्यूरोपऊझइब्रोमास को गाँठे होना।
2. हंटिन्गटन कोरिया : क्षीणता गतियाँ तथा मानसिक क्षीणता।
3. शाइजोफ्रेनिया : विशिष्ट मानसिक अनिश्चिता।

[1V] असाधारण विशेषक

1. हंसियाकार रूधिराणु एनीमिया : ऑक्सीजन की कमी में लाल रूधिराणु हंसियाकार हो जाना। 2. मृगी : दौरे पड़ना। 3. कोढ़ : शरीर के अंग नष्ट हो जाना।

मनुष्य में आनुवंशिक लक्षणों की वंशागति

रूधिर वर्गों के अतिरिक्त मनुष्य में कुछ अन्य लक्षण भी आनुवंशिक होते हैं-

1. स्वादान्धता - मनुष्य में फीनायल-थायो-कार्बेमाइड या PTC का स्वाद पहिचानने की क्षमता होती है। PTC का स्वाद तीखा होता है तथा यह नाइट्रोजन, गन्धक तथा कार्बन का यौगिक होता है। इसके तीखे स्वाद के पहिचानने की क्षमता का प्रबल या प्रभावी जीन के कारण होती है जिसे (TT) या (Tt) से प्रदर्शित करते हैं। अप्रवासी जीन समयुग्मजी अप्रभावी होता है जिसे (tt) से प्रदर्शित करते हैं। अप्रभावी जीन के व्यक्तियों में PTC के स्वाद की क्षमता नहीं होती। लगभग 30 प्रतिशत मनुष्यों में PTC के स्वाद की क्षमता नहीं होती। स्वादान्धता की वंशागति भी आनुवंशिक नियमों का पालन करती है।

2. रंजकहीनता - मनुष्य जाति में मैलेनिन नामक रंजक या वर्णक पाया जाता है जिसके कारण आँखों की पुतली व बालों का रंग काला या गाढ़ा भूरा होता है। इसी रंजक की मात्रा के आधार पर त्वचा का रंग भी गोरा, साँवला या काला होता है। अध्ययन करने पर पाया गया कि मनुष्यों में मैलेनिन की उपस्थिति या इसका बनना एक प्रभावी जीन (AA) या (Aa) पर निर्भर करता है। जिन व्यक्तियों में यह जीन (aa) अर्थात समयुग्मजी अप्रभावी होता है उनमें काला रंग या मैलेनिन रंजक नहीं पाया जाता। अत: उनके बाल सफेद, त्वचा बहुत हल्के रंग की तथा आँखों की पुतलियों का रंग गुलाबी होता है। यह अवस्था रंजकहीनता कहलाती है। यदि जीन के

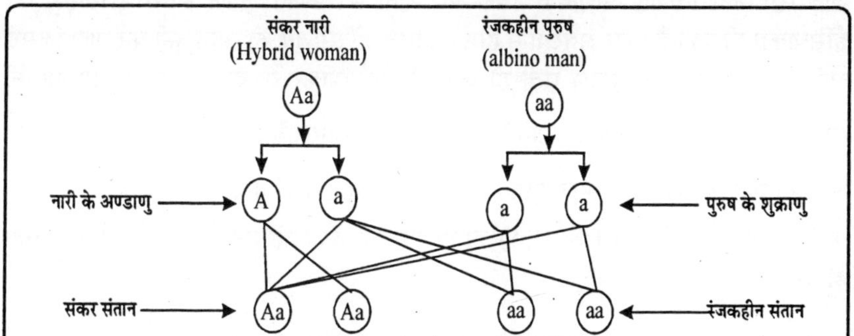

मानव में रंजकहीनता

जोड़े में दोनों ही अप्रभावी होते हैं तभी रंजकहीनता पायी जाती है। मानव प्रजातियों में प्रति बीस हजार व्यक्तियों में एक व्यक्ति रंजकहीन या सूरजमूखी होता है। रंजकहीनता की वंशागति निम्न प्रकार होती है- अर्थात् ऐसे पति-पत्नि के आधे बच्चे संकर होंगे तथा आंधे रंजकहीन।

3. फिनाइल कीटोन्यूरिया - कुछ व्यक्तियों में एक विशेष प्रकार की अल्पबुद्धिता होती है जो फिनाइल ऐलेनीन को टाइरोसीन अमीनो अम्ल में परिवर्तित करने वाले एन्जाइम की कमी से

होती है। इससे फिनाइल ऐलेनीन की रक्त में मात्रा बढ़कर मूत्र में निकलने लगती है तथा शरीर के विभिन्न उत्तकों में जमा होने लगती है। जब फिनाइल ऐलेनीन तन्त्रिका ऊतक में जमा होता है तो इस प्रकार की अल्प बुद्धिता हो जाती है। यह रोग इस एन्जाइम के दोनों समयुग्मजी अप्रभावी जीन्स के कारण होता है। इस रोग को फिनाइल कीटोन्यूरिया कहते हैं। ऐसे रोगी का।

4. दात्र कोशिका अरक्तता - यह एक उपापचयी रोग है जो हीमोग्लोबीन की विशिष्ट आणविक रचना के कारण होता है। इस रोग का वाहक एक अप्रभावी जीन है जो केवल वाहक एक अप्रभावी जीन है जो केवल समयुग्मजी अवस्था में अपना घातक प्रभाव करता है। इससे दात्र कोशिका ऐनीमिया रोग हो जाता है। विषमयुग्मजी अवस्था में यह जीन केवल आंशिक प्रभाव ही डालता है। समयुग्मजी प्रभावी जीन वाले व्यक्ति के सभी लाल रूधिराणु सामान्य रहते है। लेकिन समयुग्मजी अप्रभावी जीन वाले व्यक्ति के सभी लाल रूधिराणु ऑक्सीजन की कमी में पिचक कर दात्र या हँसिया के आकार के हो जाते हैं जिससे पूर्ण अरक्तता के कारण व्यक्ति की मृत्यु हो जाती है। सामान्य व्यक्ति के हीमोग्लोबिन में 4 पॉलीपेप्टाइड श्रृंखलाएँ पायी जाती है- (1) दो समान एल्फा (α) या श्रृंखलाएँ जिनमें 144 अमीनो अम्ल होते हैं, तथा (2) दो समान बीटा (β) श्रृंखलाएँ जिनमें 146 अमीनों अम्ल होते हैं। सामान्य व्यक्ति के हीमोग्लोबिन की बीटा श्रृंखला (β chain) में छठे स्थान पर प्रभावी जीन के कारण ग्लूटेमीन नामक अमीनो अम्ल होता है, लेकिन उसके अप्रभावी ऐलील के कारण बीटा श्रृंखला में छठे स्थान पर ग्लूटेमीन की जगह वेलीन अमीनो अम्ल आ जाता है। बीटा श्रृंखला (β chain) में पहले स्थान पर सदैव वेलीन अमीनो अम्ल ही पाया जाता है। ऑक्सीजन की कमी होने पर पहली तथा छठी स्थिति के वेलीन मोनोमर आपस में इस प्रकार जुड़ जाते है कि हीमोग्लोबिन के रासायनिक संगठन में परिवर्तन हो जाने से इसकी विशिष्ट आणविक रचना बन जाती है। फलतः लाल रूधिराणु सिकुड कर हँसियाकार हो जाते हैं। इस अवस्था में हीमोग्लोबिन ऑक्सीजन का वहन नहीं कर पाता जिससे व्यक्ति की अरक्तता के कारण मृत्यु हो जाती है। हँसियाकर या दात्र कोशिका अरक्तता की वंशागति निम्न प्रकार होती है-सामान्य व्यक्ति का होमोग्लोबिन = $\alpha_2^A\beta_2^A$ दात्र कोशिका अरक्तता वाले व्यक्ति का हीमोग्लोबिन= $\alpha_2^A\beta_2^S$ यदि पति व पत्नि दोनों दात्र कोशिका अरक्तता के लिए वाहक (carrier Hb^A/Hb^S) हो तो रोग की वंशागति उनकी संतान में निम्न प्रकार होगी-

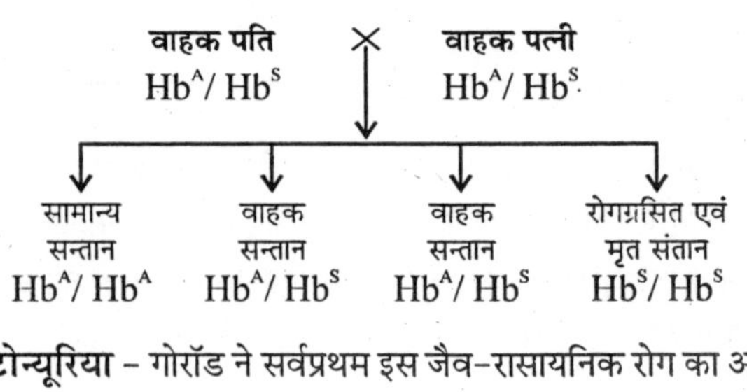

5. ऐल्केप्टोन्यूरिया - गोरॉड ने सर्वप्रथम इस जैव-रासायनिक रोग का अध्ययन किया जो

जन्म से ही एक जोड़ा समयुग्मजी अप्रभावी जीन द्वारा सन्तान में पहुँचता है जिसका ऐल्केप्टॉन के रूप में मूत्र में उत्सर्जन होता है। यह मृत्र हवा के सम्पर्क में आने पर काला हो जाता है। जिसका नियन्त्रण एक प्रभावी जीन द्वारा किया जाता है ऐल्केप्टोन्यूरिया रोग की वंशागति मेण्डल के नियम के अनुसार ही होती है। यह रोग समयुग्मजी अप्रभावी जीन पहुँचने की स्थिति में ही होता है।

जीनी पारस्परिक अभिक्रिया

संतान को अपने जनकों से जो गुणसूत्र प्राप्त होते हैं उनमें सर्वाधिक महत्वपूर्ण अंश डीएनए है। इस डीएनए के एक खण्ड को, जिसमें आनुवंशिक कूट निहित होता है, जीव वैज्ञानिक ''जीन'' कहते हैं। वास्तव में यह संसार का सबसे विचित्र रसायन है जिसमें अपनी प्रतिकृति उत्पन्न करने की ही नहीं वरन् जीवधारियों के शरीर में होने वाली अगुणित क्रियाओं को आरम्भ और नियंत्रित करने की क्षमता होती है। जोनसन नामक वैज्ञानिक ने सर्वप्रथम जीन शब्द का प्रयोग किया। विभिन्न वैज्ञानिकों ने जीन की निम्न परिभाषा दी हैं-(1) वंशागत कारक जो एक जैविक लक्षण का निर्धारण करता है। (2) जीन वंशागति की प्राथमिक इकाई है। (3) उस पदार्थ की एक इकाई जो माता-पिता से संतित में जाती है। (4) पॉलीन्यूक्लीयोटाइड श्रृंखला के वे भाग जो एक विशेष लक्षण को व्यक्त करते हैं। आनुवंशिकी विज्ञान की नींव ग्रीगर मेण्डल के प्रयोगों द्वारा रखी गई। मेण्डल की मुख्य की खोज थी कि आनुवंशिक ट्रेट अथवा लक्षण एक-दूसरे से स्वतंत्र होते हैं और प्रत्येक जीव स्वतंत्र और अलग लक्षणों का मोजेइक है। मेण्डल ने सिद्ध किया है कि एकसंकर में ये इकाइयां यद्यपि साथ आ जाती हैं परन्तु इनका मिश्रण नहीं होता। अपितु संकर में इनमें से कोई लक्षण अदृश्य हो जाता है लेकिन अप्रत्यक्ष इकाई के रूप में उपस्थित रहता है और बाद की पीढ़ी में फिर से प्रत्यक्ष हो जाता है। अर्धसूत्री विभाजन के समय गुणसूत्र को इलेक्ट्रॉन सूक्ष्मदर्शी से देखने पर इस पर स्थान-स्थान पर छोटी-छोटी दानेदार रचनाएं दिखाई देती हैं जिन्हें क्रोमोमीयर कहते हैं। बेलिंग (1928) के अनुसार ये जीन्स हैं। कुछ गुणसूत्रों के कोरसूत्र (axial filament) पर जगह-जगह कुछ छल्ले दिखलायी देते हैं। Callan and Llyod (1960) के अनुसार भी लैम्पब्रश गुणसूत्र का प्रत्येक छल्ला एक जीन से सम्बन्धित है। Thomas (1969) के अनुसार भी प्रत्येक क्रोमोमीयर एक जीन को प्रदर्शित करता है। Burman (1967) की उत्परिवर्तन सम्बन्धी खोजों के आधार पर पॉलीटीन गुणसूत्र में काली पट्टियाँ जीन्स को दर्शाती है। परन्तु नवीन खोजों के आधार पर इस विचार धारा में विश्वास नहीं किया जाता कि क्रोमोमीयर एक जीन को दर्शाते हैं। Coming (1972) के अनुसार क्रोमोमीयर जीन्स के एक परिवार के समूह हो सकते हैं। Shapiro एवं उनके सहयोगियों ने 1969 में सर्वप्रथम जीन का एक इलेक्ट्रॉन सूक्ष्मदर्शी यद्यपि अधिकतर जीन्स में डीएनए के भाग हैं परन्तु कुछ वाइरस में ये आरएनए के भाग होते हैं। उदाहरण, रिओवाइरस।

जम्पिंग जीन (Jumping Gene):- सन् 1940 के लगभग अमरीकन आनुवंशिकीविज्ञ, बारबरा मैक क्लिंटॉक ने मक्का के पौधे पर आनुवंशिकता का अध्ययन करते समय देखा कि कुछ आनुवंशिक तत्त्व, एक गुणसूत्र में एक स्थान से दूसरे स्थान पर जाने में समर्थ है, यहां तक कि ये तत्त्व एक गुणसूत्र से दूसरे गुणसूत्र पर भी स्थानान्तरित हो सकते हैं। मैक क्लिंटॉक ने

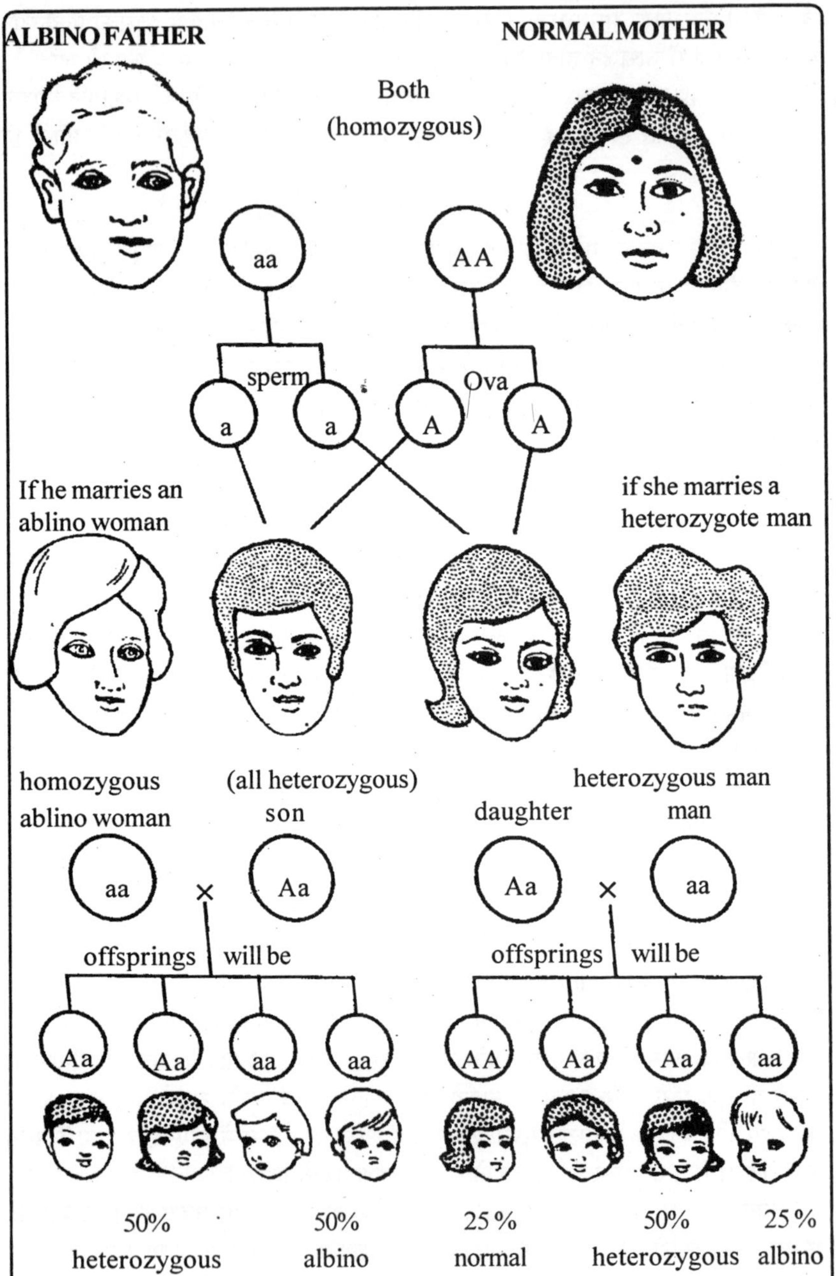

रंजकहीनता की वंशागति

अध्ययन करते समय यह भी पाया कि ये चलनशील तत्व या जम्पिंग जीन्स दूसरे आनुवंशिक कारक के मध्य में स्थापित किये जा सकते हैं, जिससे वह जीन कार्यहीन हो जाता है। मैक क्लिंटॉक ने जम्पिंग जीन्स का आविष्कार बहुत पहले कर लिया था, परन्तु इस कार्य का महत्व बहुत बाद में समझा गया, जब सन् 1970 के लगभग इन चलनशील तत्वों को मनुष्य की छोटी आंत में पाये जाने वाले जीवाणु एशरिकिआ कोली में पाया गया। नये प्रयोगों के आधार पर यह निष्कर्ष निकाला गया कि सभी कोशिकाओं में डीएनए के खण्ड होते हैं, जिन्हें ट्रांसपोज़ेबल तत्व या ट्रांसपोज़ोन कहा जाता है। ये तत्व अपना स्थान बदल सकते हैं। ये गतिशील आनुवंशिक तत्व प्राकृतिक उत्परिवर्तन का कार्य करते हैं तथा आनुवंशिक विभिन्नतायें उत्पन्न करते हैं। ट्रांसपोजोन का विकास की प्रक्रिया में भी महत्वपूर्ण योगदान है। सन् 1983 में 81 वर्षीय मैक क्लिंटॉक को इस विशेष अनुसंधान के लिए नोबेल पुरस्कार से सम्मानित किया गया।

जीनोम एवं प्लाज्मोन

सम्पूर्ण आनुवंशिक पदार्थ दो प्रकार का होता है–

(अ) जीनोमः– गुणसूत्रों के एक अगुणित समुच्चय को जीनोम कहते हैं (अर्थात् एक युग्माणु में पाये जाने वाले गुणसूत्रों की संख्या)। प्रत्येक गुणसूत्र पर जीन होते हैं।

(ब) प्लास्टोजीनः– गुणसूत्रों से बाहर स्थित आनुवंशिक पदार्थ जैसे प्लास्टिड का प्लास्माजीन जो प्लास्टोजीन कहलाता है तथा माइटोकॉण्ड्रिया का प्लास्माजीन जो काण्ड्रोजीन कहलाता है।

रीकोन, म्यूटोन एवं सिस्ट्रोनः– ड्रोसोफिला पर किये गये मोर्गन के कार्य से जीन की एक नयी परिभाषा की उत्पत्ति हुई– जीन गुणसूत्र का वह छोटे से छोटा भाग है जो विनिमय द्वारा अपने पास के भागों से अलग किया जा सके। यह 1 या 2 जोड़े न्यूक्लीओटाइड्स का बना होता है। इसे रीकोन कहा जाता है।

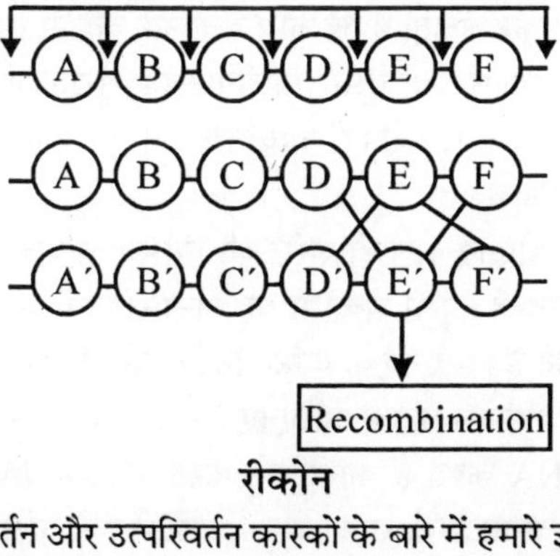

रीकोन

जिस समय उत्परिवर्तन और उत्परिवर्तन कारकों के बारे में हमारे ज्ञान में वृद्धि हुई, जीन की एक दूसरी परिभाषा दी गयी– गुणसूत्र की वह छोटी से छोटी इकाई जिसमें उत्परिवर्तन हो सकता है। यह न्यूक्लीओटाइड अथवा एक या एक से अधिक न्यूक्लीओटाइड्स के जोड़ों का बना होता है। इसे म्यूटोन कहा जाता है।

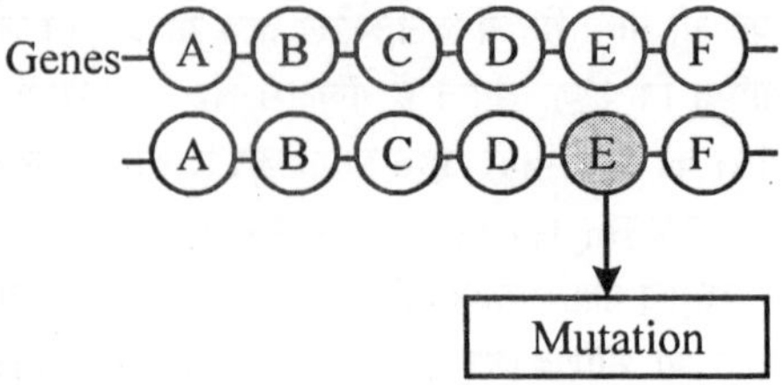

म्यूटोन

क्योंकि जीन के कार्य को उसके द्वारा नियंत्रित क्रिया के द्वारा ही समझा जा सकता है, इसलिये जीन को कार्य विधि की इकाई माना गया है–प्रत्येक इकाई एक–एक उत्पाद के लिए उत्तरदायी है। इसमें 30,000 तक न्यूक्लीओटाइड्स के जोड़े हो सकते हैं।

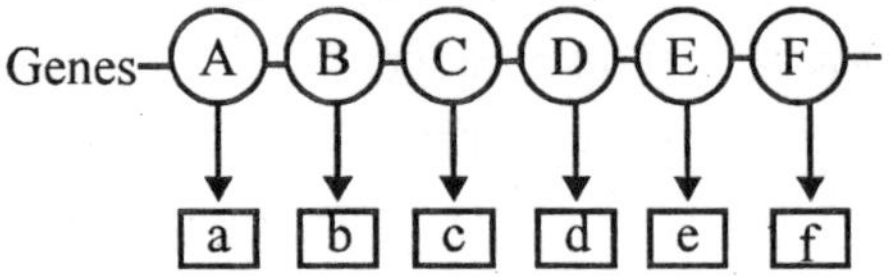

Gene Products

इसे सिस्ट्रोन कहते हैं। परन्तु इस तीसरी विचारधारा की परिभाषा में कुछ कठिनाई आती है। ड्रोसोफिला के अध्ययन से ज्ञात हुआ कि एक जीन से एक अधिक लक्षणों पर प्रभाव डालती है तथा इसके विपरीत कुछ जीन मिलकर एक लक्षण पर प्रभाव डालते हैं। उदाहरण आंख का रंग। यह भी देखा गया कि एक जीन की कार्य–विधि का प्रभाव दूसरे पास में स्थित जीन्स के संदर्भ में होता है। जीन्स में आच्छादित भाग किसी जीन का प्रभाव निश्चित करते हैं। जीन की आधुनिक विचार धारा है कि जीन कार्यिकी की इकाई है–अर्थात् सिस्ट्रोन। एक सिस्ट्रोन एक सम्पूर्ण पॉलीपेप्टाइड शृंखला का कूट बनाती है जो जीव वैज्ञानिक दृष्टि से एकसक्रिय प्रोटीन हो सकता है अथवा यह पॉलीपेप्टाइड शृंखला दूसरी पॉलीपेप्टाइड शृंखलाओं से मिलकर एक सक्रिय प्रोटीन का निर्माण करती है। अत: संक्षेप में आधुनिक रूप में ''एक सिस्ट्रोन–एक पॉलीपेप्टाइड शृंखला'' की विचारधारा उचित है।

जीन संश्लेषण:– डीएनए अणु ही शरीर की विभिन्न क्रियाओं को करने के लिए प्रोटीन अणुओं का संश्लेषण करता है। दूसरे शब्दों में वह अन्य रसायनों को 'निदेश' देता है। ये निर्देश जटिल कूट के रूप में होते हैं। डीएनए के कूटित निर्देशों को राइबोसोमल कणों तक ले जाने का कार्य m-RNA करती हैं। संन्देश वाहक आरएनए (m-RNA) के सन्देशों को एक अन्य प्रकार का आरएनए जिसे t-RNA कहते हैं कार्यान्वित करता है। t-RNA, कोशाद्रव्य में स्थित उन ऐमीनो अम्लों का चयन करता है जो राइबोसोमल कणों में होने वाले प्रोटीन संश्लेषण में प्रयुक्त होते हैं। अब तक 20 t-RNA की प्राथमिक संरचना ज्ञात कर ली गयी है। t-RNA पर ''एण्टीकोडोन'' होते हैं और वे m-RNA के 'कोडोन' को ढूँढ लेते हैं और उनसे ताले–चाबी की भाँति जुड़ जाते हैं। एक t-RNA एक विशेष ऐमीनो अम्ल का ही चयन करती है। ऊपर दिये गये सम्पूर्ण प्रक्रम में प्रत्येक स्तर पर एक विशिष्ट एन्जाइम की आवश्यकता होती है। कोर्नबर्ग ने एक

एन्जाइम खोज निकाला जो परखनली में डीएनए अणुओं की प्रतिकृति निर्माण के लिए आवश्यक होता है। इस एन्जाइम को क्रियाशीलता के लिए जनक डीएनए की उपस्थिति अनिवार्य है और वहीं सांचे का कार्य करता है। इस एन्जाइम का नाम "डीएनए आश्रित डीएनए पॉलीमरेज" है। इस एन्जाइम की सहायता से कोर्नबर्ग ने परखनली में डीएनए अणु का संश्लेषण भी कर लिया है। मेण्डल के मतानुसार एक जीन के द्वारा केवल एक ही लक्षण नियन्त्रित होता है। यद्यपि मेण्डल के पृथक्करण के नियम एवं स्वतन्त्र अपव्यूहन के नियमों की वैज्ञानिक दृष्टि हो जाने के बाद भी कई लक्षण ऐसे पाए गये जो मेण्डल के एकसंकर संकरण अनुपात (3:1) एवं सिद्वसंकर संकरण अनुपात (9:3:3:1) से पूर्णतया भिन्न थे। ऐसा जीनों की पारस्परिक क्रिया के कारण होता है। जीनों की पारस्परिक क्रिया के कारण लक्षणप्ररूप अनुपात विभिन्न प्रकार से रूपान्तरित हो जाते हैं। बेटसन ने सर्वप्रथम जीनों की पारस्परिक क्रिया की अवधारणा को प्रस्तुत किया। इसलिए इसे बेटसन की कारक परिकल्पना भी कहा जाता है। जीनों में होने वाली पास्परिक क्रियाएँ निम्न दो प्रकार की होती हैं-

1. अन्तःजीनी पारस्परिक क्रिया - इस प्रकार की पारस्परिक क्रिया एक ही जीन के युग्मविकल्पियों के मध्य होती है। इसके अन्तर्गत अपूर्ण प्रभाविता, सहप्रभाविता आदि क्रियायें आती हैं।

2. अन्तराजीनी पारस्परिक क्रिया - इस प्रकार की पारस्परिक क्रिया दो भिन्न जीनों के मध्य होती है। इसमें एक जीन की अभिव्यक्ति दूसरे जीन की अभिव्यक्ति को प्रभावित करती है। इसके परिणामस्वरूप द्विसंकरण प्रयोगों में सामान्य मेण्डेलियन अनुपात (9:3:3:1) से अलग अनुपात प्राप्त होता है। प्रबलता, पूरक जीन, सम्पूरक जीन, निरोधी जीन, बहुरूपी जीन आदि में अन्तराजीनी पारस्परिक क्रिया पायी जाती हैं। उपर्युक्त में से अन्तःजीनी पारस्परिक क्रियाओं (अपूर्ण प्रभाविता, सहप्रभाविता आदि) का अध्ययन आप अध्याय 16 में कर चुके हैं।

प्रबलता

अयुग्मविकल्पी जीनों के मध्य ऐसी अनुक्रिया जिसमें एक जीन दुसरे जीन की लक्षणप्ररूप में अभिव्यक्ति को प्रकट नहीं होने देती है, प्रबलता कहलाती है। जीन जो दूसरे अविकल्पी जीन पर प्रभावी होती है उसे प्रबल जीन व जीन जिसका प्रकटीकरण छिप जाता है उसे अल्पप्रबल या अबल जीन कहते हैं। प्रबलता निम्न दो प्रकार की होती हैं-

प्रभावी प्रबलता- इसमें एक जीन का प्रभावी युग्मविकल्पी दूसरे जीन के युग्मविकल्पी के प्रभाव को रोक देता है। **उदाहरण**-कुत्तों में त्वचा का रंग, कुकुरबिटा पिपों में फलों का रंग आदि। प्रभावी प्रबलता को कुत्तों में त्वचा के रंग के उदाहरण से स्पष्ट किया जा सकता है। कुत्तों में त्वचा का श्वेत रंग एक प्रभावी व प्रबल जीन I की उपस्थिति के कारण होता है जोकि वर्णक निर्माण को रोकता है। वर्णक निर्माण अबल जीन के द्वारा होता है। अबल जीन B काला रंग उत्पन्न करता है जबकि I जीन के अप्रभावी होने पर जीन b भूरा रंग उत्पन्न करता है। जीन I दोनों जीनों (B & b) के प्रभाव को रोक कर श्वेत रंग उत्पन्न करता है।

2. अप्रभावी प्रबलता - जब जीन के दो युग्मों में कोई अप्रभावी प्रबल जीन दूसरे विस्थल पर अवस्थित प्रभावी जीन के प्रकटन को रोक देती है तो इसे अप्रभावी प्रबलता कहते हैं।अप्रभावी

प्रबलता को मूषकों में त्वक आवरण के रंग के उदाहरण द्वारा स्पष्ट किया जा सकता है। मूषकों में अगोती रंगी जीन A के द्वारा नियंत्रित होता है जो अप्रभावी प्रबल जीन B के प्रति अबल होती है। प्रभावी जीन B, Aकी अनुपस्थिति में काले रंग के मूषक उत्पन्न करता है तथा प्रभावी जीन A की उपस्थिति में अगोती रंग उत्पन्न करता है।

प्रबलता तथा प्रभाविता में अंतर – प्रबलता तथा प्रभाविता एक–दुसरे से पूर्णतया भिन्न होती हैं। इनमें निम्न अन्तर पाये जाते हैं।

पूरक जीन

जब दो भिन्न–भिन्न प्रभावी जीन एक–दूसरे की अनुपस्थिति में अपने विशिष्ट लक्षणप्ररूप को प्रकट करती हैं किन्तु दोनों एक साथ होने पर अन्योन्य क्रिया द्वारा एक नये लक्षणप्ररूप को

	प्रभाविता	प्रबलता
1	यह अन्त:जीनी स्तर पर कार्य करती है।	यह अन्तराजीनी स्तर पर कार्य करती है।
2	प्रभाविता के अन्तर्गत एक जीन अपने ही युग्मविकल्पी के प्रभाव को दबाकर उसको व्यक्त नहीं होने देती हैं।	प्रबलता के अन्तर्गत एक जीन एक अन्य अयुग्म-विकल्पी जीन के प्रभाव को दबाकर उसे व्यक्त नहीं होने देती है।
3	इसमें एक जोड़ी युग्मवि-कल्पी ही भाग लेते हैं।	इसमें दो जोड़ी युग्मविकल्पी भाग लेते हैं।
4	एक ही जीन के दोनों युग्म-विकल्पी एक साथ प्रभावी नहीं होते हैं।	दोनों अयुग्मविकल्पी एक साथ प्रभावी नहीं सकते हैं।

उत्पन्न करने में एक–दूसरे की पूरक होती हैं, तो ऐसी जीन पूरक जीन कहलाती हैं। यदि दोनों अप्रभावी रूप में उपस्थित हों तो भी एक नया लक्षण प्रकट होता है। मुर्गों में सामान्य: चार प्रकार की कलंगी पाई जाती हैं जो कि दो भिन्न अयुगविकल्पी जीनों के मध्य पूरक अन्योन्य क्रिया का परिणाम है। प्रभावी जीन R एवं P पृथक रूप में अपनी विशिष्ट कलंगी क्रमश: गुलाबी कलंगी तथा मटर कलंगी के लक्षण उत्पन्न करती है। दोनों प्रभावी जीन एक साथ आने पर एक अन्य कलंगी अखरोट कलंगी उत्पन्न करती हैं जो कि अन्योन्य क्रिया के कारण होता है। दोनों प्रभावी जीनों P व R की अपुपस्थिति में एकल कलंगी उत्पन्न होती है। लक्षणप्ररूपी अनुपात अखरोट कलंगी मटर कलंगी गुलाबी कलंगी एकल कलंगी

(RP): (rrP): (Rpp: (rrpp)

9: 3: 3: 1

सम्पूरक जीन

जब किसी लक्षण प्ररूप की उत्पत्ति के लिए दो प्रभावी जीनोंका एक साथ उपस्थित होना

अनिवार्य हो और इनमें से किसी एक अथवा दोनों जीनों के अप्रभावी अवस्था में होने पर विपर्यासी लक्षण प्ररूष उत्पन्न हो तो इस दशा को सम्पूरक जीन क्रिया कहते हैं। अत: ऐसे जीन जिनको प्रकट होने के लिए दूसरे जीन की आवश्यकता होती है, सम्पूरक जीन कहलाते हैं। उदाहरण–मीठी मटर में पुष्प का रंग, मक्के में बीज का रंग आदि। मीठी मटर में रंगीन पुष्प के लक्षण का नियन्त्रण दो जीन C एवं R करते हैं। रंगीन पुष्प तभी उत्पन्न होते हैं जब दोनों जीन C एवं R प्रभावी अवस्था में उपस्थित रहते हैं। यदि इनमें से कोई एक जीन अप्रभावी अवस्था में हो या दोनों ही जीन अप्रभावी अवस्था में हों तो पुष्प का रंग सफेद होता है। यदि एक रंगीन पुष्प (CCRR) का संकरण शुद्ध सफेद पुष्प (ccrr) से किया जाये तो F_1 पीढ़ी में सभी पुष्प रंगीन प्राप्त होते हैं व F_2 पीढ़ी में 9 रंगीन व 7 सफेद रंग वाले पुष्प प्राप्त होते हैं।

निरोधी जीन

जब एक लक्षण को नियन्त्रित करने वाले दो जीनों में से एक जीन कोई लक्षणप्ररूप उत्पन्न करता है तथा दूसरा जीन स्वयं तो कोई लक्षणप्ररूप उत्पन्न नहीं करता परन्तु पहले जीन को लक्षणप्ररूप उत्पन्न करने से रोक देता है तो इसे निरोधी जीन कहते हैं। उदाहरण–चावल में पत्तियों का रंग, मक्के में दाने का रंग आदि। चावल में पत्तियों का रंग बैंगनी (R) या हरा (r) निरोधी जीन (I) के प्रभाव के कारण प्रकट होता है।

बहुजीनी लक्षण

मेण्डल के मतानुसार प्रत्येक लक्षण का नियन्त्रण दो जीनों द्वारा किया जाता है जो समजात गुणसूत्र पर एक ही विस्थल पर अवस्थित होते हैं, किन्तु प्रयोगों के दौरान पाया गया हैं। ये जीन बहुजीन कहलाते हैं। "विभिन्न विस्थलों पर पाये जाने वाली जीनों के समूह को जो एक ही लक्षण को नियन्त्रित करने हेतु क्रियाशील होते हैं बहुजीन कहते हैं और इनकी वंशागति को बहुजीनी वंशागति कहते हैं।" इस प्रकार की वंशागति में लक्षणों की सघनता प्रभावी विकल्पी की संख्या पर निर्भर करती है। जातियों की आबादियों में कुछ आनुवंशिक लक्षणों में विभिन्न सदस्यों के बीच थोड़ी-थोड़ी विभिन्नताएँ होती है। ऐसे लक्षणों की वंशागति को मात्रात्मक वंशागति कहते हैं। सर्वप्रथम 1908 में एच.नील्सन एहले ने गेहुँ के अष्टि रंग में मात्रात्मक लक्षणों को अध्ययन किया और पाया कि एक विशेष मात्रात्मक लक्षण के लिए कई जीन हो सकते हैं, जो अपने विसंयोजन के लिए स्वतन्त्र होते हैं परन्तु लक्षणप्ररूप पर संचित प्रभाव उत्पन्न करते हैं। सी.बी. डैवेन्पोर्ट ने 1913 में अमेरिका के श्वेत एवं नीग्रो लोगों में त्वचा के रंग की वंशागति पर अपने प्रयोग किये। इन्होने पाया कि मनुष्य में त्वचा का रंग तीन पृथक् जीनों के द्वारा नियन्त्रित होता है। त्वचा का नीग्रो रंग समयुग्मजी प्रभावी (AABBCC) अवस्था में होता है तथा श्वेत रंग समयुग्मजी अप्रभावी अवस्था में होता है विषम युग्मजी अवस्था में मध्यम प्रकार के लक्षण प्रदर्शित हिते हैं। इस प्रकार F_1 पीढ़ी यदि विषमयुग्मजी हो तो इनसे 8 प्रकार के युग्मक निर्मित होंगे तथा कुल 64 प्रकार के लक्षण प्ररूप संयोजन प्राप्त होते हैं। नीग्रो व श्वेत रंग की आवृत्ति सबसे कम (1/64) होगी जबकि मध्यम प्रकार के रंग की आवृत्ति सर्वाधिक (20/64) होगी।

बहुप्रभाविता

साधारणतया एक जीन मुख्य रूप से केवल एक ही लक्षण को प्रभावित करता है परन्तु कुछ

जीन एक से अधिक लक्षणों को प्रभावित करते हैं। ऐसे जीन जो एक समय में कई लक्षणों पर अपना प्रभाव दर्शाते हैं, बहुप्रभावी जीन कहलाते हैं व यह प्रक्रिया बहुप्रभाविता कहलाती है।

द्विक जीन

एक लक्षण के लिए दो जोड़ी अयुग्मविकल्पी जीन होती हैं। इनमें ये यदि एक भी प्रभावी जीन उपस्थित होती है तो यह लक्षण प्रकट हो जाता है। ऐसी जीन द्विक जीन कहलाती हैं।

घातक जीन

कुछ विशेष जीन प्राणी के लक्षणप्ररूप के साथ-साथ उसकी जीवन क्षमता को प्रभावित करते हैं। अत: ऐसे जीन जिनका सजीव के शरीर पर धातक प्रभाव होता है, घातक जीन कहलाते हैं। इसके परिणामस्परूप सजीव की मृत्यु हो जाती है। घातक जीन की उपस्थिति में F_2 अनुपात 3:1 के स्थान पर 2:1 होता है।

गुणसूत्रों की संरचना

गुणसूत्रों की संख्या, परिमाप, आकृति, भौतिक एवं रासायनिक संरचनाओं का अध्ययन, हम अध्याय 1 में कर चुके हैं। यहां हम केवल उन्हीं बिन्दुओं का उल्लेख करेंगे जो आनुवंशिकता की दृष्टि से महत्वपूर्ण है। अंतरावस्था (Interphase) के केन्द्रक में क्रोमेटिन धागे (Chromatin threads) एक जाल के समान दिखाई देते हैं। वास्तव में ये धागे जिन्हें क्रोमेनिमा भी कहते हैं, एक दूसरे के अलग-अलग होते हैं। इन धागों पर मणिकामय रूप में मोटे कण सजे होते हैं जिन्हें क्रोमोमीयर (Chromomeres) कहते हैं। क्रोमेटिन में आनुवंशिकता के गुण होते हैं। क्रोमेटिन के रासायनिक विश्लेषण में चार प्रकार के अणु पाये गये हैं-हिस्टोन (Histone), एक कम भार वाली प्रोटीन, एक अधिक भार वाली प्रोटीन DNA या RNA। ये चार प्रकार के अणु संगठित होकर क्रोमेटिन बनाते हैं। अब यह सिद्ध हो गया है कि इन चार गुरु अणुओं में केवल DNA ही एक ऐसा अणु है जो कोशिका एवं जीव की आनुवंशिकता का आधार है। कुछ पादप-वाइरसों में DNA का अभाव होता है। इन वाइरसों में आनुवंशिकता के गुण RNA अणुओं में पाये जाते हैं। केन्द्रकीय विभाजन की पूर्वावस्था में क्रोमेटिन धागे निर्जलित हो, छोटे तथा मोटे हो जाते हैं। इनके ऊपर प्रोटीन कोर की परत आ जाती है। ये सिकुड़ी हुई मोटी शलाका रूपी संरचनाएँ **गुणसूत्र** (Chromosome) कहलाती है। एक केन्द्रक में गुणसूत्रों की संख्या प्रजाति विशेष के लिए निश्चित होती है।

एक गुणसूत्र की संरचना :- डीऑक्सीराइबोस न्यूक्लीक अम्ल (DNA), हिस्टोन (Histone), हिस्टोनरहित प्रोटीन व राइबोस न्यूक्लिक अम्ल (RNA) गुणसूत्र के मुख्य घटक है। एक समानीकृत गुणसूत्र की संरचना चित्र में दर्शाई गई है। अर्द्ध गुणसूत्र, गुणसूत्र बिन्दु से जो कि प्राथमिक संकीर्णन भी बनाता है, उसको छोड़कर शेष भाग में एक दूसरे से अलग है। गुणसूत्र की छोटी व लम्बी भुजा में द्वितीयक संकीर्णन पाये जाते हैं। ये अभिरंजित हो सकते हैं तथा इन स्थलों में दोनों अर्द्ध गुणसूत्र एक-दूसरे से अलग दिखाई देते हैं। अर्द्ध गुणसूत्र में एक बहुत कुण्डलित संरचना होती है जिसे क्रोमोनिमा (Chromonema) कहते हैं। क्रोमोनिमा पर मनकेदार विशिष्ट वह भाग जो गुणसूत्र विशिष्ट स्थल माने जाते हैं। हजारों क्रोमोमियर एक क्रोमोनिमा पर पाये जाते हैं। क्रोमोनिमा एक जैली सदृश पदार्थ मैट्रिक्स (Matrix) में डूबी रहती है। कुछ गुणसूत्रों में

द्वितीयक संकीर्णन (Secondary constriction) पाये जाते हैं। द्वितीयक संकीर्णन में प्राथमिक संकीर्णन की तरह दोनों क्रोमेटिड एक दूसरे के साथ जुड़े न होकर अलग-अलग ही रहते हैं। ऐसी सम्भावना व्यक्त की जाती है कि कोशिका विभाजन की अन्तिम प्रावस्था में यह केन्द्रक (Nucleolus) के पुनर्गठन में सहायक होता है। द्वितीयक संर्कीणन के आगे, गुणसूत्र छोर वाले भाग को **सैटेलाइट** (Satellite) कहते हैं। आनुवंशिकता निर्धारण कण या जीन इन गुणसूत्रों पर रेखीय क्रम में विन्यासित रहते हैं। ऐसा माना जाता है कि सजीवों का प्रत्येक लक्षण एक जीन द्वारा नियंत्रित होता है। कभी-कभी एक से अधिक जीन सामूहिक रूप से किसी लक्षण विशेष को दर्शाते हैं। जैव-रसायन के आधार पर ये जीन गुणसूत्रों में पाये जाने वाले DNA अणु के भाग ही होते हैं। अर्द्ध-सूत्री विभाजन में जब गुणसूत्र विभाजित होते हैं तो ये जीन भी विभाजित होते हैं या स्वप्रतिकृत (Replicate) होते हैं। इस तरह एक गुणसूत्र के विभाजन के फलस्वरूप बनने वाले दोनों गुणसूत्रों में यथावथ एकसमान जीन होते हैं। टेलर ने ऑटो-रेडियोग्राफी (Auto-radiography) प्रयोग द्वारा गुणसूत्र विभाजन तथा उस पर स्थित 'जीन' के विभाजन के सम्बन्धों का सफल चित्रण किया है। लैंगिक जनन से उत्पन्न सभी सजीवों की काय-कोशिका में गुणसूत्रों के दो सैट (द्विगुणित) होते हैं जिनमें से एक सैट नर तथा दूसरा मादा जनक से आता है। ये मातृ तथा पैतृक गुणसूत्र युग्मों में होते हैं अर्थात प्रत्येक मातृ-गुणसूत्र के अनुरूप एक पैतृक गुणसूत्र होता है जो आकार, आकृति तथा जीन प्रकृति में एक दूसरे के समरूप होते हैं। ऐसे युग्मित गुणसूत्रों को समजात आकृति तथा जीन प्रकृति में एक दूसरे के समरूप होते हैं। ऐसे युग्मित गुणसूत्रों को समजात गुणसूत्र (Homologous chromosomes) कहते हैं। सभी काय कोशिकाओं में गुणसूत्रों की संख्या द्विगुणित (2n) होती है। युग्मकों में गुणसूत्र संख्या अगुणित होती है। युग्मक में समजात गुणसूत्र युग्मों का एक-एक सदस्य होता है। इस प्रकार अर्द्ध-सूत्री विभाजन के फलस्वरूप युग्मकों में अगुणित गुणसूत्र पाये जाते हैं तथा निषेचित अण्ड में गुणसूत्रों की संख्या पुनः द्विगुणित (2n) हो जाती है।

गुणसूत्र प्रतिकृति

DNA अणु की स्वप्रतिकृति में द्विकुण्डली सूत्र (डबल हेलिक्स) एक दूसरे से पृथक होते हैं तथा निर्मुक्त श्रृंखलाओं में उपर्युक्त न्यूक्लिओटाइड अपने साथी (Partner) प्यूरिन व पिरिमिडिन से जुड़ कर फिर डबल हैलिक्स बनाते हैं। अंतरावस्था में DNA के अणुओं की प्रतिकृति (Replication) होती है तथा जीन व गुणसूत्रों का पुनरुत्पादन होता है। इन अवस्था में गुणसूत्र पुनः द्विसूत्री हो जाते हैं व केन्द्रक पुनः विभाजन के लिए सक्षम हो जाता है। टेलर (Taylor) ने ऑटो रेडियोग्राफी (Autoradiography) तकनीक से यह सिद्ध कर दिया कि प्रतिकृत गुणसूत्र का DNA उससे बनने वाले क्रोमेटिड्स में समान रूप में निरूपित होता है। उसने रेडियोधर्मी थाइमीन (H^3) विलयन, में पादप जड़ों को छः घण्टे रखने के पश्चात् उन्हें सामान्य विलयन में एक कोशिकीय विभाजन काल तक रखा और पाया कि मेटाफेज के गुणसूत्रों में एक क्रोमेटिड रेडियोधर्मी थाइमीन वाली व दूसरी सामान्य थाइमीन वाली थी। इससे यह भी सिद्ध होता है कि विभिन्न गुणसूत्र अंतरावस्था में अलग-अलग समय पर प्रतिकृत होते हैं तथा एक ही गुणसूत्र के विभिन्न भागों की प्रतिकृति समकालीन होती है।

आनुवंशिकी

सहलग्नता व जीन विनिमय (Linkage and Crossing Over) :- बेट्सन व पुन्नेट (Bateson and Punnett, 1906) ने गुलाबी पुष्प व लम्बे पराग कणों वाली मटर की किस्म का क्रॉस लाल पुष्प व गोल पराग कणों वाली किस्म से किया। इस क्रॉस से जो द्विसंकर अनुपात (dihybrid ratio) आया वह प्रत्याशा (expectation) के विपरीत–मेण्डल के नियमानुसार आने वाले द्विसंकरण अनुपात से भिन्न था। उपरोक्त प्रयोग में 9 : 3 : 3 : 1 के स्थान पर 11 : 1 : 1 : 3 अनुपात आया। मेण्डल के नियमानुसार प्रत्याशित अनुपात न आने के कारण मेण्डल के आनुवंशिकता के नियमों की त्रुटि न होकर एक अन्य कारण था जिसका विवेचन बेटसन व पुन्नेट ने निम्न प्रकार से किया। गुलाबी रंग का कारक व लम्बे परागकण का कारक परस्पर सहलग्न (Linked) हैं व लाल रंग का कारक व गोल परागकण का कारक परस्पर सहलग्न हैं। इस सहलग्नता (Linkage) के कारण ये कारक एक पीढ़ी से दूसरी पीढ़ी में एक साथ सहलग्नित रूप में जाते हैं। मोरगान (Morgan, 1910) ने उपर्युक्त प्रयोग में प्रत्याशित अनुपात (expected ratio) आने के कारणों का स्पष्टीकरण प्रयोगों के आधार पर किया। उसके मतानुसार गुणों को नियंत्रित करने वाले जीन, गुणसूत्रों की लम्बाई पर रेखाकार (Linear) क्रम में विन्यासित रहते हैं। एक गुणसूत्र पर इस प्रकार विन्यासित सभी जीन आपस में सहलग्न वर्ग (Linkage group) बनाते हैं। एक क्रोमोसोम पर पाये जाने वाले सभी सहलग्न जीन आनुवंशिकता में एक पीढ़ी से अगली सन्तति में एक साथ सहलग्नित रूप में जाते हैं। इन सहलग्न जीनों में नियंत्रित गुण उस सन्तति में दिखाई देते हैं जिनमें कि यह सहलग्नित रूप में गुणसूत्र के माध्यम से जाते हैं। यही कारण है कि उपर्युक्त प्रयोग में गुलाबी रंग व लम्बे परागकण वाले और लाल रंग व गोल परागकण वाले सन्तति पौधों की संख्या अधिक थी। सहलग्नता से यह नहीं समझाया जा सकता है कि प्रयोग में इन गुणों का नवीन युग्मों में दिखाई देना अर्थात् सन्तति में गुलाबी पुष्प रंग व गोल परागकण व लाल पुष्प रंग और लम्बे परागकण का सन्तति पादप में आना किस प्रकार हुआ? जनक पादपों के गुण युग्मों से भिन्न, सन्तति में नवीन गुण युग्मों का आना **जीन विनिमय** (Crossing over) की घटना से समझा जा सका। मिओसिस (Meiosis) द्वारा विभाजित होते हुए केन्द्रक में मिओसिस की प्रथम अवस्था पूर्वावस्था (प्रोफेज) का ध्यानपूर्वक अध्ययन करने पर यह ज्ञात हुआ कि प्रोफेज केन्द्रक में समजात गुणसूत्र (Homologous chromosome) युग्म से युग्मित हो जाते हैं। सन्तति कोशिका के केन्द्रक में एक गुणसूत्र माता से तथा इसी के समान गुणसूत्र पिता से आता है। इन समान मौलिक संरचना वाले गुणसूत्रों को समजाती कहते हैं। ये समजाती गुणसूत्र अर्द्धसूत्रण –1 की पूर्वावस्था में लम्बाई में युग्मित (paired) हो जाते हैं। इस युग्मित अवस्था से पूर्व दोनों गुणसूत्र अनुदैर्ध्य अक्ष से प्रतिकृत हो दो–दो गुणसूत्र बनाते हैं। इन सूत्रों को क्रोमेटिड कहते हैं, इस प्रकार युग्मित गुणसूत्रों में चार क्रोमेटिड हो जाते हैं। इस अवस्था में दोनों गुणसूत्रों के कोई भी दो क्रोमेटिड एक ही स्थान से टूटते हैं व टूटे हुए भागों का पारस्परिक विनिमय (exchange) हो जाता है। इन टूटे हुए भागों पर स्थित रेखाकार जीनों का भी इस प्रकार विनिमय हो जाता है। अर्द्धगुणसूत्र प्रक्रिया की पूर्वावस्था–1 अवस्था में घटित होने वाली इस घटना को जीन विनिमय कहते हैं। क्योंकि अर्द्धसूत्रण में विभाजन द्वारा एक–एक क्रोमेटिड एक–

एक युग्मक हो जाता है, अतः ये दो युग्मकों में जीन विनिमयित गुणसूत्र व शेष दो युग्मकों में जीन-अविनिमयित गुणसूत्र होते हैं। बेटसन व पुन्नेट के प्रयोग के बाद के परीक्षणों से यह पता चला कि अर्द्धसूत्रण द्वारा विभाजित होने वाली कोशिकाओं में जीन विनिमय की आवृति (frequency) केवल 7 प्रतिशत होती है। यही कारण है कि F_1 सन्तति में जनक पादपों के समान गुणों वाली सन्तति का अनुपात अधिक होता है। एक गुणसूत्र पर स्थित किन्हीं दो जीनों के बीच की दूरी पर जीन विनिमय की आवृति निर्भर होती है। यदि दूरी अधिक हुई तो आवृति-प्रतिशत (Frequency percentage) भी अधिक होती है।

गुणसूत्र तथा लिंग-भेद

दो प्रकार के लिंग गुणसूत्रों ('X' तथा 'Y' गुणसूत्र) की खोज के पश्चात् यह आशा की जाने लगी कि उभय-लिंगाश्रयी (Dioecious) जीवों में लिंग भेद गुणसूत्र के आधार पर समझाया जा सकता है। मनुष्य की काय-कोशिका में 46 गुणसूत्र होते हैं। आदमी (नर) में 44 गुणसूत्र ऑटोसोम (Autosome) तथा दो लिंग गुणसूत्र 'X' व 'Y' होते हैं। स्त्री में भी 44 गुणसूत्र ऑटोसोम तथा दो लिंग गुणसूत्र 'X' व 'X' होते हैं। जब शुक्राणु बनते हैं तो 50 प्रतिशत शुक्राणु 22+'X' गुणसूत्र वाले तथा शेष 50 प्रतिशत शुक्राणु 22+'Y' गुणसूत्र वाले होते हैं। स्त्री के सभी अण्डों में 22+ 'X' गुणसूत्र होते हैं। सन्तान में कितनी लड़कियाँ तथा कितने लड़के होते हैं। यह इस पर निर्भर करता है कि कौन सा शुक्राणु अण्ड को निषेचित करता है। मनुष्य में नर बच्चे का होना 'Y' गुणसूत्र की उपस्थिति पर निर्भर करता है।

जनक माता (XX) पिता (XY)–सन्तान लड़के (XY) लड़कियाँ (XX)

एक शुक्राणु में केवल 'X' या 'Y' लिंग गुणसूत्र हो सकता है, अतः पिता का 'X' गुणसूत्र लड़कियों में तथा 'Y' गुणसूत्र लड़कों में मिलता है। अमेरिका में टी. एच. मार्गन नामक विज्ञानी ने सन. 1910 में एक छोटी फल मक्खी (Fruit fly) *ड्रोसोफिला* मेलेगोगास्टर पर कुछ प्रयोग किये। सामान्यतः इन मक्खियों की आंखें लाल रंग की होती है। परन्तु उसने पाया कि एक मक्खी की आंखें सफेद रंग की थी। उसने इस मक्खी की पृथक कर, इसका प्रजनन उस समय तक करवाया जब तक कि उसे अनुरूप प्रजनन वाली मक्खियां प्राप्त नहीं हुई। जब उसने एक नर सफेद आँख वाली मक्खी का एक लाल आँखों वाली मादा मक्खी के साथ प्रजनन उस समय तक करवाया तो उसने परिणामस्वरूप पहली पीढ़ी में सभी नर मक्खियां सफेद आँखों वाली उत्पन्न हुई। जब इस पहली पीढ़ी की मक्खियों का परस्पर प्रजनन करवाया गया तो बाद की पीढ़ियों में भी यह गुण विद्यमान रहा। इससे लिंग गुणसूत्र (Sex chromosomes) की उपस्थिति स्पष्ट होती है। मॉर्गन से पूर्व के कोशिका-विज्ञानियों (Cytologists) ने नर ड्रोसोफिला के गुणसूत्रों के चार युग्मों की उपस्थिति प्रदर्शित कर दी थी और यह भी बता दिया था कि इन चार युग्मों में से तीन युग्म समान होते हैं। तथा चौथा युग्म भिन्न प्रकार का होता है जबकि मादा ड्रोसोफिला में चारों गुणसूत्रों के युग्म समान होते हैं। मादा में इस चौथे युग्म के दोनों गुणसूत्र दण्डाकार (Rod-shaped) के होते हैं जबकि नर में इनमें से एक दण्डाकार का तथा दूसरा अंकुश आकार का होता है। दण्डाकार गुणसूत्र को 'X' गुणसूत्र कहा जाता है जबकि अंकुश आकार के गुणसूत्र को 'Y' गुणसूत्र कहा जाता है। इस प्रकार से मादा मक्खी में सदैव 'XX' लिंग गुणसूत्र पाये जाते हैं

जबकि नर में 'XY' लिंग गुणसूत्र होते हैं। इससे यह स्पष्ट होता है कि जब कभी युग्मक बनते हैं तो मादा के युग्मक में सदैव 'X' लिंग गुणसूत्र होंगे जबकि नर युग्मकों में आधे युग्मक 'X' लिंग गुणसूत्र वाले और आधे 'Y' लिंग गुणसूत्र वाले होंगे। अब हम लिंग-गुणसूत्र परिकल्पना को मानकर आगे बढ़ते है कि आँखों के रंग के गुण वाले जीन्स केवल 'X' गुणसूत्र पर ही स्थित होते हैं और 'Y' गुणसूत्र पर इस प्रकार के जीन नहीं होते हैं। 'X' गुणसूत्र पर इस कारक की उपस्थिति को लिंगसहलग्नता (Sex linkage) कहते हैं।

गुणसूत्र व जीन (Chromosomes and Genes) :- गुणसूत्रों पर जीनों की स्थिति रेखीय मानी जाती है। क्रोमोमियर्स को जीन्स या उनका स्थान माना गया है DNA के सर्पिल द्विसूत्रों में पाये जाने वाले प्यूरीन व पिरिमिडिन क्षारकों के रेखीय क्रम को जीन कहते हैं। ये जीन हजारों की संख्या में गुणसूत्रों पर निर्दिष्ट स्थानों पर विद्यमान हैं। जीन का कार्य एन्जाइम विशेष या एन्जाइम समूह के संश्लेषण पर प्रभाव पड़ेगा। जिसके फलस्वरूप सजीवों की कार्यकी पर प्रभाव पड़ेगा। इस प्रकार के एन्जाइम-जीन सम्बन्ध को एक जीन एक एन्जाइम परिकल्पना (One gene one enzyme hypothesis) कहते है।

लिंग सहलग्नी वंशागति

मनुष्य में ऐसे बहुत से कायिक लक्षण पाये जाते हैं जिनका नियमन करने वाले जीन लिंग गुणसूत्रों पर पाये जाते हैं। सामान्यत: ये जीन X गुणसूत्र पर पाये जाते है। लिंग सहलग्न जीन लिंग गुणसूत्रों पर पायी जाती हैं। इनकी वंशागति को लिंग-सहलग्न वंशागति कहते हैं। लिंग-सहलग्नी जीन की खोज मोर्गन ने ड्रोसोफिला में की थी।

लिंग-सहलग्नी वंशागति की मुख्य विशेषतायें

1. लिंग गुणसूत्रों पर स्थित जीन द्वारा नियंत्रित कायिक लक्षण लिंग सहलग्न लक्षण कहलाते हैं।

2. लिंग सहलग्न लक्षणों के जीन X या Y गुणसूत्र पर अथवा X या Y दोनों गुणसूत्रों पर उपस्थित हो सकते हैं।

3. अधिकांश लिंग सहलग्न जीन अप्रभावी प्रकृति दर्शाते हैं।

4. लिंग सहलग्न लक्षण मादा की अपेक्षा नर में अधिक प्रदर्शित होते हैं।

5. जो सहलग्न जीन X-गुणसूत्रों पर उपस्थित होते हैं, उनके युग्मविकल्पी Y- गुणसूत्रों पर नहीं पाये जाते हैं।

6. X-गुणसूत्र से संलग्न जीन कभी भी प्रत्यक्ष रूप से पिता से पुत्र में स्थानान्तरित नहीं होते हैं। 7. लिंग सहलग्न लक्षण प्रभावित मनुष्य से पुत्री में, तथा पुत्री से पुत्रों में स्थानान्तरित होते हैं। अप्रभावी X-सहलग्न वंशागति में मनुष्य के कुछ आनुवंशिक रोग के जीन आदर्श रूप में X-लिंग गुणसूत्र में स्थित होते हैं। इनमें से अधिकांश रोगों के जीन अप्रभावी या सुप्त होते हैं, अर्थात इनके प्रबल या प्रभावी युग्मविकल्पी सामान्य, रोगहीन दशा स्थापित करते हैं। पुरुष में X-गुणसूत्र केवल एक व स्त्री में दो होते हैं, इन लक्षणों की वंशागति विशेष प्रकार की होती है। अप्रभावी या सुप्त होने के कारण विषमयुग्मजी स्त्रियों में रोग नहीं होता है बल्कि समयुग्मजी स्त्रियों में रोग हो जाता है। इसके विपरीत पुरूषों में केवल एक ही X-गुणसूत्र होने के कारण ऐसे लक्षण

का केवल एक ही जीन उपस्थित होते हुए भी (अर्द्धयुग्मजी अवस्था) रोग के लक्षण पाये जाते हैं। पुत्रों में इन लक्षणों के जीन कभी भी पिता से नहीं मिल सकते क्योंकि पुरूष का X-गुणसूत्र सदैव पुत्रियों में जाता है। स्पष्ट है कि इन पुत्रियों से ही फिर ये जीन दुसरी पीढ़ी (F_2) के पुत्रों अर्थात नातियों में जाते हैं। ऐसी वंशागति को क्रिस क्रॉस वंशागति कहत हैं। लिंग सहलग्नता को वंशागति के दो प्रतिरूपों के आधार पर निम्नानुसार वर्गीकृत किया जाता है-

1. गुणसूत्रीय सहलग्नता के आधार पर-

गुणसूत्रीय सहलग्नता के आधार पर वंशागति निम्न प्रकार की होती है-

(i). X-सहलग्न वंशागति- वे जीन जो केवल X-गुणसूत्र पर ही उपस्थित होते हैं व इनके युग्मविकल्पी Y-गुणसूत्रों पर अनुपस्थित होते हैं। इन जीनों का पीढ़ी दर पीढ़ी संचरण पिता से पुत्री में तथा पुत्री से पौत्र/पौत्री में होता है। इस प्रकार की वंशागति वर्णान्धता, हीमोफीलिया, फलमक्खी में आंखों के रंग आदि में पाया जाता हैं।

(ii). Y-सहलग्न वंशागति - ये जीन केवल Y-गुणसूत्र पर ही पाये जाते हैं। इन जीनों की वंशागति केवल नर तक ही सीमित होती है। इनका संचरण होलेण्ड्रिक प्रकार का होता है जैसे-हाइपरट्राइकोसिस (कर्ण पल्लव पर रोम की उपस्थिति) व इक्थियोसिस हिस्ट्रिकस (शरीर पर शल्कों की उपस्थिति)।

(iii). X-Y सहलग्न वंशागति - वे जीन जो X-Y दोनों ही गुणसूत्रों पर पाये जाते हैं, उनकी वंशागति एक्स-वाय सहलग्न वंशागति कहलाती हैं। जैसे-नेफ्राइटिस, रेटिनाइटिस पिगमेन्टोसा आदि।

2. पीढ़ी दर पीढ़ी संचरण के आधार पर-

एक पीढ़ी से दूसरी पीढ़ी से दूसरी पीढ़ी में लक्षणों का संचरण चार प्रकार से हो सकता है-

(i) होलोजीनिक - इस प्रकार की वंशागति में गुणों में गुणों का संरण मादा से मादा में होता है अर्थात् पुत्री से पुत्री व पुत्री से दोहित्री में होता है।

(ii) होलेण्ड्रिक - इस प्रकार की वंशागति में गुणों का संचरण नर से नर में अर्थात पिता से पुत्र में व पुत्र से पौत्र में होता है।

(iii) डाइएण्ड्रिक - इस प्रकार की वंशागति में गुणों क संचरण माता से पुत्र व पुत्र से पौत्री में होता है।

(i) डाइजीनिक - इस प्रकार की वंशागति में गुणों का संचरण पिता से पुत्री में व पुत्री में पौत्र में होता है।

मनुष्यों मे लगभग 161 प्रकार के X-गुणसूत्र सहलग्न रोग पाये जाते हैं तथा अनेक रोग Y-गुणसूत्र से सहलग्न होते हैं। उपापचय की जन्मजात त्रुटियों से सम्बंधित रोग कायिक गुणसूत्रों के साथ सहलग्न होते हैं। लिंग सहलग्न प्रकार के कुछ प्रमुख रोग हटर सिण्ड्रोम, इक्थियोसिस हिस्ट्रिकस, वर्धान्धता, दृकविहीनता, निकट दृष्टि दोष, हीमोफीलिया आदि।

लिंग निर्धारण - नर व मादा युग्मकों को उत्पन्न करना लैंगिक जनन का एक आवश्यक लक्षण है। अधिकांश प्राणियों में नर तथा मादा दो प्रकार के प्राणी होते हैं। प्राणियों में नर व मादा के मध्य आकारिकी, कार्यिकी, व्यवहारिकी तथा आण्विक विभेदन को लैंगिक जनन का एक

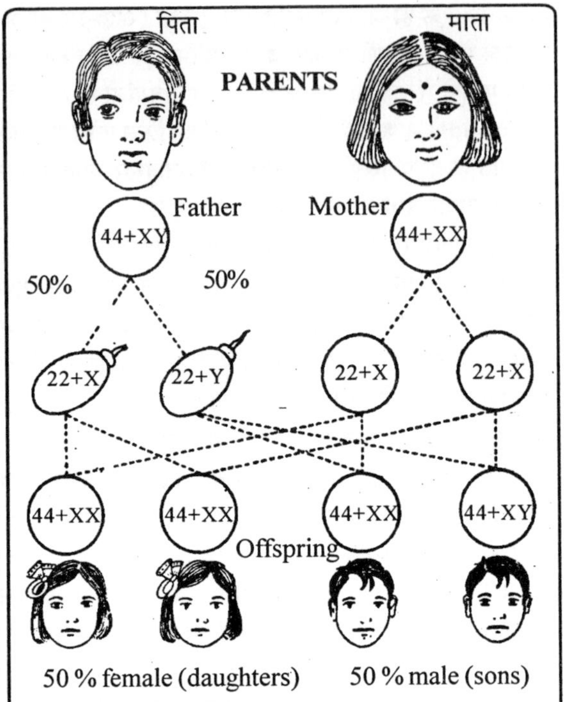

मनुष्य में लिंग-निर्धारण का चित्रण

आवश्यक लक्षण हैं। अधिकांश प्राणियों में नर तथा मादा दो प्रकार के प्राणी होते हैं। प्राणियों में नर व मादा के मध्य आकारिकी, कार्यिकी, व्यवहारिकी तथा आण्विक विभेदन को लैंगिक द्विरूपता कहते हैं। मानव में 46 गुणसूत्रों की 23 जोड़ियां उपस्थित होती हैं। इनमें केवल 22 जोड़ियों के गुणसूत्र ही अपने अपने जोड़ीदार के समान होते है और इन्हें कायिक या ऑटोसोम्स कहते हैं। 23 वीं जोड़ी के गुणसूत्र असमान होते है और इन्हें हिटरोसोम्स या ऐलोसोम्स कहते हैं। यह नामकरण मॉन्टगुमरी ने दिय था। मनुष्य में इस 23 वीं जोड़ी के ही गुणसूत्रों के कारण पुरूष और स्त्री का लिंग भेद विकसित होता है। अत: ये गुणसूत्र, लिंग-गुणसूत्र कहलाते हैं। लिंग निर्धारण करने के लिये विभिन्न विधियां काम में आती है, जिनमें गुणसूत्रीय सिद्धान्त द्वारा तथा वातावरणीय तथा हॉर्मोन के प्रभाव द्वारा लिंग निर्धारण की विधियाँ मुख्य हैं।

निषेचन के आधार पर लिंग निर्धारण तीन प्रकार से किया जाता हैं-

1. लिंग-निर्धारण का गुणसूत्री सिद्धान्त-

यह सिद्धान्त मैक्कलंग, 1992 ने प्रस्तुत किया था इसके अनुसार नर और मादा जीवों के गुणसूत्रों में भिन्नता होती है। जीवों में निम्न प्रकार के गुणसूत्रों होते हैं।

(i) कायिक गुणसूत्र या ऑटोसाम्स- इसके दैहीक लक्षणों को नियंत्रित करने वाले जीन होते है।

(ii) लिंग गुणसूत्र या एलोसोम्स - इनमें नर व मादा लिंग लक्षणों के जिन होते हैं। जीवों में लिंग का निर्धारण करते हैं। लिंग निर्धारण के लिये विभिन्न जन्तुओं में निम्नलिखित गुणसूत्री प्रारूप देखने को मिलते है-

(अ) अभिन्नित लिंग-गुणसूत्र - आदिम जन्तुओं में लिंग गुणसूत्रों या X या Y गुणसूत्रों को एक-दूसरे से अलग पहचानना सम्भव नहीं होता। लिंग का निर्धारण करने वाले जीव कुछ विशेष ऑटोसोम्स में स्थित होते है। इसे सर्वाधिक आदिम प्रकार का लिंग निर्धारण कहते हैं।

(ब) मादा XX व नर XY या लाइजियस प्रकार- विल्सन एवं स्टीवन्स ने XX-XY प्रकार के लिंग निर्धारण का सर्वप्रथम अध्ययन लाइजियस टर्सिकस नामक मिल्क वीड़ बग में किया था। इस प्रकार के लिंग निर्धारण के दो प्रतिमान होते हैं।

(a) मादा XX तथा नर XY - इसमें मादा समयुग्मकी (XX) होती है और सभी अण्डाणुओं में X-गुणसूत्र होता है। नर विषययुग्मकी (XY) होता है और दो प्रकार के शुक्राणु (X-गुणसूत्र व Y-गुणसूत्र युक्त) बनाता है। इस प्रकार का लिंग निर्धारण मनुष्य, ड्रोसोफिला तथा कुछ कीटों में मिलता है।

(b) मादा XY तथा नर XX या मादा ZW तथा नर ZZ - इस प्रकार के लिंग निर्धारण में मादा विषम युग्मकी (XY) तथा नर समयुग्मकी (XX)होते हैं अर्थात् अर्थात मादा दो प्रकार के अण्डे बनाती है, X-गुणसूत्र व Y-गुणसूत्र वाले तथा नर एक ही प्रकार के शुक्राणु बनाते हैं। इस तरह का लिंग-निर्धारण मुर्गी, कुछ अन्य पक्षियों, कुछ मछलियों, कुछ माँथ व तितलियों में पाया जाता है

(ब) मादा XX तथा नर XO या प्रोटेनर प्रकार - इस प्रकार के लिंग निर्धारण में मादा में 22 (11 जोड़ी) गुणसूत्र और नर में 21 (10 जोड़ी +1) गुणसुत्र होते हैं। स्क्वैश बग में 11 गुणसूत्र वाले शुक्राणु व 11 गुणसूत्रों युक्त अण्डाणु में संलयन से मादा जबकि 10 गुणसूत्र वाले शुक्राणु व 11 गुणसूत्रों युक्त अण्डाणु में संलयन से नर विकसित होते है यह लिंग निर्धारण की XX-XO विधि है जो Y-गुणसूत्र के विलगन के फलस्वरूप विकसित हुई है। लिंग निर्धारण की यह विधि टिड्डा तथा कॉकरोच इत्यादि में भी पायी जाती है।

2. जीनी संतुलग सिद्धान्त

अनुपाती सिद्धान्त के प्रेक्षणों के आधार पर ब्रिजेस ने जीनी संतुलन सिद्धान्त प्रस्तुत किया। इस सिद्धान्त के अनुसार प्रत्येक नर एवं मादा के जीनोम में नर एवं मादा दोनों लक्षणों के जीन होते हैं। किसी एक प्रकार के जीनों का अधिक संख्या में होना ही यह निर्धारित करता है। कि जीव नर होगा या मादा। ड्रोसोफिला में X-गुणसूत्र पर मादा लक्षणों को प्रोत्साहित करने वाले जीन का बाहुल्य होता है जबकि ऑटोसोम्स पर नर लक्षणों के जीन होते हैं। X-गुणसूत्रों व ऑटोसोम्स का अनुपात इसमें लिंग-निर्धारण का कारक होता है। Y-गुणसूत्र प्रायः हैटरोक्रोमेटिक एवं अक्रिय होते है, अतः इसमें लिंग-निर्धारण के जीन नहीं होते है, ऑटोसोम्स के पूर्ण अगुणित सैट को A से निरुपित करने पर $X/2A=0.5$ से नर तथा $2X/2A=1.0$ अनुपात होने से मादा विकसित होती है।

3. लिंग विभेदन एवं वातावरण

अनेक सरीसृपों में लिंग का निर्धारण अण्डे के ऊष्मायन ताप पर निर्भर होता है। ऐगामा ऐगामा नामक छिपकली में 26-27 ^{0}C पर ऊष्मायित किये गये अण्ड़ों से मादा प्रारूप तथा 29^{0}C पर ऊष्मायित किये गये अण्ड़ों से नर प्राणी प्राप्त होते हैं। इसके विपरीत ग्रप्टिमिस वंश के कछुओं में कम तापक्रम (30^{0}C से कम) पर नर तथा अधिक तापक्रम (30^{0}C से अधिक) पर मादा कछुओं का जन्म होता है। मगरमच्छ में 33^{0}C पर केवल नर, 31^{0}C पर केवल मादा और इसके बीच के तापक्रम होने पर मादा व नर दोनों प्राप्त होते हैं।

4. हॉर्मोन द्वारा लिंग निर्धारण

प्रारम्भिक अवस्था में ही लिंग-निर्धारण पर हॉर्मोन का प्रभाव, मवेशियों में मिलने वाले मुक्त-मार्टिन्स में देखा जा सकता है। द्वियुग्मजी यमज उत्पन्न होने पर नर तो सामान्य होता है किन्तु मादा बंध्य होती है और इसमें अनेक नर लक्षण होते हैं। इस बंध्य मादा को ही फ्री-मार्टिन कहते हैं। दोनों यमजों की गर्भ-झिल्लियां इस प्रकार जुड़ी रहती हैं कि दोनों रुधिर प्रवाह उभयनिष्ठ होता है। परिवर्धन के समय नर हॉर्मोन मादा हॉर्मोन से कुछ पूर्व ही निर्मित होने लगते है इसलिये नर हॉर्मोन मादा में अण्डाशय के परिवर्धन का दमन करते है और कई नर लक्षण उत्पन्न करते हैं।

गुणसूत्रों की संरचना व संख्या में परिवर्तन : उत्परिवर्तन

गुणसूत्र- सन् 1875 में ई. स्ट्रेसबर्गर ने केन्द्रक विभाजन के समय, धागे जैसी संरचनाओं की खोज की। डबल्यू. रूकस ने 1883 में इन संरचनाओं पर आनुवंशिक कारक होने की बात कही। 1888 में डबल्यू वाल्डेयर ने इन सरंचनाओं को क्रोमोसोम नाम दिया। ससीमकेन्द्रकियों की कोशिका के केन्द्रक में क्रोमेटिन से बनी धागे जैसी संरचनाओं को गुणसूत्र कहते हैं। क्रोमेटिन, न्यूक्लीक अम्लों (डी ऑक्सीराइबोन्यूक्लीक अम्ल एवं राइबोन्यूक्लीक अम्ल) तथा प्रोटीन (हिस्टोन एवं नॉन हिस्टोन) का बना सम्मिश्र होता है। गुणसूत्रों पर जीन पायी जाती हैं।

आकृतिकी-कोशिका चक्र की किसी एक अवस्था में प्रत्येक समजात गुणसूत्र युग्म आकार एवं आकृति में एक समान होते हैं लेकिन असमजात युग्मों एवं विभिन्न जातियों के गुणसूत्रों में असमानताएँ हो सकती हैं। ससीमकेन्द्रकियों मे कोशिका विभाजन के समय सब से छोटा गुणसूत्र, कवक व पक्षियों में माइक्रॉन=0.001 मिलीमीटर तथा ट्राइलियम पौधों में सबसे बड़ा गुणसूत्र 30 लम्बा होता है। मध्यावस्था अथवा मेटाफेज गुणसूत्रों का आकार ड्रोसोफिला में 3.5 मनुष्य में 5 तथा मक्का में 8-10 होता है। इलेक्ट्रान सूक्ष्मदर्शी की सहायता से देखने पर गुणसूत्र तंतुओं के बने हुए प्रतीत होते हैं तथा इन तंतुओं की मोटाई 100 से लगभग 500 तक होती है। गुणसूत्र का अर्थगुणसूत्र अथवा क्रोमेटिड कुंडलित तंतुकों का बना होता है। जो कोशिका विभाजन के समय अधिक कुंडलित एवं वलित हो जाते हैं। इन तंतुओं को क्रोमोनीमा अथवा वर्णसूत्र कहते हैं। ये क्रोमोनीमा लगभग 64 सूक्ष्म तंतुकों के बने होते हैं जिनकी मोटाई 60 होती है।

समसूत्री विभाजन के समय गुणसूत्र, शलाका अथवा छड़ स्वरूप होते हैं तथा उनमें गुणसूत्र-बिन्दु अथवा सेन्ट्रोमियर पर एक संकीर्णन पाया जाता है जिसे प्राथमिक सकीर्णन कहते है। कुछ गुणसूत्रों में एक अन्य संकीर्णन पाया जाता है जिसे द्वितीयक संकीर्णन कहते हैं तथा इस संकीर्णन के बाद वाले भाग को अनुषंगी अथवा सेटेलाइट कहते है। द्वितीयक संकीर्णन, केन्द्रिक भाग से सम्बन्धित होता है। क्रोमेटिन के कुछ भाग अन्य भागों की अपेक्षा अधिक अभिरंजित होते हैं। इन अधिक अभिरंजित भागों को हेटेरोक्रोमेटिन कहते हैं तथा सामान्य अभिरंजित भाग को यूक्रोमेटिन कहते हैं। हेटेरोक्रोमेटिन भाग अधिक संघनित होता है तथा इसमें RNA की मात्रा अधिक होती है। यूक्रोमेटिन भाग में जीन पायी जाती है जबकि हेटेरोक्रोमेटिन में जीन अनुपस्थित होती है। पूर्वावस्था अथवा प्रोफेज के अंत में सेन्ट्रोमियर के दो ओर तर्कु ध्रुवों की तरफ काइनेटोकोर

विकसित होते हैं। तर्कु तंतुओं की सूक्ष्मनलिकाएँ काइनेटोकोर के साथ जुड़ जाती हैं

गुणसूत्र -बिन्दु अथवा सेन्ट्रोमियर की स्थिति के आधार पर गुणसूत्रों को निम्नलिखित चार प्रकारों में वर्गीकृत किया गया है:

1. **अंतकेन्द्री अथवा टीलोसेन्ट्रिक गुणसूत्र**-गुणसूत्र की एक भुजा के अंतिम छोर पर सेन्ट्रोमियर पाया जाता है और दूसरी भुजा अनुपस्थित होती है ये गुणसूत्र अस्थायी होते हैं।

2. **अग्रबिन्दु गुणसूत्र**- इसमें एक भुजा बहुत छोटी तथा दूसरी भुजा बहुत बड़ी होती है। इसे उपअंतकेन्द्री गुणसूत्र भी कहते हैं।

3. **मध्यकेन्द्री गुणसूत्र**- इस प्रकार के गुणसूत्र की दोनों भुजाएँ एक समान होती हैं तथा गुणसूत्र की आकृति वी की आकृति जैसी होती है तथा सेट्रोमियर दोनों भुजाओं के मध्य में होता है।

4. **उपमध्यकेन्द्री गुणसूत्रः**-इस प्रकार के गुणसूत्र की भुजाएँ असमान होती है तथा इसकी आकृति जे की आकृति जैसी होती है। एक जाति व एक कुल में निश्चित प्रकार के गुणसूत्र पाये जाते हैं। अतः गुणसूत्र - प्ररूप के अध्ययन के लिए गुणसूत्रों की आकृति बहुत महत्वपूर्ण होती है।

संख्या- एक जाति में गुणसूत्रों की निश्चित संख्या पायी जाती है। प्रायः गुणसूत्रों की संख्या 12 से 50 की श्रेणी में होती है अर्थात् द्विगुणित अवस्था में 6 से 25 समजात युग्म पाये जाते हैं। कुल जातियों में गुणसूत्रों की संख्या एक समान होती है। उदाहरण के लिए मानव प्रिवे हेजेस तथा ब्लेकमोली में गुणसूत्रों की संख्या है। ऐसकेरिस मेगालोसेफेला नामक फर्न में गुणसूत्रों की संख्या 510 युग्म होती है। कायिक कोशिकाओं में द्विगुणित अवस्था में गुणसूत्र पाये जाते हैं तथा जनन कोशिकाओं में द्विगुणित से आधे अर्थात् अगुणित गुणसूत्र पाये जाते हैं।

गुणसूत्रों की संरचनाः- मध्यावस्था तथा पश्चावस्था में सेन्ट्रोमियर, द्वितीयक संकीर्णन तथा अनुवंशी अथवा सैटेलाइट के अतिरिक्त कोई अतिरिक्त संरचना दिखाई नहीं देती। लेकिन विशेष उपचार के बाद, गुणसूत्र एक रेखा की लम्बाई में रखे हुए कुंडलित तंतु प्रतीत होते है। गुणसुत्र की प्रत्येक रेखीय उपइकाई को क्रोमोनीमा अथवा वर्णसूत्र कहते है। गुणसुत्र के दो या अधिक तंतु कुंडलित अवस्था में होते है। कुंडलित रूप दो प्रकार की सर्पिल अवस्थाएँ बनाती है।

1. परानिमिक कुंडलन, 2. प्लैक्टोनिमिक कुंडलन

पारानिमिक कुंडलन की उपइकाइयों को आसानी से पृथक किया जा सकता है जबकि प्लैक्टोनिमिक कुंडलन में इन्हें आसानी से पृथक नहीं किया जा सकता ।

गुणसूत्रों की रासायनिक रचना -केन्द्रक में डी.एन.ए., आर.एन.ए., प्रोटीन व लिपिड अथवा वसा चार प्रमुख रासायनिक यौगिक पाये जाते है। गुणसूत्रों में डी.एन.ए. तथा हिस्टोन जो एक क्षारीय प्रोटीन है आपस में बन्धित होकर डी-ऑक्सीराइबोन्यूक्लिओ प्रोटीन का निर्माण करते हैं जब डी.एन.ए. का डीएनेज, तथा प्रोटीन का, प्रोटीऐज नामक एन्जाइमों द्वारा निष्कर्षण किया जाता है तो गुणसूत्र का कार्यद्रव अथवा सबस्ट्रेट एक पतले धागे जैसा प्रतीत होता है जो प्रोटीन, आर.एन.ए. व कुछ मात्रा में डी.एन.ए. के अवशिष्ट का बना होता है। इस कार्यद्रव को अवशिष्ट गुणसूत्र कहते है। अवशिष्ट प्रोटीन, अम्लीय प्रोटीन होती है जिसमें ट्रिप्टोफेन व टायरोसिन

आदि अन्य कई ऐमीनों अम्ल होते है। डी.एन. ए. व प्रोटीन के मुय आयनीय बंध पायी जाती है ये आयनीय बंध सीए, एफए, तथा एम.जी. जैसे द्विसंयोजक धात्विक आयनो की सहायता से बनते है। डी.एन.ए. की मात्रा गुणसूत्रों की संख्या पर निर्भर करती है। द्विगुणित कोशिकाओं में अगुणित कोशिकाओं से दुगुनी मात्रा में डी.एन.ए. होता है।

गुणसूत्र के प्रतिरूपः- प्रोटीन का डी.एन.ए. के साथ सम्बन्ध समझाने के लिए विभिन्न वैज्ञानिकों द्वारा समय-समय पर विभिन्न प्रतिरूप प्रस्तावित किये गये है। ये प्रतिरूप निम्नलिखित प्रश्नों के उत्तर ज्ञात करने में सहायक होते है।

1. क्या गुणसूत्र में डी.एन.ए. का एकल रज्जुक अथवा तंतु गुच्छ होता है या बहुरज्जुक ?

2.क्या डी.एन.ए. गुणसुत्र के एक छोर से दूसरे छोर तक संतत रज्जुक के रूप में पाया जाता है या बीच-बीच में बंधक पाये जाते है?

3. प्रोटीन, डी.एन.ए. के साथ किस रूप में सम्बन्धित होती है?

विल्किन का प्रतिरूप -1957 में विल्किन ने सुझाव दिया कि न्यूक्लिओहिस्टोन में प्रोटीन श्रृंखलाएँ डी.एन.ए. के चारों ओर कुंडलित होती है तथा द्विकुंडली के खाचों में पायी जाती है। इस प्रकार बना न्यूक्लिओहिस्टोन धागा 30ए व्यास का होता है। विल्किन व उनके साथियों ने 1969 में एक्स विकिरण विवर्तन अध्ययन किए और इस निष्कर्ष पर पहुंचे कि स्वयं न्यूक्लिओहिस्टोन अतिकुंडलित होकर कुंडल का निर्माण करते है। और जिसका व्यास 100 से 130 ए तक होता है।

रिस का प्रतिरूप- 1967 में रिस ने एक प्रतिरूप प्रस्तुत किया जिसमें उन्होंने यह बताया कि हिस्टोन, डी.एन.ए. के साथ नियमित लेकिन अविशिष्ट रूप से सम्बन्धित होता है। किसी प्रकार के कुंडलन या विलन द्वारा लगभग 100ए व्यास का न्यूक्लिओहिस्टोन तंतु का निर्माण होता है। कैल्सियम सेतुओं के द्वारा पुनः विलन होता है तथा 200 ए से 259 ए व्यास का आधारी तंतुक का निर्माण होता है रिस ने 100 ए एवं 259 ए तंतुकों के इलेक्ट्रोन सूक्ष्म लेखों को बनाया तथा पाया कि कुछ स्थानों पर और विलन होता है।

टेलर का प्रतिरूप - 1957 में टेलर ने एक प्रतिरूप प्रस्तावित किया, जिसके अनुसार गुणसूत्र में प्रोटीन की बनी रीढ़ होती है तथा डी.एन.ए. कुडलियाँ उसमें से शाखित होती हैं जैसे कि सैन्टीपीड की टांगे। प्रोटीन की रीढ़ द्विस्तरी होती है तथा इन्हें खींचकर पृथक किया जा सकता है। पृथक् करने पर प्रत्येक स्तर में एक डी.एन.ए. रज्जुक होता है। इस प्रतिरूप की सबसे बड़ी कमी यह है कि यह प्रतिरूप गुणसुत्र पर रेखीय रूप में पायी जाने वाली जीनों के बारे मे समझाने में असमर्थ है।

ड्यू प्रो का प्रतिरूप -ड्यू प्रो ने 1966 में मानव श्वेताणुओं अथवा ल्यूकोसाइट का इलैक्ट्रॉन सूक्ष्मदर्शी द्वारा अध्ययन किया तथा इसी अध्ययन के आधार पर उन्होंने एक प्रतिरूप प्रस्तावित किया। उन्होंने बताया कि अर्धगुणसूत्र अथवा क्रोमेटिड 200 से 500 ए व्यास के अनियमित वलित तंतुओं के बने होते है। न्यूक्लिओप्रोटीन धागे का अंतिम संघनन प्रकम कुंडली कुंडलन द्वारा होता है न कि विलन द्वारा । व्हाइट ने 1973 में इस प्रतिरूप की इसलिए आलोचना की क्योंकि यह गुणसूत्रों में पाये जाने वाले संकीर्णन व विभिन्नवर्णी खण्डों को समझाने में असमर्थ

इवान्स का प्रतिरूप –इवान्स ने 1981 में नई तकनीक की सहायता से क्रोमेटिन के हिस्टोन घटकों को उच्च लवण 2एम सोडियम क्लोराइड द्वारा पृथक् कर पांच मुख्य वर्गो में बांटा है– एच 1, एच2ए, एच2बी, एच3 एवं एच4। एच1 में लायसीन अधिक मात्रा में होती है। इलैक्ट्रॉन सूक्ष्मदर्शी की सहायता से देखने पर गुणसूत्र मणिकामय संरचना जैसे प्रतीत होते है। मणिकामय संरचना एक एकल 20Å डी.एन.ए. द्विस्तरी तथा हिस्टोन के अष्टतयी गोलक के सम्बद्ध को निरूपित करता है। हिस्टोन के अष्टतयी गोलक में एच2ए, एच2बी, एच3 एवं एच4 की समअणुक मात्रा पायी जाती है। प्रत्येक हिस्टोन डी.एन.ए. मणिका को न्यूक्लिओसोम अथवा केन्द्रिकाभ कहते है। प्रत्येक न्यूक्लिओसोम, डी.एन.ए. के 200 आधारी युग्मों का बना होता है तथा ये आधारी युग्म हिस्टोन क्रोड के 2–1/2 बार कुंडलित होते हैं। इस संरचना का व्यास 100Å होता है। न्यूट्रोन विवर्तन अध्ययन से यह पता चलता है कि हिस्टोन के बाहर डी.एन.ए. कुंडलित होता है तथा मणिकाएँ चपटी डिस्क जैसी बेलनाकार सरचनाएँ होती हैं जिनकी लम्बाई 50 Å तथा व्यास 100 Å होता है।

गुणसूत्रों में संरचनात्मक परिवर्तन

जीवों में गुणसूत्रों की संरचना एवं संख्या में परिवर्तन हो सकते हैं। ये परिवर्तन कुल जीन की संख्या जीन की स्थिति या इनकी व्यवस्था (अनुक्रम) में हो सकते हैं, इन्हें गुणसूत्री विपथन या गुणसूत्री उत्परिवर्तन कहते हैं। ये संरचनात्मक असामान्यताएँ समजात गुणसूत्रों में युग्म के दोनों या किसी एक सदस्य में हो सकती हैं, जिन्हें क्रमशः संरचनात्मक समयुग्मज व संरचनात्मक विषमयुग्मज कहते हैं। गुणसूत्रों में संरचनात्मक परिवर्तन निम्नालिखित चार प्रकार के होते हैं–

1. हीनता या विलोपन

गुणसूत्र के किसी भाग का टूट कर नष्ट होने को हीनता या विलोपन कहते हैं। यह गुणसूत्रों के शीर्षस्थ या अन्तर्वेशी भागों में हो सकती है। छोटी–छोटी हीनताएँ जो विषमयुग्मज दशा में होती हैं, जीव द्वारा सहन की जा सकती हैं। हीनता की उपस्थिति में एक अप्रभावी युग्मविकल्पी प्रभावी विकल्पी की भाँति व्यवहार करता है इसे आभासी प्रभाव कहते हैं। इस प्रकार के गुणसूत्री परिवर्तन के कारण मनुष्य में क्राइ–डू–चेट बीमारी हो जाती है। जिसमें बच्चा रोते समय बिल्ली की भाँति म्याऊँ–म्याऊँ करता है।

2. द्विगुणन

एक ही गुणसूत्र में उसी के एक भाग के समान अनुक्रम वाला खण्ड पुनः पाया जाना द्विगुणन कहलाता है। यदि दोनों समजातीय गुणसूत्रों में से केवल एक गुणसूत्र पर द्विगुणन होता है तो अर्धसूत्री विभाजन के अन्तर्गत युगली बनते समय एक पाश बनता है। द्विगुणन कभी–कभी **उत्क्रम पुनरावर्तन** के रूप में भी पाया जाता है। सामानयतः यह हीनता की तुलना में कम हानिकारक होता है। इसका अतिरिक्त जीन के प्रभाव का अध्ययन करने में महत्त होता है।

3. प्रतिलोमन

जब एक गुणसूत्र दो स्थानों पर टूट जाता है और अन्तर्वेशी खण्ड प्रतिलोमित क्रम में अर्थात् 180 डिग्री घूर्णन कर पुनः जुड़ जाता है तो इसे प्रतिलोमन कहते हैं। यह दो प्रकार से हा सकता है–

1. परोकेन्द्री प्रतिलोमन – इसमें प्रतिलोमित खण्ड में गुणसूत्रबिन्दु सम्मिलित नहीं होता हैं।

2. परिकेन्द्री प्रतिलोमन – इसमें प्रतिलोमित खण्ड में गुणसूत्रबिन्दु सम्मिलितित होता है।

प्रतिलोमित गुणसूत्रों में जीन विनिमय के फलस्वरूप गुणसूत्रबिन्दु रहित व दो गुणसूत्रबिन्दु युक्त गुणसूत्र बन सकते हैं तथा इसमें गुणसूत्रों के कुछ भागों का विलोपन व द्विगुणन भी हो सकता है। इस प्रकार के संरचनात्मक परिवर्तन से अर्धसूत्री विभाजन के दौरान जीन विनिमय होने की पुष्टि होती है तथा साथ ही इस तथ्य को समर्थन प्राप्त होता है कि चतुष्क के चार में से दो ही अपुत्री अर्धगुणसूत्र जीन विनिमय में भाग लेते हैं। इस प्रकार के गुणसूत्री विपथन से नयी जाति की उत्पत्ति होती है।

4. स्थानान्तरण

जब एक गुणसूत्र के कई भाग अलग होक अन्य असमजात गुणसूत्र के साथ जुड जाते हैं तो इसे स्थानान्तरण कहते हैं। जब केवल एक ही गुणसूत्र का कोई खण्ड दूसरे के साथ जुड़ता है तो इसे एक पार्श्विक स्थानान्तरण कहते हैं। जब दो असमजात गुणसूत्रों के बीच खण्ड़ों का आदान-प्रदान होता है तो इसे द्विपार्श्विक स्थानान्तरण कहते हैं। द्विपार्श्वीय स्थानान्तरण को व्युत्क्रम स्थानान्तरण भी कहते हैं।

समयुग्मज स्थानान्तरण की कोशिकीय रूप से पहचान नहीं की जा सकती है क्योंकि अर्धसूत्री विभाजन के समय गुणसूत्र नियमित युगली बनाते हैं। इस प्रकार के परिवर्तन जीन की स्थिति में बदलाव के कारण लक्षणप्ररूप को प्रभावित कर सकते हैं। विषमयुग्मज व्युत्क्रम स्थानान्तरण के कारण गुणसूत्र अर्धसूत्री विभाजन को पेकीटिन अवस्था में क्रॉस आकार की संरचना बनाते हैं। इस प्रकार के गुणसूत्र विपथन के कारण अर्धसूत्री विभाजन के फलस्परूप बनने वाले युग्मक में जीन की हीनता व द्विगुणन हो सकता है। जिसके फलस्परूप युग्मक अक्षम व जीव बंध्य हो सकते हैं।

गुणसूत्रों में संख्यात्मक परिवर्तन

एक प्रजाति के सभी सदस्यों में गुणसूत्रों की संख्या हमेशा नियत होती है। युग्मकों में पाये जाने वाले गुणसूत्रों को अगुणित व युग्मनज के गुणसूत्रों को द्विगुणित कहा जाता हैं। युग्मकों में प्रत्येक गुणसूत्र की एक प्रतिकृति होती है जबकि द्विगुणित कोशिका में एक गुणसूत्र की दो प्रतिकृतियाँ होती हैं अर्थात् अगुणित गुणसूत्रों के दो समुच्चय उपस्थित होते हैं। कभी-कभी कोशिका विभाजन में अपसामान्यता या संकरण के कारण इन गुणसूत्रों की संख्या में परिवर्तन आ जाता है। ये दो प्रकार के हो सकते हैं–

1. सुगुणिता

किसी जीव या कोशिका में उपस्थित आधारभूत या प्रारम्भिक गुणसूत्रों के समुच्चय को एक गुणिता कहते हैं। यदि किसी जीव में प्रारम्भिक गुणसूत्रों के दो से अधकि समुच्चय पाये जाते हैं तो इसे सुगुणिता कहते हैं। सुगुणिता को सत्य बहुगुणिता के नाम से भी जाना जाता है। उदाहरण के लिए, गेहँ में प्रारम्भिक गुणसूत्र संख्या $n=X=7$ है जबकि षट्गुणित गेहूँ में $2n=6X=42$ हैं। अर्थात् प्रारम्भिक गुणसूत्र के छः समुच्चय पाये जाते हैं।

2. असमगुणिता

कभी-कभी कोशिका विभाजन में होने वाले गुणसूत्री पृथक्करण के समय गुणसूत्रों में अवियोजन हो जाता है जिसके फलस्वरूप बनने वाली कोशिका में एक या अधिक गुणसूत्रों की संख्या में कभी या अधिकता हो जाती है इसे असमगुणिता कहते हैं। अधोगुणिता जब एक गुणसूत्र की कमी से होती है तो इसे एकसूत्र न्यूनता कहते हैं। समजात गुणसूत्र के एक युग्म की कमी होने पर इसे द्विसूत्र न्यूनता कहते हैं। इसी प्रकार एक गुणसूत्र की अधिकता होती है तब इसे एकाधिकसूत्री कहते हैं। मानव में डाउन संलक्षण या मंगोलियन इसका उदाहरण है। दो असमान गुणसूत्रों की अधिकता को द्विएकधिसूत्रता व एक सम्पूर्ण समजात गुणसूत्र युग्म की अधिकता को द्विअधिसूत्रता कहते हैं।

उत्परिवर्तन

जीन आनुवंशिक लक्षणों के निर्धारक होते हैं। कोशिका में इनकी संख्या हजारों में हो सकती है लेकिन एक विशेष जाति में यह संख्या नियत होती है। ये गुणसूत्रों पर रेखीय क्रम में व्यवस्थित होते हैं। जीन जिस स्थान पर गुणसूत्र में उपस्थित होते हैं उसे विस्थल कहते हैं। इस प्रकार जीन DNA के खण्ड है। DNA की संरचना न्यूक्लियोटाइड की संख्या, प्रकार एवं क्रम पर निर्भर करती है। इन गुणों में परिवर्तन से जीन की संरचना बदल जाती है। जिसे उत्परिवर्तन कहते हैं। उत्परिवर्तन किसी जीव के जीनप्ररूप में होने वाले अचानक परिवर्तन होते हैं जो सामान्य आनुवंशिक पुनर्योजन व विसंयोजन के अतिरिक्त होते हैं। "किसी जीव के किसी लक्षण में आकस्मिक एवं वंशागत परितवर्तन को उत्परिवर्तन कहते हैं।" एक जीव विशेष में जीवन चक्र के अन्तर्गत उत्परिवर्तन का जन्म कसी भी अवस्था में हो सकता है। किसी भी जीव में प्रत्येक जीन की अपनी विशेष उत्परिवर्तन दर होती है। ड्रोसोफिला में किसी एक विस्थल पर उत्परिवर्तन की औसत दर प्रति एक लाख में एक होती हे। जीव में होने वाले उत्परिवर्तन में DNA का एक निश्चित खण्ड सम्मिलित होता है जो केवल एक न्यूक्लियोटाइड युग्म का बना हो सकता है इसलिए जीन उत्परिवर्तन को बिन्दु उत्परिवर्तन भी कहते हैं। ये दो प्रकार के हो सकत हैं-

1. प्रतिस्थापन उत्परिवर्तन

यदि किसी जीन के न्यूक्लियोटाइड क्रम में एक न्यूक्लियोटाइड किसी अन्य न्यक्लियोटाइड द्वारा प्रतिस्थापित हो जाता है तो इसे प्रतिस्थापन उत्परिवर्तन कहते हैं। ये दो प्रकार के होते हैं-1. संक्रान्ति, 2. अनुपथन।

2. फ्रेम शिफ्ट उत्परिवर्तन

कभी-कभी रासायनिक पदार्थों की उपस्थिति में जीन के न्यूक्लियोटाइड क्रम में किसी स्थान पर एक या अधिक न्यूक्लियोटाइड का विलोपन या योग हो जाता है। जिस स्थान पर यह परिवर्तन होता है उससे आगे के न्यूक्लियोटाइड क्रम के सभी कूट परिवर्तित हो जाते हैं। इसे फ्रेम शिफ्ट उत्परिवर्तन कहते हैं। उत्परिवर्तन के कारण जीवों में आकस्मिक परिवर्तन आते हैं। जो नई जाति निर्माण में सहायक होते हैं। बहुत कम उत्परिवर्तन लाभकारी होते हैं जबकि अधिकांश उत्परिवर्तन घातक होते हैं। वर्तमान युग में प्ररित उत्परिवर्तन प्रक्रिया द्वारा वनस्पति जगत में रोग रोधक एवं अधिक उपज देने वाली नई-नई किस्मों के विकास का कार्य किया जाता हैं।

सहलग्नता व जीन विनिमय

बेट्सन व पुन्नेट (Bateson and Punnett, 1906) ने गुलाबी पुष्प व लम्बे पराग कणों वाली मटर की किस्म का क्रॉस लाल पुष्प व गोल पराग कणों वाली किस्म से किया। इस क्रॉस से जो द्विसंकर अनुपात (dihybrid ratio) आया वह प्रत्याशा (expectation) के विपरीत- मेण्डल के नियमानुसार आने वाले द्विसंकरण अनुपात से भिन्न था। उपरोक्त प्रयोग में 9 : 3 : 3 : 1 के स्थान पर 11 : 1 : 1 : 3 अनुपात आया। मेण्डल के नियमानुसार प्रत्याशित अनुपात न आने के कारण मेण्डल के आनुवंशिकता के नियमों की त्रुटि न होकर एक अन्य कारण था जिसका विवेचन बेटसन व पुन्नेट ने निम्न प्रकार से किया। गुलाबी रंग का कारक व लम्बे परागकण का कारक परस्पर सहलग्न (Linked) हैं व लाल रंग का कारक व गोल परागकण का कारक परस्पर सहलग्न हैं। इस सहलग्नता (Linkage) के कारण ये कारक एक पीढ़ी से दूसरी पीढ़ी में एक साथ सहलग्नित रूप में जाते हैं। मोर्गन (Morgan, 1910) ने उपर्युक्त प्रयोग में प्रत्याशित अनुपात (expected ratio) आने के कारणों का स्पष्टीकरण प्रयोगों के आधार पर किया। उसके मतानुसार गुणों को नियंत्रित करने वाले जीन, गुणसूत्रों की लम्बाई पर रेखाकार (Linear) क्रम में विन्यासित रहते हैं। एक गुणसूत्र पर इस प्रकार विन्यासित सभी जीन आपस में सहलग्न वर्ग (Linkage group) बनाते हैं। एक क्रोमोसोम पर पाये जाने वाले सभी सहलग्न जीन एक पीढ़ी से अगली सन्तति में एक साथ सहलग्नित रूप में जाते हैं। इन सहलग्न जीनों में नियंत्रित गुण उस सन्तति में दिखाई देते हैं जिनमें कि यह सहलग्नित रूप में गुणसूत्र के माध्यम से जाते हैं। यही कारण है कि उपर्युक्त प्रयोग में गुलाबी रंग व लम्बे परागकण वाले और लाल रंग व गोल परागकण वाले सन्तति पौधों की संख्या अधिक थी। सहलग्नता से यह नहीं समझाया जा सकता है कि प्रयोग में इन गुणों का नवीन युग्मों में दिखाई देना अर्थात् सन्तति में गुलाबी पुष्प रंग व गोल परागकण व लाल पुष्प रंग और लम्बे परागकण का सन्तति पादप में आना किस प्रकार हुआ? जनक पादपों के गुण युग्मों से भिन्न, सन्तति में नवीन गुण युग्मों का आना **जीन विनिमय** (Crossing over) की घटना से समझा जा सका। मिओसिस (Meiosis) द्वारा विभाजित होते हुए केन्द्रक में मिओसिस की प्रथम अवस्था पूर्वावस्था (प्रोफेज) का ध्यानपूर्वक अध्ययन करने पर यह ज्ञात हुआ कि प्रोफेज केन्द्रक में समजात गुणसूत्र (Homologous chromosome) युग्मित हो जाते हैं। सन्तति कोशिका के केन्द्रक में एक गुणसूत्र माता से तथा इसी के समान गुणसूत्र पिता से आता है। इन समान मौलिक संरचना वाले गुणसूत्रों को समजाती कहते हैं। ये समजाती गुणसूत्र अर्द्धसूत्रण -1 की पूर्वावस्था में लम्बाई में युग्मित (paired) हो जाते हैं। इस युग्मित अवस्था से पूर्व दोनों गुणसूत्र अनुदैर्ध्य अक्ष से प्रतिकृत हो दो-दो अर्ध गुणसूत्र बनाते हैं। इन सूत्रों को क्रोमेटिड कहते हैं, इस प्रकार युग्मित गुणसूत्रों में चार क्रोमेटिड हो जाते हैं। इस अवस्था में दोनों गुणसूत्रों के कोई भी दो क्रोमेटिड एक ही स्थान से टूटते हैं व टूटे हुए भागों का पारस्परिक विनिमय (exchange) हो जाता है। इन टूटे हुए भागों पर स्थित रेखाकार जीनों का भी इस प्रकार विनिमय हो जाता है। अर्धसुत्री विभाजन प्रक्रिया की पूर्वावस्था-1 अवस्था में घटित होने वाली इस घटना को जीन विनिमय कहते हैं। क्योंकि अर्द्धसूत्रण में विभाजन द्वारा एक-एक क्रोमेटिड एक-एक युग्मक हो जाता है, अत: ये दो युग्मकों में जीन विनिमयित गुणसूत्र व शेष दो युग्मकों

में जीन-अविनिमयित गुणसूत्र होते हैं। बेटसन व पुन्नेट के प्रयोग के बाद के परीक्षणों से यह पता चला कि अर्द्धसूत्रण द्वारा विभाजित होने वाली कोशिकाओं में जीन विनिमय की आवृति (frequency) केवल 7 प्रतिशत होती है। यही कारण है कि F_1 सन्तति में जनक पादपों के समान गुणों वाली सन्तति का अनुपात अधिक होता है। एक गुणसूत्र पर स्थित किन्हीं दो जीनों के बीच की दूरी पर जीन विनिमय की आवृति निर्भर होती है। यदि दूरी अधिक हुई तो आवृति-प्रतिशत भी अधिक होती है।

गुणसूत्र तथा लिंग-भेद

दो प्रकार के लिंग गुणसूत्रों ('X' तथा 'Y' गुणसूत्र) की खोज के पश्चात् यह आशा की जाने लगी कि उभय-लिंगाश्रयी (Dioecious) जीवों में लिंग भेद गुणसूत्र के आधार पर समझाया जा सकता है। मनुष्य की काय-कोशिका में 46 गुणसूत्र होते हैं। आदमी (नर) में 44 गुणसूत्र ऑटोसोम (Autosome) तथा दो लिंग गुणसूत्र 'X' व 'Y' होते हैं। स्त्री में भी 44 गुणसूत्र ऑटोसोम तथा दो लिंग गुणसूत्र 'X' व 'X' होते हैं। जब शुक्राणु बनते हैं तो 50 प्रतिशत शुक्राणु 22+'X' गुणसूत्र वाले तथा शेष 50 प्रतिशत शुक्राणु 22+'Y' गुणसूत्र वाले होते हैं। स्त्री के सभी अण्डों में 22+ 'X' गुणसूत्र होते हैं। सन्तान में कितनी लड़कियाँ तथा कितने लड़के होते हैं। यह इस पर निर्भर करता है कि कौन सा शुक्राणु अण्ड को निषेचित करता है। मनुष्य में नर बच्चे का होना 'Y' गुणसूत्र की उपस्थिति पर निर्भर करता है।

जनक माता (XX) पिता (XY)

सन्तान लड़के (XY) लड़कियाँ (XX)

एक शुक्राणु में केवल 'X' या 'Y' लिंग गुणसूत्र हो सकता है, अतः पिता का 'X' गुणसूत्र लड़कियों में तथा 'Y' गुणसूत्र लड़कों में मिलता है। अमेरिका में टी. एच. मार्गन नामक विज्ञानी ने सन. 1910 में एक छोटी फल मक्खी (Fruit fly) *ड्रोसोफिला* मेलेनोगास्टर पर कुछ प्रयोग किये। सामान्यत: इन मक्खियों की आंखें लाल रंग की होती है। परन्तु उसने पाया कि एक मक्खी की आंखें सफेद रंग की थी। उसने इस मक्खी को पृथक् कर, इसका प्रजनन उस समय तक करवाया जब तक कि उसे अनुरूप प्रजनन वाली मक्खियां प्राप्त नहीं हुई। जब उसने एक नर सफेद आँख वाली मक्खी का एक लाल आँखों वाली मादा मक्खी के साथ प्रजनन उस समय तक करवाया तो उसने परिणामस्वरूप पहली पीढ़ी में सभी नर मक्खियां सफेद आँखों वाली उत्पन्न हुई। जब इस पहली पीढ़ी की मक्खियों का परस्पर प्रजनन करवाया गया तो बाद की पीढ़ियों में भी यह गुण विद्यमान रहा। इससे लिंग गुणसूत्र (Sex chromosomes) की उपस्थिति स्पष्ट होती है। मॉर्गन से पूर्व के कोशिका-विज्ञानियों (Cytologists) ने नर ड्रोसोफिला के गुणसूत्रों के चार युग्मों की उपस्थिति प्रदर्शित कर दी थी और यह भी बता दिया था कि इन चार युग्मों में से तीन युग्म समान होते हैं। तथा चौथा युग्म भिन्न प्रकार का होता है जबकि मादा ड्रोसोफिला में चारों गुणसूत्रों के युग्म समान होते हैं। मादा में इस चौथे युग्म के दोनों गुणसूत्र दण्डाकार (Rod-shaped) के होते हैं जबकि नर में इनमें से एक दण्डाकार का तथा दूसरा अंकुश आकार का होता है। दण्डाकार गुणसूत्र को 'X' गुणसूत्र कहा जाता है जबकि अंकुश आकार के गुणसूत्र को

'Y' गुणसूत्र कहा जाता है। इस प्रकार से मादा मक्खी में सदैव 'XX' लिंग गुणसूत्र पाये जाते हैं जबकि नर में 'XY' लिंग गुणसूत्र होते हैं। इससे यह स्पष्ट होता है कि जब कभी युग्मक बनते हैं तो मादा के युग्मक में सदैव 'X' लिंग गुणसूत्र होंगे जबकि नर युग्मकों में आधे युग्मक 'X' लिंग गुणसूत्र वाले और आधे 'Y' लिंग गुणसूत्र वाले होंगे। अब हम लिंग-गुणसूत्र परिकल्पना को सही मानकर आगे बढ़ते है कि आँखों के रंग के गुण वाले जीन्स केवल 'X' गुणसूत्र पर ही स्थित होते हैं और 'Y' गुणसूत्र पर इस प्रकार के जीन नहीं होते हैं। 'X' गुणसूत्र पर इस कारक की उपस्थिति को लिंगसहलग्नता (Sex linkage) कहते हैं।

मानव गुणसूत्र

मानव आनुवंशिकी के अध्ययन के लिये मानव गुणसूत्रों के बारे में जानना अत्यन्त आवश्यक है। जन्तुओं का शरीर एक या एक से अधिक कोशिकाओं (Cells) से बना होता है। प्रत्येक कोशिका में, अधिकांशत: एक केन्द्रक (Nucleus) पाया जाता है। केन्द्रक में अन्य कोशिकांगों के अतिरिक्त पतले धागों के समान कुछ संरचनाएँ पायी जाती हैं। इन्हें **गुणसूत्र** कहते हैं। प्रत्येक जाति में इन गुणसूत्रों का आकार व संख्या निश्चित होती है। एक **द्विगुणित** केन्द्रक में प्रत्येक प्रकार के दो **गुणसूत्र** (अर्थात् एक जोड़ी) होते हैं। इनको 2n द्वारा दर्शाया जाता है। 1956 से पहले समझा जाता था कि मानव कोशिका में द्विगुणित गुणसूत्रों की संख्या **24 जोड़ी** होती है। **टिओ** एवं लेवान नामक पादप कोशिकाविज्ञों द्वारा विकसित विधि की सहायता से पता लगा कि वास्तव में मानव में केवल **23 जोड़े** गुणसूत्र होते हैं। इन 23 जोड़ी गुणसूत्रों में से 22 जोड़ी अलिंग सूत्र व शेष एक जोड़ी लिंग-गुणसूत्र कहलाते हैं। नर व मादा मानव के अलिंग सूत्र एकसमान होते हैं परन्तु लिंग-गुणसूत्रों में अन्तर होता है। मादा मानव के दोनों लिंग-गुणसूत्र एक से होते हैं। इन्हें (XX) द्वारा निरुपित किया जाता है जबकि नर का एक लिंग सूत्र (X) तो मादा के समान ही होता है परन्तु दूसरा पहले से छोटा व भिन्न (Y) होता है। ऐसे गुणसूत्रों को विषमरुपी गुणसूत्र कहते हैं।

इस लिंग-गुणसूत्र को (XX) द्वारा दर्शाया जाता है। इस प्रकार मादा में (XX) व नर में (XY) लिंग गुणसूत्र पाये जाते हैं। (Y) गुणसूत्र की उपस्थिति मानव में पुल्लिंगता को निर्धारित करती है। मानव गुणसूत्र, गुणसूत्र बिन्दू की स्थिति व भुजाओं की लम्बाई के आधार पर तीन प्रकार के होते हैं: (1) अग्र बिन्दु या **अन्तकेन्द्री** गुणसूत्र जिनमें गुणसूत्र बिन्दु अन्त में स्थित होता है (2) उपमध्य केन्द्री गुणसूत्र जिनमें गुणसूत्र बिन्दु सिरों से दूर होता है परन्तु बीच में स्थित नहीं होता। (3) मध्यकेन्द्री गुणसूत्र जिनमें गुणसूत्र बिन्दु मध्य में होता है। लम्बाई के आधार पर गुणसूत्रों को गुरु, मध्यम व लघु गुणसूत्रों में बाँटा जा सकता है। इस प्रकार इन दोनों लक्षणों (गुणसूत्र बिन्दु की स्थिति व गुणसूत्रों की लम्बाई) के आधार पर मानव गुणसूत्रों को 7 अक्षरों में व्यवस्थित किया गया है। इन समूहों को अंग्रेजी वर्णमाला के प्रथम 7 अक्षरों के नाम से जाना जाता है। निम्न तालिका (1 1) में इन सातों समूहों, उनके वर्गो व उनके सदस्यों की संख्या को दर्शाया गया है। इसमें मादा व नर मानव गुणसूत्र प्ररुपों को गुणसूत्रों की लम्बाई के अनुसार व्यवस्थित करके दिखाया गया है। नर में (2n = 46) समूह में एक (X) गुणसूत्र व एक 4 गुणसूत्र पाया जाता है। मादा मानव में केवल (2n = 46) समूह में ही दोनों लिंग गुणसूत्र (XX)

होते हैं। गुणसूत्रों के अध्ययन से अनेकों मानव रोगों, विकलांगताओं, विकृत्तियों आदि के बारे में जानकारी प्राप्त होती है।

(अ) असुगुणिता - कभी-कभी एक पूर्ण गुणसूत्र घटक (एक केन्द्रक में उपस्थित समस्त गुणसूत्र) में एक या अधिक अलिंग सूत्र कम (अधोगुणिता) या अधिक (अधिगुणता) हो जाते हैं (अर्थात् 46 के स्थान पर 44, 45, 47 या 48 आदि गुणसूत्र हों)। इस अपसामान्यता को अलिंगसूत्री असुगुणिता (2n = 48) कहते हैं। अलिंग सूत्र या गुणसूत्र 21 की संख्या 2 के स्थान पर 3 हो जाने से मंगोलियाई मूर्ख (2n + 1) पैदा होते हैं। इस रोगी को डाउन संलक्षण भी कहते हैं। गुणसूत्र 18 की संख्या दो के स्थान पर तीन (एकाधिसूत्रता 2n + 1) हो जाने से जन्म के समय बच्चा बहुत छोटा होता है और उसके बचने की उम्मीद कम हो जाती है। ऐसे शिशुओं के मुँह व निचले जबड़े बहुत छोटे होते हैं। ऐसे शिशु जोर से रो भी नहीं सकते। यह रोग नर की अपेक्षा मादा में अधिक होता है। (2n = 46) समूह के किसी गुणसूत्र (13, 14 या 15) की संख्या दो के स्थान पर तीन हो जाने से पटाऊ सिन्ड्रोल नामक रोग हो जाता है। इसके रोगियों का मस्तिष्क व आँखें विकसित नहीं हो पातीं। होठ बीच से कटे होते हैं और तालु भी विदलित होता है, आदि। लिंग सूत्रों की कमी या आधिक्य से होने वाली असुगुणिता लिंग गुणसूत्र की असुगुणिता (2n = 48) कहलाती हैं।

टर्नर संलक्षण (2n -1= 45) में मादा में एकलिंग सूत्र कम हो जाता है। ऐसी मादा मानव में कुल गुणसूत्रों की संख्या 46 के स्थान पर 45 ही (2n = 1) होती है। दो लिंगसूत्रों के स्थान पर तीन लिंगसूत्र (2 XXX -एकाधिसूत्रता, 2n =+1) हो जाने से मादा **सुपरफीमेल** (2n = 48) हो जाती है। नर में दो (2n = 48,XXXY) व एक (2n = 47) लिंगसूत्र (2n = 47 XXY एकाधिसूत्रता) की अधिकता होने से **क्लाइनफेल्टर संलक्षण** (2n = 48, XX उत्पन्न होते हैं। ऐसे नर मानव बन्ध्य होते हैं।

(ब) सुगुणिता (2n = 48)-यदि किसी जीव में गुणसूत्रों के एक (n) या दो से अधिक(3n = 4n) पूरे समुच्चय पाये जायँ तो उस स्थिति को सुगुणिता कहते हैं। (दो से अधिक गुणसुत्र समुच्चय होने पर यह दो प्रकार की होते है 1. स्वबहुगुणित 2. परबहुगुणित) मानव में सुगुणिता बहुत कम देखने को मिलती है। 1960 में स्वीडन में एक बालक में 69 गुणसूत्र पाये गये थे। इनमें से 66 अलिंगी, (n) गुणसूत्र थे।

(स) गुणसूत्रों में संरचनात्मक परिवर्तन -कभी-कभी गुणसूत्रों की संख्या तो सामान्य (2n = 46) बनी रहती है किन्तु उनमें संरचनात्मक परिवर्तन हो जाते हैं। इस स्थिति में भी जीव, मानव सामान्य नहीं रह पाता। उदाहरण के लिए, गुणसूत्र 13 व 22 के बीच स्थानान्तरण होने से बालक में बोलने की क्षमता का देर से विकास होना व मन्द बुद्धि का होना जैसे लक्षण उत्पन्न हो जाते हैं।

लिंग निर्धारण

ऐसे जीवधारी जिनमें लैंगिक प्रजनन होता है, दो प्रकार के होते है-(1)**द्विलिंगी** जिनमें एक ही जीव में नर व मादा जननांग पाये जाते है। (2) **एकलिंगी** जिनमें नर व मादा जननांग

पृथक-पृथक जीव में पाये जाते है। प्राय: एकलिंगी जन्तुओं में बाह्य शारीरिक संरचना से ही नर व मादा में पहचान की जा सकती है, यही **लैंगिक द्विरूपता** कहलाती है। मनुष्य में इस बात की जिज्ञासा बहुत पहले से ही बनी रही है। घरेलू जन्तुओं की सन्तान के लिंग निर्धारण की भी जिज्ञासा रही है। पुरानी किंवदन्तियाँ थी कि गर्भावस्था के समय स्त्रियों को विशेष प्रकार का भोजन देने से या चन्द्रमा की स्थिति के प्रभाव से मनचाही सन्तान प्राप्त हो सकती थी। **मैकलंग** (1902) ने इस विषय का स्पष्टीकरण अपने लिंग निर्धारण के गुणसूत्रीवाद या क्रोमोसोमल थ्योरी द्वारा किया। उन्होंने बताया कि लिंग का प्रकार गुणसूत्रों या क्रोमोसोम्स द्वारा स्थापित होता है तथा मेण्डल के आनुवंशिकता नियमों का पालन करता है।

गुण सूत्र विन्यास - अधिकतर जन्तुओं में गुणसूत्र दो प्रकार के होते है- (1) **कायिक गुणसूत्र** जिनके द्वारा दैहिक लक्षणों के जीन का वहन होता है। (2) **लिंग गुणसूत्र** जो लौंगिक लक्षणों से सम्बन्धित है तथा लिंग निर्धारण करते हैं। कायिक गुणसूत्रों की संख्या भिन्न-भिन्न जन्तुओं में अलग किन्तु निश्चित होती है। वास्तव में गुणसूत्रों की रचना, आकृति एवं संख्या जीवधारी का जातीय लक्षण है। कायिक गुणसूत्र जोड़ों में पाये जाते हैं। प्रत्येक जोड़े के दोनों गुणसूत्र हर प्रकार समान होते है तथा इन्हें समजात गुणसूत्र कहते हैं। गुणसूत्रों की संख्या अधिक, जैसे प्रोटोजोआ संघ के ऑलेकेन्था में 1600 और अमीबा में 500-600 होती है या फिर इनकी संख्या बहुत कम भी हो सकती है, जैसे ऐस्केरिस में केवल 2 ही होती है। कुछ अन्य जन्तुओं में इनकी संख्या इस प्रकार है- हाइड्रा 32 व 12 (जाति के अनुसार) मेंढ़क 26 टोड़ 22, खरगोश 44, घोड़ा 66, बिल्ली 38, कुत्ता 78, चूहा 42, ड्रॉसोफाइला 8, मक्खी 12 तथा मनुष्य 46। सभी एकलिंगी जन्तुओं, की सन्तान में प्रत्येक जोड़ी समजात गुणसूत्रों में एक गुणसूत्र माता से अण्डाणु द्वारा तथा एक पिता से शुक्राणु द्वारा प्राप्त होता है। अधिकतर विकसित जन्तुओं में लिंग गुणसूत्रों का केवल एक जोड़ा होता है। जोड़े के दोनों गुणसूत्र समान हो सकते है या फिर असमान। जैसे मनुष्य के 46 गुणसूत्रों में 22 जोड़ी समजात गुणसूत्र होते हैं जो आटोसोम्स कहलाते हैं। लेकिन 23वीं जोड़ी के लिंग गुणसूत्र पुरूष में असमान हैं अत: विषम या हेटेरोसोम होते हैं। जबकि स्त्री में ये 23वीं जोड़ी के लिंग गुणसूत्र भी समान होते हैं। नर के लिंग गुणसूत्रों में एक बड़ा छड़नुमा होता है जिसे (X) कहते हैं, तथा दूसरा गोल तथा छोटा होता है जिसे (Y) कहते हैं। इस प्रकार स्त्री के दोनों लिंग गुणसूत्र समान होने के कारण (XX) होते है जबकि पुरूष में असमान होने के कारण (XY) होते हैं। यदि ऑटोसोम्स को (A) द्वारा लिखा जाए तो मनुष्य का गुणसूत्र विन्यास स्त्री में 2 A+XX तथा पुरूष में 2 A+XY होगा। मनुष्य में लिंग भेद लिंग गुण सूत्रों X और Y के कारण होता है।

मनुष्य में लिंग निर्धारण - मनुष्य में युग्मक जनन के द्वारा युग्मक बनते हैं। स्त्री के अण्डाशय में अण्डाणुजनन के फलस्वरूप अण्डाणु बनते हैं। क्योंकि इनका बनना अर्धसूत्री विभाजन के फलस्वरूप होता है। अत: ये अण्डाणु अगुणित होते हैं, अर्थात् प्रत्येक अण्डाणु में माता के XX में से एक ही X पहुंचता है। सभी अण्डाणु एक जैसे होते हैं। अत: प्रत्येक अण्डाणु का गुणसूत्र विन्यास A+X होगा। इसके विपरीत पुरूश में शुक्राणुजनन के द्वारा दो प्रकार के शुक्राणु बनेंगे। आधों में 23वीं जोड़ी का Y गुणसूत्र पहुँचेगा जबकि शेष आधों में X गुणसूत्र,

क्योंकि पुरूष में लिंग गुणसूत्र XY होते हैं। इस प्रकार शुक्राणुओं का गुणसूत्र विन्यास होगा A+X या A+Y। निषेचन के समय यह केवल संयोग है कि स्त्री का अण्डाणु X लिंग गुणसूत्र वाले शुक्राणु से या फिर Y लिंग गुणसूत्र वाले शुक्राणु द्वारा निषेचित हो। यदि अण्डाणु का निषेचन X गुणसूत्र वहन करने वाले शुक्राणु से होता है तो युग्मनज में लिंग गुणसूत्र XX होंगे जिससे भ्रूण मादा बनेगा। यदि अण्डाणु का निषेचन Y लिंग गुणसूत्र वहन करने वाले शुक्राणु द्वारा होता तो युग्मनज में लिंग गुणसूत्र XY होंगे जिससे भ्रूण नर होगा। इससे यह बात निश्चत हो जाती है कि मनुष्य की सन्तान का लिंग निर्धारण Y गुणसूत्र वाला शुक्राणु करता है। पुरूष में क्योंकि X तथा Y गुणसूत्र वाले शुक्राणु आधे-आधे बनते हैं अतः सन्तान नर होगी या मादा इसकी सम्भावना भी आधी-आधी होती है। पूरी मनुष्य जाति में इसी कारण स्त्री व पुरूष लगभग 1:1 के अनुपात में पाए जाते हैं। छोटा व हल्का Y गुणसूत्र बड़े व भारी X गुणसूत्र से थोड़ा अधिक गतिशील होता है अतः अण्ड निषेचन में इसके सफल होने की आशा अधिक होती है। मनुष्य समाज में शायद इसी कारण पुरूषों की मात्रा स्त्रियों से कुछ अधिक होती है।

पक्षियों एवं अन्य प्राणियों में लिंग निर्धारण- कुछ मछलियों, अधिकांश मेंढकों तथा लगभग स्तनी प्रणियों में लिंग निर्धारण मनुष्य के समान ही होता है अर्थात् मादा में लिंग गुणसूत्र XX तथा नर में XY होते हैं। इसके विपरीत पक्षियों में लिंग निर्धारण मादा पक्षी द्वारा होता है क्योंकि पक्षियों में मादा हैटेरोगेमिटिक होती है, अर्थात् मादा युग्मक या अण्डाणु दो प्रकार के बनते हैं। आधों में Y गुणसूत्र पहुँचाता है तथा शेष आधों में X गुणसूत्र आता है। नर पक्षी होमोगैमिटिक होता है, अर्थात् सभी शुक्राणु X गुणसूत्र वाले होते हैं। पक्षियों में X गुणसूत्र को Z से तथा Y गुणसूत्र को W से प्रदर्शित करते हैं। अतः नर पक्षी Z गुणसूत्र वाले अण्डाणु के निषेचन से बनेगा जिसमें ZZ गुणसूत्र विन्यास होगा। मादा पक्षी W गुणसूत्र वाले अण्डाणु के निषेचन से बनेगा तथा इसका गुणसूत्र विन्यास WZ होता है।

जीनिक संतुलन सिद्धान्त

ब्रिजीस ने लिंग निर्धारण की एक अन्य विधि का भी अध्ययन किया। उसने फलमक्खी ड्रॉसोफिला में अध्ययन करके पता लगाया कि कुछ मादा मक्खियाँ में दो X क्रोमोसोम होते हुए भी ये मध्यलिंगी थी। ऐसी मक्खियों में ऑटोसोम्स का महत्वपूर्ण स्थान है। ब्रिजीस ने अचानक एक त्रिगुणित ड्रॉसोफिला मक्खी देखी जिसमें क्रोमोसोम्स के 3 सैट थे तथा ये सामान्य मादा मक्खियाँ थी। इन त्रिगुणित मादा मक्खियाँ को द्विगुणित नर मक्खियों से क्रॉस कराने पर निम्न 6 प्रकार की लैंगिक रूप से भिन्न सन्तान मक्खियाँ बनती है-

1. अति मादा या मैटाफीमेल मक्खियाँ ।
2. द्विगुणित मादा मक्खियाँ।
3. मध्यलिंगी मक्खियाँ।
4. द्विगुणित नर मक्खियाँ।
5. अति नर या मैटामेल मक्खियाँ।
6. त्रिगुणित मादा मक्खियाँ।

ब्रिजीस के अनुसार X क्रोमोसोम की संख्या तथा ऑटोसोम्स के सैटो के अनुपात द्वारा लिंग निर्धारण से प्राप्त ड्रॉसोफिला की विभिन्न लिंग वाली संताने। जीनिक संतुलन सिद्धान्त के आधार पर लिंग निर्धारण X क्रोमोसोम की संख्या तथा ऑटोसोम्स के पूरे सैट के अनुपात पर निर्भर करता है जैसा कि तालिका में दिखाया गया है।

फ्री-मार्टिन : कुछ उच्च कोटि के जन्तुओं में अन्तःस्त्रावी ग्रन्थियों से निकले हारमोन्स सन्तान के लिंग को प्रभावित करते हैं। गाय और भैंस जैसे स्तनियों में जब भिन्न लिंगों के जुड़वा बच्चे मादा के गर्भाशय में वर्धन कर रहे होते हैं तो इन में नर बछड़ा भली प्रकार विकसित हो जाता है जबकि माता बछड़ी बांझ या नपुसंग हाक जाती है। बछड़ी में नपुंसक हो के साथ बाह्य मादा जननांग तो बन जाते हैं किन्तु भीतर से कुछ नर जनन अंगो का प्रभुत्व हो जाता है। ऐसी नपुंसक बछड़ी को फ्री – मार्टिन कहते हैं क्योंकि **फ्री-मार्टिन** नामक वैज्ञानिक ने इसका सबसे पहले अध्ययन किया था।

बाद में **ई.आर.लिलि** ने बताया कि वर्धन के समय प्लेसेन्टा या भ्रूणीय झिल्लियों द्वारा जुड़वा सन्तानों में एक का रक्त प्रवाह दूसरे के साथ सम्बन्ध स्थापित कर लेता है। नर सन्तान या बछड़े में हारमोन की क्रिया पहले आरम्भ हो जाती है जो मादा या बछड़ी के वर्धन पर प्रभाव डालती है, फलस्वरूप बछड़ी नपुंसक हो जाती है।

बार बॉडीज : कुछ स्त्रियों की दैहिक कोशिकाओं में उपस्थित लिंग गुणसूत्र XX में से एक गुणसूत्र का रूप बदल जाता है जिसे लिंग क्रोमैटिन कहा जाता है। वास्तव में यह सामान्य स्त्रियों के रक्त की न्यूट्रोफिल के केन्द्रक या त्वचा कोशिकाओं या मुख गुहिका की श्लेष्म झिल्ली की कोशिकाओं अथवा तन्त्रिका कोशिकाओं में केन्द्रक कला पर गहरे रंग के पिण्ड समान होता है। इसका अध्ययन सर्वप्रथम **बार** तथा **बरट्राम** ने स्त्रियों तथा बिल्लियों की इन कोशिकाओं में किया था। बाद में खोजकर्ताओं के नाम पर लिंग क्रोमैटिन का नाम **बार बॉडीज** रखा गया। बार बॉडीज का प्रयोग गर्भावस्था में सन्तान के लिंग निर्धारण करने में किया जाता है या फिर ऐसे व्यक्तियों की जीनी रचना निर्धारित करने में किया जाता है जिनमें अनियमित लिंग गुणसूत्र पाये जाते हैं क्योंकि इनमें एक से अधिक X गुणसूत्र बार बॉडी में बदल जाते है।

मनुष्य में गुणसूत्रीय की अनियमितताएँ

कभी – कभी मनुष्यों में लिंग गुणसूत्रों की संख्या सामान्य से भिन्न होती है जिससे इनमें निम्न लिखित अनियमितताएँ हो सकती है–

1. त्रिगुणिता : मनुष्य में त्रिगुणिता ऑटोसोम्स के तीन जोड़ों तथा XXY गुणसूत्रों की उपस्थिति के कारण होता है। त्रिगुणित व्यक्ति पुरुष होता है जिसमें मस्तिष्क का विकास अनियमित होता है, हाथों व पैरों की अँगुलियाँ जुड़ी हुई होती है तथा इनका जबड़ा छोटा होता है। यह केवल जन्म होने तक ही जीवित रहते हैं। त्रिगुणिता का कारण युग्मक जनन के समय अर्धसूत्री विभाजन का न होना या अधूरा समसूत्रण हो सकता है। कभी-कभी एक अण्डाणु का दो शुक्राणुओं द्वारा निषेचन होने से भी त्रिगुणित अवस्था बन सकती है। **बूक व सेन्टीसॉन** ने एक त्रिगुणित मनुष्य का अध्ययन किया है जिसमें गुणसूत्रों की संख्या $3n=69$ थी ।

2. ऐन्यूप्लॉयडी : गुणसूत्रों की साधारणतः पायी जाने वाली पूर्ण संख्या में एक या अधिक गुण-सूत्रों की कमी हो जाने को **हाइपोप्लॉयडी** कहलाती है। इसी प्रकार गुणसूत्रों की पूर्ण संख्या में एक या अधिक गुणसूत्रों के बढ़ जाने से **हाइपरप्लॉयडी** अवस्था बन जाती है। यह दोनों अवस्थाएँ **ऐन्यूप्लॉयडी** कहलाती है। इस अवस्था में शरीर के कई लक्षण एक साथ अनियमितता का प्रदर्शन करते हुए किसी रोग का रूप ले लेते हैं। जिसे **सिन्ड्रोम** कहते हैं। ये लिंग गुणसूत्र या ऑटोसोम्स, किसी में भी हो सकते है। यह प्रक्रिया अर्धसूत्री विभाजन में समजात जोड़ियों के गुणसूत्रो के अलग न हो पा सकने के कारण हो जाती है।

(a) लिंग गुणसूत्रों की ऐन्यूप्लॉयडी : इनमें लिंग गुणसूत्र विशेषकर X के कारण ऐन्यूप्लॉयडी होती है। इसके कारण निम्न दो प्रकार सिन्ड्रोम हो सकते है।

(i) टरनर्स सिन्ड्रोम : ऐसा व्यक्ति लिंग गुणसूत्रों के लिए मोनोसोमिक होता है अर्थात् केवल एक ही X गुणसूत्र पाया जाता है। (XO) शरीर अल्पविकसित स्त्री के समान और बन्ध्य या बांझ होता है क्योंकि इसके जननांग अविकसित होते हैं। कद छोटा तथा वक्ष चपटा होता है। गुणसूत्रों की संख्या 2n-1=45 होती है। बाल्यावस्था में यह सामान्य लड़की होती है। किन्तु किशोरवस्था में अण्डाशय अविकसित रह जाता है तथा यह हिजड़ा या नपुंसक बन जाता है। प्रत्येक 5,000 व्यक्तियों में एक टरनर सिन्ड्रोम पाया जाता है।

(ii) क्लीनेफेल्टर्स सिन्ड्रोम : ऐसे व्यक्तियों में ट्रोइसोमी होने के कारण लिंग गुणसूत्रों की संख्या 2 के स्थान पर 3 यानि XXY और कुल गुणसूत्रों की संख्या 2n+1=47 होती है। क्लीनेफेल्टर ने इस प्रकार के असामान्य व्यक्तियों के वृषण अल्पविकसित पाए। इनमें स्त्रियों के समान स्तन विकसित हो जाते हैं तथा शरीर पर बालों की कमी होती है। Y गुणसूत्र की उपस्थिति के कारण इनमें नर लक्षण विकसित हो जाते हैं, जबकि XX गुणसूत्रों की उपस्थिति से स्त्रियों के लक्षण भी आ जाते है। ऐसे व्यक्ति या तो सामान्य Y गुणसूत्र वाले शुक्राणुओं एवं असामान्य अण्डों XX से बनते है या फिर सामान्य अण्डों X का असामान्य शुक्राणुओं XY के निषेचन से बनते है। ये भी नपुंसक होते है तथा इन्हें गाइनेकोमेस्टिया कहते है। लगभग 500 व्यक्तियों में एक क्लीनेफेल्टर्स सिन्ड्रोम होता है।

(b) आटोसोमल ऐन्यूप्लॉयडी - इस प्रकार की ऐन्यूप्लॉयडी मे किसी एक जोड़ी के ऑटोसोम्स 2 के स्थान पर 3 होते है। यह अवस्था ट्राइसोमी कहलाती है जो कई प्रकार की हो सकती है, किन्तु सबसे अधिक प्रचलित निम्नलिखित हैं-

(i) डाउन्स सिन्ड्रोम - इस रोग को मंगोलियन मुर्खता भी कहते हैं इंग्लैंड के लैंगडन डाउन ने मंगोली जड़ता का अध्ययन कर इन व्यक्तियों के गुणसूत्रों की ट्राइसोसोमिक अवस्था का वर्णन किया। इनकी 21वीं जोड़ी के आटोसोम्स में 2 की जगह 3 गुणसूत्र होते हैं, जिससे कुल गुणसूत्र 47 होते है। ऐंसे व्यक्तियों की आँखे तिरछी, जीभ मोटी, हथेली तथा पैर अनियमित तथा मुख खुला होता है, ये मंद-बुद्धि के होते हैं तथा कद भी छोटा होता है। इनकी आयु 12 से 14 वर्ष तक की होती है। कभी कभी डाउन सिन्ड्रोम में गुणसूत्रों की संख्या तो समान 46 ही होती है किन्तु गुणसूत्रों का रचनात्मक परिवर्तन हो जाता है।

(ii) एडवर्ड सिन्ड्रोम- यह 18वीं जोड़ी के क्रोमोसोम की त्रिगुणिता या ट्राइसोमिक अवस्था से बनता है। ये बच्चे केवल 6 माह तक ही जीवित रह पाते हैं। इनमें क्रोमोसोम्स की संख्या 47 होती हैं।

(iii) पटाऊ सिन्ड्रोम - यह 13वीं जोड़ी के ऑटोसोम्स की त्रिगुणिता या ट्राइसोमिक अवस्था है। इनके शरीर में कई प्रकार के लक्षण बनने लगते हैं, जैसे ऊपर का होंठ बीच से कट कर हेयरलिप का बनना, तालू में दरार मस्तिष्क के विकास में अर्थात् नेत्र का विकास प्रभावित, इत्यादि । इनमें हृदय एवं रूधिर परिवहन की अनियमितता भी हो जाती है। ऐसे बच्चे लगभग 3 माह की अवस्था तक ही जीवित रह पाते हैं।

3. मनुष्य की अन्य क्रोमोसोम- अनियमितताएँ - क्री-डू-शेट सिन्ड्रोम - यह क्रोमोसोम की संख्या में कमी या विलोपन के कारण होता है। 5वीं जोड़ी क्रोमोसोम की छोटी भुजा का डिलीशन होता है। बाल अवस्था में ये बच्चे बिल्ली की तरह 'म्याउ' की आवाज निकालते हैं। इनमें आँखों के बीच का फासला अधिक होता है क्योंकि आँखे थोड़ा किनारे की ओर खिसक जाती हैं तथा इन पर एपीकेन्थिक सिकुडन बन जाती है। इनके शरीर में कई शारीरिक तथा मानसिक कमियाँ पनपने लगती है।

मायलोजिनस ल्यूकीमिया - यह एक लम्बी बीमारी है जिसमें रूधिर कैंसर की अवस्था बनने लगती है। यह अवस्था 22वीं जोड़ी के या फिलेडेलफिया क्रोमोसोम्स में विलोपन के कारण होती है।

मनुष्य में लिंग - सहलग्न वंशागति

कुछ जन्तुओं तथा मनुष्य में लिंग गुणसूत्रों में लिंग लक्षणों के साथ-साथ कुछ दैहिक लक्षणों के जीवन भी पाये जाते हैं। ये दैहिक जीन लिंग गुणसूत्रों से सहलग्न रहते हुए एक पीढ़ी से दूसरी पीढ़ी में पहुँचते रहते हैं। इस प्रकार के दैहिक गुणों को लिंग सहलग्नी गुण इन जीन्स को लिंग सहलग्न जीन तथा इन गुणों की वंशागति को लिंग-सहलग्न वंशागति कहते हैं। मनुष्य तथा ड्रोसोफिला में लिंग गुणसूत्रों की रचना समान ही होती है। X तथा Y लिंग गुणसूत्रों में भिन्नता होते हुए भी एक-एक भाग समान होता है जिसे समजात भाग कहते हैं, शेष असमान भाग कहलाता है। लिंग-सहलग्नी गुण इन गुणसूत्रों के किसी भाग पर सहलग्नी गुण पाये जाते हैं मनुष्य में बहुत से (लगभग 120) लिंग सहलग्नी गुण पाये जाते हैं। ऐसे लक्षण प्रायः अप्रभावी होते हैं। इन लक्षणों को 3 श्रेणियों में बाँटा जा सकता है-

1. डाइएन्ड्रिक लिंग सहलग्नी गुण - इन लक्षणों के जीन X गुणसूत्र के असमजात भाग पर स्थित होते हैं और Y गुणसूत्र पर इनकी ऐलील या विकल्पी नहीं होता। ऐसे जीन पिता से पुत्री में तथा फिर पुत्री से उसके पुत्र में F_2 पीढ़ी में पहुँचते है इसे क्रिस-क्रास वंशागति कहते हैं। इन गुणों को X सहलग्नी गुण भी कहते हैं। उदाहरणतः वर्णान्धता तथा हीमोफीलिया ।

2. होलैन्ड्रिक लिंग-सहलग्नी गुण - इन लक्षणों के जीन्स Y गुणसूत्र के असमजात भाग पर स्थित होते हैं तथा X गुणसूत्र पर इनका ऐलील नहीं पाया जाता है। ऐसे लक्षण सीधे पिता से पुत्र में पहुँचते रहते हैं। उदाहरणार्थः कर्णपल्लवों की हाइपरट्राइकोसिस।

3. अपूर्ण लिंग-सहलग्री गुण – इन लक्षणों के जीन्स X तथा Y गुणसूत्रों के समजात भागों पर स्थित होते हैं। मनुष्य में पाये जाने वाले लिंग-सहलग्री लक्षणों में से कुछ का वर्णन यहाँ दिया है।

वर्णान्धता

होरनर ने सर्वप्रथम यह पता लगाया कि कुछ व्यक्तियों में लाल व हरा रंग में पहचान करने की क्षमता नहीं होती है। इसे प्रोटॉन दोष या लाल-हरा अंधापन या वर्णान्धता कहते हैं। इस रोग का अप्रभावी जीन X गुणसूत्र पर स्थित होता है तथा इसके ऐलील का Y गुणसूत्र पर अभाव होता है। एक वर्णान्ध पुरूष (XY) और एक सामान्य स्त्री (XX) की सभी सन्तानें सामान्य होती हैं किन्तु इन सन्तानों में से केवल लड़कियों में वर्णान्धता का जीन केवल एक X गुणसूत्र पर पिता से पहुंचता है और ये लड़कियाँ इस प्रभावी जीन की वाहक होती हैं। एक वाहक लड़की तथा एक सामान्य पुरूष की सन्तानों में लड़कों में तो वर्णान्धता का लक्षण विकसित होता है किन्तु लड़कियों में विकसित नहीं होता यद्यपि लड़कियों के एक X गुणसूत्र पर यह अप्रभावित जीन होता है अत: ये लड़कियाँ भी वाहक होती हैं। वाहक लड़की यदि एक वर्णान्ध पुरूष से सहवास करती है तो इनकी आधी पुत्रियाँ (लड़कियाँ) वर्णान्ध तथा आधी पुत्रियाँ वाहक होगी। लड़कों (पुत्रों) में आधे वर्णान्ध होंगे तथा आधे सामान्य। इससे स्पष्ट होता है कि स्त्रियों में वर्णान्धता का लक्षण तभी विकसित होता है जब इसका जीन दोनों XX गुणसूत्रों पर स्थित हो, केवल एक X गुणसूत्र पर होने से स्त्री वाहक होगी। जबकि पुरूष में वर्णान्धता का जीन अकेले X पर होने पर ही वर्णान्धता का लक्षण विकसित हो जाता है क्योंकि Y गुणसूत्र खाली होता है। यह भी स्पष्ट होता है कि सामान्य वर्ण बोध वर्णान्धता पर प्रभावी होता है। मानव समाज में काली प्रजातियों में लगभग 4 प्रतिशत पुरूष तथा श्वेत प्रजातियों में 8 प्रतिशत पुरूष, वर्णान्ध होते है। स्त्रियों में केवल 0.5 प्रतिशत यह रोग पाया जाता है।

हीमोफिलिया

यह रोग यूरोप के कई राज परिवारों में वैज्ञानिकों के अध्ययन का विषय रहा है। हैल्डेन के अनुसार इस रोग का आरम्भ इंग्लैण्ड की महारानी विक्टोरिया से हुआ जिनकी कुछ सन्तानों में इसका जीन था यद्यपि महारानी के माता-पिता सामान्य थे। हीमोफिलिया रोग के व्यक्ति में चोट लगने पर 30 मिनट से लगभग 24 घन्टों तक रक्त का बहना बन्द नही हो पाता क्योंकि थक्का नहीं जम पाता, जबकि साधारणत: एक सामान्य मनुष्य में चोट लगने के लगभग 2 से 5 मिनट में ही थक्का जमकर रक्त का बहना रूक जाता है। इसी कारण इस रोग को रक्त स्रवण रोग या **ब्लीडर रोग** भी कहते हैं। यह रोग भी अधिकतर पुरुषों में ही पाया जाता है तथा इसका जीन X गुणसूत्र पर स्थित होता है। Y गुणसूत्र पर इसका ऐलील नहीं होता। हीमोफिलिया की वंशागति वर्णान्धता के समान ही होती है। स्त्रियों में यदि एक X गुणसूत्र पर यह जीन होता है तो वह स्त्री वाहक होती है। जिस स्त्री के दोनो X गुणसूत्रों पर यह ज़ीन होता है उसी में यह लक्षण विकसित होता है, क्योंकि हीमोफिलिया का जीन अप्रभावी होता है तथा सामान्य लक्षण का जीन प्रभावी होता है। अत: पुरुष कभी संकर नही होगा जबकि स्त्री संकर (वाहक) हो सकती है।

त्रुटिपूर्ण इनैमल

यह रोग X गुणसूत्र पर स्थित होता है किन्तु प्रभावी X –सहलग्न होता है। इन व्यक्तियों के दाँतों का सफेद इनैमल स्पष्ट सफेद नही होता है। यह प्रभावी जीन के कारण है अतः स्त्रियों में XX होने के कारण पुरुषों XY से लगभग दुगनी सम्भावनामें हो सकता है।

कर्णपल्लवों का हाइपरट्रोइकोसिस

इसके प्रभाव से कान के कर्णपल्लव पर बड़े–बड़े बाल उग आते हैं। इस लिंग – सहलग्नी लक्षण का जीन पुरुष के Y गुणसूत्र पर स्थित होता है, इस कारण इसकी वंशागति होलैन्ड्रिक होने से यह सीधा पिता से पुत्र में पहुँचता है।

लिंग–प्रभावित लक्षण

मनुष्य में गंजापन का विकसित होना लिंग पर निर्भर करता है। यह एक आनुवंशिक लक्षण है जिसकी आनुवंशिकी ऑटोसोमल ऐलील जीनों की एक जोड़ी द्वारा नियंत्रित होती है। जीन की होमोजाइगस प्रभावी अवस्था में गंजापन स्त्री व पुरुष दोनों में ही विकसित होता है। यदि जीन की हेटेरोजाइगस अवस्था हो तब गंजापन केवल पुरुष मं ही विकसित होगा क्योंकि इस अवस्था में विकसित होने के लिए इस पर नर द्वारा स्त्रावित हारमोन का प्रभाव होता है। लिंग–प्रभावित लक्षणों को लिंग नियन्त्रित लक्षण भी कहते है।

लिंग सीमित लक्षण

मनुष्य्र में दाढ़ी – मूँछ आना ब आवाज भारी होना केवल पुरुषों में पाया जाता है। इसी प्रकार स्त्रियों द्वारा शिशु के लिए दुग्ध – स्त्रवण, केवल नर बारहसिंगे या नर भेड़ में ही सींगो का पाया जाना, मुर्गे में कलगी पाया जाना, केवल साँड में गर्दन के ऊपर का भाग ऊँचा उठा होना आदि ऐसे लक्षण है जो ऑटोसोम पर पाये जाते है किन्तु इनका विकास एक ही लिंग के जन्तुओं में पाया जाता है। ऐसे लक्षण लिंग सीमित कहे जाते हैं तथा ये भी मेण्डेलियन नियमों का पालन करते हुए एक से दूसरी पीढ़ी में पहुँचते है।

सुजननिकी

इस सदी से पूर्व यह धारणा थी कि केवल उच्च घरानों तथा राजघरानों की ही सन्तान अच्छी नस्ल के व्यक्ति बनाते है क्योंकि उनका अच्छा पालन पोषण होता है। किन्तु आनुवंशिकी के अध्ययन से पता चलता है कि मानव में सुशील लक्षणों की आनुवंशिकता उनके जीन्स पर निर्भर करती है, इसी कारण जीन को संदेश वाहक के समतुल्य समझा गया है। मेण्डल के प्रयोगों द्वारा सिद्ध हो ही चुका है। कि आनुवंशिकता तथा वातावरण में काफी घनिष्ठ सम्बन्ध है। सर फ्रान्सिस गॉल्टन ने विज्ञान की नई शाखा **सुजननिकि** की नींव रखी जिस कारण इन्हें बाद में **सुजननिकी का पिता** कहा गया। गाल्टन के विचार से मनुष्य की वंशागति अर्थात् मनुष्य अपने जीवनकाल में कैसा होगा यह उसकी प्रकृति और पालन पोषण पर निर्भर होता है। **सुजननिकी** विज्ञान की वह शाखा है जिसके अन्तर्गत आनुवंशिकता के सिद्धान्तों द्वारा मनुष्य जाति के समाज को सुधारने का अध्ययन किया जाता है। इसके विपरीत ऐसे लक्षणों का अध्ययन जिनसे मनुष्य जाति की

अधोगति होती है, **अपजननिकी या कुजननिकी** कहलाती है। सुजननिकी का अध्ययन दो प्रकार से किया जाता है।

1. **सुजनन विज्ञान** - इसके अन्तर्गत मनुष्य के जनन द्रव्य को सुधारने के प्रयत्न किये जाते हैं जिससे भावी पीढ़ियों को सुधारा जा सकता है।

2. **सुजीवन विज्ञान** - यह मनुष्य की आधुनिक पीढ़ी को उत्तम वातावरण द्वारा सुधारने की विधि है।

सुजनन विज्ञान या सुजननिकी

इसमें मनुष्य के जननद्रव्य को सुधारने के लिए उत्तम आनुवंशिक लक्षणों की वंशगति को बढ़ावा दिया जाता है जिससे निम्न कोटि के लक्षणों पर रोक लगाई जा सके। इस प्रकार मनुष्य के जीन पूल में सुधार किया जाता है। इस ध्येय की प्राप्ति दो प्रकार से हो सकती है-

(a) सकारात्मक या पॉजीटिव

(b) निषेधात्मक या नेगेटिव

(a) सकारात्मक सुजनन विज्ञान : इसमें उत्तम लक्षणों को प्रोत्साहित कर वंशागति द्वारा मनुष्य की आने वाली पीढ़ियों में सुधार किया जाता है। इसके लिए निम्न विधियाँ प्रयोग की जा सकती है।

1. नियोजित विवाह - विवाह के लिए साथी का चुनाव उच्च आनुवंशिक लक्षणों के आधार पर होना चाहिए क्योंकि इस प्रकार के विवाह से भावी संतान उच्च लक्षणों वाली होगी। बुद्धिमान, बलवान तथा निरोगी व्यक्तियों के बच्चे भी अच्छे गुण वाले होंगे। दहेज, जातीयता या धर्म आदि के आधार पर जीवन साथी का चुनाव नहीं करना चाहिये, उच्च लक्षणों के आधार पर ही चुनाव करना उत्तम है।

2. उत्तम जननद्रव्य को नष्ट होने से रोकना : बहुत से विद्वान, विशेषज्ञ, राजनीतिज्ञ एवं अन्य उच्च लक्षणों वाले व्यक्ति या तो विवाह ही नहीं कर पाते या फिर देर से विवाह कर पाते हैं जिससे सन्तानोत्पत्ति कम होती है तथा उत्तम जननद्रव्य नष्ट ही होता रहता है। उचित समय पर विवाह तथा बहुविवाह के द्वारा उत्तम जनन द्रव्य का अधिक उपयोग सम्भव हो सकता है।

3. यूफेनिक्स - अवांछनीय जननद्रव्य को या इस प्रकार के जीन्स को विकसित होने से पहले ही समाप्त करने के लिए लीडरबर्ग ने चिकित्सा इंजीनियरिंग का माध्यम बतायसा। एक जीन - एक प्रोटीन - एक लक्षण स्पष्ट करता है कि एक जीन द्वारा एक प्रोटीन का संश्लेषण नियन्त्रित होता है जिससे एक लक्षण का विकास हो जाता है। यूफेनिक्स के अन्तर्गत आनुवंशिक बुराइयों को रासायनिक परिवर्तनों द्वारा बदलने की चेष्टा की जाती है।

4. जननिक चयन : उत्तम लक्षणों वाली स्त्री का मनचाहे श्रेष्ठ पुरुषों के जननिक द्रव्य द्वारा कृत्रिम निषेचन कराने से उत्तम सन्तान पैदा करने का माध्यम मूलर ने बताया। इसके लिए अमेरिका में एक शुक्राणु बैंक स्थापित हुआ जिसमें शुक्राणुओं को कम तापक्रम पर सुरक्षित रखा जाता है। आजकल इस ओर काफी प्रगतिशील कार्य चल रहा है।

5. उत्परिवर्तन : कुछ रासायनिक पदार्थो या विकिरण द्वारा आवश्यकतानुसार व्यक्ति के जीन पदार्थ में उत्परिवर्तन करा दिया जाता है जिससे इच्छानुसार अच्छे लक्षणों वाली सन्तान प्राप्त की जा सकती है। इस विधि को **डी.एन.ए. सर्जरी** अथवा **जेनेटिक इंजीनियरिंग** भी कहा जाता है।

6. सामाजिक प्रतिबन्धों का हटाना - सामाजिक तथा धार्मिक प्रतिबन्ध अच्छे व्यक्तियों के विवाह में प्रतिबन्ध लगाते हैं अत: उनका हटाया जाना आवश्यक है।

(b) निषेधात्मक सुजनन विज्ञान

इसमें ऐसे व्यक्तियों को जिनमें दोषपूर्ण जननद्रव्य हो, सन्तानोत्पत्ति से निरुत्साहित करने के कदम उठाये जाते है:

1. **पृथक्करण** - दोषपूर्ण जननद्रव्य वाले व्यक्ति जैसे कोढ़ी, तपेदिक के रोगी, दुष्ट, दुश्चरित्र आदि को समाज के अच्छे व्यक्तियों से दूर रखा जाना चाहिए। जिससे इनसे मिलकर ऐसी ही सन्तान न उत्पन्न हो पाए। कुछ स्थानों (यू.एस.ए.) पर दोषपूर्ण व्यक्तियों के विवाह पर प्रतिबन्ध भी लगा दिये जाते है।

2. **सगोत्री विवाह पर प्रतिबन्ध** - दोषपूर्ण लक्षण अप्रभावी जीन के कारण होते है। जिनकी सम्भावना अन्त: प्रजनन या निकट-संबंधियों में विवाह से और भी बढ़ जाती हैं क्येंकि इस प्रकार ये जीन होमोजाइगस हो जाते हैं तथा इनकी वंशागति की सम्भावना बढ़ जाती है। अत: सम-रक्त या सगोत्री विवाहों पर प्रतिबन्ध होना चाहिए।

3. **आप्रवासन नियन्त्रण** - कड़े नियमों द्वारा देश में बाहर से आने वाले दोषपूर्ण जननद्रव्य वाले व्यक्तियों पर नियन्त्रण लगाना चाहिए। जिससे ऐसे लोग देश में आकर समाज को बिगाड़ न डालें।

4. **लिंग - सहलग्री लक्षणों को दूर करना** - लिंग - सहलग्री लक्षण जैसे वर्णान्धता, हीमोफिलिया आदि के व्यक्तियों को भी समाज से दूर रखना चाहिए जिससे समाज में ऐसे रोग न पनप सकें।

5. **संतति - नियंत्रण** - यदि गर्भावस्था में ही भ्रूण के अवांछनीय लक्षणों का बोध हो जाए तो गर्भापात द्वारा जन्म से पूर्व ही उनको समाप्त किया जा सकता है।

6. **बन्ध्यकरण या नसबंदी** - दोषपूर्ण जननद्रव्य वाले व्यक्तियों की सन्तान न हो, इसकी सबसे प्रभावशाली विधि बन्धकरण होती है। स्त्रियों सैल्पिनगेक्टोमी या टूबेक्टोमी द्वारा अंडवाहिनियों को काटकर बाँध दिया जाता है। जिससे अण्डाणु गर्भाशश में नही पहुँच पाते। पुरुषों में इसी प्रकार नसबन्दी द्वारा शुक्रवाहिनियों को काटकर बाँध देने से शुक्राणु बाहर नहीं आ पाते है। अ ारकीडेक्टोमी अर्थात् वृषण को ही आपरेशन द्वारा निकालना ठीक नहीं रहता क्योंकि इसमें नर हारमोन्स का स्राव बन्द हो जाता है। जिससे शारीरिक परिवर्तन होने लगते है।

सुजीवन विज्ञान या सौपरिवेशिकी (Euthenics)

उत्तम पालन पोषण एवं प्रशिक्षण द्वारा मनुष्य की आज की पीढ़ी में आनुवंशिक लक्षणों का

विकास सुजीवनिकी अथवा सुजीवन-विज्ञान कहलाता है। इसके निम्नलिखित बातें आवश्यक है-

1. **मेधावी छात्रों की सहायता :** सुजीवनिकी के विचार से श्रेष्ठतम विद्यार्थी को चुनकर उसका बहुमुखी विकास किया जाना चाहिए। किसी भी वर्ग एवं समूह के छात्र एक समान बुद्धिमान नही होते । कुछ बहुत अधिक चतुर होते हैं, कुछ साधारण रूप से चतुर होते हैं, कुछ अत्यन्त साधारण होते हैं तथा कुछ तो बिल्कुल बुद्धु ही रह जाते हैं। आयु के अनुसार बुद्धिमता नापने का एक पैमाना बनाया गया है जिसे बुद्धि भागफल कहते है।

(a) बुद्धि भागफल या बुद्धि लब्धि - एक 15 वर्ष की आयु के विद्यार्थी की बुद्धि भी 15 वर्ष ही होगी यह कोई आवश्यक नही । बुद्धिमान छात्रों की मानसिक आयु उनकी वास्तविक आयु से अधिक होती है। इसके विपरीत कुछ विद्यार्थी वास्तविक आयु में 15 वर्ष के होते हैं किन्तु उनकी मानसिक आयु 15 वर्ष से कम होती है। मनुष्यों में वास्तविक आयु व मानसिक आयु का यह अनुपात जीवन भर स्थायी बना रहता है तथा इसको 100 से गुणा कर एक स्थिराँक प्राप्त होता है जिसे बुद्धि भागफल या बुद्धि लब्धि कहते है। बुद्धि भागफल जितना अधिक या कम होगा, व्यक्ति उतना ही अधिक या कम बुद्धिमान होगा। मान लीजिए एक 10 वर्षीय बच्चे में 15 वर्ष की आयु के समान बुद्धि है तो उसका बुद्धि भागफल निम्न प्रकार ज्ञात होगा -

बुद्धि भागफल -

$$(\text{I.Q.}) = \frac{\text{मानसिक आयु}}{\text{वास्तविक आयु}} = \frac{15}{10} \times 100 = 150$$

(b) मेधावी छात्रों की राज्य द्वारा सहायता : मेधावी छात्रों का चयन करने के बाद उन्हें बुद्धि विकास के लिए सरकार द्वारा सहायता प्रदान की जाती है। फोर्ड फाउण्डेशन तथा एन.सी.ई.आर.टी. आदि संस्थाएँ इसमें महत्वपूर्ण कदम उठा रही हैं। इन मेधावी छात्रों के लिए निम्नलिखित कार्यक्रम रखा गया है।

1. **पाठ् यक्रम एवं शिक्षण विधि :** मेधावी छात्रों के विकास के लिए उच्च कोटी के शिक्षकों द्वारा अच्छे पाठ्यक्रम श्रेष्ठ शिक्षण विधि द्वारा दिये जाते है।

2. **विशिष्ट शिक्षा संस्थाएँ :** मानसिक विकास के लिए विशेष शिक्षा संस्थाएँ स्थापित है।

3. **देशाटन :** क्योंकि देशाटन से बुद्धि एवं विवेक का विकास होता है अतः देशाटन की सुविधाएँ दी जाती है।

4. **पाठ्येत्तर क्रियाकलाप :** प्रतिभा के बहुमुखी विकास के लिए निर्धारित पाठ्यक्रमों के अतिरिक्त सैन्य प्रशिक्षण, सांस्कृतिक कार्यक्रम, वाद-विवाद एवं खेलकूद प्रतियोगिताएँ रखी जाती है।

5. **प्रतिभा का सही उपयोग :** राज्य एवं समाज का कर्त्तव्य है कि प्रतिभा सम्पन्न छात्रों की प्रतिभा का सही उपयोग हो जाए।

6. **उचित स्वास्थ्य का प्रबन्ध :** मेधावी छात्रों के उचित स्वास्थ्य के लिए उचित प्रबन्ध हो जिसमें आवश्यकतानुसार मेडिकल सुविधाएँ प्राप्त हों।

अभ्यास प्रश्न

बहुचयनात्मक प्रश्नोत्तर

1. **जीनोम है-**
   (अ) अगुणित गुणसूत्र समुच्चय पर कुल जीनों की संख्या
   (ब) अगुणित गुणसूत्र समुच्चय में कुल गुणसूत्र
   (स) द्विगुणित गुणसूत्र में कुल गुणसूत्र
   (द) युग्मनज के गुणसूत्रों पर पाए जाने वाले कुल जीन
2. **सर्वप्रथम किस जीव के जीनोम का अनुक्रम तैयार किया गया-**
   (अ) मनुष्य (ब) भेड़
   (स) मक्का (द) हीमोफाइलस जीवाणु
3. **अभी तक किन जीवों के जीनोम का अनुक्रम ज्ञात कर लिया गया है-**
   (अ) मक्का (ब) ऐरेबिडोप्सिस
   (स) मनुष्य (द) उपरोक्त सभी
4. **मनुष्य में पाये जाने वाले न्यूक्लियोटाइड्स की संख्या लगभग है-**
   (अ) तीन लाख (ब) तीस लाख
   (स) तीन करोड़ (द) तीन बिलियन
5. **मानव जीनोम परियोजना के प्रथम निदेशक थे-**
   (अ) हरगोविन्द खुराना (ब) क्रिक
   (स) वाटसन (द) राबर्ट हॉले
6. **जीन मानचित्रण की इकाई है-**
   (अ) Å (ब) मॉर्गन
   (स) mμ (द) μ
7. **एकक कोड की संख्या होती हैं?**
   (अ) चोसठ (ब) चार
   (स) सोलह (द) आठ
8. **त्रिक कोड की खोज का श्रेय हैं?**
   (अ) डार्विन (ब) क्रिक
   (स) गेमेव (द) खुराना
9. **अमीनो अम्ल के मध्य पैप्टाइड बन्ध के निर्माण में सहायक एन्जाइम हैं?**
   (अ) पैप्टीडाइल ट्रान्सफरेज
   (ब) RNA पॉलीमरेज
   (स) राइबोसोम
   (द) GTP
10. **mRNA पर अनुलेखन करने वाली रचना हैं?**

(अ) mRNA (ब) DNA
(स) tRNA (द) उपरोक्त सभी

11. सक्रिय अमीनो अम्ल, tRNA की निम्न में से कौन सी भुजा पर जुड़ता हैं?
(अ) ग्राही भुजा से
(ब) अतिरिक्त भुजा से
(स) प्रति कोडोन भुजा से
(द) भुजा से

12. क्लोन का अभिप्राय होता हैं-
(अ) भेड़ (ब) टहनी
(स) डॉली (द) अंग

13. क्लोन होते हैं-
(अ) माता के समान (ब) पिता के समान
(स) 2n केन्द्रक दाता के समान
(द) माता-पिता के दोनों के समान

14. गुर्डन द्वारा प्रयोग में लाई गई तकनीक को कहते हैं-
(अ) केन्द्रक प्रतिरोपण तकनीक
(ब) डॉली तकनीक
(स) ट्विनिंग तकनीक (द) होनोलूलू तकनीक

15. प्राणियों में किस अवस्था के बाद कोशिकाएँ पूर्णशक्तता विहीन हो जाती हैं-
(अ) अण्डे (ब) कन्दुक
(स) कोरक (द) वयस्क

16. जीवों की संख्या में वृद्धि के लिए उपयोग में लाई गई क्लेनिग को कहते हैं-
(अ) चिकित्सकीय क्लोनिंग
(ब) जीन क्लोनिंग
(स) ट्विनिंग (द) प्रजननीय क्लोनिंग

17. क्लोनिंग का शाब्दिक अर्थ क्या है ?
(अ) टहनी लगाना
(ब) नये लेकिन भिन्न आनुवंशिकी के जीव पैदा करना
(स) नये प्रकार के प्राणी पैदा करना
(द) फसल पैदा करना

उत्तरमाला

1. (अ) 2. (द) 3. (द) 4. (द) 5. (स) 6. (ब)
7. (ब) 8. (स) 9. (अ) 10. (ब) 11. (अ) 12. (ब)
13. (स) 14. (अ) 15. (ब) 16. (द) 17. (अ) 18. (स)
19. (ब) 20. (अ) 21. (स)

अतिलघूत्तरात्मक प्रश्नोत्तर

प्रश्न 1. केन्द्रक की खोज का श्रेय किसको जाता है?

प्रश्न 2. केन्द्रक की आकृति कौनसी हैं?

प्रश्न 3. केन्द्रक के प्रमुख भाग लिखिए?

प्रश्न 4. उपमध्यकेन्द्री को समझाइए?

प्रश्न 5. वंशागत लक्षण को परिभाषित किजिये।

प्रश्न 6. विभिन्नताओं को परिभाषित किजिये।

प्रश्न 7. आनुवंशिकी शब्द को परिभाषित किजिये।

प्रश्न 8. द्विगुणन की परिभाषा दीजिये?

प्रश्न 9. क्राई-डू-चेट किस गुणसूत्री अनुपथन के कारण होती है?

प्रश्न 10. जब प्रतिलोमन सेन्ट्रोमियर वाले खण्ड में हो तो क्या कहलाता है?

प्रश्न 11. सामान्य गुणसूत्र संख्या से एक अधिक गुणसूत्र का पाया जाना क्या कहलाता है?

प्रश्न 12. रेफेनोब्रेसिका का निर्माण करने वाले वैज्ञानिक का नाम लिखिये।

प्रश्न 13. उत्परिवर्तन शब्द देने वाले वैज्ञानिक का नाम लिखिये।

प्रश्न 14. उत्परिवर्तजन किसे कहते है?

प्रश्न 15. गुणसूत्र किसे कहते है।

प्रश्न 16. मानव में कितने गुणसूत्र होते है।

प्रश्न 17. सुजननिकी का अध्ययन कितने प्रकार से किया जाता है।

लघूत्तरात्मक प्रश्नोत्तर

प्रश्न 1. केन्द्रिक का संक्षिप्त परिचय लिखिए?

प्रश्न 2. चारगाफ का तुल्यता नियम को बताइये?

प्रश्न 3. मेंडल के प्रयोगों की कार्य प्रणाली को समझाइये।

प्रश्न 4. विसंयोजन का नियम को परिभाषित किजिए।

प्रश्न 5 कारक फेक्टर को परिभाषित किजिए।

प्रश्न 6. अन्तः जीनी व अन्तराजीनी क्रिया में उदाहरण सहित अंतर स्पष्ट कीजिये?

प्रश्न 7. प्रबलता व प्रभाविता में अन्तर स्पष्ट कीजिए?

प्रश्न 8. सम्पूरक जीन का संक्षिप्त वर्णन कीजिए?

प्रश्न 9. बहुप्रभाविता को सउदाहरण समझाइये?

प्रश्न 10. आनुवशिकता के गुणसूत्रीय सिद्धान्त को समझाइये?

प्रश्न 11. असुगुणिता क्या है।

प्रश्न 12. सुगुणिता क्या है।

निबन्धात्मक प्रश्नोत्तर

प्रश्न 1. वाटसन और क्रिक द्वारा दिया गया डी एन ए का द्विकुंडलित मॉडलको बताइये?

प्रश्न 2. क्रोमोसोम की संरचना पर लेख लिखिए?

प्रश्न 3. लिंग निर्धारण करने में प्रयुक्त विधियों का उदाहरण सहित वर्णन कीजिये।

प्रश्न 4. जीन विनिमय एवं पुनसंयोजन को समझाइये।

प्रश्न 5. लिंग निर्धारण पर लेख लिखिये।

□□□

इकाई 5

प्रतिरक्षी तंत्र

मानव देह पर त्वचा का बाह्य रक्षात्मक आवरण उपस्थित होता है। त्वचा अथवा इसकी संरचनाएँ देह पर बाहर खुलने वाले मुख, आँख, नाक, मूत्र एवं गुदा जनन छिद्रों से भीतर की ओर जारी रहती हुई मानव देह को संक्रमण एवं रोगों से रोधकता या सुरक्षा प्रदान करती है। यह सुरक्षा सभी मनुष्यों में पायी जाती है इसे सामन्य या अविशिष्ट प्रतिरोधकता भी कहते हैं। इस प्रकार की रोधकर्त्ता प्राणियों में अनुकूलन के फलस्वरूप कुछ संरचनाओं के विकास एवं निर्माण के कारण उत्पन्न होती है। इतः इसे अनुकूलित या संरचनात्मक रोधकर्ता भी कहते हैं।

प्राणियों की देह में बाह्य पदार्थों या सूक्ष्मजीवों को प्रवेश करने हेतु देह के इस सुरक्षात्मक स्तर को भेदना होता है या अन्य मार्गों से श्वांस अथवा भोज्य एवं पेय पदार्थों के साथ प्रवेश का माध्यम अपनाना होता है। इन बाह्य कार्यों का देह में प्रवेश संक्रमण कहलाता है। संक्रमण प्रोपटोजोआ, जीवाणु विषाणु, फफूंद, माइकोप्लाज्मा, परजीवियों या अन्य जीवों द्वारा हो सकता है। ये पोषक या मानव देह में अपनी उपापचयी क्रियाओं द्वारा आविष एवं अन्य जैविक क्रियाओं द्वारा रोग उत्पन्न करते है अत: इन्हें रोगजनक कहते हैं। सामान्य या अविशिष्ट शोधकता के फलस्वरूप प्राणी के देह से प्राकृतिक प्रतिरोधी पदार्थ जैसे लाइसोजाइम आदि स्रावित किये जाते हैं। देह में कोशिकाशण शोध तापक्रम का बढ़ना एवं इन्टरफेरान का स्रावित होना आदि क्रियाओं के कारण देह अनेक रोगाणुओं एवं परजीवियों के प्रति सुरक्षित बनी रहती है। द्वितीय प्रकार की रोधकता विशिष्ट प्रतिरोधकता या प्रेरित प्रतिरोधकता कहलताी है जो रोगाणुओं के देह में प्रवेश कर जाने के बाद इनके अनुक्रिया के फलस्वरूप उत्पन्न होती है। पोषक की देह में रोगजनक, आंविष या परजीवी के प्रति पायी जाने वाली क्षमता को रोधकक्षमता कहते हैं। प्रतिरक्षी शब्द लेटिन भाषा के इम्यूनिस शब्द से लिया गया है जिसका अर्थ है बोझ से मुक्ति अर्थात् पोषक की विभिन्न रोगजनक जीवों एवे रोगों से सुरक्षा करने की क्षमता रोगजनक जीवों एवं रोगों के प्रति की जाने वाली सुरक्षात्मक क्रियाओं या प्रतिरक्षा के विज्ञान को प्रतिरक्षी विज्ञान कहते हैं।

प्रतिरक्षी विज्ञान एक प्रकार से देह के प्रतिरक्षा संस्थान का अध्ययन है। यह वास्तव में चिकित्सा विज्ञान की ही एक शाखा है किन्तु पिछले चार सौ वर्षों में इस विज्ञान का क्षेत्र अधिक विस्तुत हो गया है इसमें प्राणी की देह के अर्थात् स्वयं के एवं बाह्य के अणुओं, कोशिकाओं उत्तकों के द्वारा की जाने वाली क्रियाओं को सम्मिलित किया गया है। इसमें बाह्य पदार्थों या अणुओं के अन्तर्गत सूक्ष्मजीवों (प्रोटोजोआ, कवक, जीवाणुओं, माइकोप्लाज्मा एवं विषाणुओं) परजीवीयों, आविष एवं विषैले पदार्थों, अबुर्दों तथा अबुर्दीय कोशिकाएँ एवं आनुवंशिक तौर पर बेमेल प्राणियों से प्रतिस्थापित कोशिकाओं या अंगों तथा रक्ताधान के अन्तर्गत कोशिकाओं या

अणुओं को भी सम्मिलित किया गया है। रोगाणुओं से बचाव हेतु टीका बनाने एवं लगाने की क्रिया भी इसी प्रतिरक्षा विज्ञान के अन्तर्गत सम्मिलित की जाती है। प्रतिरक्षा संस्था सम्पूर्ण देह में कोशिकाओं एवं अन्तः उत्तकीय माध्यम से विसरित रहता है। इस तंत्र में अनुमानित तौर पर 10^{12} कोशिकाएँ पायी जाती है। जिनमें प्लीहा, यकृत, थायमस, अस्थि मज्जा लसीका गाँठें रक्त व लसीका में प्रवाहित कोशिकाएँ होती है। यदि इनका भार लिया जाये तो लगभग 2 किलोग्राम होता है। एक वयस्क मानव में लगभग 60 ग्राम प्रोटीन ऐसा होता है तो प्रतिरक्षी क्रियाओं से सम्बन्धित होता है। यह प्रोटीन सामान्य प्रोटीन संश्लेषणी क्रियाओं द्वारा संश्लेषित किया जाता है। स्पष्ट है कि एक कुपोषित व्यक्ति में प्रतिरक्षण हेतु प्रोटीन संश्लेषण दर अपर्याप्त होती है। अतः कुपोषित व्यक्ति शीघ्र ही संक्रमण का शिकार हो जाता है या इसको हमेशा संक्रमण का खतरा बना रहता है। प्रतिरक्षी तंत्र में उन सभी अंगों या कोशिकाओं को सम्मिलित किया जाता है जो देह को सूक्ष्मजीवों या बाह्य पदार्थों के प्रति सुरक्षा प्रदान करते हैं।

प्रतिरक्षा विज्ञान का क्षेत्र बहुत व्यापक हो गया है इसे अब अनेक उप शाखाओं में विभक्त किया जाने लगा है जैसे प्रतिरक्षास रसायांत्रिकी अबुर्द प्रतिरक्षा विज्ञान प्रत्यारोपण प्रतिरक्षा विज्ञान भ्रूणमातृ प्रतिरक्षा जरण प्रतिरक्षा विज्ञान आदि। उपरोक्त सभी शाखाएँ आधारभूत प्रतिरक्षा प्रणाली से उदूमित हुयी है। मानव को देह में बाह्य पदों के प्रवेश करने से अनुक्रिया के फलस्वरूप देह की सुरक्षा के लिये तीन प्रकार की योजना बनायी जाती हैं–

1. देह के स्तर द्वारा अम्लीय अथवा लाइसोजाइम जैसे स्त्रावण स्त्रावित कर परजीवी का तत्काल नाश करना।

2. बाह्य स्तरों का परजीवी के सम्पर्क में आने पर अनुक्रिया स्वरूप तत्काल अति संवेदनशील होना।

3. लम्बी अवधि की क्रियाओं द्वारा परजीवी का नाश करना जिसके अन्तर्गत देह में जटिल प्रकार के रासायनिक यौगिक एवं विशिष्ट कोशिकाएँ उत्पन्न की जाती है। संक्रमण के प्रकार एवं मात्रा के अनुसार इसमें कुछ घण्टे या दिन अथवा माह लगते हैं।

प्रतिरक्षा प्रतिक्रिया :–अधिकतर प्राणियों में बाह्य पदार्थों की पहचान करने का गुण होता है। यह बाह्य अणुओं जीवों, कोशिकाअें या प्रोटीन्स की पहचान कर उपयुक्त अनुक्रिया करता है या इसकी आवश्यक तैयारी आरम्भ हो जाती है। इस अनुक्रिया द्वारा बाह्य कारक या तो नष्ट कर दिया जाता है अथवा इसे उदासीन बनाने की कार्यवाही की जाती है। इस प्रकार प्रारम्भिक पहचान संकेतों को प्रभावी प्रतिरक्षी अनुक्रियाओं में रूपान्तरित भी किया जाता है। यदि इसी प्रकार का कारक देह में पुनः प्रवेश करता है तो प्रतिरक्षी तन्त्र की अनुक्रिया द्वारा इस कारक से देह को मुक्त कराया जाता है।

प्रति विज्ञान के विकास के चरण – लुईस पास्तेंर (1856) ने रोगों के जीवाणुओं द्वारा उत्पन्न होने हेतु मत प्रस्तुत किया इसके साथ ही वैज्ञानिकों का रूझान प्रतिरक्षा विज्ञान की ओर हुआ इस समय अनेकों महामारी समान रोगों का प्रकोप था जिससे अनेकों लोगों की मृत्यु हो रही थी जो बच गये थे उनमें अनेक विकृतियाँ उत्पन्न हो गयी थी। चेचक, तपेदिक, मलेरिया आदि इसी प्रकार के रोग थे जिनसे लोगों में भय व्याप्त हो गया था। यह भी लोग जान चुके थे कि एक

बार चेचक हो जाने के बाद दोबारा यह रोग नहीं होता यदि रोगी बच जाता है। हालांकि प्रथम बार ही रोग पर चेहरे व देह पर धब्बे या निशान पड़ जाते हैं अनेक लोग अन्धे व बहरे हो जाते हैं। ईसा से 3000 वर्ष पूर्व ग्रीक व रोमन संस्कृति के लोगों को संक्रामक रोगों व उपार्जित प्रतिरक्षा का ज्ञान था। ईसा से दो शताब्दी पूर्व वारो ने रोगों का कारण अत्यन्त सूक्ष्म अदृश्य कारकों को माना एवं इन्हें संसर्ग कारक नाम दिया। तेरहवीं शताब्दी में फ्रान्सिस बेकन ने रोगों के अदृश्य जीवों द्वारा उत्पन्न होने की जानकारी प्रस्तुत की। वाल्टेयर ने बताया कि चीन में यह रिवाज है कि चेचक के छिलकों को चूर्ण के रूप में निगल लिया जाता है तो इस प्रकार के रोग होने को रोका जा सकता है। क्रिचर ने प्लेग महामारी के समय लेन्स की सहायकता से रक्त में कुछ विशिष्ट कृमि देखे जिन्हें इस रोग का जनक माना। वास्तव में इन्होंने रक्त कणिकाओं के समूह ही देखे किन्तु इस रोग के फैलने के कारण के रूप में वैज्ञानिक आधार जीवित कार्य को मानकर ही प्रस्तुत किया गया। प्लेन्सिज ने रोगों के जीवों द्वारा उत्पन्न होने का सिद्धान्त प्रस्तुत किया जिसके अनुसार प्रत्येक रोग एक विशिष्ट कारक द्वारा उत्पन्न होता है। ये विशिष्ट कारक प्राणियों को देह में पहुंच कर वृद्धि करते हैं व रोग उत्पन्न करते हैं ऐसे ही विचार (फ्राकास्ट्रो) व होम्स के भी थे किन्तु इसका वैज्ञानिक आधार सर्वप्रथम डेवाइन ने प्रस्तुत किया। इन्होंने बताया कि एन्थ्रेक्स के रोगी के रक्त में शलाखा के समान सूक्ष्मजीव पाये जाते हैं। रार्बट कॉक ने अनेको परीक्षण कर उपरोक्त सिद्धान्त का समर्थन किया।

1796 में ब्रिटिश चिकित्सक एडवार्ड जेनर ने टीके लगाने की तकनीकी की खोज की। पास्तेर ने 1885 में रेबीज हेतु टीके की खोज की यद्यपि रेबीज के विषाणु को देखा नहीं था। जुलियस कोहेनहीम ने शोथ की कोशिकीय घटनाओं का वर्णन किया। 1880 में एली मेशिनकाफ के भक्षाणुनांशन मत को प्रस्तुत किया। पास्तेर ने ही चिकन कॉलेरा नामक रोग के जीवाणु की खोज की एवं प्रतिरक्षीकरण के सिद्धान्त का प्रतिपादित किया। बान बेहरिंग ने टेट्नस व डिप्थीरिया पर प्रतिरक्षीकरण हेतु प्रयोग किये एवं जन्तुओं में इस तकनीक को विकसित किया। पाल एहरलिच ने प्रतिरक्षीकरण हेतु रसायनिक आधार की खोज की। 1888 में एमिल राक्स एवं ए.येरसिन ने डिप्थीरिया आविष के प्रति प्रतिरक्षी क्रिया की खोज की। एमिल वान बेहरगि ने प्रतिरक्षीयों की खोज की। राबर्ट कॉक ने तपेदिक की कोशिकीय प्रतिरक्षा क्रिया का अध्ययन किया। 1903 में आत्मरोध राइट ने रक्त की तरल कारक आप्सोनिन की खोज की। 1908 में पाल एहरलिचर ने प्रतिरक्षी उत्पादन का चयनात्मक सिद्धान्त प्रस्तुत किया। 1908 में मेशिनकाफ को पाल में चार्ल्स रिकेट ने तीव्रग्राही प्रतिक्रिया की खोज की। 1919 में जुलेस बोर्ड ने पूरब माध्यित कोशिका लयन की खोज की। इन्हें 1920 में इस खोज हेतु नोबल पुरस्कार दिया गया। 1930 में कार्ल लेन्डस्टेनर ने मनुष्य में रक्त समूहों की खोज की इन्हें इस कार्य हेतु भी नोबल पुरस्कार दिया गया। यद्यपि रक्त में समूह के प्रयोग इनसे पूर्व अनेक वैज्ञानिक कर चुके थे। इन्होंने ही Rh समूह की खोज भी की। 1930 में ही क्लेमेन एवं साथियों ने सीमर के कारण रोग होने के कारणों का वर्णन किया। 1935 में माइकल व हेडल बर्गर ने प्रतिरक्षीकीय निर्धारण की मात्रात्मक विधि की खोज की। 1940 में एलबर्ट एच. कून्स ने फ़्लोरीसेन्ट धारित प्रतिरक्षियों का उपयोग किया। इसी समय जूलसे जे. फ्रेंड ने प्रतिरक्षी अनुक्रिया को प्रेरित करने की विध की खोज की। बीसवीं

सदी में मुख्यत: वैज्ञानिकों खोज का क्षेत्र प्रतिरक्षियों की प्रकृति एवं क्रिया विधि हो रही है। 1957 में बर्नेट ने बताया कि प्रत्येक कोशिका एवं इसका क्लोन केवल एक ही प्रकार का ग्राही बनाती है अर्थात् प्रतिजन के ग्रहण करने या स्पर्श करने पर प्रतिरक्षियों की क्रिया में तीव्र वृद्धि होती है। द्वितीयक अनुक्रिया अधिक तीव्र इसलिये होता है कि उसकी प्रतिजन के प्रति स्मृति कोशिकाओं द्वारा प्रतिरक्षियाँ बनाने की क्रिया पूर्व में भी की गयी है। इन्हें 1960 में इस कार्य हेतु नोबल पुरस्कार दिया गया।

अंग प्रतिरोपण एवं सहनशीलता पर अनेक वैज्ञानिक वर्षों से कार्य कर रहे थे किन्तु इनके बाह्य तत्व होने के कारण ग्राही की देह अस्वीकृत कर देती थी ऐसी प्रतिरक्षी तन्त्र के सक्रिय होने के कारण ही होता है। मेडावर ने सुझाया कि यदि बाह्य ग्राफ्ट या अंग को ग्राही के प्रतिरक्षियों के अनुरूप निवेशित कर रोपित किया जाये तो ग्राही इन्हें स्वीकार कर सकता है। इन्होंने एक प्रजाति के मूसे की त्वचा को अन्य प्रजाति के मूसे ने इसी सिद्धान्त पर रोपित कर सफलता हासिल की इन्हें बर्नेट के साथ 1960 में इस कार्य हेतु नोबल पुरस्कार से सम्मानित किया गया। 1864 में नील्स जैर्न की क्लोनल सिद्धान्त प्रस्तुत करने हेतु नोबल पुरस्कार दिया गया। 1972 में रोडने आर.पोर्डर को एवं गेराल्ड एम. ऐडलमेन को प्रतिरक्षीकीय संरचना का वर्णन करने हेतु नोबल पुरस्कार दिया गया। 1975 में जॉम्जेज कोहलर एवं सीजर मिलस्टेन ने कायिक संकरण कराकर एक क्लोनी प्रतिरक्षियाँ बनाने की विध की खोज की । इन्हें इस कार्य हेतु 1884 में नोबल पुरस्कार दिया गया। इस विधि से इच्छित मात्रा में प्रयोगशाला में एक क्लोनी प्रतिरक्षियाँ प्राप्त की जा सकती है। 1887 में टोनीगावा को एन्टीबॉडी उत्पादन में जीनकी पुनर्व्यवस्था का अध्ययन करने हेतु नोबल पुरस्कार दिया गया। 1989 में जे.मुरे ने सर्वप्रथम वृक्क प्रत्यरोपण किया एवं इ.डी. थॉमस ने उत्तक व अंग प्रत्यारोपण में रासायनिक पदार्थों की उपयोगिता का अध्ययन किया। 1996 में डोहर्टीराल्पु एवं एमजिकरनागेल ने कोशिका माध्यित प्रतिरक्षी अनुक्रिया की विशिष्टता का गहन अध्ययन किया।

रोधक क्षमता– पोषक की रोधक क्षमता, प्रतिरोधकता या असंक्रामकता को हमारा आशय सूक्ष्मजीवों या परजीवियों से अथवा इनके द्वारा स्रावित पदार्थों से होने वाली हानि के प्रति प्रतिरोध करने या अवरोध उत्पन्न करने से है। इसके अन्तर्गत पोषक के द्वारा की जाने वाले सभी कार्यिकीय विधियां किये जाने हेतु की जाती है जिससे पोषक की देह को अथवा उत्तकों को हानि नहीं पहुँचा सके।

प्रतिरक्षी अनुक्रियाएँ देह में मुख्यत: निम्न क्रियाएँ सम्पन्न करती हैं– 1. सूक्ष्मजीवों से सुरक्षा प्रदान करना।

2. समस्थापन क्रिया करना अर्थात् मृत अथवा वृद्ध या जरित या क्षतिग्रस्त कोशिकाओं से देह को मुक्त रखना।

3. उत्परिवर्ती कोशिकाओं को पहचान कर इन्हें नष्ट करना।

उपरोक्त अनुक्रियाएँ दो वर्गों में विभक्त की जाती है–

1. अविशिष्ट रोधकक्षमता, 2.विशिष्ट रोधकक्षमता।

1. अविशिष्ट रोधकक्षमता – इसे सामान्य रोधकक्षमता भी कहते हैं। यह रोधकता किसी

सूक्ष्मजीव इसके उपापचयी उत्पाद या अन्य बाह्य कण के देह में प्रवेश करने पर उत्पन्न होती है। यह देह में कुछ अवरोधकों के कारण उत्पन्न होती है। ये अवरोधक बाह्य कारक को देह को भीतर तक भेदने का अवरोध करते हैं। इसके द्वारा होने वाले विपरीत प्रभाव को रोकते हैं। अवरोधक अनेक प्रकार के हो कसते हैं जैसे–

भौतिक अवरोधक – देह के उस भाग या बिन्दु जहाँ से बाह्य जीव ने प्रवेश किया है सूजन का उत्पन्न होना, ज्वर होना। इसी प्रकार रासायनिक व जैविक अवरोधक भी होते हैं। इस प्रकार की रोधकक्षमता को सामान्य या अविशिष्ट इसलिए भी कहा जाता है क्योंकि यह सभी प्रकार के सूक्ष्मजीवों के विरूद्ध एक ही प्रकार की जाती है, किसी विशेष सूक्ष्मजीव के लिये ही नहीं।

2. विशिष्ट रोधक क्षमता – यह रोधकता किसी विशिष्ट जाति के सूक्ष्मजीव के देह के प्रवेश करने पर प्रतिक्रिया स्वरूप उच्च कशेरूकियों में देखी जाती है कशेरूकी इस बाह्य जीव पर अनेक विधियों से प्रहार करता है जैसे प्रतिरक्षियाँ बना कर जो बाह्य जीव को पहचान कर की जाती है। रोधकक्षमता या प्रतिरक्षा वास्तव में किसी जीव को अन्य जीवों से सुरक्षा प्रदान करने की क्षमता होती है। इसके पोषक में उत्पन्न होने के आधार पर दो प्रकार से विभक्त करते हैं– 1. स्वभावज प्रतिरक्षा, 2. उपार्जित अथवा अनुकूली प्रतिरक्षा ।

1. स्वभाजन प्रतिरक्षा – इसे जीव की प्राकृतिक प्रतिरक्षा भी कहते हैं। यह जन्म–जात में उपस्थित रहती है। यह बाह्य पदार्थों के पूर्व अनुभवों से प्रभावित नहीं होती । यह भक्षाणुनाशी के द्वारा की जाती है एवं देह की सामान्य प्रतिरोधी क्रियाओं पर तथा दैहिक उपापचयी परिवर्तनों पर निर्भर करती है। स्वभाविक प्रतिरक्षा जाति विशिष्ट होती है अर्थात् मनुष्य की एक प्रजाति में एक विशिष्ट जीवाणु रोगजनक हो सकता है किन्तु दूसरी प्रजाति में यही जीवाणु रोगजनक नहीं होता। जैसे पादपों के रोग मनुष्य जाति को प्रभावित नहीं करते। इस प्रकार की रोधक्षमता पोषक की देह के ऊतकों में उपस्थित विशिष्ट पदार्थों एवं जैव रासायनिक क्रियाओं तथा क्रियात्मक भिन्नताओं के कारण पायी जाती है। स्वभावज रोधकक्षमता जाति परक विशिष्टि भी होती है। अर्थात् एक सूक्ष्मजीव एक जाति के जन्तुओं को तो प्रभावित करता है अन्य जाति के जन्तुओं को नहीं करता जैसे चूहों में डिफ्थिरिया आविष का प्रतिकूल प्रभाव नहीं पड़ता किन्तु मनुष्य में होता है। मनुष्य में हॉग–कॉलेरा नहीं होता। हॉग्स में पोलियों रोग नहीं होता। पशुओं में होने वाला प्लेग मनुष्य को प्रभावित नहीं करता। पशुओं में गोनोरिया रोग नहीं होता आदि। संभवत: ऐसा कार्यिकीय व संरचनात्मक भिन्नताओं के कारण होता है। चूजों में एँथ्रेक्स बैसिलाई के प्रति रोधकक्षमता पायी जाती है। चूजों में सामान्य तापक्रम 45 डिग्री तापमान रहता है जब कि इस तापक्रम पर एन्थ्रेक्स बैसिलाई सामान्य वृद्धि व जनन नहीं कर सकता। 37 डिग्री तापमान से ऊपर तापक्रम होने पर इसमें वृद्धि व जनन क्रियाएँ प्रभावित होने लगती है। रोधकक्षमता प्रजाति विशिष्ट भी होती है। अर्थात् एक ही जाति की कुछ प्रजातियों में कोई रोग होता है किन्तु वही रोग उस जाति की ही अन्य प्रजातियों में नहीं होता जैसे काले अफ्रीकन प्रजाति के लोगों में दाब कोशिका अरक्तता रोग होता है मलेरिया रोग नहीं होता संभवत: ऐसा इसलिये होता है कि परजीवी का स्पोरोजूइट अनियमित आकृति की लाल रक्त कणिकाओं को भेदने में असमर्थ रहता है। अमेरिका व जापान के लोगों में मीजल्स अल्प प्रभाव उत्पन्न करती है किन्तु भारतीय प्रजाति के लोगों में यह प्रभाव

व्यापक होता है। रोधकक्षमता व्यक्ति विशिष्ट भी होती है अर्थात् कोई पदार्थ या आविष एक विशिष्टता के कारण होता है जो उसके ऊतकों में होने वाली जैव रासायनिक क्रियाओं में पायी जाती है। रोधकक्षमता हारमोन एवं उपापचयी कारकों द्वारा भी प्रभावित होती है। उदाहरणतः मधुमेह के रोगियों में एड्रीनल ग्रन्थि के प्रभावित होने के कारण अनेक रोगों के प्रति प्रतिरोधकक्षमता घट जाती है। अनेक दवाओं के प्रभाव से ही प्रतिरोधक क्षमता में कमी आती है यह समय अनेक संक्रमण रोग हो सकते हैं। यह प्राणी में सामान्य स्वास्थ्य पोषण लिंग व आयु द्वारा प्रभावित होती है। सभी स्तनधारियों में यह निम्न कारकों के कारण हो सकती है-

1. त्वचा की सूक्ष्मजीवों द्वारा भेजने की प्रतिरोधक क्षमता होना।

2. आहार के साथ ग्रहण किये गये पोषक पदार्थों में उपस्थित सूक्ष्मजीवों का आमाशय में पाचक किण्वकों द्वारा नष्ट किया जाना।

3. देह के अन्य प्रवेश मार्गों पर अवरोधकों का पाया जाना जैसे नेत्रों की अश्रु ग्रन्थियों से स्त्रवित अश्रुओं में म्यूरामिडेज पाया जाता है जो जीवाणुओं का लय कर देता है। योनि व आमाशय में अम्ल की उपस्थित के कारण सूक्ष्मजीव नष्ट हो जाते हैं।

4. न्यूट्रोफिल्स, मोनोसाइट्स तथा रेटिक्यूलोएन्डो थिलियल तन्त्र की कोशिकाएँ भक्षाणुशण की क्रिया सभी सूक्ष्मजीवों को नष्ट करने हेतु करती है।

5. देह में सूक्ष्मजीवों के अन्तः संक्रमण के फलस्वरूप अनेक उत्तकों की कोशिकाएँ स्तनियों में इन्टरफेरोन का स्त्रवण करने लगती है। ये जाति विशिष्ट होते हैं।

6. देह की आन्तरिक कलाएँ श्लेष्मा का स्रावण करती है, यह श्लेष्मा सूक्ष्मजीवों को नष्ट कर देता है। श्लेष्मा का स्रावण लार, श्वसन तंत्र व आहार नाल की उपकला कोशिकाओं द्वारा किया जाता है।

7. देह का पूरक तन्त्र भी स्वभावज रोधक क्षमता प्रदान करता है।

इस प्रकार स्वभावज रोधकक्षमता तीव्रगति से देह को प्राथमिक रेखा के रूप में अवांछित संक्रमण से सुरक्षा प्रदान करने वाली रोधकक्षमता होती है।

2. अभिग्रहित रोधकक्षमता- अभिग्रहित रोधकक्षमता जीवन काल के दौरान प्राप्त की गयी या ग्रहण की गयी रोधकक्षमता है। यह सूक्ष्मजीव या इनके द्वारा उत्पन्न उपापचयी पदार्थों के पूर्व अनुभव के आधार पर जीव द्वारा प्राप्त की जाती है। यह स्तनियों एवं पक्षियों में अधिक विकसित होती है। एम्फीबिया व मत्स्य समूह के प्राणियों में अलपविकसित होती है। यह दो प्रकार की हो सकती है।

(i) सक्रिय अभिग्रहित रोधकक्षमता - सक्रिय रोधकक्षमता वह है जो प्राणी अथवा पोषक में रोगाणु के संक्रमण के उपरान्त ऐन्टीजेनिक उद्दीपन प्राप्त होने के फलस्वरूप प्राकृतिक तौर पर विकसित होती है। इसके फलस्वरूप पोषक की देह में एन्टीबाडीज अर्थात् प्रतिरक्षी रोधकक्षमता युक्त कोशिकाएँ बनती है। इस प्रकार की रोधकक्षमता एक बार विकसित हो जाने के उपरान्त लम्बे समय तक बनी रहती है। दूसरी बार इसी पोषक या प्राणी को इसी प्रकार का एन्टीजेनिक उद्दीपन प्राप्त होने पर यह रोधकक्षमता और बढ़ जाती है। सक्रिय रोधकक्षमता प्राकृतिक होती है। उदाहरण के तौर पर एक व्यक्ति को चेचक का संक्रमण होने पर इस व्यक्ति में

चेचक के प्रति रोधकक्षमता विकसित होती है तथा दोबारा चेचक के रोगाणु के सम्पर्क में आने पर भी चेचक रोग उसे नहीं होता। इस प्रकार प्राकृतिक प्रकार की सक्रिय अभिग्रहित रोधकक्षमता पोषक में किसी रोगजनक विषाणु या जीवाणु के संक्रमण के फलस्वरूप उत्पन्न की जाती है। सक्रिय प्रकार की रोधकक्षमता को उद्यीपन प्राप्त होने के बाद उत्पन्न होने में कुछ समय लगात है उसे सुषुप्त काल कहते हैं। सक्रिय प्रकार की रोधकक्षमता के विकसित होने में एक ऋणात्मक प्रावस्था भी आती है। जिसके दौरान मापन योग्य रोधकक्षमता का स्तर पोषक में एन्टीजैनिक उद्दीपन दिये जाने के पूर्व की अपेक्षा कुछ समय के लिये घट जाता है। ऐसा पूर्व में उपस्थित एन्टीबॉडीज के साथ एन्टीजन के मिलने पर परिसंचरण तंत्र में इनकी मात्रा घटने के कारण होता है। एक बार विकसित होने पर सक्रिय प्रकार की रोधकक्षमता लम्बी अवधि तक बनी रहती है। यह भी देखा गया है कि यदि व्यक्ति को पूर्व में दिया गया एन्टिजेनिक उद्दीपन दोबारा दिया जाता है तो प्रथम बार की अपेक्षा द्वितीय बार दिये गये उद्दीपन के फलस्वरूप रोधकता अधिक शीघ्रता एवं अधिक प्रबलता के साथ व्यक्त होती है इसे द्वितीयक प्रतिक्रिया कहते हैं। यह तरल प्रकार की रोधकक्षमता एवं कोशिकीय रोधकक्षमता को विकसित करने के साथ-सांथ रोधकता स्मृति से सम्बन्धित भी होती है। अर्थात् प्रतिरक्षी तंत्र लम्बे समय पूर्व प्राप्त एन्टिजेनिक उद्दीपन एवं उसके फलस्वरूप उत्पन्न प्रतिरक्षियों एवं व्यक्त क्रिया की स्मृति को भी बनाये रखता है। सक्रिय प्रकार की रोधकक्षमता अक्रिय प्रकार की रोधकक्षमता से अधिक प्रभावी होती है एवं देह को अक्रिय प्रकार की रोधकक्षमता के फलस्वरूप अधिक सुरक्षा प्रदान करती है।

यह एन्टीबॉडीज द्वारा उत्पन्न होती है अत: माता की देह से ऑवल से होकर गर्भस्थ शिशु में या माता के दुग्ध कोलोस्ट्रोम द्वारा शिशु में प्रवेश कर जाती है। यदि माता में डिप्थीरिया, रूबेला अथवा पोलियो के प्रति रोधकक्षमता हो तो यह शिशु को स्थानान्तरित हो जाती है। शिशु में ये उस समय तक क्रियाशील बनी रहती है जब तक कि शिशु का स्वयं का प्रतिरक्षी तन्त्र विकसित नहीं हो जाता। सक्रिय रोधकक्षमता कृत्रिम रूप से भी विकसित की जाती है। उदाहरण के तौर पर मनुष्य में पोलियो विषाणु का विभेद टीके के रूप में प्रवेश कराया जाता है तो इस व्यक्ति में इसके प्रति रोधकक्षमता विकसित हो जाती है अत: दोबारा पोलियो का विषाणु इस व्यक्ति में संक्रमण करने में सफल नहीं होता । किन्तु यह रोधकक्षमता केवल पोलियो विषाणु के प्रति विकसित की गयी है अन्य विषाणु जनित रोग खसरा आदि के प्रति नहीं होती। रोधकक्षमता अनेको बार क्षीण प्रकृति की तथा क्षेत्रीय प्रकार की भी होती है।

(ii) अक्रिय अभिगृहित रोधकक्षमता - जब पोषक में रोधकक्षमता बाहर से तैयार अवस्था में पहुंचाई जाती है तो अक्रिय रोधकक्षमता कहलाती है। इसमें कोई एन्टीजेनिक उद्दीपन भी नहीं होता इस प्रकार प्राप्त रोधकक्षमता में पोषक की देह कोई सक्रिय क्रिया नहीं करती। यह प्राकृतिक एवं सक्रिय प्रकार की रोधकक्षमता से कम प्रभावी होती है। अक्रिय प्रकार की रोधकक्षमता को पोषक की देह में प्रवेश कराने पर क्रियाशील होने में कोई समय नहीं लगता जबकि सक्रिय प्रकार की रोधकक्षमता प्राप्त करने में पोषक या प्राणी की देह में कुछ समय लगता है। अक्रिया प्रकार की रोधकक्षमता के उत्पन्न होने में सुषुप्त काल नहीं पाया जाता, अक्रिय प्रकार की रोधकक्षमता अल्पकालीन होती है क्योंकि इनका उद्गम पोषक में नहीं होता अत: ये कुछ दिनों या

माह के उपरान्त नष्ट हो जाती है। इन्हें एक से अधिक बारदेने पर इनका प्रभाव भी कम हो जाता है। उदाहरण के तौर पर कुत्ते, बन्दर या सुअर द्वारा मनुष्य को काट लेने पर इन्जेक्शन द्वारा अक्रिय रोधकक्षमता के रूप में रेबीज विषाणु को निष्क्रिय करने हेतु तैयार अवस्था में प्रेषित की जाती है। इसके एक से अधिक इन्जेक्शन कुछ दिनों के अन्तराल पर दिये जाते हैं। किन्तु वर्षों के बाद यदि उसी मनुष्य पुनः कुत्ता काट लेता है तो इस प्रकार के इंजेक्शन पुनः लगवाने पड़ते हैं क्योंकि पूर्व में तैयार अवस्था में अभिग्रहित रोधकक्षमता समाप्त हो चुकी होती है। इसी प्रकार की क्रिया टेट्नेस के जीवाणु के प्रति रक्षा हेतु की जाती है। इसके उपचार हेतु रोगी को एन्टी टेटनेस सीरम ATS के इंजेक्शन दिये जाते हैं।

प्रतिरक्षी तंत्र का उद्भव – प्रतिरक्षी तंत्र के अन्तर्गत जटिल विशिष्ट प्रकार की कोशिकाओं की श्रृंखला कारक एवं क्रियाओं को सम्मिलित करते हैं जो प्रतिजन के देह में प्रवेश करने पर आरम्भ होती है। गर्भ धारण के दो माह के उपरान्त भ्रूण में प्रतिरक्षी तंत्र का विकास आद्य कोशिकाओं सतम्भ कोशिकाओं से होता है जो अस्थि मज्जा में पायी जाती हैं। ये जटिल विधि द्वारा विभेदित होकर दो प्रकार की कोशिकाओं को जन्म देते हैं।

1. रक्ताणु उत्पत्ति कोशिकाएँ – जो कि लसिका कोशिकाओं में विकसित होती है। कुछ लसिका उत्पत्ति कोशिकाएँ थाइमस ग्रंथि में प्रवेश कर जाती है यहाँ से वृद्धि कर परिपक्व होने पर थाइमस आश्रित लसिकाणुओं T-लिम्फोसाइट्स या T-कोशिकाओं को जन्म देती है। यह परिवहन मंत्र में प्रवेश कर जाती है। पक्षियों में ये फ्रेबिसी प्रपुटी या B-कोशिकाएँ कहलाती हैं। भ्रूणीय अवस्था में लसीकाणु पीतक थैले व यकृत व अस्थि मज्जा में भी बनती हैं। B-लसिकाणुओं की सतह पर T-लसिकाणुओं से भिन्न प्रकार के रासायनिक पदार्थ पाये जाते हैं। दोनों प्रकार के लसिकाणु प्रतिरक्षी तंत्र में मुख्य भूमिका रखते हैं। ये लसिका संधियों व लसिका वाहिनियों में रहते हैं व प्रतिजनों का सामना होने पर विशिष्ट क्रियाएँ करते हैं। तरूण प्राणी के टान्सिल व प्लीहा में ये अधिक सक्रिय होती हैं।

T-लसिकाणु B-लसिकाणुओं की अपेक्षा छोटे होते हैं। B-लसिकाणुओं का जीवन काल 5-7 दिन का होता है किन्तु T-लसिकाणु अनेक माह या वर्षों तक जीवित रहती हैं। देह में 65.8 प्रतिशत लसिकाणु T-लसिकाणु प्रकार के व शेष B-लसिकाणु प्रकार के व शेष B-लसिकाणु प्रकार के पाये जाते हैं। कुछ अपरिपक्व कोशिकाएँ दोनों ही प्रकार की भी परिवहन तंत्र में पायी जाती हैं। लसिकाणु मेक्रोफेजेज के निकट एकत्रित हो जाती है। मनुष्य में B-लसिकाणु आन्त्र, एपेन्डिक्स व टान्सिल्स में बनते हैं। B-लसिकाणुओं की सहत पर विशिष्ट प्रकार के रासायनिक पदार्थ तो प्रतिरक्षी क्रियाओं में भाग लेते हैं कुछ जीन्स के नियंत्रण में संश्लेषित किये जाते हैं जिन्हें प्रतिरक्षी अनुक्रिया जीन्स IR जीन्स कहते हैं। ये विशिष्ट रासायनिक पदार्थ ही एन्टीबॉडीज कहलाते हैं। मनुष्य में IR जीन्स विभिन्न गुणसूत्रों पर स्थित होते हैं।

एन्टीजेन्स के देह में प्रवेश करने पर ये लसिका या रक्त परिवहन तंत्र में प्रवेश करते हैं। एन्टीजेन्स मेक्रोफेजेज, मोनोसाइटस या बहुरूपी केन्द्रकीय कोशिकाओं द्वारा निगल लिये जाते हैं। यह क्रिया भक्षाणुशन कहलाती है। एन्टीजेन्स में स्थित निर्धारक बिन्दु परिरक्षित होते हैं व लसिका ऊतकों में लाये जाते हैं। यह कार्य मेक्रोफैजेज द्वारा किया जाता है। ये T या B-

लसिकाणुओं के सम्पर्क में आते हैं। लसिकाणु मेक्रोफेजेज को घेर लेते हैं। लसिकाणुओं की सतह पर स्थित गाह्य स्थलों व एन्टीजेनिक निर्धारित बिन्दुओं पर अन्योन्य क्रिया होती है। किस प्रकार के लिम्फोसाइट का (T या B) का उद्दीपन हुआ है इस आधार पर दो प्रकार की रोधकक्षमता संभव है।

तरल प्रकार की रोधक क्षमता- B-लिम्फोसाइड के बाह्य एन्टीजन के सम्पर्क में आने पर RNA का संश्लेषण आरम्भ होता है। यह क्रिया उस समय आरम्भ होती है जब एन्टीजेनिक निर्धारक बिन्दु मेक्रोफेजेज से निकलकर B-लसिकाणुओं को उद्दीप्त करते हैं। सहायक T-लसिकाणु इसमें सहायक होती है। B-लसिकाणु देह के परिवहन तंत्र में प्रवेश नहीं करती वरन् लसिका ऊतकों में ही रहकर, वृद्धि कर प्लाज्मा कोशिकाओं का क्लोन बनाती हैं। ये कोशिकाएँ B-लसिकाणुओं से 2-3 गुना बड़ी होती है। इनमें एन्टीबॉडीज पदार्थों का संश्लेषण होता है जो कि प्रोटीन प्रकृति के होते हैं ये क्रिया Ir जीन्स के निर्देशन में संचालित होती है। ये प्रोटीन प्रकृति के पदार्थ या एन्टीबॉडीज की परिवहन तंत्र में प्रवेश करती है तथा प्रति सेकण्ड इनके कई हजार अणु बनते हैं। यह क्रिया अर्थात एन्टीजन एवं एन्टीबॉडीज में अन्योन्य क्रिया क्योंकि रक्त या तरल माध्यम से होती है। अत: तरल प्रकारकी रोधक क्षमता कहलाती है। प्लाज्मा कोशिका 2-3 या अधिक दिन तक एन्टीबॉडीज स्रावित करती रहता हैं। प्लाज्मा कोशिकाओं के एक समूह के बाद दूसरा समूह जिन्हें स्मृति कोशिकाएँ कहते हैं। यह क्रिया करती रहती है। स्मृति कोशिकाएँ लसिका ऊतक में लम्बे समय तक बनी रहती हैं एवं एन्टीजन के पुन: प्रवेश करने पर एन्टीबॉडीज बनाने लगती हैं। रक्त सीरम में उपस्थित प्रोटीन्स में लगभग 17 प्रतिशत प्रेटीन एन्टीबॉडीज अणु होते हैं। एक जीवाणु हजारों एन्टीजन उत्पन्न कर सकता है जिनके प्रभाव से उतनी ही विशिष्ट प्रकार का एन्टीबॉडीज संश्लेषित की जाती है। इन एन्टीबॉडीज को ही प्रतिरक्षी ग्लोबूलिन कहते हैं एन्टीबॉडी अणु प्रोटीन के ग्लोबूलिन समूह के समान रचना रखते हैं अत: इन्हें यह नाम दिया गया है।

कोशिका मध्यवर्ती प्रतिरक्षा - कोशिका मध्यवर्ती प्रतिरक्षा T-लिम्फोसाइट्स के एन्टीज द्वारा उद्दीपन के फलस्वरूप विकसित होती हैं तथा कोशिकाओं पर या कोशिकाओं के निकट उत्पन्न होती है इस प्रकार की प्रतिरक्षा को उत्तकीय प्रतिरक्षा भी कहते हैं, कवक, प्रोटोजोआ या जीवाणु T-लसिकाणुओं को उद्दीप्त कहते हैं । उद्दीप्त लसिकाणु देह के परिवहन तंत्र में प्रवेश कर उस स्थल तक आते हैं जहाँ एन्टीजन पाया जाता है। लसिकाणुओं की संख्या बढ़ती है व स्थानान्तरण कारकों के प्रभाव से एन्टीजन स्थल तक पहुंचते हैं। लसिकाणु लिम्फोब्लास्ट में परिवर्तित होते हैं। इनके द्वारा कम अणु भार वाले प्रोटीन पदार्थ संश्लेषित किये जाते हैं जिन्हें लिम्फोकाइन्स कहते हैं। ये अनेक प्रकार के पाये जाते है तथा भिन्न-भिन्न प्रभाव उत्पन्न करते हैं जैसे भक्षकाणुओं को एन्टीजन स्थल तक लाने में सक्रिय भूमिका निभाने वले या अवरोध उत्पन्न करने वाले। कुछ भक्षकाणुओं का एन्टीजन स्थल पर एकत्रित होने का प्रभाव उत्पन्न करते हैं। कुल मिलाकर इनका प्रभाव भक्षाणुशन क्रिया में वृद्धि करना होता है।

लगभग 50 प्रकार के लिम्फोकाइन्स की खोज की जा चुकी है। इन्टरल्युकिन नाम उन पदार्थों के लिये काम में लाया जाता है जो श्वेत रक्ताणुओं द्वारा उत्पन्न किये जाते हैं और अन्य

प्रकार के श्वेत रक्ताणुओं पर प्रभाव दर्शाते हैं। इन्टरल्युकिन प्रोटीन प्रकृति के पदार्थ हैं जो टी-लसिकाणुओं को परिपक्व होने हेतु उद्दीप्त करते हैं, वृद्धि करने एवं विभाजन हेतु उत्तेजित करते है। एन्टीजन जब समाप्त हो जाता है तो लिम्फोकाइन्स भी अदृश्य हो जाते है किन्तु व्यक्ति में प्रतिरक्षा लम्बे समय बनी रहती है। इसका कारण टी-लसिकाणुओं की निवह या क्लोन का पाया जाना है जो समान के प्रकार के टी-लसिकाणुओं का समूह होता है। इन्हें स्मृति टी-लिम्फोसाइट्स कहते है। यदि एन्टीजन पुनः प्रवेश करते हैं तो स्मृति कोशिकाएँ पुनः लिम्फोकाइन्स स्रावित करना आरम्भ कर देती है।

कार्य के अनुसार टी-कोशिकाएँ विभिन्न प्रकार की होती है मेक्रोफेज द्वारा पचित एन्टीजन से प्रतिक्रिया करने वाली टी-कोशिकाएँ सुग्रहित टी-कोशिकाएँ कहलाती है बी-कोशिकाओं से सम्बन्धित टी-कोशिकाएँ जो एन्टीबॉडी निर्माण में सहायक होती है उन्हें टी-सहायक कोशिकाएँ कहते है। कुछ टी-कोशिकाएँ प्रतिरक्षी-अनुक्रियाओं का अवरोधक करती है। इन कोशिकाओं के समूह को टी-अवरोधक करती है। इन कोशिकाओं के समूह को टी-अवरोधी कोश्किाएँ कहते हैं। टी-घातक कोशिकाएँ वे कोशिकाएँ होती है जो लसिका क्षेत्र में स्थानान्तरित हो संक्रमण स्थल तक पहुँचती है।

आविष :- वे पदार्थ जो सूक्ष्मजीव द्वारा पोषक की देह में उत्पन्न किये जाते हैं तथा पोषक में रोग का कारण होते हैं अथवा हानि पहुँचाते है आविष कहलाते है। ये दो प्रकार के होते है।

1. बाह्य आविष – उष्मा अस्थिर प्रोटीन होते हैं जो पोषक की देह में शीघ्रता से विसरित हाते हैं और सूक्ष्म मात्रा में भी अत्यन्त हानिकारक होते है। इनकी सूक्ष्मतया मात्रा ही घातक अर्थात जहरीली होती है, 3 कि.ग्राम बाऊटिलिनम आविष पूरे विश्व की जनसंख्या को समाप्त करने के लिये काफी है। 1 मि.ग्राम टेट्नस का आविष 1 करोड़ गिनीपिग को समाप्त करने में सक्षम है। इन्हें फार्मेल्डिहाइट द्वारा अहानिकारक टाक्सॉइड में परिवर्तित किया जा सकता है। किन्तु ये प्रतिरक्षी उत्पन्न करने में सक्षम होते हैं। ये विशिष्ट ऊतकों एवं औषअधियों के प्रति बंधुता रखते है। बाह्य आविष अधिकतर ग्रैम स्वर्णी व कुछ ग्रैम अवणी जीवाणुओं द्वारा उत्पन्न किये जाते है।

2. अन्तः आविष – ताप स्थिर प्रोटीन व लिपिट के जटिल होते है जो ग्रैम अवर्णी जीवाणुओं द्वारा उत्पन्न किये जाते है। ये जीवाणु द्वारा बाहर स्रावित नहीं होते हैं किन्तु कोशिका भित्ति के टूटने पर सक्रिय हो जाते हैं। इन्हें अहानिकारक पदार्थो (टाक्सॉइड) में परिवर्तित नहीं किया जा सकता। इनकी घातक मात्रा अपेक्षाकृत अधिक होती है। ये औषधियों के प्रति विशिष्ट बंधुता नहीं प्रकट करते हैं। इनके देह में फैलने पर ज्वर हो सकता जो कई घंटो तक बना रहता है। इनके द्वारा रक्त युक्त पेचिश, उच्च रक्त दाब, रक्त परिवहन से संबंधित रोग, रक्त के रोग आदि हो सकते है तथा रोगी की मृत्यु हो सकती है।

एन्टीजन :- प्रतिजन या एन्टीजन वे रसायनिक पदार्थ है जो प्राणी के देह में प्रवेश करने पर उद्दीपन का कार्य करते है जिसके फलस्वरूप देह में प्रतिरक्षीकाय बनने की विशिष्ट क्रिया होती है। एन्टीबॉडीज बनने के बाद ये इसके साथ संयोजित हो जाते है। इम्यूनोजन शब्द का प्रयोग भी लगभग इसी संदर्भ में किया जाता है जिससे आशय है। प्रतिरक्षा प्रतिक्रिया को उकसाया जाना।

इम्यूनोजेनिकता से आशय है प्रतिरक्षी प्रतिक्रिया के फलस्वरूप प्रतिरक्षियों का निर्माण किया जाना अथवा कोशिकाओं का प्रचुरोदभवन की क्रिया का होना या दोनों ही क्रियाओं को प्रेरित किया जाना।

प्रतिजनिकता – के अन्तर्गत दो क्रियाओं को सम्मिलित किया जाता है– 1. प्रतिरक्षी प्रतिक्रिया आरम्भ किये जाने हेतु उद्दीपन कर दिया जाना । 2. प्रतिरक्षी काय से विशिष्ट अभिक्रियाओं का होना।

उपरोक्त दोनों क्रियाओं के आधार पर जो कि प्रतिजन या एन्टीजन की योग्यता को दर्शाते हैं एन्टीजन अनेक प्रकार से वर्गीकृत किये गये है–

1. पूर्ण एन्टीजन – पूर्ण एन्टीजन वे होते हैं जो प्रतिरक्षी काय उत्पन्न किये जाने हेतु उद्दीपन का दायित्व निभाते है एवं उत्पन्न प्रतिरक्षी काय वे साथ विशिष्ट प्रेक्षण योग्य अभिक्रिया कराने में सक्षम होते है अर्थात उपरोक्त दोनों क्रियाओं का निर्वाह पूर्णरूपेण करते है।

2. हेप्टेन्स – हेप्टेन्स वे छोटे रासायनिक समूह होते है जो स्वयं प्राणी की देह में प्रतिरक्षी काय को अपने अकेले के बल पर उत्पन्न कराने में अक्षम होते है, किन्तु प्रतिरक्षी काय के साथ विशिष्ट रूप से प्रतिक्रिया दर्शाते है अर्थात केवल क्रियाशीलता का गुण दर्शाते हैं। हेप्टेन्स किसी बड़े वाहक अणु के साथ संलग्न हेाकर देह में प्रवेश कर जाते है। ये सरल अथवा जटिल प्रकार के हो सकते है। सरल प्रकार के हेप्टेन्स विशिष्ट प्रतिरक्षी काय के साथ अवक्षेप बनाते है या अवक्षेपित हो जाते हैं जबकि जटिल प्रकार के हेप्टेन्स अवक्षेपित नहीं होते है। सरल प्रकार के हेप्टेन्स विशिष्ट प्रतिरक्षी काय के सम्बन्धित प्रतिजन से अवक्षेप बनाने में रोधक का कार्य करते है। जटिल व सरल हेप्टेन्स को पॉलीवेलेन्ट व यूकीवेलेन्ट हेप्टेन्स भी कहते है। यह माना जाता है कि अवक्षेप बनाने हेतु एन्टीजन पर दो या अधिक प्रतिरक्षीकाय संलग्न स्थन होने आवश्यक है। इस प्रकार हेप्टेन वह सूक्षमतक अणु है जो इकाई का कार्य करता है उदाहरण डाइनाट्रोफिनाइल एवं पैनिसिलीन ।पैनिसिलीन का आणविक भार मात्र 300 होता है यह पोषक की देह में किण्वन की क्रिया द्वारा छोटे–छोटे खण्डों में प्रतिजनिक हेप्टेन संवहक जटिल बना लेते हैं जो प्रतिरक्षीकाय के निर्माण की क्रिया को प्रेरित करते है।

3. पूर्वएन्टीजन – वे पदार्थ होते है जो कम अणु भार युक्त होते है जैसे पिकरिल क्लोराइड तथा डाइ नाइट्रोक्लोरोबैन्जीन जो प्रतिरक्षी काय को उत्पन्न करने में सक्षम नहीं होते किन्तु जब त्वचा पर लेपित किये जाते हैं तो देर से होने वाला प्रभाव दर्शाते है अर्थात् अति संवेदनशीलता या कोशिका माध्य प्रतिरोधकता दर्शाते है। संभवत ये पोषक के प्रोटीन्स से बंधक बनाते हुये कार्य करते है।

4. गुप्त एन्टीजन्स – वे एन्टीजेनिक निर्धारक होते है जो प्रतिजन–प्रतिरक्षी अभिक्रियाओं के समय उपलब्ध नही होते क्योंकि ये अन्तस्थ स्थिति में उपस्थित नहीं होते ।

5. मिथ्या गुप्त एन्टीजन – वे एन्टीजन हो हैं जो सतह के नीचे छिपे रहते हैं, अत: सीरमीय परिक्षणों के दौरान प्रकट नहीं होते है।

6. स्वत: प्रतिजन – व्यक्ति की स्वयं की देह में पाये जाने वाले रासायनिक पदार्थ कभी–कभी जब स्वयं ही सहनशीलता की में कमी आती है देह के प्रतिरक्षी तन्त्र को एन्टीबॉडीज बनाने हेतु उद्दीपन प्रदान करते हैसे देहिक ल्यूपस एरिथिमेटोसस।

7. एलो एन्टीजन – ये एक ही जाति के कुछ सदस्यों की देह में पाये जाते हैं जैसे मानव रक्त में पाये जाने वाले ए, बी व आरएच एन्टीजन। यदि एक आरएच–वीई मादा के गर्भ में आरएच शिशु पलता है तो शिशु को रक्ताणु कोशिकाओं के लयन का रोग उत्पन्न हो जाता है। प्रतिरोपण के दौरान भी अनेक एलोएन्टीजन अवरोध उत्पन्न करते है।

अणुओं की प्रतिजनिकता – प्रतिजनिकता की सूक्ष्मतम इकाई एन्टीजेनिक निर्धारक कहलाती है। यह सूक्ष्म क्षेत्र द्वारा निरूपित की जाती है जो एन्टीजन पर पाया जाता है जिसकी एक विशिष्ट रासायनिक संरचना एवं स्थानिक संरुपीय संगठन होता है। यह प्रतिरक्षीकीय की विशिष्टता का निर्धारण करता है तथा सीरमीय अभिक्रियाओं को दर्शाता है। एन्टीजन्स पर अनेकों निर्धारक समूह या संलग्न स्थल पाये जाते हैं। प्रोटीन एन्टीजन्स पर पेन्टा या हेक्सा पेप्टाइड्स पाये जाते हैं अनुमान लगाया गया है कि एन्टीजेनिक निर्धारक का आमाप 25–30 Å का होता है तथा इसका अणुभार 400–1000 के मध्य होता है। बड़े एन्टीजनस पर अनेकों प्रकार के निर्धारक उपस्थित होते है जो ऐन्टीजेनिक मोजेक संरचना बनाते हैं। प्रत्येक प्रकार का निर्धारक एक विशिष्ट प्रकार की प्रतिरक्षी काय को विकसित करने हेतु उत्तरदायी होता है।

एक प्रतिरक्षी काय अणु का वह भाग जो एन्टीजन से सम्पर्क करता है पेराटोप कहलाता है इसी प्रकार एन्टीजन अणु का वह भाग जो पेराटोप से सम्पर्क बनाता है एपीटोप कहलाता है। अधिकतर एन्टीजन प्रोटीन होते है जो वलयित अवस्था में यह द्विविमीय स्वरूप में पाये जाते हैं। ये अमीनो अम्ल के समूह से बने होते है अतः इन पर अनेकों एपीटोप्स श्रृंखला बद्ध होते है। एपीटोप्स का यह समूह ही एन्टीनजेनिक निर्धारक होता है। एक जीवाणिक कोशिका में अनेकों एन्टीजेनिक निर्धारक होते है।

कभी–कभी एन्टीजेनिक अणु में 6–8 अमीनो अम्ल अथवा शर्कराएँ होती है। किन्तु प्रोटीन सबसे उत्तम प्रकार के एन्टीजन्स होते हैं। पॉलीसेकेराइड्स, कार्बनिक अम्ल कार्बनिक क्षार हाइड्रोकार्बन व एरोमेटिक समूह भी एन्टीजन्स का कार्य करते है। न्यूमोकोकाई में पाये जाने वाले सम्पुटकीय पॉलीसेकेराइड्स एवं रक्त समूह के एन्टीजन्स ए व बी पॉलीसेकेराइड्स इसके उदाहरण है जो प्रोटीन के साथ जटिल रूप से जुड़े रहते हैं। अधिकतर पॉलीसेकेराइड्स क्षीण प्रकार के एन्टीजन्स होते है क्योंकि इनमें रासायनिक विविधता नहीं पायी जाती ये देह में प्रवेश करने पर शीघ्रता से विघटित हो जाते है इसी प्रकार न्यूक्लिक अम्ल भी क्षीण एन्टीजन्स होते है। एन्टीजन्स का अणु भार 10,000 डाल्टन से अधिक होता है। इनसे कम अणुभार के कण या तो इम्यूनोजेनिकला दर्शाने में असमर्थ रहते हैं अथवा अल्प स्तर की क्रिया दर्शातेहैं। किसी पदार्थ की संरूपीय संरचना भी उसके इस गुण को प्रभावित करता है। अधिक बड़े आमाप का तथा अणु भार का एन्टीजन अनेकों प्रकार के निर्धारक युक्त होता है तथा भक्षण योग्य होता है जो कि प्रतिरक्षी प्रतिक्रिया हेतु प्रथम आवश्यक पद है। उतकीय प्रोटीन्स व पॉलीसेकेराइड्स भी एन्टीजन हो सकते हैं। हेप्टेन एन्टीजन की भूमिका पूर्णतः निभाता है उदाहरण के तौर पर पेनिसिलिन अणु का एक व्युत्पन्न हेप्टेन है जो प्रोटीन के साथ जुड़कर एलर्जिक क्रियाओं के दौरान एन्टीजन का उत्पादन करता है। इसी प्रकार अन्य हेप्टेन्स अनेक विष, रंगों एवं कॉस्मेटिक पदार्थो में पाये जाते है।

सामान्यत: एक व्यक्ति के स्वयं के प्रोटीन या पॉलीसेकेराइड्स स्वयं की देह में प्रतिरक्षी प्रतिक्रिया नहीं दर्शाते क्योंकि ये स्वयं के होते है अथवा स्वयं के होने की पहचान के कारण इनके प्रति यह प्रतिक्रिया नहीं दर्शायी जाती। ऐसा माना जाता है कि प्राणी जन्म के समय ही स्वयं की कोशिकाओं के प्रोटीन पॉलीसेकेराइड्स के प्रति सहनशीलता रखता है तथा केवल बाहरी के प्रति प्रतिक्रिया दर्शाता है। इसे विशिष्ट सहनशीलता कहते है। अपने व पराये के आधार यह सिद्धान्त फ्रेंक मेक काइलेन बर्नेट व पीअर मेदावर ने 1960 में प्रस्तुत किया इन्हें औषध विज्ञान के क्षेत्र में नोबल पुरस्कार से सम्मानित भी किया जा चुका है। अत: इम्यूनोजेनिकता उत्पन्न किये जाने हेतु यह आवश्यक है कि इम्यूनोजन आनुवंशिक तौर पर बाह्य पदार्थ हो। कुछ पदार्थ जैसे कार्बन कण प्रतिरक्षण प्रतिक्रिया या नहीं दर्शाते किन्तु भक्षानुक्षण की क्रिया द्वारा अपघटित किये जाते है।

एन्टीजन्स प्राणी की देह में एक से अधिक मार्गो द्वारा प्रवेश करते हैं जैसे श्वसन नलिका की श्लेष्मिक कला से, त्वचा से, कीटों से काटने पर, इन्जेक्शन द्वारा या घाव से अथवा आहार नाल के माध्यम से। देह में एक बार इनकी आवश्यक मात्रा व परिमाण के पहुंचने पर तथा भक्षाणु कोशिकाओं द्वारा निगल लिये जाने पर एन्टीजन के रूप में अपघटित होते हैं व प्रतिरक्षी तन्त्र को सक्रिय बनाते है।

मानव प्रतिरक्षी तन्त्र में लगभग 10^0 भिन्न-भिन्न प्रकार के एन्टीजन्स निर्धारकों को पहचान कर उनके साथ क्रिया करने की क्षमता पायी जाती है। स्तनियों में एक मिलियन भिन्न प्रकार की प्रतिरक्षक बनाने की क्षमता होती है। एक विशिष्ट एन्टीजन जब पोषक की देह में प्रवेश करता है तो टी व बी लिम्फोसाइट की पहचान करती है तथा इसके प्रति अनुक्रिया दर्शाती है। बी व टी लिम्फोसाइट में ऐसी ग्राही स्थल होती है जो प्राकृतिक व कृत्रिम एन्टीजेन्ट के निर्धारकों को पहचान सकती है। यह विविधता कोशिकाओं में उपस्थित जीन्स के आनुवंशिक पुर्नसंयोजन के कारण विकसित होती है। बी व टी लिम्फोसाइट्स में जीन युग्म सम्मुच भी उपस्थित रहता है। बी लिम्फोसाइट्स में तो कायिक उत्परिवर्तनों के प्रति सुग्राहिता की क्षमता भी जायी जाती है। बी लिम्फोसाइट्स बाह्य उत्तकीय तरल में उपस्थित एन्टीजन की पहचान कर उनसे बंधन बनाती है जबकि टी लिम्फोसाइट्स केवल एन्टीजेनिक प्रोटीन खण्डों की पहचान की अनुक्रिया दर्शाती है।

वृहद उत्तक संयोज्यता-जटिल – इनकी खोज मूसे में कलम रोपण एवं अबुर्द के प्रतिरोपण के अध्ययन के दौरान हुयी। यह देखा गया है कि एक ही प्रजाति के ए विभेद के प्राणी की त्वचा को इसी प्रजाति के बी विभेद के प्राणी की त्वचा को उसी प्रजाति के बी विभेद की त्वचा को रोपित किये जाने पर अस्वीकृत कर दिया जाता है अर्थात् बाह्य उत्तक के प्रति प्रतिरक्षीकाय बननी आरम्भ हो जाती है।

स्तनियों की लाल रक्त कणिकाओं को छोड़कर अन्य कोशिकाएँ अपनी सतह पर अणु रखती हैं जो अपने व पराये या भिन्न आनुवंशिक संगठन के अणुओं को पहचानती हैं। इन्हें वृहद उत्तकीय संयोज्यकता जटिल कहते है इन जटिल की सतह पर अनेक खाँचे उपस्थित होती है। जिनमें एन्टीजन निर्धारकों के खण्डों से बन्धन बनाने की क्षमता होती है। मनुष्य की सभी प्रजातियों में एम.एच.सी. पाये जाते है। जब कोई एन्टीजन देह में प्रवेश करता है जो प्रोटीन

प्रकृति का होता है तो यह विखण्डित किया जाता है, इसके पेप्टाइड अंश एम.एच.सी. अणुओं के साथ बन्धन बनाकर इन्हें स्थिर कर देते है। एम.एच.सी. अणु एक से अधिक प्रकार के पाये जाते है इन्हें एम.एच.सी. एच.एल.ए. अर्थात् ह्यूमन ल्युकोसाइट एन्टीजन भी कहते हैं एम.एच.सी. के विभिन्न वर्ग एन्टीजन्स में भिन्नता के आधार पर बनाये गये है।

एम.एच.सी.-1 वर्ग के एन्टीजेन्स में दो पॉलीपेप्टाइड शृंखलाएँ नान कोवेलेट तौर पर जुड़ी रहती है। एक शृंखला α_1, α_2 व α_3 रखता है ये डाइसल्फाइड बन्ध द्वारा वलय बनाते हुए उपस्थित रहते है। बाह्य कोशिका भाग एन अन्तस्थ क्षेत्र की रखता है जो जल विरागी होता है। इसका वह भाग जो कोशिका कला को भेदता है जल विरागी होता है किन्तु अन्तः कोशिकीय भाग जलरागी प्रकृति का होता है वह कार्बोक्सी अन्त युक्त होता है। दूसरी पॉलीपेप्टाइड शृंखला लघु प्रोटीन रखती है जिसका अणु भार 11,500 डाल्टन होता है इसे बी-2 माइक्रोग्लोबुलिन कहते है यह 15वें गुणसूत्र पर स्थित एक जीन द्वारा कोडित होती है।

प्रतिरक्षी वे प्रोटीन अणु होते है जो एन्टीजन के प्रतिक्रिया स्वरूप किसी प्राणी की देह में विशिष्ट लसीका कोशिकाओं द्वारा उत्पन्न किये जाते है। ये एन्टीबॉडीज एक विशेष संरचनात्मक गुट ग्लोबुलियन से सम्बन्धित होते है। ये पॉलीपेप्टाइड श्रृंखलाओं से बने होते है। इनका कार्य प्रतिरक्षी अनुक्रिया से सम्बन्धित है अतः इन्हें प्रतिरक्षीग्लोबुलिन्स भी कहते है इन्हें I_g द्वारा अंकित किया जाता है।

प्रतिरक्षी पदार्थो के बारे में वास्तविक रासायनिक अध्ययन टीसेलियस एवं काबाट ने 1940 में किया। इन्होंने बताया कि इलेक्ट्रोफोरेसिस में अत्यधिक धीमी गति से बहने वाले सीमर प्रोटीन्स के अंश में अधिकतर सीरम प्रतिरक्षीकाय पायी जाती है। पोर्टर ने 1950 में प्रोटीन का लयन करने वाले एन्जाइम पेपेन का उपयोग प्रतिरक्षी काय के अणु को विखण्डित करने हेतु किया। इस प्रकार इसकी संरचना एवं कार्य के बारे में जानकारी प्राप्त हो सकी।

एडेलमेन एवं साथियों ने 1969 में प्रतिरक्षी ग्लोबुलिन अणु में अमीनों अम्ल शृंखला की खोज की।

प्रतिरक्षीग्लोबुलिन अणु की आधारभूत संरचनाः- प्रतिरक्षी ग्लोबुलिन ग्लाइकोप्रोटीन अणु की आधारभूत रचना अंग्रेजी वर्णमाला के अक्षर Y के समान होती है। एक बार श्रृंखला वाले एकलक युक्त होती है। इन चार पॉलिपेप्टाइड श्रृंखलाओं में से दो समान प्रकार की भारी श्रृंखलाएँ वे दो समान प्रकार की हल्की श्रृंखलाएँ होती है जिन्हें H व L श्रृंखलाएँ कहते हैं। इसकी H श्रृंखला 440 अमीनो अम्ल तथा L श्रृंखला में 220 अमीनों अम्लों की इकाइयों से बनी होती हैं। प्रत्येक पॉलिपेप्टाइड श्रृंखला में एक अमीनो अम्ल अन्त व दूसरा कार्बोक्सी अन्त होता है। अमीनो अम्ल अन्त इस अणु का चर या परिवर्ती या V क्षेत्र तथा कार्बोक्सी अन्त स्थिर या C क्षेत्र होता है। इस प्रकार हल्की श्रृंखलाएँ V_L तथा C_L क्षेत्र तथा भारी श्रृंखलाएँ चर (V_H) व स्थिर क्षेत्र (C_H) युक्त होती है। C_H क्षेत्र पुन तीन उपक्षेत्रों CH_1,CH_2 व CH_1 में विभक्त किया जाता है। ये क्षेत्र अमीनो अम्ल अन्त से कार्बोक्सी अन्त की और भारी श्रृंखला में विद्यामन होते हैं।

प्रतिरक्षी अणु का वह भाग जो प्रतिजन से बन्धन बनाता हैयह H व L श्रृंखलाओं के V क्षेत्र में कुछ अमीनों अम्लों के द्वारा निम्रित होता है। हिन्ज क्षेत्र प्रथम व द्वितीय C क्षेत्रों के बीच

दो भारी श्रृंखलाओं द्वारा बनाया गया क्षेत्र है। यह प्रत्यास्थ भाग होता है जिस पर एन्जाइम्स अथवा रासायनिक पदार्थों का अधिक प्रभाव होता है। यह अत्यधिक प्रोलीन युक्त भाग है अत: पेपेन का इस हिंज क्षेत्र पर अधिक प्रभाव होता है एवं प्रतिरक्षी ग्लोबुलिन अणु खण्डों में विखण्डित हो जाता है। प्रतिरक्षी ग्लोबुलिन अणु का पेपेन से पाचन होता है व यह दो प्रतिजन बन्धकारी एवं एक f_e क्रिस्टल बनाने योग्य खण्ड में बँट जाता है। f_e खण्ड प्रतिजनन से बन्धन बनाने की क्षमता नहीं रखता। पेप्सिन एन्जाइम भिन्न बिन्दु पर किया करता है। यह f_e खण्ड को शेष अणु से विखण्डित करता है इस प्रकार हिंज क्षेत्र अणु के शेष भाग से जुड़ा रहता है। यह पैतृक प्रतिरक्षी पदार्थ की भाँति अभी भी द्विसंयोजक होता है। यह प्रतिरक्षी ग्लोबुलिन अणु दूसरे अणु के साथ अनेक डाइसल्फाइड बन्ध बनाते हुए जुड़ा रहता है। ये बन्ध H-H श्रृंखलाओं, H-L श्रृंखलाओं व L-L को जोड़ते हं। नान कोवेलेन्ट बल जैसे विद्युत स्थैतिक, हाइड्रोजन बन्ध व वानडर वाल बल डाइसल्फाइड बन्धों की अपेक्षा अधिक प्रभावशाली होते हैं जो इन अणुओं को परस्पर जोड़े रखते हैं। प्रतिरक्षी ग्लोबुलिन अणुओं का अवसादन गणनांक जो स्वेदबर्ग इकाई द्वारा निरूपित किया जाता है प्रतिरक्षी ग्लोबुलिन अणु का अणुभार जितना अधिक होता है उतनी ही S की दर बढ़ती जाती है।

समग्रप्ररूप – भारी श्रृंखलाओं के स्थिर क्षेत्रों की संरचना के आधार पर प्रतिरक्षीग्लोबुलिन्स को कुछ वर्गों में विभक्त किया गया है। इन्हें IgG, Igm, IgA, IgE तथा IgD के नाम से जाना जाता है। ये सभी समप्ररूप कहलाते हैं। प्रत्येक प्रकार के प्रतिरक्षीग्लोबुलिन के स्थिर क्षेत्र में अन्य की अपेक्षा अमीनों अम्ल श्रृंखला में भिन्नता पायी जाती है। इस प्रकार इनके C_H क्षेत्र में प्रतिजनित विभिन्नताएँ के अक्षर से निरूपित करते हैं जैसे I,G में Igm-IgA-x, IgE-E ID में इनके C_H क्षेत्रों में सूक्ष्म अन्तर पाये जाते हैं। IgG, IgA व Igm को इनके उपवर्गों में इनके C_H क्षेत्रों में सूक्ष्म अन्तर पाये जाने के कारण पुन: वर्गीकृत किया गया है। इस प्रकार igG, IgG_2, IgG_3 व IgG4 उपवर्गों में विभक्त करते हैं। प्रतिरक्षीग्लोबुलिन अणु क्योंकि प्रोटीन संरचना होती है तथा इनके विभिन्न समप्ररूपों में प्रतिजनिक विभिन्नताएँ पायी जाती हैं इसलिये किसी भी प्रकार के समप्ररूप के लिए एन्टीसीरम तैयार करने की पूरी–पूरी संभावनाएँ रहती हैं। माना कि इस प्रकार IgG के लिये एन्टीसीरम तैयार किया गया तो यह IgG के लिए एन्टीसीरम तैयार किया गया तो यह IgG के साथ प्रतिक्रिया करने में सक्षम होगा किन्तु IgM, IgA, IgE व IgD के प्रति प्रतिक्रिया नहीं करेगा।

जिस प्रकार प्रतिरक्षीग्लोबुलिन अणु की भारी श्रृंखलाओं के स्थिर भाग के कारण समरूप पाये जाते हैं इसी प्रकार हल्की श्रृंखला के स्थिर भाग में भी अन्तर पाये गकये है। इस आधार पर भी समप्ररूप रूप पाये जाते हैं इन्हे K व Y रूप कहते हैं। एक अणु में दोनों प्रकार की (k या y) श्रृंखलाएँ कभी नहीं पायी जाती एक अणु एक ही प्रकार की श्रृंखला रखता है। इस प्रकार IgG दो रूप IgGK या IgGy व IgM-IgMk या IgMy में प्राप्त होते हैं। साधारणत: प्रतिरक्षी तन्त्र किसी भी प्रतिजन के लिये प्रतिरक्षी ग्लोबुलिन तैयार करने की क्षमता रखता है जो प्राणी विशेष के जीवन काल के दौरान प्राप्त किये जाते हैं। यह क्रिया प्रतिरक्षीग्लोबुलिन के चर क्षेत्र में अमीनो अम्लों की श्रृंखला में आवश्यक परिवर्तन करके की जाती है। भारी व हल्की

श्रृंखला के अन्त में 110 अमीनों अम्लों की श्रृंखला चर क्षेत्र या विषमजीवी क्षेत्र बनाती है। चर क्षेत्र की कुछ श्रृंखलाएँ अत्यधिक विविधता दर्शाती है इन्हें अधिचर क्षेत्र या संपूरकी ज्ञात कारक क्षेत्र कहते हैं। ये अधिकतर क्षेत्र L व H श्रृंखलाओं पर तीन खण्डों में उपस्थित रहते हैं। ये अधिचर क्षेत्र ही एन्टीजन बन्धनकारी स्थल के निर्माण में भूमिका रखते हैं। CRD क्षेत्र की पुनः CFR_1, CDR_2 व CDR_3 में उपविभाजित किये जाते हैं।

जिस प्रकार आइसोटाइप्स के C क्षेत्र में अलग-अलग प्रकार के एन्टीजेनिक डिटरमिनेन्ट्स पाये जाते हैं। इसी आधार पर इडिओटाइप्स बनाये गये हैं। इनका आधार चर क्षेत्र में पाये जाने वाले एन्टीजेनिक डिटरमिनेन्ट्स होते हैं जो अलग-अलग आइसोटाइप्स में भिन्न प्रकार के होते हैं। प्रतिरक्षीग्लोबुलिन अणु प्राकृतिक अवस्था में संरचना बनाते हुए वलित स्वरूप में पाये जाते हैं। चर सिरे पर अधि चर बन्धनकारी श्रृंखला लूप बनाते हुए पायी जाती है यह एन्टीजन की पहचान बनाने का कार्य करती है। चर क्षेत्रों का महत्वपूर्ण जैविक योगदान होता है।

प्रतिरक्षीग्लोबुलिन का WHO वर्गीकरण:- विश्व स्वास्थ्य संगठन द्वारा प्रतिरक्षीग्लोबुलिन को प्रमुखतः तीन वर्गों IgG, IgA, IgM, IgD व Ige में विभक्त किया है। इसके अतिरिक्त मानव रक्त प्लाज्मा में IgD व IgE प्रतिरक्षी ग्लोबुलिन भी पाये जाते हैं। यह वर्गीकरण प्रतिरक्षी ग्लोबुलिन के अपकेन्द्रण लक्षण प्रतिरक्षा वैधुत कण संचलन व्यवहार को आधार बनाकर किया गया है। विभिन्न प्रकार के प्रतिरक्षीग्लोबुलिन विशिष्ट भिन्न परिस्थितियों में असमान्य मात्रा में उत्पन्न होते हैं। अधिकतर प्रतिरक्षी ग्लोबुलिन का अणुभार लगभग 1,50,000 होता है। सभी प्रकार के Ig दो छोटी इकाईरूों से बने होते हैं जो डाइसल्फाइड बन्धों द्वारा जुड़ी रहती है। यह बन्ध मरकेपोइथेनॉल अभिकारकों द्वारा अपचयित होकर दो उप इकाईयाँ बनता हैं-

1. श्रृंखला L M.W=23, 500
2. H श्रृंखला M.W = 50,000 से 70,000

विभिन्न प्रकार के Ig प्रतिरक्षी ग्लोबुलिन निम्न प्रकार से हैं-

प्रतिरक्षीग्लोबुलिन - IgG मनुष्य में कुल सीरम प्रतिरक्षीग्लोबुलिन का 75 प्रतिशत भाग बनाते हैं। द्वितीयक प्रतिरक्षी अनुक्रिया के बाद संश्लेषित किये जाने वाले प्रतिरक्षीग्लोबुलिन में ये प्रमुख है। यह संक्रमण के विरूद्ध भूमिका निभाते हैं। ये माता से भ्रूण में अपरा को पार करने की क्षमता के कारण प्रवेश करते हैं एवं शिशु को प्रथम छः माह तक सुरक्षा प्रदान करते हैं। माता द्वारा स्त्रावित कोलोस्ट्रम या नवदुग्ध IgG के उपस्थित होने के कारण यह क्रिया होती है। IgG आन्तरांगों अथवा इनके द्वारा स्त्रावित आविष एवं अन्य रक्त जनित संक्रमणकारी कारकों के प्रति प्राणी को सुरक्षा प्रदान करती है। यह भक्षकाणु क्रिया में वृद्धि करती है। ये IgM के पश्चात् स्त्रावित होते हैं।

प्रतिरक्षीग्लोबुलिन - IgM सबसे बृहत प्रकार का प्रतिरक्षीग्लोबुलिन अणु है यह आधारभूत चार श्रृंखलाओं से निर्मित पेन्टामर के रूप में पाया जाता है जिसकी प्रत्येक इकाई डाई सल्फाइड बन्धों के द्वारा बन्धित रहती है। एक अपेक्षाकृत छोटा अणु J श्रृंखला IgM के पॉलीमेराइजेशन में सल्फाइड्रिल अवशेष के साथ कार्बोक्सी अन्तः पर पाया जाता है। इसी भारी श्रृंखलाएँ कहलाती हैं। इलेक्ट्रोन सूक्ष्मदर्शिक अध्ययन के अनुसार यह सितारे के आकार का अणु होता है। जीवाणुओं

को देह पर ये एन्टीजन बन्धनकारी स्थलों द्वारा केकड़े की भाँति चिपक जाती है। ये कुल प्रतिरक्षीग्लोबुलिन का 5-10 होती है। इसकी श्रृंखला पर सी क्षेत्र पाये जाते हैं। किसी संक्रमण के होने पर ये सर्वप्रथम प्रतिक्रिया हेतु उपलब्ध होती है तथा जीवाणुओं के प्रति अधिक क्रियाशील रहती है। यह समूहन व कोशिका लयनकारी कारक के रूप में प्रभाव दर्शाती है। इनका प्रभाव थोड़े से काल के लिये होता है बी-लिम्फोसाइट कोशिकाओं की कोशिका कला पर इनकी उपस्थिति के कारण यह एन्टीजन्स की पहचान बनाने वाला ग्राही क्षेत्र बनाता है।

प्रतिरक्षीग्लोबुलिन - IgA यह लिम्फॉइड ऊतक से सम्बद्ध श्लेष्म कला से स्रावित होते हैं। लार, ऑसुओं, नासिका तरल, फेफड़ों के स्त्रवणों, मूत्रजनन व आमाशय-आन्त्र के स्रावणों एवं नवदुग्ध में पाया जाता है। इनमें एक पेप्टाइड श्रृंखला पायी जाती है जिसका अणु भार 60,000 होता है ये स्रावित होने वाले स्थलों की प्लाज्मा कोशिकाओं से संश्लेषित होते हैं एवं स्त्रवण में आने से पूर्व इन्हें सिस्टीन बहुल्य पॉलिपेप्टाइड श्रृंखला जिसे जे श्रृंखला कहते हैं के द्वारा डाइमर में रूपान्तरित कर दिया जाता है ये कुल प्रतिरक्षीग्लोबुलिन का लगभग 10 प्रतिशत भाग बनाती है तथा श्लेष्मिक कला से होकर आने वाले सूक्ष्म जीवों से देह की सुरक्षा करती है।

प्रतिरक्षीग्लोबुलिन - IgE ये सोरम में सूक्ष्म मात्रा में पायी जाती हैं। ये बेसोफिल एवं मास्ट कोशिकाओं के प्रति अधिक आकृषित होती हैं। देह प्रत्युजर्या सम्बन्धी प्रतिजनों से देह की सुरक्षा करती है। ये श्वसनीय उपकला व आमाशय आन्त्र उपकला पर पायी जाती है। IgE बेलोफिन व मास्ट कोशिकाओं से संयुक्त हो जाती है एवं प्रतिजन से उद्भासित होने पर अन्त कोशिकीय अंशों जैसे हिस्टामीन का स्रावण करती है। एलर्जी से होने वाले ज्वर, अस्थमा तथा त्वक रोगों से देह की सुरक्षा करती हैं। जब कोई एलर्जिक तत्व रोगों से देह की सुरक्षा करती हैं। जब कोई एलर्जिक तत्व त्वचा से सम्पर्क करता है तो मास्ट कोशिकाओं में कण अपघटन की क्रिया होती है एवं वासो एक्टिव अमीन्स से मुक्त होते हैं जो त्वचा में शोध उत्पन्न करते हैं।

प्रतिरक्षीग्लोबुलिन - IgD यह भी सीरम में अल्प मात्रा में पाया जाता है, अधिकतर बी-लिम्फोसाइट्स की सतह पर वितरित रहता है। यह आधारभूत चार पेप्टाइड श्रृंखलाओं से बना होता है। इसके मुख्य कार्य के बारे में अधिक जानकारी प्राप्त नहीं हो पायी है। जैसा कि पूर्व में बताया गया है कि IgG 4 समप्ररूप IgG1 A IgG2A, IgG3 व IgG4 उपवर्गों के रूप में पाये गये हैं। इन अणुओं की H श्रृंखला में अन्तर पाये जाते हैं अतः इनके कार्यों व जैविक लक्षणों में भिन्नता पाई जाती है जैसे IgG3 स्टेफिलोकाई प्रोटीन के साथ नहीं जुड़ता IgG2 आसानी से अपरा को पार नहीं करता IgA दो समप्ररूपों IgA1 व IgA2 में पाया जाता है।

प्रतिरक्षीग्लोबुलिन्स में विविधता - किसी भी प्राणी में प्रतिरक्षी तन्त्र के बिना जीवन असम्भव है। इसके न होने की स्थिति में बाह्य संक्रमणों से होने वाले विपरीत प्रभाव व मौत को टाला नहीं जा सकता। प्रतिरक्षी तन्त्र के अणु सिपाही या सैनिक की तरह देह की सीमाओं पर निगरानी रखते हैं। ये देह में प्रवेश करने वाले बाह्य पदार्थों की पहचान करते हैं एवं लगभग हर प्रतिजन से बन्धन बनाकर, इसे निष्क्रिय करने या नष्ट करने का कार्य करते हैं। इनमें स्मृति का गुण भी अभूतपूर्व होता है किसी संक्रमण करने योग्य पदार्थ का दोबारा देह में प्रवेश करने पर इससे अधिक दक्षता के साथ निपटा जाता है। यह हम भली-भांति जानते हैं कि प्रतिजन लाखों

प्रकार के होते हैं जो देह में संक्रमण करते हैं यह भी स्पष्ट है कि इनसे लड़ने या निपटने के लिये लाखों प्रकार के प्रतिरक्षी ग्लोबुलिन या प्रतिरक्षी अणु भी होने चाहिये। प्रत्येक प्रतिरक्षी विशिष्ट प्रोटीन श्रृंखलाओं का एक समूह होता है। इसकी संरचना का कार्य जीन द्वारा निर्दिष्ट होता है। इसके लिये प्राणी के जोनोम में लाखों करोड़ों प्रतिरक्षी जीन्स का होना आवश्यक है क्योंकि प्रत्येक प्रतिरक्षी-प्रतिजन के अनुसार भिन्न होता है एवं प्रतिजन देह में प्रवेश करने पर इसी के अनुरूप प्रतिरक्षी बनने का कार्य आरम्भ होता है। यह जटिल कार्य किस प्रकार सम्पन्न होता है इस पर वैज्ञानिक एक मत नहीं है। इसके लिये जनन रेखा एवं कालिक पुर्नसंयोजन मत प्रस्तुत किये गये हैं। प्रतिजन एवं प्रतिरक्षी या एन्टीजन एक दूसरे के साथ विशिष्टता के साथ संलग्न होते हैं इनके मध्य होने वाली क्रिया का प्रेक्षण संभव है। प्रयोगशाला में इन क्रियाओं के द्वारा संक्रमण की पहचान प्रतिजन व प्रतिरक्षियों की उपलब्धता, अति संवेदनशीलता जैस कार्यों में सहायता मिली है, इन्हें सीरमीय परिक्षण भी कहते हैं। ये क्रियाएँ द्विदशीय प्रकार की होती हैं। ये क्रियाएँ एन्टीजन के निर्धारक स्थल या एपीटोप व एन्टीबॉडी के परिवर्तनशील क्षेत्र या स्थल पेराटाप के मध्य होती हैं। इन क्रियाओं में हाइड्रोजन बन्ध, आयनिक बंध, जल विरागी, अन्त: क्रियाएँ तथा वान्डरवाल अन्त:क्रियाएँ भाग लेती हैं। ये सभी क्रियाएँ एक लघुकाल में सम्पन्न होती हैं तथा एन्टीजन-एन्टीबॉडी के मध्य हुए दृढ संयोजन पर निर्भर करती हैं। ये क्रियाएँ अति विशिष्टता रखती हैं। एन्टीजन एन्टीबॉडी क्रियाएँ तीन पदों में सम्पन्न होती हैं। प्रथम पद के अन्तर्गत दोनों के मध्य अन्योन्य क्रिया होती है यह क्रिया तीव्र गति से निम्न ताप पर भी संभव है। इसमें भौतिक, रसायन व ऊष्मागतिकी के नियमों का पालन किया जाता है। यह क्रिया उत्क्रमणीय होती है। इन दोनों के अणुओं के मध्य आयनिक बन्ध, हाइड्रोजन बन्ध, वानडर वाल बल द्वारा दुर्बल बन्ध बनते हैं। यह क्रिया दिखाई नहीं देती किन्तु भौतिक, रासायनिक रेडियोंधर्मी आइसोटॉप्स या प्रतिदीप्तिशील रंजक के द्वारा जाँची जाती हैं। इसके बाद द्वितीय पद आरम्भ होता है किन्तु यह आवश्यक नहीं है कि सभी एन्टीजन-एन्टीबॉडी क्रियाओं में यह दिखाई देह दे। यह पद अवक्षेपण, समूहन, कोशिका लयन, जीवित प्रतिजनों क नष्ट होना, चलनशील जीवों का उदासीकरण एवं भक्षाणुषण की आरम्भिक तैयारी होना जैसी क्रियाओं के रूप में सम्पन्न होता है। तृतीय पद- श्रृंखला बद्ध क्रियाओं के रूप में आरम्भ होता है। असके अन्तर्गत हानिकारक एन्टीजन्स का उदासीकरण या नष्ट किया जाना अथवा उत्तक नष्ट किये जाने जैसी क्रियाएँ होती हैं। विभिन्न रोगाणुओं के प्रति एवं एलर्जिक पदार्थों के प्रति की जाने वाली तरल रोधक क्षमता की क्रियाएँ भी इसके अन्तर्गत सम्मिलित की जाती हैं।

प्रतिजन-प्रतिरक्षी क्रियाओं के सामान्य लक्षण- प्रतिजन प्रतिरक्षी क्रियाओं के सामान्य लक्षण निम्न प्रकार से वर्णित किये जा सकते हैं- 1. यह क्रियाएँ अति विशिष्ट होती हैं अर्थात् एक विशिष्ट एन्टीजन इससे सम्बन्धित या समजात एन्टीबॉडी के साथ ही संलग्न होता है। सद्यपि इस क्रिया में एन्टीबॉडीज के समान होने के कारण कभी-कभी गलती भी हो सकती है।

2. इन क्रियाओं में प्रतिजन केपूर्ण अणु भाग लेते हैं इनके खण्ड नहीं बनते। एन्टीजन के किसी भाग या वाहक पर एन्टीजेनिक निर्धारक उपस्थित होने पर पूरे अणु पर समूहन का प्रभाव देखा जाता है।

3. एन्टीजन या एन्टीबॉडी का क्रिया के दौरान विकृतिकरण नहीं होता।

4. एन्टीजन-एन्टीबॉडी में संयोजन सतही स्वरूप में होता है। संक्रमणीय कारकों के सतह पर प्रतिरक्षण योग्य कारक पाये जाते हैं अत: एन्टीबॉडी इनके प्रति सतही संयोजन पर क्रिया आरम्भ करती है।

5. यह संयोजन दृढ़ किन्तु उत्क्रमणीय होता है। अणुओं के मध्य संयोजन बनने वाले बन्धों एवं जटिलता पर निर्भर करता है।

6. एन्टीजन-एन्टीबॉडी इन क्रियाओं में भाग लेकर समूहन या अवक्षेपण की क्रिया दर्शाते हैं।

7. एन्टीजन-एन्टीबॉडी में संयोजन का अनुपात इस पर निर्भर करता है कि इनमें भाग लेने वाले अणुओं की संयोजकता क्या है। एन्टीजन व एन्टीबॉडी बहुसंयोजकता वाले अणु होते हैं। एन्टीजन्स की संयोजकता सामान्यत: हजारों में होती है। एन्टीबॉडीज सामान्यत: द्विसंयोजकता वाली संरचना होती है। अणु पर 5-7 संयोजन शील स्थल हो सकते हैं।

एन्टीजन एन्टीबॉडी अभिक्रियाओं को अध्ययन की दृष्टि से निम्न क्रियाओं में वर्गीकृत किया जाता है।

1. अवक्षेपण - जब विलयशील एन्टीजन अपने से सम्बन्धित एन्टीबॉडी से मिलता है एवं अन्य कारक तापक्रम pH व विद्युत उपघट्य जैसे NaCl आदर्श मात्रा में उपस्थित रहते हैं तो एन्टीजन एन्टीबॉडी जटिल अघुलनशील अवक्षेप बनाते हैं। यह अवक्षेप इन दोनों की मात्रा पर निर्भर करता है। कभी-कभी एन्टीजन एन्टीबॉडी जटिल निम्बित कणों के रूप में होता है इसे ऊर्णन कहते हैं। अवक्षेप बनने की क्रिया तरल माध्यम या जेल जैसे एगार एगरोज में होती है। भाग लेने वाले एन्टीजन व एन्टीजन की मात्रा या प्रतिशत के आधार पर अवक्षेप की मात्रा व गुणत्ता निर्भर करती है। अलग-अलग परखनलियों में इनकी विभिन्न मात्राओं के मिलाने पर विभिन्न लक्षणों वाले अवक्षेप प्राप्त किये जा सकते हैं। मरेक के अनुसार अवक्षेप, भाग लेने वाले अणुओं के मध्य जालक के द्वारा बनाया जाता है एवं इन अणुओं की संयोजकता द्वारा प्रभावित होता है। अवक्षेप क्रिया का उपयोग एन्टीजन के परीक्षण के लिये अथवा रोगों में संक्रमण की जाँच के लिये किया जाता है। यह परीक्षण रक्त वीर्य भोजन विषाक्तता आदि के मामलों में भी किया जाने लगा है। विधि अनुप्रयोग से इसका महत्व और बढ़ गया है। यह परीक्षण स्लाइड पर, टेस्ट ट्यूब में अवक्षेप बनने की क्रिया या मुद्रिका के बनने की क्रिया द्वारा किया जाता है। प्रयोगशाला में जेल माध्यम में अवक्षेप बनाकर इस क्रिया को सरलता के साथ किया जाता है। तरल माध्यम की अपेक्षा जेल माध्यम में बना अवक्षेप अधिक स्थायी व स्पष्ट होता है। इसे इम्यूनोडिफ्यूजन कहते हैं। यह 1 प्रतिशत एगार जेल माध्यम में किया जाता है। आजकल आधुनिक तकनीक द्वारा इलेक्ट्रोफझेरेसिस की मदद से यह क्रिया तीव्र व अधिक स्पष्ट की जाने लगी है तथा इसका उपयोग अनेक कार्यों हेतु किया जाता है।

2. समूहन - जब कण स्वरूप का एन्टीजन एन्टीबॉडीज के साथ आदर्श तापक्रम pH व विद्युत अपघट्न की उपस्थिति में मिलता है तो ये कण गुच्छ या समूह बना लेते हैं। अवक्षेप की अपेक्षा यह क्रिया अधिक संवदेनशील होती है। यह क्रिया नेत्रों के द्वारा सूक्ष्मदर्शी से कोशिकाओं

के मध्य स्पष्टत: देखी जा सकती है। चूंकि अधिकतर कोशिकाएँ विद्युत आवेश युक्त होती हैं अत: एन्टीबॉडीज से मिलने पर समूहन का प्रदर्शन करती है। रक्त समूह की जाँच हेतु इस क्रिया की सहायता लेते हैं।

उदाहरण के तौर पर रक्त समूह ए की लाल कणिकाओं को एन्टी ए सीरम में स्लाइड पर रखने पर समूहन की क्रिया होती है जिसे सूक्ष्मदर्शी द्वारा देखा जा सकता है। यह क्रिया होती है जिसे सूक्ष्मदर्शी द्वारा देखा जा सकता है। यह क्रिया जीवाणुओं के लिये भी की जाती है। विभिन्न रोगों की जाँच टाइफॉइड हेतु विडाल परीक्षण, ब्रुसेलोसिस हेतु ब्रुसेला परीक्षण एवं रिक्टथोसिस हेतु वेल फेलिक्स परीक्षण इसी आधार किया जाता है। यह परीक्षण परखनलियों में किये जाते हैं। एन्टीग्लोबुलिन या कूम्ब परीक्षण कूम्ब नामक वैज्ञानिक द्वारा एन्टी-एन्टीबॉडीज जो Rh घनात्मक लाल रक्ताणुओं के साथ नमक के घोल में नहीं करती, की जाँच हेतु उपयोग में लाया गया था।

3. उदासीकरण – कुछ विशिष्ट एन्टीबॉडीज उदासीकारक एन्टीबॉडीज कहलाती हैं जो विशिष्ठ एन्टीजन्स जैसे वाइरस केप्सिड्स से क्रिया करती हैं एवं विषाणुओं न्युट्रोएमीनेडेस एन्टीबॉडीज कोशिकाओं पर संलग्न नहीं होने देती। इन्फ्लुएन्जा का विषाणु न्युट्रोएमीनेडेस एन्टीबॉडीज द्वारा रोका जाता है। विषाणु न्युट्राएमीनेडेस एन्टीबॉडीज द्वारा रोका जाता है। उदासीकारक एन्टीबॉडीज विषाणुओं का समूहन कर भक्षाणुनाशन क्रिया को प्रभावी बनाती हैं। ये आविष पदार्थों को निष्क्रय करने का कार्य करती है। इस प्रकार की विशिष्ट एन्टीबॉडीज एन्टीटॉक्सिन कहलाती हैं जो आविष की प्रकृति में परिवर्तन ला देती है। ये परिवर्तन इनके सक्रिय बिन्दुओं को लेपित कर किये जाते हैं। एन्टीटाक्सिन टाक्सिन के आमाप में वृद्धि करने में सफल रहते हैं ताकि इनका भक्षण श्वेत रक्त कणिकाएँ आसानी से कर सकें। एन्टीबॉडीज के क्रिया करने की कुछ विधियों को दर्शाया गया है। कुछ विशिष्ट एन्टीबॉडीज विषाणुओं, आविष पदार्थों एवं एन्जाइम के जैविक प्रभावों को उदासीन बना सकती है। जीवाणुओं, विषाणुओं एवं इनके द्वारा स्रावित आविष पदार्थों के परीक्षण हेतु एन्टीबॉडीज युक्त सीरम द्वारा जाँच की जाती है। इस प्रकार डिफ्थीरिया, टट्नस के रोगाणुओं की जाँच की जाती है। प्राणियों में इस जाँच को इस प्रकार करते हैं। इनकी देह में आविष प्रतिआविष मिश्रण को प्रवेशित कराते हैं। तथा वह कम से कम मात्रा ज्ञान करते हो जो रोगी में बीमारी को रोकने में सक्षम होती है। कुछ रोगों की जाँच तवचा की सतह पर तो कुछ की डार्मिस को रोकने में सक्षम होती है। कुछ रोगों की जाँच त्वचा की सतह पर तो कुछ की डार्मिस के भीतर की जाती है। एक सामान्य प्रतिरक्षी जैवविष एन्टीस्ट्रेप्टोलाइमिन-0 है जिसके कारण टैट्नस रोग से बचाव होता । यह टेटवेक अर्थात् टेट्नस के टीके लगाने जाने के बाद विकसित होता है।

4. आप्सिनेशन – कुछ एन्टीबॉडीज जिन्हें आप्सोनिन्स कहते हैं भक्षाणुनशन क्रिया को उद्दीप्त करती हैं। ये इस क्रिया में महत्वपूर्ण भूमिका निभाती हैं। एन्टीबॉडीज के फेब खण्ड पर एन्टीजन के संलग्न होने के तुरंत बाद एफसी खण्ड फेगोसाइट में प्रवेश कर पाता है इसके लिये फेगोसाइट पर एक ग्राही स्थल होता है सामान्यत: सूक्ष्मजीव भक्षाणुशण का प्रतिरोध करते हैं किन्तु एन्टीबॉडीज जीवाणु के सम्पुट के एम-प्रोटीन से क्रिया करती है अत: अतिशीघ्र भक्षाणुशण

की क्रिया सम्पन्न हो जाती है। स्ट्रेप्टोकॉकस निमोनिए जीवाणु पर एन्टीबॉडीज इसी प्रकार किया करती है।

5. पूरक तंत्र – मानव सीरम में कारको का विशिष्ट तंत्र पाया जाता है। यह तंत्र एन्टीबॉडी क्रियाओं द्वारा संक्रिय होकर अनेक जैविक कार्यों का निष्पादन करता है। 19 वीं सदी के अन्तः में अध्ययन के दौरान वैज्ञानिकों ने पाया कि कुछ एन्टीबॉडीज, जीवाणु नाश जीवाणु लयन एवं रक्त जैसे क्रियाओं को आरम्भ करने के लिये ताप स्थिर कारक या पूरक की आवश्यकता पड़ती है बोर्ड एवे जेन्यू ने 1901 में पूरक स्थिरीकरण परीक्षण की खोज की जिसमें रक्त के मिलने पर संवेदी सीरमीय क्रिया होती है। इस परीक्षण का व्यापक उपयोग है। सिफलिस रोग का परीक्ष्ज्ञण इसी के द्वारा किया जाता है। पूरक एक अकेला पदार्थ नहीं है बल्कि यह नौ प्रकार के प्रोटीन के अंशों से बना जटिल है। इन्हें C_1 से C_9 तक नाम दिये हैं। अंश C_1 तीन प्रोटीन उपइकाईयों से बना होता है। इस प्रकार 11 प्रोटीन अंशों से मिलकर पूरक का निर्माण होता है। अलग–अलग जातियों के प्राणियों में सी घटक अलग–अलग अनुपात में पाये जाते हैं किन्तु ये एक जाति से दूसरी जाति में आदान–प्रदान के बाद भी सक्रिय बने रहत हैं। मनुष्य में पूरक घटक सीरम ग्लाबुलिन्स का लगभग 10 प्रतिशत भाग बनाते हैं। यह उच्च ताप पर विकृत हो जाते हैं देह के बाहर सामान्य तापक्रम पर रखने पर धीरे–धीरे इनमें विकृति उत्पन्न हो जाती है उक्त सीरम को 56°C पर 30 मिनट तक रखने के बाद ये घटक निष्क्रिय हो जाते हैं पूरक घटक देह में अक्रिय अवस्था में पाये जाते हैं किन्तु एन्टीजन–एन्टीबॉडी अभिक्रिया आरंभ होने पर ये विशिष्ट श्रृंखलाबद्ध अवस्थाओं में क्रिया करते हैं। इस दौरान अनेक जैविक रूप से सक्रिय उपोत्पद (hyproduct) बनते हैं जो रक्षात्मक क्रियाओं को बढ़ाते हैं एवं शोध क्रिया को प्रोत्साहित करते हैं। रक्त कणिकाओं की पारगम्यता, पेशियों में संकुचन, श्वेत रक्त कणिकाओं में रासायनिक मास्ट कोशिकाओं से हिस्टामीन का मुक्त होना जैली क्रियाओं का आरम्भ करते हैं।

इन क्रियाओं के श्रृंखलाबद्ध चरण के रूप में बढ़ते जाने के कारण जीवाणुओं विशेषतः ग्रैम ऋणात्मक जीवाणु एवं कवक के विरूद्ध यह तंत्र अधिक उपयोगी रहता है ये इनकी देह भित्ति में परिवर्तन उत्पन्न कर लाइसोजाइम हेतु सुग्राही बना देते हैं एक पूरक मेक्रोफेज कोशिकाओं से लाइसोजाइम मुक्ति हेतु किया करता है। इस प्रकार जीवाणु की देह भिक्ति में विघटित हो जाती है। इस प्रकार C_1 से C_{11} तक के विभिन्न घटक अलग–अलग कार्य करते हुए अंतिम पद तक पहुंचते हैं।

4. भक्षाणुनाशन – मेक्रोफेज कोशिकाएँ लासिका ग्रन्थियों एवं प्लीहा में बनती है। ये रक्त के साथ देह के विभिन्न भागों में चक्कर लगाती रहती है। देह में एन्टीजन के प्रवेश करने के कुछ मिनटों के बाद ही इनमें सक्रियता देखी जाती है। मेक्रोफेंज कोशिकाएँ एन्टीजन को घेरते हुए एक आशय जैसी रचना बना लेती है। इस प्रकार कुछ ही मिनटों में एन्टीजन पूरा का पूरा कोशिका के भीतर पिनोसिटिक आशय के रूपमें निगल लिया जाता है। मेक्रोफेज कोशिका अन्तग्रहित पदार्थ का पाचन करती है। इसके लिए इसके कोशिकद्रव्य में उपस्थित प्राथमिक इालसोसोम आशय के साथ संलग्न हो जाते हैं। लाइसोसोम में भरा लयनकारी पदार्थ जो अनेक एन्जाइम्स आशय फेगोलाइसोसोम्स कहलोते हैं पाचन के उपरांत ये पदार्थ जो अनेक छोटे–छोटे

कणों में विभक्त हो जाते हैं जो अलग-अलग अणुभार के होते हैं। ये बाहर निकलते हैं इसके लिये पाइनोसाइटोसिस जैसी विपरीत दिशा में क्रिया होती है। कुछ लोगों का मानना है इसी विधि से एन्टीबॉडीज का निर्माण होता है। जबकि कुछ वैज्ञानिक यह मानते हैं कि इस प्रकार इम्यूनोजेनिक का निर्माण होता है। इस प्रकार पचित अंश का कुछ भाग जो कोशिकाद्रव्य में अवशोषित हो जाता है तथा कुछ अपाच्य भाग देह से बाहर निष्कासित भी किया जा सकता है। लिम्फ पुटकों एवं जनन केन्द्रों में विशेष प्रकार की कोशिकाएँ पायी जाती है। इन्हें डेन्ड्रिटिक कोशिका कहते हैं इनमें लम्बे जटिल अन्तर्गुंथित तन्तु पाये जाते हैं ये लम्बे समय तक एन्टीजन को अपनी सतह पर पकड़े रखते हैं। ये इसका एन्डोसाइटोसिस विकृतिकरण या पाचन नहीं करते।

ऊतक अंग प्रत्योरापण एवं प्रतिरक्षी :- कोई विशिष्ट एन्टीजन जब पोषक की देह के बाहर या भीतर उद्दीपन उत्पन्न करता है तथा पोषक इसके प्रति प्रतिक्रिया दर्शाता है तो यह क्रिया प्रतिरक्षा प्रतिक्रिया कहलाती है। यह प्रतिक्रिया दो प्रकार से व्यक्त की जाती है।

1. तरल प्रतिरक्षा प्रतिक्रिया इसे एन्टीबॉडी मध्यवर्ती प्रतिक्रिया भी कहते हैं।
2. कोशिकीय प्रतिरक्षा प्रतिक्रिया इसे कोशिका मध्यवर्ती प्रतिक्रिया भी कहते हैं।

एक एन्टीजेनिक उद्दीपन के ग्रहण किये जाने पर यह प्रतिक्रिया एक प्रकार की अथवा दोनों प्रकार की एक साथ भी प्रदर्शित की जाती है। इनमें एक प्रभावी व दूसरी कम प्रभावी, एक दूसरे के विपरीत एकल प्रकार की हो सकती है किन्तु अधिकतर एक दूसरे के सहयोग के साथ-साथ सक्रिया रूप से व्यक्त की जाती है। तरल प्रकार की प्रतिरक्षा या एन्टीबॉडी मध्यवर्ती प्रतिक्रिया प्राथमिक तौर पर अधिकतर बाह्य कोशिकीय जीवाणुओं, रोगाणुओं, विषाणुओं आदि से सुरक्षा प्रदान करती है जो श्वसन नलिका या आन्त्र से प्रवेश कर संक्रमण उत्पन्न करने का प्रयास करते हैं। कोशिका मध्यवर्ती प्रतिरक्षा कवक, विषाणु अन्तःकोशिकीय जीवाणु जो रोग उत्पन्न करते हैं, केन्सर आदि से पोषक सुरक्षा प्रदान करती है।

तरल प्रकार की प्रतिरक्षा प्रतिक्रिया – एन्टीबॉडीज के उत्पन्न किये जाने की क्रिया को तीन पदों में विभक्त किया जाता है। 1. एन्टीजन का पोषक की देह में प्रवेश, वितरण, उत्तकों में भविष्य एवं उचित प्रतिरक्षी सह्य कोशिक के साथ संयोजित होना 2. कोशिका द्वारा एन्टीजन का संसाधन एवं एन्टीबॉडी निर्माण क्रिया पर नियन्त्रण। 3. एन्टीबॉडी का स्त्रवण, उत्तक एवं दैहिक तरल में वितरण तथा इसके प्रभाव।

एन्टीजन उद्दीपन के तुरन्त बाद एक लेग प्रावस्था आती हैं, इनमें रक्त परिसंचरण तंत्र में कोई एन्टीबॉडी दिखाई नहीं देती। दूसरी प्रावस्था लॉग प्रावस्था कहलाती है जिसमें एन्टीबॉडी विस्तुत रूप से बनती हैं वितरित होती हैं एवं एन्टीजन के विरूद्ध क्रिया करती हैं। तृतीय प्रावस्था सन्तुलन अवस्था की होती है इसमें एन्टीबॉडी संश्लेषण व अपचय के मध्य सन्तुलन होता है। चतुर्थ प्रावस्था पतन की प्रावस्था होती है इसमें अपचय की क्रिया में वृद्धि होती है तथा एन्टीबॉडी का उत्पादन घटने लगात है।

एन्टीजेनिक उद्दीपन में उत्पन्न एन्टीबॉडी प्रतिक्रिया दो प्रकार की होती है। प्राथमिक प्रतिक्रिया जो उद्दीपन प्राप्त होते ही प्रदर्शित होती है धीमी, शिथिल एवं अल्पकालिक होती है। इन में लेग प्रावस्था लम्बी होती है। एन्टीबॉडी का उत्पादन कम मात्रा में किया जाता है तथा ये अल्पकाल

हेतु क्रियाशील होती है। द्वितीय प्रतिक्रिया तीव्र शक्तिशाली व लम्बी अवधि की होती है। इसमें लेग प्रावस्था छोटी अथवा अनुपस्थित होती है। एन्टीबॉडीज अधिक संख्या में बनती है एवं लम्बे समय तक क्रियाशील बनी रहती हैं। प्राथमिक प्रतिक्रिया के फलस्वरूप बनी एन्टीबॉडीज में मुख्यत: IgM तथा द्वितीयक प्रतिक्रिया में IgG होती है। लेग प्रावस्था की अवधि एवं एन्टीबॉडी की उपस्थिति एन्टीजन की प्रकृति पर निर्भर करती है। डिफ्थिरिया आविष के प्रवेश कराने पर लेग प्रावस्था 2–3 सप्ताह की होती है जबकि न्यर्मोकॉकस में यह कुछ घण्टों की ही होती है। यही कारण है कि रोगों से बचाव हेतु एन्टीजन की एक से अधिक खुराक दी जाती है। जैसे पोलियों से बचाव हेतु पहली हल्की खुराक दी जाती है जैसे पोलियों से बचाव हेतु पहली हल्की खुराक जिसे प्राथमिक मात्रा कहते हैं फिर द्वितीय व तृतीय मात्रा कहते हैं फिर द्वितीय व तृतीय मात्रा जिसे बूस्टर जीवित टीके की दी जाती है। ऐसी प्राणी जिसकी देह में विशिष्ट एन्टीबॉडीज रक्त में पहले से विचरण कर ही हो में एन्टीजन को प्रवेश कराया जाये तो अस्थायी रूप से विचरणशील एन्टीबॉडीज की मात्रा में कमी हो जाती है। ऐसा एन्टीजन एन्टीबॉडी के संयोजन के कारण होता है इसे ऋणात्मक प्रावस्था कहते हैं। इसके तुरन्त बाद वापस एन्टीबॉडीज की संख्या में वृद्धि हो जाती है।

एन्टीजन का भविष्य - एन्टीजन का प्राणी की देह में क्या भविष्य होता है यह एन्टीजन की भौतिक व रासायनिक प्रकृति, मात्रा प्रवेश करने का माध्यम तथा एन्टीजेनिक उद्दीपन की प्रकृति अर्थात् प्राथमिक है अथवा द्वितीयक पर निर्भर करता है। देह में एन्टीजन को यदि सीधे रक्त में प्रवेश कराते हैं तो प्लीहा, यकृत, अस्थि मज्जा, वृक्का व फेफड़ों में जाकर रूक जाता है। यह रेटिकुलोएन्डोथिलियल कोशिकाओं द्वारा विघटित होता है व मूत्र द्वारा देह से बाहर निष्कासित कर दिया जाता है। इस प्रकार 70–80 प्रतिशत मात्रा प्रतिजन की एक दो दिन में देह से बाहर निकाल दी जाती है। ऐसे एन्टीजन जो उपत्वकीय विधि से प्रवेश करते हैं लसिका ग्रन्थियों में प्लीहा में ले जाये जाते हैं। कणीय एन्टीजन भक्षाणु कोशिकाओं द्वारा निकल लिये जाते हैं। विशिष्ट एन्टीबॉडीज के बार वास्तविक प्रतिरक्षा की क्रिया का कार्य आरम्भ होता है। इसके दौरान एन्टीजन–एन्टीबॉडी जटिल बनाते हैं एवं तीव्र गति से भक्षाणुनाशन की क्रिया जाती रहती है अत: शीघ्र ही एन्टीजन विचरणशील माध्यम से अदृश्य हो जाता है विलयशील एन्टीजन तीन प्रावस्थाओं सन्तुलन, उपापचय व एन्टीजन निष्कासन से गुजरता है। सन्तुलन प्रावस्था में यह अन्तरांगों में विसरित होता है, उपापचय प्रावस्था में अपचय के कारण इसकी मात्रा में कमी होती है। अन्तिम प्रावस्था में एन्टीजन–एन्टीबॉडी जटिल बनाकर इसका निष्कासन कियाजाता है। इन जटिलों में कभी–कभी ऊत्तकों में "प्रतिरक्षी जटिल रोग" उत्पन्न न हो जाते हैं एन्अीजन के देह से निष्कासन की गति इसके अपचय द्वारा प्रभावित होती है। प्रोटीन प्रकृति के एन्टीजन कुछ दिनों या सप्ताह में सामान्यत: निष्कासित कर दिये जाते हैं जबकि पॉलीसेकेराइड प्रकृति के एन्टीजन कर दिये जाते हैं जबकि पॉलीसेकेराइड प्रकृति के एन्टीजन की उपापचय की क्रिया धीमी गति से होती है। इसमें महिने या वर्षों लग जाते हैं। न्यूमोकोकस पॉलीसेकेराइड मनुष्य में 20 वर्ष तक बना रह सकता है। एन्टीजन का भक्षणशील लिम्फोसाइट्स द्वारा किया किया जाना दो प्रकार से सम्पन्न होता है। प्रथम तौर पर मेक्रोफेज व डेन्ड्रिटिक कोशिकाएँ लसिका पर्वों में इनका सामना

करता है। दूसरे दौर में एन्टीजन का मेक्रोफेज संसाधन करते हैं जो एन्टीबॉडी निर्माण हेतु आवश्यक होता है। क्रिया प्राथमिक प्रतिक्रिया आवश्यक होती है। द्वितीयक प्रतिक्रिया के लिये इसका कि जाना जरूरी नहीं होता। डेन्ड्रिटिक कोशिकाएँ पूर्व उपस्थित एन्टीबॉडीज की उपस्थिति में ही एन्टीजन का बन्धन बनाती है। मेक्रोफेज व डेन्ड्रटिक कोशिकाएँ एन्टीजन बन्धन बनाकर कोशिका की सतह पर ले आती हैं जहाँ लिम्फोसाइट्स अधिक मात्रा में गुजरते हुए इनका पहचान कर प्रतिरक्षी प्रतिक्रिया को आरम्भ कराते हैं।

एन्टीबॉडीज का उत्पादन - एन्टीजन की पहचान लिम्फोसाइट्स के द्वारा कर लिये जाने के उपरान्त सूक्ष्म बी-लिम्फोसाइट्स की सतही ग्राही युक्त होते हैं ये क IgM व IgM प्रकृति के होते हैं, एन्टीबॉडी संश्लेषण की क्रिया आरम्भ करते हैं। सतही ग्राही प्रत्येक एन्टीजेनिक निर्धारण के लिये विशिष्ट होते हैं। एक अभिक्रियाशील कोशिका के ग्राही एक निर्धारक समूह की ओर विशिष्ट कर दिये जाते हैं अब यह अभिक्रियाशील कोशिका उचित एन्टीजेनिक निर्धारक द्वारा उद्दीप्त होती है यह क्लोनी प्रचुरोद्भवन व स्फोटन रूपान्तरण हेतु तैयार होती है। यह प्लाज्मा कोशिकाओं में रूपान्तरित हो जाती है। एन्टीबॉडीज संश्लेषण व स्रावण करती हैं। एक क्लोन द्वारा स्रावित सभी एन्टीबॉडी अणु विशिष्टता में एक समान होती है, अर्थात् इनकी भारी व हल्का श्रृंखलाओं में समानता पायी जाती है। इसमें एक अपवाद कुछ कोशिकाएँ आरम्भ में IgM स्रावित करती हैं कि बाद में IgM, IgA या IgE का स्रावण आरम्भ कर देती है अधिकतर एन्टीबॉडी स्रावण का कार्य बी लिम्फोसाइट करता हैं किन्तु कुछ एन्टीजन्स हेतु टी लिम्फोसाइट्स की सहायता की आवश्यकता होती है इस प्रकार के एन्टीजन्स लाल रक्त कणिकाओं सीरस प्रोटीन्स, प्रोटीन हेप्टेन संयुग्मी पदार्थ होते हैं ऐसे एन्टीजन पहले टी-कोशिकाओं से अन्योन्य क्रिया करते हैं ताकि वे कोशिका सतह पर आ जायें जहाँ बी-कोशिकाएँ मिल जाती हैं जो एन्टीबॉडी निर्माण का कार्य करती है। टी-सहायक कोशिकाएँ इस कार्य में सहायता करती हैं जबकि टी-अवरोध कोशिकाएँ इसमें अवरोध उत्पन्न करती हैं।

एन्टीजेनिक उद्दीपन प्राप्त करने के बाद सभी बी-कोशिकाएँ प्लाज्मा कोशिकाओं में रूपान्तरित नहीं होती। इनका कुछ अनुपात स्मृति कोशिकाओं के रूप में बना रहता हैं इनका जीवन काल लम्बा होता है ये उसी एन्टीजन की पहचान करने का कार्य करती जब वही एन्टीजन दोबारा पोषक के सम्पर्क में आता है। इन स्मृति कोशिकाओं के कारण ही द्वितीयक प्रतिक्रिया के फलस्वय एन्टीबॉडीज अधिक मात्रा में बनती हैं।

एक क्लोनी प्रतिरक्षियाँ -प्रतिरक्षियाँ सामान्य: किसी प्राणी की देह में प्रतिजन के प्रवेश करने के उपरान्त उद्दीपन स्वरूप प्रतिरक्षा हेतु प्राप्त अनुक्रिया के अन्तर्गत उत्पन्न होती है। प्रतिरक्षा प्लाज्मा कोशिकाओं द्वारा बनायी जाती है एवं रक्त सीरम में पायी जाती है। देह में किसी प्रतिजन के प्रवेश करने पर एक से अधिक प्रकार की प्रतिरक्षियों का मिश्रण या समूह पाया जाता है इन्हें बहुक्लोनी प्रतिरक्षियाँ कहते हैं। बहुक्लोनी प्रतिरक्षियाँ प्राय: अपने बन्धन स्थलों में विभिन्न संरचनाओं के साथ विभिन्न प्रतिरक्षीग्लोबुलिन वर्गो या उपवर्गों के अणुओं का मिश्रण होती है। एकक्लोनी प्रतिरक्षियाँ उन प्लाज्मा कोशिकाओं से उत्पन्न होती है जो कि एकाकी एक पूर्वज के कोशिका विभाजन से प्राप्त हुई है। ये एक एकाकी प्रतिजनिक निर्धारक से प्रतिरक्षीग्लोबुलिन को

संयुक्त कराने में अतिविशिष्टता युक्त होती है। एकक्लोनी प्रतिरक्षियों में एक ही समान प्रकार के अमीनों अम्लों का क्रम या श्रृंखला उपस्थित होती है। ये एक ही प्रतिरक्षीग्लोबुलिन वर्ग की होती है। किसी प्राणी की देह में उनके उत्पन्न होने हेतु किसी प्रतिजन का प्रवेश कर प्रतिरक्षी तन्त्र को उद्दीप्त करना आवश्यक होता है, इस प्रकार एक क्लोनी प्रतिरक्षियाँ वे विशिष्ट प्रतिरक्षियाँ होती है जो एक विशिष्ट एन्टीजेनिक निर्धारक या एपीटोप के विरूद्ध इन लिम्फोसाइट्स या प्लाज्मा कोशिकाओं के समूह द्वारा बनायी जाती है जो एक क्लोन से व्युत्पन्न होती है। ये कोशिकाएँ समान आनुवंशिक संगठन रखती है अतः केवल एक ही वर्ग के विशिष्ट प्रतिरक्षी-ग्लोबुलिन का निर्माण करने का गुण रखती है।

वैज्ञानिकों ने अनेक अध्ययनों के दौरान पाया कि प्रतिरक्षियों का निर्माण करने वाली बी-कोशिकाएँ कैन्सर प्रवृत्ति की हो जाती है। कैन्सर प्रवृत्ति में इनके रूपान्तरण से आशय यह है कि ये अनियन्त्रित रूप से असिमित सम तक विभाजन करने लगती है। देह में अबुर्द या गाँठ बनाने लगती है। कोशिकाओं के ऐसे पिण्ड को मायलोमा कहते हैं। चूंकि मायलोमा एक एकल कोशिका के विभाजन से प्राप्त कोशिकाओं का समूह होता है, इनमें एक समान जीन पाये जाते हैं इन्हें क्लोन कहते हैं। ये एक ही प्रकार की प्रतिरक्षियाँ या मोनोक्लोनल एन्टीबॉडीज रोगों के निदान एवं शोध कार्यों में बहुत उपयोगी सिद्ध हुई है। कोहलर व मिलस्टेन ने 1975 में इच्छित प्रकृति की एक क्लोनी प्रतिरक्षियों को उत्पन्न करने की तकनीक की खोज की इन्हें इसके लिए नोबेल पुरस्कार से सम्मानित किया गया।इसे हाइब्रिडोमा तकनीक कहते हैं। विस्तुत अध्ययन हेतु जैव प्रौद्योगिकी का में प्रस्तुत किया गया है।

एन्टीबॉडी उत्पादन को प्रभावित करने वले कारक-

प्रतिरक्षी प्रतिक्रिया जीन के नियन्त्रण में होती है। एक ही एन्टीजन के विरूद्ध अलग-अलग व्यक्तियों में प्रतिरक्षी प्रतिक्रिया भिन्न प्रकार की होती है इसका कारण आनुवंशिक विभिन्नता ही होती है। व्यक्ति की उम्र भी प्रतिरक्षी उत्पादन में महत्वपूर्ण कारक है। भ्रूण इस क्रिया हेतु उपरिपक्व होता है। 3-6 माह के बाद शिशु में यह क्रिया आरम्भ होती है व 4 वर्ष की उम्र में पूर्णता को प्राप्त करती है उचित पोषण पदार्थों की कमी होने पर प्ररिरक्षा में कमी का प्रभाव दृष्टिगत होता है। सीरमीय पदार्थों प्रोटीन, अमीनों अम्लों तथा विटामिन्स की कमी होने पर एन्टीबॉडी की गति धीमी होती है। एन्टीजन के प्रवेश का माध्यम व मात्रा एवं एक साथ एक से अधिक मात्रा के एन्टीजन के प्रवेश का भी प्रभाव इस क्रिया पर होता है। एक से अधिक एन्टीजन के एक साथप्रवेश करने का प्रभाव भिन्न-भिन्न एन्टीजन के प्रति भिन्न होता है। कुछ पदार्थ एन्टीजन के प्राप्त होने पर एन्टीबॉडी उत्पादन में गति लाते हैं इन्हें वृद्धिकारक पदार्थ कहते हैं इसमें एल्यूमिनियम हाइड्रोक्साइड या फॉस्फेट, प्रोटीन एन्टीजन का जल-तेल में इम्लशन, सिलिका कण प्रमुख हैं। इसी प्रकार कुछ पदार्थ इस क्रिया में विपरीत या रोधक प्रभाव रखते है। इसका उपयोग प्रतिरोपण क्रियाओं में किया जाता है। इस एक्स-किरणे, रेडियोधर्मी औषधियाँ कार्टिकोस्टिरॉइट्स आदि सम्मिलित किये जाते हैं।

कोशिका मध्यवर्ती प्रतिरक्षा - कोशिका मध्यवर्ती प्रतिरक्षा से आशय यह वह विशिष्ट प्रतिरक्षी प्रतिक्रिया है जिसमें एन्टीबॉडीज भाग नहीं लेती । आरम्भ में सीएमआई से आशय देह

में अधिक संवेदनशील उत्पन्न करना मात्रा माना जाता है अतः इसे तरल प्रतिरक्षा से कम महत्वपूर्ण माना गया । इसे त्वक परीक्ष्ज्ञण द्वारा जॉचा जाता था। पिछले कुछ वर्षों में इसके बारे में काफी शोध कार्य किया जा चुका है जिसके आधार पर इसका महत्व जीवन व स्वास्थ्य हेतु काफी बढ़ गया है। इसे अन्तर्गत होने वली क्रिया में त्वचा पर गाँठ बनना। सूजन आना, घाव होना, छोटी-छोटी फुन्सियाँ उत्पन्न होना जैसी घटनाएँ होती हैं। लेन्डस्टेनर व चेज ने 1942 में प्रयोगों द्वारा प्रमाणित किया कि कोशिका मध्यवर्ती प्रतिरक्षा टी-लिम्फोसाइट्स के द्वारा मध्यित होती है। सीएमआई अविकल्पी एवं वैकल्पिक परजीवी जीवाणुओं कवक, प्रोटीजोआ, प्रतिरोपण, केन्सर एवं रोपण जैसी क्रियाओं से होने वाली प्रतिक्रिया के फलस्वरूप उत्पन्न होती है।

जब कोई परीजीवी प्राणी की कोशिका को संक्रमित करता है तो सीएमआई हेतु प्रेरण की क्रिया होती है। इसके अन्तर्गत विशिष्ट प्रकार की संवेदी टी-कोशिकाएँ एन्टीजन के विरूद्ध प्रेरित होती हैं। जब एन्टीजेनिक निर्धारक के सम्पर्क में संवेदी कोशिका आती है यह स्फोटन रूपान्तरण एवं क्लोन बनाने का कार्य आरम्भ कर देती है। यह क्रिया लसिका पर्वों के परिवल्कुट क्षेत्र में आरम्भ होती है। सक्रियत लिम्फोसाइट्स जैविक रूप से सक्रिय उत्पादन लिम्फोकाइन्स को मुक्त करते हैं। इन लिम्फोकाइन्स के प्रभाव में ही मेक्रोफेज एवं अन्य एक क्लोनी कोशिकाएँ सूक्ष्मजीवों का नाश करना आरम्भ कर देती है। लिम्फोकाइन्स नियमनकारी प्रोटीन्स होती हैं जिनका कार्य प्रतिरक्षा प्रतिक्रियाओं का नियमन करना, रेटिकुलोएन्डोथिलियल कोशिकाअें को वृद्धि व कार्य पर नियंत्रण करना होता है, मोनोसाइट्स एवं मेक्रोमेस से इसी प्रकार के प्रोटीन पदार्थ जिन्हें मोनोकाइन्स कहते हैं एवं कुछ अन्य कोशिकाएँ साइटोकाइन्स का स्रावण करती हैं जो लिम्फोसाइट्स को सक्रिय बनाती है तथा इनके द्वारा द्वितीय प्रकार के इन्टरल्युकिन का स्रावण करती हैं। ये सात भिन्न प्रकार के पहचाने जा चुके हैं।

लिम्फोकाइन्स मेक्रोफेजेज के एवं परिधीय ल्यूकोसाइट्स के विचरण में बाधा उत्पन्न करते हैं। ये मेक्रोफेजेज की भक्षाणुनाशन क्रिया, जैव रासायनिक क्रिया में वृद्धि करते हैं। इनकी संख्या में वृद्धि एवं समूहन की क्रिया को प्रभावित करते हैं। स्फोटन रूपान्तरणकारी क्रियाओं में वृद्धि करते हैं। यह क्रिया जीवाणुओं व विषाणुओं के प्रति भिन्न तरीके से की जाती है। उदाहरणतः तपैदिक रोग का जीवाणु माइकोबैक्टीरियम मैफ्रोफेज द्वारा अन्तग्रहित कर लिया जाता है। यह यहाँ वृद्धि व गुणन करता है। अतः इस पर प्रतिरक्षीकाय प्रभाव उत्पन्न करने में अक्षम रहती है। मेक्रोफेज कोशिकाएँ सुग्राहित होकर सक्रिय हो जाती है। ये लिम्फोकाइन्स का स्रावण कर इनका नाश करती हैं। कुछ मेक्रोफेज कोशिकाएँ एकत्रित होकर गाँठों का विकास करती है जो एक आवरण बना कर इन्हें सीमित रखती हैं। इस प्रकार रोग अन्य निकटवर्ती भागों में फैलने से रूक जाता है। कोढ़, ब्रुसेलिसस, कवक से विकसित रोगों के प्रति भी यही प्रक्रिया की जाती है। विषाणुओं के प्रति सीएमआई भिन्न प्रकार से क्रियाशील होती है। विषाणु पोषक में प्रवेश कर जाते हैं ये विषाण्विक प्रोटीन बनाती हैं जो कोशिका की सतह पर आ जाते हैं। इन्हें टी-धारक कोशिकाएँ पहचान लेती हैं एवं केवल इन्हीं पोषक कोशिकाओं का नाश करती हैं जिनमें विषण्विक प्रोटीन होते हैं। टी-लसीका कोशिकाएँ इन्टरफेरान का निर्माण करती हैं जो जीवाणुओं का भी नाश करती हैं। प्रतिरोपण द्वारा प्राप्त अंग वृक्क, रेटीना, त्वचा, आदि के उपरान्त प्रति

उत्तक कोशिका माध्यिका प्रतिरक्षा जीवाणुओं के प्रति की जाने वाली क्रिया के समान ही की जाती है।

अंग प्रत्यारोपण के उपरान्त ग्राही व्यक्ति में प्रतिरक्षक अवरोधी औषधियाँ प्रत्योरोपित अंगों को बनाये रखती हैं जो अपना कार्य सामान्य रूप से करते रहते हैं। प्रतिरक्षी अनुक्रिया के फलस्वरूप शोध के उपरान्त साइटोकाइन्स का स्रावरण किया जाता है। लिम्फोसाइट्स द्वारा स्रावित पदार्थ लिम्फोकाइन्स कहलाते हैं। साइटोकाइन्स कोशिकीय सिग्रल का कार्य कर वृद्धि,गमन व विभेदन जैसी क्रियाओं का नियमन करते हैं। प्रमुख साइटोकाइन्स इन्टरल्युकिन व इन्टरफेरान हैं। इन्टरल्युकिन आई के दो कारक 1970 में पहचाने गये हैं ये मोनोसाइटस व मेकोफेजेज द्वारा स्रावित होते हैं इन्टरल्युकिन-आईटी कोशिकाओं की वृद्धि को बढ़ाता है इनके गुणन में तीव्रता लाता है। यह इन्टरफेरान के साथ मिलकर टी घातक कोशिकाओं में तीव्रता लाता है यह बी लिम्फोसाइटिक कोशिकाओं से प्रोस्टाग्लेन्डिन का स्रावण करता है। यह घावों के भरने में सहायक होता है। इन्टरल्युकिन-2 यह टी सेल की वृद्धि हेतु आवश्यक होता है इनके ग्राही से बन्धन बनाने, क्लोनिंग करने में सहायक होता है। इन्टरल्युकिन - III, IV, V, V व VIII भी खोजे जा चुके हैं।

इन्टरफेरान की खोज 1957 में इजाक्स व लिन्डेनमान द्वारा की गयी ये प्रति विषाणु प्रोटीन होते हैं। ये तीन प्रकार के पाये गये हैं- 1. इन्टरफेरान को ल्यूकोसाइट्स से स्रावित होते हैं। 2. इन्टरफेरान जो फाइब्रोब्लास्टस से स्रावित होते हैं। 3. इन्टरफेरान जो टी लिम्फोसाइट्स से स्रावित होते हैं।

इन्टरफेरान पुनर्योगज डी एन ए कनीक द्वारा बनाये जाने लगे हैं। लगभग 15 विभिन्न इन्टरफेरान बनाने वाले जीव पहचाने गये हैं। इन्टरफेरान कोशिका सतह पर विशिष्ट ग्राही बिन्दुओं पर बन्धन बनाते हैं। ये ग्राही माध्य कोशिकाषण क्रिया कराते हैं। ये टी व बी कोशिकाओं पर प्रतिरक्षा हेतु नियामक प्रभाव उत्पन्न करते हैं। सामान्यतः इन दोनों प्रकार की प्रतिरक्षी प्रतिक्रियाओं में सामंजस्य पाया जाता है किन्तु कभी-कभी इनमें विरोधाभास भी देखने को मिलता है। कई मामलों में किसी एन्टीजन के प्रति कोई प्रतिक्रिया नहीं दर्शायी जाती है यह स्थिति उस समय होती है जब प्राणी में एन्टीजन के प्रति विशिष्टता दर्शाने के गुण का ह्रास हो जाता है। ऐसा एक ही एन्टीजन के बार-बार प्रवेश कराने पर होता है किन्तु ऐसा एक ही विशिष्ट एन्जीन के साथ होता है। इसे प्रतिरक्षी सहनशीलता या प्रतिरक्षी अनुत्तरदायिता कहते हैं।

थायमस ग्रन्थि के हार्मोन का प्रतिरक्षा अनुक्रिया पर प्रभाव - थायमस ग्रन्थि के हार्मोन कोशिका मध्यत प्रतिरक्षा पर प्रभाव रखते हैं। यह ग्रन्थि कोशिकीय प्रतिरक्षा व तरल प्रतिरक्षा की अनुक्रियाओं हेतु आवश्यक होती है। यह रक्ताणुकोरक उत्तकों से स्तम्भ कोशिकाओं के टी कोशिकाओं से प्रतिरक्षीग्लोबुलिन स्रावण कराने पर भी अपना प्रभाव रखती हैं। वाहक वे डीएनए अणु होते हैं जो इनके साथ निवेशित बाह्य डीएनए को एक जीव से दूसरे जीव तक ले जाने का कार्य करते हैं, इन्हें वाहक अथवा व्हीकल डीएनएएस भी कहते हैं। वाहक से हमारा आशय उस कार्य से होता है जो दाता व ग्राही के मध्य आनुवंशिक सूचना या पदार्थ को ले जाता है। इस क्रिया के लिये जीवाण्विक प्लैज्मिड्स बैक्टिरिओफेज कॉसमिड्स एवं विषाणु का उपयोग

करते हैं। भिन्न-भिन्न दाता व ग्राही हेतु प्रकृति के अनुरूप भिन्न प्रकार के वाहक का चयन किया जाता है। प्रकृति एवं स्रोत के आधार पर वाहक निम्न प्रकार के हो सकते हैं- 1. प्लाज्मिड 2. बैक्टीरियोफेज 3. कास्मिड 4. फज्मिड 5. विषाणु।

1970 में वैज्ञानिकों ने पहली बार शब्द वाहक का प्रयो उस कारक हेतु कियाजो डी एन ए से संलग्न या क्लोनिंग हेतु वाहन का कार्य करता है। वाहक में अपनी स्वयं की कोशिका से मुक्त अवस्था में भी प्रकृतिकृति बनाने की क्षमता पायी जाती है अर्थात् ये रेप्लिकेशन की क्रिया हेतु स्वतंत्र होते हैं, इन्हें रेप्लिकॉन्स भी कहते हैं। वाहक पुनर्योगज डी एन ए निर्माण में मुख्य भूमिका रखते हैं। अधिकतर डी एन ए में स्वतंत्र रूप से अप्रतिकृतिकरण की क्षमता नहीं पायी जाती अतः यदि ऐसे डी एन ए को डी एन ए के ऐसे खण्ड से जोड़ दिया जाये (प्लाज्मिड) जिसमें स्वायत्त तौर पर प्रतिकृतिकरा की क्षमता हो तो स्वतंत्र रूप से डी एन ऐ के प्रतिकृतिकरण की क्षमता नहीं रखने वाले डीएनए भी प्रतिकृतिकरण की क्रिया करने लगते हैं।

प्लाज्मिड्स - अनेक जीवाणु कोशिकाओं में गुणसूत्र के अतिरिक्त प्लाज्मिड नामक संरचनाएँ आनुवंशिक पदार्थ के रूप में पायी जाती हैं। ये वृत्ताकर, दो लड़ों से बने डी एन ए अणु के रूप में पाये जाते हैं। इनमें प्रतिकृति बनाने का गुण पाया जाता है ये स्वतः बिना किसी अन्य नियंत्रण के प्रतिकृति बनाते हैं। इनमें उपस्थित जीन्स धारक कोशिका की वृद्धि हेतु आवश्यक नहीं होती । यह इस प्रकार जीवाण्विक गुणसूत्र से भिन्न होते हैं। प्लाज्मिड अनेक जीवाणु कोशिकाओं में 1-20 तक उपस्थित हो सकते हैं। इन्हें एपीसोम्स भी कहते हैं। ये कभी कभी जीवाण्विक गुणसूत्र के साथ जुड़ भी सकते हैं। प्लाज्मिड्स का स्थानान्तरण एक कोशिका से दूसरी जीवाण्विक कोशिका में संयुग्मन के दौरान होता है। इस प्रकार दात्री कोशिकाओं में लक्षणप्ररूप लक्षणों का स्थानान्तरण होता है। सूक्ष्मजीव जगत् में प्लाज्मिड एक जीव से जीन्स लेकर दूसरे जीव में जीन्स का संचरण करते हुए पाये जाते हैं।

प्लाज्मिड के प्रमुख लक्षण - 1. ये बाह्य गुणसूत्री काय होते हैं। 2. जिस कोशिका में ये रहते हैं। उसके बाहर इनका अस्तित्व समाप्त हो जाता है। 3. जिस कोशिका में प्लाज्मिड पाये जाते हैं, स्वतंत्र रूप से पुनरावृत्ति करते हैं किन्तु पोषक कोशिका में दो भिन्न प्रकार के प्लाज्मिड पुनरावृत्ति करने में अक्षम होते हैं। 4. जिस कोशिका मेंयह रहते हैं उसके लक्षण प्ररूप को ये प्रभावित करते हैं। 5. जिस कोशिका मेंये पाये जाते हैं उसके लक्षण प्ररूप को ये प्रभावित करते हैं। 6. कुछ प्लाज्मिड जन्तु व पादप कोशिकाओं में रोग उत्पन्न करते हैं जबकि कुछ प्लाज्मिड पोषक कोशिका में प्रतिजैविकों, आविषों तथा पराबैंगनी किरणों के प्रति प्रतिरोधकता प्रदर्शित करते हैं। जीवाणु में संयुग्मन हेतु एफ कारक पायाजाता है। 7. प्लाज्मिड्स में नयी जीनों का समावेश हो सकता है तथा पूर्व में उपस्थित जीन्स का पुनर्विन्यास भी संभव होता है। 8. प्लाज्मिड्स अनेक आमाप के पाये जाते हैं। संचरणशील प्लाज्मिड लघु आमाप के किन्तु संख्या में अधिक जबकि बड़े प्लाज्मिड्स जैसे कारक संख्या में कम होते हैं। 9. प्लाज्मिड बन्द प्रकार के वृत्ताकार एवं द्विसूत्रीय डी.एन.ए. होते हैं। 10. यदि बन्द एवं वृत्ताकार प्रकार के प्लाज्मिड को किसी एक स्थल से काट दिया जाये तो यह रेखीय प्रकृति के डी.एन.ए. अणु जैसे ही संरचना प्रदर्शित करता है।

वृत्ताकार प्लाज्मिड डी एन ए को एक स्थल पर काट देने से यह रेखीय प्रकृति का बन जाता है, इसके दोनों सिरों का बाह्य को जोड़ा जा सकता है, यह प्रतिकृति बनाने के दौरान अपनीएवं बाह्य डी.एन.ए. की प्रतिकृति भी बनाता है, इसे संकरित डी.एन.ए. या काइमेरिक अंश कहते हैं। यह अंश जीवाणु के डी.एन.ए. के साथ भी जोड़ा जा सकता है। ग्रैम अवर्णी जीवाणुओं में ऐसे प्लाज्मिड पाये जाते हैं जो अनेक पोषकों में वृद्धि व पोषण कर सकते हैं। अतः जीन क्लोनिंग हेतु अत्यन्त उपयोग होते हैं। जीवाणुओं में प्राकृतिक रूप से पाये जाने वाले प्लाज्मिड्स को बाह्यकोशिकीय तकनीकों द्वारा रूपान्तरित किया जाना संभव है।

3. कोहन एवं साथियों ने पहली बार क्लोनिंग हेतु प्लाज्मिड का वाहक के रूप में प्रयोग किया। वह प्लाज्मिड आदर्श प्रकार का माना जाता है जिसमें निम्न गुण पाये जाते हैं- 1. यह आसानी से जीवाण्विक कोशिका से पृथक् किया जा सकता है। 2. यह आमाप में छोटा हो एवं पुनर्योजत अणु में इसका स्वयं का परिमाण अलघुत्तम हों। 3. इसमें एक ही प्रतिबन्धित स्थल उपस्थित हो जिस पर एक या अधिक प्रतिबन्धित एन्जाइम क्रिया करते हों। 4. इसमें बाह्य डी.एन.ए. के रेखीय अणु के जुड़ जाने पर इसकी प्रतिकृतिकरण की क्षमता पर विपरीत असर न होता हो। 5. यह आसानी से इच्छित पोषक कोशिका में प्रवेशित योग्य हो एवं पुनर्योजन डी.एन.ए. अणु निर्माण के उपरान्त इनकी संख्या में वृद्धि संभव हो। 6. पुनर्योगज डी.एन.ए. की असंख्य प्रतिकृतियों की उपलब्धता संभव हो। 7. यह आसानी से जीवाणु कोशिकाओं में प्रवेशित कराया जा सकता हो प्लाज्मिड रहित व प्लाज्मिड युक्त कोशिकाओं का चयन करना आसान हो। 8. प्लाज्मिड में कोई ऐसा विशिष्ट लक्षण होना चाहिए जिसको चिन्हित किया जा सके एवं बाह्य डी.एन.ए. से संलग्न होने के उपरान्त इसी सक्रियित किया जा सकते। इस सक्रियत लक्षण के आधार पर यह आसानी से पहचाना जा सकता है कि कौनसी पोषक कोशिका में पुनर्योगज डी.एन.ए. अणु है एवं कौन सी पोषक कोशिका में पुनर्योगज डी.एन.ए. नहीं है।

प्लाज्मिड्म में अबुद्धकारी प्लाज्मिड तथा रोमिल मूल अबुर्द्ध प्रेरित करने वाले प्लाज्मिड्स काफी महत्वपूर्ण हैं। इनके अतिरिक्त इनके अनेक पोषण गुण जैसे प्रतिजैविक एवं भारी धातुओं के प्रति प्रतिरोधकता, नाइट्रोजन स्थिरीकरण, प्रदूषक निम्नीकारक, जीवाणुनाशक एवं आविष उत्पन्न करने के गुण भी अत्यन्त महत्व के हैं। स्टेफिलोकोकस ऑरियस प्रभेद के प्लाज्मिड बड़े परास रखते हैं।

एग्रोबैक्टिरियम, ट्यमेफेसिएन्स - नामक जीवाणु में T_i प्लाज्मिड पाया जाता है, यह ग्रैम अवर्णी किस्म का शलाखा रूपी चल प्रकार का जीवाणु है जो मृदा में रहता है तथा नग्नबीजी द्विबीजपत्री पौधों की जड़ों में घाव या कट के बनने से प्रवेश करता है। इसका प्लाज्मिड पादप कोशिका के डी.एन.ए. के साथ जुड़कर नवीन संयोग बना लेता है, इस कारण पोषक कोशिका की क्रियाएँ मुख्य दिशा से विमुख हो जाती हैं तथा एक गाँठ या अबुर्द्ध इस निवेशित स्थल पर अविभेदित रूप से बनती है। T_i प्लाज्मिड के डी.एन.ए. को टी-डी.एन.ए. स्थानान्तरित डी.एन.ए कहते हैं।

T_i प्लाज्मिड का टी-डी.एन.ए. आदर्श वाहक तो है किन्तु इसके डी एन ए में हेरफेर करना कठिन है, इसमें अनेक रेस्ट्रिक्शन स्थल तो हैं किन्तु इनका उपयोग आसानी के साथ करना

कठिन है। किन्तु T_1 प्लाज्मिड का टी–डी एन ए यूरैरियोट्स की प्रकृति का होता है जबकि यह जीवाणु प्लैज्मिड से प्राप्त होता है,यह पादप आर.एन.ए पॉलिमरेज से अनुलेखित हो जाता है, इसमें इन्ट्रान्स हाते हैं जो एम–आर.एन. ए. के परिवर्तन होने पर अलग–अलग हो जाते हैं अतः इन दो गुणों की उपस्थिति के कारण इन्हें आदर्श वाहक कहते हैं। ऐग्रोबैक्टिरियम की पोषक परास काफी अधिक है, यह अनेक द्विबीज पत्री पौधों में आसानी से निवेशिक किया जा सकता है, इसका टी–डी.एन.ए.काफी बड़ा होता है अतः इसे काट कर इसमें हेराफेरी करके उचित पोषक में निवेशित करा देते है। इस प्रकार अबुर्द्ध के स्थान पर इच्छित उत्तक या इनसे उत्पादित प्रोटीन, एन्जाइम आदि प्राप्त किये जाते है। उपयोग में लेने से पूर्व प्लाज्मिड का पूरा मानचित्र बनाकर अध्ययन किया जाता है, इस पर कितने जीन कितनी–कितनी दूरी पर हैं इसकी न्यूक्लिओटाइड श्रृंखला अनुक्रम किस प्रकार की है, कौनसा स्थल प्रतिबन्धित इन्जाइम की क्रिया हेतु उपयोगी है आदि।

सामान्यतया उपयोग में लाये जाने वाले प्लाज्मिड pBR 322 है। इस प्रकार के प्लाज्मिड की क्लोरम्फैनीकाल से उपचारित करने पर अनेक कापी प्राप्त की जा सकती हैं। जबकि पोषक इ. कोलाई कोशिका का प्रतिकृतिकरण बन्द हो जाता है किन्तु प्लाज्मिड डीएनए प्रतिकृतिकरण करता रहता है। इसमें एम्पिसिलीन एवं ट्रेटासाइक्लिन के प्रति प्रतिरोधकता पायी जाती है। ये एक प्रकार के प्लाज्मिड युक्त क्लोन्स के चुनाव हेतु चिन्हक का कार्य करता है इसमें डीएनए खण्डों को उपयुक्त स्थलों पर स्थापित किये जाने हेतु वाहक में अनेकों रेस्ट्रिक्षन एन्जाइम्स पाये जाते है। यदि इन्हें इनकी पोषक कोशिकाओं में एम्पिसिलीन व टेट्रासाइक्लिन युक्त पोषक माध्यम से संबंधित कराया जाता है तो केवल वे ही जीवाणिवक कोशिकाएँ वृद्धि करेंगी जिनमें प्लाज्मिड उपस्थित होंगे। अतः यह प्रमाणित हो जाता है कि डीएनए को रोपित किये जाने हेतु इस कोशिका के प्लाज्मिड में स्पष्ट चिह्न उपस्थित है।

बेक्टिरिओफेज – यह एक प्रकार का विषाणु है जो जीवाणु कोशिका पर परीजीवी के रूप में जीवन का सक्रिय भाग बिताता है इसे जीवाणुभोजी भी कहते है। इ.टवार्ट – 1915 एवं डी हेरले – 1917 ने इनका विस्तृत अध्ययन किया एवं पाया कि बैक्टीरियाफेग इ. कोलाई को नष्ट करने वाले बैक्टीरियोफेज को कॉलीफेज नाम दिया गया। जीवाणुओं की भाँति फेज भी वायु, मृदा, जल सजीवों की देह, दुग्ध, फल सब्जियों आदि में पाये जाते हैं। उदाहरण के लिए $\phi \times 174$ फेज λ, M_{13}, Fd, R 309 बैक्टिरियोफेज प्रमुख है जिनका उपयोग वाहक के रूप में किया जाता है। इन्हें फेग भी कहते है इनका निरीक्षण करना एवं प्रयोग में लिया जाना अधिक सुगमकारी है अतः यीस्ट, चूहे तथा मनुष्य की भाँति इनका भी जीन बैंक बनाकर आनुवंशिक अभियांत्रिक के औजारों का भण्डार बनाना बहुत उपयोगी रहा है।

फेज में सामान्यतः रेखित प्रकार का डीएनए अणु उपस्थित होता है अतः एक स्थान से काटे जाने पर दो टुकड़ों में विभक्त हो जाता है जिन पर बाह्य डीएनए जोड़कर काइमेरिक या हाइब्रिड फेज बनाया जाता है। फेग वाहक प्लाज्मिड वाहकों की अपेक्षा एक प्रकार से अधिक लाभकारी है कि इनमें डीएनए पर आवरण या सम्पुट पाया जाता है अतः स्थानान्तरित किये जाने पर दक्षता के साथ यह अन्य कोशिकाओं में पहुँचा दिये जाते है।

एक प्रारूपिक जीवाणुभोजी की रचना टेडपोल जैसी होती है। यह स्पष्ट रूप से शीर्ष एवं पुच्छ में विभक्त किया जाता है। अधिकांश जीवाणुभोजियों (T_2 T_6) में शीर्ष भाग प्रिज्मीय होता है, पूँछ लम्बी व बेलनाकार होती है जो शीर्ष से जुड़ी रहती है। पूच्छ की सहायता से ही ये जीवाणु की देह से संलग्र होते हैं। प्रिज्मीय शीर्ष भाग प्रोटीन अणुओं से बना होता है। इनके भीतर प्रोटीन्स का बाह्य क्रोड व एक भीतरी क्रोड पाया जाता है। यह भीतरी क्रोड 50 एम.एम. लम्बे डीएनए अणु को ढके रहता है। शीर्ष व पूँछ के मध्य कॉलर एवं एक षटकोणीय प्लेट होती है जिसे आधारी प्लेट भी कहते है। आधार प्लेट से 6 पुच्छ तन्तु जुड़े रहते है। जीवाणुभोजी दो विधियों संलन एवं लाइसोजेनी द्वारा प्रजनन कर अपनी संख्या में वृद्धि करते है।

फेज वाहक प्लाज्मिड वाहकों की अपेक्षा निम्न बिन्दुओं के आधार पर अधिक कारगर होते हैं।

1. फेज वाहक में 25केबी लम्बाई के बाह्य डी.एन.ए. सूत्रो का रोपण संम्भव है।
2. इनमें पुनर्योगज डी.एन.ए. का संभारण सरल होता है।

फेज को वाहक के रूप में प्रयुक्त करने हेतु रेक्ट्रिक्शन एन्जाइम द्वारा अनावश्यक जीनोम को हटाया जाता है। क्लोनिंग वाहक दो प्रारूप में बनाये जाते है।

अ. निवेशक वाहक – निवेशक वाहकों में एक विशिष्ट विदलन स्थल होता है। जिसमें बाह्य डी.एन.ए. का अपेक्षाकृत लघु खण्ड रोपित किया जा सकता है। रोपित खण्ड फेज के कार्यो को प्रभावित नहीं करता। रोपित खण्ड 30–60 Kb आकार का हो सकता है अतः वाहक का आमाय 30 Kb से बड़ा होना चाहिए।

ब. प्रतिस्थापनकारी वाहक – प्रतिस्थापनकारी वाहक में डी.एन.ए. अणु को रेस्ट्रिक्शन एन्जाइम द्वारा विदलित करने पर इसके दोनों ओर एक–एक विदलन स्थलों दाँयी व बाँयी भुजाओं का निर्माण होता है। जिस पर बाह्य डी.एन.ए. खण्ड प्रतिस्थापित किये जा सकते है। फेज डी.एन.ए. के अनावश्यक जीमोम को इलैट्रोफोरेसिस विधि द्वारा पृथक कर पुनर्योगण डी.एन.ए. बनाया जाता है।

कॉलिन्स व हॉन – 1978 ने फेज व प्लाज्मिड के लाभकारी गुणों को मिलाकर क्लोनिंग हेतु कॉस्मिड वाहक का उपयोग किया। कॉस्मिड्स एक प्रकार के संकर वाहक है जिनमें लेम्डा फेग λ पर cos स्थल उपस्थित होता है ये प्लाज्मिड्स के व्युत्पन्न होते है। इस स्थल की उपस्थिति के कारण ही प्लाज्मिड अनुक्रम के जुड़ने एवं ई. कोली के पहचानने एवं प्रतिकृति बनाने में यह उपयोग होता है।

कॉस्मिड वाहक में λ फेग डी.एन.ए. का छोटा खण्ड होता है जिसमें दोनों सिरों पर संसजी सिरें होते है।

कॉसिमड वाहक में λ फेग डी.एन.ए. का छोटा खण्ड होता है जिसमें दोनों सिरों पर संसजी सिरें होते है।

कॉस्मिड में प्लाज्मिड के समान कुछ लक्षण पाये जाते है। जो निम्न प्रकार से है।

1. इनमें प्रतिलिपिकरण स्थल पाया जाता है।
2. प्रतिजैविक प्रतिरोधी जीन मार्कर उपस्थित होता है।

3. बाह्य डी.एन.ए. के निवेशन हेतु विदन स्थल उपस्थित होता है।

4. ये प्लाज्मिड के समान लघु आमाप के होते है।

कॉस्मिड में 50 Kb लम्बाई का डी.एन.ए. होता है अतः इसमें 45 Kb तक के बाह्य डी.एन.ए. की प्रविष्टि करायी जा सकती है। जीवाणुभोजी के द्वारा ई.कोलाई को संक्रमित करने के पश्चात सीओएस स्थल युक्त पुनर्योगज डी.एन.ए. प्रतिलिपकृत होता है। कॉस्मिड के उपयोग द्वारा जीन बैंक का निर्माण किया जा चुका है।

कॉस्मिड्स में विषाणिवक प्रोटीन को कोडित करने वाले जीन नहीं होते अतः पोषक कोशिका में न तो विषाणु बनते है न ही लयनचक्र का निर्माण होता है। इनमें प्लाज्मिड्स की भाँति प्रतिकृतिकरण करने की क्षमता, प्रतिजैविक औषधियों के प्रति प्रतिरोधकता उत्पन्न करने वाले जीन, बाह्य डी.एन.ए. को ग्रहण करने हेतु विदलन स्थल पाया जाता है, यह भी अत्यन्त सूक्ष्म होते है प्लाज्मिड से भिन्न जो लक्षण इनमें पाया जाता है वह फेज डी.एन.ए. की उपस्थिति, एवं सीओएस स्थल जिस पर लगभग 12 क्षारक होते है। डी.एन.ए. के अंश इन वाहकों में निवेशित कर दिये जाते हैं तथा इन वाहकों को फेग कण में पेक कर देते हैं। जब यह λ फेग कण ई कोली कोशिका को संक्रमित करता है तो यह कॉस्मिड बाह्य गुणसूत्री प्लाज्मिड की भांति प्रतिकृति बनाता है। इन क्लोन्स को जीवाण्विक निवह के रूप में छाँटकर अलग कर लिया जाता है।

फेज्मिडः-फेज्मिड का निर्माण कृत्रिम तौर पर फेज तथा प्लाज्मिड के द्वारा संयुक्त रूप से किया जाता है फेजिम्ड P bluescript 11 ks बहुउपयोगी प्रकार का फेज्मिड है जिसकी उत्पति puc-19 से की गयी है। फेज्मिड्स का उपयोग अनेक प्रकार से सम्भव है ये फेज क्लोनिंग वाहक के रूप में प्रयुक्त किये जा सकते हैं जिसे पुर्योगज प्लाज्मिड युक्त हो सकता है। फेग कणों को लम्बी अवधि तक संग्रहित किया जा सकता है। फेज्मिड P bluescript में निम्न लक्षण पाये जाते है- 1. इनमें अनेक क्लोनिंग स्थल होते है। 2. इसमें एक प्रेरित Lac I स्थलब तथा एक Lac Z स्थल होता है। 3. इसमें $fl^{(+)}$ व $fl^{(-)}$ प्रतिलिपि स्थल उपस्थित होते है। 4. इसमें इ कोलाई जीवाणु से प्राप्त ओआरएल प्रतिलिपिकरण उत्पत्तिस्थल उपस्थित होता है। 5. इनमें एम्पिसिलिन प्रतिरोधी जीन उपस्थित होता है। 6. यह प्लाज्मिड व फेग डीएनए दोनों के रूप में क्रियाशील हो सकता है।

विषाणुः- विषाणु अति सूक्ष्मकाय है जो सजीव कोशिकाओं के भीतर रह कर जनन क्रिया करते हैं। इनमें डी.एन.ए. या आर.एन.ए. केन्द्रक अम्ल उपस्थिति होता है। केन्द्रीय भाग केन्द्रीय कोड कहलाता है जिसमें न्युक्लिक अम्ल उपस्थित रहता है। ये अनेक आमाप व आकृति के पाये जाते हैं। इन्हें संक्रमण करने योग्य कोशिकाओं या पोषकों के आधार पर पादप विषाणु एवं प्राणी विषाणु में विभक्त किया जा सकता है।

अ. पादप विषाणु - इस कोटि में कॉलिमोविषाणु समूह के विषाणु अधिक महत्वपूर्ण हैं। इनका डी.एन.ए. द्विलड़ीय संरचना रखता हैं, इस समूह के पादप विषाणु में कॉलिफ्लावर मोजेक विषाणु का स्थान प्रमुख हैं। रूप से क्रूसिफेरी कुल के पादप है, यह विषाणु वैसे पादप में रोगजनक होता है किन्तु इसमें हेराफेरी क.रके इसे लाभकारी बनाया जा सकता है, यह एफिड्स

के द्वारा पादप में निवेशित किया जाता है। CaMv विषाणु वृत्ताकार सममिति का लगभग 50 m.m. व्यास का होता है, यह धारक से व आयनिक डिटरजेन्ट द्वारा पृथक किया जा सकता है, इसके डी.एन.ए. अणु में लगभग 50000 क्षारक पाये जाते है।

वाहक के रूप में इसको चुने जाने के कारण है। इसका डी.एन.ए. नग्न अवस्था में संक्रामक होता है तथा पादप कोशिका में पात्र रगड़ से प्रवेश कर सकता है, इसे निवेषित करने हेतु पादप सतह (पत्ती) को हल्के अपघर्षी से रगड़ा जाता है। पादप कोशिकाओं में यह प्रतिकृतियाँ बनाने लगता है व केप्सिड युक्त हो जाता है, इस केप्सिउ युक्त अवस्था में यह अन्य कोशिकाओं को भी संक्रमणित कर देता है, इसका डी.एन.ए. पादप गुणसूत्र के डी.एन.ए. के सात नहीं जुड़ता किन्तु कायिक प्रजनन में भाग लेता रहता है, इस प्रकार यह पूरे पादप में फैल जाता है। इसमें अनेक विदलन स्थल होते हैं, जहाँ पर रेस्ट्रिक्शन एन्डोन्यूक्लिऐजेज क्रिया कर सकते हैं एवं लाभकारी डी.एन.ए. अंश को जोड़ा जा सकता है। अत: यह अत्यन्त लाभकारी वाहक के रूप में उपयोग में लाया जाता है। कुचिताग्र विषाणु सी.टी.वी. मक्का का रेखित रोग विषाणु , एम.एस.वी. जेमिनि विषाणु है। इनमें उपस्थित डी.एन.ए. एक लड़ीय होता है।

माइटोकॉन्ड्रियल डी.एन.ए. सेटेलाइट आर.एन.ए. भी इन्हीं की भाँति उपयोग में लाये जाते है। वायराइड्स नामक सूक्ष्म रोगजनक तत्व भी इस कार्य हेतु प्रयुक्त किये जाते है। इनमें 300-400 क्षारक युक्त वृत्ताकार एक लड़ीय नग्न आर.एन.ए. पाये जाते है। यह भी पोषक में अनेक प्रतिकृतियों पोषक के आर.एन.ए. पॉलिमरेज की सहायता से बनता है। यह पादप ऊत्तकों में उपस्थित तरल द्वारा एक स्थान से दूसरे स्थान तक पहुँचाता है। यह बीच द्वारा भी यह एक पादप से दूसरे पादपों में रोग फैलाता है। यह पादप कोशिकाओं के केन्द्र में रहता है तथा यही प्रतिकृतियाँ भी बनाता है।

ब. प्राणी विषाणु - प्राणियों में वाहक पादपों की भाँति दोनों प्रकार से अर्थात् पोषक के डी.एन.ए. के साथ जुड़कर या अलग रहकर अपने डी.एन.ए. की प्रतिकृतियाँ बनाते हैं। प्राणियों में वाहक के रूप में एस.वी. 40 नामक पेपोवाविषाणु नामक काम में लिया जाता है। यह सीमियन विषाणु-40 से प्राप्त किया गया है। इसके द्वारा बाह्य जीन को जन्तुओं की कोशिका में निवेशित किया जाता है। इसका डी.एन.ए. एक लड़ीय सहसंयोजक बन्धों से युक्त बन्द प्रकार का वृत्ताकार आकृति का अणु होता है। इसका केप्सोमियर विषफलकी सममिति युक्त होता है। इसके डी.एन.ए. के भीतर श्रृंखला में दो भाग प्राथमिक व द्वितीयक क्षेत्र होते है। कुछ जन्तु कोशिकाओं में यह गुणन करता है। इन्हें अनुमेय कोशिकाएँ कहते हैं जबकि कुछ कोशिकाएँ इन विषाणुओं से अप्रभावित बनी रहती है।

वाहक के रूप उत्परिवर्ती प्रकार का एसवी-40 विषाणु प्रयुक्त किया जाता है जिसके डी.एन.ए. में से द्वितीयक क्षेत्र निकाल दिया जाता है जिसके डी.एन.ए. में से द्वितीयक क्षेत्र निकाल दिया जाता है व इसके स्थान बाह्य डी.एन.ए. जोड़ दिया जाता है।

पेपीलोमा विषाणु - अन्य वाहक है जिसका उपयोग प्राणियों में किया जाता है, यह मवेशियों में मस्से उत्पन्न करता है, इसका डी.एन.ए. भी वृत्ताकार होता है, यह गुणसूत्रों से बाहर ही बना रहता है। एक प्रयोग में इसके साथ चूहों में इन्सुलिन का जीन जोड़कर इसे मूसों में

प्रवेशित करा दिया गया। मूसे की रूपान्तरित कोशिकाओं में यह 30-50 प्रतिलिपियाँ बनाते हुए प्लाज्मिड्स की तरह बना रहता है तथा उच्च मात्रा में इन्सुलिन का एम-आर.एन.ए. व प्रोटीन बनाता है।

रेट्रोवायरस एक लड़ीय आर.एन.ए. युक्त विषाणु है, इसका भी उपयोग प्राणियों में किया जाता है, यह क्रिया क्लोनिंग द्वारा की जाती है।

बाह्य या पैसेन्जर :- डी.एन.ए. के वे अणु जिन्हें एन्जाइम्स का उपयोग कर दाता कोशिका से पृथक किया जाता है व क्लोन किया जाता है। पैसेन्जर या बाह्य कहते हैं। इस प्रकार के डी.एन.ए. के रूप में निम्न प्रकार के डी.एन.ए. भी उपयोग में लाये जाते हैं जो इन्हीं के समान होते हैं-1. पूरक डी एन ए, 2. संश्लेषित डी एन ए, 3. यादृच्छिक डी एन ए।

c-DNA का संश्लेषण m-RNA टेम्पलेट का उपयोग कर उत्क्रम ट्रान्सक्रिप्टेज एन्जाइम की उपस्थिति में किया जाता है। चूँकि यह एम-आर.एन.ए की प्रतिलिपि होती है, इसे प्रतिलिपी डी एन ए भी कहते हैं। यह क्रिया क्षारीय माध्यम में डी एन ए-आर एन ए जटिल द्वारा करायी जाती है। डी एन ए पॉलिमरेस एन्जाइम की उपस्थिति में एकल डी एन ए सूत्र पर c-DNA सूत्र का निर्माता होता है। c-DNA विशिष्ट जीन युक्त खण्ड होता है अत: इसे वाहक के डीएनए से जोड़ने हेतु उपयोग में लाया जाता है। हरगोविन्द खुराना को c-DNA का रासायनिक संश्लेषण करने में सफलता करने में सफलता मिली। इन्होंने संश्लेषण c-DNA प्राप्त किया जिसके चिपचिपे सिरे के अत: सिरों पर बाह्य डीएनए जोड़ा जा सकता था। इस प्रकार के कोशिका में अनेक m-RNA बनते हैं, जिनसे c-DNA बनाये जा सकते हैं जिनको बैक्टिरिया के प्लाज्मिड डीएनए से जोड़कर पोषक जीव में प्रवेशित कराया जाता है। डीएनए संश्लेषण की इस संधि से ही शॅटगन का उपयोग कर डीएनए के यादृच्छिक खण्डों को संश्लेषण किया जाता है, इसके लिये प्राणी के सम्पूर्ण डीएनए को प्रतिबन्धित एन्डोन्यूक्लिऐज से क्रिया कराते हैं। अत: डीएनए अनेक खण्डों में विभक्त हो जाता है। डीएनए के प्रत्येक खण्ड अलग-अलग वाहक के साथ जोड़कर डीएनए के अनेक पुनर्योजित डीएनए प्राप्त किये जाते हैं जिन्हें पोषक में स्थानान्तरित कर इनके विशिष्ट जीन उत्पाद प्राप्त किये जाते हैं।

c-DNA कोष - एक यूकैरियोटिक प्राणी की कोशिका में हजारों प्रकार एम-आरएनए पाये जाते हैं जो विभिन्न प्रोटीन, एन्जाइम या हार्मोन बनाते हैं अत: इनसे इतने ही प्रकार के सीडीएनए बनाये जा सकते हैं जिनका उपयोग औद्योगिक रूप से सम्भव है विलियम्स ने इस आधार पर c-DNA क्लोन कोष अथवा लाइब्रेरी बनाने का प्रस्ताव रखा।

cDNA क्लोन कोष से अभिप्राय है- ''ऐसे जीवाणु रूपान्तरों की समष्टि जिनकी प्रत्येक प्रत्येक इकाई में एक cDNA प्लाज्मिड के साथ जोड़ा गया है।'' इस प्रकार प्रत्येक एम-आरएनए के आधार पर बने c-cDNA तथा प्लाज्मिड डीएनए युक्त जीवाणु प्राप्त हो जाते हैं। इस प्रकार 5000 से 10,000 क्लोन युक्त बैंक या पुस्तकालय बनायी जा कसती है।

जीन कोष - किसी भी प्राणी के सम्पूर्ण डीएनए या जीमोम का वाहक के साथ संयोजित डीएनए के खण्डों का संकलन कर जीन बैंक या जीन पुस्तकालय बनाना संभव हो गया है, इस प्रकार एक प्राणी के डीएनए की एक प्रतिलिपि वाहक के डीएनए के साथ संयोजित हमेशा

उपलब्ध रहती है, इस प्रकार प्रत्येक डीएनए के नाइट्रोजन क्षारक युग्मों का अनुक्रम ज्ञात होता है किसी भी परिवर्तन के होने पर विकार का कारण ज्ञात करने में सहायता मिलती है। चिकित्सा के क्षेत्र में इसके अनेक लाभ हैं। पापदों में नयी किस्मों की खोज का कार्य इससे अधिक आसान हो गया है, इस कार्य हेतु शॉर्ट कट विधि का उपयोग किया जाता है।

कोशिका एवं उत्तक संवर्धन की आधारभूत अवधारणा- विकासशील देशों की एक प्रमुख आवश्यकता बढ़ती हुई आबादी हेतु पर्याप्त मात्रा में भोजन, कपड़ा एवं ईधन उपलब्ध कराना है जबकि भू-भाग की उपलब्धता आवासीय एवं अन्य आवयकताओं के कारण घटती जा रही है। पोधाों में यह विशेषता पायी जाती है कि इनकी कोई एक कोशिका या एक अंग नये पादप को जन्म दे सकता है। अतः प्रयोगशालाओं में उत्तक संवर्धन तकनीक द्वारा अनेकों नन्हें-नन्हें पापद तैयार किये जाते हैं जिन्हें बाद में उचित वातावरण व अनुकूल मृदा में स्थानान्तरित किया जा सकता है।

इस तकनीक द्वारा कम समय एवं कम स्थान में किसी फल, फूल या फसल वाले पादप की पौध उचित देख रेख में तैयार की जा सकती है। इस तकनीक द्वारा तैयार किये गये पादप संकर, निरोगी, प्रतिरोधी लक्षणों युक्त होते हैं बल्कि इनसे उत्पन्न होने वाले, बीज, फल, पत्ती, जड़ तना आदि के लक्षणों हेतु भविष्यवाणी भी की जा सकती है क्योंकि इनका जीनोम एक ही होता है अतः इनके द्वारा विकसति लक्षण हमें ज्ञात होते हैं। यह क्रिया प्रयोगशाला में फ्लास्क, परखनली या अन्य पात्रों में की जाती है अतः इस विधि को पात्र सूक्ष्मप्रर्धन या परखनली पौधे विकास तकनीक भी कहते हैं।

किसी पादप के पृथक् कृत भ्रूण, पराग कणों, अंग, ऊत्तक या कोशिकाओं का किसी पात्र में निर्जम वृद्धि की क्रिया उत्तक संवर्धन कहलाती है। यह क्रिया फ्लास्क, पेट्रीडिश या परखनली आदि में उचित माध्यम एवं नियंत्रित पारिस्थिकी वातावरण में करायी जाती है। वनस्पति जगत में पूर्णशक्तता का गुण प्राणी जगत् के जीवों की अपेक्षा अधिक पाया जाता है। अर्थात् यदि पौधे की किसी कोशिका को उससे अलग करके उचित माध्यम में संविर्धत किया जाये तो ये कोशिकाओं के एक समूह कैलम में विकसित हो जाती है। यदि इस विधि से बीजांकुर कोपल या भ्रूण को विकसित किया जाये तो यह पूर्ण पादप में विकसित हो जाता है। इस क्रिया हेतु पौधे के जिस भाग का संवर्धन किया जाता है उसे कर्तोतक कहते हैं। प्राणी कोशिकाओं में विभेदन की क्रिया तीव्र गति से होती है। प्राणी कोशिकाओं में विभेजन की क्रिया तीव्र गति से होती है तथा पूर्णशक्तता का गुण भ्रूण विकास के दौरान शीघ्रता के साथ घटता जाता है। अतः प्रणाली कोशिकाओं या उत्तकों का सवंर्धन करना जटिल कार्य है। इसमें वैज्ञानिकों को अल्प स्तर तक ही सफलता मिल सकी है।

उत्त संवर्धक हेतु मूलभूत आवश्यकताएँ - 1. संवर्धन माध्यम - उत्तक सवंर्धन हेतु मृदा के स्थान पर प्रयोगशाला में रासायनिक तत्वों से बना माध्यम प्रयोग में लाया जाता है। इसमें सामान्य जल के स्थान पर आसुत जल का उपयोग किया जाता है। मिट्टी के गमलों के स्थान पर फ्लास्क, पेट्रीडिश या परखनलियों आदि का उपयोग किया जाता है। संवर्धन माध्यम जीवाणु रहित अवस्था में ही तैयार कर नियमति अवस्था में संग्रहित कर उपयोग में लाया जाता है। इस माध्यम में अकार्बनिक पोषक तत्व, सूक्ष्म मात्रिक तत्व, लोह स्रोत, विटामिन्स, कार्बन स्रोत,

अमीनों अम्ल प्राय लाइसीन, ऊर्जा स्रोत प्रायः सुक्र एवं वृद्धि नियामक कारक जैसे आक्सिन तथा साइटोकाइनिन होते हैं। नारियल का दूध कुछ पादप कलिकाओं भ्रूण व कोशिकाओं हेतु अच्छा संवर्धन माध्यम माना जाता है। संवर्धन माध्यम बनाने का कार्य वैज्ञानिकों की देख-रेख में किया जाता है, प्रत्येक स्तर पर इसका नियंत्रण एवं जाँच की जाती है। कुछ विशिष्ट प्रकार के संवर्धन, संवर्धन-माध्यम के संगठन में परिवर्तन कर कुछ विशेष प्रकार के कार्तोतक हेतु बनाये जाते हैं। इनमें यीस्ट सार या हार्मोन आदि मिलाये जाते हैं। उदाहरणतः कैलस से जड़ों व प्ररोह के विभेजन हेतु संवर्धन माध्यम में काइनेटिन व की निश्चित मात्रा मिलायी जाती है।

2. संवर्धन कक्ष – उत्तक संवर्धन हेतु यह एक महत्वपूर्ण कक्ष है जिसमें पौधों को लम्बी अवधि के लिये रखा जाता है। इक कक्ष में सामान्यतः 3000 अक्स प्रकाश की व्यवस्था होती है। नये व पुराने पादपों को भिन्न-भिन्न प्रकार के प्रकाश व अन्धकार में रखे जाने हेतु नियंत्रित व्यवस्था रखी जाती है। तापक्रम को घटाने या बढ़ाने हेतु उचित व्यवस्था रहती है। वायु के प्रवेश व निकास हेतु नियंत्रित व्यवस्था होती है।

3. स्थानान्तरण कक्षा – एक माध्यम से पृथक कर विभिन्न स्तर के कैलस, कोपलों या उत्तकों को अन्य माध्यम या फ्लास्क में स्थानान्तरित किये जाने हेतु यह नियंत्रित कीटाणु रहित कक्ष होता है। इस कक्ष में पराबैंगनी किरणें उत्पन्न करने वले लैम्प लगे रहते हैं।

4. ग्रीन हाउस – प्रयोगशाला से व बाहर निकाले गये नन्हें पादपों को और अधिक विकसित किये जाने हेतु किटाणु रहित मृदा या गमलों में रखा जाता है। यह एक प्रकार का नियंत्रित लम्बा चौड़ा कक्ष होता है। जिसमें तापक्रम, नमी व वातावरणी दाब विशेष स्तर का बनाये रखा जाता है। पानी के उचित छिड़काव व आवश्यक मात्रा में सूर्य का प्रकाश इन्हें उपलब्ध कराया जाता है।

उत्तक संवर्धन का महत्व एवं उपयोग – कृषि, उद्यान एवं वानिकी हेतु उच्च लक्षणों वाले पादप सूक्ष्म प्रवर्धन विधि से तैयार किये जाते हैं। इनके त्वरित गुणन हेतु उत्तक संवर्धन की क्रिया की जाती है। इस विधि से तैयार पौधों में मृत्युदर लगभग 0 प्रतिशत होती है एवं सभी पादपों से उत्पाद इच्छित मात्रा में प्राप्त किये जाने की संभावनाएँ पायी जाती है। इस पद्धति से निम्न विशेषताओं के जीव विकसित किये जा सकते हैं।

1. जीवद्रव्य संलयन – प्रोटोप्लास्ट से हमारा आशय कोशिका भित्ति रहित कोशिकाओं से हैं। ये नम्र कोशिकाएँ वृद्धि विभाजन एवं पुनरूदभवन करने में सक्षम होती है। दो भिन्न जाति के पादपों के प्रोटोप्लास्ट को पॉलीईथाइलीन ग्लाइकॉल में संलयन करा कर संकर प्राप्त किया जा सकता है। इस विधि से आलू व टमाटर से संकर पोटोमेटा प्राप्त किया गया है।

2. रोग रहित पादपों का उत्पादन – कायिक प्रवर्धन करने वाले पादपों के प्ररोह शीर्ष के विभ्योत्तक की कोशिकाओं से रोगाणु रहित कोपाल प्राप्त की जाती है जिनका उत्तक संवर्धन प्रयोगशालाओं में करा कर रोगाणु रहित पादप विकसित किये जाते हैं। इस प्रकार पादपों को विषाणुओं जनित, जीवाणु जनति रोगों से सुरक्षित रखा जाता है। इस विधि से आलू, गन्ना, स्ट्रोबेरी व अन्य फल वाले पादपों की अत्यधिक संख्या प्राप्त की जाती है।

3. एक गुणित पादपों का उत्पादन – उत्तक संवर्धन क्रियाओं के दौरान कोशिका के

जीनोम सें गुणसूत्र के एक समुच्च को विलग कर एक गुमित पादप प्राप्त किये जाते हैं। इन पादपों में अनेक विशिष्ट लक्षण उपस्थित होते हैं जिनका उपयोग लाभदायक होता है। इस विधि से ही पुंजनिक पादप भी प्राप्त किये जाते हैं। इस प्रकार पादप जनक क्रियाओं हेतु सम्प्रजात पादप आसानी से प्राप्त हो जाते हैं। पराग कण अगुणित कोशिकाएँ होती है। यदि इन्हें काल्चिसीन से उपचारित कराया जाये तो ये समजात द्विगुणित में रूपान्तरित हो जाते हैं।

4. कायिक भ्रूण उत्पादन – कायिक भ्रूण या एम्ब्रॉयड वे भ्रूण है जो उत्तक संवर्धन में कायिक कोशिकाओं से विकसित होते हैं। ये लैंगिक जनन के फलस्वरूप विकसित होने वाली सभी अवस्थाओं से गुजरते हैं। अतः सूक्ष्म संवर्धन माध्यम से किसी पादप के असंख्य एम्ब्रॉयड प्राप्त किये जा सकते हैं।

5. बहुप्ररोहिका उत्पादन – सामान्यतः पादप के प्ररोह शिखाग्र से कुछ ही कलिकाएँ निकलती है किन्तु यदि इस भाग को विशिष्ट उपचार द्वारा उद्दीप्त किया जाये तो अनेकों कलिकाएँ बन जाती है जिन्हें संवर्धन द्वारा उगाकर अनेक प्ररोह प्राप्त किये जा सकते हैं। आलू, इलायची, केला अथवा अन्य विलक्षण या संकर पादपों को इस विधि से अधिक संख्या में प्राप्त किया जाता है।

6. संरक्षण एवं परिरक्षण – जिन पादपों में अन्र्तजातीय संकरण कराया जाता है उनमें भ्रूण की अधिकतर मृत्यु हो जाती है। ऐसा वातावरणीय कारकों के प्रभाव से होता है उत्तक संवर्धन में ऐसे भ्रूण का संवर्धन करा कर संरक्षित किया या बचाया जा सकता है। पादप कोशिकाओं परागकणों एवं अण्डों का कोष बना कर इन्हें लुप्त होने से बचाया जा सकता है। अनेकों औषध महत्व के पादपों, विशिष्ट लक्षणों वाले पादपों या जैविक विविधता को बनाये रखने हेतु उत्तक संवर्धन एक उपयोगी विधि है।

7. उत्परिवर्तनों का प्रेरण व चयन – किसी पादप की कोशिकाओं को तरल संवर्धन माध्यम में संबंधित कराया जाता है। इनमें से कुछ कोशिकाओं को ऐसे माध्यम युक्त पेट्रीडिश में स्थानान्तरित करते हैं जिन में उत्परिवर्तजन रसायन होते हैं। इस प्रकार इन कोशिकाओं में उत्परिवर्तन हो जाता है। इनमें से लाभकारी उत्परिवर्तन युक्त कोशिकाओं को अलग कर पुनः सामान्य संवर्धन में रखकर पादप कलिका एवं इसके उपरान्त पूर्ण पादप प्राप्त किया जाता है।

8. पुनर्योगज डी एन ए द्वारा तैयार पादपों का उत्पादन – आनुवंशिक अभियांत्रिकी की विधियों से पादपों के जीनोम में इच्छित परिवर्तन अब प्रयोगशालाओं में किया जाने लगा है। ऐसी कोशिकाओं का संवर्धन संवर्धन माध्यम में ही किया जाकर उत्तक कोपल व पादप प्राप्त किये जाते हैं। यह क्रिया प्रोटोप्लास्ट संलयन, क्लोनिंग अथवा अन्य विधियों से करायी जाती है।

उत्तक संवर्धन का महत्व – 1. उत्तक संवर्धन की अवस्था में पादपों को एक स्थान से दूसरे स्थान तक भेजना अधिक आसान रहता है। 2. अनेक देशों ने विभिन्न फूलों, फलों व फसलों की नयी संकर एवं प्रतिरोधी किसमें तैयार की है जो आर्थिक लाभ दे रही है। उदाहरण बी.टी. काटन। 3. आने वाले समय में विश्व में उन कम्पनियों का साम्राज्य हो सकता है जो विशिष्ट लाभकारी किस्मों का उत्पादन कर अन्य राष्ट्रों को पीछे छोड़ सकते हैं। प्राणी कोशिका एवं उत्तक संवर्धन हेतु।

ट्रान्सजेनिक प्राणी एवं जैव प्रौद्योगिकी–1980 से 1990 के मध्य जैवप्रौद्योगिकी द्वारा अच्छे लक्षणों वाले प्राणियों को जीन स्थानान्तरण द्वारा प्राप्त किये जाने में सफलता मिली है। इससे पूर्व प्राणियों के नस्ल सुधार के कार्यक्रमों हेतु लगभग समान जाति के उच्च लक्षणों वालेनर व मादा व चयन कर इनमें समागम कराया जाता था। इस क्रिया हेतु अनेक पीढ़ियों में यह समागम कराया जाता था। इस विधि में समय भी अधिक लगता था व सफलता मिलने में बाधाएँ भी अनेक आती थी। जैवप्रौद्योगिकी द्वारा किन्हीं भी भिन्न जातियों के प्राणियों के मध्य किसी विशिष्ट जीन को दूसरे प्राणी की जनन कोशिकाओं में देह के बाहर प्रवेशित कराया जा सकता है। यह क्रिया ट्रान्सजेनेसिस कहलाती है। इस विधि से प्राप्त जीव ट्रान्सजेनिक पादप या ट्रान्सजेनिक जन्तु कहलाते हैं।

इस आधुनिक तकनीक के अन्तर्गत पुनर्योगज डी.एन.ए का उपयोग किया जाता है एवं स्थानान्तरित किये जाने वाला जीन या डीएनए खण्ड उच्च पादपों या प्राणियों में स्थानान्तरित किया जा सकता है। इस प्रकार कृषि में उपयोग आने वाले प्राणियों, पादपों आदि की नस्ल इच्छानुसार लक्षणों वाली प्राप्त की जा सकती है। चिकित्सा विज्ञान हेतु औषधि उत्पादन करने वाले प्राणियों या जटिल जैव क्रियाओं को सम्पन्न करने वाले प्राणियों की लम्बी कतार खड़ी की जा सकती है।

गोरडन व रडल– ने 1981 में ट्रान्सजेनिक शब्द का प्रयोग के निषेचित भ्रूण मेंएक बाह्य जीन को निवेशित करा कर ट्रान्सजेनिक चूहे को प्राप्त कर किया। ट्रान्सजेनिक शूद से हमारा आशय पूर्व की अपेक्षा रूपान्तरित जन्तु से है। इस प्रकार यह सम्भावनाएँ बन गयीं कि हम अपनी कल्पना के अनुसार मॉडल के रूप ट्रान्सजेनिक पादप या प्राणी प्राप्त कर सकते हैं जो विशिष्ट लाक्षणिक जीन युक्त हो एवं इनकी अभिव्यक्ति ठीक वैसी हो जहाँ से इन्हें प्राप्त किया गया है। जीन स्थान्तरण विधियाँ जिनमें पुनर्योगलज डी.एन.ए. तकनीक का उपयोग किया जाता है, पादपों में भिन्न काम में लायी जाती हैं। प्राणियों ग. डी.एन.ए को भ्रूणीय कोशिका के प्राकेन्द्रक या निषेचित अण्ड में या भ्रूण स्तम्भ कोशिका में प्रवेशित किया जाता है। जबकि पादपों में प्रोटोप्लस्ट या विभाजनशील भ्रूणीय उत्तक को चुना जाता है। प्राणियों में पात्र निषेचन एवं भ्रूण स्थानान्तरण सम्भव है, पादपों में नहीं। पादपों में भ्रूण संवर्धन की क्रिया सम्भव है। एक कोशिका को संवर्धित कर पूर्ण पादप प्राप्त किया जा सकता है। इनमें पूर्णशक्तता पायी जाती है अतः पुनरूद्भवन द्वारा भी यह सम्भव है पर प्राणियों में ऐसा नहीं होता। अत:पादपों व प्राणियों में इन क्रियाओं को अलग–अलग वर्णित किया जाता है।

प्राणियों में ट्रान्सजेनिक तकनीकें– ट्रान्सजेनिक प्राणी करने हेतु दो प्रमुख विधियाँ काम में लायी जाती हैं– 1. भ्रूणों के प्राकेन्द्रक में डी एन ए के माइक्रो इन्जेक्शन द्वारा – इस विधि में भ्रूणीय कोशिकाएँ, निषेचित अम्ड या भ्रूण लिया जाता है। निषेचित अण्ड का सम्पूर्ण केन्द्रक ही बदल दिया जाता है अथवा पूर्ण गुणसूत्र या इनके खण्ड अथवा डी.एन.ए खण्ड बदल दिये जाते हैं।

(अ)1. पूर्ण केन्द्रक को बदलने हेतु निषेचित अण्ड कोशिका को साइटोकेलेसीन से उपचारित करते हैं।

2. इस प्रकार उपचारित खण्डों का अपकेन्द्रण किया जाता है जिससे इनके केन्द्रक परख

नली के पैंदे में बैठ जाते हैं। अर्थात् इन कोशिकाओं को अकेन्द्रित अवस्था में प्राप्त कर लिया जाता है। इस प्रकार दाता भ्रूण से केरियोप्लास्ट को प्राप्त कर लिया जाता है।

3. केरियोप्लास्ट को पॉली इथाईलीन ग्लाइगॉल की उपस्थिति में पूर्ण केन्द्रक का रोपण किया जाता है।

इस तकनीक का उपयोग 1997 में डाली नामक भेड़ क्लोनिंग द्वारा प्राप्त करने हेतु किया गया है। इस तकनीक में कायिक केन्द्रक का केरियोप्लास्ट में रोपण किया गया था।

4. इन अण्डों को अब मादाओं के गर्भाशय में प्रतिरोपित कर दिया जाता है एवं गर्भ समाप्ति पर ट्रान्सजेनिक प्राणी प्राप्त होता है।

(ब) सम्पूर्ण गुणसूत्रों के बदलने हेतु मेटाफेज अवस्था में स्थित कोशिकाओं का अल्परासरी विलयन में रख कर लयन कराया जाता है एवं इन कोशिकाओं का अपकेन्द्रण करके अथवा फ्लो फोटोमेट्री विधि से गुणसूत्रों का पृथक कर लिया जाता है एकल गुणसूत्र या इनके खण्डों को पृथकत: छाँट लिया जाता है या अण्ड कोशिकाओं के साथ उष्मायन किया जाता है ताकि अण्ड के केन्द्रक के भीतर इनका निवेसन कराया जा सके।

(स) माइक्रोइंजेक्शन तकनीक के अन्तर्गत डी.एन.ए. खण्डों को माइक्रोइंजेक्शन द्वारा अर्थात् माइक्रोपिपेट द्वारा अण्डे या भ्रूण में अन्तक्षेपित कर दिया जाता है। इस प्रकार जीन्स को अन्तक्षेपित किये जातने से पूर्व अण्डे की बाह्य झिल्ली को प्रोटीन लयन कारी इन्जाइम्स द्वारा घोल दिया जाता है। जीन की स्पष्ट अभिव्यक्ति हेतु इसे सीधे ही केन्द्र में अन्त:क्षेपित किया जाता है इस तकनीक द्वारा चूहे की कोशिकाओं के जीनोम में हर्पीज विषाणु का जीन थायमिडीनकाइनेज सफलतापूर्वक अन्तक्षेपित किया गया है। कभी-कभी ऐसा भी होता है कि अन्तक्षेपित जीन यथास्थान स्थापित न होकर अनावश्यक स्थल पर जुड़ जाता है। जिससे प्रमुख कार्यकारी जीन अक्रिय अवस्था में आ जाता है व गुणसूत्री विरूपण उत्पन्न हो जाते हैं।

माइक्रोइन्जेक्शन तकनीक- इस तकनीक द्वारा बाह्य डीएनए को सतीव कोशिका (झिल्ली कोशिका, अण्ड कोशिका, भ्रूण) में काँच के सूक्ष्म पिपेट द्वारा अन्त:क्षेरित किया जाता है। यह क्रिय उच्च आवर्धन शक्ति वाले सूक्ष्मदर्शी के नीचे रख कर की जाती है। जिस कोशिका में यह क्रिया की जाती है उसे एक पात्र में रखते हैं। एक पकड़ने वाले पिपेट से इस कोशिका को थामा जाता है। माइक्रोपिपेट के शीर्ष द्वारा जो कि लगभग 0.5 एम.एम. व्यास का होता है के अन्त:प्रवेशित डी एन ए से समाकलित हो जाता है। यह अपना प्रभाव उसी परिस्थिति में अभिव्यक्त करता है जब यह उपयुक्त प्रोन्नत अनुक्रम से जुड़ जाता है। रूबिन एवं स्प्रेडलिंग ने 1982 में ड्रोसोफिला में जेन्थिन डी हाइड्रोजेनेस का जीन भ्रूण में प्रवेशित कराने में सफलता प्राप्त की। मूसे में भी यह क्रिया सफलतापूर्वक की जा चुकी है। ट्रान्सजेनिक मूसे प्राप्त करने हेतु निम्न प्रक्रिया अपनाई जाती है- 1. मादा मूसे को गर्भित घोड़ी के सीरम का इन्जेक्शन लगाया जाता है। इसके 2 दिन बाह ह्यूमन कोरियोनिक गोनेडोट्रोपिन का इंजेक्शन देते हैं। इस प्रकार उपचारित करने से मादा मूसे द्वारा लगभग 35 अण्डे दिये जाते हैं यह क्रिया सुपर ओव्यूलेशन कहलाती है।

2. इस मादा का नर से समागमन कराया जाता है ताकि निषेचन हो जाये। मादा मूसे का विच्छेदन कर अण्डवहिनी से निषेदन अण्डे प्राप्त कर लिये जाते हैं।

3. निषेचित अण्डे को एक पात्र में रखकर डी एन ए या ट्रांसजीन को माइग्रोइंजेक्शन द्वारा प्रवेशित कराया जाता है।

इस युग्मनंज को अन्य मूसे फोस्टर मादा के गर्भाशय में रोहित कर दिया जाता है। इस प्रकार ट्रांसजेनिक संतति प्राप्त होती है। 1982 में वाशिंगटन विश्वविद्यालय के आर.डी पामिटर एवं पेनीस्लाविया विश्वविद्यालय के आर.एल. ब्रिन्टर ने खरहे से वृद्धि हार्मोन जीन पृथक् की इसके साथ मानव वृद्धि हार्मोन जीन ग्लोबिन एवं थाइमिडीन काइनेज जीन को संयोजित कर दिया एवं इसे मूसे के 1 जीन जो धात्विक बन्धनकारी जीन है के साथ जोड़ दिया । इस अंश को 322 प्लाज्मिड के साथ जोड़कर पुनर्योजित कर दिया। परिपक्व मादा मूसे से विच्छेदन कर परिपक्व अण्डे प्राप्त कर लिये। उनका पात्रे निषेचन शुक्राणुओं से कराया गया। निषेचित अण्डों में उपरोक्त पुनर्योजित प्लाज्मिड को माइक्रोइंजेक्शन तकनीक से शुक्राणु के केन्द्र व मादा के केन्द्रक से पूर्व ही प्रवेशित करा दिया। युग्मनज में प्लज्मिड में उपस्थित डी.एन.ए. यादृच्छिक तौर पर संयोजित हो जाता है। युग्मनजों को पोषक मादा मूसे के गर्भाशय में रोपित किया गया। गर्भकाल पूरा होने के उपरान्त ट्रान्सजेनिक मूसे प्राप्त हुए। इस प्रकार इनमें बाह्य जीन प्रवेशित कराया गया था, इन मूसों का आमाप सामान्य मूसों से बड़ा था। एक अन्य प्रयोग मेंपामिस्टर एवं इनके साथियों ने 1982 में मूसे के भ्रूण में बाह्य डी एन ए खण्ड जो चूहे के वृद्धि हार्मोन के जीन युक्त था को धात्विक प्रोन्नतकारी जीन के साथ जोड़कर माइक्रोइंजेक्शन द्वारा निवेशित करा दिया। इसमें रेखीय प्रकार का डी.एन.ए. प्रयुक्त किया गया था (प्लाज्मिड का नहीं) ये डी एन ए अंश अधिक सक्रिय रूप से मुसे गुणसूत्रों से समाकलित हो गये थे। इन युग्मनजों को मादा में रोपित किया गया।

रेट्रोवायरल वाहक विधि – ट्रान्सजेनेनिस की सबसे उपयुक्त विधि है किन्तु इस तकनीक से अति सूक्ष्म जीन खण्डों का ही स्थानान्तरण सम्भव है। युग्मनज को विदलन के समत 8 कोशीय अवस्था में ट्रान्सजीन युक्त रेट्रोवायरस द्वारा संक्रमित किया जाता है। इस संक्रमित युग्मनज को फोस्टर मात्रा में प्रतिरोपित कर दिया जाता है। इस प्रकार उत्पन्न होने वाली संतति ट्रान्सजेनिक प्रकृति की होती है। रेट्रोवायरल वाहक वैसे अपनी प्रतिलिपि बनाने में सक्षम नहीं होते फिर भी खतरे की सम्भावना रहती है। इस विधि से निर्मित ट्रान्सजेनिक प्राणियों का उपयोग व्यापारिक उत्पादों की प्राप्ति हेतु किया जाता है।

भ्रूणीय स्टेम कोशिका अभियांत्रिकी विधि – इस विधि में पुनर्योगज डी एन ए का निवेशन सम्पूर्ण भ्रूण में न करा कर कुछ चयनित कोशिकाओं में ही कराया जाता है। इस प्रकार मिश्रित जीनोम वाले प्राणी उत्पन्न होते हैं इन्हें काइमेरा कहते हैं। उदाहरणत: मूसे के परिवर्द्धनशील भ्रूण में ब्लास्टोसिस्ट अवस्था की कोशिकाओं को संवर्धन माध्यम में संवर्धन कराया जाता है। ये अन्य प्रकार की कोशिकाओं में निवेशित होने की क्षमता रखती है अर्थात् पूर्णशक्त प्रकार की होती है। अत: किसी एक संवर्धनशील कोशिका में ट्रान्सजीन प्रविष्ट करा कर इसका चयन कर लिया जाता है एवं ट्रांसजेनिक प्राणी के निर्माण हेतु इस कोशिका को उपयोग में लाया जाता है। यह ट्रांसजीन युक्त कोशिका ब्लास्टोसिस्ट में रोपित करने के उपरान्त इस ब्लास्टोसिस्ट को मादा के गर्भाशय में रोपित कर दिया जाता है इससे उत्पन्न संतति ट्रांसजेनिक प्रकार की होती है।

1. ट्रांसजेनिक गायें – दुग्ध देने वाले प्राणी के दुग्ध में वसा व प्रोटीन प्रमुख घटक होते हैं। उच्च प्रोटीन युक्त दुग्ध देने हेतु गायों को ट्रांसजेनिक विधि से प्राप्त किया गया है इसके लिये निम्न पदों में क्रिया कराई जाती है– 1. बूचड़खानों में काटी जाने वाली गायों से अण्ड कोशिकाएँ प्राप्त की जाती हैं। 2. पात्रे अण्ड कोशिकाओं का परिपक्वन कराया जाता है। 3. इन अण्ड कोशिकाओं का निषेचन भी पात्रे ही कराया जाता है। 4. निषेचित अण्डों का अपेकेन्द्रण कर पीतक एक ओर तथा केन्द्रक अलग व स्पष्ट देने लगते हैं। 5. नर केन्द्रकों में डी.एन.ए. का माइक्रोइंजेक्शन दे दिया जाता है। नर व मादा केन्द्रकों का संलयन हो जाने के उपरान्त भ्रूण का परिवर्द्धन भी पात्रे ही कराया जाता है। 6. परिवर्द्धित भ्रूण को फॉस्टर माता में रोपित कर दिया जाता है। 7. संतति में ट्रांसजीन की उपस्थिति की जाँच स्क्रीनिंग द्वारा करते रहते हैं। 8. इस विधि से डेयरी हेतु अधिक दूध देने वाली गायों का उत्पादन किया जाता है। इस दूध से बना पनीर भी उत्तम प्रकृति का होता है क्योंकि इनके दूध मे केसीन प्रोटीन की मात्रा प्रति लीटर कई गुना अधिक होती है।

2. ट्रांसजेनिक बकरी व भेड़ – चूहे के दुग्ध मे प्लाज्मिनोजन सक्रियक पाया गया। इसके किण्वक रक्त में उपस्थित धक्के को घोलने में सक्षम होते हैं। जॉन मेक फेरसन एंजाइम कम्पनी ने के. एल्बर्ट व साथियों के साथ ट्रांसजेनिक बकरी प्राप्त करने में सफलता प्राप्त की। इन्होंने बकरी के केसिल प्रोमोटर जीन को टी–पीए से जोड़ कर बकरी में प्रवेशित करा दिया एवं ट्रांसजेनिक बकरी प्राप्त की है। औषधीय महत्व के प्रोटीन प्राप्त करने हेतु बायर कम्पनी ने एल्फा–1 एन्टीट्रिप्सीन प्राप्त करने हेतु ट्रांसजेनिक भेड़ प्राप्त करने में सफलता प्राप्त की है।

3. ट्रांसजेनिक सुअर – सुअर में गाय में पाये जाने वाला वृद्धि हार्मोन का जीन प्रवेशित कराने पर एक प्रयोग में विपरीत प्रभाव देखने को मिले।

4. ट्रांसजेनिक मछलियाँ – कामराज विश्वविद्यालय के टी.जे. पाण्डियन एवं इनके साथियों ने माइक्रोइंजेक्शन तकनीक द्वारा गाय या मनुष्य के वृद्धि हार्मोन का जीन मछलियों में प्रवेशित कराकर ट्रांसजेनिक मछलियाँ प्राप्त की है। मछलियाँ एक बार अनेक अण्डे देती हैं, अण्डों में जीन में परिवर्तन आसानी से कराये जा सकते हैं। अत: ट्रांसजेनिक मछलियाँ उन लोगों के भोजन में पोषक तत्वों के साथ वृद्धि हार्मोन भी उपलब्ध करा सकती है, जिसमें इसकी कमी होती हैं।

5. ट्रांसजनिक पक्षी – ट्रांसजेनिक पक्षी विशेषत: मुर्गीयाँ प्राप्त करने की दिशा में भी शोध कार्य किये गये हैं इनमें ब्लास्टोडर्म अवस्था में ट्रांसजेनेसिस संभव है। इसके लिये ब्लास्टोडर्म कोशिकाओं को ब्लास्टुआ से पृथक कर लिया जाता है। इन कोशिकाओं में ट्रांसजीन माइक्रोंजेक्शन द्वारा प्रविष्ट करा दिया जाता है। ट्रांसफेक्टेड कोशिका को भ्रूण को अधोजनिक गुहा में प्रविष्टा करा देते हैं। इस प्रकार मुर्गी को कुछ संततियों में ट्रांसजीन पाया जाता है। इन में प्रजनन करा कर ट्रांसजेनिक लाइन का निर्माण कर लिया जाता है। इस प्रकार उच्च पोषक तत्वों वाले एवं अधिक प्रोटीन युक्त अण्डे या औषधिय महत्व प्रोटीन युक्त अण्डे प्राप्त किये जा सकते हैं।

ट्रांसजेनिक प्राणियों की उपयोगिताएँ– ट्रांसजेनिक तकनीक द्वारा चूहे, खरहे, सुअर, भेड़, बकरी, गाय, मुर्गी, मछलियों पर तो सफलतापूर्वक प्रयोग किये ही गये हैं। एम्फीबिया, कीटों व निमेटोड्स पर भी कार्य किया गया हैं। इस तकनीक का प्रयोग निम्न दिशाओं में किया जाता है–

1. जीन स्थानान्तरण तकनीक विधि से जीन विच्छेदन, नियमन व अभिव्यक्ति दाता प्राणी से हटा कर ग्राही प्राणी में की जाती है। व्यक्तिगत जीन का कार्य परिवर्धन एवं कार्यप्रणाली का अध्ययन इस प्रकार से सम्भव है। प्रभावी जीन की अभिव्यक्ति, समजात जोन्स का पुनर्योजन/जीन लक्ष्यता तथा भ्रूणीय कोशिकाओं में इनका अध्ययन सम्भव है। इस प्रकार नाक आउट मॉडल रिपोर्टर जीना एवं मार्कर जीन का उपयोग परिवर्धन के दौरान लाइनेज के पहचान हेतु काम में लाये जाते हैं।

नाक ऑऊट चूहे - प्राप्त किये गये हैं अर्थात् इन चूहों में एक विशिष्ट जीन अनुपस्थिति होता है इस प्रकार सभी जीनों को एक-एक चूहे में से हटाकर नाकआउट चूहों की पूरी एक श्रृंखला प्राप्त की जा सकता है। इनसे प्रत्येक जीन की कार्य पद्धति के अध्ययन में सुविधा होती है। इनमें मानव जीन रोपित कर मानव में रोग उत्पन्न करने वाले जीन्स का पता लगाया जाता है। आज विश्व की अनेक प्रयोगशालओं में लगभग 100 प्रकार के नाक आउट चूहे मौजूद हैं। पहले वैज्ञानिकों की मान्यता थी कि डी डीन मांस पेशियों के विकसित होने हेतु आवश्यक है किन्तु नाकआउट चूहों में इस जीन को निकाल देने पर भी इनसे मांस पेशियों का विकास सामान्य ही पाया गया। इटली के वैज्ञानिकों ने मानव में वृद्धाकारी जीन का पता लगाया है। इससे यह सम्भावना व्यक्त की जाने लगी है कि इस जीन जिसे पी-66 ए एच सी कहा गया है, पर नयिंत्रण करने से मनुष्य को उम्र में वृद्धि हो सकेगी। चूहों में इस जीन को निकाल कर नाकआऊट चूहे प्राप्त किये गये हैं। सामान्य चूहे 24 माह तक जीवित रहते हैं जबकि इनकी उम्र 35 महीने तक हो। इस आधार पर मनुष्य की उम्र को भी 85 से बढ़ाकर 120 वर्ष तक कर पाने में सफलता मिल सकेगी।

2. दूसरे क्षेत्र जिसमें इन ट्रांसजेनिक प्राणियों के उपयोग का है वह चिकित्सा का क्षेत्र है। इसमें इन प्राणियों को एक फैक्टरी के रूप में प्रयुक्त करते हैं। मानव उपयोगी प्रोटीन, रक्त स्कन्धन कारक ग्यारह, प्रोटीन, सी, एन्टीट्रिप्सीन व उत्तक प्लाज्मिनोजन सक्रियक आदि इन ट्रांसजेनिक प्राणियों से प्राप्त किये जाते हैं। जिनका उपयोग रोगों के उपचार व परीक्षण हेतु किया जाता है।

आनुवंशिक अभयांत्रिकी द्वारा विकसित जीन स्थानान्तरित कर ट्रांसजेनिक प्राणियों से अधिक केसीन, कम लेक्टोज एवं अधिक वसा युक्त दुग्ध देने वाले प्राणियों को प्राप्त किया जाता है। इसी प्रकार अधिक ऊन देने वाली भेड़ें आस्ट्रेलिया में जीवाण्विक व विषाणुओं से प्रतिरोधक जातियों प्राप्त की जाने लगी हैं। कुछ व्यक्तियों में लेक्टोज फ्लोरीजिन हाइड्रोलेज एन्जाइम की कमी होती है ये गाय के दूध को पचा नहीं पाते क्योंकि इसमें लेक्टोज (दुग्ध शर्करा) अधिक होती है, ये डीहाईड्रेशन का शिकार हो जाते हैं तथा दूध नहीं मिलने से इनमें कैल्शियम की कमी हो जाती है व हड्डियाँ कमजोर बनी रहती हैं। बनरार्ड, जोस्ट व इनके साथियों ने ऐस चूहे का निर्माण किया जो अपनी स्तन ग्रन्थियों में लेक्टोज एंजाइम बना सकें। इसके लिये इन्होंने संकर जीन बनाई। इसके लिये आन्त्रीय, लैक्टेज फ्लोरिजिन हाइड्रोलेज के सीडीएनए को चूहे की स्तन ग्रन्थियों के विशेष लैक्ट्रोएल्ब्यूमिन प्रमोटर के साथ जोड़ दिया। इस संकर जीन को चूहे के भ्रूण में स्थापित कर दिया गया जिससे ट्रांसजैनिक चुहिया उत्पन्न हुयी। यह दुग्ध स्त्रावण के समय अपनी स्तन

ग्रन्थियों से इस मानव एंजाइम का उत्पादन करती हैं। इस जीन के प्रभाव से दूध में लेक्टोजन की मात्रा 50-85 प्रतिशत तक कम पायी जाती है। कम लैक्टोजन युक्त दुग्ध देने वाली गाय प्राप्त करने का श्रेय पीपीएल थिरैप्युटिक्स कम्पनी के वैज्ञानिकों को जाता है। इन्होंने रोजी नामक ट्रांसजैनिक गाय बनायी। इस गाय के दुग्ध में कार्यवाहक मानव लेक्टोज होता है। पी.पी.एल. थिरैप्यूटिक्स कम्पनी ने ही ट्रांसजेनिक भेड़ ट्रेसी बनायी है। इसके दुग्ध में मानवप्रोटीन-1 एटीट्रिप्सीन उपस्थित था। यह प्रोटीन ट्रेसी के दुध में प्राप्त किया जा सकता है। यह प्रोटीन मनुष्य में फेफड़ों के रोग सिस्टिक पऊज्ञइब्रोसिस के उपचार में लाभदायक सिद्ध हुई है। इसी प्रकार एक अन्य ट्रांसजेनिक भेड़ के दुग्ध में मानव प्रोटीन कारक ग्यारह प्राप्त किया गया है। इनमें मानव जीन जो कारक ग्यारह को कोडित करते हैं, को भेड़ के डी एनए के उस भाग में पर स्थापित किया गया जिसके फलस्वरूप ट्रांसजेनिक भेड़ उत्पन्न हुयी जिसके दुग्ध में कारक ग्यारह उपस्थित था। कुछ चूहे एवं मूर्गे इस प्रकार के विकसित किये गये हैं जिनमें कि संकर प्रतिरक्षी ग्लोबुलिन अणुओं का निर्माण करने की क्षमता पायी गयी हैं।

अभ्यास प्रश्न

बहुचयनात्मक प्रश्नोत्तर

1. **शरीर की प्रतिरोधक क्षमता से सम्बन्धित कोशिका है-**
   (अ) रक्ताणु (ब) लसिकाणु
   (स) मास्ट कोशिका (द) थ्रोम्बोसाइट
2. **प्रतिरक्षी (Antibodies) होते है-**
   (अ) शर्करा (ब) ऐरोमैटिक अम्ल
   (स) न्यूक्लिक अम्ल (द) प्रोटीन
3. **एड्स विषाणु नष्ट करता है-**
   (अ) T-मारक कोशिकाओं को
   (ब) T-निरोधी कोशिकाओं को
   (स) T-सहायक कोशिकाओं को
   (द) T-सुग्राहित कोशिकाओं से
4. **कोशिका माध्यित प्रतिरक्षा (CMI) हेतु विशिष्टीकृत कोशिकाएँ है?**
   (अ) बी-कोशिकाएँ (ब) टी-कोशिकाएँ
   (स) प्राकृतिक मारक (NK) कोशिकाएं
   (द) मास्ट कोशिकाएं
5. **सर्वाधिक प्रचुरता में मिलने वाली प्रतिरक्षीग्लोब्यूलिन है-**
   (अ) lgG (ब) lgA
   (स) lgM (द) lgD

6. **टीकाकरण के फलस्वरूप शरीर में बनते है-**
(अ) प्लैज्मा (ब) प्रतिजन
(स) प्रतिरक्षी (द) आविष

7. **एलर्जी के दौरान मास्ट कोशिकाओं द्वारा स्त्रावित पदार्थ है-**
(अ) एसीटिलकोलीन (ब) एथेनॉल
(स) लैक्टिक अम्ल (द) हिस्टामीन

8. **अंग प्रत्यारोपण की एक प्रमुख समस्या है-**
(अ) धार्मिक बन्धन
(ब) सामाजिक बन्धन
(स) अंगदाताओं का अभाव
(द) दूसरे शरीर के अंगों का प्रतिरक्षी तंत्र द्वारा रिजेक्शन

9. **अभिग्रहित रोधक क्षमता होती है ?**
(अ) प्राकृतिक (ब) कृत्रिम
(स) अक्रिय एवं सक्रिय (द) उपरोक्त सभी

10. **माता के दुग्ध कोलोस्ट्रम में पाये जाने वाली प्रतिरक्षियां प्राकृतिक होती हैं, यदि इसमें रुबैला, डिप्थीरिया या पोलियों के प्रति प्रतिरक्षियां हों तो शिशु में ?**
(अ) उपरोक्त रोग होंगे
(ब) उपरोक्त रोग नहीं होगे
(स) कोई प्रभाव नहीं होगा
(द) उपरोक्त में से कोई नहीं

11. **प्रतिरक्षी तंत्र का उद्भव जिन कोशिकाओं से होता है? ये पायी जाती है ?**
(अ) आद्य कोशिकाओं (ब) स्तम्भ कोशिकाएं
(स) मस्तिष्क कोशिकाएं (द) उपरोक्त में से कोई नहीं

12. **प्रतिरक्षी तंत्र का भाग है ?**
(अ) टॉन्सिल (ब) प्लीहा
(स) अस्थिमज्जा (द) उपरोक्त सभी

13. **क्लोन बनने की क्रिया होती है ?**
(अ) यकृत (ब) प्लीहा
(स) लिम्फाइड उत्तक (द) प्लाज्मा

14. **एन्टीजन के प्रकार हैं ?**
(अ) हेप्टेन्स (ब) एलो एन्टीजन
(स) स्वत: एन्टीजन (द) उपरोक्त सभी

15. **Rh एन्टीजन के प्रकार ?**
(अ) स्वत: प्रतिजन (ब) एलो एन्टीजन
(स) गुप्त एन्टीजन (द) पूर्व एन्टीजन

16. एक प्रतिजन पर निर्धारक बिन्दु हो सकते हैं ?

(अ) एक (ब) दो से आठ

(स) अनेक (द) कोई नहीं

उत्तरमाला

1. (ब)	2. (द)	3. (स)	4. (ब)	5. (अ)	6.	(स)
7. (द)	8. (द)	9. (ब)	10. (ब)	11. (स)	12.	(स)
13. (स)	14. (ब)	15. (ब)	16. (अ)			

अतिलघूत्तरात्मक प्रश्न

प्रश्न 1. प्रतिरक्षा विज्ञान क्या है?

प्रश्न 2. सहज असंक्राम्यता को परिलक्षित करने वाले अवरोधों के नाम दीजिए?

प्रश्न 3. कोशिकाशन की क्रिया को सर्वप्रथम देखने वाले वैज्ञानिक का नाम लिखिये?

प्रश्न 4. रोधक क्षमता कितने प्रकार की होती है?

प्रश्न 5. नवदुग्ध (Colostrum) में उपस्थित प्रतिरक्षीग्लोब्यूलिन का नाम दीजिए?

प्रश्न 6. द्वितीयक असंक्राम्य अनुक्रिया में मुख्यतः स्त्रावित प्रतिरक्षीग्लोब्यूलिन का नाम लिखिये?

प्रश्न 7. प्रतिरक्षण का जनक (Father of Immunisation) किसको कहा जाता है?

प्रश्न 8. आविषाभ टीका निर्माण के लिए आविष को किससे उपचारित करते है?

प्रश्न 9. तीव्रग्राहिता प्रभाव उत्पन्न कर सकने वाले किन्हीं दो एलर्जन के नाम दीजिए?

प्रश्न 10. किस रोग को थाइरॉइड की आत्महत्या भी कहते है?

प्रश्न 11. हृदय, यकृत आदि के प्रत्यारोपण के दौरान प्रयुक्त प्रतिरक्षीक्रिया दमनक औषधि का नाम लिखिये?

प्रश्न 12. HLA का पूरा नाम लिखिये?

लघूत्तरात्मक प्रश्न

प्रश्न 1. प्राकृतिक व उपार्जित प्रतिरोधकता में अन्तर स्पष्ट कीजिए?

प्रश्न 2. उपार्जित प्रतिरोधकता के विशिष्ट लक्षण लिखिये?

प्रश्न 3. टी-लसिका कोशिकाओं के प्रकारों का संक्षिप्त वर्णन लिखिये?

प्रश्न 4. कोशिका माध्यित व तरल माध्यित अंसक्राम्यता में अन्तर लिखिये।

प्रश्न 5. आदर्श टीके की विशेषताएँ लिखिये।

प्रश्न 6. विश्व प्रतिरक्षण कार्यक्रम पर एक संक्षिप्त टिप्पणी लिखिये?

प्रश्न 7. ऊतक या अंग प्रत्यारोपण क्या है?

प्रश्न 8. प्रत्यूर्जता (Allergy) को स्पष्ट कीजिए।

प्रश्न 9. रोधक क्षमता को समझाइये?

प्रश्न 10. ट्रांसजेनिक प्राणियों की उपयोगिताएं बतलाइये?

निबन्धात्मक प्रश्न

प्रश्न 1. उपार्जित असंक्राम्यता की परिभाषा दीजिए तथा इसके प्रकारों का वर्णन कीजिए।

प्रश्न 2. प्रतिरक्षी तन्त्र की कोशिकाओं का संक्षिप्त वर्णन कीजिए?

प्रश्न 3. टीकाकरण की परिभाषा देते हुए विभिन्न प्रकार के टीकों का वर्णन कीजिए?

प्रश्न 4. असंक्राम्य तन्त्र अव्यवस्था को स्पष्ट करते हुए इसके प्रमुख प्रकारों को संक्षिप्त में दीजिए?

□□□

इकाई 6 संरचना निर्धारण की भौतिक विधियाँ

अणुओं की क्रिस्टेलोग्राफिक व्याख्या (Crystalographic Elucidation of Molecules)

(i) छोटे अणु (Small Molecules)—एक्स-रे विवर्तन विधि द्वारा छोटे अणुओं का संरचनात्मक निर्धारण इनकी परमाण्विक स्थिति की व्याख्या करने के लिए काफी है। इस विधि में इकाई कोश में उपस्थित परमाणु की सूचना इसके तापीय कंपन के साथ युग्मित हो जाती है। अणुओं की बंध लम्बाई, बंध कोण, आण्विक विन्यास, स्टीरियो केमेस्ट्री, हाइड्रोजन बंध तथा वान्डरवाल्स बलों का पता इस विधि द्वारा लगा सकते हैं।

(ii) वृहद् अणु (Macro Molecules)—विभिन्न प्रकार के वृहद् अणु जैसे - गोलाकार प्रोटीन, एन्जाइम तथा हॉर्मोन्स का क्रिस्टलीय अध्ययन इस विधि से किया जा सकता है। यह अध्ययन छोटे अणुओं के समान ही होता है लेकिन इनका विश्लेषण (Resolution) 2-3 Å की सीमा में ही होता है। अत: परमाणु तथा अणु की वास्तविक आकृति का पता इस विधि द्वारा नहीं लगा सकते हैं। अत: प्रारम्भ में प्रावस्था समस्या के निदान के लिए कम स्पष्टीकरण (5-6 Å) पर ही अणुओं की संरचना का अध्ययन किया जाता है। इस विधि द्वारा हीमोग्लोबीन, लाइसोजाइम, DNA तथा अन्य वृहद् अणुओं की संरचना का अध्ययन क्रिस्टेलोग्राफी द्वारा किया गया है।

(A) हीमोग्लोबीन की संरचना (Structure of Haemoglobin)

हीमोग्लोबीन की संरचना का अध्ययन एक्स-रे क्रिस्टेलोग्राफी के द्वारा किया गया है। हीमोग्लोबीन में Fe^{+2} की स्थिति में परिवर्तन के साथ-साथ हीमोग्लोबीन की R तथा T स्थिति को समझने में सहायता मिली है। साथ ही उत्परिवर्तन के कारण हीमोग्लोबीन की β पोलीपेप्टाइड में सातवें नम्बर पर उपस्थित ग्लुटेमिक अम्ल का प्रतिस्थापन वेलाइन एमीनों अम्ल से ही जाता है। जिससे सिकल सेल एनीमिया हो जाता है। इस रोग का पता क्रिस्टेलोग्राफी विधि द्वारा लगाया जा सकता है। इस विधि द्वारा प्रतिरक्षियों के त्रिविमीय विन्यास के अध्ययन में भी किया जाता है। प्रतिरक्षियों में उपस्थित डोमेन, इनमें पाये जाने वाले डाइसल्फाइड बंधों की प्रकृति का अध्ययन इस विधि से किया जा सकता है। साथ ही एन्जाइम, एन्टीबोडी, अभिक्रिया में होने वाले पोलीपेप्टाइड के वलनन (Folding) का भी पता इस विधि से कर सकते हैं।

(B) लाइसोजाइम की संरचना (Structure of Lysozyme)

लाइसोजाइम सबसे पहला एन्जाइम है जिसका परमाण्विक स्तर पर त्रिविमीय विन्यास व इसके संरचनात्मक लक्षणों का अध्ययन किया गया है। लाइसोजाइम में 129 एमीनों अम्ल पाये

जाते हैं तथा कई स्थानों पर डाइसल्फाइड बंध उपस्थित होते हैं। इसकी मुख्य पोलीपेप्टाइड श्रृंखला सतत् फीते के समान होती है। इनमें उपस्थित एमीनों अम्ल अवशेषी को संख्या के द्वारा निरुपित किया जाता है। पॉलिग द्वारा मायोग्लोबीन का मॉडल प्रस्तावित किया गया है। इनमें उपस्थित चार डाइसल्फाइड बंध उच्च इलेक्ट्रान घनत्व वाले क्षेत्रों को निरुपित करते हैं जबकि छ: ट्रिप्टोफेन स्थलों पर दोहरी वलय के समान छाया निर्मित होती है। साथ ही जीवाणुओं पर होने वाले लाइसोजाइम के आक्रमण तथा जीवाण्वीय कोशिका भित्ति को नष्ट करने की परिघटना का अध्ययन इस विधि द्वारा किया जा सकता है।

(C) DNA की संरचना (Structure of DNA)

वाट्सन तथा क्रिक द्वारा प्रस्तावित B.DNA का मॉडल एक्स-रे विवर्तन विधि पर आधारित है। इस विधि द्वारा DNA में होने वाले प्रतिलिपीकरण (Replication), अनुलेखन (Transcription) तथा अनुवादन (Translation) का अध्ययन क्रिस्टेलोग्राफी द्वारा किया गया है। इस विधि से B.DNA में पाये जाने वाले दाहिनावृत कुण्डलन (Right handed helix) का भी पता लगाया गया है।

X-Ray क्रिस्टेलोग्राफी के उपयोग (Applications of X-Ray Crystalography)

इस विधि द्वारा न्यूक्लिक अम्ल, एमीनों अम्ल, स्टीरोइडस, एल्केलॉयड, फलेवोनाइड तथा सैकेराइड की आण्विक संरचना का अध्ययन किया जा सकता है इस विधि द्वारा विभिन्न वृहद अणु जैसे- प्रोटीन, एन्जाइम, इम्यूनोग्लोबूलिन, कोलेजन, ATPase, DNA तथा RNA का संरचनात्मक निर्धारण किया जा सकता है।

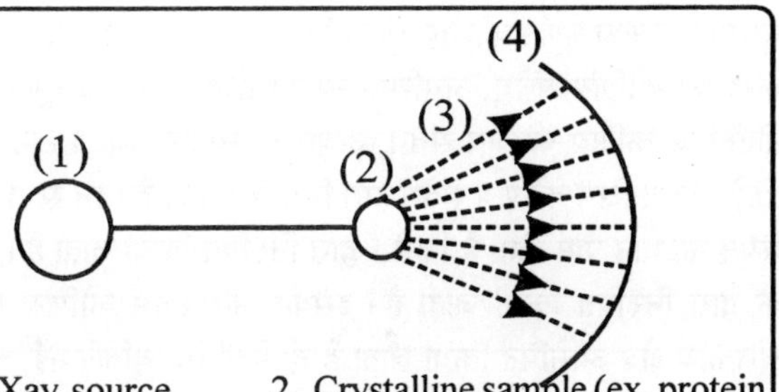

1. Xay source 2. Crystalline sample (ex. protein
3. Diffracted beam 4. Photographic film

क्रिस्टेलोग्राफी के उपयोग

(II) NMR (Nuclear Magnetic Resonance)

इस विधि का उपयोग किसी अणु के रासायनिक तथा भौतिक लक्षणों के अध्ययन में किया जाता है। जब किसी प्रतिदर्श (Sample) को प्रबल चुम्बकीय क्षेत्र में रखा जाता है तथा इसको विद्युत चुम्बकीय तरंगों से विकीरणित किया जाता है। तत्पश्चात अणु की आण्विक संरचना का निर्धारण इस विधि से किया जाता है। इस विधि द्वारा जैविक लक्षणों के अलावा भौतिक एवं रासायनिक लक्षणों का भी अध्ययन किया जा सकता है।

सिद्धांत (Principles)

परमाणु में उपस्थित इलेक्ट्रोन, प्रोटोन तथा न्यूट्रोन अपनी अक्ष पर घूर्णित होते रहते हैं।

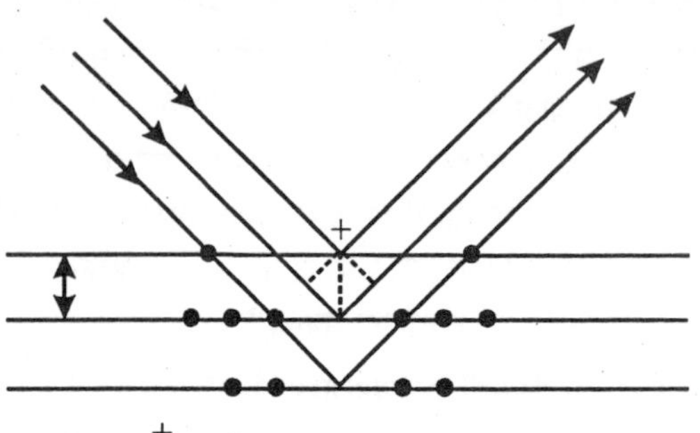

X-rays का विवर्तन

जिससे चुंबकीय क्षेत्र उत्पन्न होता है। परमाणु की नाभी में न्यूट्रोन तथा प्रोटोन उपस्थित होते हैं। न्यूट्रोन पर कोई आवेश नहीं होता है जबकि प्रोटोन पर धनावेश होता है। इसका द्रव्यमान, इलेक्ट्रोन से 1800 गुना अधिक होता है। न्यूक्लियोन (प्रोटोन तथा न्यूट्रोन) में कक्षीय कोणिय संवेग (Angular Orbital momentum) पाया जाता है। प्रोटोन तथा न्यूट्रोन दोनों में आघूर्ण एक समान होता है। इलेक्ट्रोन के समान न्यूक्लियोन में भी ऊर्जा स्तर (Energy level) होते है। इस ऊर्जा स्तरों को प्रोटोन Spin up तथा Spin down द्वारा पुरित करते हैं। प्रोटोन के युग्मन से इनका घूर्णन कोणिय संवेग निरस्त हो जाता है। केन्द्रक में कोणिय संवेग पाया जाता है। केन्द्र का कोणिय संवेग, अयुग्मित न्यूट्रोन तथा प्रोटोन के घूर्णन (Spin) द्वारा एवं न्यूट्रोन तथा प्रोटोन के कक्षिय कोणिय संवेग, अयुग्मित न्यूट्रोन तथा प्रोटोन के घूर्णन द्वारा एवं न्यूट्रोन तथा प्रोटोन के कक्षिय कोणिय संवेग द्वारा निर्धारित होता है। इन सभी कार्यों के संयोजन से न्यूक्लियर स्पिन का मान प्राप्त होता है जिसे I द्वारा निरुपित किया जाता है। यहाँ पर I को न्यूक्लियर स्पिन के द्वारा निरुपित किया जाता है। इसका अधिकतम कोणिय संवेग Ib होता हैं जब इस पर चुंबकीय क्षेत्र आरोपित किया जाता है तो स्पिनिंग न्यूक्लियाई, चुंबकीय क्षेत्र में विन्यासित होने का प्रयास करती है। यदि इस स्पिनिंग न्यूक्लियाई पर विद्युत चुंबकीय विकिरणों के रुप में आरोपित क्षेत्र (Applied field) के लंबवत अतिरिक्त ऊर्जा की आपूर्ति की जाती है तो न्यूक्लियाई ऊर्जा का अवशोषण करके उच्च ऊर्जा स्तरों में चली जाती है। ये न्यूक्लियाई उच्च ऊर्जा स्तरों में स्थाई नहीं रहते हैं बल्कि ऊर्जा की निर्मुक्ती के द्वारा पुन: निम्न ऊर्जा स्तरों में आ जाता है। यह प्रक्रिया नियमित अंतराल से होती रहती है। इस अवस्था में न्यूक्लियाई अनुनाद (Resonance) की अवस्था में होता है तथा वह आवृति जिस पर अनुनाद होता है उसे अनुनादी आवृति (Resonance frequency) कहते हैं। कोणीय संवेग एक भौतिक मात्रक है जो किसी पिण्ड की घूर्णन गति (Rotational motion) को निरुपित करता है। केन्द्रक का यह कोणिय संवेग NMR के लिये महत्वपूर्ण होता है। यह कोणिय संवेग केन्द्रक को चुंबकीय क्षेत्र में रखने पर केन्द्रक के कार्य को प्रदर्शित करने के लिये आवश्यक होता है। चूंकि प्रोटोन में घूर्णन तथा आवेश (Positive) दोनों होते हैं अत: यह एक लघु चुंबक का कार्य करता है। प्रोटोन में इलेक्ट्रोन के समान कोणिय संवेग पाया जाता है लेकिन इसका चुंबकीय आघुर्ण, इलेक्ट्रोन के चुंबकीय आघूर्ण की तुलना में काफी कम होता है। चुंबकीय क्षेत्र की उपस्थिति के कारण प्रोटोन तथा अन्य न्यूक्लियाई जिनकी

Spin Value 1/2 होती है, वे निम्न ऊर्जा स्तर (Low energy level) या उच्च ऊर्जा स्तर (High energy level) में हो सकते हैं। निम्न ऊर्जा स्तर में इनका चक्रण चुंबकीय क्षेत्र के समानांतर होता है जबकि उच्च ऊर्जा स्तर में चक्रण चुंबकीय क्षेत्र के विपरीत होता है। न्यूक्लियस द्वारा विद्युत चुंबकीय स्पेक्ट्रम में ऊर्जा का अवशोषण होता है तथा नाभि निम्न ऊर्जा स्तर से उच्च ऊर्जा स्तर में चले जाते हैं। यदि इन न्यक्लियाई को अत्यधिक प्रबल चुंबकीय क्षेत्र में रखा जाता है तो ये रेडियों तरंगों वाले क्षेत्रों से तरंगों को अवशोषित करते हैं। इस ऊर्जा के अवशोषण के कारण अणुओं में अनुनादी आवृति उत्पन्न होती है तथा यह परिघटना NMR (Non Magnetic Resonance) कहलाती है। प्रत्येक केन्द्रक द्वारा अवशोषित ऊर्जा का मापन इस विधि से किया जा सकता है। यदि ऊर्जा के मान में कोई परिवर्तन हो तो यह अन्य अणु की उपस्थिति को दर्शाता है। जब प्रोटोन कार्बन से जुड़ा होता है तो इससे अवशोषित ऊर्जा की मात्रा प्रोटीन के नाइट्रोजन से सम्बन्धित होने के पश्चात अवशोषित ऊर्जा की तुलना में पूर्णतया भिन्न होती है। NMR में सामान्यतया कार्बन, हाइड्रोजन, फास्फोरस तथा नाइट्रोजन का उपयोग किया जाता है। सामान्य तौर पर हाइड्रोजन के आइसोटोप का उपयोग किया जाता है लेकिन कई बार जैवरासायनिक अध्ययनों में कार्बन, N तथा P के आइसोटोप का उपयोग किया जाता है क्योंकि इनका चक्रण मान 1/2 होता है जबकि C^{12}, O^{16} तथा S^{32} का चक्रण मान शून्य होता है। अतः इनमें कोई चुम्बकीय आघूर्ण नहीं होता है। ये किसी अनुनाद को प्रदर्शित नहीं करते हैं, तथा NMR के लिये कोई सिग्नल उत्पन्न नहीं करते हैं। किसी प्रोटीन की नाभि अलग-अलग रासायनिक वातावरण में अलग-अलग स्पेक्ट्रम लाइनों को उत्पन्न करती है। इस प्रकार प्राप्त स्पेक्ट्रम रेखाऐं रासायनिक विस्थापन (Chemical Shift) कहलाती है ये न्यूक्लियाई अलग-अलग रासायनिक वातावरण में अलग-अलग आकृतियों पर

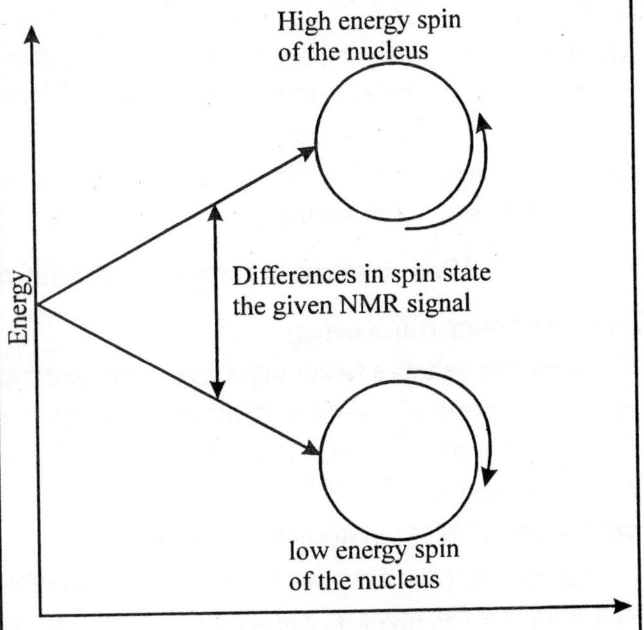

NMR का मुख्य सिद्धान्त

अनुनादित होती है तथा अनुनादी आवृति में पाया जाने वाला अंतर रासायनिक विस्थापन के द्वारा निरूपित होता है। रासायनिक विस्थापन की परिघटना प्रोटोन की न्यूक्लियाई के इलेक्ट्रोन द्वारा उत्पन्न बाह्य चुम्बकीय क्षेत्र से शिल्डिंग के कारण उत्पन्न होती है। ये रासायनिक विस्थापन NMR स्पेक्ट्रोस्कोपी का मुख्य आधार है। रासायनिक विस्थापन के द्वारा किसी परमाणु की गुणात्मक तथा मात्रात्मक सूचना का पता लगया जा सकता है। अत्यधिक प्रबल चालित चुम्बकों की खोज के पश्चात NMR के अनेक रुपान्तरित प्रतिरुपों द्वारा आण्विक संरचनाओं का निर्धारण किया जाता है। इनमें मुख्य रुप से फोरियर, ट्रांसफोर्म स्पेक्ट्रोस्कोपी तथा बहुआयामी NMR तकनीकि का उपयोग किया जाता है। इस तकनीकि के द्वारा प्रोटीन इसमें उपस्थित परमाणु तथा अन्य वृहद अणुओं का संरचनात्मक विश्लेषण किया जा सकता है। NMR द्वारा किसी विलयन में उपस्थित अणुओं की संरचना का निर्धारण अधिक सुगम होता है।

NMR की संरचना (Structure of NMR) में निम्न 5 रचनाएँ पाई जाती हैं—

1. इलेक्ट्रोमेग्नेट (Electromagnete)
2. रेडियो फ्रिक्वेन्सी (Radio frequency)
3. सेम्पल प्रोब (Sample Probe)
4. स्विप जनरेटर (Swip generator)
5. डिटेक्टर (Detector)
6. रिकॉर्डर (Recorder)

इलेक्ट्रोमेग्रेट का भार लगभग 1000 kg होता है। यदि इनका आकार बहुत बड़ा हो तो स्थायी चुम्बकों का उपयोग किया जा सकता है। इनके द्वारा उत्पन्न चुम्बकीय क्षेत्र 500-30000 गॉस (Gauss) तक होता है। कई बार कुण्डलित चुम्बकों के बजाय सुपर कन्डटिंग चुम्बकों का उपयोग किया जाता है क्योंकि इनमें निम्न ताप पर कुछ पदार्थों के प्रति प्रतिरोधिता शून्य होती है। शून्य प्रतिरोधिता पर धारा का प्रवाह बिना किसी शक्ति के सामान्य रुप से होता रहता है। इस सम्पूर्ण उपकरण को 4° K पर नियत बनाये रखा जाता है। स्थायी चुम्बकों में .05 से 1 Tesla तक के मान वाले चुम्बकीय क्षेत्र उत्पन्न किये जा सकते हैं तथा इनमें कोई शीतलन की आवश्यकता नहीं होती है। सुपर मैग्नेट में 0.3 से 2 Tesla तक चुम्बकीय क्षेत्र उत्पन्न किया जा सकता है। एक रेडियोट्रांसमीटर के द्वारा मोनोक्रोमेटिक विकीरणों को उत्पन्न किया जाता है। इसका उपयोग किसी प्रतिदर्श को विकरिणित करने में किया जाता है। प्रतिदर्श को चुम्बकीय क्षेत्र के लम्बवत् रखा जाता है। इसमें उत्पन्न आवृति लगभग 60 mHz तक होती है। NMR में अनेक प्रकार की रेडियो आवृति कोईल का उपयोग किया जाता है। सामान्य उपयोग में आने वाली कोईल, सैडल (Saddle) कोईल, सोलेनाइड कोईल है। इनका उपयोग चुम्बकीय क्षेत्र को उत्पन्न करने में किया जाता है। प्रतिदर्श को रखने वाला पात्र बेलनाकार काय की नलिका के रुप में होता है। इस नलिका के घूर्णन के कारण 1000 गुना अधिक स्पष्ट विश्लेषण संभव है। इस प्रतिदर्श के चारों और लिपटी हुई कोईल, डिटेक्टर का कार्य करती है। जिस प्रतिदर्श का अध्ययन किया जाना है इसे दो चुम्बकीय ध्रवों के मध्य रखा जाता है। इस पर 60 mHz वाली रेडियो आवृति तरंगों को इस पर आपतित किया जाता है। जिसमें D_2O के समान प्रोटोन अनुपस्थित होता है। इन रेडियो आवृति के कारण इनमें सूक्ष्म दोलन होते हैं। जिससे विद्युत चुम्बकीय क्षेत्र उत्पन्न होता है। विद्युत चुम्बकीय क्षेत्र के कारण परमाणु की नाभि के ऊर्जा स्तरों में विस्थापन होता है। इस दोहन के

कारण वोल्टेज में दोलन होता है। इस दोहन के कारण उत्पन्न रेडियों आवृत्ति को परिवर्तित किया जाता है तथा इनकी पहचान की जाती है।

NMR के अनुप्रयोग (Applications of NMR)

(i) इस विधि द्वारा प्रोटीन, न्यूक्लिक अम्ल तथा अन्य अणुओं की रासायनिक पहचान की जा सकती है।

(ii) इस विधि द्वारा यौगिकों में होने वाले विन्यासीय परिवर्तनों का पता लगया जा सकता है।

(iii) इस विधि द्वारा अलग-अलग रासायनिक वातावरण में न्यूक्लिक अम्लों में उपस्थित फास्फेट में होने वाले परिवर्तनों का पता लगाया जा सकता है।

(iv) इस विधि द्वारा विलयन मेंउपस्थित D-ग्लूकोज की मात्रा का पता लगा सकते हैं।

(v) इस विधि से प्रोटीन के अणुओं में होने वाले वलनन (folding) का पता लगाया जा सकता है।

(vi) इस विधि द्वारा कोशिकीय उपापचय में होने वाली जैव रासायनिक क्रियाओं कोशिका में ATP की मात्रा में परिवर्तन, पेशी संकुचन से पहले तथा बाद में क्रिएटिन फॉस्फेट की मात्रा में होने वाले परिवर्तन का पता इस विधि द्वारा लगा सकते हैं।

(vii) इस विधि द्वारा सामान्य कोशिकाओं तथा केन्सर कोशिकाओं के उपापचय में पाये जाने वाले अन्तर का पता लगाया जा सकता है।

जैविक संरचनाओं के चित्रण की भौतिक विधियाँ

(1) अल्ट्रासाउण्ड (Ultra sound)

अल्ट्रासाउण्ड वह ध्वनि है जिसकी आवृत्ति 2000 चक्र/सैण्कण्ड से अधिक होती है। अल्ट्रा साउण्ड को उत्पन्न करने की तकनीकि काफी वर्षों से ज्ञात है। सर्व प्रथम इस विधि का उपयोग 1912 में टाइटेनिक जहाज की खोज के लिये किया गया था। चिकित्सा के क्षेत्र में इस विधि का उपयोग द्वितीय विश्व युद्ध के पश्चात् किया जाने लगा।

पराध्वनि की भौतिकी (Physics of Ultrasound)

एक ध्वनिपुंज, X-किरणों के समान होता है क्योंकि दोनों ही संचरित ऊर्जा का प्रतिरूप है। ध्वनि के संचरण के लिये माध्यक की आवश्यकता होती है। ध्वनि तरंगों के वेग का निर्धारण एक अणु से दूसरे अणु में बल के संचरण की दर द्वारा किया जाता है। अल्ट्रासाउण्ड तरल माध्यम में अनुद्धैर्य तरंगों के रुप में संचरित होती है। इस तरल माध्यम के अणु भी आगे पीछे होते हैं। परिणाम स्वरुप तरल में संपीड़न, तथा विरलन (Rarefaction)के बैण्ड उत्पन्न होते हैं। तरंग की लम्बाई दो संपिड़न (Compression) के मध्य की दूरी होती है। इसे λ द्वारा निरुपित किया जाता है। ध्वनि तरंग उत्पन्न होने के पश्चात् यह एक ही दिशा में तब तक चलती रहती है जब तक इसका परावर्तन या अवशोषण नहीं हो जाता है। पराध्वनि की आवृत्ति 20000 Cycle/ Second से ज्यादा होती है। जबकि मनुष्य 15 से 20000 चक्र/सैकण्ड आवृत्ति वाली ध्वनि को

सुन सकता है। निदान परिक्षणों में काम में आने वाली पराध्वनि की आवृत्ति 1000000 से 20000000 चक्र/सैकण्ड तक होती है। इसके चक्र को हर्टज तथा एक सैकण्ड में एक मिलियन आवृत्ति होने पर इसे मेगा हर्टज के द्वारा निरुपित किया जाता है। प्रसव सम्बन्धि के निदान में 3.5 मेगा हर्टज आवृत्ति वाली तरंगों का उपयोग किया जाता है। ध्वनि के वेग, आवृत्ति व λ के सम्बन्ध को इस प्रकार दर्शा सकते हैं।

$$V = n\lambda$$

यहाँ पर V = Velocity of sound
n = Frequency
λ = Wave length

किसी माध्यम में ध्वनि का वेग इसकी भेदन क्षमता को निर्धारित करता है। ध्वनि के उत्पत्ति स्थल तथा इसके किसी बाधक स्तर से टकराकर वापस/पुन: स्रोत तक आने में लगे समय के द्वारा भेदन की गहराई का मापन किया जा सकता है। पराध्वनि के आयाम में कमी इसके माध्यम में अवशोषण एवं परावर्तन के कारण आने वाली समानांतर किरणों में विचलन (Deviation) के कारण होता है। चिकित्सा के क्षेत्र में काम में आने वाली पराध्वनि के लिये संचरित माध्यम देह में उपस्थित ऊ़तक तथा तरल पदार्थ होता है। इस प्रकार ध्वनि के संचरण का वेग, इसकी आवृत्ति से स्वतंत्र होता है लेकिन देह के ऊतकों की भौतिक अवस्था पर निर्भर करता है। देह ऊतकों का मुख्य लक्षण इसकी संपीडनता तथा अणुओं का घनत्व होता है।

पराध्वनि की उत्पत्ति तथा पहचना (Generation and detection of Ultrasound)

पराध्वनि की उत्पत्ति तथा पहचान पिजोइलेक्ट्रिक प्रभाव द्वारा की जाती है। यह ट्रांसड्यूसर का मुख्य घटक है जो ट्रांसडयूसर के अग्र भाग के निकट उपस्थित होता है।

अल्ट्रासोनिक ट्रांसड्यूसर

ट्रांसड्यूसर वह युक्ति है जिसमें ऊर्जा का एक रुप दूसरे रुप में रुपांतरित हो जाता है। इस ट्रांसड्यूसर में विद्युत संकेत को अल्ट्रासोनिक ऊर्जा के रूप में संचरित किया जाता है। जो ऊतकों से टकराकर पुन: विद्युत संकेत में परिवर्तित हो जाती है। ट्रांसड्यूसर में पिजोइलेक्ट्रोनिक क्रिस्टल उपस्थित होते हैं। इस क्रिस्टल का अग्र व पश्च भाग एक पतली कंडक्टिंग फिल्म द्वारा आवरित रहता है जो दो इलेक्ट्रोड को आपस में जोड़े रखती है। क्रिस्टल की सतह Au या Ag के द्वारा आवरित रहती है।

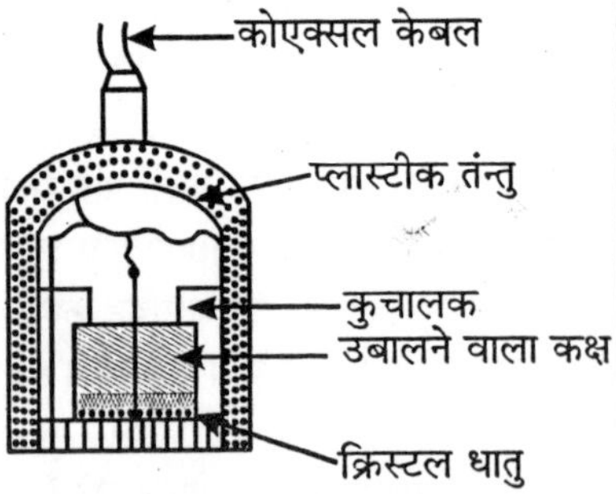

अल्ट्रासाउण्ड का संश्लेषण

पिजोइलेक्ट्रिक क्रिस्टल की विशेषताएँ (The characteristics of pieszoelectric Crystal)

पिजोइलेक्ट्रिक प्रभाव का वर्णन सर्वप्रथम Jacques curie (1980)ने किया

था। इनके अनुसार जब किसी पदार्थ पर विद्युत क्षेत्र आरोपित किया जाता है तो इसके भौतिक विन्यास में परिवर्तन हो जाता है। पिजोइलेक्ट्रिक पदार्थ असंख्य डाइपोल का बना होता है जो विशिष्ट ज्यामिती प्रतिरुप में व्यवस्थित रहते हैं। डाइपोल में एक तरफ +ve आवेश होता है व दूसरी तरफ –ve आवेश होता है। विद्युत क्षेत्र आरोपित करने पर क्रिस्टल का विन्यास परिवर्तित हो जाता है। क्रिस्टल में विद्युत का प्रवाह नहीं होता है।

जब ध्वनि तरंगे प्राणी के शरीर से गुजरती हैं तो इसकी प्रतिध्वनि पुनः ट्रांसड्यूसर से टकराती है। इस प्रतिध्वनि में ऊर्जा होती है। इस ऊर्जा को ट्रांसड्यूसर में स्थानांतरित कर दिया जाता है। इस कारण क्रिस्टल के भौतिक विन्यास में परिवर्तन होता है जिससे डाइपोल का विन्यास परिवर्तित हो जाता है। परिणामतः इलेक्ट्रोड के मध्य वोल्टेज उत्पन्न होता है। यह प्रेरित वोल्टेज प्रवर्द्धित होता है जो अल्ट्रासोनिक सिग्नल का कार्य करता है। इस सिग्नल को टीवी मोनिटर पर देख सकते हैं। प्राकृतिक रुप से क्वाट्र्ज के क्रिस्टल में पिजोइलेक्ट्रिक गुण पाये जाते हैं। यद्यपि मेडिकल अल्ट्रासाउण्ड में संश्लेषित क्रिस्टलों का उपयोग किया जाता है जिन्हें फेरोइलेक्ट्रिक्स कहते हैं। जैसे— Barium Titanate तथा Lead ziroconate Titanate (PZT).

ट्रांसड्यूसर की ऊत्तमता (Optimisation of Transducers)

ट्रांसड्यूसर की उत्तमता के लिए वेग, फोकिंसग तथा सक्रिय तात्विक विन्यास उत्तरदायी होता है आवर्ती में शुद्धि के कारण अक्षीय रिजोल्यूशन बढ़ जाती है जैसे–उदर के प्रेक्षण के लिए 1-5 mHz आवृत्ति वाली तथा लम्बी तरंगदैर्ध्य वाली किरणों का उपयोग किया जाता है जबकि सतही अंगों के प्रेक्षण के लिये 10-15 mHz वाली तरंगों का उपयोग किया जाता है। उच्च आवृत्ति के कारण इनकी भेदन क्षमता बढ़ जाती है। साथ ही आवृत्ति कम होने पर भी इनका भेदन आसानी से हो जाता है क्योंकि इनका पार्श्व का रिजोल्यूशन कम होता है। सामान्यतयाः ध्वनि पुँज के विचलन को कम करने के लिए अधिक व्यास वाले क्रिस्टलों का उपयोग किया जाता है लेकिन इकोकार्डियोग्राफी में कम व्यास वाले क्रिस्टलों का प्रयोग किया जाता है क्योंकि ट्रांसड्यूसर को पंसलियों के मध्य में लगाया जाता है। साथ ही क्रिस्टल का व्यास कम होने के कारण रोगी तथा ट्रांसड्यूसर के मध्य का सम्पर्क अच्छा हो जाता है।

अल्ट्रासाउण्ड स्केनिंग के प्रकार (Types of Ultrosound Scaning)

अल्ट्रासोनिक छायाचित्र विभिन्न आंकड़ों का इलेक्ट्रोनिक प्रतिरुपण होता है जो किसी Object से वापिस टकराकर आने वाली प्रतिध्वनियों के कारण उत्पन्न होता है। जिसे हम टीवी मॉनिटर पर देख सकते हैं। परावर्तित होकर आने वाली ध्वनि 1 Bit उत्पन्न करती है। कई Bit के मिलने से Object का इलेक्ट्रॉनिक छाया चित्र निर्मित होता है। तकनीकि में सुधार होने के साथ–साथ इस विधि द्वारा एक विमीय तथा द्विविमीय प्रकार के छाया चित्रण को प्राप्त कर सकते हैं। यह स्केनिंग निम्न प्रकार की है–

(i) A-स्कैनिंग तकनीक— इस विधि का उपयोग इकोएनसिफेलोग्राफ, इकोकार्डियोग्राफी तथा आप्थलेमॉलोजी में किया जाता है। इस तकनीक में एक विमिय छायाचित्र प्राप्त होता है। इसमें ट्रांसड्यूसर के द्वारा अल्ट्रासोनिक तरंगों को शरीर में भेजा जाता है ये तरंगें शरीर के अन्दर

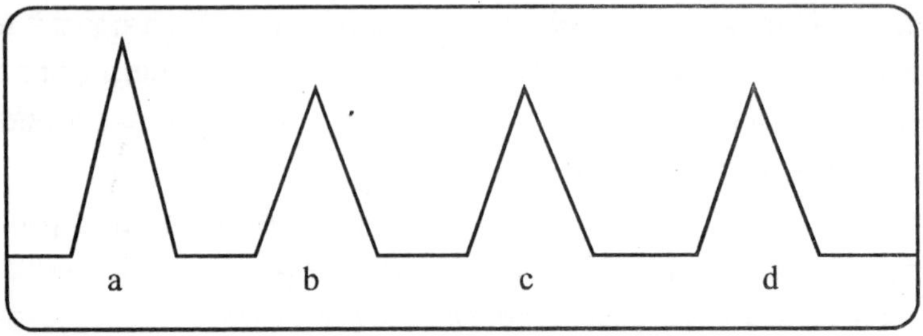

A-Mode

A-मोड स्कैनिक तकनीक

उपस्थित अंगों से टकराकर पुन: परावर्तित होती है। आपतित तरंग तथा परावर्तित तरंग के मध्य उत्पन्न ऊर्जा अन्तर को ट्रांसड्यूसर के द्वारा प्रेक्षित किया जाता है। इस प्रेक्षण के दौरान यांत्रिक संकेत का रुपान्तरण विद्युतिकी संकेत में हो जाता है जिसे टीवी स्क्रीन के ऊपर देखा जा सकता है। यह चित्रण उदग्र विचलन को निरुपित करता है। A-Mode में प्राप्त प्रतिध्वनियाँ आधार रेखा से नुकीले उभारों के रूप में प्रदर्शित होती हैं। आधार रेखा केन्द्रीय अक्ष को निरुपित करती है। यदि प्रतिध्वनि प्रबल हो तो अधिक आयाम वाले स्पाईक का निर्माण होता है।

(ii) टी. एम. स्कैनिंग तकनीक— इस स्केनिंग का उपयोग हृदय को संरचना तथा इसके कार्यों के अध्ययन में किया जाता है। गर्भावस्था के दौरान इसका उपयोग भ्रूण निदान में किया जाता है। इसमें उत्पन्न पराध्वनि T.M. (Time Motion) को निरुपित करती है। जिसमें शरीर के अंगों में होने वाली गति को भी प्रेक्षित किया जाता है। परिणामत: टीवी मॉनिटर पर अधिक आयाम वाली स्पाइक का निर्माण न होकर डोट का निर्माण हैं। यह डाट आगे तथा पीछे गति करती है जिसे तीर के चिह्नों द्वारा निरुपित किया जाता है।

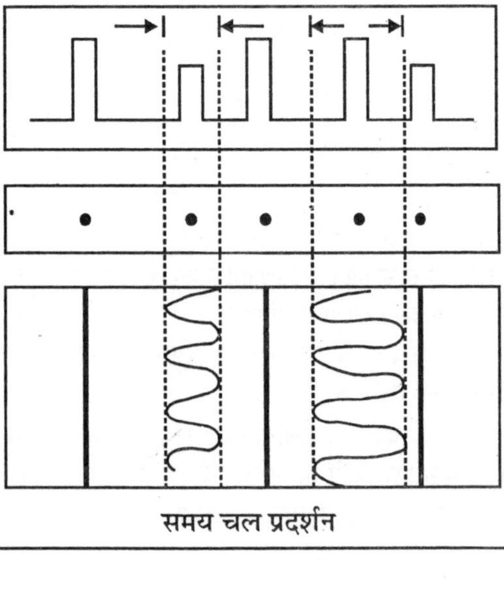

समय चल प्रदर्शन

(iii) बी. मोड स्कैनिंग तकनीक—इस विधि द्वारा किसी अंग का द्विविमीय चित्रण प्राप्त किया जाता सकता है। B-Mode Scanning में भी तीन विधियाँ होती है—

(अ) रेखीय स्केनिंग— इसका उपयोग उदर के अंगों के अध्ययन हेतु किया जाता है। इसमें ट्रांसड्यूसर Object के समानांतर होता है। तथा ध्वनि तरंगें ट्रांसड्यूसर से लम्बवत रूप से निकलती है।

(ब) Sector Scanning— इस स्केनिंग में ट्रांसड्यूसर की स्थिति बदलती है। लेकिन ट्रांसड्यूसर से निकलनें वाली ध्वनि तरंगों का कोण निश्चित होता है। इकोकार्डियोग्राफी में तथा हृदय की संरचना एवं कार्यप्रणाली के अध्ययन में इसका उपयोग किया जाता है।

(स) Compound Scanning— यह स्केनिंग रेखीय तथा सेक्टर स्केनिंग का मिश्रित रूप होता है।

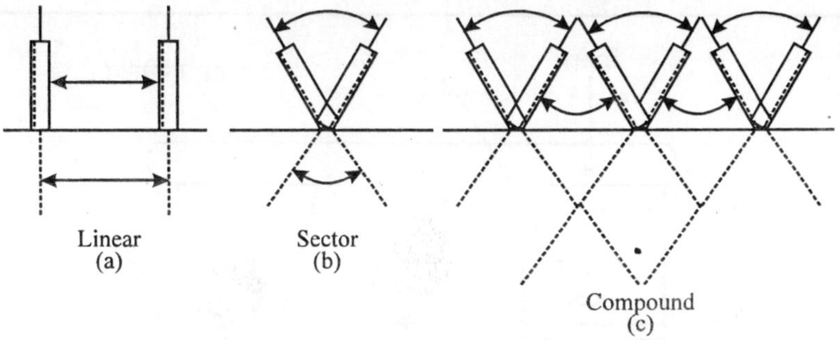

स्कैनिंग के प्रकार

एक्स-रे (X-Rays)- X-किरणें एक प्रकार की विद्युत चुंबकीय विकिरणें होती है। इसकी खोज **रोंजन (Roentgen-1895)** ने की थी।

X-किरणों के गुण (Properties of X-Rays)

(1) X-किरणें विद्युत चुंबकीय किरणें होती हैं। जिनकी λ का मान कम होता है। इनमें उच्च ऊर्जा युक्त फोटोन पाये जाते हैं।

(2) इनका मान 3×10^8 m/sec तक होता है।

(3) ये फोटोग्राफिक प्लेट को प्रभावित करते हैं।

(4) जब इनकों विद्युत या चुंबकीय क्षेत्र से गुजारा जाता है तो ये विचलित नहीं होती है।

(5) अधिक ऊर्जा के कारण जब ये किसी धातु से टकराती है तो ये फोटो इलेक्ट्रोन को निर्मुक्त करती है।

(6) इनमें अत्यधिक भेदन क्षमता होती है। इनकी भेदन क्षमता फोटो इलेक्ट्रोन की ऊर्जा पर निर्भर करती है।

(7) ये अस्थियों को पार नहीं कर सकती है इसलिए अस्थियों में होने वाले फ्रेक्चर को प्रेक्षित किया जा सकता है।

(8) इनमें व्यक्तिकरण, विवर्तन एवं ध्रुवीकरण की क्षमता होती है।

(9) कुछ पदार्थों के साथ यह प्रतिदीप्ती उत्पन्न करती है।

(10) यह जीवित ऊतकों को नष्ट कर सकती है।

(11) यह DNA में उत्परिवर्तन कर सकती है।

X-किरणों का उत्पादन (Production of X-Rays)

X-किरणों का उत्पादन ऊर्जा रुपांतरण से होता है। जब X-रे फिलामेंट से निकले वाले इलेक्ट्रोन टंगस्टन के एनोड से टकराते हैं तो X-किरणों का उत्पादन होता है। X-किरण उपकरण में निम्न संरचनाएँ होती है।

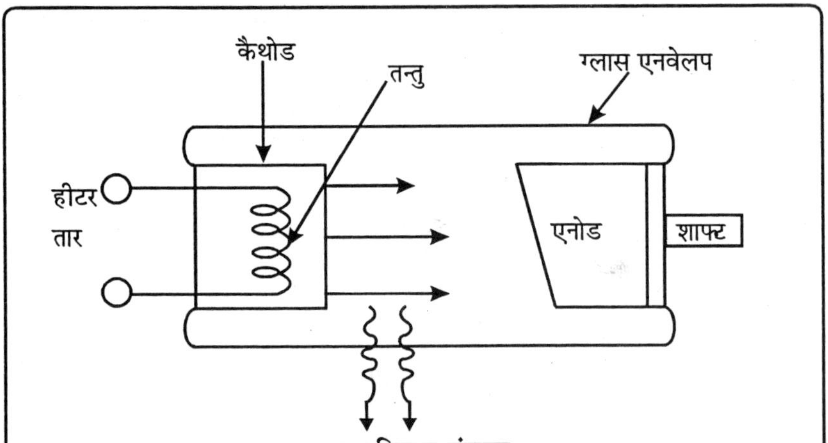

एक्स किरण संगठन

(1) X-किरण नलिका (X-Ray tube)—X-किरण नलिका पाइरेक्स कांच की निर्वात ट्यूब होती है। जिसमें दो इलेक्ट्रोड होते हैं। प्रारम्भ में निर्मित X-रे मशीनों में कुछ मात्रा गैस की होती थी। जो द्वितीयक इलेक्ट्रोन के स्त्रोत का कार्य करती थी। वर्तमान में निर्वात नलिका का उपयोग किया जाता है जिसमें इलेक्ट्रोन की संख्या तथा स्पीड को नियंत्रित किया जा सकता है। इस निर्वात नलिका की डिजायन इस प्रकार होती है कि इलेक्ट्रोड के मध्य किसी प्रकार का विसर्जन (Discharge) नहीं हो। वर्तमान में धात्विक या सिरेमिक द्वारा निर्मित X-किरण नलिका का उपयोग किया जाता है लेकिन इसमें इंसूलेटर का उपयोग किया जाता है।

(2) केथोड (Cathode)— X-रे नलिका का ऋणात्मक सिरा केथोड कहलाता है। इसमें दो घटक होते हैं। ये संयोजी तार कहलाते है जो वोल्टेज की आपूर्ती करते हैं। X-किरणों की मात्रा फिलामेंट से एनोड की और जाने वाले इलेक्ट्रोन प्रवाह पर निर्भर करती हैं।

(3) फिलामेंट (Filament)— फिलामेंट टंग्स्टन के तार का बना होता है। इसका व्यास 0.2 mm होता है। जब इस तार से धारा प्रवाहित होती है तो तंतु गर्म होता है। जब धातु गर्म होता है तो इलेक्ट्रोन ऊर्जा अवशोषित करके उच्च ऊर्जा वाले कक्षों में चले जाते हैं। लेकिन वहाँ से

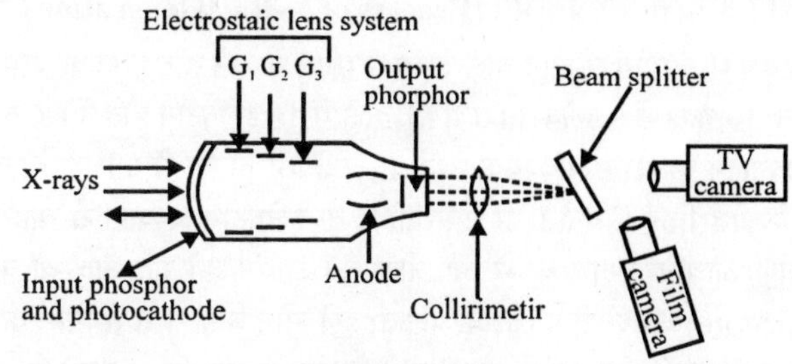

प्रतिबिम्ब आवर्धन

10^{-8} second तक रुकने के पश्चात पुनः निम्न ऊर्जा वाले कक्षों में आते हैं। इस दौरान X-किरणों की उत्पत्ति होती है। यह घटना **एडिसन प्रभाव** (Edison effect) कहलाती है। X-किरणों के उत्पादन के लिए टंग्स्टन का उपयोग किया जाता है क्योंकि यह मजबूत होता है तथा गलनांक (3370 ^{0}C) अधिक होता है।

(4) एनोड (Anode)— एनोड, धनात्मक इलेक्ट्रोड हैं। X-किरण नलिका में एनोड दो प्रकार के होते हैं।

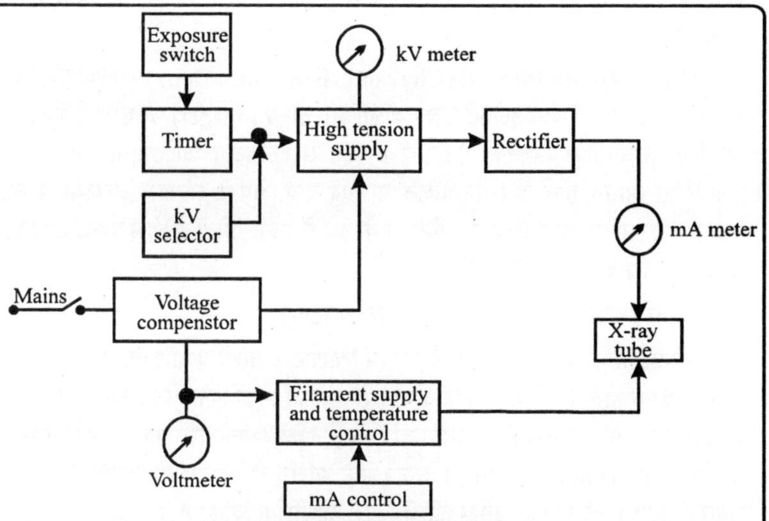

एक्स-रे मशीन का ब्लॉक चित्र

(a) स्थिर (Stationary)— यह 2–3 mm मोटी टंग्स्टन की छोटी प्लेट होती है तो तांबे के आवरण द्वारा अवतरित है। एनोड का कोण 1.5 से 20° होता है।

(b) घूर्णित (Rotating)—इसमें एनोड, टंग्स्टन की बड़ी डिस्क के रुप में होती है। इसमें 36000 चक्र/मिनट की दर से घूर्णन होता है। घूर्णित एनोड का मुख्य उद्देश्य उत्पन्न ऊष्मा को चारों और एक समान रुप से वितरित करना होता है।

X-किरण की उत्पत्ति का प्रकमन (Process of X-Ray Generation)

X-रे ट्यूब में उपयोग में आने वाले लक्ष्य टंग्स्टन के बने होते हैं। एक परमाणु के K-कक्ष में 2 इलेक्ट्रोन, L-कक्ष में 8 इलेक्ट्रोन तथा M-कक्ष में 18 इलेक्ट्रोन होते हैं। K कक्ष से इलेक्ट्रोन को बाहर निकालने के लिए आवश्यक ऊर्जा L कक्ष की तुलना में अधिक होती है। जब उच्च ऊर्जा वाली केथोड किरण, एनोड पर टकराती है तो इलेक्ट्रोन K-कक्ष से बाहर चले जाते हैं। जिससे परमाणु आयनिक अवस्था में आ जाता है। आयन की यह अवस्था क्वांटम अवस्था (Quantium State) कहलाती है। इसके पश्चात: इलेक्ट्रोंन बाह्य कक्ष से निम्न कक्षों में पुन: जंप लगाते हैं। इस दौरान निर्मुक्त ऊर्जा, X-किरणों के रुप में उत्सर्जित होती है। X-किरणों का उत्पादन दो विधियों से होता है।

(i) सामान्य विकिरण (General Radiation)— इस विधि में इलेक्ट्रोन, टंग्स्टन की नाभी (Nucleus) से क्रिया करता है तथा X-किरणों का उत्पादन होता है। जब इलेक्ट्रोन नाभि के निकट से गुजरता है तो केन्द्रक का +ve आवेश, इलेक्ट्रोन के -ve आवेश को आकर्षित करता है। परिणामत: इलेक्ट्रोन अपने पथ से विचलित हो जाते हैं तथा अपनी ऊर्जा को नष्ट करते हैं। इलेक्ट्रोन के फोटोन उत्सर्जित होते हैं। इस अंत: क्रिया में इलेक्ट्रोन की केवल कुछ ही ऊर्जा उत्सर्जित होती है। यह वास्तविक X-किरणों में नहीं होती है बल्कि ये एकल X-किरणों के फोटोन होते हैं।

(ii) तात्क्षणिक विकिरण (Characteristic Radiation)— तात्क्षणिक विकिरणे उस समय उत्पन्न होती हैं जब इलेक्ट्रोन की बोंबार्डिंग, लक्ष्य (Target) पर होती है जिससे इलेक्ट्रोन आंतरिक कक्षकों से निकलते हैं। जब टंग्स्टन से इलेक्ट्रोन की हटाया जाता है जो परमाणु धनावेशित आयन होता है। धनावेशित परमाणु जब अपनी सामान्य अवस्था में आता है तो विकिरणें उत्सर्जित होती है जो X-किरणों के रुप में उत्पन्न होती है। इस प्रकार उत्पन्न X-किरणें तात्क्षणिक विकिरणें कहलाती हैं।

फोटोइलेक्ट्रिक प्रभाव (Photoelectric effect)

फोटोइलेक्ट्रिक वह परिघटना है जिसमें विशिष्ट λ वाली प्रकाश किरणें (Photon) जिसकी ऊर्जा अधिक होती है। जब ये फोटोन धातु से टकराते हैं तो इलेक्ट्रोन इनके कक्षों में निर्मुक्त होते है। इस दौरान फोटोन अपनी समस्त ऊर्जा इलेक्ट्रोन को स्थानांतरित कर देते हैं। जिससे इलेक्ट्रोन, फोटोइलेक्ट्रोन (Photo electron) के रुप में उत्सर्जित होते हैं। फोटो इलेक्ट्रिक प्रभाव के कारण सदैव तीन प्रकार के उत्पादन उत्पन्न होते हैं— (i) लाक्षणिक विकिरणें (Chracteristic Radiation) (ii) फोटोइलेक्ट्रोन (Photoelectron) (iii) धनात्मक आयन (Positive ion)

फोटोइलेक्ट्रिक प्रभाव के लिये दो मुख्य कारक उत्तरदाई होते हैं—

प्रथम—आपतित फोटोन की ऊर्जा, इलेक्ट्रोन की बंधन ऊर्जा से अधिक होनी चाहिए।

द्वितीय—यह क्रिया उस समय होती है जब फोटोन की ऊर्जा, इलेक्ट्रोन की बंधन ऊर्जा के समान हो। निदान परीक्षण में फोटोइलेक्ट्रिक प्रभाव का उपयोग उत्तम गुण वाली रेडियोग्राफिक इमेज के निर्माण में होता है। इस प्रभाव के कारण ऊत्तकों में अंतर और अधिक आवर्द्धित हो

जाता है। देह में जहाँ पर अस्थियाँ तथा मृदुतक उपस्थित होते हैं वहाँ सर्वाधिक विकिरणों का अवशोषण होता है।

उपयोग (Applications)—X-किरणों का उपयोग विभिन्न क्षेत्रों में होता है।

(i) चिकित्सा के क्षेत्र में (In the field of Medicine)—रेडियोलोजिस्ट X-किरणों के उपयोग द्वारा क्षतिग्रस्त अस्थियों का अध्ययन करते हैं। छाति (Chest) के अध्ययन में, ट्यूमर कोशिकाओं को नष्ट करने में X-किरणों का उपयोग किया जा सकता हैं।

(ii) कृषि के क्षेत्र में (In the field of Agriculture)—X-किरणें की उचित तीव्रता में DNA में उपस्थित N-क्षारों का क्रम परिवर्तित हो जाता है। इस प्रकार उत्परिवर्तन को प्रेरित करके कृषि क्षेत्र में सुधार किया जा सकता है।

(iii) क्रिस्टेलोग्राफी के क्षेत्र में (In the field of Crystallography)—प्रोटीन, DNA एवं अन्य वृहद अणुओं की आण्विक संरचना के अध्ययन में X-किरणों का उपयोग किया जाता है।

सी.टी. स्कैन (C.T. Scan)

कम्प्यूटर टोमोग्राफी एक प्रकार की रेडियोग्राफी है जिसमें देह के काटों (section) का X-रे किया जाता है। कम्प्यूटर टोमोग्राफी की खोज Hounsfield ने की थी। इस विधि द्वारा मृदुतकों जैसे मस्तिष्क का X-रे किया जा सकता है।

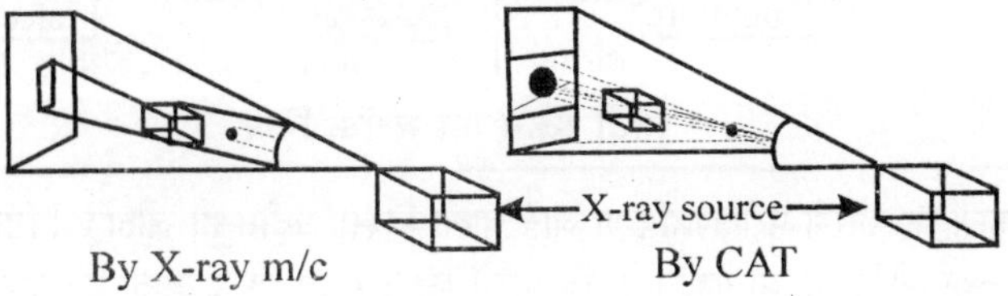

सीटी स्कैनर

सिद्धान्त (Principle)— इस तकनीकि में Head के क्रोस सेक्शन को पेंसिल के समान X-किरण पुंज से परीक्षित (Examined) किया जाता है। संचरित विकिरणों की सिटीलेशन डिटेक्टर (Dectector) द्वारा गणना की जाती है। इन आंकड़ों का बाद में कम्प्यूटर के द्वारा विश्लेषण किया जाता है व टोपोग्राफिक इमेज का निर्माण होता है। CT के पिछे मूलभूत सिद्धांत यह है कि किसी Object की आंतरिक संरचना को बहुआयामी प्रोजेक्षन के द्वारा पुर्ननिर्मित किया जा सकता है। इस विधि में सामान्य रेडियोग्राफ में होने वाले अध्यारोपण (Superposition) से छुटकारा मिल जाता है। इस व्यवस्था में X-रे नलिका तथा फिल्म को यांत्रिक रुप से संयोजित कर दिया जाता है ताकि रोगी की छायादार इमेज को हटा दिया जाता है तथा इसका तीक्षण (Sharp) चित्रण प्राप्त होता है। इस तकनीकि में बहुआयामी प्रोजेक्शन के कारण इमेज को विडियो मोनीटर पर देख सकते हैं।

सक्रिया विधि (Operation Methodology)— CT स्कैन में X-रे नलिका में अत्यधिक उच्च विभव के कारण दो संकरे X-किरण पुंज उत्पन्न होते हैं जो रोगी के शीर्ष को रेखीय रुप से स्कैन कर सकते हैं। संचरित X-किरण पुंज की तीव्रता को दो डिटेक्टर के द्वारा रेकोर्ड किया जाता है। इस रेखीय स्कैन से प्राप्त आंकड़ों को कम्प्यूटर से संग्रहित कर लिया जाता है। इसके पश्चात X-रे ट्यूब तथा डिटेक्टर को घूर्णित किया जाता है व इस पद की पुनरावृत्ति होती है। देह के पतले टुकड़ों में घनत्व के वितरण का निर्धारण 4 मिनट तक स्केनिंग प्रक्रिया के द्वारा किया जाता है। ऑपरेटर के द्वारा इस चित्रण को प्रिंटर के द्वारा प्राप्त किया जा सकता है। X-Ray तथा Detector दोनों एक दूसरे के विपरीत होते हैं जबकि रोगी इन दोनों के मध्य में होता है। रोगी को एक स्वचालित कोच पर लेटाया जाता है जो आगे पीछे होती रहती है। शरीर पर आपतित होने

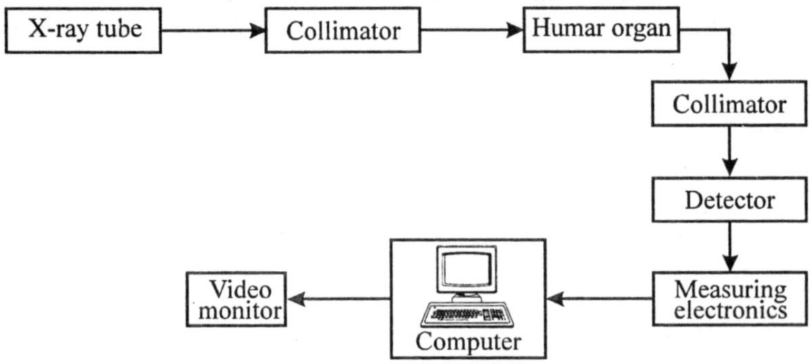

सीटी स्कैन का ब्लॉक चित्र

वाले प्रकाश के कारण परीक्षण किया जाने वाला हिस्सा प्रदीप्त हो जाता है। डिटेक्टर के लिए सामान्य तथा सोडियम आयोडीन के क्रिस्टलों का उपयोग किया जाता है। डिटेक्टर द्वारा X-किरण फोटोन को अवशोषित किया जाता है तथा दृश्य प्रकाश के रुप में ऊर्जा की निर्मुक्ति होती है जिसे फोटोमल्टिप्लायर नलिका के द्वारा में रुपान्तरित कर दिया जाता है। इस प्रकार उत्पन्न फोटो धारा सिग्नल सर्किट के द्वारा गुजरती है तथा आने वाले संकेतों का निश्चित आकृति में परिवर्तित कर दिया जाता है। अन्त में डिजीटल कम्प्यूटर के द्वारा संकेतों का चित्रण प्राप्त होता है। अन्त में इस इमेज को कम्प्यूटर के मॉनिटर पर प्रेक्षित कर सकते हैं।

उपयोग—(i) CT Scan का उपयोग तंत्रिका तंत्र में उपस्थित व्याधि के निदान में किया जाता है।

(ii) इस विधि का उपयोग विकिरण के द्वारा केन्सर के उपचार से किया जाता है।

इलेक्ट्रोकार्डियोग्राम (Electrocardiogram) (ECG)

इलेक्ट्रोकार्डियोग्राम वह तंत्र है जिसके द्वारा हृदय की विद्युतीय घटनाओं को रेकार्ड किया जाता है। ECG के द्वारा हृदय की मांस पेशियों के निष्क्रिय भाग (Infaraction) या फैलाव (Hypertrophy) के बारे में सूचना प्राप्त होती है। वर्तमान में ECG का उपयोग हृदय रोग के

निदान में किया जाता है। जब हृदय से उत्पन्न कार्डियक उद्दीपन (Impulse) का संचरण होता है तो विद्युत धारा हृदय से चारों ओंर उपस्थित मांसपेशियों में संचरित होती है व देह की सतह पर पहुँच जाती है। यदि हृदय के विपरीत इलेक्ट्रोड को आरोपित किया जाये तो उत्पन्न विद्युत विभव को प्रेक्षित किया किया जा सकता है। हृदय के विद्युत विभव को रेकार्ड करना इलेक्टोकार्डियोग्राम कहलाता है।

इलेक्ट्रोकाडियोग्राफ का ब्लोक चित्रण (Block diagram of an Electrocardiograph)

रोगी को देह से प्राप्त विभव को Lead selector के द्वारा ग्रहण किया जाता है। इस selector में प्रोग्राम के अनुसार Two by Two प्रकार के इलेक्ट्रोड का चयन किया जाता है। संघारित्र युग्मन के द्वारा संकेत को विभेदित प्रीएंप्लीफायर में भेजा जाता है। प्रीएंप्लीफायर

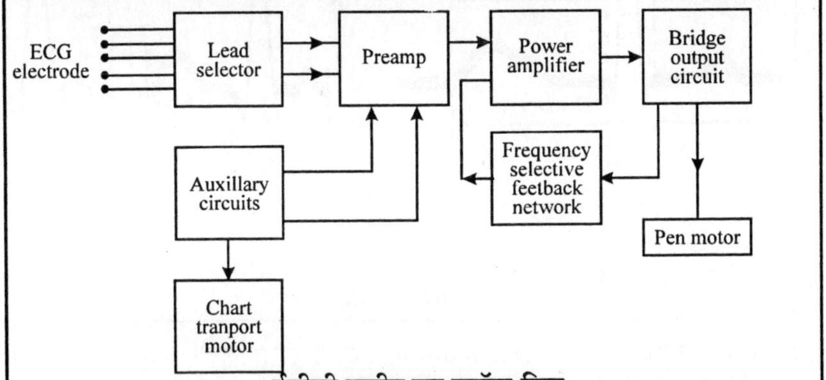

ईसीजी मशीन का ब्लॉक चित्र

सामान्यतया तीन या चार स्टेज वाला विभेदक एंप्लीफायर होता है। जिसमें ve current feed back का लक्षण पाया जाता है जिससे stabilizing effect पॉवर एंप्लीफायर को स्थानांतरित हो जाता है। पॉवर एंप्लीफायर सामान्यतया Pull व Push प्रकार का होता है। इसके एक input transistor का संचलान Pen position से प्राप्त संकेतों द्वारा होता है जो frequency selective network के द्वारा जुड़ा रहता है। पॉवर एप्लीफायर का आउटपुट Single ended होता है जो Pen motor को भेजा जाता है। परिणामत: कागज पर writing arm विचलित होती है FSN (Frequency selecting Network) एक प्रकार का नेटवर्क होता है जिससे Pen motor में आवश्यक damping होती है। सहायक परिपथ (Auxiliary circuit) के द्वारा 1mv तक calibration singnal का प्राप्त होता है तथा इसमें Lead switch की स्थिति में परिवर्तन होने के कारण यह एम्पलीफायर को अपने-आप बंद कर देता है। Stand by mode में कागज स्थिर रहता है जबकि संकेत के अनुरुप Stylus में गति होती है। ECG के द्वारा 1 mm के अंतराल से उदय (Vertical) तथा क्षेतिज (Horizontal) रेखाओं तथा 5 mm के अंतराल से मोटी रेखा (Thick line) की प्राप्ती होती है। समय तथा हृदय की दर का मापन क्षैतिज रुप में होता है। पेपर रेकोर्डिग की स्पीड सामान्यतया 25 mm/sec होती है। आयाम का मापन उदग्र रुप में mv होता है। इसकी संवेदिता सामान्यतया 10 mm/mv तक होती हैं।

सामान्य इलेक्ट्रोकार्डियोग्राम (Normal Electrocordiogram)

सामान्य ECG में अनेक प्रकार की तरंगे उत्पन्न होती है। जो P तरंग, QRS संकुल तथा T तरंग के रुप में होती है। QRS संकुल Q, R तथा S तरंगों से निर्मित होता है। P तरंग की उत्पत्ति संकुचन से पहले आलिंद के विध्रुवीकरण (Depolarisation) के कारण उत्पन्न विद्युत तरंगों से होती है। QRS संकुल का निर्माण निलय में फैलने वाली तरंगों के विध्रुवीकरण के कारण

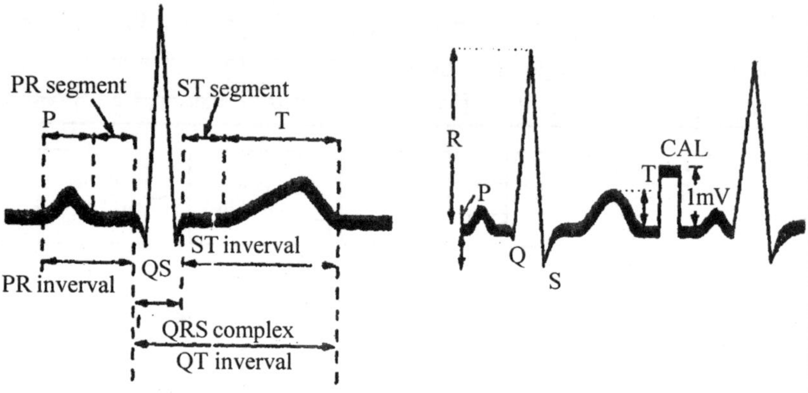

(A) (B)

ईसीजी रिकार्डिंग

उत्पन्न धारा से होता है। इसी प्रकार T तरंग का निर्माण पुनर्घुवीकरण (Repolarisation) के कारण होता है। निलय में पुर्नध्रुवीकरण विध्रुवीकरण के 0.25-0.30 सैकण्ड पश्चात होती है। इस प्रकार ECG में ध्रुवीकरण तथा पुनध्रुवीकरण दोनों तरंगें होती है। सामान्य अवस्था में कार्डियक पेशियों में विश्राम विभव –85 से –95 mv होता है। संचालक तंतुओं में इसका मान –90 mv से 100 mv तक होता है। निलय की मांसपेशियों में सक्रिय विभव का मान +20 mv होता है। प्रारंभिक spike के पश्चात् झिल्ली 0.15 सैकण्ड तक विध्रुवित रहती है। जबकि निलय की पेशियाँ 0.3 सैकण्ड तक विध्रुवित रहती हैं। इस कारण सक्रिय विभव में एक plateau होता है। इसके पश्चात इनमें पुनर्ध्रुवीकरण होता है। इससे Plateau के संकुचन का समय बढ़ जाता है।

द्विध्रुवीया— हृदय के पेशी तंतुओं में उपस्थित सक्रिय विभव depolarization तथा Repolarization के कारण होती है। Depolarization के कारण पेशी तंतु का अंतरिक -ve विभव समाप्त हो जाता है व झिल्ली की आंतरिक सतह आंशिक रुप से +ve व बाहरी सतह आंशिक रुप से -ve आवेशित हो जाती है। बाद में संपूर्ण पेशी तंतु में depolarization हो जाता है। पेशी तंतु के Repolarzsation कारण झिल्ली विभव भीतरी तरफ -ve तथा बाहरी तरफ +ve हो जाता है। यह संपूर्ण -ve तरंग, Repolarization Wave कहलाती है। पेशी संकुचन के प्रारंभ होने से पहले depolarization तरंग पेशी से प्रवाहित होती है। जैसा कि स्पष्ट है कि P तरंग तथा QRS तरंग क्रमशः आलिद व निलय में depolarization तरंग के रुप में संचारित होती है। ये दो

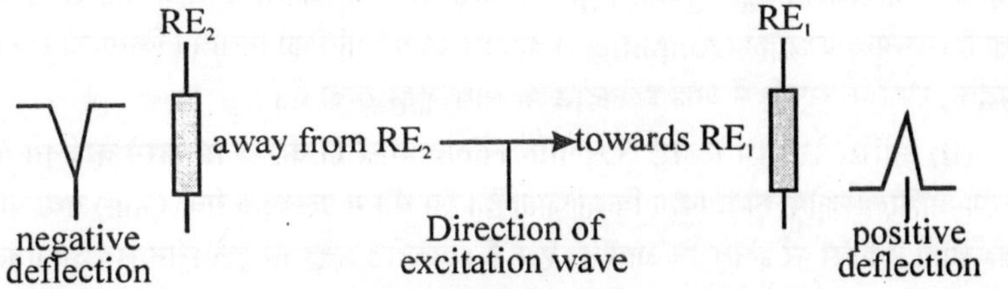

अंकन के समय 'P' तरंगे

तरंगे आलिद व निलय के संकुचन के प्रांरभ होने से पहले उत्पन्न होती है। आलिंद का पुनर्ध्रुवीकरण (Repolarization), Deoplarization के 0.10 से 0.20 सैकण्ड पश्चात् होता है। यद्यपि इस समय QRS तरंग इलेक्ट्रोकार्डियोग्राम में रेकार्ड हो जाती है। इस कारण आलिंद की T तरंग, QRS के द्वारा अध्यारोपित (Masked) हो जाती है व T तरंग दिखाई नहीं देती है। दूसरी तरफ सामान्य इलेक्ट्रोकार्डियोग्राम में T तरंग, निलय के Repolarization कारण होती है। निलय में Repolarization, Depolarization के प्रांरभ होने के 0.15 सैकण्ड पश्चात् होता है। यह T तरंग लंबे समय तक रहती है अत: सामान्य ECG में T तरंग अपेक्षाकृत लंबी होती है।

ECG में वोल्टेज तथा समय (Voltage and Time in ECG)

ECG को रेकार्डिंग पेपर पर Calibration रेखाओं के साथ रेकार्ड किया जाता है। वोल्टेज आपूर्ती के लिए एक इलेक्ट्रोड, हृदय के ऊपर लगाया जाता है जबकि द्वितीय इलेक्ट्रोड अन्यत्र लगाया जाता है। QRS संकुल के लिये सामान्य वोल्टेज 3 से 4 mv के मध्य होता है। QRS संकुल के लिये वोल्टेज R तरंग के ऊपर तथा S तरंग के आधार के लिये 1mv होता है। P तरंग के लिये वोल्टेज 0.1 से 0.3 mv तथा तरंग के लिये वोल्टेज 0.2 से 0.3 mv के मध्य होता है।

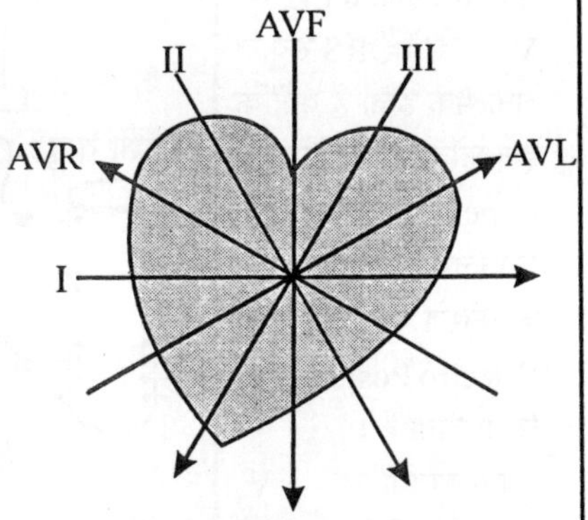

विभिन्न तलों से हृदयी आयाम

ECG की रेकार्डिंग (Recording of ECG)

हृदय पेशियों में प्रत्येक स्पंदन द्वारा उत्पन्न विद्युत धारा के कारण 0.01 सैकण्ड से भी कम समय में विभव परिवर्तित हो जाता है। अत: इस तात्कालिक परिवर्तन को रेकोर्ड करने के लिये एक सुग्राही यंत्र का होना आवश्यक है। सामान्यतया ECG में दो प्रकार की रेकार्ड युक्तियों को काम में लिया जाता है।

(i) पेन रेकोर्ड (Pen record)—इस युक्ति में पेन (Pen) के द्वारा प्रत्यक्ष रुप से चलायमान कागज पर ECG को रेकोर्ड किया जाता है। इसमें काम में आने वाला पेन पतली नलिका के रुप

में होता है जो प्रबल विद्युत चुंबकीय युक्ति से जुड़ा रहता है जिससे पेन तेज गति से आगे पीछे होता है। उपयुक्त प्रवर्द्धकों (Amplifiers) के द्वारा पेन की गति को नियंत्रित किया जा सकता है। प्रवर्द्धक, रोगी के संपर्क में आई इलेक्ट्रोड के साथ जुड़ा रहता है।

(ii) ऑसिलोस्कोप रेकोर्ड (Oscilloscope)—ECG को रेकार्ड करने के लिये केथोड किरण ओसिलोस्कोप का उपयोग किया जाता है। इस यंत्र में इलेक्ट्रोन गन (Gun) तथा प्रतिदीप्त सतह होती है जिस पर इलेक्ट्रोन आपतित होते हैं। प्रतिदीप्त सतह पर इलेक्ट्रोन जब आपतित होते हैं तो इसकी सतह प्रज्वलित (Glowing) होती है तथा स्क्रीन पर प्रतिदिप्त रेखा उत्पन्न होती है। ECG के रेकोर्डिंग के लिये electronic sweep circuits तथा electronic amplifier का उपयोग किया जाता है। Sweep circuits amplifier से उदग्र विचलन का नियंत्रण होता है।

Normal ECG in chest lead

मुख्यतया 6 chest lead होते हैं, जो V_1, V_2, V_3, V_4, V_5 & V_6 हैं। इसमें एक इलेक्ट्रोड को छाती के अग्र भाग में लगाया जाता है तथा इसे गेल्वेनोमीटर के +ve Pole से जोडते हैं। दूसरे इलेक्ट्रोड को देह में अन्य स्थान पर लगाया जाता है तथा इसे गेल्वेनों मीटर के -ve pole से जोडते हैं। सामान्य ECG में V_1 तथा V_2 लीड द्वारा QRS संकुल ऋणात्मक होता है। जबकि V_4, V_5 तथा V_6 में QRS संकुल धनात्मक होता है। V_1 तथा V_2 मोड में QRS संकुल ऋणात्मक होता है क्योंकि इलेक्ट्रोड हृदय के अधारीय भाग से जुड़ा रहता है। जिसमें निलय के विध्रुवीकरण के कारण विद्युत ऋणात्मक की दिशा होती है। V_3 — V_6 मोड में QRS संकुल धनात्मक होता है क्योंकि इलेक्ट्रोड हृदय के शीर्ष (Apex) पर लगा होता है व निलय के विध्रुवीकरण के कारण यह विद्युतधनी (Electro Positive) की दिशा होती है।

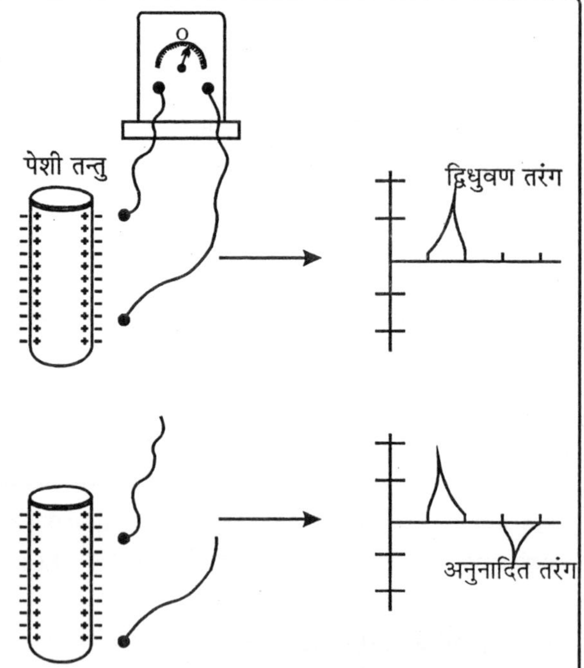

हृदय की द्विध्रुवीत तरंगे

सामान्यतया V_1 — V_3 दाहिने निलय की सक्रियता को निरुपित करते हैं जो बड़ी R तरंग तथा छोटी S तरंग द्वारा लक्षित होती है। R तरंग की ऊँचाई V_1 से V_4/V_5 तक यदि बढ़ती है तो यह बाँये निलय की सक्रियता

को दर्शाती है। जिसमें बहुत छोटी Q तरंग होती है। R तरंग में शिखर होता है। तरंग सामान्यतया सीधी (Upright) होती है।

हृदय की व्याधियों में ECG की प्रकृति (Nature of ECG under cardiac disorder)

हृदय विकार (Disorder) की स्थिति में कार्डियक उद्दीपन की तरंगे विचलित हो जाती है। जिसे इलेकट्रोकार्डियोग्राफ में प्रेक्षित कर सकते हैं। हदय की एक मुख्य व्याधि कार्डियक ब्लोक (Cardiac Block) है। इस व्याधि में पेसमेकर से उद्दीपन का संचरण सुचारु रुप से नहीं होता है। कई बार S.A. Node से उद्दीपन आलिंद की पेशियों में संचरित नहीं हो पाता है। इस कारण

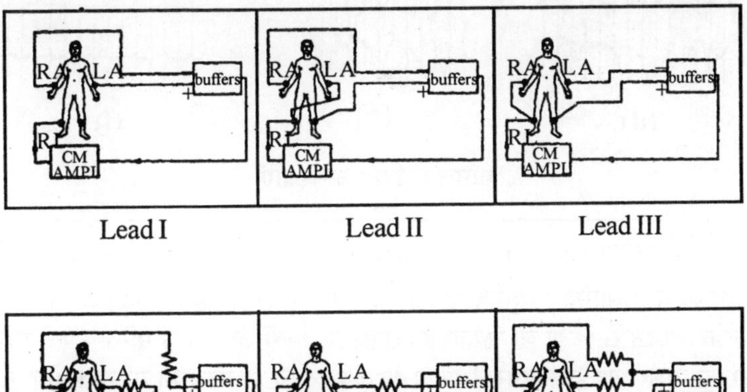

मानव शरीर में विभिन्न योजक

ECG में P तरंग अनुपस्थित होती है। आंशिक हृदय ब्लोक में अंतराल का समय 0.16 से 0.38 सैकण्ड बढ़ जाता है। कई बार दाहिने तथा बाँये बंडल की शाखाओं में ब्लोक हो जाता है। यदि left branch अवरुद्ध होती है तो बांये निलय का सक्रियन निलंबित होता है तथा QRS का अंतराल बढ़ जाता है। V_5 तथा V_6 मोड में R तरंग खांच (Notched) युक्त होती है।

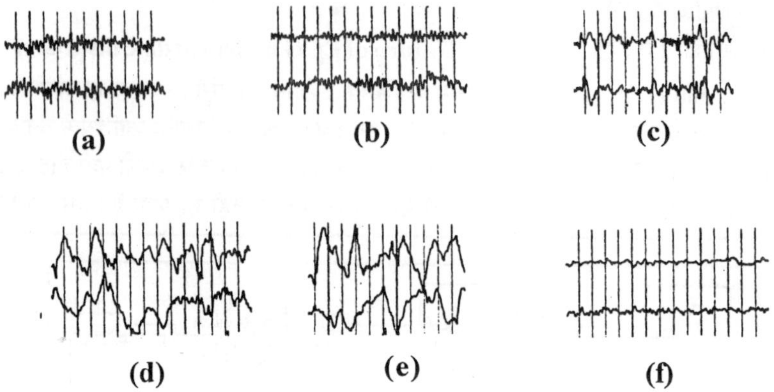

मानव में निद्रा अवस्थाएँ

इलेक्ट्रोएनसिफेलोग्राम (Electroencephelogram) E.C.G

मस्तिष्क में असीमित विद्युतीय क्षमता पाई जाती है इन विद्युतीय घटनाओं का निर्धारण मस्तिष्क के उत्तेजन से किया जा सकता है। सर्वप्रथम 19वीं शताब्दी में मस्तिष्क की विद्युतीय घटनाओं का विशलेषण **हेन्स बर्गर** ने किया था। जिसने ECG शब्द को मस्तिष्क में होने वाले विभवान्तर को निरुपति करने के लिए किया था। मस्तिष्क में उत्पन्न विभव को तंरगों के रुप में रिकॉर्ड किया जा सकता है जिसे एनसिफलोग्राम (Encephalograin) कहते हैं। इलेक्ट्रिकल रिकार्डिंग को मस्तिष्क की सतह से कर सकते हैं। जिसकी तीव्रता 0 से 300 mv तक होती है तथा इनकी आवृति 1 से 50 प्रति सैकण्ड तक हो सकती है। तरंगों की प्रकृति सेरिब्रल कॉर्टेक्स की सक्रियता पर निर्भर करती है। ये तरंगे नींद तथा चेतना के बीच में होती है। इन तरंगों में होने वाली परिवर्तन को ECG के द्वारा रिकार्ड कर सकते हैं। ECG रिकॉर्ड एक ध्रुवीय (Unipolar) अथवा द्विधुवीय (Bipolar) प्रकार के हो सकते हैं। इसके अलावा इसमें अनेक लयबद्ध तरंगे होती हैं। द्विध्रुवीय रिकॉर्ड दो कॉर्टिकल इलेक्ट्रोड के मध्य होने वाले विभव विचलन को निरुपति करता है जबकि एक ध्रूवीय इलेक्ट्रोड कोर्टिकल इलेक्ट्रोड तथा एक अन्य स्वतंत्र इलेक्ट्रॉड के मध्य विभव विचलन को निरुपति करता है। मस्तिष्क के ECG में तरंगों का सामान्य प्रतिरुप प्राप्त करना असंभव है क्योंकि मस्तिष्क की तरंगे अनियमित होती है। मस्तिष्क में उत्पन्न तरंगे 3 प्रकार की होती हैं।

(a) α— तरंग (α- wave)—इन तरंगों की आवृति 8 से 13 प्रति सैकण्ड होती है। इन तरंगों को किसी भी सामान्य व्यक्ति में रिकॉर्ड किया जा सकता है। इनका वोल्टेज 50 mv होता है। नींद के समय α–तरंगे विलुप्त हो जाती है।

(b) β— तरंग (β- wave)— इन तरंगों की आवृति 14 चक्कर प्रति सैकण्ड होती है। इसे सामान्यतया मस्तिष्क के परिधीय तथा Frontle क्षेत्रों से प्राप्त कर सकते हैं। ये तरंगे भी दो प्रकार

की होती है। B I तथा B II की आवृति α से दुगुनी होती है जबकि B II की उत्पत्ति तनाव की स्थिति में होती है।

(c) θ—तरंग (θ- wave)— इन तरंगों की आवृत्ति 4 से 7 चक्कर प्रति सैकण्ड होती है। ये तरंगे तनाव तथा भावनात्मक व्यवहार के समय उत्पन्न होती है। इनकी उत्पत्ति परिधीय तथा टेम्पोरल क्षेत्रों में होती है। 2 से 5 वर्ष के बच्चों में ये तरंगे मुख्य रुप से उत्पन्न होती है। इनकी आयाम दर 10 mv होती है।

(d) Δ—तरंग (Δ- wave)— इन तरंगों की आवृत्ति 3.5 चक्कर प्रति सैकण्ड से कम होती है। ये माना जाता है कि जब सेरिब्रल कोटेंक्स का समब्न्ध RAS (Reticular Activating System) से टूट जाता है। जब व्यक्ति गहरी निद्रा में होता है तो ये तरंगे उत्पन्न होती है। मस्तिष्क में कोई रोग होने पर भी ये तरंगे उत्पन्न होती है। इन तरंगों का आयाम 20 से 200 mv तक होता है।

निद्रा रोग (Sleep disorders)

(i) इनसोम्निया (Insomnia)—ऐसे रोगियों को गहरी नींद नहीं आती है। अत: नींद के लिये वेंजोडाइजेपिन की गोलियाँ ली जाती है।

(ii) सोमाबुलिज्म (Somhaambulism)—इस रोग में व्यक्ति नींद में चलता है।

(iii) रात्रिन्यूरेसिस (Nocturnalenuresis)—इस रोग में व्यक्ति नींद में मूत्र त्याग करता है।

(iv) नार्कोलेप्सी (Larcolepsy)—इस रोग में व्यक्ति दिन के समय काम करते-करते नींद लेता है।

(v) स्लीपएप्निया (Sleepapnea)—इस रोग में ट्रेकिया के द्वारा साँस लेने में दिक्कत आती है क्योंकि ट्रेकिया की विस्तार पेशियाँ (Dialator Muscle) काम करना बंद कर देती है। यह अवस्था बूढ़े व्यक्तियों में पाई जाती है।

इकोनेन्स फोनोग्राफ E.E.G. (Echoence Phalograph))

सामान्यतया मस्तिष्क में मध्य रेखीय सतह अस्थियों के चपटे क्षेत्रों के समानान्तर होती है।

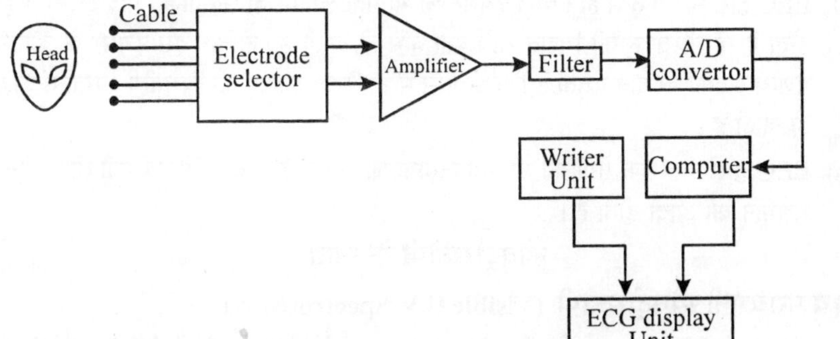

इ.इ.जी. मशीन का ब्लॉक चित्र

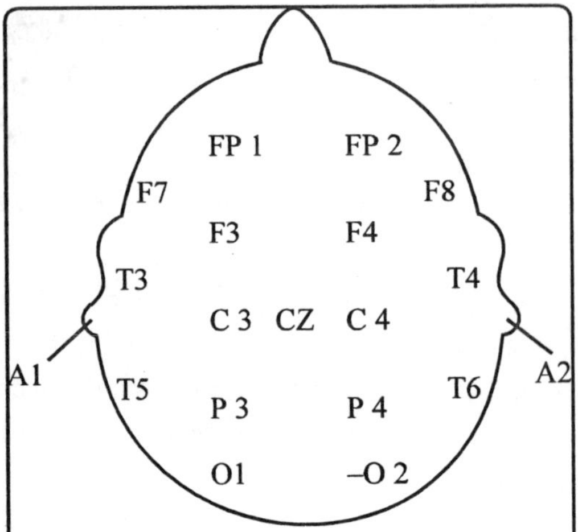

इ.इ.जी. का इलेक्ट्रोड संगठन

ऐसे क्षेत्रों के चित्रण के लिए E.E.G. का उपयोग किया जाता है। इस विधि में शीर्ष में उपस्थित विभिन्न रचनाओं को प्रेक्षित किया जाता है। जब अल्ट्रासाऊण्ड को कान के ऊपर से कपाल में प्रेषित किया जाता है तो मस्तिष्क से टकराकर आने वाली प्रतिध्वनियों को ट्रांसड्यूसर द्वारा ग्रहण किया जाता है। जिनका पुन: परिवर्धन होता है तथा इसे ओसिलोस्कोप में देखा जा सकता है। इस प्रकार मस्तिष्क में होने वाली चोट आदि का अध्ययन इस विधि से कर सकते हैं। माना किसी गंभीर चोट के कारण मस्तिष्क अपने स्थान से विस्थापित हो जाता है तो E.E.G. के द्वारा परावर्तित प्रतिध्वनि का बाएँ और दाँए हिस्सों का तुलनात्मक चित्रण किया जाता है तथा पाए जाने वाले अन्तर के आधार पर इसका निदान किया जाता है। इसी प्रकार के मस्तिष्क में होने वाले ट्यूमर का अध्ययन भी इस विधि द्वारा कर सकते है। जब इस यंत्र का उपयोग मस्तिष्क की मध्य रेखाओं के अध्ययन में किया जाता है तो इसे इकोएनसिफेलोस्कोप कहते हैं। मस्तिष्क में ट्यूमर होने पर प्राप्त छाया चित्रण का प्रतिरूप विस्थापित नजर आता है क्योंकि ट्यूमर होने पर मध्य रेखा में प्राप्त दोनों प्रतिध्वनियों में विस्थापन देखने को मिलता है। यदि यह विस्थापन दाहिनी तरफ हो तो ट्यूमर बाँयी तरफ होता है।

EEG के उपयोग (Applications of EEG)

(i) EEG का मुख्य उपयोग मिर्गी के निदान में किया जाता है।

(ii) EEG द्वारा मस्तिष्क में होने वाले ट्यूमर का भी पता लगाया जा सकता है। यदि ट्यूमर बड़ा होता है तो मस्तिष्क की विद्युत सक्रियता कम हो जाती है। लेकिन इस ट्यूमर के कारण पेशीय ऊतकों पर दाब पड़ता है जिससे पास में उपस्थित ऊतकों की विद्युतीय क्षमता में वृद्धि हो जाती है।

(iii) EEG द्वारा मानसिक रोगों का भी पता लगाया जा सकता है यदि तरंगे तर्कुरुपी हो तो रोगी मद्यपान का आदी होता है।

स्पेक्ट्रोस्कोपी के स्त्रोत

दृश्य पराबैंगनी स्पैक्ट्रोस्कोपी (Visible U.V. Spectroscopy)

जब कोई यौगिक प्रकाश की निश्चत मात्रा का अवशोषण करता है तो विशिष्ट अवशोषण स्पेक्ट्रम का निर्माण होता है। रंगीन यौगिक एक या अधिक अवशोषण मैक्सिमम (Absorption maximum) दृश्य क्षेत्र में प्रदर्शित करते हैं। दृश्य एवं पराबैंगनी क्षेत्र में अवशोषण स्पेक्ट्रा का पाया जाना अणु में इलेक्ट्रोन की ऊर्जा के संक्रमण (Transition) के कारण होता है। सामान्यताया C = C के π बंध इलेक्ट्रोन एवं O_2 तथा N के एकल युग्म इलेक्ट्रोन (Lone Pair of electron) इसमें भाग लेते हैं। किसी अणु का एक छोटा सा अंश स्वतंत्र रुप से अवशोषण स्पैक्ट्रम को दर्शाता है। जैसे कार्बोक्सिल समूह में उपस्थित द्विबंध के कारण इलेक्ट्रोन के संक्रमण की उर्जा कम हो जाती है। परिणामत: तरंग दैर्ध्य (Wavelength) बढ़ जाती है जिसे क्रोमोफोर अवशोषित करते हैं। यह परिघटना **बैथोक्रोमिक प्रभाव** (Bathochromic effect) कहलाती है। यदि λ का मान कम होता है तो इसे **हिप्सोक्रोमिक प्रभाव** (Hypsochromic effect) कहते हैं। इसी प्रकार अवशोषण अधिक होने पर हाइपरक्रोमिक प्रभाव एवं अवशोषण कम होने पर हाइपोक्रोमिक प्रभाव अभिव्यक्त होता है।

सिद्धान्त (Principle)— स्पैक्ट्रोस्कोपी मुख्यतया लैंबर्ट व बीयर के सिद्धांत पर आधारित है। इसके अनुसार जब एक मोनाक्रोमेटिक प्रकाश पुंज किसी समांगी माध्यम (Homogenous medium) पर पड़ता है तो प्रकाश की कुछ मात्रा परावर्तित हो जाती है। कुछ मात्रा माध्यम में अवशोषित हो जाती है व शेष प्रकाश संचरित हो जाता है। यदि आपतित प्रकाश की तीव्रता को I_0 द्वारा, अवशोषित प्रकाश को I_a, द्वारा एवं संचरित प्रकाश के I_t द्वारा परावर्तित प्रकाश को I_r द्वारा निरुपित करें तो

$$I_0 = I_a + I_t + I_r$$

संरचना (Structure)—दृश्य तथा पराबैंगनी स्पेक्ट्रोफोटोमीटर में निम्न रचनायें पाई जाती है।

(1) प्रकाश स्त्रोत (Light Source)—दृश्य स्पैक्ट्रोफोओमीटर में प्रकाश स्त्रोत के लिये टंगस्टन लैंप को व पराबैंगनी स्पैक्ट्रोफोटोमीटर में हाइड्रोजन य ड्यूटीरियम लैंप का उपयोग किया जाता है।

(2) मोनोक्रोमेटर (Monochromator)—मोनोक्रोमेटर एक आप्टीकल तंत्र होता है जिसमें एक समान स्पैक्ट्रोमिटर वाली विकिरणों के समानांतर पुंज का निर्माण होता है। मोनोक्रोमेटिक पुंज का निर्माण एक प्रिज्म से प्रत्यावर्तन (Reaction) या ग्रेटिंग से विवर्तन (Diffraction) द्वारा

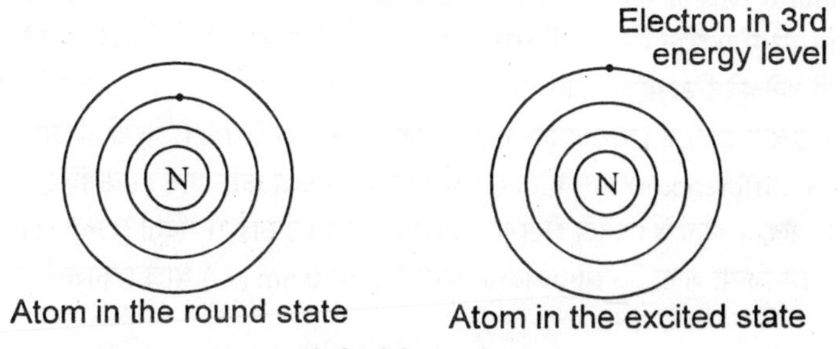

मोनोक्रोमेटर की रचना

होता है। दृश्य स्पैक्ट्रोफोटोमीटर में प्रिज्म कांच की बनी होती है। जबकि UV स्पैक्ट्रोफोटोमीटर में, प्रिज्म क्वार्टज या सिलिका की बनी होती है। विवर्तन ग्रेटिंग मोनोक्रोमेटर में एक पारदर्शी आधार पर सीधी रेखाओं की शृंखला पाई जाती है। श्वेत प्रकाश के विवर्तन से अतिव्यापित स्पेक्ट्रा की एक शृंखला पाई जाती है। एक मोनोक्रोमेटर में प्रिज्म, प्रकाश के स्पेक्ट्रम के छोटे से अंश का चयन कर लेती है जिसके विवर्तन से मोनोक्रोमेटिक प्रकाश की प्राप्ति होती है।

(3) क्यूवेट (Cuvettes)—क्यूवेट पारदर्शी परखनली के समान रचना है जिसमें अध्ययन किये जाने वाले पदार्थ को किसी उपयुक्त विलायक में घोलकर अवशोषणता (Abrosbancy) की जाँच की जाती है। दृश्य स्पैक्ट्रोफोटोमीटर में कांच की ट्यूब एवं UV स्पेक्ट्रोफोटोमीटर में क्वार्टज की ट्यूब का उपयोग किया जाता है। क्यूवेट को संदर्भ क्यूवेट (Reference cuvette) व परीक्षण क्यूवेज (Test cuvette) के रुप में उपयोग में लिया जाता है। परीक्षण क्यूवेट को स्पेक्ट्रोफोटोमीटर को जीरो (zero) पर समायोजित (set) करने हेतु उपयोग में लिया जाता है। अवशोषण क्यूवेट को हमेशा प्रकाश के पथ में रखा जाता है। क्यूवेट की दृश्य पथ लंबाई (Optical path lenght) 1cm होता है एवं इसके लिए 2.5-3.0 cm^3 सैंपल की आवश्यकता होती है।

(4) प्रकाश सैल (Photo cell)—फोटो सैल में प्रकाश विकिरण का रुपांतरण विद्युत

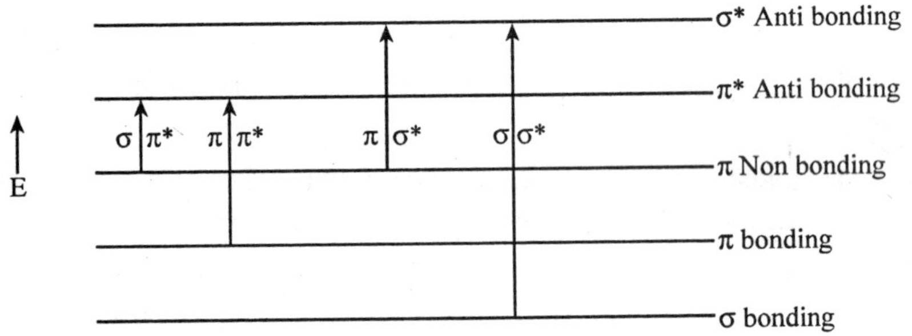

प्रकाश विकिरण का रूपान्तरण

उर्जा में होता है जिसका बाद में प्रवर्द्धन होता है, प्रेक्षण होता है व रेकोर्ड किया जाता है। जब निर्वात माध्यम में फोटोन किसी धात्विक सतह पर आपतित होते हैं तो विकिरण की तीव्रता के अनुपात में इलेक्ट्रोन उत्सर्जित होते हैं। ये उत्सर्जित इलेक्ट्रोन एनोड द्वारा आकर्षित होते हैं व विद्युत का प्रवाह होता है। परिणामत: तंत्र में प्रतिरोधक (Resistor) के दोनों और विभवांतर (Potential difference) उत्पन्न होता है। अवशोषित प्रकाश का मापन इसके विद्युतिकी रुप से प्रवर्द्धन के बाद में होता है। फोटो सैल की फोटोन के प्रति ईकाई संवेदिता (Unit sensitivity) को भी रेकोर्ड किया जाता है। सामान्यतया फोटो सैल 400 nm (λ) वाले प्रकाश के प्रति संवेदी होते हैं।

(5) स्लिट (Slit)—स्लिट की चौड़ाई फोटोसेल पर पहुंचने वाली विकिरण की मात्रा का

निर्धारण करती है एवं स्लिट की चौड़ाई पर अवशोषणता भी निर्भर करती है। अधिकांश स्पैक्ट्रोफोटोमीटर में स्लिट चौड़ाई को समायोजित किया जा सकता है। वास्तविक आंकड़ों की प्राप्ति के लिये संकरी खाँच वाली स्लिट का उपयोग किया जाता है।

रेकोर्डर (Recorder)—रेकोर्डर के द्वारा स्पेक्ट्रम की स्केनिंग की जा सकती है। साथ ही एक पूर्व निर्धारित π^2 पर extinction में होने वाली विभिन्नता को प्रेषित किया जा सकता है। एक उपयुक्त रेकोर्डर स्पैक्ट्रम को अलग-अलग स्पीड पर स्कैन कर सकता हैं।

सक्रिया क्रियाविधि (Operation Mechanism)

स्पेक्ट्रोफोटोमीटर में टंग्स्टन लैंप से निकला प्रकाश पुंज कंडेसर लैंस के द्वारा स्लिट पर फोकस किया जाता है। स्लिट से प्रकाश ग्रेट्रिग पर आपतित होता है व प्रकाश पुंज के फैलने से

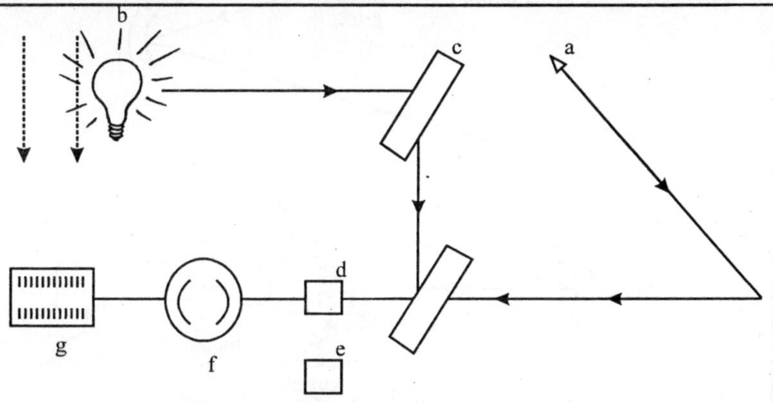

a = Focussing mirro b = lamp c = plane mirror
d = cuvette sample d = reference cuvette f = photo cell
g = Read out

साधारण स्पेक्ट्रोमीटर

स्पेक्ट्रम की प्राप्ति होती है। ग्रैटिंग को अपनी अक्ष पर घूर्णित करके विभिन्न λ वाली तरंगे को Scan किया जाता है साथ ही λ डिस्क को घूर्णित किया जाता है। ग्रैटिंग माउंटिग के साथ युग्मित होती है। क्रोमेटिक प्रकाश, ब्लैंक से गुजरने के पश्चात् Exit Slit द्वारा विलगिंत कर लिया जाता है। अंत में संचरित प्रकाश फोटो डायोड पर गिरता है। फोटो डायोड से निकलने वाला सिग्नल प्रवर्द्धित (Amplified) हो जाता है व रेकोर्डर में इसका विश्लेषण कर लिया जाता है।

प्रतिदीप्त स्पैक्ट्रोस्कोपी (Fluorescence Spectroscopy)

सिद्धांत (Principle)— इस स्पैक्ट्रोस्कोपी में उत्तेजन (Excitation) तथा उत्सर्जन (Emission) स्पैक्ट्रा दोनों को रेकोर्ड किया जा सकता है। जब एक अणु विकिरण को अवशोषित करता है तो इससे अधिक λ वाली विकिरणें उत्सर्जित होती है। यह घटना प्रतिदीप्ति (Fluorescence) कहलाती है। इस प्रकार एक यौगिक UV क्षेत्र में विकिरण का अवशोषण करने के पश्चात दृश्य प्रकाश को उत्सर्जित करता है। प्रतिदिप्ती वह परिघटाना है जिसमें इलेक्ट्रोन उतेजित अवस्था (Exicted State) से ग्राउण्ड स्टेट में इलेक्ट्रोन चक्रण (Spin) में परिवर्तन बिना प्रकाश काउत्सर्जन

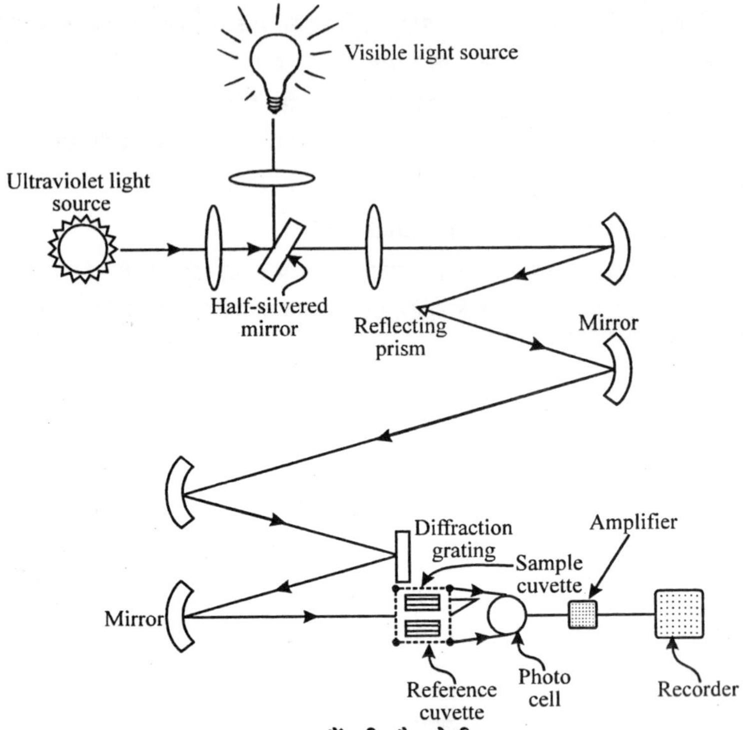

पराबैंगनी स्पैक्ट्रोमीटर

होता है। सामान्यतया अधिकांश कार्बनिक अणु कमरे के तापमान पर ग्राउण्ड स्टेट में होते हैं। ये अणु प्रकाश को अवशोषित करते हैं तो इलेक्ट्रोन ग्ग्रउण्ड स्टेट से उच्च ऊर्जा स्तर में चले जाते हैं तो ऊर्जा का अवशोषण होता है। परिणामतः उत्तेजित अणु की ऊर्जा तीव्रता से अवरोहित होती है एवं निम्नतर उतेजित अवस्था (Lowest excited state) की न्यूनतम कंपन्न उर्जा (Minimal vibrational energy) तक आ जाती है। यद्यपि अधिकांश अणु UV तथा दृश्य क्षेत्र में अवशोषण करते हैं लेकिन कुछ ही कार्बनिक अणु प्रतिदीप्ति को उत्पन्न करते हैं। क्योंकि इन अणुओं से ग्राउण्ड स्टेट में आने के पश्चात् उत्सर्जित ऊर्जा 10^{-8} second से भी कम समय (singlet singlet transition) वाली होती है। इससे एक प्रतिदीप्त शिखर (Fluorescent peak) उत्पन्न होता है अर्थात् Fluoriscence is the immediate emission of light from a molecule after it has absorbed radiation in less than 10^{-8} sec. जबकि प्रस्फुरदिप्ती (Phosphorescence) में अवशोषित उर्जा का विलंब से उत्सर्जन होता है जो (Triplet singlet transition) को निरुपित करता है प्रतिदिप्ती तथा प्रस्फुरदिप्ती दोनों परिघटनाओं में उत्सर्जित प्रकाश, अवशोषित प्रकाश की तुलना में अधिक λ वाला होता है। प्रतिदिप्ती में उत्सर्जित प्रकाश अध्ययन किये जाने वाले अणु के अनुसार जाती विशिष्ट होता है।

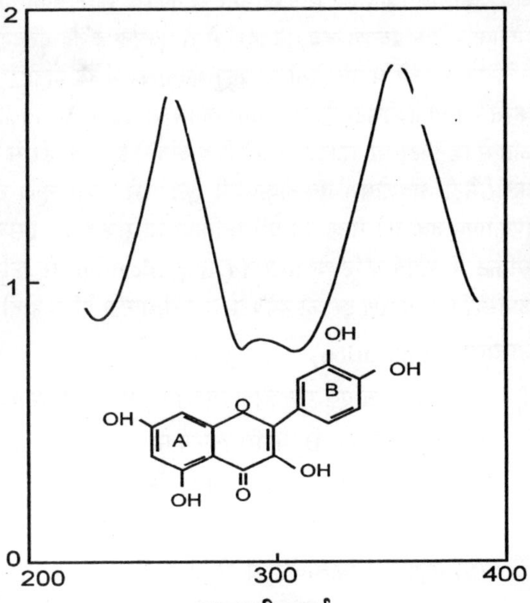

संरचना (Structure)—प्रतिदिप्ती स्पैक्ट्रोस्कोपी में निम्न संरचनायें होती है—

(1) मर्करी लैंप (Mercury Lamp) (2) मोनोक्रोमेटर (Monochromater)

(3) क्यूवेट (Cuvette)

(4) प्रकाश सेल (Photo cell)

(5) प्रवर्द्धक (Amplifier)

3200 Å से अधिक की तरंगों पर कांच वाली क्यूवेट का उपयोग किया जाता है। एवं 3200 Å से कम तरंगों के लिये सिलिका की क्यूवेट का उपयोग किया जाता है। साथ ही उपयुक्त प्रतिदिप्ती के निर्धारण के लिये ताप नियंत्रण इकाई (Temperature Control Unit) होनी चाहिए। जब प्रतिदिप्ती की तीव्रता में कमी आने पर प्रतिदर्श का तापमान 30 °C से 25 °C हो जाता है।

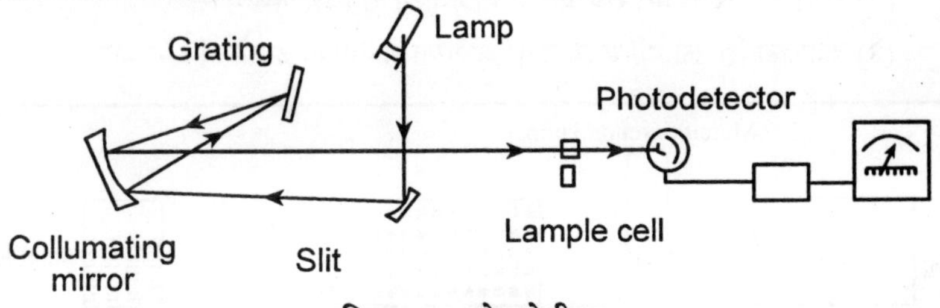

चित्र-6 : स्पेक्ट्रोमीटर

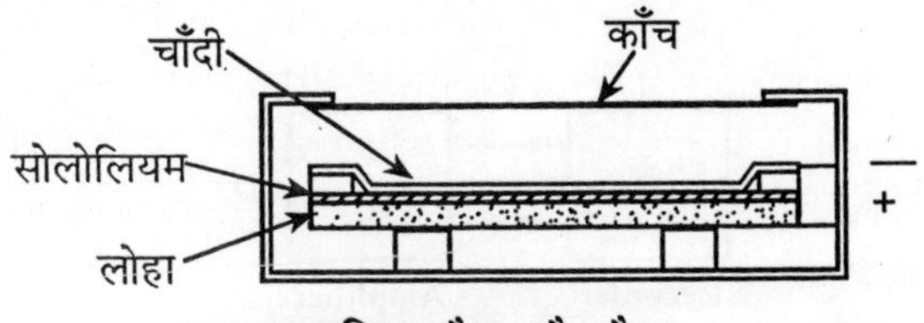

प्रकाशिक सैल-सौर सैल

जब प्रकाशीय विकिरणें मोनोक्रोमेटर से गुजरती है तो प्रकाश का dispersion हो जाता है। यह मोनोक्रोमेटिक प्रकाश जब, प्रतिदर्श में से गुजरता है तो प्रतिदर्श के अणु उत्तेजित हो जाते हैं। इन उत्तेजित अणुओं से प्रतिदिप्ती या प्रस्फुरदिप्ती उत्सर्जित होती है। जो द्वितीय मोनोक्रोमेटर में प्रवेश करते हैं। मोनोक्रोमेटर के द्वारा अधिकतम प्रतिदिप्ती के अनुसार तरंगद्धैर्ध्य का चयन होता है जो अंत में डिटेक्टर पर स्ट्राइक करती है व अंत में इसे रेकोर्डर में रेकोर्ड कर लिया जाता है। स्पेक्ट्रो क्लोरीमेट्री अवशोषण तकनीकी की तुलना में हजार गुणा संवेदी होती है। इस यंत्र में 100 पिकोग्राम तक की मात्रा को प्रेक्षित किया जा सकता है। इसकी अत्यधिक संवेदिता, फोटोसेल सर्किट में उत्पन्न करंट के प्रवर्द्धन (Amplification) के कारण होती है। दो मोनोक्रोमेटर की उपस्थिति के कारण इसकी स्पेक्ट्रम चयनात्मकता प्रेरित होती है।

उपयोग (Application)

(1) मात्रात्मक एवं गुणात्मक विश्लेषण में इनका व्यापक उपयोग होता है।

(2) आहार में Vit-B के विश्लेषण में

(3) माइटोकॉण्डिया में NADH के निर्धारण में

(4) हॉर्मोन के मात्रात्मक विश्लेषण में

(5) एंजाइम गत्यात्मकता के निर्धारण में

(6) प्रोटीन संरचना के अध्ययन में

(7) NAD^+ व $NADP^+$ संबंधित अभिक्रियाओं के विश्लेषण में

(8) कोशिका झिल्ली की संरचना के अध्ययन में अनका उपयोग किया जाता है।

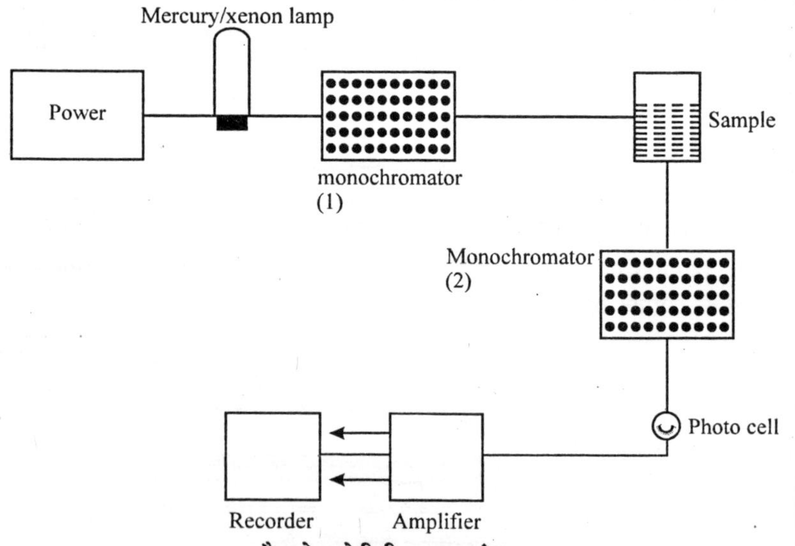

स्पैक्ट्रोफ्लोरीमीटर का संगठन

परमाण्विक अवशोषण स्पैक्ट्रोस्कोपी (Atomic Absorption Spectroscopy)

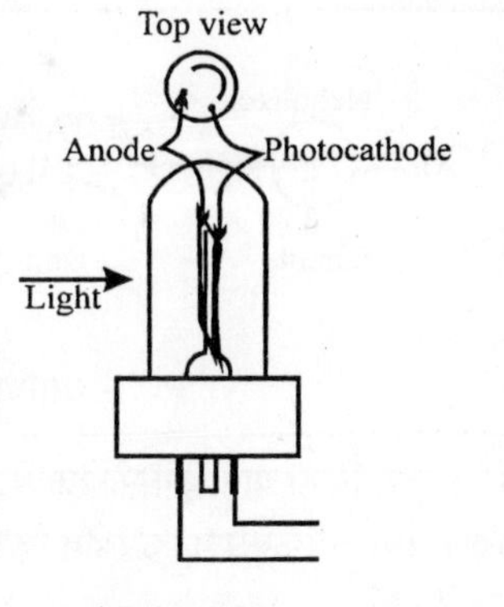

निर्वात प्रकाशिक नली

सिद्धान्त (Principles)—परमाण्विक अवशोषण स्पेक्ट्रोस्कोपी ज्वाला (Flame) में परमाणु के ज्वलनशील होने पर विशिष्ट λ वाले प्रकाश के परमाणु द्वारा अवशोषण पर आधारित है। अर्थात् यह स्वतंत्र परमाणु द्वारा प्रकाश के अवशोषण पर आधारित है। जब अणु ज्वाला (Flame) के संपर्क में आते हैं तो वाष्पीकरण के कारण इनके परमाणु वियोजित हो जाते हैं तथा ग्राउण्ड स्टेट में विशिष्ट λ वाली प्रकाश तंरगों का अवशोषण होता है। अवशोषण रेखाएँ अणु में उपस्थित परमाणु के अनुरुप विशिष्टीकृत होती हैं। इस स्पैक्ट्रोफोटोमीटर द्वारा ज्वाला में परमाणु द्वारा अवशोषित मोनोक्रोमेटिक पुंज की मात्रा का निर्धारण किया जाता है। प्रकाश पथ में उपस्थित परमाणु की संख्या के द्वारा अवशोषण ऊर्जा का भी निर्धारण होता है। इस स्पेक्ट्रम में अवशोषित विकिरण की मात्रा उत्तेजित परमाणुओं की संख्या के समानुपाती होती है जो तापक्रम तथा ज्वाला पर भी निर्भर करती हैं।

संरचना (Structure)— इस स्पैक्ट्रोस्कोप में पाई जाने वाली मुख्य रचनाएँ निम्न है।

(1) विकिरण स्त्रोत (Radiation source)—विकिरण स्त्रोत के लिये केथोड डिस्चार्ज लैंप या दोहरे मोनोक्रोमेटर वाले श्वेत प्रकाश पूंज का उपयोग किया जाता है। केथोड लैंप में टंगस्टन का एनोड व बेलनाकर कैथोड नलिका होती है जो निष्क्रिय गैस वाली नलिका में अवरुद्ध (sealed) होती हैं।

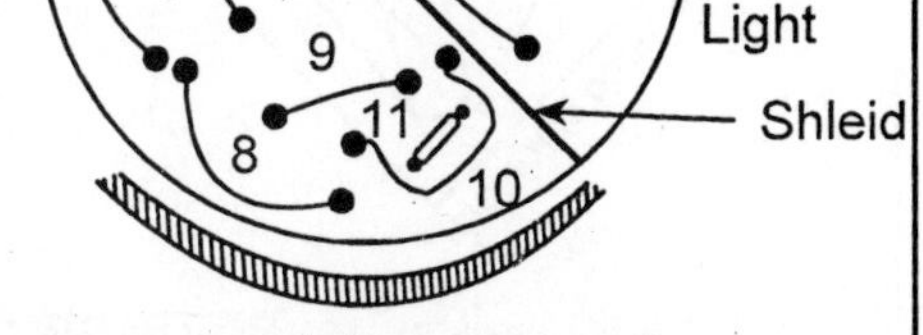

फोटोमल्टीपलर नली

(2) नेब्यूलाइजर (Nebulisers) — इनको एटोमाइजर (Atomiser) भी कहते हैं। ये स्प्रे के समान रचनाएँ है जिसमें वायु को टेस्ट विलियन में डुबी हुई कोशिका नली के उपर से गुजारा जाता है। इंजेक्शन सिस्टम के द्वारा वायु का प्रवाह होता है तथा परमाणु, air stream के द्वारा बर्नर में चले जाते हैं।

ज्वाला को उत्पन्न करने के लिये विभिन्न गैसों को वायु के साथ मिश्रित किया जा सकता है। इस मिश्रण से 1500°C से 2500° C तक तापमान उत्पन्न हो सकता है।

(3) मोनोक्रोमेटर एवं डिटेक्टर (Monochromator and detector)—इस स्पक्ट्रोस्कोप

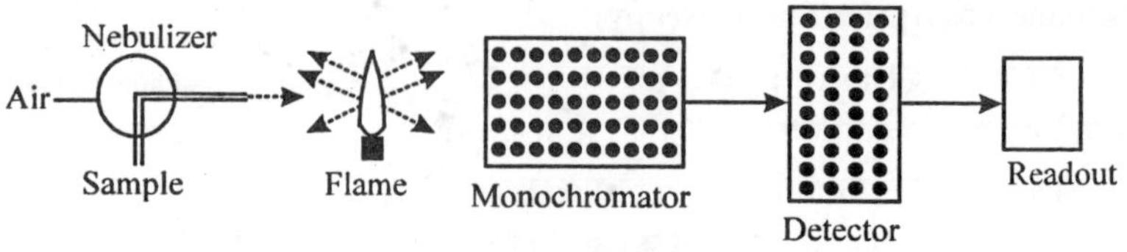

आणिवक चूषण स्पैक्ट्रोस्कोपी

में फिल्टर, प्रिज्म या ग्रेट्रिग मोनोक्रोमेटर का सामान्यतया उपयोग किया जाता है। इसमें सिंगल या डबल बीम ऑप्टिक्स का उपयोग किया जाता है। डिटेक्टर, प्रकाश सेल (Photocell) के रुप में होते हैं।

उपयोग (Applications)

(1) रक्त, मुत्र, लार, CSF एवं देह तरल के रासायनिक संघटन के अध्ययन में।

(2) Na, K, Ca, Mg के स्तर के परीक्षण के अध्ययन में

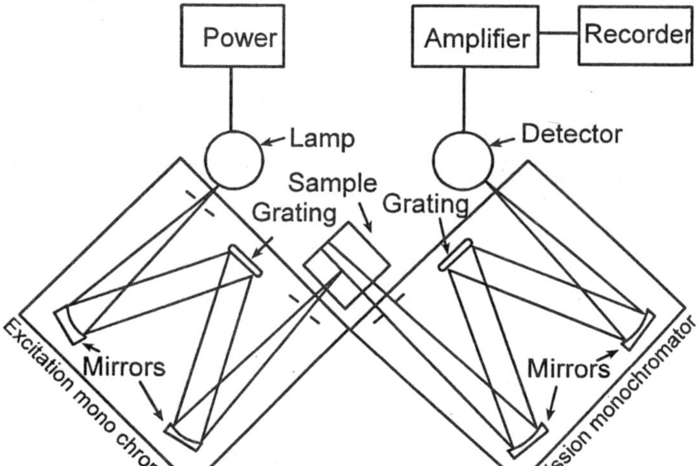

अवरक्त स्पैक्ट्रोस्कोपी

(3) जैविक तरल में Cu, Pb, Hg की मात्रा के निर्धारण में

(4) पादप में उपस्थित विभिन्न तत्त्वों के निर्धारण में।

बीयर लैम्बर्ट का नियम (Beer Lambert law's)

यह दोनों नियम अणुओं के द्वारा प्रकाश के अवशोषण से सम्बन्धित है। बीयर का नियम एक निश्चित सान्द्रता तक अवशोषण से सम्बन्धित है जबकि लैम्बर्ट का नियम पूर्ण अवशोषण से

संबंधित है। वर्तमान में इन दोनों को सामुहिक रुप से बीयर लैंबर्ट के नियम से जाना जाता है। लैंबर्ट के अनुसार extinction की मात्रा अवशोषी पदार्थ की सान्द्रता व सतह की मोटाई के समानुपाती होती है। अवशोषी माध्यम से गुजरने वाली विकीरण की मात्रा ट्रांसमीटेन्स (transimittance = T) कहलाती है।

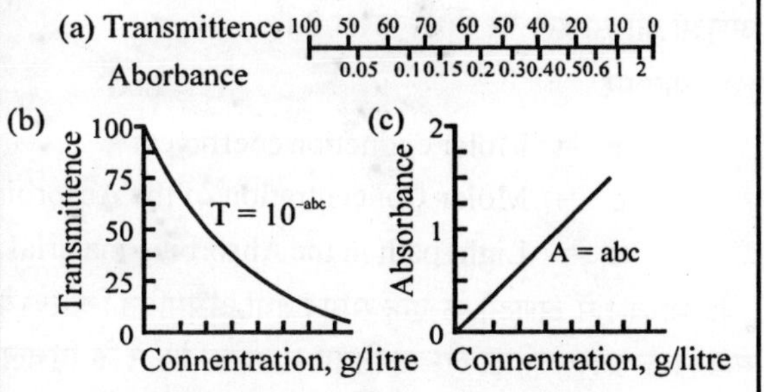

बेयर के नियम का तुलनात्मक प्रदर्शन

$$T = \frac{I}{I_0}$$

यहाँ पर I_0 = Intensity of the incident Radiation

I = Intensity of the transmitted Radiation

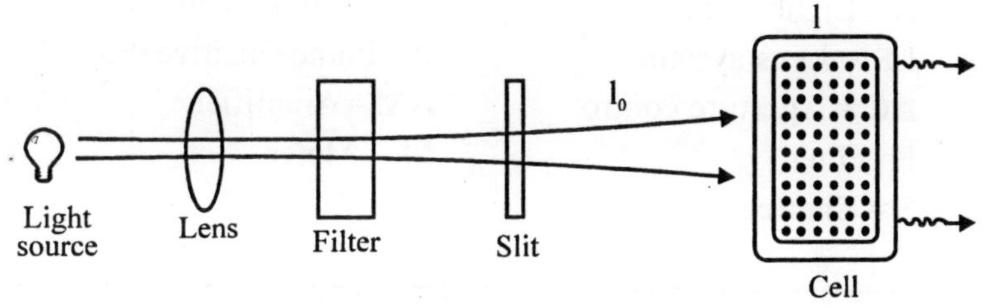

प्रकाशिक अवर्धन-बीयर लैम्बर्ट नियम

वर्तमान में ऑप्टिकल डेन्सिटी (Optical density) के स्थान पर Absorbancy शब्द का प्रयोग किया जाता है तथा इस समीकरण में I_0 प्रकाश की तीव्रता को निरुपित करता है जबकि I ट्रांसमीटेन्स को निरुपित करता है अर्थात् यह

$$log\frac{I}{I_0} = A$$ को निरुपित करता है।

यहाँ पर A- Absorbance को दर्शाता है चूंकि जीव विज्ञान तथा रसायन विज्ञान में विभिन्न प्रकार के विलयनों का प्रयोग किया जाता है अतः इस समीकरण को बीयर ने रुपान्तरित किया था। बीयर ने पाया कि जब प्रकाश किसी विलयन से गुजरता है तो विलयन का रासायनिक

प्रतिरोध परिवर्तित नहीं होता है। इसमें से गुजरने वाले प्रकाश की तीव्रता विलयन में उपस्थित अणुओं की सान्द्रता पर निर्भर करती है।

यहाँ पर $$E = \varepsilon cd$$

ε = Molar extinction coefficient

c = Molar Concentration of the Absorbing solution

d = Light path in the Absorbing matarial in cm

माध्यम में अणुओं के एक समान तथा असममित वितरण के कारण एवं अन्य पर्यावरणीय मानको के कारण बीयर लैम्बर्ट नियम में अनेक प्रकार के विचलन तथा रुपान्तरण किये गये हैं।

कोलोरीमेट्री (Colorimetry)

कोलोरीमेट्री, बीयर लैंबर्ट के सिद्धान्त पर आधारित है। इस यंत्र में फिल्टर, प्रकाश स्त्रोत, लैंस, स्लिट, प्रकाश संवेदी युक्ति, परवर्द्धक तथा मीटर उपस्थित होता है।

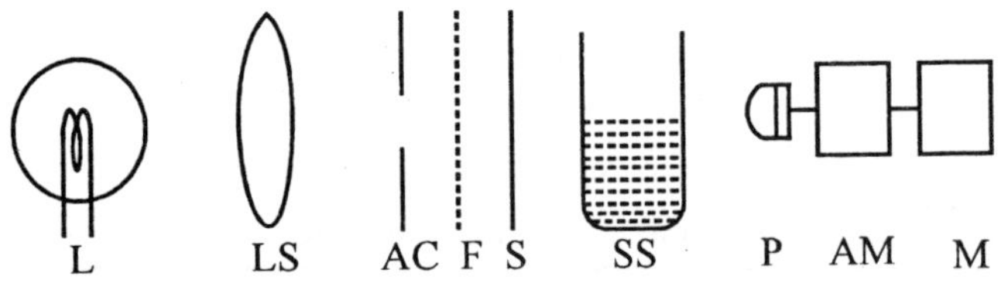

L = Light source
LS = Lens system
AC = Aperture control
F= Filter
S = Shutter
SS = Sample solution
P = Photosensitive device
AM = Amplifier
M = Meter

कोलोरीमेट्री

सिद्धान्त (Principle)—जब मोनोक्रोमेटिक प्रकाश पुंज किसी समांगी माध्यम पर आपतित होता है तो प्रकाश की कुछ मात्रा परावर्तित हो जाती है। जबकि कुछ मात्रा माध्यम के द्वारा अवशोषित हो जाती है व शेष मात्रा संचरित हो जाती है। यदि आपतित प्रकाश की तीव्रता को I_0, अवशोषित प्रकाश को I_a, संचरित प्रकाश को I_t, के द्वारा एवं परावर्तित प्रकाश को I के द्वारा निरुपित किया जाये तो

$$I_0 = I_a + I_t + I_r$$

कोलोरीमेट्री किसी माध्यम में पदार्थ की सांद्रता के निर्धारण से संबंधित होती है। इसमें सामान्यतया: श्वेत प्रकाश को प्रकाश स्त्रोत के रुप में उपयोग में लिया जाता है। तथा निर्धारण प्रकाश विद्युतीय (Photoelectric) सैल के द्वारा किया जाता है। श्वेत प्रकाश, वर्णक काँच वाले फिल्टर के द्वारा गुजरता है। इस कारण कोलोरीमीटर को फिल्टर फोटो मीटर के नाम से भी जाना जाता है। लैंबर्ट के नियम के अनुसार जब मोनोक्रोमेटिक प्रकाश किसी पारदर्शी माध्यम से

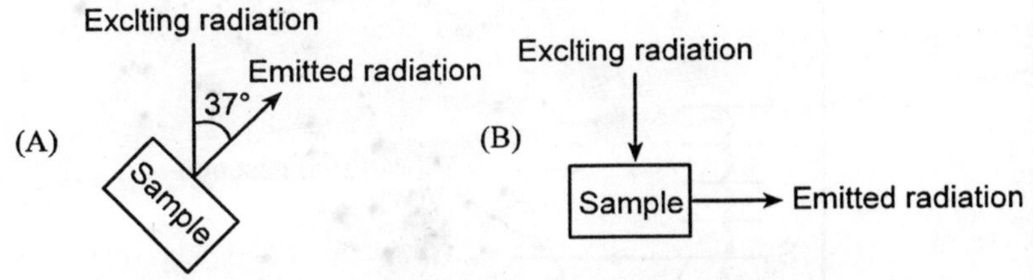

किरणों (A) 37° कोण पर घुमाव व (B) 90° कोण पर घुमाव

गुजरता है तो उत्सर्जी प्रकाश की तीव्रता कम हो जाती है। यह तीव्रता अवशोषी माध्यम की मोटाई बढ़ने के साथ-साथ कम होती जाती है। बीयर के नियमानुसार मोनोक्रोमेटिक प्रकाश की तीव्रता अवशोषी माध्यम की सांद्रता बढने के साथ-साथ कम होती जाती है। अनेक पदार्थ जिनमें विलुप्ती नियंताक (Extinction coefficient) नहीं होता है वे दृश्य क्षेत्र में अन्य अभिकर्मकों के साथ क्रिया करके वर्णक युक्त उत्पाद उत्पन्न करते हैं। इन पदार्थों के विश्लेषण का यह मुख्य आधार है। किसी पदार्थ से मानक परिस्थितियों में पदार्थ की उपयुक्त मात्रा से उत्पन्न विशिष्ट रंग या क्रोमोफोर जिसे ब्लैंक के रुप में उपयोग में लिया गया है। इस बल्ेंक में सभी प्रकार के अभिकर्मक उपस्थित होते हैं, सिवाय निर्धारण किये जाने वाले प्रतिदर्ष (Sample) के। ब्लैंक के लिये Extinction Reading को 0 पर सैट किया जाता है। तत्पश्चात Test Smaple के विरुद्ध मापित मान को ग्राफ के द्वारा प्लोट किया जाता है। इस ग्राफ को कैलिब्रेशन चक्र के नाम से जाना जाता है विभिन्न जैविक अणुओं का निर्धारण करने में कोलोरीमेट्री का उपयोग किया जाता है।

उपयोग (Applications)

1. कोलोरीमेट्री का उपयोग जैविक प्रतिदर्षों में जैविक अणुओं की सांद्रता एवं मात्रा के निर्धारण में किया जाता है।
2. इसका उपयोग क्लिनिकल, औषधिय, मदिरा उद्योग एवं जल विश्लेषण हेतु किया जाता है।
3. इसका उपयोग विश्लेषणात्मक रासायनिकी एवं कृषि रासायनिकी में भी किया जाता है।

अवरक्त स्पेक्ट्रोस्कोपी (Infrared Spectorcopy)

विद्युत चुंबकीय विकिरणों का अवरक्त क्षेत्र दृश्य एवं माइक्रोवेव स्पेक्ट्रम के मध्य होता है। इसको अवरक्त क्षेत्र (1-2.5 μm) के निकट क्षेत्र (2.5-25 μm) एवं चरम अवरक्त जो क्षेत्र (2.5-400 μm) में रिजोल्व (Resolve) किया जा सकता है। अवरक्त स्पैक्ट्रोफोटोमीटर, मध्य अवरक्त क्षेत्र (2.5-25μm) को मोनीटर करता है। इसके योगिकों की विस्तृत संरचना का पता लगया जा सकता है। इसके द्वारा अणु की घूर्णन एवं कम्पन्न आवृति (Vibrational frequencies) का अध्ययन किया जा सकता है। इसके अलावा हाइड्रोजन बंधन, विन्यास परिवर्तन एवं जलयोजन (Hydration) का भी अध्ययन किया जा सकता है।

सिद्धान्त (Principle)—किसी अणु में उपस्थित परमाणुओं में निरन्तर कम्पन्न चलता रहता है एवं एक अणु के कारण अलग-अलग कम्पन्न के कारण, अलग-अलग आवृत्तियां

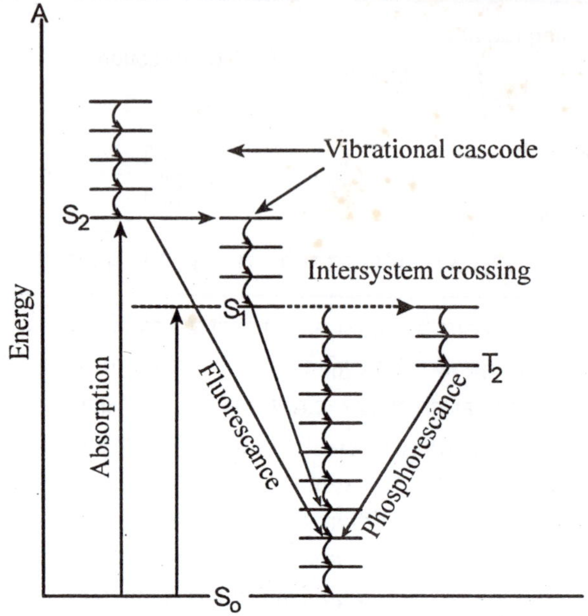

fluouresence व phosphoresence में ऊर्जा संश्लेषण का प्रदर्शन

उतपन्न होती है। अणु में कम्पन्न के कारण, द्विध्रुव आघूर्ण (Dipole moment) में परिवर्तन होता है। अर्थात् अवरक्त क्षेत्र में आवेश विस्थापन होता है। अवरक्त क्षेत्र में 8-15.5 μm का क्षेत्र फिंगर फ्रिंट क्षेत्र (finger print region) कहलाता है। इस क्षेत्र का उपयोग एक अणु में उपस्थित अणुओं का अवरक्त विकिरणों से अंत:क्रिया (Interaction) के कारण अलग-अलग अनुनादी आवृतियों पर आपतित प्रकाश के अलग-अलग क्षेत्रों का अवशोषण होता है। इस समूह के कंपन्न अणु के अन्य क्षेत्रों द्वारा भी महसूस किये जाते हैं। अणु के विभिन्न क्षेत्रों के कंपन्न के कारण हॉर्मोनिक कंपन्न (Harmonic Vibration) उत्पन्न होते हैं। ये हॉर्मोनिक वाइब्रेशन, स्पैक्ट्रा के अन्य क्षेत्रों द्वारा अवशोषित हो जाते हैं। इन कंपन्नों के मूलभूत व हॉर्मोनिक गुणन के कारण अत्यधिक जटिल, अवशोषण स्पैक्ट्रम का निर्माण होता है जो अणु की संरचना एवं क्रियात्मक समूह के अनुरुप जाति विशिष्ट होता है।

संरचना (Structure)—अवरक्त स्पेक्ट्रोस्कोप की मुख्य संरचना UV तथा दृश्य स्पैक्ट्रोस्कोप के समान होती है। विश्लेषणात्मक अध्ययन हेतु अवरक्त स्पैक्ट्रोफोटोमीटर, दोहरे पुंज (Double beam) वाले यंत्र होते हैं। इसकी संरचना के मुख्य घटक निम्न है।

प्रकाश स्त्रोत (Light Source)—प्रकाश स्त्रोत के लिये टंगस्टन लैंप का उपयोग किया जाता है। कई बार अत्यधिक दाब युक्त मर्करी लैंप का उपयोग किया जाता है। इसमें 2μλ तक की तरंगों को उत्पन्न किया जा सकता है।

मोनोक्रोमेटर (Monochromator)—सामान्य ग्लास, अवरक्त विकिरणों के लिये **पारभासी** (Opaque) होता है। अत: इनके स्थान पर KBr या NaCI वाली प्रिज्म मोनोक्रामेटर का उपयोग किया जाता है। वर्तमान में काम में आने वाले मोनोक्रामेटर, ग्रेटिंग मोनोक्रोमेटर होते हैं। मध्य अवरक्त क्षेत्र के लिए NaCl या CSI प्रिज्म का उपयोग किया जाता है। अवरक्त क्षेत्र के निकट के लिये क्वाटर्ज प्रिज्म का उपयोग किया जाता है। फिल्टर के कारण अवांछित विकिरणों को रोका जा सकता है।

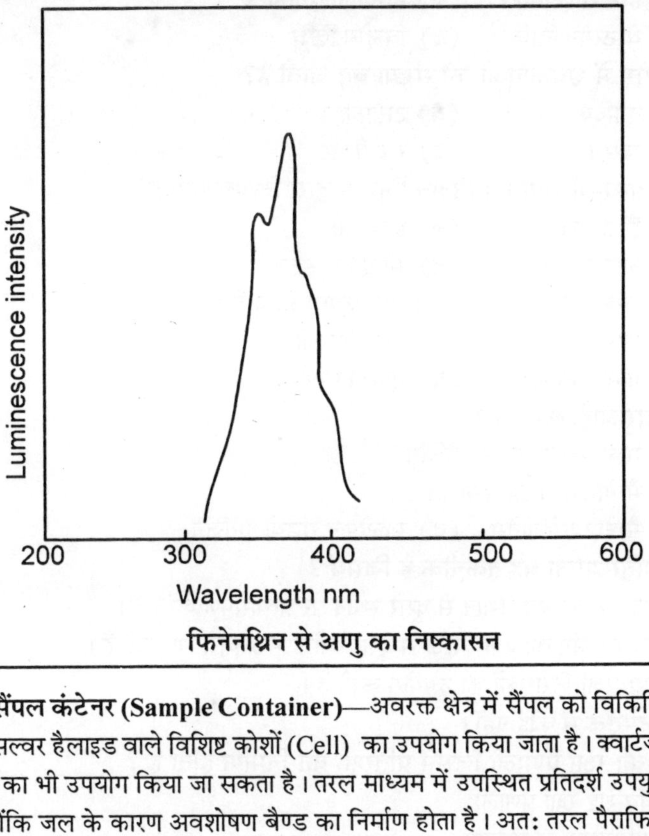

फिनेनथ्रिन से अणु का निष्कासन

सैंपल कंटेनर (Sample Container)—अवरक्त क्षेत्र में सैंपल को विकिर्णित करने के लिये सिल्वर हैलाइड वाले विशिष्ट कोशों (Cell) का उपयोग किया जाता है। क्वार्टज व कांच के कंटेनर का भी उपयोग किया जा सकता है। तरल माध्यम में उपस्थित प्रतिदर्श उपयुक्त नहीं होते हैं। क्योंकि जल के कारण अवशोषण बैण्ड का निर्माण होता है। अत: तरल पैराफिन में प्रतिदर्ष को फेट पर पेस्ट बना ली जाती है। सैंपल को चारों तरफ से विकिरणों द्वारा सुरक्षित किया जाना चाहिये क्योंकि तापमान में वृद्धि की संभावना रहती हैं।

डिटेक्टर (Detector)— ये उष्मा प्रतिरोधी, पारदर्शी खिड़की युक्त रचनायें होती है। इसके अतिरिक्त विशिष्ट गोलोय कक्षों (Goloy cell) का उपयोग किया जाता है। यद्यपि यह दाब संवेदी तंत्र होता है जिसमें गैस युक्त रोधी कंटेनर होता है। अवरक्त विकिरणों के कारण तापमान में वृद्धि हो जाती है। जिससे गैस प्रसरित होती है। सामान्यतया दो प्रकार के डिटेक्टर का उपयोग किया जाता है। (a) क्वांटम डिटेक्टर (b) थर्मल डिटेक्टर

अभ्यास प्रश्न

बहुचयनात्मक प्रश्नोत्तर

1. रक्त में उपस्थित हीमोग्लोबिन का मापन किसके द्वारा किया जाता है?
(अ) हीमोसाइटोमीटर (ब) हीमोग्लोबिनोमीटर
(स) वेस्टरग्रेन विधि (द) विन्ट्रोब विधि

2. किस रोग में श्ववेताणुओं की संख्या बढ़ जाती है?
(अ) तपैदिक (ब) टायफॉइड
(स) खसरा (द) रक्त कैंसर

3. हृदय सम्बन्धी रोगों का निदान किसके द्वारा किया जाता है?
(अ) ई. ई. जी. (ब) ई.सी.जी.
(स) आर.आई.ए. (द) सी.ए.टी. स्कैन

4. सी.टी. स्कैन में किन विकिरणों का प्रयोग होता है?
(अ) एल्फा किरणों का (ब) बीटा किरणों का
(स) गामा किरणों का (द) एक्स किरणों का

5. एम.आर.आई. का पूरा है?
(अ) मल्टीपल रेन्जोनेंस इमेजिंग
(ब) मैग्नेटिक रेडियो इमेजिंग
(स) मैग्नेटिक रेजोनेंस (द) मल्टीपल रेडियो इमेजिंग

6. अंग प्रतिस्थापना वह तकनीक है जिसमें ?
(अ) ऊतक का एक स्थान से दूसरे स्थान पर प्रत्यारोपण करते है।
(ब) किसी अंग का एक व्यक्ति से दूसरे व्यक्ति में प्रत्यारोपण करते हैं।
(स) प्रतिरक्षी निरोधकों का उपयोग करते हैं।
(द) उपरोक्त में कोई नहीं।

7. शरीर की रक्षा प्रणाली जिसमें प्रतिरक्षी का निर्माण होता है ?
(अ) विशिष्ट रक्षा प्रणाली
(ब) प्रतिरोधक कोशिकाएं
(स) अविशिष्ट रक्षा प्रणाली
(द) प्रतिरोधक क्षमता

8. कम्प्यूटर की सहायता से X किरणों द्वारा प्राप्त चित्र का त्रिआयामी परिवर्तन कहलाता है ?
(अ) आटो एनालाईजर (ब) एन.एस. आर.
(स) सी.टी.स्केनिंग (द) अल्ट्रा साउन्ड

उत्तरमाला

1. (ब) 2. (द) 3. (ब) 4. (द) 5. (स) 6. (ब)
7. (अ) 8. (स)

अतिलघूत्तरात्मक प्रश्न

प्रश्न 1. कुल श्वेताणु गणना (टी.एल.सी.) किसके द्वारा की जाती है?

प्रश्न 2. ल्यूकोसाइटोसिस क्या है?

प्रश्न 3. ई.एस.आर. का मान किन रोगों में बढ़ जाता है?

प्रश्न 4. ई.सी्जी. को रिकॉर्ड करने वाले यंत्र का नाम लिखिये?

प्रश्न 5. ई. ई. जी. शरीर के किस अंग के निदान से सम्बधित है?

प्रश्न 6. एम. आर. आई. में X-किरणों केस्थान पर किसका प्रयोग किया जाता है?

प्रश्न 7. सोनोग्राफी मे किसके क्रिस्टल प्रयुक्त होते है?

प्रश्न 8. आर. आई. ए. में सूचक का कार्य कौन करता है?

प्रश्न 9. सामान्य से कम हीमोग्लोबिन की मात्रा किस रोग का द्योतक है?

प्रश्न 10. स्वस्थ मनुष्य के रक्त में ईओसिनाफिल्स प्रकार के श्वेताणुओं की सामान्य संख्या कितनी होती है?

प्रश्न 11. ई.ई.जी. का पूरा नाम क्या है?

प्रश्न 12. सामान्य स्वस्थ महिला में लाल रक्ताणु अवसादन दर कितनी होनी चाहिए?

प्रश्न 13. एम.आर.आई तकनीक की खोज किसने की?

प्रश्न 14. अन्त:स्त्रावी तन्त्र के विकारों के निदान में कौन सी तकनीक अत्यन्त महत्वपूर्ण सिद्ध हुई हैं?

लघूत्तरात्मक प्रश्न

प्रश्न 1. ई. एस. आर. ज्ञात करने की बेस्टरग्रेन विधि का संक्षिप्त वर्णन कीजिए।

प्रश्न 2. विभेदक श्वेवाणु गणना (डी. एल. सी.) का चिकित्सीय महत्व क्या है?

प्रश्न 3. ई. सी. जी. के उपयोग लिखिये।

प्रश्न 4. सोनोग्राफी तकनीक का महत्व लिखिए?

प्रश्न 5. ई.एस.आर. का रोग निदान में महत्व स्पष्ट कीजिए?

प्रश्न 6. एम.आर.आई. तकनीक सी.टी.स्कैन से अधिक श्रेष्ठ व निरापद क्यों है?

प्रश्न 7. इकोकार्डियोग्राफी एवं डॉपर इकोकार्डियोग्राफी को समझाइए ?

प्रश्न 8. रोग निदान में काम आने वाले उपकरणों का वर्णन करिये?

प्रश्न 9. अल्ट्रासोनोग्राफी मशीन के भागों को बताइये ?

निबन्धात्मक प्रश्न

प्रश्न 1. रक्त में हीमोग्लोबन मापन का सविस्तार वर्णन कीजिए?

प्रश्न 2. ई.ई.जी. को स्पष्ट करते हुए इसके उपयोग दीजिए?

प्रश्न 3. एम.आर.आई. पर निबंधात्मक टिप्पणी लिखिए?

प्रश्न 4. आर.आई.ए. क्या है? इसकी कार्यप्रणाली व उपयोगों का संक्षिप्त वर्णन कीजिए?

प्रश्न 5. उत्तक की म्यूजियम तकनीकों को बताइये?

❑❑❑